Die grenzenlose Bibliothek

Ein multikulturelles Forum für Literatur
nichtdeutscher Autoren

Franco Biondi

Die Unversöhnlichen
oder
Im Labyrinth der Herkunft

Franco Biondi

Die Unversöhnlichen

oder

Im Labyrinth der Herkunft

Roman

Heliopolis

CIP-Titelaufnahme der Deutschen Bibliothek

Biondi, Franco:
Die Unversöhnlichen oder Im Labyrinth der Herkunft:
Roman / Franco Biondi. – Tübingen: Heliopolis, 1991
(Die grenzenlose Bibliothek)
ISBN 3-87324-100-5

Die Drucklegung wurde
von der Robert Bosch Stiftung gefördert

Redaktion: Annette Müller-Bengsch
Einbandentwurf: Annette Karrenbach
Satz: DaviData, Kusterdingen, und
Knipp EDV-gesteuerter Lichtsatz, Wetter
Gedruckt auf säurefreiem, alterungsbeständigem
Werkdruckpapier der Firma Geese, Hamburg
Druck: Karl Grammlich, Pliezhausen
Bindearbeiten: Heinr. Koch, Tübingen
Printed in Germany, 1991
ISBN 3-87324-100-5

Inhalt

Der Kuß der Bonsais

Franco Biondi ist widerlich. Ich hasse diesen eitlen Typ, der mit der Fremde kokettiert. Ich habe ihn in einer Mieterversammlung erlebt, wie er sich mit der Fremde salbt – und sie fürchtet, ha ha ha! Soll er, soll er! Nur in Ruhe lassen soll er mich!

Ich habe ihn seit langem im Verdacht. Und erst recht, nachdem ich mich mit dem Traum und der Mülltüte so blöd angestellt habe. Er kennt nun mein Geheimnis. Ich fühle mich bedroht. Als er mich beobachtete, hat mich ein Schwindel gepackt; seitdem bin ich verzweifelt und kann kaum noch durchschlafen.

Während ich meinen Koffer packe, vernehme ich das Rattern seiner Schreibmaschine; dieses Scheusal, wenn er mir nicht auf den Fersen ist, verschanzt er sich in seiner Wohnung, wo er Stunden und Stunden mit Schreiben – wer weiß, welche öminöse Machwerke er erzeugt – verbringt, bis tief in die Nacht, wobei er immer die gleiche Musik die Wände durchdröhnen läßt; irgendwelche klangbeladenen Sinfonien eines düsteren Komponisten.

Was dieser Gegenwartsverschollene schreiben mag, beschäftigt mich schon: bestimmt über mich, und mich packt die Lust, unvermittelt in seine Wohnung einzudringen, das Blatt aus der Walze zu reißen, es ihm ins Gesicht zu werfen, ihn anzubrüllen: Hab ich Sie endlich erwischt! und ihn ein für allemal bloßzustellen. Aber dann tue ich das als blanken Unfug ab, sage mir, daß er wohl seine teuflische Besessenheit abreagiert, und daß er noch weit davon entfernt ist, mich in der Hand zu haben, und versinke wie gewohnt in meinen Alltagsleiden.

Aus diesem absurden Leid heraus will ich morgen früh in bestimmte Lebensabschnitte zurückkehren, um zu den Orten heimzukehren, wo ich mich befreien kann. Denn: Ohne zu üben, bin ich ein Virtuose des Vergessens geworden. Ohne Gedächtnis ist das Leben Abwesenheit; das Vergessen ist eine gut geübte Leidenschaft fürs Überleben. Doch lebt ein Mensch ohne Gedächtnis den Tod im voraus. Er hat seine Identität aufgegeben zugunsten des Strebens nach Schmerzlosigkeit. Meine Augen haben herausgefunden, daß Vergessen dem Licht gleicht – in ihm werde ich geblendet, und in der Dunkelheit muß ich meine Wahrnehmung schärfen, um zu erkennen. So wandert der Schmerz des Lichtes jedes Mal in das Gedächtnis ein und betäubt die Sinne. Die Herkunft ist es, die schmerzt. Sie ist es, die das Gedächtnis zernagt hat. Virgilio Binachi, Elvira Fonti, Annunciata Ceccabelli, Bruna, Moro waren unversöhnlich. Ja, bei meinen Großeltern und Eltern stand die Niederlage in ihre Körperhaltung gezeichnet. Und ich, Dario Binachi, war nicht nur ihre, ich war auch meine Niederlage: Ich bin Zeuge meiner Existenz und habe das entstellte Gefühl, nicht zu existieren.

Meine Hände legen Strümpfe, Unterwäsche, Hemden und Hosen in die Fächer des Koffers und melden mir, daß kein einziges Stück makellos ist: Die Hemden, zerschlissen, sind hie und da aus den Nähten geplatzt, Strümpfe und Hosentaschen weisen Löcher auf. Bruna wird sie mir stopfen wollen, wird drängen, meine Wäsche in die Waschmaschine zu stecken, und ich werde mich strikt weigern, werde es vorziehen, sie in die Wäscherei zu bringen, werde die Löcher verbergen. Dann wird sie auf mich einreden (ich werde sie ja abwimmeln) und klagen: Mein Sohn, wann änderst du dich? Und ich werde wieder verstummen. Denn, was weiß ich davon, was mich bewegt? Ich bin zerfallen. So wie die Herkunft zerfallen ist.

Und nun fehlt mir dieser Biondi gerade noch. Wenn meine Ohren ihn nicht an seinem ratternden Schreibmonstrum kleben hören, stelle ich mir vor, wie er in seinen Zimmern mit plumpen Schritten herumwandert; groß, mit kastanienbraunen Haaren, nach vorne leicht in sich gebeugt, über seine Schriftstücke geneigt, mit aufgeschlagenen Büchern um sich, mit gestapelten Zeitschriftenausschnitten, versunken in seine Grübeleien, in sein Heimweh. Ich bin mir sicher, daß er in den Selbstzweifeln sein Haus eingerichtet hat und mich nur für seine Projektionen benutzen, ja, mißbrauchen will. Wenn ich bloß daran denke, daß ich ihn erst vor einigen Jahren zu Gesicht bekommen habe, er aber seit mindestens zehn Jahren neben mir wohnt! Und ich habe davon nichts gewußt! Dieser Schnüffler weiß sich gut zu tarnen! Er grüßt jedes Mal, wenn ich ihn im Flur treffe, freundlich, doch wie beiläufig, als würde er mich nur nebenbei wahrnehmen. Ich habe nicht geahnt (in meiner Arglosigkeit konnte ich nicht ahnen!), daß keine Begegnung im Flur jemals Zufall war, daß er mich im Visier hat. Daß er sich ans Werk gemacht hat, mein Leben für seine Zwecke zu benutzen. Seitdem mir bewußt ist, daß er es auf mich abgesehen hat, lauere ich auf seine Ankunft hinter den Gardinen meiner Wohnung – wenn man diese versiffte Bude eine Wohnung nennen kann. Ohne jedoch Mut und Kraft zu haben, diesem Kerl endlich Einhalt zu gebieten.

Er ist mir unheimlich.

Unheimlich wie meine Träume, und ich habe mich gefragt, ob er die Macht hat, sie zu beeinflussen. Aber ich glaube letztlich, daß mein Traumleben aus meiner schäbigen Herkunft hervorquillt.

Einmal träumte ich, wie sich braune Schatten zu grün punktierten Pilzen kondensierten. Amöbenhaft wanderten die grünen Punkte zur Spitze hin, verwandelten sich in einen umgekippten Hut und wurden zu Pinien, die ihre Kronen gen Himmel richteten. Aufbrausender Wind zog auf, die Pinien schaukelten, tanzten in den Windwogen, die Kronen wurden aufgeplustert, flüsternde Arme in die strenge Himmelsbläue gestreckt. Zwei Pinien berührten sich; oder kämpften sie miteinander? Unter der Silberweide zwei Bonsais, die nach und nach die Gestalt zweier perlittfarbener Zwerge annahmen; sie picknickten. Die bleichen Sonnenstrahlen zogen durch die Äste und bemusterten die Zwerggesichter. Kindergeschrei, Stimmen ins Spielen versunken, geschnetzeltes Geplauder. Von weitem Musik, ein Walzer. Auf der flirrenden Farbenoberfläche tanzte ein Paar und schlüpfte in die beiden Zwerge. Ein Blumenteppich entrollte sich unter ihren Füßen, Veilchen, Zyklamen, Akeleien, Mohn, Efeu umwickelten ihre Beine. Die Zwerge umschlangen sich, verwandelten sich zu einer Kippfigur, mit zwei Menschen innendrin, ihre Lippen ein deutlicher Berührungspunkt. Der Kuß, geschmückt von einem glitzernden

Feuerwerk, das die Abendsonnenröte verdrängte. Aus den Beinen der Zwerge keimten Wurzeln auf, sie wurden länger und länger. Sie wurden zu Aalen und krochen an die Farbenoberfläche. Das pechschwarze Kräuselhaar des Mannes, die dunkelbraunen Wellen auf dem Kopf der Frau. Das waren Moro und Bruna, die sich küßten. Vater und Mutter. Die Körper vibrierten, vom Wind geschüttelt. Die schmalen, griffigen Hände Brunas klammerten sich an die hervorstechenden Rippen des über sie gebeugten Moro; er drückte ihren Körper an sich und stieß sie gleichzeitig mit der Brust zurück. Ihre Hände streckten sich und verhakten sich an meinen Augenwinkeln, ihre Finger wanderten von den Augenwinkeln über die Ohren, falteten sich um meinen Rücken. Ich zuckte abwehrend zusammen, und da wachte ich auf.

Lange grübelte ich über diesen Traum. Mein Kopf bastelte mir einige Auslegungen zusammen, um mich zur Räson zu bringen. Dennoch landeten meine Gedanken immer nur in der Herkunft, die mich einholte und mich aufwühlte. Die Herkunft war ein wildgewordener Fluß, der sich in mich eingebettet und mich überschwemmt hatte. Ich begreife nicht, was mich bewegt, ich habe es nie begreifen wollen. Na, gut, sage ich mir resignierend, um mein Leben zu begreifen, sollte ich alle Versionen löschen, die ich von ihm habe. Die reine Erinnerung existiert nicht; es existieren nur Versatzstücke, die ich nach Gutdünken und nach Belieben anhand der Situationen zusammenbastele. Mein Leben in Deutschland ist eine Jagd hinter Gespenstern und Dingen her geworden. Und das, weil ich ein Verlierer der Gegenwart bin. Ich gestalte meine Gegenwart so, daß sie sich in Vergangenheit verwandelt, in nostalgische Erinnerungen, in abhanden gekommene Träume, die ich dann aus meinem Leben zu verdrängen suche. Hier reißt das Gedächtnis auf, wie eine Schlucht, wie die Jahre die Haut runzeln und aufreißen. Die Geschichte meiner Herkunft ist nicht ungewöhnlich, dennoch seltsam. Sie ist ein Rätsel. Deshalb ist die Herkunft mein Dilemma: Sie hat keine Sprache, doch bestimmt sie diktatorisch das Leben. Mit einem festgefahrenen Bild darin: schwebende, kämpfende Helden. Sie, die Binachis, wir, ich. Im Bild rührt ein Zeigefinger im trüben Wasser eines Beckens; der Strudel ist ein Loch in der Existenz.

In meiner Existenz.

Diesen Traum schrieb ich auf, bewahrte den Zettel für einige Zeit in einer Schublade, bemerkte, wie der Gedanke an diesen Zettel ein Dorn in meinem Gedächtnis wurde, und beschloß, ihn in kleine Stücke zu zerreißen. Da es mir nicht ausreichte, ihn zerrissen und unkenntlich zu wissen – er harrte hartnäckig in meinem Bewußtsein –, packte ich die Reste in eine Plastiktüte voller Müll und trug sie in die Mülltonne im Hof. Bevor ich sie hineinplumpsen ließ, erwischte mich eine Reflexhandlung, an deren Folgen ich heute noch zu kauen habe, und vergegenwärtigte mir, daß in mir die Stummheit des Gefühls unangefochten regierte. Erst die Finger, die sich von selbst bewegen, lenken meine Aufmerksamkeit auf mich. Mein Gesicht weiß nie, was mein Gehirn will. Auch die Beine sind mir fremd. Wie oft entdecke ich Regungen, die nicht mit dem Körperzustand übereinstimmen? Wie oft werfe ich Blicke und sehe nichts? Wie oft denke ich zu hören, und das Trommelfell schwingt die Töne von mir weg?

Noch bevor ich mir die Frage stellen konnte, ob etwas aus dem verschnitzelten Papier zu entziffern sei, und die Antwort hätte finden können, daß dies nicht nur unmöglich, sondern völlig unerheblich gewesen wäre, hatte ich schon den Tüteninhalt auf den Platz neben der Mülltonne geleert. Hastig klaubte ich die zerschnippelten Papierfetzen, die die Niederschrift meines Traumes enthielten, zusammen, überprüfte, ob daraus noch etwas Leserliches zu entnehmen sei, spürte, wie ein Blick sich in meinen Nakken bohrte, schaute spontan hinauf, sah Biondi am Fenster, und erstarrte. Dabei fiel mir auf, wie er meine Hand fixierte und kurz, fast unmerklich, auflächelte. Wie ertappt, sammelte ich panikartig den aufgestapelten Müll vom Platz, verstaute ihn in die Tüte und warf sie in die Mülltonne. Ich traute mich kaum, wieder hinaufzublicken, aber mein Gefühl gab mir die Gewißheit: Biondi war noch ans Fenster gelehnt und spähte mir weiter nach; ich spürte, wie seine Blicke mein Gehirn durchbohrten und in unerreichbare Regionen meines Ich eindrangen.

Plötzlich überkam mich ein Gefühl des Schmutzes und ich mußte mir die Hände abschütteln. Da sah ich, daß ein Papierschnipsel an meinem linken kleinen Finger haften geblieben war:

Er war etwas mit Tomatensoße verschmiert und wollte sich gar nicht vom Finger lösen. Ich hielt inne, zupfte den Papierfetzen vom Finger, und als ich ihn zerknüllen wollte, fiel mein Blick auf ein Wortpaar, das noch zu lesen war: Der Kuß der Bonsais; der Buchstabe »K« und das »B« waren nicht mehr vollständig, aber deutlich nachzuvollziehen. Ich erstarrte wieder und spürte, wie meine Knie weich wurden. Ich schaffte es nicht, den Papierfetzen zu zerknüllen, und hielt ihn zwischen den Fingern, als ich mich zum Haustor schleppte. Der Spähblick bohrte immer noch in meinem Hirn, wie die scharfen Sonnenstrahlen. Und da fühlte ich für einen Bruchteil einer Sekunde, daß etwas Unheilvolles passiert war. Daß in diesem Augenblick mein Leben eine entscheidende Wende erfahren hatte.

In den folgenden Tagen schwankte ich: Ich war mir sicher und unsicher zugleich. Ich brauchte die Gewißheit. So stellte ich mir vor, daß ich ihn zur Rede stellen würde; ich malte mir etliche Varianten einer Begegnung aus, bei der ich ihn danach fragen würde, kam allerdings nie so weit. Mir fehlte der Mut. Ich ahnte, daß meine Schüchternheit und meine Neigung, ziemlich verwirrt vor Menschen zu stehen, ohne ein Wort aussprechen, ja ohne richtig zuhören zu können, mir einen Strich durch die Rechnung machen würden.

Dennoch, als ich Biondi vor einigen Tagen auf dem Flur heraufkommen sah, fiel mir als erstes meine Beklemmung auf, und all meine wohldurchdachten Pläne, all meine Vorbereitungen, ihn darauf anzusprechen, mischten sich wie Spielkarten in behenden Pokerhänden und verloren sich in einem verwirbelten Kartenstoß. Er warf mir einen hastigen Blick zu und murmelte widerwillig einen guten Abend, und noch bevor ich meine Gedanken entriegeln konnte, war er bereits einige Stufen hinaufgeschritten. Meine Schritte tröpselten die Treppe herunter, und mit ihnen zogen meine Beklemmungen mich in den Abgrund. Im Erdgeschoß angelangt, erfaßte mich die unheimliche Triebfeder, die fortwährend mein Leben bestimmte und der ich ohnmächtig ausgeliefert war, und katapultierte mich auf den Flur. Biondi war gerade dabei, seine Wohnung aufzuschließen, als ich ihn einholte. Entschuldigen Sie, stammelte ich außer Atem, ich muß Sie etwas

Wichtiges fragen, etwas wegen meines linken kleinen Fingers, verstehen Sie?

Mitten im Satz schrak ich auf: So eine unglaublich ungeschickte Frage! Ich bemerkte, wie mir die Knie weich wurden und mich wegen meiner Ungeschicklichkeit hemmungslos beschimpften. Biondi, wenn auch verblüfft, musterte mich mit klinischem Auge; er hatte jenen Blick aufgesetzt, den Ärzte an sich haben, wenn sie auf dem omnipotenten Stuhl ihrer Vorherrschaft über den Körper der Patienten sitzen.

Nicht nur meine Knie wurden weich, auch die Sinne: Mehr und mehr rückte dieser schreibende Schurke, der seine Buchstaben in meine schlaflosen Nächte einhämmerte, in die Ferne, als würde er mit einigen verlangsamten Flügelschlägen, wie in Zeitlupentempo, sich im weiten Himmel verflüchtigen. Ich erblickte unter seinem rotblonden Schnurrbart ein verschmitztes Lächeln; derweil wandte er ein, daß er mich nicht verstünde, und fragte, was ich wohl damit meine. Entlang des Satzes verlor seine Stimme an Kraft, so als würde jemand per Fernsteuerung die Lautstärke an einem Fernseher zunehmend vermindern, so daß bei den letzten Worten nicht mehr eindeutig auszumachen war, ob sie wörtlich von ihm stammten oder in mir nachhallten. Ich kämpfte gegen mich, damit meine Zunge energisch entgegenhalten konnte: daß ich sein abgekartetes Spiel durchschaute und daß ich mir das nicht mehr bieten lassen wollte, als ich plötzlich bemerkte, daß ich nun allein im Flur stand. Er hatte meine Schwäche genutzt, um mir zu entwischen. Ich läutete wie verrückt, klopfte heftig an seine Tür, doch er machte nicht auf.

Warte nur, Freund! schnaubte meine Stimme in ohnmächtiger Erschöpfung. Und meine Füße setzten sich in Gang, bis ich mich draußen, auf der beleuchteten Straße befand. Mein Körper rannte in irgendeine Richtung und war vielleicht einen Häuserblock weit gekommen, als ich eine erstickte Stimme in mir hörte: Wenn er mich wirklich bis zu meiner Mutter verfolgt, passiert etwas Furchtbares, ich fühle es.

Trotz dieses Gefühls beschloß ich, nach San Martino zu fahren, um meiner Familiengeschichte nachzugehen, sie schriftlich zu bewältigen.

Morgen früh nehme ich den Zug nach San Martino. Und ich werde mir meine Mutter vornehmen, meine Geschwister; meine Schwester wird mir ihren Wagen leihen, und ich werde die Verwandten der Reihe nach aufsuchen. Da werde ich aufschreiben, was von Bedeutung sein kann: Das, was ich hier niederschreiben werde, muß mit der Herkunft eins werden. Ausgegrenzt von ihr, will ich in sie eingeschlossen werden. Beim Verfassen dieses Satzes weiß ich allerdings noch nicht, was im nächsten stehen wird, geschweige denn, was im letzten dieses Schriftstückes. Ich kann nicht ahnen, was die folgenden Seiten füllen wird; ich weiß nur, daß mich eine quälende Lust bedrängt, niederzuschreiben, was den Riß in der Erinnerung ausmacht. Ich ahne nur, daß die Kluft zwischen mir und mir sich weder durch Entschleiern des Unbewußten noch durch Freischaufeln des Erahnten auffüllen läßt. Ich ahne sie und sehe mich als Nebelbank, die herumwandert und diese Seiten mit Nebeltropfen benetzt.

Die dürren Hände im Glasschatten

Herkunftsbegierig fuhr ich zu meinem Herkunftsort. Diese Rückreise, dachte ich während der Bahnfahrt, ist eine Reise nach vorn. Ins Zurück bringt sie mich weiter.

Ohne Berührung empfing ich mich bei der Ankunft in San Martino, ohne Zuneigung sah ich die Bauten, baufällig und abgeschabt von der Witterung, wie sie an den nun asphaltierten Straßen wurzelten, ohne das Bedürfnis nach Annäherung atmete ich die aufgeblähte Luft des heimkehrenden Berufsverkehrs ein. Seit Jahren war es mir deutlich: Ich fuhr nicht in die Kindheitsstadt zurück. Sie lag verloschen in mir, die Stadt war eine andere geworden; die Kindheitsstadt war nur Kulisse für ein unwiderbringliches Etwas. Nur das gelegentliche Knipsen der Erinnerungslichter ließ sie kurz und verunstaltet aufleuchten. Bedeutungslos blieb sie, bis irgendwann, inmitten Deutschlands, sie sich als Melancholie aufbäumte.

Brunas Hände deckten mir den Tisch mit Schafskäse, Schinken, Salami und Rotwein. Mit zackigen Bewegungen holten sie aus dem Schrank Brot und das Holzbrett. Hastig schnitten sie die luftigen Brotscheiben, die auf das Holzbrett kippten.

Sie ließ sich auf den Stuhl fallen und strahlte.

Ich goß mir Wein ein, das kräftige Rot schimmerte durch das Glas. Sie lächelte kopfschüttelnd und betonte, daß sie meine Ankunft geahnt habe. Gerade vorige Nacht hatte sie geträumt: Ein Dutzend unbekannter Menschen schlug gegen die Tür und wollte in die Wohnung eindringen; sie stemmte sich gegen die Tür und rief: Mein Sohn ist nicht da, ihr dürft erst rein, wenn er hier ist. In diesem Augenblick ahnte sie, ich würde kommen. Aber dann drang doch ein Mann mit rötlichem Schnurrbart ein und sagte: Ich bin ein Freund Darios, lassen Sie mich rein!

Ein Mann mit rötlichem Schnurrbart? rief ich bestürzt.

Ja, ich glaube.

Sonst groß und mit kastanienbraunen Haaren?

Ja, genau.

Und du hast ihn reingelassen?

Er saß dann mit dir...

Meine Bestürzung grapschte aus mir nur den Satz heraus: Er ist hinter mir her! Und erschlaffte. Nervös drehten meine Finger das Glas um sich, bis ich es wahrnahm, und sie innehielten. Die Wellen des Weines brandeten sanft an der Glaswand. Im Lampenlicht warf das Glas auf der Tischdecke einen Schatten; innerhalb der muschelförmigen Schattenerscheinung flottierte rot und gelblich eine vasenförmige Lichtzunge, eine lodernde Flamme. Umgekippt betrachtet, erschien sie als Vogelschnabel. Ich nippte einen Schluck aus dem Glas und stellte es wieder hin. Die rot-gelbliche Lichtzunge züngelte in den muschelförmigen Glasschatten, während Brunas verdickte Finger unruhig umeinander rotierten, als wollten sie ein verstricktes Garn aufdröseln. Unruhige Hände, ein verschlossener Mund, auf dem meine Kindheit hüpfte. Er nahm meine Augen und führte sie zu dem Loch, in dem ein Strauß seinen Kopf versteckte. In diesem Loch leuchteten grell die sich küssenden Menschen; sie zuckten unruhig und rittbedürftig wie gefesselte, wiehernde Pferde.

Ich dachte an die Jahre in San Martino, die ich nicht gesehen hatte, bastelte unfreundliche Tagesanbrüche und Abenddämmerungen zusammen, an denen ich durch diese Straßen hätte schlendern können, und rief: Ich habe eine Bitte an dich.

Sie schaute mich erwartungsvoll an.

Ich möchte, daß du etwas von dir erzählst, von Moro, von deinen Eltern und alles, was du weißt über die Binachis.

Ja? Prompt war sie verstummt. Sie stand ruckartig auf, die verunstalteten Hände räumten hastig den Tisch ab, verstauten den Brotrumpf in einem zerknitterten Papier, das Holzbrett unter den Servietten und falteten sorgfältig die Tischdecke. Der leicht verbogene Zeigefinger wies auf die Flasche und auf das rötlich schimmernde Glas. Trinkst du noch?

Du bist gar nicht begeistert von meiner Bitte, nicht wahr?

Willst du einen Espresso?

Sie setzte sich auf die Couch und faltete ihre Hände hinter dem Kopf, ein Seufzen ausstoßend.

Ich stand auf und ging in die Küche. Gleich folgte sie mir und linste über die Schulter. Was machst du?

Glühwein.

Hii, rief sie aus, die dürren Hände vor der Nase fächelnd, der Geruch des heißen Weins ekelt mich an! Aber sie drängte, den Glühwein vorzubereiten, schwirrte weiter um mich und umrankte mich mit ihrem Wissensdurst: Warum machst du dir Glühwein?

Ich bin nicht erkältet, antwortete ich.

Sie musterte mich. Soll ich den Ofen heißer stellen?

Ja. Die Wohnung kam mir tatsächlich unangenehm kühl vor. Aber ich trinke trotzdem Glühwein.

Hii, es stinkt fürchterlich! girrte sie; ihre geschwollenen Finger preßten die Nasenlöcher zu.

Warum schwirrst du dann um mich herum? Du brauchst nicht herzuriechen. Mir fiel ein, daß womöglich Glühwein und Nelken sie an Moro erinnerten. Im Winter trank er leidenschaftlich gern Glühwein und aß Maronen dazu.

Man kann dir nichts sagen! rief sie zickig und ließ ihre Blicke über die Brillenfassung klettern. Und ihre Neugier bohrte weiter:

Welchen Wein nimmst du denn?

Siehst du doch. Beide Flaschen, den billigen und den guten Wein. Sie standen nebeneinander auf dem Tisch.

Sie schnitt eine Grimasse und schlappte ins Wohnzimer zurück. Aus dem Fernsehschirm sprudelte munter die Werbung für Pelzmäntel und erotisch darüber streifende Frauengesichter; Brunas Finger hatte den Ton per Fernsteuerung abgedreht.

Ist dir der Glühwein zu heiß?

Nein.

Schmeckt er?

Vielleicht. Ich spürte vage, es war keine Neugier von ihr; das war eine erstarrte Fürsorge, die mich wie einst einengte.

Plötzlich drehte sie den Ton des Fernsehers auf, obwohl sie Werbung nicht ausstehen konnte. Die Kamera schwenkte gerade über Regale voller Fernseher und Videorecorder und pries sie an. Die Familienserie »Herz aus Stein« mit einer tränenüberströmten jungen Frau im Krankenhausbett blendete sich ein und kündigte deren Beginn in einer halben Stunde an; Bruna, hinblickend, fragte: Willst du Panettone dazu?

Nein. Ich hab doch gesagt: ich bin satt.

Pfui, der stinkt ja bis hierher, der Glühwein. Wieder fächelten die dürren Hände vor der Nase.

Dann verziehe ich mich. Ich stand auf und zog mich ins Zimmerchen zurück.

Dir kann man gar nichts sagen, hörte ich sie nachrufen. Ich stopfe mir halt die Nase zu, und du kannst bleiben.

Später, es war offenbar wieder die Werbung in den Film reingedrückt worden, trat sie ins Zimmerchen, legte die dürren Hände fest in die Hüften, mit leicht gespreizten Beinen, und betrachtete mich, wie ich auf dem Bett lag und die gerade beschriebenen Blätter durchlas.

Was machst du?

Ich zerstreue mich.

Sie warf ihren Blick auf das begonnene Manuskript. Ist das für deine Sozialarbeit?

Nein, für meinen Schlaf.

Das ist ja auf Deutsch geschrieben!

Ja.

Damit ich es nicht lesen kann?

Gewiß.

Ungläubig schüttelte sie den Kopf. Bist du noch Sozialarbeiter?

Nein, ich bin unsozial, antwortete ich, da ich fühlte, daß sie nicht so sehr das Gespräch suchte, sondern daß hinter ihrer mütterlichen Fürsorge die Sucht nach Eindeutigkeit steckte.

Ruckartig wandte sie sich um und verschwand hinter der Tür. Kurz darauf kam sie wieder, legte eine süße Stimme auf und wollte freundlich sein. Auch eine Methode, um die verlorene Kontrolle wiederzuerlangen, sagte ich mir, und ich beobachtete sie mit mißtrauischer Lupe. Es dauerte keine zwei Minuten, und sie kam auf Ivar zu sprechen. Es ist seine Sache, meinte sie, er muß es ja wissen. Aber durch die Kirche treibt er den Laden in den Bankrott. Anstatt sich um die Kunden zu kümmern, verbringt dein Bruder die ganze Zeit mit den Mormonen; seitdem er Pastor ist, ist er sogar während der Geschäftszeit unterwegs. Wie oft habe ich ihn morgens besucht, und was treffe ich da an? Ivar ist weg, dies oder jenes für die Kirche zu erledigen, der Lehrling werkelt unbeaufsichtigt herum. Oder es streunen die amerikanischen Missionare in der Werkstatt herum und halten Ivar von der Arbeit ab. Mit fünf Kindern am Hals, einer trägen Frau, die einen Stock höher morgens um zehn immer noch im Bett liegt, und den Kindern, die dreckig und halbnackt in der Wohnung oder in der Werkstatt herumstreunen, müßte er eher an das Verdienen denken. Müßte sparen und für die Zunkunft sorgen. Wenn er mal krank wird, gute Nacht, da gibt keine Kirche ihnen was zu essen. Früher, da konnte man das machen, mit den vielen Kindern, aber heute, heute ist das verantwortungslos, so viele Kinder in die Welt zu setzen, meinst du nicht?

Das ist halt ein Geschenk seines Gottes, sagte ich, starrte auf ihre Hände und dachte an ihren Traum, der mir das Unheilvolle ankündigte; ich mußte nun von diesem Schreiberling Franco Biondi auf alles gefaßt sein. Und ich mußte mich wappnen, Strategien aushecken, um ihm Einhalt zu gebieten.

Einen Tag später, nachdem die Arthritishände die Tagesarbeit in der Küche verrichtet, das Schlafzimmer in Ordnung gebracht und die Wohnstube aufgefeudelt hatten, und sie sich in den Sessel fallen ließ, fragte ich sie, während ich mich ertappte, wie ich sagte: Ich muß ihm Einhalt gebieten! Ich muß ihm unbedingt Einhalt gebieten!, ob sie nun etwas von ihrer Mutter erzählen würde, nur das. Bruna lächelte verlegen und antwortete mit einem Schulterzucken. Ich weiß nicht was.

Ihre Hände falteten sich über den Bauch; grünlich schimmernde Adern durchzogen die verhügelten Handrücken; ein mattes Licht flutete über die Adern, die sich in den Oberarmen verloren. Ich knüpfte an das an, was mir mein Bruder am Vortag über Annunciata Ceccabelli erzählt hatte. Einst hatte sie geschildert, wie ihre Familie Ende der Zwanziger Jahre, als Bruna erst acht, zehn Jahre alt war, mit weiteren sechs Familien in einer riesigen Kammer leben mußte. Tagsüber arbeiteten sie alle in den Ländereien des Bauern, abends gab er ihnen aus einem großen Topf eine dünne Suppe; die sechs Familien mußten sich in eine Reihe stellen, und es gab Streit um die Portionen.

Ja? Hat die Oma das alles erzählt? Mit einem in die Leere verlorenen Blick und sich umeinander wurstelnden Fingern rief sie dann: Wenn sie das erzählt hat, muß es so gewesen sein.

Die rot-gelbliche Lichtflamme stand erstarrt in der muschelförmigen Schattenschale. Mein Zeigefinger berührte sie; ein Satz, den ich überhaupt nicht zuordnen konnte, überfiel mich: Ich muß das Heimweh aufgeben, um zu dieser Quelle zu gelangen, ich muß! Es mir fiel auf, daß die vermutete Anwesenheit Franco Biondis hier in San Martino eine willkommene Ausrede wäre, um mich vom eigentlichen Anlaß abzulenken. Ich war aus Wissensdurst gekommen: Ich wollte die ganze Familiengeschichte in Erfahrung bringen.

Annunciata, sie ist 1900 geboren, war sie die erste Tochter? fragte ich.

Bruna blickte mich verstört an. Irgendwann hob sie die Schultern. Die Hände fuhren über das graumelierte Haar. Sie wußte es nicht; sie wußte auch nicht, wie viele Geschwister ihre Mutter hattc, und nur mit Mühe und Not konnte sie sechs Namen unsicher herausbringen. Ich habe alles vergessen, enschuldigte sie sich. Die Fotos von Annunciata hatte nach ihrem Tod mein Bruder zu sich genommen, denn ihre Tochter wollte sie alle wegwerfen. Ich ließ sie mir geben und zeigte sie jetzt Bruna. Erst blätterte sie sie mit einer gewissen Neugier durch, dann gähnte sie. Sie hatte Mühe, ihre Onkel zu erkennen. Bei vielen Fotos wußte sie nicht, um wen es sich handelte. Die meisten Gesichter blieben eine Parade Unbekannter. Die Großeltern erkannte sie auch nicht. Sie sagte nur: Das könnte vielleicht mein Opa sein. Zwei Brüder von Annunciata standen selbstgerecht und protzig da, in Faschistenuniformen. Bei ihrem Bruder Cesare auf der Rückseite auch das epochale Datum: XXI, also kurz vor dem Badoglio-Regime. Bis ihre Mutter starb, besuchte Bruna sie jede Woche; wie war es möglich, daß dort über Annunciatas Geschwister nicht gesprochen wurde? Der matte Schatten des Weinglases verwischte die in die Ferne schweifenden Blicke.

Erst ergötzte ich mich in schaler Freude: Ihr geht's wie mir! Ich habe auch alles vergessen wollen, die Kindheit, die Geschwister, die Eltern! Von meinem Leben waren nur drei oder vier Erinnerungen übriggeblieben, weil ich meine Geschichte wie ein Gefängnis erlebte; überall, wo ich hinging, in die Emigration, von einer Stadt in die andere, vom Schoß einer Frau in die Arme einer anderen, trug ich mein Gefängnis wie einen Panzer um mich, ein Panzer, der mich umhüllte und alle meine Bewegungen steuerte. Nach der schalen Freude überwältigte mich die Verzweiflung. Die Ausweglosigkeit hatte mich dahin getrieben, wo ich vor fünfundzwanzig Jahren losmarschiert war, und nun saß ich hier und wußte damit nichts anzufangen! Ihre Worte rauschten in einem schmalbetonierten Kanal und verließen niemals die Täler ihrer unmittelbaren Handlung. Ihre Gegenwart bestand aus Enkeln, aus den täglichen Krankheiten, aus Nachbarn, aus den Fernsehstars, aus argentinischen oder brasilianischen Telenovelas; Novelas, die Familiengeschichten melodramatisch abspulten: Familienintrigen, das Fremdgehen von dem und von jener, die verzweifelte, vergebliche Liebe von dieser und jener. Während des Essens fragte sie: Ob sich Angelita mit Riccardo heute abend trifft? Auf meine zaghafte Frage, ob sie als junge Frau nach dem Vater geschmachtet und gelitten habe, reagierte Bruna mit verblüfftem Aufreißen des Mundes. Nicht der Rede wert, rief sie und drehte, um weitere Fragen zu vermeiden, den Fernseher lauter, obwohl eine Werbung für Seife lief. In mir schrie es: Blöde Mutter!, das meinte jedoch die Ausweglosigkeit der Erinnerungen, und ich verfiel in eine graupelnde Mattigkeit, in Überdruß und Melancholie. Zerfließende Bilder, sich auflösende Farben. Meine Familie: eine geätzte Kupferplatte mit ineinandergewundenen Frauen, Männern und Kindern. In einem käfigartigen Glas. Stilleben.

In den folgenden Tagen war ich von einer kraftaushöhlenden Trostlosigkeit bestürmt. Mich herkunftslos fühlend, hatte ich mir vorgemacht: Um mich zu kitten, suche ich meine Herkünfte dort, wo ich geboren bin. Und doch, die Herkünfte schwinden im rußigen Nebel des schattigen Weinglases, sind in der rot-gelblichen Lichtzunge verpulvert. Wo komme ich her? Das Urleben; Neanderthaler, Okzident, die Römer, Mittelmeer, aus dem Volk,

Bauernkultur der Apenninen, die DNS, die Materie, die Kohlenhydrate, die Lipoide, die Energie, der Kampf ums Dasein, das Unbewußte – Schlagwörter. Reduktionen der Herkunft, Verzerrungen, Chimären. Eine quantifizierbare Unquantifizierbarkeit. Alles zulässig, die DNS, die Materie, das Unbewußte. In einer Zeit der Faktenideologien, der bejubelten Perspektivlosigkeit, der sterilisierten Moral, wozu überhaupt eine Herkunft? Denke gegenwartsbezogen, die Herkunft ist keine Gegenwart. Denke zielbezogen – die Herkunft ist kein Ziel. Denke sachbezogen – die Herkunft ist kein Gegenstand. Wird es mir wie den Wissenschaftlern ergehen, die im Atom die Materie suchten und mit leeren Händen dastanden? Ohne Gedächtnis ist alles ein Nichts. Wenn ich in den Kern meines Lebens hineinschaue, schwindet alles; die Herkunft löst sich, wie im Vakuum des muschelförmigen Glasschattens, auf. Es leben nur Zweifelschwaden. Welche Kräfte strikken an der Herkunft? Bruna ist meine einzige wirkliche Herkunft. Unbezweifelbar. Und doch, angesichts ihrer Vergeßlichkeit, angesichts meiner erstickten Erinnerungen lebe ich weder in der Vergangenheit noch in der Gegenwart oder in der Zukunft. Ich lebe und weiß nur das.

Mehrmals am Tag klagte sie über ihre Krankheiten und über die Unerträglichkeit der Schmerzen. Ja, Mutter, antwortete ich jedes Mal. Schau, meine Beine, schau, wie geschunden. Die blaugeäderten Schienbeine waren von knorpligen Klumpen übersät; auch an den milchweißen Schenkeln hatte sich die rheumatoide Arthritis eingefleischt. Und hier die Hände, wie sie schmerzen. Gerunzelt, bläulich geädert, spindelförmig geschwollen, gezeichnet vom Dienstdasein. Ich berührte sie. Kühle infundierte in die Wärme meiner Finger.

Ich fuhr mit meinen Fingern auf den Rillen ihrer Hand; als Gedächtnissucher. Der Körper ist ein dunkles Labyrinth, sagte ich mir, manchmal erkennt man einen Gang, dann wieder nicht, genauso, wie man auf unbekannten Straßen fährt, von denen man das Gefühl hat, sie von irgendwoher zu kennen. Letztendlich, obgleich ich sie seit Anbeginn des Lebens befahre, erkenne ich sie nicht, auch später nicht, und weiß nie genau, weshalb ich diesen oder jenen Weg gegangen bin.

Die spindelförmigen Schwellungen hatten den Jupiter- und den Sonnenberg verunstaltet und völlig schwinden lassen. Der Venusberg an den Wurzeln des Daumens war von winzigen Linien durchzogen und eingetellert, als hätte er einen tiefen Krater. Die Linien, die sich in den Furchen eingruben und vom Zeigefinger aus entlang der Tellermitte über die zerklüfteten Schwellungen und zur Erinnerungswüste führten, füllten sich mit staubigen Bildern. Tiefe Furchen der Melancholie waren am kleinen Finger, im Tal des Merkurberges, eingeritzt und verbanden sich weiter unten mit der oval verlaufenden Kurve der Linie des Herzens. Von der Mitte der Linie des Herzens ging noch eine Linie aus, die mit der weiter unten verlaufenden Linie des Lebens in eins verschmolz.

Bruna schaute zu mit verstörten, spitzen Augen: Moro machte Pirouetten auf der verdrehten Lyrik einer Okarina und ließ eine Rothaarige sich um sich drehen; ich krallte mich fest an der dürren Hand Brunas. Es roch nach dem wilden Schweiß einer flotten Mazurka auf einem Bauernfest hinter der aufgestapelten Getreideernte. Die Stimmen klangen wie das Rauschen des Windes. Ein mächtiger Tenor sang von der »Ronda dell' amore«. Der volkstümliche Text wurde durch den traurigen Gesang der Canterini überlagert, er klebte in dem rötlich dunstüberhangenen Abend. Abgelagerte Sanddünen der Handfläche, Irrgänge, die sich auflösten und neu zusammensetzten.

Eine wiederholte Gebärde und die Abfahrtsszene: Bruna, an Moro gepreßt, fingerte an seinem Kräuselhaar herum, mit bitteren Augen. Warum weinst du, Dummerchen, wehrte er ab, ich komme wieder! Es sind nur drei Monate! Ja, ja, drei Monate? Im starken Bahnhofslicht schimmerten ihre Zweifel, er könnte in der Fremde bleiben, ihre Vorerfahrung: Moro war bereits drei Mal von zu Hause geflohen. Das eine Mal war er illegal in die Schweiz eingewandert und wurde abgeschoben. Den Heimatbahnhof verschlief er, sprang zwanzig Kilometer weiter vom fahrenden Zug, beinah den Kopf an einem Elektromast zerschmetternd, und traf mitten in der Nacht zu Hause ein. Auch wenn er diesen Umstand zig Mal erzählt hatte, um zu verdeutlichen, welche Gefahren er in Kauf genommen hatte, um wieder dort zu sein, von wo er geflüchtet war, lebte sie mit dem Auge auf dem Uhrpendel der Verzweiflung.

Es war auch die wiederholte Gebärde meiner Verzweiflung.

Graublaue Lichtkaskaden ergossen sich über die dürren Hände, während die rot-gelben Flammen der körnigen Landschaft flackerten. Ich sehe dich nicht, Mutter. Wo bist du? Bist auch du eine Maske?

Plötzlich sah ich mich gegen einen sandigen Wind kriechen, der die Rillen der Hand umschloß. In die finsteren Regionen meiner Existenz hineinrutschen. Die abgetragenen Schluchten, die von abgestürzten Vergessensblöcken verschüttet waren, kleideten sich mit einem undefinierbaren Ton rot-gelblicher Asche. Diese nahm kurz Gestalt an:

Es war einmal ein Ringen zwischen Hirsch und Zentaur; für das Ringen beschrieb ein dritter Kämpfer aus urtümlichen Zeiten das Muster auf einem Zigarettenpapier.

Und ich sah mich, niedergedrückt und steif, ziemlich pathetisch und lächerlich, wie ich mit extakter Genauigkeit die Hand meiner Mutter betrachtete, dachte, daß jetzt Biondi uns hätte beobachten können, und schrak auf. Soll ich mich weiter, fragte ich mich, zwischen den Kadavern der Sehnsüchte bewegen, und er schaut gemütlich zu? Nein!

Ja, Mutter. Ich werde dich nicht mehr mit meinen Fragen quälen. Deine verunstalteten Hände haben alles weggeschüttet. Aus irgendwelchen Gründen, die ich nicht kenne, brauchen sie dies. Ich werde wohl auch Gründe haben, von mir nichts wissen zu wollen. Deine Handlinien zerfallen jetzt in Asche, auf dem Boden liegt nur ein Häufchen hennaroter Staub. Was bleibt dir, versunkenem Sucher, als diesen Staub mit Bildern zu füllen, die zu dir führen und von dir aus weitergehen? Vielleicht wirst du nach dir den Weg über die Linien hinaus antreten. Nur nicht betteln sollst du um die Herkunft. Nicht betteln. Lieber ertrotze sie mit einem erfundenen Gedächtnis, wenn du Existenznöte hast. Die stürzenden Kerle sind dir mehr wert als ein Erdball von Heuchlern, die sich im Zivilisationsgetümmel durch ein paar Fortschrittstugenden oder jetzt durch Untugenden hindurchschleichen. Wenn du die Fahnen ablegst, wirst du fähig, mit dir zu leben. Laß das Betteln. Auch wenn du dich dabei erneut betrügst, klebe dir das Gedächtnis aus dem hennaroten Staub mit Bildern zusammen.

Die Fischerhütte

Wo blieb ich stehen? In einem Ort ohne Zeit, in einer Zeit ohne Ort? Oder ohne Zeit und ohne Ort?

Ach ja, wankend im verwüsteten Gedächtnis, wo ich die Scherben des Alltags in meinem Kopf an der betäubenden Enge berauschte, war ich nach San Martino gekommen, war in die Hände meiner Mutter eingewandert, war von den Handlinien ausgeschert, schwelte in Alpträumen, bastelte mir etliche Wege nach Frankfurt zurück, um doch Nischen des Wartens entlang des Tages aufzustellen. Seit dem seltsamen Traum meiner Mutter hatte ich begonnen, mich mit Gedanken an den Schriftsteller zu verfolgen; ich schaute mich ständig um, mit verstümmelter Aufmerksamkeit, sah viele Schattenrisse Franco Biondis, entwarf Festungen für meine begonnene Suche, zerstreute die Geister, die mich umgaben, überließ mich dem vagen Tagtraum von jener Irrfahrt duch dunkle Labyrinthwege der Herkunft, an denen sich die Schattenbilder des Schriftstellers auslöschen. Ich konnte weder sitzen noch liegen, weder an irgend etwas teilnehmen, was San Martino anbot, noch am verwandtschaflichen Leben teilhaben. Oft nahm ich mir vor, meinem Onkel Pasquale Binachi einen Besuch abzustatten, doch ich brachte es nicht fertig, in den Wagen einzusteigen und die Staatsstraße nach Porto Garibaldi zu nehmen. Statt dessen verließ ich die Wohnung, um irgendwo zu laufen, und fand mich jedes Mal im Corso della Repubblica wieder; erst fragte ich mich, was ich hier wohl suchte, und bemerkte überrascht, daß ich des öfteren vor dem Schaufenster einer Buchhandlung stand und die Autorennamen der ausgelegten Bücher mit meinen Blicken wie bei einer Computerliste abtastete. Der Schriftsteller, das Labyrinth in mir suchte den Schriftsteller!

Kaum hatte ich gedacht, daß ich von ihm noch nie etwas gelesen hatte, befand ich mich schon in der Buchhandlung, wo die Verkäuferin, eine ältere Frau mit aufgehellten Haaren, meinen herumsuchenden Blick angelte und mit einem süffisanten Lächeln fragte: Darf ich Ihnen helfen? Irritiert sagte ich: Nein! und fragte nach dem Autor. Sie schüttelte sich wie eine nasse Katze, runzelte Stirn und Backen, als hätte ich mit meinem Begehren dem Saturn, verpackt mit einer schönen Verzierungsschleife, verlangt, wälzte im riesigen Bücherverzeichnis den Buchstaben »B« bis zu Biondi durch, heftete ihren Blick auf mich und sagte trocken: Wir haben hier einen Mario Biondi; sicherlich meinen Sie den.

Mario Biondi?

Ja.

Lebt er in Deutschland?

Nein. Jetzt erinnere ich mich: Wir haben ihn mit seinem letzten Buch in der Auslage. Soweit es mir bekannt ist, lebt er in Mailand.

In Mailand? In meinem Kopf blitzte es: Und wenn dieser Biondi ein Doppelleben führte? Vielleicht lebte er gleichzeitig in Mailand und in Frankfurt. Oder er war erst in Mailand und ist später nach Frankfurt gezogen, um mein Leben auszuforschen. Mir war es unheimlich geworden, ich fühlte mich von diesem überall anwesenden Scheiberling wie vernichtet, und mit zittriger Stimme bat ich sie, genauer im Verzeichnis nachzuschauen, ob nicht doch ein Franco B. existierte. Mit ausgestrecktem Zeigefinger fuhr sie die Namensliste durch, murmelte verneinend, fragte, was für ein Autor das sei, und klebte ihren Blick auf meine Augen. Unangenehm berührt, blickte ich weg und stammelte verlegen, daß dieser Biondi, der Biondi, den ich meinte, in Deutschland anscheinend etwas bekannt wäre, und ich ansonsten nichts weiter wüßte.

Sind Sie sicher, rief sie mit einem sonderbar harten Blick, daß Sie nicht den Mario Biondi meinen?

Sie haben recht, erwiderte ich. Geben Sie mir ein Buch von ihm.

Das erste, was ich tat, war, in eine Bar zu gehen. Während meine Lippen den Capuccino schlürften, galoppierten meine Augen auf dem Buchdeckel, auf der Suche nach den biographischen Daten. Geboren 1942. Das könnte er schon sein. Ein Foto, ein Foto von ihm! schrie mein Gefühl – es brauchte endlich die Gewißheit. Nirgends ein Foto. Meine Lippen saugten ins Leere, als ich mich inmitten der Lektüre befand. Daß es sich um eine Liebesgeschichte während der Jahrhundertwende handelte und von obsessiven Zerrissenheiten keine Spur zu entdecken war, tröstete mich. Nur noch der Titel beunruhigte mich: Occhi di donna. Frauenaugen. Augen.

Mehr verwirrt als nachdenklich schritten meine Beine den Weg zur Wohnung zurück. Meine Mutter empfing mich mit besorgter Miene, aber ich knurrte ihr entgegen, daß ich äußerst erschöpft sei und Ruhe bräuchte. Gerade hatte ich mich hingestreckt, lugte ihr Kopf durch den Türspalt. Auf ihre Frage, ob und was ich bräuchte, hörte ich mich sagen: Die Hölle! Kennst du den Weg? Sie war brüskiert, machte jedoch Anstalten, einzutreten. Ich drehte mich um und spürte, bäuchlings liegend, wie die Brust auf den Bettbezug hämmerte, als suchte sie darin einen Tunnel auszuschaufeln, der mich an das Lochende meiner Existenz führte. Währenddessen peilten meine Ohren ein Rascheln; aus dem Schützengraben meiner über den Kopf gekreuzten Arme hinauf spähend, sah ich, wie meine Mutter das Buch Mario Biondis durchblätterte. Ich hörte, wie ich sagte: Laß das! Ziemlich lange blieb sie scheinbar regungslos neben mir stehen; als ich mich ihr zuwandte und meinen Blick in ihren bohrte, schüttelte sie den Kopf. Was ist bloß los mit dir? Ich erkenn dich nicht wieder.

Ich betrachtete gebannt ihre verhärteten Gesichtszüge, ihren sanften, aber geistesabwesenden Blick. Ich will, daß du erzählst! fauchte ich. Sie ließ das Buch aufs Bett neben mir fallen und winkte zackig ab. Immer dasselbe mit dir. Und ging aus dem Zimmer.

Obwohl ich deprimiert war, versuchte ich klar zu denken. Und das obschon ich wußte, daß das Klardenken mein Problem war. Bei den entscheidenden Begebenheiten meines Lebens stellte ich mich immer so an: Ich grübelte und analysierte. Erst die Analyse der Ereignisse, dann die der Möglichkeiten, die in einer Handlung bestanden, meistens mit dem Ergebnis, daß diese Möglichkeiten nicht zutrafen, oder daß, wenn sie zutrafen, ich dabei leer ausging. Nichtsdestotrotz zog ich Bilanz. Erste Möglichkeit: a)

Der Traum meiner Mutter war purer Zufall. b) Mein Weg zum Corso della Repubblica war ebenso zufällig. c) Der Fund des Buches Mario Biondis ergab sich aus a) und b). Zweite Möglichkeit: a) Mario und Franco Biondi sind zwei unabhängig voneinander lebende Personen. b) Sie sind Brüder; der eine lebt in Mailand, der andere in Deutschland. c) Der eine beschäftigt sich mit dem Harmonischen, der andere mit der Gruft des Menschlichen. Drittens: Angenommen, Mario und Franco Biondi sind ein und dieselbe Person. Dann: a) Er lebt seit zehn Jahren in Frankfurt. b) Er lebt hier und dort; denn was bedeutet für einen erfolgreichen Schriftsteller heute schon die Entfernung einer Stunde Luftweg ? c) Er lebt in Deutschland, weil er auf der Suche nach neuem Stoff ist (bekanntlich steht auch die Literatur unter Produktionsdruck), und hat mich deshalb als Material auserkoren. d) Er schreibt für Italien anders als für Deutschland, um die Leser in postmoderner Art zu verwirren. e) Er hat in Frankfurt Teuflisches im Sinne und spielt in Italien deshalb den Harmlosen. Das zum einen. Zum anderen: a) Er lebt in Mailand. Also er ist mir nach San Martino gefolgt. b) Er ist hier, vielleicht bei Bekannten, und beobachtet mich die ganze Zeit. c) Er wartet darauf, daß ich meiner Lebensgeschichte nachgehe, damit er sich auf sie stürzen kann. d) Er wird im entscheidenden Moment auftauchen. e) Er wird versuchen, sie mir wegzunehmen, und mich in die Verdammnis des Figurenlebens jagen wollen. Und f): Wenn ich achtsam genug bin und die Ruhe bewahre, werde ich sein Vorhaben vereiteln können.

Obwohl ich unruhig schlief, war ich am folgenden Morgen voller Kräfte und Lust, in mein Abenteuer einzusteigen. Ich erinnerte mich, geträumt zu haben. In mühseligen Streifzügen in fremden und trüben Gewässern begab ich mit mit einem Schwarm Fische nach Porto Garibaldi. Pasquale Binachi, der große Karpfen, flitzte im trüben Wasser der Generationen allen voran; wir wurden von einem Schwarm Aale, der in der Valle di Comacchio seine Brut in die von Menschen hergestellte Kloake legen wollte, überholt. Barsche tobten in allen Richtungen, ihre silbernen Schuppen blendeten, doch ich als Fisch steuerte unbeirrbar auf eine Fischerhütte zu.

In Porto Garibaldi erstreckte sich links eine zerlöcherte Zementbahn zum kleinen Hafen und von dort aus über einen schmalen Weg, der durch eine grasige Vegetation führte, zu einer alten Eisenbrücke, die den schnurgeraden Kanal, zum Meer hin, überquerte. In der Fischerhütte lief der Fernseher, aber keiner sah hin. Die Männer auf dem Steg über dem trüben Kanal hoben lärmend das Fischernetz, schrill schreiende Kinder wühlten mit einem Fangnetz herum. Im Kamin schwelte Holz, Sardellen und vielerlei Fisch lagen auf dem Rost, der Tisch wurde gedeckt, Sangioveseflaschen entkorkt. Außer der Familie hockten eng um den Tisch Diana und Liana, die Ehefrau und Onkels Geliebte, Lianas Mann, beide Söhne der Geliebten und ein Möbelvertreter, der noch engen wirtschaftlichen Kontakt zu meinem Onkel hatte. Dieser war neben der Vertretung verschiedener Möbelfirmen auch eigenen Geschäften nachgegangen und hatte sich aus den Gewinnen eine Villa am Hügelhang direkt an der Küste gebaut. Während Lianas Söhne über die Arbeit in der Stadt sprachen, sie waren Fabrikarbeiter, flochten Pasquale und der Vertreter unendliche Reden über Möbelgeschäfte in das Essen ein. Pasquale saß am Kopfende des Tisches, lachte prahlerisch dick und stieß die Sangiovesegläser an, Lob über den selbst hergestellten Wein heischend, alles mit Ich-ich-ich füllend. Feist geworden, schnaubte er mit geschwollenen Wortblasen.

Mein Lächeln berührte die aufgeblasenen Reden; meine Ohren umkreisten die kräftigen, blubbernden Wortblasen; ich wollte nachdenken, wissen, was mein Lächeln ausmachte, und lauschte skeptisch: Die Gespräche über die Möbelfirma, die Pasquale in dreißig Jahren aus einer ambulanten Handlung mit dem Dreiradwagen zum Großmöbellager aufgebaut, anfänglich unter Mithilfe seiner Brüder Natale und Moro, und die er vor einigen Jahren an den Neffen Pino und seine Frau Martina verkauft hatte, verliefen auf der einen Rille einer binären Spur; in der anderen Rille spulten sich Bilder von Männern ohne Körperform ab, mit der Gebärde von erwachsenen Halbstarken, und von Frauen in eingeübter, machterprobter Opferhaltung.

Ich lauschte und erinnerte mich an die Ereignisse einer scheinbar vergangenen Zeit: Einige Jahre lang hatte Pasquale als Angestellter der Möbelfirma gedient, bis er und Martina aneinandergerieten. Sie hatten sich gestritten, wobei sie dann angab, Pasquale Binachi hätte sie geohrfeigt. Laut Pasquale kommandierte Martina im Laden herum, samt Ehemann; das ließ Pasquale den Neffen als Hampelmann der Frauen titulieren. Er bereute nun, ihnen das Geschäft, und auch noch so günstig, verkauft zu haben; er ging jetzt dazu über, mit zwei Polizisten, einem Gemeindeangestellten und einem Möbelvertreter eine Möbelhandelsgenossenschaft zu gründen, die seiner einstigen Firma die Kunden abwarb, bekämpfte seine einstige Firma mit allen Mitteln, um sie in den Ruin zu treiben. Ohne Erfolg. Pasquale gab sein Vorhaben auf und setzte sich zur Ruhe, aber Martina hatte Pasquale Binachi doppelt angezeigt: wegen der Ohrfeige, und weil Pasquale Binachi nach dem Verkauf fünf Jahre lang keinen Möbelhandel mehr hätte betreiben dürfen. Verwandte anzeigen: Bei Binachis herrschte Empörung, die sich nach und nach in Spott über Pino verwandelte. Es hieß, Martina hätte ihren Mann mit einem arrivierten Vertreter betrogen, der bei einer anderen Möbelhandlung Mitinhaber war, hätte dem Geliebten, um seine Gunst zu behalten, einen Porsche gekauft, hätte ihm kostspielige Geschenke gemacht, hätte ihm Geld zum Ausbau einer anderen Möbelfirma geliehen, hätte versucht, Pino dazu zu bewegen, seinen Anteil am Geschäft abzutreten, um mit ihrem Liebhaber den Möbelladen weiterzuführen. Indessen, eines war kein Gerücht: Die Möbelfirma war bankrott, und Pino, nach einem Herzinfarkt und Depressionen, hatte versucht, sich das Leben zu nehmen.

Pasquale aalte sich im Mitleid mit seinem Neffen; Mitleid, das in Schadenfreude überging. Mit breitem Mund verkündete er seine Lebensweisheit: Wie kann man sich von einer Frau herumkommandieren lassen. Pino hat keinen Charakter! Hier ließ er den Spruch der Binachis fallen: Der Mythos von den guten und den schlechten Binachis: Die guten Binachis sind rebellisch, selbständig und nehmen keine Rücksicht auf die Forderungen der Ehefrauen, die schlechten dagegen sind häuslich, ordentlich und befolgen deren Befehle. Da erinnerte ich mich, wie Pasquale den Herrn im Hause spielte, um dann im Geschäft die Empfehlungen der Geliebten entgegenzunehmen.

Jahr um Jahr das gleiche; ich stand nur für einen Augenblick am Fenster der Schadenfreude und belauschte die umgerührten Erinnerungen, die wie niederprasselndes Licht mein Gedächtnis besprühten. Ich entdeckte ein Benommenheitsgefühl in der Benennung des Familienmythos, spürte im Wort »rebellisch« das vertraute Glücksgefühl der Ohnmacht hochschnellen, dachte an meine schäbige Sehnsucht nach Häuslichkeit. Und ich hörte mich innerlich gähnen, hörte mich aufsagen: Was habe ich noch zu verlieren als die täuschenden Säbel des Lichts, den Strudel der Trostlosigkeit, die havarierten pilzüberlagerten Hölzer der offiziellen Familiengeschichte? Was habe ich noch zu verlieren, nachdem meine Flossen, längst mit einer klebrigen goldenen Masse behaftet, verloren sind? Bin ich vielleicht doch die Mücke, die in den Bienenstock flog, in dem Glauben, dort eine bessere Mücke zu werden? Bin ich die gierige Mücke, die, im Bienenstock angelangt, am Honig kleben blieb?

Die Frauen und die Kinder waren an den Strand gefahren, der Vertreter und die anderen Männer hantierten am Netz, an dem Sträucher hängengeblieben waren. Auf meine Frage sprach der Onkel ohne Unterlaß, einen Zahnstocher auf den Lippen hin- und herrollend, riß dabei Gütigkeitsfratzen des Wohlwollenden über seine vom Wein feuerroten Wangen. Zuerst habe ich bei Strocchi, dem Großbauern der Umgebung, als Knecht Arbeit gefunden: Dein Opa Virgilio, deine Onkel Primo und Natale und ich, obwohl ich erst sieben Jahre alt war. Der Bauer war die Verbitterung in Person; er tobte laufend und lamentierte, ihm paßte nichts. Es war grausam. Schon um drei mußte man aufstehen, um die Tiere im Stall zu füttern, es ging bis spät in die Nacht, und der Herr maulte: Ihr Nichtstuer, geht früher ins Bett am Abend! Mit den Jahren erwies sich wieder, wer von den Binachis sich respektieren ließ und wer nicht. Vater und ich, wir widersetzten uns, aber Natale und Primo nicht; sie sagten immer ja und amen zu allem. Später, als ich ein junger Mann war und nach den Mädchen schielte, wollte der Strocchi, daß ich früh ins Bett ging, sonst könnte ich am folgenden Tag nicht richtig zupacken. Einmal hatte der Strocchi mich so beleidigt, daß ich mit der Mistgabel hinter ihm hergerannt bin, und ein anderes Mal bin ich auf ihn losgegangen und habe ihn verprügelt, bis seine Weiber mich von ihm losgerissen haben. Dann wollte ich mein Geld haben und mich davonmachen. Zu jener Zeit arbeitete Virgilio wieder als Maurer, bei Genossen von ihm, und wir waren nicht mehr von Strocchis Brot abhängig. Strocchi, trotz der Prügel, war widerstrebend; er wollte mir kein Geld geben: Erst sollte ich die Tagesarbeit verrichten. Ich habe mit der Faschistenkammer gedroht, und er ist doch mit dem Geld herausgerückt. Aber dann stand ich ohne Arbeit da. Als ich herausfand, daß die Chemiewerke Leute einstellten, habe ich mich dort vorgestellt. Sie wollten mich gerade nehmen, als ein Anruf kam, der sie benachrichtigte, daß ich gar nicht im Fascio war. So stellten sie mich nicht ein, mit der Ausrede, meine Papiere wären nicht in Ordnung. Sie wollten mich einkerkern, weil ich die Wahrheit gesagt habe: Wir Binachis finden das Brot selbst, wir brauchen keinen Fascio, keine Partei, die geben uns kein Brot; steckt euch deshalb euren Fascio in den Hintern! habe ich geschrien. Da war was los. Freunde sagten mir, ich sollte mich bei Barca vorstellen, der eine große Nummer war in San Martino; er wäre zwar Faschist, aber korrekt, ein Riese von Mann mit einem schwarzen Bauernumhang um die Schultern, einem riesigen Schnauzbart und einer dicken Stimme. Dieser sagte mir: Wenn die von der Firma ein Ding gedreht haben, sorge ich dafür, daß sie bestraft werden, aber wenn du mich angelogen hast, dann gebe ich dir den Rest. So ging er hin und hörte sich alles an. Dann wandte er sich mir zu und sagte: Du hast keine schönen Worte über den Fascio losgelassen, aber ich kann trotzdem für dich etwas tun. Er sprach mit den Verantwortlichen der Chemiewerke, daß für einen Jungen wie mich alles getan werden sollte, damit ich nicht einen falschen Weg nehmen würde. Man sollte mir eine Chance geben, um den Weg zum Fascio anziehend zu machen, und andere solche Reden. Ich bekam also die Stelle, aber dort war es eine reine Katastrophe: Es verging kein Tag, ohne daß ich einen Knollen entgegennehmen mußte, einmal, weil ich zwei Mal aufs Klo gegangen war, anstatt nur einmal, ein anderes Mal, weil ich den Akkord nicht einhielt. Mein ganzer Lohn schwand mit solchen Knollen dahin. Ich bin halt einer von den Rebellen wie Virgilio, der sich so was nicht gefallen läßt, das Gegenteil von meinem anderen Bruder, dem Natale, der alle Erniedrigungen bei den Chemiewerken dreißig Jahre lang über sich ergehen ließ. Warum glaubst du, daß ich mich selbständig gemacht habe, warum ich mich jedes Jahr nach Porto Garibaldi zurückziehe? So blieb ich eines Tages zu Hause und ging dann mit Virgilio zu den Maurern. Dort hat auch Moro schon geschafft.

Ja, Moro. Dein Vater war in ständigem Kampf mit Virgilio. Wie Katz und Maus waren sie. Nach dem Krieg ging es zwischen den beiden nur um Politik. Moro war verbissener Republikaner, war aktiv in der Partei, ging in die Versammlungen und hob sich als verbissener Antikommunist hervor, er fluchte gegen die Roten und wollte keine Gegenrede hören. Als Natale, Moro und ich die Möbelgenossenschaft gegründet hatten, es war um 1950, und wir eine Möbellieferung hatten, und der Kunde Kommunist war, begann Moro sofort mit diesem zu diskutieren und ihn zu beschimpfen. Ich sagte ihm: Laß doch, sonst verlieren wir alle Kunden, aber Moro sagte: Der Kunde kann mir einen runterwichsen. Als er viel später von den Republikanern ausgeschlossen wurde, weil er an einer wichtigen Sitzung nicht teilgenommen hatte, zerriß er das Parteibuch vor dem Vorsitzenden und schrieb sich bei den Faschisten ein. In alle Winde sagte er es, obwohl die Faschisten verboten waren, und verdammte die Kommunisten um so heftiger. Nach dem, was Virgilio alles durch den Faschismus erlitten hatte, war er ziemlich gekränkt und wollte nicht mehr mit Moro reden. Einmal entzündete sich ein Streitgespräch zwischen ihnen. Moro sagte auf dem tiefsten Punkt des Streits: Den Kommunisten müßte man in den Mund schießen. Und wenn Ihr nicht mein Vater wäret, würde ich es sein, der Euch den Gewehrlauf in den Mund jagt. Jemand, der so redet, schrie darauf Virgilio, ist nicht mehr mein Sohn, raus! Nach allem, was ich durch die Feinde gelitten habe, raus aus meiner Wohnung, raus! Bis sich eines Tages Moro radikal änderte; er wollte überhaupt nicht mehr über Politik diskutieren. Es war in der Zeit, als er fliegender Händler war. Ich habe nachgehakt, und er sagte: Wir sehen uns so selten, warum schon wieder solche Reden. Im übrigen, sagte er weiter, früher habe ich falsche Vorstellungen von den Kommunisten gehabt. Jetzt bin ich selbst Kommunist; viele fliegende Händler sind Kommunisten und haben mich überzeugt. Ich wollte ihm sagen: Du läßt dich aber von anderen Leuten leicht überzeugen, und von unserem Vater... Ich ließ es sein, denn dadurch hätte ich in einer Wunde gerührt. Und wenn man bei Moro in einer Wunde rührt, ist er unberechenbar; immer im Widerspruch zum Vater, schon als Kleinkind. Er war eben ein elektrisch voll geladener Nerv, das kann ich schon von ihm behaupten – wer weiß, wie er auf eine solche Bemerkung reagiert hätte. Hast du das alles gewußt? Pasquale schaute auf mein halb geöffnetes Maul mit einer gewissen Schadenfreude.

Nein.

Er lächelte anspielungsreich. Das kommt dir ziemlich vertraut vor, oder?

Mir?

Tu nicht so unschuldig. Du mit Moro über Politik, wie war's denn?

Mit gespielter Gleichgültigkeit nickte ich; und während es in mir nachhallte: Und wie war's mit dir, Onkel Pasquale, wo du doch so rebellisch gewesen sein sollst?, betrachtete ich mich verstohlen im Wasserspiegel meiner falschen Erinnerung, mit dem schamhaften Lächeln der Selbstverachtung, mit dem Bemühen, aus der leichten Bewegung meiner Gesichtsmuskeln zu erraten, woran ich mich gehalten hatte, woran ich mich hielt, wenn nicht am Pulsrhythmus meiner Feigheit und meiner Verzweiflung, wenn nicht am Anker der Flucht. Ja: Die Schwärme der Binachis hatten dort Inseln der Illusionen geschaffen. Ich steckte darin, betört von einem unkoordinierten Konzert in meinen Augen. Die Schuppen waren ein fadenscheiniger Schirm; bereits die Kollision mit der Gegenwart verschlang sie. In diesem Augenblick hatte ich nur den einen Wunsch: das Gedächtnis zu füllen, in meine verhaßte Herkunft zurückzuwandern.

Zwischenstation im Stilleben

stillt die erbärmliche, befriedigte Angst vor dem Antritt in die Erinnerung. Sie stellt stumpfe Farben in der Konturlosigkeit der wiederholten Gebärde des Wartens her, in einer Rückkehr ohne geistige Anwesenheit, ohne ein Gefühl, wirklich hier zu sein, in San Martino, in der schläfrigen Stadt, in der ich geboren wurde. Das müßte so werden: Die Rückkehr könnte nur eine Ankunft in die Schläfrigkeit werden, in eine Konturlosigkeit, die Blau und Zitronengelb ineinanderwirbelt.

Mit sanfter Benommenheit ergriff meine Anwesenheit Besitz von den Ecken des kleinen Zimmers, ließ allmählich Farben und Dinge mit der Erinnerung in Verbindung treten, stellte den zerbrochenen Bezug dieses Körpers mit einer verlorenen Wirklichkeit her. Nur, die Wirklichkeit formte sich in jedem Augenblick aus dem Fließenden, wogegen die Erinnerungen etwas Statisches und Breiiges zugleich war. Diese Einschätzung ließ mich denken, daß das Leben nur in der Gegenwart das Reale abbildete; alles, was vergangen war, war zur Entstellung und zur Nostalgie verdammt. Und mein Körper lebte von Entstellungen, nährte sich aus der Nostalgie, schwebte in Augenblicken, in Räumen, die weder mit Vergangenheit noch mit Gegenwart angereichert waren.

Ich knipste die Nachttischlampe an, dachte an den erinnerten Besuch Onkel Pasquales, fragte mich, was aus der Auseinandersetzung zwischen ihm und Martina geworden war, entsann mich seiner Anspielung, vergegenwärtigte mir, daß der Versuch, die Fischerhütte anzugehen, sie schriftlich zu umkreisen, mich nicht näher an die entscheidenden Erinnerungen herangebracht hatte, sah mir die Lampe an, stellte mir vor, mich auszulöschen, die Dario Binachis in mir zu isolieren, in Gebiete zu unterteilen, mit Grenzen und Stachelzäunen. Ich setzte mich auf den Rand des

Bettes, verlagerte mein Körpergleichgewicht auf die Füße, mit den Gewichten der Selbstverachtung und des Jähzorns, verhalf ihnen auf die Beine, atmete mit ihnen die Luft der Mutterwohnung, stelzte mit ihnen an der Hand zur Tür hin, ließ mich im Wohnzimmer nieder, registrierte, wie ein breiter Strom preußischblauen Lichts in der Natura Morta reflektierte.

Der preußischblaue Lichtstrahl überschwemmte die Schwarz-Weiß-Fotos der verstorbenen Verwandten, vereint im Bilderrahmen des nußfarbenen Wohnzimmerschranks. Trüb floß die Tönung in die verfrühte Verlassenheit. Die Prozession der verstorbenen Familienmitglieder, Moro, die Großeltern, Onkel Primo, der tödlich verunglückte Cousin Giano. Tante Bina war nach ihrem zweijährigen Krebsleiden hinzugekommen. Diese lächelnden Kräuselmünder. Annunciata Ceccabellis Lächeln war herb und bestimmt, das von Elvira Fonti mit verbissenem Ernst verschmolzen. Virgilio Binachis Schmunzelmund unter nasenbreitem Schnurrbart verletzte die stechende Trauer der Augen – es war kein Foto vorhanden, auf dem Virgilio Binachi und Elvira Fonti als Eheleute zusammen zu sehen waren. Moro konnte Traurigkeit auf lächelnden Lippen vereinen. Biagio Piverini posierte neben einem Baumstamm, den er absägen wollte: ein abgesägtes Lächeln unter der violetten Knollennase. Tante Bina versteckte ihr Lächeln in den hängenden Mundwinkeln. Cousin Giano eine vertikale Linie, er lächelte nicht. Konstantes Merkmal aller Fotos: Melancholie als Natura Morta, abhanden gekommener Bezug zur Gegenwart. Nur Opa Biagio blickte mit verlassener Gutmütigkeit. Moro schaute nachdenklich zur Seite hin, Virgilio stechend und bestimmt in die Kamera, Cousin Giano bedrückt, Bina fragend (aufschreiend die Augen: Weshalb?), Elvira tadelnd. Und Annunciata? Undefinierbar. Wie oft hatte ich sie mir angesehen, diese in die Leere starrenden Gesichter? Unzählige Male; stets zerstreut, geistesabwesend, um nicht mit ihnen in Verbindung zu treten. Und, vielmehr, um nicht mit meiner Gegenwart konfrontiert zu werden.

Und nun stellte sich auch noch der Schriftsteller dazwischen; er war eine Gittertür geworden, ja, schlimmer; denn nach dem Ereignis, das ich im folgenden festhalte, war ich völlig gelähmt:

Als ich am späten Nachmittag heimkehrte, saß Bruna mit gestreckten, aufgeschlagenen Beinen auf einem Bänkchen, von einer Decke umwickelt, und sah fern. Mir fiel sofort der Aschenbecher auf dem Tisch mit einem ausgelöschten Zigarillosstummel auf. Besuch gehabt? fragte ich arglos, und noch bevor meine Mutter antworten konnte, bemächtigte sich meiner eine tiefe Beunruhigung. Indem Bruna bestätigte: Ja, ein Freund von dir, schimmerte mir ins Bewußtsein, daß ich jemanden in Deutschland kannte, den ich Zigarillos rauchen gesehen hatte, ich konnte aber der Gestalt keine genaue Kontur geben. Ein Freund von mir? (Die Vorstellung, wie ich dastand, wie ich die Augen spitzte, wie ich den Mund aufriß und es mir den Atem verschlug, bereitet mir Unwillen, weiter zu erzählen.) Die Frage war aus meinem Mund herausgeplatzt und war mit einer schrecklichen Implosion im Hirn verbunden, die mich folgende Sätze unbewußt sagen ließ: Er ist nicht mein Freund! Er ist mit mir weder verwandt noch verschwägert! Und ich will ihn nicht sehen! Hörst du?

Sie blickte mich verwundert an. Warum schreist du denn? Du weißt gar nicht, wer hier war.

Stimmt, rief ich kleinlaut. Und erschrak über meine Überreaktion. Urbano? fragte ich.

Sie schüttelte den Kopf. Und schmunzelnd, ohne Eile, fügte sie hinzu: Franco.

Franco? Welcher Franco? Außer dem verfolgenden Franco Biondi fiel mir kein weiterer Franco ein, und mein Blick verdunkelte sich.

Als sie diesen Namen aussprach, schien die Stimme meiner Mutter aus der Ferne zu kommen, hallend, wie aus einem Behälter, und tief, wie aus den eigenen Eingeweiden.

Was sucht er hier? hörte ich mich fragen, nachdem ich meine eigene Stimme vernommen hatte, die schrie: Also doch, du Scheißkerl!

Wie, was sucht er hier? Das weißt du doch, daß er aus San Martino stammt. Er ist doch der Sohn von Oriana.

Von wem?

Oriana. Oh, mein Sohn, bist du vergeßlich! Er ist doch einen Monat vor dir nach Deutschland gefahren. Die Mutter wohnt doch hier, im Querblock nebenan. Und sie deutete mit dem Finger in die Richtung.

Plötzlich erschlug ein Blitz meine Sinne, und ich hörte mich schreien: Mein Manuskript, mein Manuskript! Ich stürzte ins Zimmerchen, durchwühlte das Schränkchen, das Nachttischchen, krempelte meine Bücher um, bis ich das Manuskript in Händen hielt, und suchte dennoch mit Augen und Hirn weiter.

Was ist denn? fragte meine Mutter, die hinter mir hergelaufen war.

Meine geweiteten Pupillen verankerten sich in ihre. Nichts! rief meine Stimme, und während meine Finger den losen Blätterstoß überflogen, fügte sie jäh hinzu: War dieser angebliche Freund von mir hier im Zimmer?

Aber nein, rief meine Mutter.

Bist du sicher?

Ganz bestimmt.

Na, gut, hörte ich mich sagen, und die Finger an den offenbar unberührten Blättern schienen das zu bestätigen. Meine Sinne stürzten wie ein Gebäude zusammen. Ich spürte nur, wie mein Körper in Unbeweglichkeit erstarrte, und ließ das Manuskript auf den Boden fallen.

Seit seinem unerwarteten Besuch versuchte ich das Chaos in meinem Körper in Ordnung zu bringen, Zuordnungen von Gedanken und Gefühlen vorzunehmen. Es begann damit, daß er mich beim Aussortieren des zerschnitzelten Papiers ertappte. In diesem Augenblick hatte ich die Gewißheit, daß ich nach San Martino fahren würde, um an die Quelle des Traumes zu kommen. Zehntausend Tage Fremde hatte ich gebraucht, um diesen Schritt zu wagen. In jenem Augenblick, in dem er am Fenster Ausschau hielt, wußte er, daß meine Sinne fähig geworden waren, über den eigenen Schatten zu springen. Er wußte also von meiner bevorstehenden Rückkehr, folgte mir auf Schitt und Tritt und besaß sogar die Stirn, mich aufzusuchen. Sozusagen im Rachen des Löwen. Oder des Wolfes.

Da er mir nachspionierte, hatte er ganz bestimmt beobachten können, wie ich die Buchhandlung betrat. Wie ich dann mit einem Buch von Mario Biondi in die Bar ging und mich in die Lektüre versenkte. Ich versuchte mich zu erinnern, ob dort der eine oder andere Gast sich verdächtig in meiner Nähe aufgehalten hatte, konnte aber kein Gesicht ausmachen, das dem Schriftsteller hätte ähneln können. Vielleicht war er verkleidet. Sei dem, wie es nun sei, er wußte, daß ich, nach meiner Rückkehr von der Bar, spazieren gegangen war. Warum denn mich aufsuchen, wenn er wußte, daß ich nicht zu Hause war? Ich stellte einige Hypothesen auf. a) Er wollte meine Mutter kennenlernen, um auch über sie zu schreiben. b) Er wollte dabei auch die Atmosphäre der Wohnung aufnehmen. Es war mir jedoch unmöglich, sein Verhalten einzig aus purem Neugiertrieb zu begreifen. Deshalb war eine Folgerung unvermeidlich: c) Er wollte mich warnen, daß auch er hier war. Oder d) er hatte es auf meine Notizen abgesehen. Und wenn er, in einem Augenblick der Unachtsamkeit meiner Mutter, sich doch ins Zimmer eingeschlichen hatte? Es hätte auch sein können, daß er aufgehört hatte, mich zu beschatten, und nun versuchte, mir endlich zu begegnen. Wenn es so wäre, dann bräuchte ich nur zu warten, und er würde von sich aus kommen!

Losgelöst von meinem Bewußtsein, suchten meine Augen auf den Fotos weiter, wie ein Handwerker, der das Ersatzteil auf seinem Tisch suchte und gleichzeitig an die letzte Auseinandersetzung mit seiner Partnerin dachte, mit toter Begeisterung, ohne Stimmung, ohne Beklemmungen, aber mit einer Passagierbrücke, damit die Dario Binachis an Bord gehen könnten, damit sie die losen Selbstgespräche aufgeben würden, um in einen leibhaftigen Diskurs zu treten.

Das vergilbte Zelluloidpapier war still.

Die Passagierbrücke schien gesperrt; im Verzicht auf diese Suche blieb die Verbindung zur Prozession der Toten der Vergleich mit meinen Fotos. Dort waren es nicht die Lippen, die in Trauer gestimmt waren; es waren einzig die Augen. Ich war in der gesamten Verwandtschaft der einzige, der einmeterdreiundachtzig groß geworden war; alle anderen überschreiten nicht die Einmetersiebzig, Bruna war knapp über einmetersechzig. Die Nase war vielleicht die Gemeinsamkeit, knollig, hervorstechend, wie bei Moro. Die Lippen: dieselben wie seine. Und vielleicht noch die Stirn. In meiner Jugend war ich so spindeldürr wie er. Am dunkelhäutigsten waren meine Schwester Maria Binachi und Moro. Nur Biagio Piverini, Pasquale Binachi und ich waren in der gesamten Familie hellhäutig. Ich wurde stutzig: Auf diesem Foto sahen Pasquale Binachi und Franco Biondi verdammt ähnlich aus.

Durch meinen Kopf schlängelte sich ein Blitzgedanke: Pasquale Binachi und Franco Biondi waren miteinander verwandt. Folglich war ich auch mit ihm verwandt. Ich spielte weitere Möglichkeiten durch: a) Der Schriftsteller war Pasquales Sohn. b) Er war Moros Sohn (hatte er nicht schon eine Tochter, meine Halbschwester, die Maria ähnlich sah?). c) Er war Virgilios Sohn. d) Jede äußere Ähnlichkeit war rein zufällig. e) Die Ähnlichkeit mit Franco Biondi und demzufolge sein Verhalten, als sei er mein Schatten geworden, entsprang der gemeinsamen Versprengtenidentität (als Macht des Ähnlichen, die bewirkte, daß sie sich trafen, anzogen). Ich fand Hypothese e) gar nicht abwegig, tendierte jedoch zu den Hypothesen a) bis c). Denn bei unserer Familiengeschichte war sie die wahrscheinlichste.

Mein Inneres blieb dennoch ein Pandämonium – alles war möglich, alles schwirrte durcheinander und miteinander. Sagte meine Mutter nicht, daß Biondis Mutter im Block nebenan wohnte? Die Hypothesen a) und b) waren demnach möglich; wenn ich aber berücksichtigte, daß die Siedlung Ende der fünziger Jahre gebaut worden und der Kerl in den vierzigern geboren worden war, schienen sie mir unwahrscheinlich. Aber das besagte noch gar nichts: Wer wußte, ob Biondis Mutter und Moro zum Beispiel sich nicht schon früher kannten? Vielleicht war sie auch aus dem Obdachlosenblock. Mutter zu fragen, war zwecklos, von ihr konnte ich nichts erwarten. Ich stellte mir vor, Biondis Mutter aufzusuchen, sie zu fragen, und der Gedanke gefiel mir; er gefiel mir, weil ich in der Beziehung zum Schriftsteller endlich den Spieß umdrehen würde.

Ich vergaß plötzlich meine wild sprießenden Analysen; ich fühlte nur, daß dieser Schriftsteller aus San Martino kam und ich von seiner Existenz nichts wußte. Insofern war Hypothese e) gar nicht abwegig: Daß er seit Jahren in diesem Viertel gewohnt hatte und daß wir voneinander nichts wußten, sprach dafür, daß er ein Identitätsversprengter wie ich war. Aber auch diese Hypothese wies Löcher auf: Zumindest war ich der, der von ihm nichts wußte.

Wieder verzweifelte ich: Alle Spuren führten zu mir zurück. Und meine Individualität hatte überall Blindstellen. Schon damals: Als ich noch klein war, scherzte Moro stets vor Freunden, indem er rief: Der da, mein Sohn? Der ist nicht mein Sohn. Ich hatte geglaubt, es läge am Farbunterschied der Haut. Ich ahnte nicht, daß er es anders meinte. Moro hatte die traurige Bitterkeit von den Lippen in die Worte verschoben.

Ich kehrte zu den Fotos zurück. Die anderen Fotos lagen im violettgrauen Grund einer Schuhschachtel Brunas. Wahllos zusammengewürfelt wie im diesigen Gedächtnis. Das hatte ich mit Bruna gemeinsam. Obwohl ich mich ziemlich bemühte, schaffte ich es nicht, ihnen einen Kontext zu verschaffen. Im Gegensatz zu Moro; er konnte sich an Gesichter, Ereignisse und Umstände, die vierzig, fünfzig Jahre zurücklagen, wie gerade an gestern erinnern. Es war vorgekommen, daß er Mitte der siebziger Jahre einen Menschen auf der Straße getroffen hatte, den er zuletzt Mitte der dreißiger gesehen hatte, und ihn, auf die Schulter klopfend, fragte: Oh, Marino, wie geht's? Hast du immer noch mit den Nieren Probleme?

Moros erstes Foto war das, wie er achtzehnjährig heiratete. Von Bruna gab es dagegen zwei gestellte Fotos aus ihrer Kindheit: Auf beiden war sie verklärt eingereiht in ihre Familie; sie stand neben der vor der Familie sitzenden Annunciata Ceccabelli. Ihre Blicke waren bestimmt und forsch wie die ihrer Mutter; in dem ausgedörrten Gesicht Biagio Piverinis neigten seine Lippen zu einem erzwungenen Lächeln, das, verschweißt mit den halbgeschlossenen Augen, Verlorenheit verbarg.

Von dem Hochzeitsfoto erzählte Moro, daß er sich zu dieser Gelegenheit den Anzug leihen mußte, und der war auch noch dazu geflickt. Vom Gesichtsausdruck her ähnelte er ganz meinem jüngeren Bruder. Meine jüngere Schwester schien dagegen ein getreuer Abzug Brunas. Beide waren extrem dürr, aber im Gegensatz zu mir, der ich als junger Mann ebenso dürr war, hübsch, fotogen. Moro mit einem verwirrten Gesichtsausdruck in die Kamera starrend, wie ein geängstigtes Reh vor lauernder Gefahr, in den Augen eine abgrundtiefe Verzweiflung, die eindringliche Frage als Brandmal: Warum? Als würde er die gerade stattgefundene Hochzeit, ja, sein Leben überhaupt, nicht begreifen. Diese Frage war auf späteren Fotos fetter in seine Augen gebrannt, der Verzweiflungsschrei: Warum?

Ein gleißender Lichtstreifen durchquerte den Hintergrund.

Bruna, in einem buntgemusterten Mädchenkleid mit weiß gesticktem Kragen, stand ebenso steif mit abwartender, kindlicher Gespanntheit neben ihm, als würde sie nicht glauben, daß sie es war, die dasteht, hinter ihr vernebelte Grautöne. Die Augen und die festen Lippen verbargen nur mühsam ihre Unsicherheit: Was wird mit mir gemacht? Und: Bin ich das wirklich?

An der Seite Moros die klassisch anmutenden Säulen einer Kirche und ein barocker Seitenaltar. Neben ihm stieg eine monumentale Treppe aus dem Bildrand hinauf, als sei darin bereits symbolisch festgehalten, daß sie beide von diesem Hintergrund geschluckt werden würden. Zaghaft umfaßten die Arme die Schultern des Partners.

Es existierte nur noch ein anderes Foto, auf dem beide allein zusammen waren. Moro legte den rechten Arm um die Hüfte Brunas, neigte den Kopf etwas zu ihr hinüber, die linke Hand in der Hosentasche und das linke Bein nach vorn gestreckt. Er hatte eine sehr weite Hose an. Erstaunlich war: Trotz der lässigen Haltung und der Nähe zu Bruna blickte er ernst, düster, gelangweiligt in die Kamera. Die Lippen waren zusammengepreßt. Bruna lächelte – ein fotoentgegenkommendes Lächeln. Den einen Arm streckte sie hinter den Rücken Moros, den anderen hinter ihren Hintern. Sie stand steif, in ein modisches Kleid gesteckt, das sie noch kindlicher erscheinen ließ, als sie ohnehin schon wirkte. Sie trug schöne Schuhe, in der Mode der Zeit. Ein verunsichertes Mädchen, wie später ihre Tochter Maria?

Ein Paßfoto lag in der Schuhschachtel; Bruna um die zwanzig. Hier blickte sie ernst, mit eindringlichen Augen, die Lippen in Verbitterung gespannt. Die Augenhöhlen waren eingefallen. Um den Hals trug sie in einem Medaillon das Foto des mit sechs Monaten plötzlich gestorbenen Sohnes Mario. Ich wurde stutzig. Es war mir vollkommen aus dem Sinn gekommen, daß mein älterer

Bruder Mario geheißen hatte. Und der Biondi – der Bruder Francos? seine andere Identität? – aus der Buchhandlung, mit seinen merkwürdigen »Frauenaugen«, hieß ebenso Mario! Wieder einmal spürten meine Nervenbahnen, wie das Gefühl (oder war es der Instinkt?) in den Verstand eindrang, ihn durcheinanderbrachte und mich von meinem festen Vorhaben ablenkte. Aber dieses Mal erlebte ich, wie er all seine Kräfte mobilisierte, und meine Finger setzten ihr Werk fort.

Auf einem anderen Foto, noch vor Kriegsende, lächelte Bruna freudestrahlend über die Kamera hinweg. Nur noch auf einem weiteren Foto aus jener Zeit waren sie zusammen, mit mir. Ich hockte auf dem Schoß des knienden Vaters, der mit gespanntem Gesicht und zusammengekniffenen Augen in die Kamera starrte. Moro lächelte jetzt gezwungen, sein Verzweiflungsschrei war in die Dunkelheit der Augenhöhlen vergraben. Hatte sogar eine Krawatte an. Über ihm Bruna, den Arm herab hängen lassend, mit geschlossenen Augen, den Blick nach unten gerichtet. Sie trug ein kariertes Kleid. Ein starres Lächeln kleidete die Lippen.

Es waren keine weiteren Fotos vorhanden, auf denen sie beide allein waren. Die nächsten Fotos waren erst Jahre später entstanden; da waren wir bereits zu viert oder zu fünft.

Jahrzehnte später wollte ich sie fotografieren; sie schimpften, da sie auf Fotos nicht so herauskommen würden, wie sie seien – als ob Fotos ihr Sein verraten würden (auch Verstellungen können nicht zudecken) –, lächelten daraufhin meist geschmeichelt und stellten sich widerwillig in Pose. Dann schauten sie sich die Fotos nicht an. Sie wollten sich nicht auf Papier wiedersehen. Wollten sie nicht erfahren, daß sie einst, ohne Bezug zu ihrem Leben, ohne Verankerung in Räumen, existiert hatten? Die Fotos als Quellen eines unergründlichen Gefühls. Ständig sich wiederholende Bilder jener unergründbaren, in der einsamen Ohnmacht fußenden Bezugslosigkeit zur Gegenwart.

Stilleben. Die Fotos wurden feindselig. Ich blätterte sie von neuem durch und blieb erneut am Foto von Mario Binachi hängen. Und wenn es sich um Mario Biondi handelte? Nein, Mario Binachi war tot; war er wirklich tot? Und wenn aus dem Schmerz des Verlustes Moro Binachi, fremdgehend, den Sohn Mario heißen ließ? Hatte ich also doch einen Halbbruder, der Mario Biondi alias Franco Biondi hieß?

Die Herkunft begann sich zu rühren, wie ineinander verkeilte Platten unter den Kontinenten. Die Vorfahrensprozession überschritt die hennaroten Sanddünen und trieb über schroffe Gebirgspässe. Das Stilleben, das über die Erinnerungsfelder der Vergessenssucher wehte, kam in Bewegung und wanderte ins Labyrinth des Gedächtnisses. Jetzt löste sie fremdes Dasein im eigenen auf. Allererst erhob sich dort eine Fahne. In der Fahne war ich heimisch, und ziemlich lächerlich: Es lebte ein Fahnenträger in einem Gemälde. Er bekämpfte den Rahmen und das Passepartout, träumte nicht im geringsten, sie zu überschreiten, denn dies hätte seinen Tod bedeutet, und drehte sich im Kreis. Die vage Schadenfreude empfand ich bei der Betrachtung meiner selbst, als ob es sich um jemand anderen handelte. Der Gang nach Deutschland war eine Bewegung im gleichen Bilderrahmen, mit einem abrupten Bruch, einem Einschnitt von seiten der Herkunft. Der Fahnenträger hatte schlicht gelernt, die Fahne zu lieben, als ob er selbst eine Fahne wäre.

Die Erinnerungswüste

Biondi blieb unsichtbar, und ich suchte Zuflucht in hastigen Bewegungen in meinem Urlaubsalltag. Es wurde die Zeit der meditativen Unruhe, auf der Suche nach den Bildern, die in unmittelbarer Verbindung zu den unauslöschlichen, versunkenen Erfahrungen standen. Ich mußte zurückgehen in meine frühe Kinderzeit, um alles, alles zu leben; denn es war seit jener Zeit und jenen Räumen, daß die Individuen in mir auswucherten, daß die vielen Dario Binachis Gestalt in mir annahmen, sich aufrichteten, miteinander kämpften, Schuld und Verantwortung einander zuschoben, sich gegenseitig lähmten: Kaum hatte ein Individuum in mir etwas getan, schon bereute ein anderes und veranlaßte, daß das Getane rückgängig gemacht wurde, und ich nahm es zurück, holte es wieder vor und nahm es wieder zurück, und so weiter, bis schließlich all die Dario Binachis dazu übergingen, Mauern hochzuziehen, Stacheldrahtzäune um ihre blinden Gänge aufzustellen, Selbstbeobachtungsposten mit verschwitzten, verschmierten Vergrößerungsgläsern auf Wache zu schicken und die Stunde der Schläfrigkeit einzuläuten.

Ich mußte zurückgehen. An den Fotos entlanggestreckt, versank ich in die Erinnerungswüste. Die Gegenwart, dachte ich, egal was ich von der Gegenwart herausnahm, sie ist immer eine Brücke, ich brauche sie nur zu besteigen, mich an Assoziationen zu klammern, und ich werde dorthin kommen.

Als ich mir die Fotos ansah, achtete ich auf die Augen, diese traurige, verzerrende Öffnung zur Außenwelt, erinnerte mich an das Buch Mario Biondis, Occhi di donna, Frauenaugen, blendete die Klänge aus, die meine Kindheit bestimmt hatten: Nein, es waren nicht die Augen, es waren die Stimmen! Die Stimmen der anderen, die mich ausmachten, die in meinem Leben knisterten, wie Zweige im Feuer. Sie waren in mich eingedrungen, hatten mein Inneres verwüstet, hatten mich folgsam gemacht – die Stimmen der anderen, und ich kam darin nicht vor, ich, Dario Binachi, hatte mich darin nicht vorgesehen. Was hieß schon: der Wille? Mein Körper gehorchte den vielen fremden Dario Binachis in Widerstreit, ihren auseinanderklaffenden Leidenschaften, und das war schon alles; die andere Seite der Medaille war, daß der Wille dem Körper gehorchte und dieser der bekannten (Ohn)Macht der sich schachmatt setzenden Personen meines Ich.

In der Erinnerungswüste werde ich die Augen schließen, ich werde kein Bild ausmachen können, keine Szene, keinen Baum; ich werde mich nur der Unruhe gesellen können, die eine gemächliche Erinnerungsschläfrigkeit in mir hervorrufen wird, eine Schläfrigkeit, die mir angenehm werden müßte, obschon es nicht so sehr die Fata Morgana war, die mich zum Abgrund der Verzweiflung schleudern würde, sondern die Wüste, die endlose und unergründliche. Dann werde ich meinen Körper dem Geräusch des blind gewordenen Passagiers in mir überlassen, dem Rauschen der niederprasselnden Sonnenstrahlen, des stummen Regens, bis ich glauben werde, die mit deutschen Frauen verbrachten Jahren, über die ich im Moment keine einzige Zeile schreiben konnte, zu verstehen, die durchlebten Dario Binachis endlich zu begreifen.

Plötzlich stand er leibhaftig vor mir, der Schriftsteller Franco Biondi.

Aus seiner Perspektive stand ich vor ihm.

Ich habe auf dich gewartet.

Ja.

Es kam mir vor, als ob seine Augen blaugrün wären. Sein Blick war wie zersplittertes Kristall. Seine Haare schienen lockig und kastanienbraun. Sein rötlicher Krausschnurrbart flirrte zudem in blond und in dunkel und verdeckte die leicht gekräuselten Lippen, die gleichzeitig Verlangen (vielleicht Gier?) und Enttäuschung ausdrückten. In dem regungslosen, lichtumfluteten Kristall der Luft befanden sich unzählige Inseln aus Atemzügen und der blassen Tonerde der Vorläufigkeit, die die Farben verzerrten. Das Gesicht stand im Schatten des Körpers und erinnerte an jenen melancholischen Ausdruck eines Menschen, der etwas erstrebte, wovon er im vornherein wußte, daß es unreichbar blieb.

Ich bin gekommen, um mir dir zu sprechen.

Es war verrückt: Es kam mir vor, als hätte ich haargenau diese Szene vorzeiten bereits erlebt, in einem früheren Leben oder in einem verdrängten Traum. Plötzlich vollzog sich in mir das Gefühl, der Schriftsteller sei einer der vielen anderen Teile von mir, aber im Unterschied zu den mehreren Dario Binachis stand er wirklich vor mir, genau abgegrenzt, taktil erfahrbar. Auf einmal genoß ich seine hartnäckige Verfolgung; er zog mich an, er zog mich an, wie ein leersaugender Strudel in den Wasserabgründen, wie der Tod, diese Vollendung des existentiellen Nichts, mich hin und wieder anzog.

Höre!

Höre!

Wir sprachen uns zu, und es gelang uns nicht, uns mitzuteilen (in der Gleichheit der Ausrufe rissen sich die Steilwände der Labyrinthe auf, diese parallelen Schlüfte, die den Eindruck vermitteln, miteinander in Kontakt zu sein, sich gegenseitig wahrzunehmen, doch in der Realität eben parallele Schlüfte mit Kristallsteilmauern sind).

Rechts und links erhoben sich zwei schroffe, hügelige Sandmeere, die sich in einem hell-bläulichen Grauton zu den verschwommenen Fliesen der Wohnstube hin erstreckten und mit dem blaubetonten Himmel verschmolzen, dort in den unbekannten Gefilden des Klanges. Der heiße Atem des Schirokko seufzte über den himmelhohen Dünen. Aufgewirbelte Sandklumpen zerschnippelten den Klang in unregelmäßige, dumpfe Klangstreifen. Opalfarbene Wolken im rot durchsetzten Himmel. Ein Klangschleier überzog die Landschaft, ließ sie nach flotten Rhythmen von Violinen und Flöten tanzen. Ich verlor mich unter Violinengesängen und Flötenspuren. Die rauhen Hände des Sandes in der Erinnerung. In der prallen Sonne tönten sie scharf und rochen nach Meeressalz. Die hohen Dünen wurden azurblau und trieben auf mich zu wie Wellen eines stürmischen Meers. Verstreut in den duftenden Büschen der Zukunft die eingefallenen Gräber der Toten, geöffnet zum entsetzenden Nichts des menschlichen Staubs;

in chaotischer Ordnung. Plötzlich eine wohltuende Stille; die vorgestellte Seite der Nichtexistenz. Konnte hier die Herkunft liegen?

Du bist aufgeregt.

Du auch.

Immer, immer...

Du und ich haben etwas gemeinsam, etwas sehr Wichtiges...

Das kann nicht sein: Ich suche...

Du kannst nicht finden, was du nicht suchst, du suchst nur das, was im Abgrund deiner Seele ist; das ist deine Stärke und deine Schwäche zugleich.

Die auferlegte Grenze.

Die hohen Sanddünen an beiden Seiten wurden Gestaltenreihen, die Menschenform annahmen. Hier, in der Erinnerungswüste, würden mir alle Wege offenstehen, und ich sah keine. Ich hörte, daß ich nicht hören konnte, ich sah, daß ich nicht sehen konnte. Die Sanddünen waren Ohren, die mich lenkten, Chöre ohne Stimme flossen von dort ab und füllten mich mit einem seltsamen Staub. Im Wind fühlte ich die Worte:

Seltsam stark sein zu müssen, das ist der Gang der Binachis.

Ergattere dir einen Platz in der Welt, nimm dessen Last auf der Schulter hin, das ist der Weg der Ceccabellis.

Die Lebensbedingungen sind hart und schwer, aber die Binachis sind härter und stärker als sie.

Nie zusammenbrechen, nie weich werden, nie aufgeben.

Das Leben ist voller Leid und Schmerz, vergesse es.

Lieber den Tod als Hilfe annehmen.

Keiner darf mir helfen, ich bin mein bester Helfer.

Die Ceccabellis halten sich nur an Gott, und das Leben ist halt so.

Achte auf deine Ehre.

Erobere die Frauen.

Behandle den Mann so, als würde er lenken, nimm ihn aber so an der Hand, daß er es nicht merkt.

Die richtigen Binachis sind rebellisch und glauben an keine Autorität und an keinen Gott.

Das Leben ist ein Betrug, genieße ihn.

Der Irrtum liegt im Existieren.

Es sind alle Stimmen, durch die ich zum Ausdruck komme, und dennoch nicht vorkomme.

Ein Satz könnte das Leben enthalten, und es vermochte ihn nicht zu ändern, so wie er es nicht ändern konnte. Und wie konnte es möglich sein, mit verstümmelten Überzeugungen stärker sein zu wollen als die Lebensbedingungen? Unzerbrechlich? Den Tod der Hilfe vorziehen? War die Ehre nicht ein Schutzwall, um die lebenslängliche Schmach mit einer verklärten Aura zu umkleiden? Bestand das Leben dieser Familien nicht ausschließlich aus Verneinungen? War ich nicht genauso gemacht wie sie: aus Neins? Ich empfand Unbehagen und Zorn auf die verneinenden Familienmythen, die die Fiaskos im Leben vorprogrammierten.

Nun setzten Stimmen im Wind einen monotonen Gesang an:

Wer auf hohem Sandmeer ist, achtet der auf ein Sandkorn? Du strebst danach, dieses Sandkorn zu erreichen, weshalb verlierst du dich in einem Sandmeer? Wie sollst du wagen, aus den Sandkörnern zu schöpfen! Wie kann das möglich sein?

In den Wellen des umwehten, verwischten Lichts wiegten sich weitere Sätze, die in mich eindrangen:

Verzichte auf das, was sich in dem Raum eines Atemzuges verbraucht, erst recht, wenn ein Atemzug dem Leben gleicht, und lebe aufrecht! Das, was einen Atemzug überdauert, könnte auch die Ganzheit der Erfahrung sein, ist nicht mehr wert als ein Sandkorn!

Während ich nach der Zersprengung der Familienmythen strebe, wie kann mich etwas einwurzeln, was ohne Wurzeln ist?

Ich nahm Sand in die Hand und ließ ihn durch die Finger rinnen. Im flirrenden Sand flüsterte es durch den Wind:

Wenn du wirklich dem Pfad der Liebe folgen willst, mußt du in ständiger Revolte leben. Schon hierin erstreckt sich der Raum, der dich ruft und deine Ausweglosigkeit zerrinnen läßt.

Meine Erinnerungslosigkeit entlang der sterilen Dünen sang ein verstümmeltes Lied:

In alter Zeit kamen zwei Brüder und zwei Schwestern vom Stamm der Vorfahren durch die Gegend. Die einen zogen in die Stadt, während die anderen sich in der Peripherie ansiedelten und in Knechtschaft von der Landwirtschaft lebten. Der starke Virgilio Binachi, die strenge, kühle Elvira Fonti, der ausgeflippte Moro, die eiserne Annunciata Ceccabelli, der sanftmütige Biagio Piverini, die kränkelnde Bruna.

Hier führen alle Wege durch die Erinnerungswüste in die frühen Kreuzwege. Es gibt Augenblicke, in denen heiß empfundene Sehnsüchte wahnwitzige Ideen sind und der Realsinn ein paranoides Selbstverfolgungssyndrom.

Was hieß sich verändern? Extreme Gleichgültigkeit gegenüber allen Dingen dieser Welt? Ohne den Größenwahn des Menschen auszukommen lernen? Wer war ich, dieser Träger von vielen Dario Binachis, der nur eines davon sein wollte und der sich den Mund mit unbekannten Worten vollnahm? Wer war ich, der ich mich für kämpferisch hielt, eine dicke Haut entwickelt hatte, um im Grunde genommen die »Anderen« mir weit vom Leib zu halten, der sich für progressiv, für emanzipiert hielt und als eine gerupfte Schwalbe in der Erinnerungswüste dahinvegetierte?

Pubertäre Fragestellungen: Wer bin ich! Es ist die Selbständigkeit, die dich bedroht, das, was man die Verantwortung der Gefühle nennt.

Nein und nein!

(Was heißt sich verändern? Die Schlüfte niederreißen, diese Kristallsteilwände? Das Labyrinth hinnehmen, ohne es zu begreifen? Das Absurde und Groteske, das Niederträchtige und Perverse annehmen? Oder wegkommen von der Vorstellung, Subjekt der eigenen Lebensgeschichte zu werden, wegkommen vom zweckgerichteten Denken?)

Ich hörte sodann das Rauschen der Stimmen, wie es gegen das Gestein der Zeit schlug, dort, wo mein Atem in das Leben einmündete. Ich hörte in weiter Ferne, aus einer unerreichbaren Entfernung, die Stimmen (waren sie in mir?). Ich lauschte diesen Klängen. Ockerne Asche wirbelte auf, in greller Durchsichtigkeit brachen die Worte zusammen. Die Augenöffnung fraß die Sprache. Ich hätte gerne die Worte erfaßt. Ich streckte mich empor mit dem Aufschrei: Ich kann sie nicht begreifen! Ich kann sie nicht begreifen!

Inmitten der hohlen Wüstengeräusche hallten die Worte wider, die ich aus mir warf, bis sie in der Ferne und in mir verklangen. Als die letzte Silbe meiner Schreie erstorben war, begann ich, meine absolute Einsamkeit bewußt zu fühlen.

Jetzt sah ich mich um: Biondi hatte sich aus dem Staub gemacht; nur die Erinnerungswüste umgab mich.

Die hennaroten Sanddünen verwandelten sich in Sträucher mit dunklem Nadeldickicht und menschlichen Gesichtern. Mit geschmeidigen, behenden Bewegungen zog der Menschenstaub auf und nahm Konturen an. Sie waren es, die Binachis, die Ceccabellis, der Piverini, die Fonti, die Nardi, Bruna und Moro. Die runzligen, wie in sich selbst zusammengeschrumpften, bösartig wirkenden Brustbeerbäume bedeckten sich mit zartgrünen, fast goldenen runden Blättern; der Ginster schmückte sich mit treuen und duftenden Pantoffeln, prall in Saft stehende Gräser richteten sich auf, die steifen und glänzenden Drinngrasbündel wuchsen zu Federbüschen heran, hier und dort erhob ein Liliengewächs seinen hohen Schaft mit den kleinen blassen Glöckchen, eine Schwertlilie floh in den Schatten, den Freund der Sträucher und der Stauden.

Ich höre jetzt.

Ein Gesang aus stumpfen Farben und aufeinanderprallenden Linien, die das Ohr fesseln, enstand. Ein Gesang der erbärmlichen, befriedigenden Angst, mit der Frage nach Leben und Tod.

Ich höre und sehe jetzt. Eine Fahne im Wind, ein schwarzes Schaf, eine Fledermaus, fühlige Adern.

Die Biene an der Fahne im Wind

Es war mir so, als ob die Begegnung mit dem Schriftsteller in der Phantasie und nicht in der Realität stattgefunden hätte. Allzu lange war er in meiner unmittelbaren Nähe gewesen, hatte er über meinem Leben geschwebt, ohne nahbar zu sein. Ich konnte immer noch nicht glauben, ihn leibhaftig vor mir gehabt zu haben. Denn er schien die List zu besitzen, sich anzukündigen, war aber nie persönlich anwesend und ließ nur Andeutungen seiner Person zurück. Er war wie der Schwindelmeier, der bereits weg war, wenn ich ankam, und nicht da, wenn ich nach ihm anlangte. Eines wurde mir bewußt: Ich würde ihn nicht bei seiner Mutter aufsuchen. Ich mußte ihn woanders erwischen. Deshalb fragte ich in der Casa di cultura popolare nach ihm, und die Verblüffung verschlug mir die Sprache, als man mir sagte: Ja, er war soeben hier. Mein Kopf sagte mir: Phantastisch! Dennoch war mir bange. Im Nachhinein wurde mir sogar bewußt, daß diese Nachricht, er sei soeben hier gewesen, also nicht mehr da, mich mit Erleichterung erfüllte. Mir war nicht klar, wie ich ihm hätte begegnen sollen. Mit Zorn? Kühl? Oder ganz nüchtern, ihn um ein Gespräch bitten? Ich ließ es weiterhin offen.

Am folgenden Abend ging ich früher in die Casa di cultura popolare, bestellte an der Theke einen Espresso und sah mich um. Die üblichen Alten, die an einigen Tischen kartenspielend auf ihren Tod warteten, einige Jugendliche, die an den Computerspielen die Zeit, nein: sich selbst totschlugen, eine kleine Traube Menschen in meinem Alter vor der Theke, die über die Vorzüge der einzelnen Betäubungsmittel (Fußball, Jagd, Fischerei, etcetera) diskutierten; eine weitere Gruppe setzte sich mit den Möglichkeiten des Geldanlegens auseinander, den kleinen Investitionen, die man tätigt, um den Eindruck von sich zu haben, man sei in der

Welt verankert. Das war mir alles absurd, fremd. Und meine Anwesenheit in meinem Ursprungsland: Sie war nicht nur fremd, sie war überflüssig. Es erschien mir so widersinnig, daß die Gemeinsamkeit unter Menschen durch die Gleichheit des Herkunftsortes definiert werden konnte.

Natürlich nahm ich mir den Pächter an der Theke vor. Fragen Sie ihn, rief dieser und deutete auf einen Mann, der, während er heftig diskutierte, mit den Fingern in seinen Haaren nestelte. Er erwähnte es nur beiläufig: daß der Biondi später dazukommen würde, unterzog aber meine Augen einer Prüfung. Ich empfand das als sehr seltsam, deshalb betrachtete ich diesen Freund Biondis sehr eingehend. Was markant erschien, war der schlüpfrige Blick; und daß er mit idiotischen Ausdrücken auflebte. Daß er ein Freund des Schriftstellers sei, fand ich ziemlich absurd, erfüllte mich aber mit Erheiterung.

Bewußt wartete ich auf Biondi. Ausgerechnet an diesem Abend ging die Diskussion einer Kleingruppe in die Sparte der Politik über. Ich gab mich desinteressiert, lauschte aber hin. Und fühlte mich äußerst schwach. Wie ausgestochen. Meine Gedanken wurden zu havarierten Schiffshölzern auf einem stürmisch fließenden Fluß. Weit zurück lagen die Zeiten, in denen ich mich in vollem Rausch der politischen Auseinandersetzung hingab. Wenn es um Politik oder um die Minderheiten geht, bist du verbissen und unberechenbar, wurde mir nachgesagt. Und mir fielen die prüfenden Augen von Pasquale Binachi ein, als er spitz fragte: Tu nicht so unschuldig! Du mit Moro über Politik, wie war's denn? Wieder einmal mied ich diese Frage, und mir fiel Virgilio Binachi ein. Und ich fiel mir ein. Wie hatte ich mich vergessen können, fragte ich mich. Ich hatte mich in den unbeständigen Wellen der wehenden Fahne gewogen. Ich hatte mich als Einzelgänger in den Kampf gestürzt, getrieben von einer blinden Leidenschaft, mit dem Verstand eines Kindes. Gerechtigkeitsberauscht hatte ich mich in ihm verloren, war in ihm versiegt – ohne es zu merken, wie Virgilio Binachi (darum meine heimliche Bewunderung). Im Unwissen über jene Lebenstage auf den Feldern, auf Baustellen, in den engen Gassen der Stadt, an denen Virgilio Binachi in trunkener Nüchternheit jeden Bezug zur Realität verloren hatte, hatte ich mich in Gefechte um meine Rechte am Arbeitsplatz und als Minderheitsangehöriger geworfen. Ich war aus Verzweiflung ausgewandert, die Arbeitsverhältnisse verfluchend, ich hatte mein Herkunftsland gehaßt. Ich hatte mich besessen aufgebäumt, rastlos, mit einer inneren Kraft, die mir selbst unheimlich wurde, und war gegen Mauern gestoßen, die meinen zerreißenden Wahnsinn gesteigert hatten. Da war ich in neue Kampffelder geflüchtet, nicht so sehr, um zu besiegen, sondern um zu erringen, mit der beharrlichen Vorstellung: Wird eine Mauer aufgerichtet, dann überspringe ich sie. Doch die absurde Wunde, die mein Leben quälte und mich zum politischen Kampf geführt hatte, gehorchte einer geheimnisvollen Verheißung und verweigerte sich mir; schlimmer: Nach jedem Kampf riß sie von neuem auf und stürzte mich in eine Melancholie, die ich nicht auszuleben vermochte. Ich rang auf verlagerten Kampffeldern. Der zentrale Ort war ein anderer; vielleicht war er kein zeitlicher Ort; ein Ort, den ich mir nicht eingestehen wollte, in der Fahne im Wind. Und in die Fahne war Virgilio Binachi eingestickt.

Virgilio Binachi. Er prahlte damit, daß ihn nichts und niemand beugen könnte; er konnte einen Hundert-Kilo-Sack Mehl von Galeata bis zum Haus schleppen, ohne ein einziges Mal anzuhalten; das waren nicht weniger als vier Kilometer auf einer Serpentine über Hügelfelder und steinige Steigpfade. Als ältester Bruder einer viergliedrigen Geschwisterreihe mußte er bereits fünfzehnjährig für sie aufkommen; tagtäglich mußte er sich und den anderen beweisen, daß er niemals dem schwachen Vater gleichen würde. Für gebrochene Männer, die ihn daran erinnerten, wie sein Vater Ennio Gaspare Binachi in erbärmlicher Schwäche im besten Mannesalter aus dem Leben gegangen war, spürte er nur Abscheu. Dabei verband er Schwäche mit einem dunklen Verlassenheitsgefühl. Von beiden Eltern früh allein gelassen, unterzog er sein Verlassenheitsgefühl, wenn er es wie eine Biene in sich rumstechen spürte, der Mobilisierung seiner Muskelkräfte. Und sobald ein Anfall von Ohnmacht ihn überfiel, erhob er seine Fahne im Wind oder flüchtete panikartig in die dunklen Löcher von Galeata, wo in der stickigen Luft Wein getrunken und über Politik gestritten wurde. Da fühlte er sich wieder stark.

Virgilio Binachi und Elvira Fonti wohnten zwei Kilometer weg von der Staatsstraße, links den schmalen, im Sommer vertrockneten Fluß hoch, der nur über eine dürftige Lianenbrücke überquert werden konnte, am Hang der zerklüfteten Berge in einem Einsiedlerhof mit zwei Räumen, die zu acht geteilt wurden. Das Haus war am Felsen angelehnt, ohne seitliche Fenster, und konnte nur von der Seite betreten werden. Von dort aus hörte man den Fluß am steilen Ufer rauschen, und man sah auf der anderen Seite der Staatsstraße den kleinen, von zweihundert Seelen bewohnten Ort Pianetto und unten im Tal nur den Glockenturm von Galeata. Vor dem Anblick verfluchte Virgilio die ganze Gegend. Er fand keine Arbeit mehr in unmittelbarer Nähe. Er mußte sich als Tagelöhner bei Bauern verdingen, meist zwanzig, dreißig Kilometer von daheim entfernt, da er sich bei den Bauern der Umgebung durch das Pochen auf sein Recht alle Chancen auf eine Stelle verscherzt hatte. Jeden Morgen brach er um drei, halb vier in der Frühe auf und kehrte erst in der Nacht wieder heim, nicht vor neun, setzte sich hin, und anstatt zu Abend zu essen, freundete er sich mit der Weinflasche auf dem Tisch an. Von Beruf Maurer, in einem ausgesprochenen Bauerngebiet lebend, gefiel sich Virgilio darin, sich politisiert und selbstgerecht zu zeigen. Im Weinlokal in Pianetto verkehrte er selten, weil er als einziger Kommunist des Dorfes belästigt wurde. Früher waren sie in Pianetto alle Katholen, dann wurden sie Faschisten, pflegte er zu sagen. Damit zielte er darauf ab, seine Frau zu reizen. Elvira verzog nur das Gesicht, und er stichelte weiter: Den Katholen ist nie zu trauen, sie predigen Menschenliebe, betreiben Menschenhaß und schüren Unfrieden in jeder Familie. Daß die Menschen nie auslernen und jeden Sonntagmorgen Kilometer zurücklegen, um sich die Hetzen anzuhören oder so ein Ding in den Mund schieben zu lassen,begreife ich nicht. Statt so einem Ding, gab Elvira bissig zurück, lassen sich die Rebellen Weinschläuche in die Hälse stecken. Dann belästigen sie die Frauen, vergessen Moral, Familie und die, die sie gezeugt haben. Bei diesem letzten Satz erzürnte Virgilio. Die sind es! maulte er zurück. Die, die uns gezeugt haben, haben uns vergessen! Häufig verwickelten sie sich in einen solchen Streit; er haßte den Streit mit seiner Frau, konnte jedoch nicht umhin, sie ständig anzustacheln, als kenne er nur diesen Weg, ihre Nähe zu spüren. Es war dieselbe Biene, die in ihm lebte und ihn anstachelte, seine Fahne himmelswärts zu hissen. Elvira Fonti scheute die Auseinandersetzung mit ihm nicht und bewarf ihn mit Gegenständen, wenn sie nicht weiter wußte. Auf dem Gipfel des Gefechts ergriff er dann jedes Mal mit der gehißten Flagge des unbändigen Binachi die Flucht und verschwand für einige Tage. Aber Elvira wußte, daß er früher oder später heimkehren würde. Deshalb unterstellte sie ihm die Streitsucht als Vorwand, um sich ihr zu entziehen. Und während er abwesend war, kamen ihr seltsame Anspielungen zu Ohren. Einmal, hieß es, handelte es sich um Olinda, ein anderes Mal um Antonietta. Sobald er das Haus endlich wieder betrat, verlangte sie sofort Rechenschaft: Ich weiß, du hast Olinda belästigt! Olinda? rief er überrascht. Tu nicht so! Die schöne Witwe vom anderen Hang! Er lächelte geschmeichelt und fügte sofort hinzu: Die Witwe hat etwas anderes im Sinn, als nach mir zu schielen. Du schielst doch nach ihr, du Betrüger! Nein, wehrte er entschieden ab. Ich schiele nur nach der Fahne.

Die Fahne. Virgilio Binachi beugte sich der gehißten Fahne der Zeit nicht. Es schien, er brauchte gar den starken politischen Gegenpart als Institution, ob Faschismus oder Kirche, um aufzuleben und sich von der Moräne seiner Empfindungen abzulenken. Denn sobald die Biene der Selbstzweifel den Bienenstock verließ und in der Wabe die Larve mit der Suche nach triftigen Daseinsgründen neu heranwuchs, konnte er sofort und mit Leichtigkeit jemanden finden, an dem er sich rieb und die Biene zum Schlummern brachte. Die Bauern in Pianetto verhöhnten ihn, er spottete zurück: Ihr sollt ruhig den Ochsen ins Haus stecken und euch in den Viehstall, und man würde den Unterschied nicht bemerken! Elvira bedrängte ihn, er solle klein beigeben; es gehe um das Brot für die Kinder. Gehe du in deine Kirche! tobte er dagegen, bete deine Heiligen an, aber laß mir meine Anarchie! Mit deiner Politik werden die Kinder nicht satt! brüllte sie zurück. Guck dir Moro an, diesen Teufel, sieh doch, daß er uns vor Hunger wegstirbt! Ja, soll ich mich vielleicht verraten? Ich gebe meine Arme, meine Beine, meinen Körper für meine Familie, aber nicht meine

Gesinnung! Die Binachis tun das nicht! In Zeiten der Not drängte sie, er solle im Dorf um Unterstützung bitten. Er hob ablehnend und starr den Kopf, erinnerte sich an seine Kindheit, als Vater tot war und Mutter in Mercatale einen anderen geheiratet hatte und er für seine Geschwister sorgen mußte, und drohte knapp: Wehe, du gehst zu den Bauern und bittest um Hilfe. Sie sind alle Heuchler! Und Hilfe macht abhängig! Ich bin unabhängig und habe keinem Rechenschaft abzulegen. Doch, mir! gellte Elvira Fonti ihm entgegen. Aber ich weiß: Du treibst mich damit in das Grab, damit du Olinda heiraten kannst! Hier schwieg er und ging aus dem Haus.

Bei den letzten Wahlen des Fascio-Regimes, 1925, bei denen nur für oder gegen das Regime abzustimmen war, zeigte er, daß er sich durch nichts von seinem gepflasterten Weg abbringen ließ. Das Wahllokal wurde in der Schule von Pianetto eingerichtet, aber in der Weise, daß die Urnen jeweils am Ende des breiten Flurs standen. An dem einen Ende für die Jastimmen, an dem anderen für die Neinstimmen. Während die Strecke zur Ja-Urne unbewacht war, säumten die dunklen Gestalten des Dorfes den Gang zur Urne für die Neinstimmen.

Am Tag der Wahl begab sich Virgilio nach Pianetto, als die Gläubigen aus der Kirche strömten. Auf der Piazza lugten die Bauern neugierig zu ihm hin. Er schmunzelte ihnen forsch entgegen und nickte selbstbewußt. Im Wahllokal angelangt, änderte er seine Haltung und gab sich unterwürfig und tolpatschig. Er ließ sich von den mißtrauischen Wahlhelfern den Wahlzettel zeigen und die Richtigkeit des Weges zur Ja-Urne erklären. Ach so, rief er anschließend, dann ist die andere für das Nein. Und er schüttelte den Kopf. Die Nein-Urne ist doch überflüssig, murmelte er noch; die Wahlhelfer pflichteten ihm zuerst bei und wurden noch mißtrauischer, da sie aus der Bemerkung Ironie heraushörten. Um ihr Mißtrauen zu entschärfen, rief Virgilio also: Evviva il Regime! und fügte flüsternd hinzu: dell' Anarchia! Dann lenkte er seine Schritte in Richtung Ja-Urne, trapste und schwankte ein wenig, als sei er betrunken, doch kurz bevor er angekommen war, machte er einen Satz, flitzte zur Nein-Urne, schob hastig seinen Zettel rein und entschlüpfte knapp den zugreifenden Händen.

Er rannte und schüttelte seine rabiaten Gegner in den wenigen Gassen des Dorfes ab. Erst am Ortsrand, neben dem öffentlichen Waschbecken, hielt er außer Atem an. Die Biene in ihm jauchzte vor ohnmächtiger Genugtuung. Seine Arme waren Fahnen im trostlosen Wind. Siegestrunken lief er nun den Hang hinab, nach Galeata, wo er zwei Tage lang im Keller eines Gleichgesinnten seine »Heldentat« mit Wein ausgiebig feierte. Und wo er wieder einmal das Summen der Biene zum völligen Verstummen brachte.

Noch am gleichen Tag suchten ihn die Faschisten; in den folgenden Tagen versuchten sie ihm an der Lianenbrücke aufzulauern, ohne Erfolg. Als er heimkehrte, empfing ihn Elvira Fonti mit wüsten Beschimpfungen. Mit deinem Dickkopf hast du unsere Existenz verspielt! Das vielleicht schon, ja, aber mich nicht! sagte er knapp, und kurz leuchtete ihm der Realitätssinn seiner Frau ein. Mich habe ich nicht verspielt, darauf kommt es an! In der Auseinandersetzung schlug sie mit ihren Fäusten auf seine Brust und warf ihm den Topf nach. Verstohlen, wie er gekommen war, verschwand er und ließ sich für weitere drei Tage nicht blicken.

Wurde Virgilio Binachi bisher hinnehmend geduldet, wobei sie sich bis jetzt damit begnügt hatten, ihn zum Ausleeren einer Rizinusflasche zu zwingen, so hatten die Fascio-Leute jetzt an der Lianenbrücke Posten aufgestellt, um ihn endgültig zu erledigen. Zu viert, mit Knüppeln und Eisenstangen bewehrt, erwischten sie ihn an einem Sonntag, zwei Wochen später, an der Staatsstraße. Er befand sich gerade mit dem dreijährigen Moro auf den Schultern auf dem Heimweg und konnte sie noch rechtzeitig unter einem Baum erkennen. Rasch schnitt er den Weg über die Felder ab. Auf der Verfolgungsjagd schob er Moro am Weggraben in ein Grasgebüsch. Rühr dich nicht, nicht mal atmen! schnaubte er und floh davon. Am Fluß hatte der fauchende Stoßtrupp Virgilio Binachi fast erreicht und fuchtelte schlaglüstern mit den Knüppeln und Eisenstangen herum. An einer abschüssigen Stelle angelangt, sprang er hinab, klammerte sich im Flug an einen Ast und schwang nach vorne, sich über das Ufer zur anderen Seite hin werfend und schreiend: Eher sterbe ich aus eigener Hand, aber ihr kriegt mich nicht. Er fiel aufs Geröll, mit dem einen Fuß gegen eine Felsenplatte prallend. Bis die Squadraccia einen ausgetrockneten Weg über das Flußbett ausfindig machen konnte, war Virgilio Binachi, wenn auch hinkend, mit einem Wuppdich aus dem Flußbett. Versteckt in einem Graben unter dem dichten Laub hörte er, wie ihr Gebell die Stille zerriß. Erst in der Dämmerung holte er Moro vom Straßengraben ab. Verschreckt lag das Kind am selben Platz und weinte. Mach dich heim! rief er ihm nur zu, begleitete ihn jedoch bis zur Lianenbrücke. Er selbst hinkte die Strecke zur Stadt. Der Weg zur Stadt, das waren nicht weniger als fünfunddreißig Kilometer. Allein und eigenwillig. Ihm kam nicht einmal in den Sinn, bei seinen Freunden in Galeata um Hilfe zu bitten oder sich von ihnen ins Krankenhaus transportieren zu lassen. Der Knöchel war zersplittert, der Beinknochen so übel zugerichtet, daß sein Bein nach der Heilung sieben Zentimeter kürzer geworden war. Die Biene in ihm wähnte sich honigbeladen; sie hatte der Fahne eine dichte Wachsschicht aufgetragen, durch die die Daseinszweifel kaum noch durchschimmerten. Das erste, was er erwähnte, als er mit dem Hinkbein zurückkehrte, war: Hast du gesehen? Sie haben mich nicht gekriegt. Pianetto kann niemals mein Platz sein, niemals mein Ort.

Er floh von Pianetto, ohne die Bäckerschulden bezahlen zu können.

Das war wie ein Bienenstich in seinen Ehrbegriff, der nicht heilen wollte und mit den Jahren mehr und mehr eiterte. Nach dem Krieg und demzufolge dem Sturz des Faschistenregimes war darum das erste, was er tat, nach Pianetto zurückzufahren und den Bäcker aufzusuchen. Er trat in den Laden ein, fragte den Mann, ob er sich an ihn noch erinnere, holte sein Portemonnaie heraus, legte das Geld auf die Bedienungstheke und sagte voller Scham: Es tut mir leid, daß ich nicht früher kommen konnte. Der Bäcker wollte das Geld zurückweisen, mit dem Argument, es sei eben verjährt, aber Virgilio war gekränkt und wurde böse. Er ließ das Geld liegen und ging lautlos, wie er gekommen war. Dann erklärte er seinem Töchterchen Luisa, das ihn begleitet hatte, daß er, wenn es mal mit seinem Leben zu Ende gehen sollte, von der Welt ohne offene Rechnungen abtreten wollte. Ob sie das verstünde? Da Luisa den Kopf schüttelte, schmunzelte er und rief: Aber eines Tages wirst du es verstehen, du wirst verstehen, was es heißt, in der Welt verschuldet zu sein, ganz bestimmt.

Einen Tag später hatte die Familie also ihre Habe gesammelt und war in die Stadt gezogen. In Villanova, in einer Einzimmerwohnung, fanden Virgilio Binachi und Elvira Fonti eine Bleibe, bis sie dreißig Jahre später im frischgebauten Haus von Natale wiederum in ein Zimmer einzogen, obgleich Virgilio die Enge der Behausung seit jeher gehaßt hatte. Aber gerade diese Enge half ihm, weder am Tag noch in den langen Fluren der Nacht ganz allein mit seiner Frau zu sein.

Zunächst fand Virgilio Binachi mit Primo, Natale und Pasquale bei Strocchi, dem Großbauern der Gegend, als Knecht Arbeit. Den Herausforderungen Strocchis begegnete Virgilio mit stummen Blicken, ohne ein Wort zu verlieren; er achtete nur darauf, daß die Rechnung stimmte und er dem Großbauern die Grenze setzte. Auch zu Hause war er in die innere Emigration gegangen, und wenn er nicht stichelte (zu Elvira: Gehst in die Kirche? Bete auch für den Strocchi, aber bitte nicht für mich – die Absolution gibt mir allein der Wein), schwieg er. Bei Strocchi hielt Virgilio Binachi nicht lange durch. Arbeit? Nur mit Parteibuch, wurde ihm entgegengehalten. Bei der vergeblichen Suche nach regelmäßigem Verdienst brauste in ihm der alte Zorn wieder hoch, damit die Biene zur Lethargie überführt werden konnte. Also marschierte er mit seinem Arbeitsbuch zur Arbeitsbehörde, stieg mit seinem typischen Hinken die marmorne Treppe hinauf, stellte sich an den Schalter und klatschte, als er an die Reihe kam, sein Arbeitsbuch aus der vorfaschistischen Ära vor den verdutzten Angestellten hin. Dabei rief er: Ihr Verbrecher, das könnt ihr auch behalten! Lieber verhungere ich, lieber verhungert meine Familie, aber mich kriegt ihr niemals, niemals! Der Mann hinter dem Schalter stotterte, und Virgilio sagte aufgeregt: Ihr habt mir die Arbeit so zu geben, verstanden? Die Bediensteten eilten herbei, packten ihn an den Armen und warfen ihn die Treppe hinunter. Zu Hause schmiß Elvira ihm den leeren Brotkasten nach, verfluchte ihn, seinen Starrsinn und seine politische Auffassung. Das war im Grunde genommen Futterstreuen auf seine Fahne, und er konnte daher entgegnen: Wo bleiben deine Katholen mit Arbeit und Brot für dich und deine Kinder? Elvira Fonti, die eigene Flagge streichend, warf ihm das Nudelbrett nach, und – wie zig Mal durchgespielt – Virgilio Binachi befestigte daraufhin seinen Trost an seinem Fahnenmast in den heruntergekommenen Weinlokalen, wo er sich einige Tage verkroch.

Mit Gelegenheitsarbeiten als Maurer konnte er sich bis zum Sturz des Regimes verdingen, und wenn er von der täglichen Arbeit zu seiner geliebten Frau zurückkehrte, stichelte er häufig: Meine Kraft gibt uns das Brot, nicht die Kirche, nicht die Partei, hörst du? Ich allein bin mein Herr, sonst niemand!

Sie antwortete den Tatsachen angemessen: Aber die Rechnung mußt du jedes Mal mit mir machen, sonst mit niemand! Nicht die Roten sind die Fahne. Ich und deine Kinder sind die Fahne.

Er schmunzelte mit einem traurigen Mund unter dem nasenbreiten Schnurrbart: Und ich bin der Fahnenmast und der Wind zugleich. Dann spähte er zu ihr rüber und ergänzte: Hör mal, Frau, du täuschst dich: Mich kriegt wirklich keiner, auch du nicht. Und was deine Priester betrifft, sollst du wissen: Ihre Predigten sind Gift. Kein Mensch darf über mein Leben richten, auch wenn ich ein miserabler Kerl bin, der nicht in der Lage ist, seinen Kindern all das zu geben, was sie brauchen. Und wenn ich sterbe, will ich keinen Priester am Grab, keine rote Fahne über dem Sarg, nichts. So wie der Mensch einsam lebt und stirbt, so soll er ebenso einsam in das Grab fallen und mit Erde zugeschüttet werden, ja?

Die politische Diskussion versiegte; Fußball wurde angesagt, und behend setzten sich die wild durcheinander Diskutierenden in Reih und Glied vor den Fernseher. Ich sah die Hinterköpfe dem umherwedelnden Ball im blickverschlingenden Sportfeld zugewandt, hörte die Seufzer der verstümmelten Identifikation, die bangen Hoffnungen auf einen Stellvertretersieg an diesem Schlachttag der Arbeit, spürte die verdickte Luft des unverrichteten Lebens, fühlte, wie sie aus der Atmosphäre des Lokals wie aus einem angestochenen Ballon ausfloß, und dachte an Franco Biondi, der nicht kam.

Er tauchte an diesem Abend überhaupt nicht auf. Bevor er mit seiner Clique zu später Stunde wegging, wandte sein Freund sich mir zu, um mir zu sagen, mit seinem schlüpfrigen Blick an mir vorbeirutschend, es täte ihm leid, daß ich warten mußte; er habe nicht ahnen können, daß Biondi doch nicht erscheinen würde. Und fügte hinzu: Wissen Sie, seit er in Deutschland lebt, ist er nicht mehr derselbe. Ich wurde stutzig, denn ich mußte mich fragen, warum Biondis Freund mir gegenüber, gerade mir gegenüber, eine solche Banalität erwähnte, ja betonte? Eine Banalität, die zudem eine Intimität war und vor einem Unbekannten wie mir in der Casa di cultura popolare nicht hätte geäußert werden dürfen. Dann wurde ich gewahr, wie sich Biondis Freund in idiotischen Sätzen aufführte, und spürte Erleichterung. Ein Happen Unruhe blieb dennoch in meinen Nervenbahnen zurück: Und wenn Biondi seinem Freund von mir doch erzählt hatte? Dann wäre der banale Satz: Wissen Sie, seit er in Deutschland lebt, ist er nicht mehr derselbe, eine Botschaft an mich. Aber was für eine? Ich verließ wütend die Casa di cultura popolare. In meine Wut mischte sich schläfrige Müdigkeit, eine schläfrige Müdigkeit, aus der der dumpfe, alte Haß hervorquoll, älter als meine Gefühle, älter als die Schläfrigkeit von San Martino, jene Schläfrigkeit, die ich zum äußeren Anlaß genommen hatte, um meine Auswanderung zu begründen.

Das schwarze Schaf

Von den Geschehnissen blieben nur grelle Gestalten und bedrohliche Gerüche zurück, die Moro von nun an haßte. Seitdem verkoppelten sich ihm lähmende Ängste mit dem Gemurmel des Grases und der Blumen beim Treiben des Winds. Die gelähmten Beine trieben Wurzeln in die Erde, ließen ihn, der in den Hügelchen und in der kleinen Wiese vor dem Haus umtriebig war, mit ihr eins werden. In ein Grab mit saftigem Gras und blühenden Blumen geworfen, im Anblick der dem Vater hinterher heulenden Fascio-Leute, mit der Aufforderung, sich nicht zu rühren, bis dieser zurück war, war ihm, als habe Virgilio ihn verlassen. Er kroch hinauf, rutschte wieder in den Graben zurück. Das hochgewachsene Gras stach und kratzte. Spitze Felsen einer flimmernden Schlucht, der stechende Geruch der Bundlilien, die Schatten der umwehten Wildnelken wie auf ihm knieende Drachen, die Schafgarbe wie Arme eines ihn verschlingenden Polyps, die Abgründe der Verlassenheit. Verlassen von einem selten anwesenden Vater. Selbst das ihm vertraute Summen der Insekten dröhnte in den Ohren.

Dann holte Virgilio ihn ab, am Bein und im Gesicht blutverschmiert, hinkend. Mit knarrenden Worten in der bläulichen Abenddämmerung wurde er nach Hause getrieben. Die Umstände waren nicht zu verstehen und konnten auch später nur mit dem Einschalten des Verstandes begriffen werden. Obwohl ein Vater, der auf seine Weise kämpfte, aufrecht zu gehen versuchte, Bewunderung und Hochachtung hervorrief, blieb ein Unbehagen, ein verlagerter Haß auf Blumen und Gras, die Wurzeln in den Körper trieben.

Der Vater, diese massige Gestalt, die schrie und floh, unnachvollziehbar für Tage fernblieb, blieb abwesend, unerreichbar. Vergeblich waren die Bemühungen, ihn näher heran zu holen. Wenn Virgilio im Hof Holz hackte, die Sichel schärfte oder an irgend etwas herumhantierte, winselte der anlehnungsbedürftige Moro um den Vater und versuchte, auszuhelfen. Geh' weg, Junge! wies Virgilio ihn schroff ab. Hilf lieber Mutter! Mach dich fort, du lästige Mücke! wehrte sie ihn ihrerseits ab. Er dachte, beide Eltern verstießen ihn, hörte die Klagen Elviras über den eigenwilligen Virgilio, ihre Beschimpfungen und Vorwürfe, wenn die Teller leer blieben, sah den leibhaftigen Hunger, wie dieser sich in die Augenwinkel krallte und den Blick einengte, spürte ihn wie lästige Fliegen um die Pupillen, die ins Hirn eintraten und seine Wahrnehmung bestimmten, fühlte den Elternkampf, wie dieser täglich wütete, wie Elvira Fonti ihn gegen den Vater einzuspannen versuchte, wie ihr Streit ein Teil von ihm selber wurde, fühlte ihre endlos unversöhnlichen Selbstgespräche in sich verlagert, in denen er, ohne sich zu erneuern, Ausbruchsphantasien anhäufte. Ganz gleich, was er tat, er wurde getadelt und gemaßregelt. Er verstand nicht, was Elvira Fonti von ihm erwartete, verstand nicht, was Virgilio Binachi von ihm wollte. Die Kindheit war eine Bewegung im Halbschatten. Er wuchs heran in einer Dämmerung des Bewußtseins, niemals dessen sicher, was er war, oder dessen, was er zu sein wünschte. Er glaubte, zunehmend überflüssig zu sein, und fühlte sich als Fehler. Seine Gefühle hatten wiederum keinen Platz, und er verhielt sich so, als ob er fragen würde: Wer bin ich, wenn ich fühle? Er brauchte Gewißheiten, was er hätte sein sollen, und Verzweiflung drang in die Tiefe.

Oft schlich er sich an den Küchenschrank, um die letzten Krümel Brot an dem verschlossenen Brotkasten abzukratzen, vorsichtig, damit die anderen im Raum nichts hörten, hungrig ins Bett zurückkrauchend. Wenn einmal ein Brotkanten zurückblieb und er nachts daran knabberte, war ihm die Tracht Prügel sicher. Merkte die Mutter einmal nichts, verpfiff ihn Natale. Er erhielt die Schläge, die dem Vater bestimmt waren, weil dieser mit seinem politischen Starrsinn die Not verschärfte. Es schien ihm, zwischen Mutter und Vater spielte sich ein unerbittlicher Kampf ab, den er als gefährliche Bedrohung empfand und dem er mit dem Einsatz seines Körpers zu entweichen glaubte: Jedes Mal, wenn sie sich stritten, wurde er von Asthmaanfällen überfallen. Natale oder Pasquale klopften ihm auf den Rücken oder schüttelten ihn, die Eltern eilten herbei und kümmerten sich um ihn, bis er sich beruhigte.

Um alldem zu entgehen, trieb sich Moro später nur noch auf den Feldern herum. Im Freien, auf sich allein gestellt, erlebte er, wie die Spannung in den Lungen nachließ, und daß er fühlen konnte. Aber dann stieg der Hunger immer von neuen hoch, er verdrängte jegliches Gefühl und strampelte in die Gedanken hinein.

Schon als Kleinkinder jagten er und Pasquale, auch nachts, um nicht von den Bauern entdeckt zu werden, durch die Felder auf der Suche nach Eßbarem. Im Sommer machten sie sich an Früchte, Tomaten, Wassermelonen, Beeren heran, im Herbst an Rüben, Feigen, Mais, Kastanien. Später gingen sie dazu über, tagsüber nur auszukundschaften, um erst in der tiefen Nacht auf Jagd zu gehen. Einmal entdeckten sie auf dem Weg zur Stadt im Garten eines Bauern einen voll beladenen Feigenbaum. Zu Hause warteten sie, bis alle schliefen, dann, nachdem Pasquale Moro mit der Hand über die krausen Haare gefahren war, krochen sie aus dem Bett. Die Kälte kratzte an der Haut, es war zu schnell kalt geworden. Hundegebell zerriß die Nacht voller verblaßter Sterne, trotzdem flutschten sie am Haus entlang in den Garten. Als sie, an Äste geklammert, mit vollem Mund auf dem Baum saßen, tauchte plötzlich eine Laterne auf. Die Stimme des fluchenden Bauern gellte, Schüsse fielen. Ich erschieße euch, ihr Gauner! tobte der Bauer. Wartet nur, ich hol den Hund, da könnt ihr was erleben. Pasquale und Moro fielen wie überreife Feigen auf den Boden, ergriffen panikartig die Flucht und gerieten ausgerechnet an einen hohen, nur schwer überspringbaren Zaun, mit dem Hund und dem schießwütigen Bauern hinter sich. In die Falle geraten, bestiegen sie einen Kastanienbaum und verbargen sich hinter dem Rauschen der dichten Blätter. Der Bauer fluchte und rief dann, daß er wohl wüßte, wo sie sich gerade versteckt hielten. Ich warte auf euch, ihr Diebe! Spätestens, wenn es hell wird, knalle ich euch ab!

Der Hund umkreiste den Baum und kratzte mit den Pfoten an

der Rinde. Der Mond stand hoch und bleichte die Felder. Die dunklen Blattovale am Baum waren drohende Hände, schwarze Käfer, die die Brust streiften und das in Aufruhr versetzte Herz angriffen. Die alte Scharte der Verzweiflung riß auf; die Blattovale verwandelten sich in bunte Kampffische mit feuerroten Augen; darin die flirrenden, leuchtenden Bewegungen von Zwergen mit skelettierten Gesichtern und schwankenden, schwarzen Fahnen in ihren Händen. Aus den Fahnen wurden winzige Akrobaten, die sich wie Luftballons aufbliesen und sich um einen Metallstab drehten; es waren die Baumäste.

Pasquale, gib mir die Hand. Sie gaben sich die Hand und machten sich gegenseitig Mut.

In der scharfen Kontur der Nacht ging das hölzerne Gebell des Hundes in jammerndes Heulen über. Er legte sich neben seinen Herren. Der untersetzte Schatten des Bauern, mit den Linien des nach vorne geneigten Gewehrs, lauerte flimmernd am schmalen Weg zu den Feldern. In später Stunde verschwand der Hund am vorderen Hauszaun, um irgendwelche Schatten anzubellen, der Bauer war eingenickt. Die zwei Brüder wagten sich hinab und tasteten sich vorsichtig voran. Als sie über den Bauern stiegen, stolperte Moro. Im Stolpern langte er mit der Hand nach vorne, und das Gewehr fiel zu Boden. Noch bevor sich der Bauer vergewissern konnte, was vorging, und sein Hund wieder an Ort und Stelle war, gelang es ihnen, an einer niedrigen Stelle des Zauns hinüberzuklettern und das Weite zu suchen. Die untersetzte Bauernfigur erschien am folgenden Tag bei ihnen zu Hause und verlangte Schadensersatz; er hatte die dürre Gestalt Moros beim Fliehen erkannt.

Beide wurden von Elvira und Virgilio geschlagen. Besonders Moro, der ohnehin als der Schwierigste galt. Während Primo ordentlich und fleißig war, Natale sogar der Mutter im Haushalt half und Pasquale meist mit Jaja, Vater! reagierte, rief Moro mit frecher Rotznase Nein! Anstatt zu jammern und um Verzeihung zu flehen, wie Pasquale es tat, kassierte er nur stumm ein, oder er schnitt, wenn er den Schlägen ausweichen konnte, herausfordernde Fratzen. Moro war der Rebell der Familie. Noch seinen Söhnen konnte er davon berichten, in einer Mischung von Stolz und

Selbstmitleid. Er tat es mit seinen Ehrbegriffen, im Sinne von schlecht. Die böse Gestalt der Familie.

Moro war sieben, als Virgilio am Eßtisch verkündete, daß er endlich Arbeit für ihn gefunden hätte. Du schwänzst laufend die Schule, bist ständig auf Achse, Junge, also ist es für dich kein Problem, rumzulaufen und bei der Gelegenheit Pakete abzugeben. So verbindest du das Angenehme mit dem Nützlichen, so hörst du vielleicht endlich auf, der Mutter auf den Geist zu gehen und in der Schule Probleme zu machen, stimmt's? In der Schulklasse wurde er vom Lehrer geprügelt, bis er blutete, weil er ihn in seiner steifen Gebärde nachmachte und ihn auslachte. Zudem war er Linkshänder. Mit Gewalt wurde er gezwungen, mit der rechten Hand zu schreiben. Durch Schläge auf die Hände, Zerren an den Ohrzipfeln, Tritte in den Hintern. Zeitlebens war es seine persönliche Note, mit der linken Hand zu essen und zu arbeiten, bloß schreiben tat er mit rechts. Die Gewalt von seiten der Autoritäten, vom Lehrer, von Virgilio, hatte ihn im Sinne der herrschenden Vorstellung (welch seltsame Allianz: der faschistische Lehrer und der linke Virgilio!) gebogen.

Stimmt's oder nicht? beharrte Virgilio, Moro streng anschauend. Moro löffelte an seiner Suppe und lauerte, sprungbereit, aus den Augenwinkeln auf die Bewegungen des Vaters. Natale lächelte hämisch. Moro reagierte mit einem Tritt gegen sein Schienbein, was dazu führte, daß Natale den Löffel schreiend in die dünne Suppe fallen ließ und sie überall verspritzte. Elvira traf ein Tropfen an der Wange, und sie langte ihm eine. Laß den Jungen jetzt, lachte Virgilio vergnügt. Er ist jetzt ein Mann; er verdient ab morgen sein Geld.

Als Laufjunge für die Kooperative der Gepäckträger lernte Moro bald, die Rechnungen mit einem im Büro geklauten Stift zu korrigieren, und kassierte die Differenz ein, die er jedes Mal sofort in Bomboloni umsetzte. Zehn konnte er an einem Stück essen und erstaunte damit die Leute auf der Piazza. Er ging Wetten ein, daß er noch mehr davon essen könnte. Einmal verschlang er sogar zwanzig und war bereit, nochmal zu wetten, er hätte noch weitere zehn runterkriegen können.

Wochen später wurde er erwischt, wie er aus zwanzig Soldi

einundzwanzig gemacht hatte, und wurde auf der Stelle nach Hause geschickt.

Bei den nachfolgenden Arbeiten kam er auf andere Weise an Geld: Er sagte zu Hause, daß er eine gewisse Summe erhalten hätte, bekam aber eine andere und behielt die Differenz für sich. Kopfzerbrechen bereitete er so und so: Er konnte bei keiner Arbeit bleiben. Deshalb nahm Virgilio ihn auf Baustellen mit, damit er ihn unter Kontrolle halten konnte. War aber Virgilio nur für einen Augenblick abgelenkt, schon verschwand Moro hinter den Zementsäcken und hatte sich davon gemacht. Um dem Zorn des Vaters zu entgehen, haute er häufig von zu Hause für einige Tage ab. Meist tauchte er bei Verwandten, weit in den Bergen, unter. Virgilio mußte ihn erst tagelang suchen. Wenn er ihn abholte, verprügelte er ihn und streichelte ihm auf dem Heimweg die Haare. Die schwarze Wolle kräuselte sich auf seinem Kopf, während er sich widersetzte und schämte.

Sei nicht so kantig, Junge! herrschte der Vater ihn an, sonst verdresche ich dich nochmal, daß du blau wirst!

Später rief er: Ich will dir eine Fabel erzählen.

Und er begann:

Es gab einmal eine Herde, die ständig so zerstritten war, daß dem schwarzen Schaf bange wurde, sie könnte auseinanderfallen. Das schwarze Schaf war nämlich sehr empfindsam und konnte alle möglichen Unstimmigkeiten wahrnehnen, auch dort, wo die anderen nichts merkten. Es malte sich aus, bei auseinandergetriebener Herde würde es plötzlich alleine dastehen und eine leichte Beute für die Feinde werden. Mit dieser Angst im Körper entdeckte es, wie die ganze Herde in Aufregung geriet, sobald es krumme Dinge drehte, und wie die Zerstrittenheit der Schafe untereinander verschwand. Es sah, wie die Schafe sich jetzt laufend versammelten und nur besprachen, wie das schwarze Schaf mehr im Zaum gehalten werden könnte. Da dachte es, Verantwortung für die ganze Herde zu haben, damit sie zusammenhalte. Bei dieser Vorstellung fühlte es sich sehr mächtig gegenüber der Herde, gar mächtiger als der Herdenführer, denn nicht einmal dieser konnte die Streitigkeiten ausgewogen austragen lassen. Das schwarze Schaf übersah nicht, wie nun die Herde erleichtert war, daß sie sich nicht mehr über sich selbst den Kopf zerbrechen mußte, fühlte sich geehrt, bekam dabei Spaß und stellte schlimmere Dinge an. Das schwarze Schaf stand nun vor einem Dilemma: Tue ich nichts, werde ich nicht beachtet und die Herde entdeckt ihren alten Streit, tue ich was, ziehe ich mir Zorn und Prügel zu. Es dachte: Lieber Prügel, als gar nicht beachtet zu werden und die Herde fällt auseinander. Das schwarze Schaf erkannte seine Taten als Opfer für die Herde, und dieses Opfer wurde nicht belohnt. Die Prügel taten so weh, daß es den Schmerz nicht mehr ertragen konnte. Es fühlte sich wie ausgeschlossen. Das schwarze Schaf wußte weder ein noch aus und beschloß, sich durch Flucht die Bestätigung zu holen, daß es nicht ausgestoßen war; aber diese Bestätigung konnte nicht eingeholt werden, denn es verwechselte Liebe und Glück mit Akzeptiertwerden, und für Glück und Liebe gibt es keine Bestätigung. Deshalb war es sehr unglücklich und voller Trauer. Um sie nicht zu spüren, stellte es noch mehr an und sorgte dafür, daß es in seinem Leben viel Bewegung gab, denn nur so spürte es seinen Schmerz und seine Trauer nicht mehr. So stürzte es in die Abgründe der Welt, tief und schwarz, an die Grenze der Auflösung der Existenz. Und dieses schwarze Schaf lebt immer noch unter uns, und die Herde spricht nicht mehr über ihren alten Streit, sondern nur noch darüber, wie das schwarze Schaf bestraft und im Zaum gehalten werden kann, ja, wer es ersetzen soll, wenn es plötzlich stirbt. Aber so wie Könige und Eigentumsbesitzer dafür sorgen, daß sie einen Nachfolger bekommen, sorgt auch das schwarze Schaf selbst für seinen Nachfolger und gibt dieses Gut an eins seiner Kinder weiter.

So, das war die Geschichte, mein Kind. Vater, ich verstehe sie nicht. Ja, mein Kind, ich auch nicht, erwiderte er, ich kannte sie gar nicht, sie ist mir eben so in den Sinn gekommen, als würde ich sie kennen.

verkürzt sich beim Aufgang des grellen Lichts: Ich hatte mich davon überzeugt, daß ich, um mich zu befreien, über diesen Gang verfügte, der darin bestand, Biondis Mutter doch zu besuchen. Dem Türschild entnahm ich, daß sie nicht Oriana, sondern Alda hieß. Erst harrte sie vor der Tür und schien widerstrebt, mich reinzulassen, denn Biondi war natürlich nicht zu Hause. Dann bat sie mich doch reinzukommen, als ich davon erzählte, wer ich sei – sie strengte sich an, um sich an mich zu erinnern – und daß ich auch in Deutschland lebte, sozusagen ein Nachbar ihres Sohnes sei. Krumm in sich gebeugt, schleppte sie sich durch das graugemusterte Licht des Flurs und fiel auf den Sessel wie ein überreifer Apfel auf den Boden.

Ich besah mir die schlichte Einrichtung der Wohnung, ein Landschaftsbild, eine Grazienfrau mit lockigem Haar, die eingerahmten Toten der Familie auf vernebelten Fotos, eine dürftige Pflanzenecke. Frei von Beklemmungen sah ich Biondis Dinge herumgestreut: ein Feuerzeug und eine Schachtel Zigarillos auf dem Tisch, einige Bücher in deutscher Sprache auf dem Stuhl, ein Stoß Manuskripte, so schien es mir, auf einem Tischchen aufeinandergestapelt, und eine Stimme in mir jauchzte vor Vergnügen; gleichzeitig empfingen meine Sinne die Traurigkeit, die von der alten Frau ausging, die Sinnlosigkeit des Wartens und des Verzichts; ich spürte, wie ihre sich zu meiner gesellte, und atmete erleichtert auf.

Sie ließ mich am Wohnzimmertisch Platz nehmen und begann, von sich und den Lasten des Alterns zu erzählen, um sich gleich nach der Gesundheit meiner Mutter zu erkundigen. Kaum hatte ich etwas davon angedeutet, schon seufzte sie und verfiel in Gram. Die eingetretene, erdrückende Stille füllte ich nicht mit tröstenden Worten, nein, ich sog sie genüßlich auf. Es war seltsam: Trauer und Freude hatten sich in mir fest umarmt und trösteten meinen Körper, den ich erst einem leichten Zittern überlassen hatte. Von draußen drang der unbeugsame Lärm der Motorräder, der Zank der alten Leute vor der Casa di cultura popolare, die Stimmung des angebahnten, schläfrigen Abends.

Sie wollte Näheres über meine Person hören, und als ich erwähnte, daß ich Sozialarbeiter sei, meinte sie, daß unsere Landsleute bestimmt Hilfe bräuchten, worauf ich dann verdeutlichte, daß mein Hilfsangebot als Sozialarbeiter Deutschen und Emigranten gleichermaßen zukäme. Brauchen die Menschen dort auch Hilfe? fragte sie überrascht, fügte sogleich hinzu: Ich dachte, Deutschland wäre reich, schüttelte den Kopf und klagte: Mein Sohn hat nie davon erzählt. Überhaupt erzählt er so gut wie gar nichts von seinem Leben in Deutschland.

Oh! staunte ich. Den Aufgang eines Lächelns schnitt ich mit dem Bistouri des Verstandes säuberlich von meinem Mund ab. Dabei koalierte ich seltsamerweise mit dem feindlich gesonnenen Schriftsteller, indem ich Verständis für sein Verhalten aufbrachte. Ihr Söhne seid alle gleich, stöhnte sie. Ihre arme Mutter! Und sie erzählte, wie sie den Sohn liebte, wie sie, von einer rührenden Sehnsucht gepackt, den Franco Biondi anrufen würde, nur um seine Stimme zu hören, um eine kurzlebige, verloren gegangene Nähe zu spüren. Und er, so undankbar, mühe sich nicht mal dahin, einen Zweizeiler zu schicken, nur um zu zeigen, daß er am Leben sei. Er stellte sich so an, als wollte er sie bestrafen; sie bestrafen, ihn in die Welt gesetzt zu haben. Ich sag's Ihnen: Ich war völlig dagegen, daß er auswandert. Und wie ist das mit Ihrer Mutter? Denkt sie auch so?

Im Sessel zurückgelehnt, betrachtete sie die Intonation meiner Augen, die ich mit meinem Bewußtsein zur Undefinierbarkeit zu führen trachtete; ihrerseits verliehen die angespannten Gesichtszüge und die zurückgelehnte, steife Haltung ihrem in Erinnerungen eingetauchten Blick den Ausdruck des Unsäglichen.

Plötzlich begann ich zu lächeln und endete in einem ersticktem Gähnen; und während sie hinzufügte: Aber Mütter können sie halt nicht aufhalten, irgendwann gehen sie eben weg, befaßte ich mich mit meinem mißlungenen Lächeln, versank mit Leib und Seele in den schwammigen Grund von Melancholie und Jammer, dachte spontan, ohne zu denken, daß Biondis Mutter eine verblüffende Ähnlichkeit mit Annunciata Ceccabelli hatte, daß diese vielleicht Frauen waren, die gelernt hatten, ihre Männer besitzen zu wollen, daß aber diese Männer ihnen entwichen, so wie diese wiederum es gelernt hatten, sei es durch Flucht in die Kneipe oder in die Emigration, sei es durch Geistesabwesenheit, sei es durch Tod, sich ihren Frauen zu entziehen. Und nun waren die Söhne dran, an die sie sich klammerten. Und ich dachte auch, daß diese Frauen womöglich ein Spiegelbild derjenigen Männer waren, die ebenso die mit ihnen verheirateten oder irgendwie mit ihnen verbundenen Frauen als ihren Besitz betrachteten. Und wozu dieses Erahnen, fragte ich mich, daß es so sein könnte, wozu dieses Gefühl, daß Schicksale in archaischen Mustern verzahnt sind? Darauf hatte ich keine Antwort. Aber diese Fragen grapschten die Erinnerung heran, sie begannen mit ihren Krallen meine verdrängte Geschichte zu orten.

In meiner verdrängten Geschichte umflog Oma Annunciata Ceccabelli meine Kindheit als Fledermaus. Ich sah sie, wie sie die winzige Siedlung ohne Kirche und Friedhof in geschwungenen Hüben und Schüben überflog, sah den mit vergilbten Wolken betupften Horizont über den Weinfeldern, sah die flirrend schwarzen Schatten der Bäume und der Häuser, die schrillen Obstgärten, sah eine Meise, wie sie eine Gebetsmühle mit Kirschen anknipste, sah die nahen Weizenfelder kitschig im Wind brausen, die Ähren als klirrende Kristalltulpen; ich sah die Fledermaus und hörte mich schweigen.

Und während Biondis Mutter sprach, mich mit Fragen herauslockte, erlauschte ich den Fledermausschall, wie er die Traube der frommen Quattrobewohner ortete, die den zwei Kilometer langen Weg von der kleinen Backsteinkirche, unweit des winzigen Friedhofs, an den Rändern der Staatsstraße zurückgelegt hatten. Das Quattro war eine in die Felder eingebettete Siedlung aus einer Handvoll Häuser. Hier war Bruna geboren und aufgewachsen, hier hatte ich in meinem ersten Lebensjahr das Gesicht des Klanges geortet, die erstickende Luft der Unversöhnlichkeit eingesogen, hier lebten jetzt die Schatten von Annunciata Ceccabelli und Biagio Piverini.

Ich erkannte ihre korpulente Gestalt, wie sie sich aus der Gruppe löste, wie sie das quietschende Tor des winzigen Zweizimmerhauses aufschob, umrahmt von einem schmalen Hof, wie sie hinter dem Türvorhang verschwand, hörte die Hühner, als sie sich in den Hühnerstall zurückzogen, und ich sah Biagio Piverini vom Acker zurückkommen, hörte ihn mit seinen schleifenden Schuhsohlen den Spaten in der Scheune abstellen, hörte, wie er Heu in die Käfige schob, hörte sein Schleichen in den stillen Keller, der scharfen Kontrolle Annunciata Ceccabellis entgehend, um unbesehen sein Glas Wein zu trinken, hörte sein Seufzen, das Glucksen der roten Flüssigkeit, vernahm das Schnarren seiner Schuhe im Hof, das Verschließen des wackligen Gartentors, sein Schlüpfen durch den flappenden Stoffvorhang des Hauseingangs, sah ihn, wie er sich über das Waschbecken beugte.

Du hast wieder getrunken, du Strolch! girrte Annunciata Ceccabelli ihm entgegen, nachdem sie ihn angerochen hatte. Im Rauschen des Wasserhahns verbarg er sein Gesicht, sah beim Abtrocknen, daß Annunciata in der Vorratskammer verschwunden war, schlurfte zum Schrank und holte sich ein Gebäck heraus. Als sie in die Küche zurücktrapste, drehte er sich dem vergitterten Fenster zu und präpelte weiter, als brauchte er es, bei der Tat ertappt zu werden. Denn er wußte, daß Annunciata nichts entging. Am Waschbecken beschäftigt, hörte sie, wie das Wasserrauschen sich mit dem leisen Rumoren des Gebisses vermischte, spitzte die Ohren für einen Augenblick, um sich zu vergewissern, und drehte sich wutentbrannt herum.

Iß kein Gebäck, du Lazzarone! Wie oft soll ich es dir sagen? Bald gibt's zu essen. Biagio Piverinis Kaugeräusche setzten sich weiter fort. Annunciata stupste ihn. Hörst du? Ich red mit dir! Sie riß ihm den Rest des Gebäckstücks aus der Hand und steckte es in den Schrank. Biagio Piverini versank in die Haltung eines Musterknaben, setzte sich brav an den Tisch, legte beide Hände darauf und blickte zerstreut zur Decke hinauf; aber seine Hand, von der Versuchung überwältigt, verließ die Reih-und-Glied-Haltung des Musterknaben, langte rasch in den Schrank, ergatterte einige

Biskuits, die sie ebenso rasch in den Mund schob. Wieder paukten dumpf die Kaugeräusche auf das Trommelfell Annunciata Ceccabellis. Du beträgst dich wie ein Kind! schimpfte sie jetzt entmutigt, aber noch entschieden. Benimmt dich endlich! Setz dein Hörgerät auf, ja? Sie holte es aus der Schublade und drängte es ihm auf. Hörst du jetzt endlich? Was soll dein Enkel aus Deutschland von dir denken? Du hast mich zu fragen, wenn du Gebäck willst. Und jetzt ist es zu spät, es gibt gleich zu essen. Wieder stieg in ihr die Wut hoch, und sie trompetete mit bebenden Lippen: Außerdem, du ißt zuviel, viel zuviel.

Annunciata Ceccabellis Hauptsymphonie war das mangelnde Essen. Aus der Furcht heraus, die Rente könnte knapp werden und das Brot wieder fehlen, kontrollierte sie Biagio. Ihr Refrain war: Als ich jung war und stark, klimperte der Riesenhunger im Magen, jetzt gibt's zu essen, aber in meinem Körper ist der Magen wie eine Trommel gespannt und packt es nicht mehr. Sie sang ständig dasselbe Lied, vom Leid des Hungernden. Der Schmerz des Hungers ist Klang, ist eine gequälte Musikkapelle im eigenen Körper. Zu diesem Lied gesellte sie die Melodie des Hierbleibens. Ihrem Vater war gar nicht zu trauen. Er brachte nur Hunger mit nach Hause und zwang seine Familie, hinter ihm her zu ziehen. Er war umtriebig, hatte den Drang, immer woanders zu leben, hielt es deshalb nicht länger als ein Jahr an einem Ort aus, verschwand oft für Tage von zu Hause, niemand wußte wohin, um mit ausgebrannten Augen und leerem Säckel zurückzukehren. Und als er von Frau und Kinder dazu bewogen werden konnte, sich an einem festen Ort auf Dauer niederzulassen, starb er ihnen nach Ablauf eines Jahres weg.

Annunciatas Stiefmutter heiratete schnell wieder, um der Familie einen Halt zu geben. In der Zeit, als ihre Familie noch am Fluß, Richtung Pieve Quinta, wohnte, kündigte sich die Regierungstrompete an, um ihren Stiefvater, der sich als Knecht verdingte, zum Krieg zu holen, obwohl er nur ein Auge hatte und bereits verwitwet war. Er zog in den Lärm des Krieges, und wir hatten nichts als Brot aus Felsen, das nicht für alle in der Familie ausreichte. Ich und meine jüngere Schwester bettelten um Brot in den Einsiedlerhäusern der Umgebung. Wenn wir welches bekamen, würgten wir die steinigen Brotklumpen schon unterwegs hastig hinunter, zu Hause schlug uns die tobende Mutter. Sie schickte uns nicht mehr weg. Sie war keine richtige Mutter. Seitdem machten wir uns unbemerkt auf die Suche nach Eßbarem, bis wir uns einmal unterwegs verirrten und den Weg zurück nicht mehr fanden. Der Krieg polterte sich in die Länge, und wir hatten nichts, weder Arbeit noch Möglichkeiten, an Klimperzeug für die Münder zu kommen. Wir waren damals acht Geschwister, zwei wurden an einen Bauern verkauft, und wir bekamen dafür etwas Geld, Hühner und Gemüse. Später aber quengelten zwei weitere, leer rummelnde Mägen – ein Geräusch, das sich tief in die Ohren einwurzelte und einen Machtkampf mit dem Gewissen führte: Wie konnte der eigene Magen nach Lärmdämpfung verlangen, wenn sich vor dir so kleine Würmer pispernd wanden? Ich war so froh, als ich bei einem Fest Biagio Piverini kennenlernte. Er stand abseits, still und verschüchtert, da sprach ich ihn an und fragte: Was bist du für ein Mann, warum tanzst du nicht bei dieser Musik? Anstatt zu antworten, blickte er verschüchtert zu Boden, da wußte ich, daß er der Mann war, den ich suchte, daß ich ihn heiraten würde. Die Bestätigung habe ich sofort gefunden: Er war fleißig und bei den Bauern angesehen. Und hörig. Also: Der Mann, der mir nicht abhaute. Ohne große Worte heirateten wir. Er war leise und hörte auf das, was ich sagte; es war kaum zu begreifen, daß dieser schmächtige Mann an vorderster Front bei der Todeslawine des Krieges gewesen war.

Er war Tagelöhner, und wir fanden Arbeit bei einem Bauern in der Gegend von Pieve Quinta. Der Bauer war gar nicht schlecht, und Suppe plätscherte in das kantig gewordene Bauchinnere. Aber dann kreuzte der Cousin von Biagio auf, der insistierte bei ihm, im Quattro anzufangen, er hätte sichere Arbeit für ihn. Ich war dagegen, aber wir zogen hin. Das war ganz schlimm, ich habe es ihm nie verziehen, auch wenn es ihm später leid tat und er reuig wurde. Er ist zu gutmütig und kann einer zirpenden Grille nichts antun. Deshalb habe ich die erste Geige in der Familie gespielt. Es war dort wirklich eine häßliche Sache: Der Cousin Biagios zahlte so wenig, daß wir die leeren Mägen schrumpfen hören konnten. Biagios Cousin und seine Frau stritten sich, er trank aus dem Weinschlauch und schlug bullernd auf sie ein. Obwohl ich von meinem Biagio nichts dergleichen zu befürchten hatte, war das kein gutes Beispiel für ihn, so kamen wir bei einem anderen Bauer in der alten Mühle unter. Man machte hier die ganze Saison durch: Getreide, Mais, Zuckerrüben und so weiter. Wir waren vierundzwanzig in einem Raum, auf dem Boden schlafend mit dem Schnarchen der Männer wie wildes Zikadengerummel. Dieser Bauer sang jeden Tag das Lied der unzufriedenen Eule, mäkelte herum, kreischte noch in meine Träume hinein. Das dürftige Essen befriedigte nicht das Poltern des Hungers, der sich inzwischen fest in den Eingeweiden eingenistet hatte, wie ein Bandwurm. Die tägliche Feldarbeit ließ in meinen Ohren ein merkwürdiges Zischen zurück, und dann, da die Frau des Bauern nach Sympathie verteilte, gifteten wir uns beim Schlangestehen um den Teller Suppe gegenseitig an. Auf dem Feld entbrannten Geifereien, und ich gellte am lautesten. In mir konnte ich den Zorn aufgrund der Ungerechtigkeiten brodeln hören. Deswegen fürchteten mich die anderen Frauen. Biagio dagegen war eine flaue Grille, er flüsterte nur leise vor sich hin und verrichtete duckmäuschenstill das, was man ihm sagte. Mit den anderen Tagelöhnern spielte er immer nur die leisen Töne. Nur einmal produzierte er mißliche Klänge: Heimgekommen mit einem roten Kopf, geistig völlig verdreht, war er hastig in die Küche geschnarrt, hatte beim Herausholen seines Messers aus der Schublade heftig geschnaubt, und schon vermittelten meine Ohren dem Verstand eine dunkle Vorahnung. Auch wenn ich ihm eine solche Tat nicht zutraute, das Fiepen der erregten Lungen und das Klinken des Messers läuteten eine Tragödie ein: Er wollte bestimmt jemanden umbringen. Hastig bin ich zum Bauern gerannt, der ihm dann das Messer wegnahm.

Auch wenn Bruna und Bruno mit aufs Feld gingen, reichte das Geld nicht, um die Gesänge des Magens zum Schweigen zu bringen; man mußte sich fretten und ständig anschreiben lassen. Auf dem Markt hörte ich von Frauen, deren Männer in der Fremde waren, wie sie ihre Schulden beglichen. Das war Musik für meine Ohren, und ich nahm mir Biagio vor und flötete ihm die frohe Botschaft ins Ohr: Nach Deutschland fahren. Er fuhr ungern weg; immerhin war er nicht sonderlich reiselustig – nur einmal war er in die Landeshauptstadt gefahren, um den legendären Buffalo Bill, der eine Show nach der anderen in Europa veranstaltete, zu bewundern. Und bereits an der Grenze des Landes, gegen das er in den Krieg geschickt worden war, litt er damals an Heimweh. Der Vertrag bei Wien-Lobau-Holzmann als Tiefbauarbeiter lief über zwei Jahre. Zwei Jahre Fremdarbeiter, und er ließ Briefe an mich schreiben (er war Analphabet wie ich), in denen es hieß, es gefiel ihm in der Fremde. Eine gewisse Stille war eingetreten; die Kinder waren tagsüber auf Arbeit – Bruno war zum Bäkkerberuf hingesteuert worden und Bruna zur Schuhfabrik –, damit ja, wenn wieder die Not ausbräche, die Familie mit dem Nötigen versorgt ist: Brot und Schuhe – und abends verschwanden sie schnell in ihren Betten. An manchen Tagen allein zu Hause, ortete ich allzu häufig ins Leere und hoffte, daß die zwei Jahre schnell vergingen. Und plötzlich bekam ich Angst, mein Mann könnte auch ohne mich auskommen; er ließ mir ja mitteilen, wie sehr er die nordische Landschaft bewunderte. Tatsächlich war er gierig geworden und wollte den Vertrag noch vor dessen Ablauf verlängern lassen, doch habe ich auf ihn eingeredet. So ist er geräuschlos hiergeblieben.

Hierbleiben. Über fünfzig Jahre hatte Biagio Äcker und Weinfelder bestellt, als Tagelöhner, im Durchschnitt an hundert, hundertfünfzig Tagen im Jahr angeheuert, mit den Stimmen der einsamen Felder als Begleitmusik, die er mit den Stimmen des kleinen Gartens am Häuschen tauschte. Früh tauschte er diese mit der Stille seiner Taubheit. Die Taubheit als Schutzschirm gegen die niederprasselnden Worte Annunciata Ceccabellis? Sammelte sie nicht demgegenüber ihre ganze Kraft in der Stimme: je mehr Biagios Ohren sich zumauerten, desto lauter und schriller vibrierten ihre Stimmbänder. Ein zu grausames Spiel um das Gleichgewicht, dachte ich.

Das nachdenkliche Gesicht von Biondis Mutter, als sie von ihrem Sohn sprach, rückte wieder ins Zentrum meiner Wahrnehmung. Ich fokalisierte sie auf den kleinen, verbissenen Mund, die in Resignation verschleierten kastanienbraunen Augen, die Züge des verbrauchten Gesichts, die auf ein bestimmtes Abwarten hindeuteten. Indes besann ich mich auf die Arten des Wartens ohne Ziel und ohne Weg, nur als hinnehmende Haltung dem Leben und dem Tod gegenüber, dachte an Bruna, die inzwischen den Tisch gedeckt haben mochte, und auf mich wartete, und vernahm, daß Biondis Mutter nun bitter klagte. Es klang so, als wäre sie allein, weil ihr Lieblingssohn nach Deutschland verzogen war. Warum kehrt er nicht zurück, rief sie irgendwann, Platz bei mir gibt's ja genug, und mit der Arbeit hier kann er sich arangieren, meinen Sie nicht? Sie unterzog meine Augen einer eingehenden Prüfung. Ich bemerkte, wie sich mein Kopf hin und her zu wenden begann, wie die Gegenstände vom Blick eingefangen wurden, die Fotos der Verstorbenen in matten, lichtüberfluteten Bilderrahmen, die Pflanzenecke, das Landschaftsbild, die Grazienfrau mit ihrem lockigen Haar, die furnierten Möbel, die Bücher auf dem Stuhl, die Manuskripte auf dem wackligen Tischchen.

Es klang nach Einklang zwischen beiden Müttern. Auch Bruna beschwor damals: Hierbleiben. Als hätte ich sie mit der Muttermilch eingesogen, fielen mir Sätze ein, die sie, wenn nicht aussprechen, doch fühlen würde: Jedes Herz, das sich der Enthaltsamkeit hingibt, wird wiederkehren in Form einer Maus und wird unerbittlich von Schuldgefühlen zernagt werden. Oder sind dies keine Mäuse, eher viele Kobolde? Und wie ist es mit dem, der sich der Leidenschaft hingibt? Sie nimmt ihren Wohnort an zerrütteten, verlassenen Plätzen, vergiftet jeden Liebesversuch und lebt in der lebenslangen Angst des Verlassenwerdens. Dabei gebärdet sie sich stark, ist aber innerlich von den Klängen der Schwäche bestimmt.

Ich hatte mich geweigert, hierzubleiben.

Hierbleiben und nicht vorgesehen sein: In all seinen Lebensbereichen hatte ein Mensch wie ich seine Entsprechungen, die wie ewige Wiederholungen im Leben anmuteten. Klienten, denen die Brüchigkeit meines Aufenthaltes aufstieß, fragten mich manchmal: Wo kommen Sie her? Bei diesen jämmerlichen Fragen antwortete ich üblicherweise mit einem knappen Satz: Aus Frankfurt. Doch diese Menschen, unempfindlich und gierig danach, ihre Ungewißheiten zu stillen, übersahen regelmäßig meinen Gemütszustand und bewarfen ihn, lächelnd, mit weiteren Fragen:

Ich meine, woher sind Sie gebürtig? In mir erlosch dann jedes Mal die Sprache, nicht weil sie mir abhanden kam. Bei den Erinnerungen sehnte ich mich nach dem Versinken in die geräuschlose Familie der Ceccabellis und Piverinis. Jetzt bekomme ich Nachahmungslust im Hierbleiben. In einer meiner anderen Personen verspüre ich Nachahmungslust nach jener Gehörlosigkeit des Biagio Piverini. Nein, ich täusche mich: Ich sehne mich nicht nach dem Versinken in dieser geräuschlosen Familie. Nicht Abenteuerlust hat mich vertrieben – in der Fremde lebe ich das Hierbleiben, ohne vorgesehen zu sein, aus. Das Hierbleiben, ohne Platz, und die Flucht.

Die Flucht, rief es in mir, und ich fragte: Ist Franco Ihr Lieblingssohn?

Ja, sagte sie knapp.

Jäh wurde mir deutlich, was der Schriftsteller und ich gemeinsam hatten: den horrenden Preis, den wir an unsere Mütter dafür zu zahlen hatten, daß wir abrupt, ohne ihre Erlaubnis, in die Fremde gegangen waren, weil sie uns – so dachten wir (und vielleicht auch sie) – für ihr Überleben brauchten und weil wir, nichtsdestotrotz oder vielleicht gerade deswegen, sie im Stich gelassen hatten. Auch er fuhr Jahr für Jahr in den Ferien zu seiner Mutter, schlief mit seiner Frau oder ohne sie im selben Zimmer, in dem er als Kind geschlafen hatte, schläferte die Mehrzahl der Tage bei ihr ein, mit der Ausrede, man sähe sich ja nur einmal im Jahr, verbrachte manchen Abend vor dem Fernseher beim Abspulen dämlicher Novelas, verschob die Fahrt in ein anderes Land auf das nächste Jahr, die Besuche bei einem in Deutschland erworbenen Freund in Spanien oder in der Türkei oder in Griechenland, vergaß, daß das Leben aus unzähligen Möglichkeiten bestand, bestehen könnte, um sodann bei Ferienende nach Frankfurt zurückzukehren, mit dem Gefühl, überflüssig zu sein, mit der Enttäuschung, wieder einmal eine unnütze Reise unternommen zu haben, wieder einmal im Herkunftsland gewesen zu sein, ohne dort gelebt zu haben. Wir zahlten jeden Preis, jahraus, jahrein, um dem Gefühl der Schuld im Hinterkopf Rechnung zu tragen. Es war ein hoher Preis, denn das eigene Leben drehte die immer gleichen Schleifen des Zukurzgekommenen. Und mir wurde zugleich bewußt, wie ich das alles auf Biondi projizierte; denn dies war das, was mir vom Herkunftsland übrig geblieben war.

Das Telefon meldete sich unerwartet mit schrillen Tönen. Steifen Schrittes schleifte sich Biondis Mutter in den Flur, wo der Apparat abgestellt war, hob langsam den Hörer ab, flüsterte in die Muschel ein ertrotztes Pronto?, das von einem fast erfreuten: Ah, du bist es! abgelöst wurde. Die Unruhe klopfte im Hirn, und ich ertappte meine Augen auf das wacklige Tischchen fixiert, auf dem die Manuskripte aufgestapelt waren. Ich fühlte, wie Hitze und Blässe mein Gesicht überliefen, während meine Stimmbänder in mich hinein sagten: Alles verloren, alles. Dennoch oder nichtsdestotrotz oder gerade deswegen packte die Neugier meine Arme und krante meine Hände zu den Manuskripten auf dem Tischchen hin, belegte sie mit hastigen Blicken, sah den Titel »Ritratti«, eine Sammlung von Portraits in Gedichtform, blätterte sie durch, bemerkte, daß bei jedem Gedicht der Versuch unternommen wurde, in äußerst niederträchtiger Form die Schwäche der Menschen sprachlich zu erfassen, sah mich in meinem alten, instinktiven Verdacht bestätigt, spürte einen unendlichen Haß auf den Schriftsteller: Er schloß also Freundschaften, um sie literarisch auszubeuten. Prompt wurde mein Blick vom Deckblatt eines losen Manuskriptstoßes gefangen, auf dem stand: Franco Biondi, Im Labyrinth der Herkunft, Roman. Während meine Hände es durchblätterten und meine Augen nach erkennbaren Anhaltspunkten suchten, stellte ich fest, daß das Manuskript aus vollständig beschriebenen Blättern und aus hingekritzelten Notizen bestand, also noch unvollendet war; da schrie mein Gefühl: Das könnte meine Grundfrage sein! Und meine wilde Verbitterung ergänzte: Also doch! Er ist mir auf der Spur, ist hinter mir her! Und prompt spulte mein Gedächtnis all die Szenen mit Biondi ab, die beiläufigen Begrüßungen im Flur, das Auflauern meiner Ankunft am Fenster, die Ausspähung des Traumes an der Mülltonne vor dem Wohnblock. Um nicht verrückt zu werden, da eine sich anbahnende, entsetzliche Leere sich mit Alptraumfetzen und unaufhaltbarer Wut auffüllte, fing ich an zu räsonnieren und mir einzureden: Ich muß ihn kriegen, ich muß sehen, wieviel er wirklich von mir weiß. Nein, noch direkter, damit er nicht leugnen kann: wieviel er von mir verwerten will. Im gleichen Augenblick wiederholte meine Stimme: Alles verloren, alles. Sie füllte nun die tiefe Leere, und es schien, sie hallte hohl, wie in einem leeren Fabrikgebäude.

Die Ohren vernahmen, daß die alte Frau dabei war, sich zu verabschieden; mein Körper hastete auf meinen Platz zurück, und als er sich wieder hinsetzte, fühlte ich, wie ich dabei war, ohne Groll hinzunehmen, daß ich mich nicht befreien konnte, daß ich schon verloren hatte, noch bevor ich mich mir gestellt hatte. Erbarmungslos bemächtigte sich meiner eine aushöhlende Verzweiflung. In diesem Augenblick fahndete eine andere Kraft in mir nach der unnachvollziebaren Konstellation, die der Ursprung sein könnte für all das, was mir ständig widerfuhr, was mich seit Anbeginn meines Lebens in der Enge hielt.

Schon kam Alda Biondi – oder wie hieß sie mit Namen? – zurück. Ich war so aufgewühlt, daß ich sie nicht anblicken konnte; noch bevor sie einen Satz hatte anfangen können, sprang meine Stimme ein, und ich hörte mich sagen: Sicherlich eines Ihrer Kinder? Franco?

Nein, antwortete sie mit einem verhaltenen Lächeln.

Bevor ich ging, sprach sie noch einige Sätze. Ich hing nur noch am Saum meiner Verzweiflung und hörte nicht hin. Ich sehnte mich danach, allein zu sein, um alles zu durchdenken. Oder mich vielleicht der Melancholie hinzugeben. In vollem Bewußtsein, verzweifelt und melancholisch zu sein, zu ahnen, daß die Verzweiflung und die Melancholie der Boden sind, auf dem sich meine Befreiung bewegen kann. Wird sich auf diesem Boden die Begegnung, die Umarmung der eigenen Geschichte entfalten?

Eben draußen, holte ich tief Luft, verschloß – aber nur zur Hälfte – die Augen in der dichten Dunkelheit der Nacht, und stellte mir eine unversöhnliche Versöhnung vor.

Sie besteht zwischen Feuer und Rauch. Die entfachten Flammen züngeln im ovalen Bild meiner halb geöffneten Augen, die Rauchschwaden umarmen schlängelnd den Rahmen meiner Melancholie. Feuer und Rauch, unzertrennlich ineinander verschmolzen, weben an einem unbekannten Muster. Zu viel Feuer verzehrt den Rauch, zu viel Rauch erstickt das Feuer. Unversöhnlich gegeneinander, schmieden sie an einer Gestalt, die einem Baum aus ungebändigten, gelbroten Wurzeln und blaugrauer, umwehter Krone ähnelt. Wenn Liebe Feuer ist, ist Verstand Rauch; das eine lebt sein Leben mit dem anderen aus. Wenn das eine sich verflüchtigt, verflüchtigt sich das andere auch; und beide existieren unaufhörlich weiter.

Die Fühligkeit der Adern

Der Tisch war tatsächlich gedeckt, und das Abendessen schon in den Tellern. Bruna setzte sich hin, sagte kein Wort. Und in ihrer stummen Ermüdung, in ihrer getriebenen Vergangenheit konnte ich sie endlich sehen.

Durch die vom Wind bewegten Getreidefelder fuhr sie die schmale, holprige Landstraße; verträumt und ängstlich sah Bruna, wie die Wogen sich über ihren Kopf erhoben und auf ihre Füße niederfielen. Als fürchtete sie, von den Wellen ins hohe Feld getrieben zu werden, strengte sie sich an, in der Mitte des Weges zu radeln. Von der Schuhfabrik bis zum Quattro brauchte sie eine halbe Stunde; eine halbe Stunde Träume und Alpträume, die die Blutgefäße umspülten und sie elektrisch aufluden. Moro hatte sie bis zur Brücke begleitet, sie an der Treppe zum Flußbett gestoppt und sie vom Fahrrad herunter gedrängt, seine hitzigen Lippen an ihre pressend. Sie hatte sich wehren wollen, aber seine weit geöffneten, eindringenden Augen hinderten sie. Im Nu hatte er seine Hände unter dem Rock und streichelte plump die Hüften, drückte sie fester an sich, mit einem unüberwindlichen Griff, in dem ihre Erregung überflutete und abebbte.

Ich sah sie weiter auf dem Fahrrad, dabei entwarf die Sprachkolonie meines Hirns ein unverständliches Bild: Es war einmal eine Regung, die nicht zu verstehen war: Sie strömt vom Meer zur Quelle hin; dieser Frosch bleibt im Dunkeln, damit er im Meer seiner selbst untergehen und jede Bindung zur Welt abbrechen kann; und auch wenn ihm ein Nichts erschiene, könnte er in den Bauch der Quelle fallen oder noch schlimmer: dem Augenblick untreu werden. Und indem ich sie sah, über dieses verworrene Bild nachdachte, überfiel mich der Zweifel, ob ich genug Anmaßung besaß, in Menschen und ihr Erleben selbstsicher hineinzuschlüpfen; immerhin war ich kein Schriftsteller wie Franco Biondi, der sich das Recht einräumte, über seine dargestellten Personen Bescheid zu wissen; und ich fragte mich, ob ich spekulieren durfte, ohne ihr Wesen zu verletzten, ohne sie und mich zu verraten, um mich zu entlasten, um mich doch noch zu befreien. Ich könnte mich vielleicht befreien, wenn ich in mir Bruna ausleben, wenn mein Verstand in ihren Schmerz versinken, wenn mein Gefühl vom bedeutenden Unterschied absehen würde, wenn ich mir erlauben könnte, an den Beklemmungen, am unnachvollziehbaren Schmerz anderer teilzunehmen, im zynischen Versuch der Entlastung; und plötzlich wurde mir bewußt, daß es meine kindliche Aufgabe gewesen war, Gefährte ihrer Beklemmungen zu sein, daß ich mich ohnehin für das Wohlergehen von Bruna und Moro zuständig gefühlt hatte, und erst jetzt konnte ich sie ohne Skrupel sehen, mit Erleichterung. Und es wurde jetzt sogar unerheblich, ob ich sie, für dieses Kapitel, oder ob ich mich sehen würde.

Annunciata wühlte im Heu vor dem Scheunentörchen, Staubpartikel auf dem Hof umherwirbelnd. Biagio war gerade mit der Sense über der Schulter heimgekommen und scharrte seine Schuhe am Eisen vor der Tür sauber. Annunciatas Stimme stob in die Luft: Komm endlich her und mach weiter! Biagio hängte die Sense an den Haken, nahm die Mistgabel von der Wand und tauchte im Wirbel unter. Was hast du da an den Hosen, du Schmutzfink? stach scharf die Stimme im Staubgestöber. Bruna durchströmte Mitleid mit dem Vater. Sie wünschte sich, nie so einen Mann zu bekommen, der ohne ein Wort jeder Aufforderung folgte. Und nie so eine Frau zu werden, die nur Kontrollieren und Anherrschen im Sinn hatte. Moro war nicht nur attraktiv, er war barsch, unruhig und eigenwillig; das reizte die Adern.

Annunciata stampfte her und sah Bruna auf dem Fahrrad sitzen. Ich stieg ab, nahm die Tasche vom Lenkrad, hörte, wie sich ihre Stimme, rauh und schrill, entstellte, als sie sagte: Warum kommst du so spät?, sah, wie sie mit den Augen mich vom Kopf bis zu den Füßen durchfuhr, entdeckte, wie sich ihr Schatten aus dem Hintergrund der Abenddämmerung zu mir herstreckte und das Fahrrad berührte, wie der Schatten ihres Kopfes sich in meiner Brust verlor. Ich entzog mich diesem Anblick, suchte Zuflucht in ihren Augen, floh davon, hörte: Wie siehst du bloß aus? Da stimmt etwas nicht mit dir, rede doch! Ich bemerkte, wie entstellt und traurig Mutters Schatten plötzlich zwischen mir und dem Fahrrad vibrierte, wahnsinnig auf meinen Körper einhämmerte, entsann mich einiger Szenen, als ich ein kleines Mädchen war, wie sich Mutters Schatten an mich klammerte, wie sie mich an sich heranholte, meine Schritte wegfegte, meine Lust, mit mir allein zu sein, aushöhlte, mit der nackten Angst der Einsamkeit, mit dem harten, zerwühlten Gesicht einer Mutter, die meine Anwesenheit gegen das Alleinsein brauchte, wie dieses Gesicht mich auserkoren hatte, ihr beizustehen, mir eingab, mein Leben für ihres einzuschwören, es weiterzutragen. Und erst jetzt ahnte ich: Ich mußte Moro haben, um dem allem zu entrinnen – Moro konnte das Messer werden, das mich von Mutter trennen würde; nur er. Und während ich das dachte, hörte ich ihre Stimme, fern und hohl, wie sie mich dirigierte: In der Küche gibt es Spinat zu putzen.

Die Beine schwollen an; das diesige Herbstwetter ließ sich fühlen, die Körperveränderungen ließen sich fühlen: Sie war schwanger. Die leisesten Temperatursprünge stürzten sie in Verwirrung. Jedes Mal, wenn Annunciata sie anblickte, durchzog sie ein Schauder, der ihr riet, ihren Zustand zu vertuschen. Ihr gereizter und durchlässiger Körper nahm die geringsten Stimmungsschwankungen der Mutter auf, verinnerlichte sie.

Und da sah ich, daß sie, wenn sie mich ansah, mich nicht sah. Und es kam, was ich ohnehin erwartete. Mutters Worte nisteten sich wie Allergien in meinem Gemüt ein. Ich wußte es von Anfang an! kreischte sie außer sich. Das mußte so kommen! Der miese Kerl soll zur Rechenschaft gezogen werden, sofort. Vater dagegen blickte mich stumm an, verdattert; der winzig gewordene Raum, den die weiße Masse um seine blauen Pupillen einnahm, war ermattet, verwies mich auf seine Ohnmacht, auf eine undefinierbare Angst.

Das ungute Gefühl hämmerte im Bauch.

Moro trat verschüchtert an, tat freundlich und zuvorkommend, stimmte der Hochzeit sofort zu; aber Annunciata betrachtete ihn mit mißtrauischen Blicken. Dein Vater soll mitkommen, sagte sie, und seine Zustimmung geben, ja? Er nickte nur. Als er mit seinem klapprigen Rad fort war, pochten Annunciatas Klagen an den Schläfen: Welche Grillen zirpen in deinem hohlen Kopf? Mit welchem Kerl hast du dich eingelassen? Der ist mir nicht geheuer und paßt gar nicht zu dir. Sie wähnte Unglück ins Haus kommen und rief: Jetzt wird geheiratet und damit basta!

Ich hörte widerwillig hin, rechtfertigte mich, spürte, daß Mutters Worte stürmische Aufwallungen in die Adern brachten.

Dann kam er kurz darauf und bat darum, für einige Tage bei ihnen bleiben zu dürfen. Er hatte sich mit Virgilio wieder gestritten, verschwieg es aber. Er wurde aufgenommen, in der Scheune ein notdürftiges Lager eingerichtet. Aber hier wird mitgeholfen, mahnte Annunciata; er nickte. Sie rief ihn in den Garten und gab ihm Arbeitsaufträge, die er mit freundlicher Miene ausführte. Ich sehe nicht recht, was mit dem Kerl ist, seufzte dennoch Annunciata. Blöde Hexe, stöhnte Moro.

Ein subtiler Krieg zwischen den beiden ließ mein Blut in den Beinen stocken, und der Ausbruch kam wie erwartet.

Anstatt die geernteten Zwiebeln in die Kiste zu sammeln, jonglierte Moro wie ein Clown mit ihnen; dann legte er sich zwei Zwiebeln auf den Kopf und schaukelte auf einem imaginären Seil den Hof entlang. Was machst du denn da? überraschte ihn Annunciata. Sieh da, der Faulenzer! Ein verspieltes Kind hat meine Tochter aufgegabelt, keinen Mann! spottete sie. Wenn du bei mir essen willst, mußt du arbeiten und nicht spielen! Ja? Sein Gesicht verfinsterte sich, er nahm die Zwiebeln vom Kopf und schmetterte sie gegen die Wand. Dann griff er zur Kiste, warf sie tollwütig um, trat auf die Zwiebeln, zerquetschte sie und schrie Annunciata Ceccabelli an: Du blöde Hexe! Er näherte sich ihr, der ganze Körper voller Verachtung, und in cholerischer Gebärde drohte er ihr mit den Fäusten: Das ist das letzte Mal, daß Ihr mich anschreit, sonst passiert was, verstanden? Da nehme ich keine Rücksicht, auch wenn Ihr meine Mutter sein könntet! Und die Dinger hier – er nahm eine vor ihren Füßen liegende Zwiebel –, die könnt Ihr euch in den Arsch stecken! Schäumend verschwand er in der Scheune.

Ich, zwischen Mutter und Moro, lief ihm nach. Und während

ich den in das Heu vergrabenen Kopf Moros beruhigend streichelte, vibrierte in den Venen die Verunsicherung. Dieser krause, erhitzte Kopf war mir zu fremd, seine Unberechenbarkeit beklemmend. Aber gerade hier erlebte ich, wie dieser Hitzkopf mich brauchte und weshalb ich mich von ihm angezogen fühlte, wie auch ich ihn brauchte. Die Beklemmung plusterte die Gedanken auf und trieb die Pulsschläge an. Was soll aus mir werden? fragte ich mich, und ich spürte, wie sich das Kind im Bauch rührte.

Nach drei Tagen tauchte Virgilio Binachi auf und schimpfte herum. Ich gehöre gefragt, immerhin ist er mein Sohn, fauchte er Annunciata Ceccabelli an, und sie gab zurück: Nehmt nur den Teufelskerl mit, daß ich ihn nimmer wiedersehe! Daß sie schwanger war und Mutter seinen Vater zu sich bestellt hatte, hatte Moro dem Virgilio verschwiegen. Ihre Mutter und sein Vater waren gegen die Hochzeit, aber sie arrangierten sie auf der Stelle und bestimmten den Hochzeitstag, und Moro sollte vorerst zu ihnen ziehen. Bevor Virgilio ging, schaute er Bruna mitleidig an, klopfte die Asche seiner Zigarre mit dem Zeigefinger ab, atmete merkwürdig mühsam und fügte in die Partitur ihrer Ängste eine Tenorstimme ein, indem er ihr zurief: Es wäre für dich besser, du bindest dir einen Stein an den Hals und wirfst dich in den Fluß, als diesen Versprengten zu heiraten.

Ich hatte ihn in mein Leben eingeschlossen, aber er war noch weniger zu fassen als je zuvor; Mutter klagte an, schlug die Hände über dem Kopf zusammen, giftete mich an; er reagierte jähzornig. Ich wurde zum Ebenbild meines Vaters: Stumm und innerlich mit blutendem Herzen schaute ich zu, machte mir Vorwürfe, bat in Selbstgesprächen meine Mutter um Verzeihung, kündigte ihr mein geheimes Bündnis gegen ihre Einsamkeit auf. Mit meiner grauen Mattigkeit sagte ich mir: Ich habe nicht gewußt, wer er ist. In seiner Irrfahrt war er mir fremd. Nachts zerwühlte er das gemeinsame Bett mit jammernden Stöhnfetzen, tagsüber entlud er mit hölzernen Händen seinen Zorn gegen Gegenstände und gegen mich, bedrohte die intervenierende Mutter mit der Sense, umwinselte den stummen Biagio wie ein verliebtes Lamm, floh wie ein gejagter Hase, mit asthmatischen Atemzügen, auf die Felder, um sich einige Stunden später verstohlen in der Scheune zu verstecken, wo er mich mit kindlichem Gequicke zu sich lockte, wie eine verspielte Katze auf mich sprang, mit hektischen Handbewegungen meine Kleider vom Leib riß, mit lauernden, gierigen Augen in mich eindrang, meinen Körper mit stöhnendem Atem in Besitz nahm, und ich, ohne Regung, ohne Freude, alles mit mir geschehen ließ.

Als er als Soldat für den Krieg nach Sizilien eingezogen wurde, atmete Annunciata auf. Endlich ist dieser jähzornige Teufelskerl weg! Hoffentlich wird er im Donner des Krieges von einer Granate zerfetzt! Brunas Ratlosigkeit klammerte sich an die unerträglichen Qualen ihrer Schuldgefühle, und sie fragte sich: Warum muß ich die Schuld fühlen, wenn ich die Liebe nicht fühlen darf?

Das junge Ding kam widerwillig zur Welt und wimmerte den ganzen Tag nur vor sich hin. Und während Annunciata unentwegt auf das Neugeborene schimpfte, löste eine Kinderkrankheit die andere ab. Es saugte dann ganz gierig an Brunas Brust und schrie wie von Bienen gestochen; sein Atem stürmte bis in die Pulsadern ihrer Hände, die – wie von Böen erfaßt – espenlaubartig zitterten; seine Schreie glichen einem ständigen Beben der Erde unter den Füßen; aber die tellurische Kraft, die sie durchschüttelte, wohnte einzig in ihrem Körper. Asthma rief in den Lungen des Kindes Atemnot hervor, nachts nahm sie es ins Bett an ihre Seite. Es röchelte ihr bis ins Herz, und sie fühlte, daß sie diesem Kind niemals eine gute Mutter werden würde, niemals Moro eine gute Frau, niemals Annunciata eine gute Tochter. Das Kind starb in der Morgenfrühe mit einem einzigen Seufzer, der wie Erleichterung klang. Annunciata jammerte über das Unglück im Haus, verfluchte wieder einmal Moro als Urheber dieses Übels, zerrte außer Fassung an Brunas Kleid – der Tod des Kindes hatte Annunciata in das plötzliche Ableben ihres jüngsten Sohnes vor einigen Jahren zurückversetzt und setzte ihr die Miene des unverzeihlichen Vorwurfs auf; Bruna verstand Mutters verrückt gewordene Blicke, ihre einsame Gebärde, ihre finsteren Stimmvibrationen:

Ich war die, die es ihr eingebrockt hatte; ich hatte nicht auf sie gehört, hatte mich nicht dem Diktat ihrer Angst vor dem Alleinsein unterworfen. Aber Trostlosigkeit und Trauer hatten keinen

Platz in meinen geplagten Adern; nur Bitternis und wieder die Frage, was passiert jetzt mit mir? Auf der Fahrt in die Stadt, um den Arzt zu holen, hielt ich bei der Post auf der Piazza an und schickte Moro ein Telegramm, dachte an seine Grimassen des Jähzorns, an seine gehetzten Augen, als er in mich eindrang, an sein asthmatisches Röcheln, die sich nun in der Blässe der Erinnerung zurückgezogen hatten, und machte mir vor: Jetzt wird nichts passieren.

Die Bestattung fand bei strömendem Regen und peitschendem Wind statt. Moro war nicht gekommen, keine einzige Zeile hatte er geschrieben. Die Verbitterung war dicke Hornhaut geworden, die bereits bei ihrem Anblick schmerzte. Auch die Nachricht, daß Moro vom vorgesetzten Offizier gehindert wurde, zur Beerdigung zu fahren, linderte nicht den Schmerz. Dazu gesellte sich eine undefinierbare Angst. Nun saß Moro im Gefängnis. Der Offizier hatte Brunas Telegramm einige Tage zurückgehalten, um Moros Abreise zu verhindern. Als Moro das erfuhr, hatte er augenblicklich das Messer aus der Schublade herausgezerrt und versucht, den Offizier zu erstechen.

Ich konnte mir die Starre seiner Augen und das Beben seiner verwundenen Lippen im Augenblick des Jähzorns ausmalen, konnte mir seine zackigen Bewegungen im Augenblick des mörderischen Angriffs vorstellen, und spürte einen Stich in der Brust.

Eine Leere füllte sie. Moro hatte sich durch seine Tat zum Kind und somit zu ihr bekannt, aber die Radikalität seiner Tat rief bei ihr Entsetzen hervor. Wie konnte sie, die für den Vater nur Mitleid hatte, weil sie ihn in seiner domestizierten Folgsamkeit nicht annehmen konnte, aber wegen seiner Herzensgüte liebte, wie konnte sie sich an einen Menschen gebunden fühlen, aus dem die nackte Gewalt herausbrach? War er in seiner unberechenbaren Art, in seinem Jähzorn vielleicht der Mörder ihres Kindes, als es sich noch in ihrem Bauch rührte?

Ich versuchte nicht mehr an ihn zu denken. Dazu wiederholte ich mir den bekannten Spruch: Chi va a Sant' Anna perde il posto e la scranna. Wer nach Sant' Anna fährt, verliert Platz und Stuhl. Das Bild Moros im Medaillon meiner winzigen Goldkette ersetzte ich durch das Bild meines verstorbenen Sohnes.

Der Krieg nahm kein Ende, und das Bild Moros verblaßte in der Scharte ihrer Erinnerung. Die seltenen Briefe voller Vorwürfe aus dem Gefängnis, dann aus Ägypten, nachdem er an die Front abkommandiert worden war, versiegten. Ihre Mutter triumphierte, wenn sie sich seiner erinnerte: Endlich hat ihn die Wüste mit ihrem Brüllen verschlungen! Dabei beschäftigte Bruna eine bange Frage: Was wird aus mir, wenn er zurückkommt? Wenn das Wetter im Sommer sich plötzlich umpolte und der heiße Schirokko auf ihrem Heimweg von der Arbeit die Felder mit ihren hohen Gräsern umspülte, ahnte sie, daß er zurückkommen würde. Die Gewißheit hatte sich unter der Haut eingewurzelt und wurde mit dem pochenden Blut zur Sicherheit.

Im zu früh angebrochenen Herbst hatte ein junger Offizier, der in der Casermette stationiert war, mich an der Brücke angehalten, an der einst Moro mich zum Ufer hin gedrängt hatte. Er fragte mich freundlich nach meinen Papieren und legte mir das Foto einer gesuchten Partisanin vor. Kennen Sie sie? Die Corbari-Partisanengruppe war gerade in jenen Tagen auf einem Einsiedlerhof in den Apenninen gefangen worden, ihre Mitglieder wurden an den Laternen der Piazza Vittorio Emanuele aufgehängt – ich hatte sie, mit an die Körper gebundenen Schildern, baumeln gesehen, Corbari mit gebrochenem verlängertem Hals, Iris Versari mit dem Kopf nach der Sonne gerichtet und die Haare vom Wind aufgeplustert. Er lächelte mich an und rief: Sie sind so graziös und so sanftmütig, Sie können mit solchen Kerlen gar nichts zu tun haben. Mit der Ausrede, auf dem Weg würden weitere Wachposten mich anhalten, wenn er mich nicht heimfahren würde, lud er mein Fahrrad auf den Militärwagen und begleitete mich bis zum Bäcker im Quattro. Jeden Tag fand er sich am gleichen Platz ein. Schon wenn ich ihn sah, spürte ich, wie in meinen Adern ein zartes Gefühl aufbrach. Jedes Mal fuhr er mich nach Hause; und während er pausenlos sprach und die Todestriebe des Krieges erklärte, saß ich still und in mich zusammengekauert neben ihm, wie ein scheues Mädchen. Der sanfte, zuvorkommende Mann beeindruckte mich, er war ein bißchen wie Biagio, aber mit den feinen Manieren der gebildeten Klasse. Dann lud er mich zu sich ein, seinen Arm um meine Schultern legend. Ich sagte nichts, aber meine Haut, wie von einem elektrischen Stoß durchzuckt, verriet mein Kribbeln. Es schien mir nicht wahr zu sein: Daß ich, gerade ich, von ihm erwählt werden würde. Im Vergleich zu meiner Mutter, die das Regiment führte, hielt ich mich für ein Nichts – aber vielleicht fühlte sie sich auch wie ein Nichts und brauchte mich in ihrer Nähe. Jedenfalls, meine Erfahrung mit Moro hatte mich in meinem Gefühl, als Frau nichts wert zu sein, bestärkt. Freude keimte wieder aus meinem Gemüt hervor und übergrünte die trostlose Verbitterung. In meiner Freude begann ich wieder zu lächeln und leise zu lachen. Dario, mit seinem Charme, brachte mir ein Stück Glück wieder; und er wollte aus mir eine richtige Frau machen.

Er machte sie schwanger. Als sie es merkte, erstürmten Selbstvorwürfe die Gewißheit. So gut sie konnte, verschwieg sie ihren Zustand und schwelte im Treibhaus ihrer Selbstvorwürfe.Sie wollte das Kind haben und wollte es nicht. Nachts hatte sie Alpträume: Die Zerrissenheit stieg durch das Fenster herein und stand mit fletschenden Zähnen mitten im Raum; sie bekam nach und nach die Gestalt Moros, und da wußte sie, daß ihr nichts anderes übrig blieb, als abzutreiben. Die unausweichliche Abfolge der Tage drängte nach einer Entscheidung, die sie lähmte. An einem Abend beichtete sie es ihrer Mutter. Was soll ich machen? fragte sie gequält. Als Antwort schwieg Annunciata. Dann herrschte sie sie an: Spül das Geschirr ab und denk nicht soviel! Nun stand in ihrem Nachttraum die Zerrissenheit mit klappernden Zähnen mitten im Raum und und klagte: Ich habe keine Mutter! Warum ist sie nicht da?

Fast am Ende des zweiten Monats erfuhr ich in der Schuhfabrik von einer Frau aus La Cava, die den Eingriff für billiges Geld durchführte. Am gleichen Abend, anstatt mich mit Dario zu treffen, radelte ich hin. Auf der Strecke, von Gefühlswallungen erfaßt, schwitzte ich und fror. Die Frau, eine Erscheinung mit hufeisenförmig nach unten gezogenen Mundwinkeln über einer zierlichen Nase, ließ mich auf einer schmutzigen Pritsche Platz nehmen. Ich komme gleich, piepste sie, kehrte aber erst nach einer Viertelstunde mit ihren Teufelsinstrumenten und einem Topf mit warmem Wasser zurück. Während des Eingriffs schloß ich die

Augen; im Schmerz sah ich ein Geschmeide von Lichtern über einen Talkessel gehängt; das Tal war mein Bauch. Wie von wetterwendischen Umschwüngen durchströmt, fror ich an den Füßen, Fingern und Schläfen und schwitzte an den Achseln, an der Stirn und zwischen den Beinen. Um mich abzulenken, begann ich zu zählen. Aber ich gelangte höchstens bis dreißig, dann verwandelten sich die Zahlen in ein: Ich will, ich will nicht. Als die Frau fertig war, verbog sie leicht das Hufeisen ihrer Mundwinkel zu einem spöttischen Lächeln. Was sie sagte, hörte ich nicht; ich hatte das Gefühl, ich läge nun im Sterben. Meine Kräfte waren geschwunden, und ich wurde heimgefahren. Als ich ins Haus getragen wurde, sagte ich mit klammer Zunge zu Annunciata Ceccabelli: Es ist vollbracht. Die schaute mich kurz an, wieder ohne mich zu sehen, und erwiderte: Dann gehe ins Bett, ich spüle heute abend ab.

Vom Krieg kehrten die Soldaten zurück, bloß Moro nicht. Auch als die Kriegsgefangenen von überallher tropfenweise heimkehrten, war von Moro keine Spur. Aber sie wußte, daß er kommen würde, und mit welcher Gewißheit wußte sie es!

Moro kam erst ein Jahr später aus einem englischen Gefangenenlager in Ägypten zurück. Er klopfte nur zaghaft an die Tür, als sei er ein Fremder auf Almosensuche; Annunciata machte auf und schnitt eine Fratze. Du bist es! rief sie, bist kaum noch zu erkennen. Du bist wirklich der Teufel in Person, nicht mal das Wüstengebrüll hat dich verschlingen können. Moro, das Gesicht von tiefen Kerben gezeichnet, betrat ohne abzuwarten mit nervösen, zackigen Bewegungen das Haus; er war noch dunkler und in seinem Gehabe noch wilder geworden.

Ich empfing ihn ängstlich, mit schlechtem Gewissen, mit einem unerklärlichen Loch im Herzen, durch das meine wildgewordene Fühligkeit pfiff. Der Offizier war immer noch in der Casermette stationiert, wartete auf mich jeden Abend und beabsichtigte, mich mit nach Verona zu nehmen. Aber wie hätte ich mit ihm gehen können, nachdem ich mich mit der Abtreibung gegen ihn entschieden hatte?

Moro umarmte sie grob und lachte voller Erbitterung. Mit dir werde ich in den nächsten Tagen abrechnen, rief er mit dunkler, harter Stimme, als habe er alles erahnt. In der Umarmung spürte sie die dünnen Knochen und roch seinen derben Schweiß. Die beiden Männer, in einem verhängnisvollen Vergleich, ließen sie in einen Abgrund stürzen. Die immer gleiche Frage ging ihr durch den Sinn: Wie konnte ich mich bloß in einen so wilden Mann verliebt und ihn geheiratet haben? In diesem Augenblick pulsierte Haß in ihren Adern und ein tiefer Schmerz, der Beine und Hände anschwellen ließ. Aber auch ein seltsames Gefühl der Zärtlichkeit. Als würde diese ausgemergelte, mit unbändiger Gewalt erfüllte Erscheinung sie existentiell brauchen, ihrer Existenz liebende Fürsorge abtrotzen. Und da blühte die alte Antwort wie eine Rose im Frühling auf: Ich mußte Moro haben, um dem Alleinsein meiner Mutter zu entrinnen, ich mußte; denn er und nicht Dario war das Messer, das mich von Mutter trennen würde, nur er.

besteht zwischen mir und mir. Vielleicht hatte Biondi seit jenem Ereignis, als er meine Bewegungen beobachtete, meine stille Krise erkannt, daß etliche Darios Binachis meinen Körper bewohnten, ihn in entgegengesetzte Richtungen schickten, ihn lähmten; möglicherweise hatte er sie mit Nachsicht beobachten wollen, bis die ausbeuterische Lust ihn packte, die mutierte Hyänenhaltung des modernen Schriftstellers, die nicht mehr einem Freßurtrieb entsprang, sondern wie eine Krebsgeschwulst seine Schreibneigungen verselbständigt hatte. Seine Anwesenheit veranlaßte mich nun zur Auseinandersetzung mit seiner Person; ich beschäftigte mich mit dem Gedanken an das Manuskript des Schriftstellers: Ich wollte darin eintauchen, bis ich es selbst bewohnen würde, damit ich in sein Gesicht blicken konnte, wenn er über es gebeugt saß, wenn er seine Grübeleien, seine Selbstzweifel aufs Papier projizierte. Vielleicht wäre ich ihm dadurch auf die Spur gekommen, möglicherweise hätte ich dann seine Ausbeutungsexpedition akzeptiert; aber das alles hätte mich von meiner eigentlichen Suche abgelenkt, von der unversöhnlichen Versöhnung, die in mir wohnte und die ich angehen wollte.

Zwei zadderig durchleuchtete Wolkenschlangen zogen am saphirblauen Himmel vorbei. Sie bewegten sich in dem Kreis einer umsonnten Landschaft voller Pinien und Eichen. Die spindeldürren Männer bestiegen das Fahrrad und fuhren zum Bahnhof. An der Piazza Vittoria angelangt, in deren Mitte das klotzige, blendendweiße, über zehn Meter hohe Denkmal der für die Heimat Gefallenen emporragte, das die Helden in pathetisch heroischen Posen verherrlichte, hielt Moro an. Nimm mein Rad mit, sagte er, ich laufe alleine hin. Pasquale radelte weiter; als Moro ihn in der Bahnhofsallee einholte, sagte er nur: Meinen Bruder lasse ich doch nicht allein in der Bahnhofshalle warten. Moro schnitt ihm den Weg ab und bremste scharf. Bist du wahnsinnig? schrie Pasquale. Das weißt du doch, schmunzelte Moro und ließ seinen Blick an der dichtbelaubten Eiche hinaufklettern. Moro ist wahnsinnig und gehört wahrlich ins Irrenhaus; darum fahre ich nach Sardinien. Pasquale hatte ihm die Arbeit bei einem Bauern auf der Insel vermittelt, wo er während des Weltkriegs stationiert war. Er hatte sich in Oristano bei den Bauern einen großen Freundeskreis aufgebaut.

Pasquale schöpfte Verdacht. Gibt's am Bahnhof irgend etwas, das ich nicht sehen soll?

Das wirst du später erfahren.

Irgend jemanden?

Ich sage dir, wenn ich zurückkomme, erzähle ich es dir.

Bruna? Pasquale lachte hämisch. Hast du dich doch mit ihr versöhnt!

Aber nein! Du weißt doch: Sie ist für mich gestorben.

Sie hatten sich getrennt.

In dem kleinen, nur mit einem Bett möblierten Zimmer seines Freundes, dem Obstmarkt gegenüber, zerriß ihn ein kindliches Gekränktsein. Die grelle Einsamkeit nagte an ihm, mehr und schlimmer als im Gefängnis in Sizilien oder im Zeltlager unter der ägyptischen Sonne. Um ihr zu entgehen, verkroch er sich in den düsterdunklen und lärmerfüllten Osterien der Altstadt, in denen er mit zappligen Fingern Karten spielte, sich mit Wein auffüllte, und aus denen er in die Dunkelheit der Nacht hinaustorkelte. Die Frage: Wer bin ich, wenn ich fühle? hatte sich in seinen Augenhöhlen verhärtet. Seine Abwesenheit hatte gezeigt, daß er überflüssig war. Bruna hatte ihn nicht vermißt und war ihrem Leben wie gewohnt nachgegangen; ihr Zimmer bei Annunciata Ceccabelli war so eingerichtet, als habe er überhaupt nicht existiert. Den Tod des Sohnes hatte er nicht verstanden. Das zurückgehaltene Telegramm hatte er nicht verstanden. Die sechs Jahre seiner Jugend, die er dem Krieg geopfert hatte, hatte er nicht verstanden. Die Qualen in der Wüste, in ständiger Kampfbereitschaft gegenüber einem Phantomgegner, hatte er nicht verstanden. Und besonders Bruna im Bett mit dem Offizier hatte er nicht verstanden. Er verstand nichts mehr und konnte sich kaum spüren. An jedem neuen Tag jagte er voller Haß Frauen nach und brachte sie in der Nacht in sein Zimmer – an jeden vollbrachten Orgasmus schloß sich eine kurze, angenehme Linderung der Einsamkeit an. Er versuchte ihre schwachen Seiten herauszufinden, dann strengte er sich an, ihnen zu gefallen, indem er seine Hilflosigkeit zur Schau stellte, ein Stück starkes Mannesgehabe und verspielter Junge hinzutat, um sie zu verführen. Besonders die verheirateten Frauen riefen die Lust an der Eroberung hervor, die Lust der Rache. Er verwischte die Grenze zwischen Begierde nach dem anderen Geschlecht, Sehnsucht nach Nähe und Rachegelüsten. Er stürzte sich jeden Tag in ein neues Abenteuer, verführte Frauen, die in den heruntergekommenen Häusern wohnten, in einer schnellen Ecke, wie beim verbotenen Rauchen einer Zigarette, im Gefühl des Triumphs und des Ekels, als wollte er damit seine Verzweiflung auslöschen, mit dem Ergebnis, daß es ihm an jedem neuen Tag schlechter ging. Und mit jedem Abenteuer wuchs die Verachtung gegenüber den Frauen, die sich so leicht verführen ließen, und die Lust auf sie. Schließlich versagte sein Körper, sein Verstand versagte. Der Ekel loderte in seiner Kehle hoch, bis zur Verfinsterung des Lebens. Und in den Osterien spielte er Lebensfreude vor und schrie jedem Kumpel entgegen: Das Leben ist ein Betrug, genieße ihn!

Doch mußte er ständig an Bruna denken. Voller Haß und Wehmut, gepackt von einem ungesunden Fieber. Nach seiner Heimkehr von Ägypten waren sie in ein benachbartes Haus im Quattro eingezogen, damit der Kampf mit Annunciata ein Ende nehmen konnte. Der Kampf ging ununterbrochen weiter. Bruna war in den Kriegsjahren selbständig geworden und ließ sich nicht ihre Wege von ihm vorschreiben. Erst hatte er mit ihr abrechnen wollen, überzeugt, sie habe den jungen Sohn umgebracht, um ihren Männerabenteuern nachzugehen. Daraufhin hatte sie sich an ihn geworfen und, von Schuldgefühlen geplagt, beteuert und geschworen, sie sei unschuldig; aber das machte ihn noch wilder, er fühlte sich in seinen Anschuldigungen bestätigt. Du hast ihn umgebracht, schrie er noch lauter, damit du mit dem Liebhaber ungestört bleiben konntest! und schlug sie.

Sie wehrte sich und machte ihm ihrerseits Vorwürfe. Wärest du bloß in der Wüste hängen geblieben! rutschte ihr aus dem Mund, und sie ärgerte sich, nun doch die Sprüche der Mutter übernommen zu haben. Und das Gefühl der Schuld umspülte die Adern. Sie fühlte sich schuldig, geliebt zu haben, als sei es nicht ihr Recht gewesen, lieben zu dürfen, sie fühlte sich schuldig, die Frucht ihrer Liebe bei der Frau mit den hufeisenförmigen Mundwinkeln umgebracht zu haben. Und sie fühlte sich vor dem durch den Krieg seelisch zerschründeten Moro schuldig.

In ihrem wirren Handgemenge waren sie auf das Bett gefallen, wo der Kampf sich in gewalttätige Liebe verkehrte. Er gab seinem Jähzorn in ungestümem Schaukeln freien Lauf, sie öffnete sich mit dem ganzen Körper und schlug ihre Hüften heftig gegen seine, als wollte sie damit Schmerz und Lust vereinigen. Erst in tiefer Nacht schliefen sie ein. Bruna schlummerte nur und sah auf der Leinwand der geschlossenen Augen, wie Gestalten zu Bergen heranwuchsen und sich ihr näherten. Die Selbstvorwürfe waren durch das Fenster hereingestiegen, hatten sich in Schuld verwandelt und standen mit aufgerissenem Maul vor dem Bett; die Schuld wuchs zu einer Schaufel, die am Bauch einen Tunnel aufreißen wollte. In dem Augenblick, als sie spürte, verschlungen zu werden, wachte sie abrupt auf. Auf dem Gesicht und am Hals brannte noch die durch seine Bartstoppeln angekratzte Haut, die Knochen schmerzten von seinen Schlägen, die Hüften zeigten schon die Anzeichen eines bevorstehenden Muskelkaters, das Schuldgefühl nagte an ihren Adern und ließ in ihnen die stumpfen Schritte des Todes widerhallen. Jetzt ergriff sie die Gewißheit, daß ihre Adern wegzuwerfen waren.

Rasch faßte sie den Entschluß. Sie stand leise auf, zog den Mantel über das Nachthemd und schlüpfte aus der Wohnung im zweiten Stock. Sie lehnte die Tür nur an, denn sie wollte gleich zurückkommen und neben Moro sterben. Es ihm zeigen. Im Tunnel der Nacht hatte sich dichter Nebel niedergelassen; sie lief hastig am Straßenrand entlang, von einer seltsamen Erregung erfaßt, und flugs stand sie vor dem Elternhaus. Vorsichtig öffnete sie das quietschende Tor, tastete sich zur Scheune vor, befummelte die Gegenstände auf dem Regal, bis sie gegen die richtige Dose stieß, betastete sie gierig, ließ sie in die Manteltasche gleiten und stieß das Tor nur flüchtig zu. Auf dem Weg zur Wohnung zurück erstreckten Scheinwerfer eines Autos ihre Arme in die Dunkelheit, in den breiigen Nebel. Bereits an der Tür hörte sie Moro schnarchen. Bevor sie sich ins Bad einschloß, blickte sie ihn noch einmal an; sie empfand nur Mitleid für den Versprengten, wie Virgilio Binachi ihn genannt hatte. Und sie mußte daran denken, daß Virgilio recht gehabt hatte: Lieber einen Stein um den Hals und ab in den Fluß, als diesen Kerl zu heiraten. Sie hatten geheiratet. Nun war die Zeit für den Stein um den Hals gekommen.

Im flimmernden Licht über dem Waschbecken betrachtete sie die Dose eingehend, las die klare Schrift des Apothekers noch einmal und lächelte. Sie leerte die Dose zur Hälfte in ein Glas, flüsterte der Welt ein leises Addio und nahm das Rattengift mit einem einzigen Schluck. Ehe sie sich umdrehen konnte, mußte sie sich schon übergeben. Mit den Tränen des Schmerzes über die Brandwunden in der Mundhöhle ergoß sich auch die Verbitterung aus ihren Augen. Auch das Sterben war ihr nicht vergönnt. Sie verbrachte eine Weile über das Klosett gebeugt, in das sie ununterbrochen spucken mußte, und sah, wie die Schuld sich daraus erhob und sie zu ersticken drohte. Dann soll sie mich ersticken, rief sie und steckte ihren Kopf noch tiefer ins Klosettloch. Doch weniger Erstickungserscheinungen bemächtigten sich ihrer als vielmehr Beklommenheit. Da schloß sie in einem frenetischen Anfall die Tür des Bades auf, stürmte hinaus, warf im Vorbeirasen einen Blick auf den schnarchenden Moro, riß die Balkontür auf und stürzte sich ohne einen weiteren Gedanken hinunter.

Es lief noch glimpflich ab, daß sie sich beim Sturz nur den einen Fuß brach. Die wüste Narbe ragte aus der Ferse, ein verdickter Knüppel wirr zusammengenähter Haut; aber Bruna gab niemals zu, von welchen Ereignissen die Narbe herrührte. Sie sagte später nur: Ich bin als junges Mädchen gestürzt, und wollte damit das Thema beendet wissen. Das war auch die offizielle Version im Krankenhaus. Und es paßte zu ihrem Machtkampf, daß später Moro ihren Selbstmordversuch auf sich lud und sich einredete: Ich habe sie vom Balkon runtergeworfen, nur ich.

Als sie aus dem Krankenhaus entlassen wurde, zog sie zu ihrer

Mutter, und es begann ein neues Spiel: Moro klopfte an der Tür, Annunciata Ceccabelli verwehrte ihm den Zutritt, daraufhin zerschlug er alles, was sich in Blickweite bot, zertrampelte Pflanzen, schimpfte: Du hast deine Mutter geheiratet, nicht mich!, versprach, wiederzukommen und Annunciata Ceccabelli umzubringen.

Tagelang trank Moro keinen Tropfen mehr und lag nur noch im Bett. Die leuchtenden Farben der Kapitulation hatten ihn ergriffen. Um sich zu fühlen, kniff er sich in den Leib, führte die Hände zur Stirn und schlug sich, zur Strafe, auf der Welt zu sein. Er mußte an Bruna denken und hörte sich sagen: Wegen mir, nur wegen mir! Dann sah er sich, wie er Bruna in der Mitte eines flammenblauen Halbmondes betrachtete. Sie küßte die Nüstern eines von einem weißen Gewand umschleierten Dschinnen; Moro stand als Schaf über dem Halbmond, das Gesicht zum Boden gewandt. Er stellte fest, daß er ohne sie nicht leben konnte. Er kannte nur diesen Weg. So faßte er seinen Entschluß und wartete auf Bruna am verrosteten Tor der Schuhfabrik.

Sie fuhr mit steinernem Gesicht vorneweg, er holte sie ein, zeigte die Maske des bußfertigen Kindes nach der Flucht und rief: Ich bin schuldig! Verzeih mir! Sie drang mit ihren Blicken in seine Augen. Die Fühligkeit der Adern kämpfte mit ihrem sich vernebelnden Verstand. Die quälende Erinnerung war vom Windstoß des plötzlichen Mitgefühls weggefegt worden. Wieder spürte sie Beklommenheit hochsteigen, die sofort vom Tuch der Schuldgefühle weggewischt wurde: Moro ging es ihretwegen miserabel. Er brauchte sie, unbedingt; war es nicht ihr Wunsch schon damals, als er sich, nach dem Gefecht mit Annunciata, in der Scheune verkroch, diesen krausen Wirrkopf zu halten und zu bessern? Ihn zur Ruhe zu bringen, ihn zu zähmen? Und wenn sie nicht bei ihm bliebe, würde er nicht vielleicht für immer in die Abgründe, zum Ende hin, rutschen? Gleichzeitig spürte sie, wie sie ihn brauchte. Während er sich den Mund fusselig redete, musterte sie ihn von Kopf bis Fuß und zauderte. Ihr fiel auf, daß er die Jacke von Pasquale und die Hosen von Primo trug; das Hemd war zerfleddert, drei Knöpfe fehlten. Früher hatte er ihr davon erzählt, wie er in seiner Kindheit darunter gelitten hatte, daß er gezwungen war, ständig die Klamotten der älteren Brüder aus der Kleiderablage zu klauen – er erbettelte sie nicht, er zog sie einfach an –, damit auch er sich wie ein Mensch auf der Straße sehen lassen konnte. Meistens fielen die Brüder dann über ihn her, entkleideten ihn auf der Stelle, falls sie ihn rechtzeitig schnappten, und versteckten ihre Kleidungsstücke. Besonders erbost waren sie, wenn er sehr spät von irgend einem Ball heimkehrte und, um niemanden zu wecken und womöglich den Zorn Virgilios auf sich zu ziehen, es vorzog, im Stall den Rest der Nacht zu verbringen, und damit die Sachen übel zurichtete. Da blühte in ihrem Gedächtnis – wie eine Rose in geraffter Zeit – das Bild der Hochzeit auf: Er stand vor dem Altar neben ihr, im geliehenen Anzug, der voller Flickwerk war.

Sie kamen überein, es nochmals miteinander zu probieren. Der Versuch der Versöhnung.

Die Versöhnung sollte durch eine heimlich vollzogene Flucht nach Sardinien besiegelt werden, wo sie für immer bleiben und ein neues Leben anfangen wollten. Binnen zweier Tage verkauften sie ihre ganze Habe aus der Wohnung im Quattro, um die Überfahrt zu bezahlen. Sie kündigte in der Schuhfabrik und sammelte ihre Sachen in ihrer Tasche unter dem Bett, damit sie von Annunciata nicht entdeckt werden konnten. Am dritten Morgen tat sie so wie jeden Tag, als führe sie zur Arbeit, stellte ihr Fahrrad bei einer Fahrradwerkstatt unweit vom Bahnhof ab, ließ sich einen Beleg dafür geben, erreichte den Bahnhof per pedes und ließ sich im Wartesaal mit einem bangen Gefühl nieder.

Die Überfahrt nach Sardinien. Die grün-blauen Farbtöne flakkerten unter den Füßen und am Horizont. An der Stiege die Blendung des Wassers, das sich in elliptischen Kreisen wellte und am Blech kristallen ausfranste. Die Klänge des Meeres und des Windes geigten in den Ohren – eine Violine mit einem Violinisten, dessen Finger mit den Saiten verschmolzen waren. Der Wind umspülte die grellen Farben der Versöhnung. Er konnte es nicht ertragen, wenn sie geistesabwesend umherblickte. Was denkst du? Oh, nichts! erwiderte sie und wandte ihre Augen ab. Entfernte sie sich von Deck, feuerte Eifersucht die in seinen Blikken lauernde Aggressivität an. Er kontrollierte ihre wandernde

Aufmerksamkeit. Was ist jetzt? Oh, nichts! Er reagierte brüsk, und das ließ sie zittern. Mit den Gefühlen war sie plötzlich beim Offizier. Ein anderer Mensch, mit sanften Blicken und zuvorkommenden Gesten. Dario erriet, was sie brauchte. Dario war zärtlich und vorsichtig. Nun war er abgereist, ohne Abschied. Dann lebten jene Gefühle angesichts des ersehnten Todes in jener Nacht wieder auf. Noch bedauerte sie, daß sie beim Sterben so kläglich gescheitert war. Zu einem erneuten Suizidversuch fühlte sie sich nicht mehr imstande; sie hatte sich mit dem Leben abgefunden. Moro versuchte, mit scherzhaften Sprüchen auf seiner wedelnden Zunge und weit herholenden Gebärden wieder Nähe zu schaffen; aber seine strenge Baßstimme ließ selten erraten, wann er etwas im Spaß meinte und wann es grober Ernst war. Dann lehnte er sich an ihre Schulter, stierte in die Weite und ließ sich von ihren dürren Fingern das Haar durchplustern. Sie stellte sich vor, von einem Truthahn umarmt zu werden, der nach und nach die Gestalt des Straußes annahm. Der Strauß versteckte den Kopf zwischen ihren Brüsten; die Augen schmolzen in die Brustwarzen ein.

Er schmiedete Pläne für die Zukunft und sprach über die sechs Jahre im Krieg; mit einem Unterton von Vorwurf gegen sie und unentwegt haßerfüllt gegen die Machthaber: Sechs Jahre Leben unwiederbringlich gestohlen. Sein Aufschrei gegen das Unrecht hatte ihm das Gefängnis eingebracht: die düstere Zelle, die Handvoll Reis, der neue Hunger, der sich zum alten gesellte. Er tauschte seine Portion Reis gegen zwei Zigaretten. Kaum an der Front in der Sahara, geriet er in englische Gefangenschaft. Dort durfte er lernen, Lastwagen zu reparieren. Autoritäten stellte Moro nach wie vor in Frage, die Offiziere, seinen Vater, aber er gehorchte jetzt. Der unzähmbare Rebell wurde ein Vorbild an Gehorsamkeit, als habe seine Unruhe das Korsett der fremden Herrschaft gebraucht. Moro durfte den Führerschein machen und LKW fahren, später wurde er als Offizierschauffeur mit einer schwarzen Limousine eingesetzt. Mit den Engländern durfte er die Umgebung ausplündern. Bei den Besuchen in den Strumpffabriken versteckte er Strumpfbündel unter seiner Dienstjacke und verkaufte sie auf Märkten weiter. Das Geld hatte er in Gold umgetauscht. Damit wollte er Bruna überraschen – Bruna, wir sind jetzt reich! Aber irgendein Mitwisser hatte ihn verraten, und das Gold wurde bei der Durchsuchung auf dem Schiff konfisziert. Man darf niemandem trauen, sagte er zu Bruna, niemandem. Und ich bin ein Pechvogel. Vom Pech verfolgt. Aber jetzt sind wir wieder zusammen, tröstete sie ihn. Ja, zusammen. Dann mußte sie unwillkürlich in ihrer Jackettasche wühlen, in der sich der Beleg des Fahrradmechanikers befand. Annunciata fiel ihr ein, die nun ihre Zeit damit verbringen durfte, ausfindig zu machen, wohin ihre Tochter verschwunden war. Kurz ribbelte sie ihre Finger am Papier und dachte: Falls…, dann ist dies ist die Rückfahrkarte.

Die flimmernden Lichtfäden der Sonne fädelten sich in den Raum und purzelten auf das spärliche Mobiliar in der winzigen Kammer des Bauern. Wie kleine Tierchen krabbelten sie über die Bettdecke und wanderten glosend über die Haut. Ein Strahl fuhr über die ausgebrannte Kerze am Nachttisch. Bruna hatte festgestellt, daß sie wieder schwanger war.

Es ist ein Versöhnungskind, brummte er, während er sich anzog. Die breiten Hosen mußte er an den Seiten zusammenknoten, damit sie einigermaßen paßten.

Sie schaute verschlafen aus dem Fenster, fuhr mit ihrem dürren Finger um die verschnörkelten Ränder der Lichtlaken und schwieg. Am Zaun und auf den Wiesen silberten noch die Dämpfe der Nacht, das ruhende Wasser im Faß war flüssiger Smaragd. Die zwergische Gestalt des Bauern spatete an der von der langen Winterpause kristallisierten Erde. Vier Monate waren vergangen, sie hatten die Traubenlese mitgemacht, die Tiere versorgt, Käse hergestellt, und sie hatten sich vertragen. Er ging in der Frühe zur Arbeit und kehrte spät am Nachmittag zurück, nicht sonderlich müde, aber ruhig. Selten regte er sich auf. Sie half der Bäuerin im Haus und im Garten, streute das Tierfutter in die Freßstellen und setzte sich dann in den kleinen Hof, das Gesicht der Sonne zugewandt. Am goldenen Horizont waren die Weiden Körbe voller Grün, die mit ihren hohen einherschaukelnden Ästen Wiegen zu sein schienen. Je mehr sie diesen Anblick genoß, desto mehr baumelte die Trauer in ihr und ließ sie in tiefe Depressionen versinken.

Was ist? fragte besorgt Moro. Geht es dir schlecht?

Aber nein.

Später fragte er: Was hältst du von Giovanna oder Giovanni?

Gefällt mir nicht, antwortete Bruna und gähnte, als versuchte sie ihre unergründliche Trauer herauszugähnen.

Ist auch nicht sonderlich. Oder von Mauro oder Maura?

Gut, rief Bruna, finde ich nicht schlecht.

Mauro war mein bester Freund in Ägypten, er hatte mich verstanden. So einen Menschen findet man selten.

Im immensen Feld, zwischen den Gebüschen und zusammengebundenen Heuballen, schien Moro mit nacktem Oberkörper ein Krieger, der alles, was ihn umgab, niedermetzeln würde. Sie sah, wie er sich anstrengte, als Mann zu gelten, der sich vor nichts scheute, der nun den Alltag im Griff hatte, sah, wie er alles daran setzte, um nicht wieder aufs Festland zurück zu müssen, dachte an Annunciata, die sich Sorgen machte, sie immer noch suchte, die jetzt ohne die Tochter in Einsamkeit verkümmerte, hörte die Schuld, die flüsterte, man dürfe die eigene Mutter nie und nimmer im Stich lassen, spürte, wie jeder neue Tag in der fremden Umgebung sich in ihre Haut eingrub und sie verwelkte, rubbelte die Finger am Fahrradbeleg, den sie in einer Schublade bewahrte, trat zu ihm und fragte: Was machen wir danach? Er entkrampfte seine Rückenkrümmung und wischte sich die Stirn. Die Staubpartikel schimmerten hell auf seinem dunklen Gesicht. Ja, rief er, du hast recht. Die Feldarbeit ist nichts für uns. Aber ich habe mit einem Händler gesprochen. Ich kann das auch. Wir werden uns in Oristano niederlassen.

Noch bevor die Ernte zu Ende war, richteten sie sich in einem möbilierten Zimmer in Oristano ein. Wie angekündigt, betätigte sich Moro im Handel. Mit einem vollbeladenen Dreirad tingelte er durch die schmalen Gassen der Kleinstadt und bot Gemüse und Obst feil, die er beim Vorbesitzer billig zu kaufen meinte, und Seife aus der Großhandlung. Die Einkünfte blieben dürftig und reichten gerade zum Leben. Für Bruna erwiesen sich die Sarden als verschlossen, sie war es aber, die sich mehr und mehr verschloß; das Heimweh ließ ihre Haare ergrauen und sie in noch tiefere Depressionen versinken. Es dauerte nicht lange, und sie machte einen erneuten Vorstoß: Was kommt danach? Er sah von seinen Rechnungen auf, brummte: Ein neues Jahr, und bückte sich wieder über seine Papiere.

Erst jetzt beschloß sie, den Fahradbeleg nach Hause zu schikken, damit ihr Fahrrad abgeholt werden konnte, ohne nur eine Zeile zu schreiben und ohne Adresse auf dem Umschlag.

Der Brief verschlug Annunciata Ceccabelli die Sprache. Sie konnte nicht lesen, hatte aber die Handschrift Brunas auf dem Umschlag erkannt. Sie ist es! schrie sie dem verdatterten Biagio Piverini entgegen, als er, von der Feldarbeit heimkehrend, im Hof vom Fahrrad stieg. Sie legte dem Lesekundigen des Quattro den Umschlag vor und ließ sich den Stempel entziffern. Und gleich fuhr sie in die Stadt, wurde in der Questura vorstellig, in der sie die Vermißtenanzeige aufgegeben hatte, und trieb den zuständigen Maresciallo an, die eingeschlafene Suche erneut in Gang zu setzen.

Ein Carabiniere, ein kleiner, statuesker Mensch mit schmalem Oberlippenbart, suchte die Eheleute in ihrem möblierten Zimmer in Oristano auf. Er ließ sich ihre Papiere zeigen, drehte die Handelserlaubnis der Stadt mehrmals um, untersuchte gegen die Lichtfluten aus dem Fenster die Heiratsurkunde und fragte mißtrauisch: Warum seid ihr nach Sardinien gekommen? Moro lachte auf und antwortete garstig: Wir sind auf einer ewigen Hochzeitsreise. Der Carabiniere runzelte die Stirn und reagierte spröde. Wie lange wollt ihr euch hier aufhalten? Ja, vielleicht für immer, knurrte Moro und beglotzte abwartend den Carabiniere. Bruna blickte Moro in die Augen wie in ein fremdes und häßliches Panorama und sagte: Ich weiß es nicht. Ihre Worte endeten mit einem leichten Vibrato, wie beim Klang einer Violine. Brunas und Moros Blicke kreuzten sich und blieben für eine Weile ineinander verhakt. Gut, sagte der Carabiniere, und machte sich eine Notiz auf einem Papier.

Wie haben sie uns bloß gefunden? wollte Moro wissen, nachdem der Carabiniere gegangen war. Bruna hob die Schultern, blickte beiseite und murmelte: Nach diesem Jahr kommt ein neues, hast du gesagt. Moro wußte Bescheid. Er hatte wahrgenommen, wie sie oft verschlossen dasaß und in ihren Depressionen verkümmerte, und hatte hilflos geschwiegen; jetzt äußerte er für sie ihren unausgesprochenen Wunsch.

Willst du wirklich, daß ich nach Hause zurückfahre? fragte sie prompt und wiederholte sofort: Willst du das wirklich?

Nein, er wollte es nicht. Obgleich er sich Hoffnungen gemacht hatte, fern vom Land seiner Herkunft, das wie wahnsinniges Feuer in ihm loderte, wenn er dort lebte, und sofort schlummernd verglühende Asche wurde, sobald er fern von ihm war, mußte er sich seine Niederlage eingestehen: Mit Bruna ließ sich nicht ein neues Leben in der Fremde beginnen, seine Sehnsucht nach Auslöschung der Selbstzweifel nicht stillen. Natürlich will ich das, rief er, und fügte als Ausrede hinzu: Unser Kind soll bei uns auf die Welt kommen. Und gleich mahnte er dunkel: Wehe, wenn du es mir wieder umbringst.

Nein, es wird nicht sterben, versicherte sie. Sie spürte es: Dieses Mal klammerte sie sich ganz fest an den Nachwuchs. Es würde für den unglückseligen Mario leben und für das Kind, das sie in ihrem Mutterleib umgebracht hatte. Und sie träumte davon, das Kind möge ein Ebenbild des Offiziers werden. Dann verdrängte sie diese Träume und redete sich ein: Das Kind soll wiedergutmachen. Es soll ein anständiges Kind werden, der Beweis meiner Anständigkeit sein. Die Erlösung aus meiner Schuld.

Am Abend rief er bei Tisch: Aber keine Taufe, ja? Ich bin kein Christ. Ich bin wie mein Vater und wünsche mir alle Priester zum Teufel. Deshalb keine Taufe, ja? Seine Stimme war dröhnend geworden, ihr Nachklang vibrierte im Raum wie ein angespannter Bogen.

Ja, sagte sie gedehnt.

Na, so wie ich deine Mutter kenne, wird sie dich rumkriegen. Die Hexe ist ja nur noch Kirche, wie meine Mutter. Hast du gehört?

Ja, ich soll das Kind nicht taufen.

Das Versöhnungskind wurde am Tag nach seiner Geburt in der Kirche vor dem Krankenhaus getauft. Und es bekam drei Namen: Dario, Cario, Giorgio. Bruna und ihre Tante hatten die Namen zusammen ausgesucht. Eine Tante und die Schwägerin machten die Paten.

Moro kehrte von Oristano im Frühjahr zurück und fand Bruna bei ihrer Mutter wohnen. Warum hast du dich nicht gemeldet? fauchte er seine Frau an. Und warum behandelst du mich so? Bin ich ein Aussätziger? Annunciata schaute grimmig von fern und drohte jeden Augenblick zu intervenieren. Schon mahnte sie: Laß nur meine Tochter in Ruhe, ja? Schert Euch zum Teufel, gab Moro zurück. Noch ist sie mit mir verheiratet und nicht mit Euch. Annunciata Ceccabelli verzog den Mund und rief: Bei mir kannst du nicht wohnen, ja? Dann eben nicht, erwiderte Moro.

Das Kind hatte dünne schwarze Haare, war weinerlich und wirkte mädchenhaft. Soll das mein Sohn sein? klagte er enttäuscht. Daß er nicht Mauro hieß und getauft worden war, konnte er nicht begreifen. Er ohrfeigte Bruna zweimal, schimpfte auf Brunas Tante, wie sie sich bloß trauen könne, sich in eine Familie einzumischen, und verschwand durch die Tür.

Erst am darauffolgenden Tag, spät am Abend, tauchte er wieder auf; Annunciata und Biagio schliefen schon fest. Er klopfte polternd an die Tür, torkelte in das Haus und kleidete seinen Zorn in scherzende Sprüche. Meine Bruna, knatterte er, während sie den Tisch für ihn deckte, meine liebe Bruna, dein Vogel des Spottes ist wieder bei dir. Du Gespött der Menschheit, hast du einen Sohn? sprach er dann laut zu sich. Und wie heißt er? Oh, mein Dario! Wo ist er, dieses Weibchen? Zeig mal. Er stand vom Stuhl auf, blieb an der Tischdecke hängen und riß sie weg, das Gedeck umwerfend. Er trat auf die Scherben, schwankend und sich umblickend, wo der Kleine lag. Eine lange Kette von Flüchen züngelte aus seinem Mund, dann neigte er sich wie erloschen über das Kind. Wieviel Taufwasser haben dich die Weiber saufen lassen, wieviel? Bist du vom Taufwasser immer noch besoffen?

Es wird wach, flehte Bruna.

Das Baby fing tatsächlich an zu weinen; Bruna nahm es auf den Arm und schüttelte es. Gib es her! Er beugte sich über sie; sie kauerte sich zusammen. Du bist ja besoffen.

Der Wein ist mein Freund und Helfer, gellte er. Er streckte die Arme aus und riß es aus ihrer Umklammerung. Das Kind schrie noch lauter. Ich höre, du gehörst auch der Bande an, ja? Er schüttelte es. Da, dann geh zu deiner Mutter, geh! Und du, während ich mich in Oristano mit dem blöden Dreirad rumgequält habe, mit wieviel Offizieren unter der Obhut deiner Mutter hast du wieder gevögelt, meine liebe Bruna? Wie viele? Ich weiß jetzt: Ihr Weiber seid alle gleich. Sag doch endlich, wie viele Flammen hast du in diesen Monaten wieder gehabt?

Ihr Männer versteht von einer Frau gar nichts, brauste sie gekränkt auf.

Aber ihr von Männern, loderte er zurück.

Annunciata tauchte im Nachthemd mit verschlafenen Augen unter der Nachthaube auf, placierte die Hände auf den Hüften, stellte sich breitbeinig hin. Immer wenn dieser Teufelskerl da ist, bricht das Haus vor lauter Gelärm zusammen, dröhnte sie.

Ach, die Chefin des Bordells kommt!

Moro!

Ruhig du! Laß mich mit deiner Mutter reden! Was wollt Ihr mir sagen, gnädige Frau? Klappt es gut mit der Verkupplung Eurer Tochter? Sicherlich so gut wie mit der Unterjochung Eures Mannes!

Annunciata machte einen Satz nach vorn und klatschte ihm eine Ohrfeige ins Gesicht.

Sichtlich betroffen, versuchte er, sich zu beherrschen und den sarkastischen Ton beizubehalten. Für deine Mutter, wandte er sich zu Bruna, sind wir alle Kinder, die nur zu parieren haben. Er drehte sich hastig um und versteifte seinen Körper zum militärischen Gruß, mit der Hand leicht gegen die Stirn tippend. Zu Befehl, großer Marschall! lallte er und wankte dabei.

Raus hier, raus! zischte sie und wies ihm die Tür. Jawohl! schnarrte er zurück. Zu Befehl, Marschall! Er versuchte, den militärischen Schritt einzuhalten, trapste aber herum. An der Tür angelangt, rief er: Es klappt nicht; ich war eben kein guter Soldat. Dann setzte er eine ernste Miene auf und sagte in geiferndem Ton: Frau Marschall! Ihr werdet es mir heimzahlen! Dabei schielte er zu Bruna herüber, zwinkerte ihr zu und legte einen Kuß auf seinen Handteller, ihn zu ihr hinüber blasend. Schließlich hob er die Schultern und grimassierte wie ein Clown. Wir werden uns wiedersehen, hier, wir sind ja unzertrennlich, nicht wahr, Bruna?

Bevor sie reagieren konnte, war er schon unter dem dunklen Zelt der Nacht verschwunden.

In den nächsten Wochen lauerte er an der Kreuzung des Quattro, bis Annunciata Ceccabelli den schmalen Feldweg genommen hatte, und schlüpfte verstohlen ins Haus. Na, Frauchen, hier bin ich wieder! rief er, während er sich auszog und unter die Decke kroch. Er lachte dick. Ich habe Frau Marschall gesehen, sie ist aufs Feld, will dort die Weizenhalme zum Strammstehen bringen.

Komm schon, drängte er, komm doch. Oder willst du warten, bis die Hexe auftaucht? Der Kleine, rechtfertigte sie sich. Laß ihn doch, er wird sich schon melden, wenn er Mutters Brust braucht.

Zwischen einer hastigen Hingabe und der nächsten kamen sie auf die Wohnsituation zu sprechen. Beide beteuerten, daß sie wieder unter einem gemeinsamen Dach leben wollten, jeder blieb jedoch in Deckung. Er hatte inzwischen ein winziges möbliertes Zimmer in der Via Francesco Nullo für sich gefunden, das er bereits bezogen hatte. Sie zog über ihre Mutter her, hatte aber nicht ernsthaft die Absicht, vom Elternhaus fortzuziehen. Zwar fühlte sie, daß sie ohne ihn nicht auskommen konnte, aber auch nicht ohne die Mutter in ihrer Nähe.

Dieses unsichtbare Hindernis ließ sie fast ein Jahr lang getrennt leben. Einmal kehrte Annunciata Ceccabelli vorzeitig vom Feld nach Hause zurück und erwischte Moro noch vor der Haustür. Anstatt Reißaus zu nehmen, brach er in schallendes Lachen aus. Voller Zorn stürzte sie sich auf ihn und schlug ihn ins Gesicht. Er wehrte sich nicht.

Er sagte nur: Das verzeih ich Euch nicht, und schwor sich, nicht mehr das Haus zu betreten.

Nun suchte Bruna Moro heimlich auf. Unter seiner winzigen Wohnstätte hatte er eine Fahrradwerkstatt eröffnet, und meist fand sie ihn, wie er mit den Frauen, die ihre Fahrräder zur Reparatur brachten, vor der Werkbank herumschäkerte. Oder die Werkstatt war geschlossen, und sie sah an der Tür einen Zettel mit seinem zackigen Gekritzel: Bin gleich zurück.

In seinem Zimmerchen lag er mit einer Frau im Bett.

Zuerst unentschlossen, ob sie den beiden den Rücken kehren sollte, erlebte sie, wie eine unheimliche Kraft sie vorwärts trieb.

Und plötzlich sah sie sich, wie sie vor den ineinander Verschlungenen stand, die Hände in die Seiten stemmte und rief: Entweder gehe ich oder sie! Moro, nicht sonderlich überrascht, eher freudig gestimmt, klatschte der Frau eins auf den Hintern und schnaubte ihr katarrhös ins Ohr: Das hier ist meine Frau, ist aber mit ihrer Mutter verheiratet. Hast du nicht gehört, was sie will? Geh endlich! Als sei sie es, die in flagranti ertappt worden sei, machte sich die Frau verstohlen davon, und Bruna setzte sich auf die Bettkante. Er streichelte sie, sie blickte ihn verloren an. Er hatte die Frau sofort weggeschickt, war das nicht der Beweis, daß er trotz aller Abenteuer zu ihr strebte, sie, nur sie liebte? Von Zärtlichkeit erfaßt, wollte sie ihn schon zurückstreicheln. Doch da erschrak sie: Trotz des Ekels – ein unsichtbarer Magnet zog sie zu ihm hin.

Er zog sie noch fester an sich; sie ließ ihn gewähren, dachte, daß es ihre Schuld war, wenn er seine Befriedigung bei anderen Frauen suchte, riß sich ruckartig aus seinem Griff los, spürte, daß sie sich schmutzig vorgekommen wäre, wenn sie sich jetzt ins warme Bett gelegt hätte, stand auf und schaute aus dem Fenster, ohne hinauszusehen. So geht es nicht weiter, rief sie. Und ohne Atem zu holen, fügte sie hinzu: Willst du mit den Weibern herumjuckeln oder willst du mich? Was willst du überhaupt?

Dich, sagte er mit Unschuldsstimme. Nur dich. Ich kann ohne dich nicht leben. Du bist aber bei deiner Mutter.

Sie drehte sich um und sah ihn an. Er log, und er log nicht. Wenn du für mich und Dario nichts findest, können wir nicht zusammen wohnen. Ich muß von zu Hause weg, ich kann nicht länger dort bleiben. Sie erinnerte sich an eine Szene, die sich vor vier Wochen ereignet hatte. Ihr Bruder Bruno hatte Bruna im Beisein der Eltern vorgeworfen, sich auf Kosten der Familie sattzufressen und untätig im Haus herumzulungern. Wie eine Hure, die auf ihren Freier wartet, lachte er boshaft, aber der Freier hat schon genug Huren um sich! Bei diesen Worten hatte Bruna einen Teufel in ihren Adern gespürt, daraufhin den erstbesten Gegenstand geschnappt und mit einer Pfanne auf Bruno eingeschlagen, bis es Annunciata Ceccabelli gelang, sie der Tochter zu entreißen.

Das hast du davon, kommentierte Moro. Hab ich dir nicht

schon gesagt, daß deine Familie verflucht ist? Deine Mutter an erster Stelle? Behend richtete er sich auf, hüpfte wie ein Seiltänzer auf der Bettkante entlang, und mit einem Wuppdich war er am schmalen Tisch, griff zu den Karten, die darauf lagen und mit denen er in seinen einsamen Stunden Solitario spielte, riffelte sie und ließ sie wie eine Kaskade in die andere Hand schnellen. Wähle eine, rief er.

Erst blickte Bruna ihn verdutzt an, dann zog sie zögernd eine Karte heraus. Sie wendete die Karte um, und es erschien der Becherritter. Ja, sagte sie. Das stimmt, wir müssen es wirklich neu versuchen.

Er umarmte sie; sie roch den widerlichen Geruch der anderen Frau, spürte, wie der Ekel wild in den Blutbahnen strömte und den Magen zum Erbrechen reizte, bemerkte auf einmal eine klebrige Masse auf ihrer Stirn, und als sie hinaufsah, entdeckte sie, daß seine Augen in Tränen schwammen. Weißt du noch, wieviel Hoffnung? jaulte er mit vom Gefühl zerfaserter Stimme. Die Versöhnungsfahrt, das Versöhnungskind? Ein grelles, verbittertes Lachen lugte aus der zerfaserten Stimme hervor.

Sie nickte und streifte mit den Fingern über seine Stirn, die Tränen aus den Augenwinkeln wegwischend. Wie eine in Rausch geratene Katze rieb er seine Stirn an ihren Fingern und knurrte mit geschlossenen Augen.

Dann öffnete er die Augen, blickte geistesabwesend aus dem Fenster und sagte mit klammer Zunge: Im Obdachlosenblock an der Piazza XX Settembre soll eine Wohnung frei werden, sagte mir eine Frau heute morgen. Soll ich vorpreschen?

Ja, flüsterte sie. Und flugs dachte sie an ihre Mutter, der diese Entscheidung nicht schmecken würde, und sie fragte sich, ob sie damit nicht den größten Fehler ihres Lebens machte.

Natale an Weihnachten

Angesichts des bevorstehenden Weihnachtstags beschloß ich, Onkel Natale zu besuchen. Während der Fahrt durchlas mein Kopf die ausgearbeitete Suche, stellte sich die Frage, ob eine unversöhnliche Versöhnung die Vollendung des zweckgerichteten Glücks sei. Mein Gefühl sagte mir, daß ein Mensch zwangsläufig als Werkzeug geboren wird, als Werkzeug lebt und sterben wird, daß er wie ein Baum zu einem Möbelstück verarbeitet werden könnte, zu Papier, zu Holzschächtelchen für den einmaligen Gebrauch. Und ich fragte mich, ob das bejubelte Subjektsein des eigenen Lebens nicht die Kehrseite des Objektseins sei, die andere Seite des Zweckgebundenen, ob in der Geschichte der Menschheit nicht die Mutation stattgefunden habe, als der Mensch den Menschen in den Mittelpunkt alles Handels gestellt hatte; dabei hätte er ebenso eine beliebige Landschaft sein können, ein winziger Teil des Ganzen bleiben können, sich selbst überlassen, ohne Romantik, ohne Verklärung, schlicht lebend. Und als ich mich schließlich fragte, was Verantwortung sei, was Eigeninteresse, in was der Unterschied bestünde, wo sie begännen, wo sie aufhörten, und wo dann die Würde blieb, die Ästhetik des Soseins, war ich vor dem Haus Natale Binachis und Maria Contis angelangt und nahm wahr, daß meine Finger den Schlüssel vom Armaturenbrett gezogen hatten.

Während Natale die Grappaflasche aus dem Schrank nahm und den Wein auf den Tisch stellte, packte Christian ein großes Paket in Geschenkfolie ein. Das ist für meine Mutter zu Weihnachten, sagte der zarte, etwa fünfzehn Jahre alte Junge, der eine Brille trug. Ich sah ihn zum ersten Mal. Natale, sichtlich gealtert, schlappte in die Wohnung hinauf und holte Maria Conti herbei (als habe er nicht ertragen können, allein mit seinem Neffen aus

Deutschland zu sein). In diesen fünfundzwanzig Jahren hatte sich kaum etwas geändert: Wie einst war die Eßstube karg eingerichtet, noch im kleinbürgerlichen Stil der sechziger Jahre. Auf einem dürftigen Gestell glitzerte der Weihnachtsbaum aus Kunststoff mit seinen roten und grünen Lichtern. Die an den Ästen hängenden Glaskugeln glänzten neu. Am Kamin brutzelten zwei Spieße, die Zange, mit der sie gedreht wurden, lag auf dem Stuhl, auf dem Natale gesessen hatte. Ein träger Cockerspaniel schnupperte von weitem am Fleisch und wandte sich resigniert ab.

Der verzärtelt aussehende Junge seufzte über dem Paket und zerwühlte hilflos seine langen, glatten Haare. Leicht errötend, schielte er zu mir herüber.

Brauchst du Hilfe? Nein, nein; Mutti darf es nicht sehen. Endlich blickte er mich direkt an. Bist du der Onkel aus Deutschland, von dem manchmal erzählt wird?

Und was wird über mich erzählt?

Der Junge hob die Schulter und lächelte verlegen.

Kaum war Maria Conti eingetroffen, der Austausch der verwandtschaftlichen Effusionen in Gang gekommen, da bemerkte sie schon, meine Hände studierend: Du hast aber kurze Fingernägel! Beißt du sie dir immer noch ab?

Nein, ich beiße nur gierig Korken aus Weinflaschen.

Tante Maria Conti blickte mich nicht mehr an und rief: Du bist der Alte geblieben, ganz dein Vater. Auch meine Cousine Antonia Binachi verfolgte, aus dem neueren Hausanbau kommend, wo sie mit ihrer Familie wohnte – praktisch war sie nach der Heirat nicht aus dem Elternhaus ausgezogen –, meine mimischen Bewegungen und bemerkte mit ihrer von Zigaretten zernagten Stimme: Du hast einen Tonfall wie dein Vater!

Nein, meine Stimme hat einen deutschen Tonbelag, widersprach ich lustlos, müde lächelnd, den Spott auf der Zunge zerbeißend, während Christian sein Paket hastig hinter dem Fernseher verschwinden ließ.

Maria Conti und Antonia Binachi lachten umständlich. Ich bemerkte auf dem Schrank eine Reihe Schonkost-Schächtelchen mit makrobiotischen Kulinaritäten. Natale Binachi bekannte sich zum gesunden Essen: Er wolle wie ein Fisch leben und hundert

Jahre alt werden. Dann willst du auch meinen Tod miterleben, scherzte ich. Betreten verstummten alle.

Natale Binachis Hände stellten die Gläser auf den Tisch, öffneten einen Panettone und teilten ihn in schmale Scheiben, die in der Verpackung leicht zerbröselten, bedienten Maria Conti und Antonia Binachi mit Orangensaft. Schleppend hockte er sich an den Kamin, die Spieße umdrehend. Wie Onkel Natales Hände behäbig das Feuer im Kamin auffächelten, den Tisch deckten, sich um die Lage der Bestecke kümmerten, um die Placierung der Stühle, verhielten sie sich verblüffend ähnlich wie die Ivar Binachis: ruhig, häuslich, penibel und ordentlich, vor allem den Regieanweisungen seiner Frau gehorchend; seine Stimme harmonieheischend, erstickt. Ivar Binachi und Natale Binachi sahen sich so gut wie gar nicht. Seit Jahrzehnten gab es keinen Kontakt mit den Verwandten mehr. Aber Ivar Binachi hatte die Religion gebraucht, um seine Harmoniesehnsucht zu erzwingen. Verblüffend waren die Äquivalente: Tante Luisa Binachi und Tante Bina Binachi hatten beide ruhige, passive Männer, die dazu tendierten, den Initiativen der Ehefrauen zu folgen. Ähnlich schienen Natale Binachi und Ivar Binachi. Genauso wie Natales Söhne, Oreste und Pino Binachi. Aber Pino Binachi, ein häuslicher Mann, der nach der Heirat, als er noch Autoschlosser war, wie Oreste Binachi in das Haus der Schwiegereltern eingezogen war, hatte sich ins Unglück gestürzt, als er das Möbelgeschäft vom Onkel Pasquale Binachi erwarb.

Tante Maria Conti war Bruna Piverini ähnlich, zu ähnlich. Unauffällig und im Hintergrund führte sie in der Familie Regie. Durch Nebenbemerkungen wußte sie die Gespräche zu steuern und die Aufmerksamkeit auf ihr naheliegende Sachverhalte zu fokalisieren. Vor allem fiel mir Marias Eindeutigkeitssucht auf, die sich hinter der verwandtschaftlichen Neugier versteckte. Ihre Fragerei erstreckte sich über meine Geschwister, die nur einige Kilometer von ihnen entfernt wohnten, die sie aber seit dem Tod Moros nicht mehr gesehen hatte – das war vor mehr als zehn Jahren –, bis dahin, was mit mir los wäre. Schließlich machte sie Bemerkungen über meine Kleidung und fragte, was ich in der Hemdentasche drin hätte. Beinah hätte ich so schroff wie bei meiner

Mutter geantwortet, doch meine Scheu, meine altbewährte Ambivalenz bremsten mich.

In diesen Tagen hatte ich mich heftig mit Bruna Piverini angelegt; die unterschwellige Aggressivität kratzte an den schönen Mienen, die wir uns machten, und zwischen uns schien kein vernünftiges Gespräch möglich. Es ging so los: Zu den Mahlzeiten kam ich verspätet, setzte mich mit toter Begeisterung vor die mütterlichen Kulinaritäten, die mit der Kindheit eng verwoben waren, entwarf Sätze über die Sinnlosigkeit meiner Heimkehr, dachte an das Phantom Franco Biondi, das über meiner Herkunftsuche schwebte, ließ das über Nacht Niedergeschriebene in meinem Kopf Revue passieren und überließ dem Kauen die Reflexhandlung. Dabei hörte ich aus der Ferne, als ob ihre Stimme vom Ausland käme, wie sie fragte, wo ich gewesen war, was ich getan hatte, um wieviel Uhr ich bei der nächsten Mahlzeit zurückzukommen gedächte, hörte mich antworten: Ich gehe nachher wieder in die Stadt. Werde wieder spät kommen. Am zweiten Abend saß meine Schwester Maria Binachi mit Ehemann Giordano Ravaioli und Kind Daniele bei Bruna am Tisch, als ich in die Tür trat. Bruna kam mir im Flur entgegen. Wo bleibst du bloß, tobte sie, das Essen steht auf dem Tisch und ist hin! Ist das eine Zeit, heimzukommen? Maria Binachi lachte schadenfroh, Giordano schmunzelte. Ich, der ich sonst mit schlechtem Gewissen mich angestrengt hätte, durch lustige Bemerkungen alle zum Lachen zu bringen, gab trocken zurück: Hör mal, wer hat dir gesagt, daß du warten sollst? Ich bin vierundvierzig und erwachsen genug.

Kaum war der Besuch gegangen, richtete Bruna einen vorwurfsvollen Blick auf mich, belastete ihre obere Gesichtshälfte mit dikken Runzeln der Enttäuschung, verwandelte die Augen in kindliche Melancholie und sagte, ich würde ständig behaupten, sie sei eine schlechte Mutter. Das habe ich nie gesagt, entgegnete ich lapidar. Doch, wie du antwortest, wie du dich verhältst, sagst du mir das, beharrte sie; ich sah, wie ihre obere Gesichtshälfte den Höhepunkt der Enttäuschung erreichte, wie auf den Augen die kindliche Melancholie lastete, interpretierte ihre Bemerkungen als Versuche, Eindeutigkeit über meine Gefühle zu erlangen, indem sie mir ein schlechtes Gewissen einredete, und endete bei der Frage:

Wie konnte ich die Fürsorglichkeit einer sich aufopfernden Mutter abschlagen?

Hör, Mutter, ich bin weder dein Kind, noch Moro.

Was redest du da für Unsinn? Natürlich bist du mein Kind.

Nein, ich bin dein Sohn. Und habe meine Wege. Wenn du dich ein Leben lang so geopfert hast, dann hast du das deinetwegen gemacht und nicht wegen der Kinder.

Verletzt blickte sie weg und räumte mit abrupten Bewegungen den Tisch ab. Ich half mit und sagte: Hör, Mutter, ich will dich etwas fragen.

Schon wieder?

Meine Cousine Antonia sagte mir, daß sie es gar nicht fassen kann, wie ich es geschafft habe, es vom einfachen Friseur zum Professor zu bringen – so haben sie mich genannt –, der den Italienern in Deutschland Deutsch beibringt. Und Sozialarbeiter zu werden. Als ich Kind war, hätten alle Verwandte gewußt, daß ich zu nichts tauge.

Mit schweren Bewegungen, als würde ein Ballast auf meinen Sätzen lasten, setzte sie sich hin. Dann rief sie: Man hat mir gesagt, sie ist dick geworden.

Möglich, aber sie hat mir das gesagt. Stimmt es, daß ich euch mit meiner Dummheit verrückt gemacht habe?

Als du in die Francesco-Nullo-Schule gegangen bist, mußte mich der Lehrer mehrmals zu sich rufen.

Weshalb? War es wegen meiner Dummheit?

Ich weiß es nicht. Wer erinnert sich schon.

Wie kommt es, daß die anderen sich erinnern?

Die haben keine Ahnung.

Und was war dann?

Du warst der Teufel in Person.

Der Teufel?

Ja. Du hast andere Kinder schikaniert, dich dem Unterricht verweigert und den Lehrern die Hölle ins Klassenzimmer gebracht. Sie wollten dich ausschulen. Sie wollten, daß wir dich in ein Internat stecken.

Ja. Und dann?

Wer erinnert sich.

Du erinnerst dich.

Nein, ich nicht.

Aber du hast dich eben erinnert.

Zufall.

Zufall?

Ja.

Dann möchte ich mit dir spielen, sagte ich. Was hältst du davon, wenn wir mit dem Roulett der Erinnerung spielen?

Fassungslos blickte sie mich an.

Dann erinnere dich.

Ich kann nicht.

Dann laß mich Fragen stellen.

Sie machte Anstalten, sich zu erheben und sich somit meinen Fragen zu entziehen, da rief ich: Im übrigen, sie wollen mich zum zweiten Weihnachtstag zu sich einladen. Natales Kinder gehen jedes Jahr am zweiten Weihnachtstag zu ihm. Zum Santo Stefano war es bereits bei Virgilio so gewesen, daß alle Kinder sich an diesem Tag traditionsgemäß bei den Eltern eingefunden haben. Weißt du was davon?

Was, du willst übermorgen hin? Bist du bei Sinnen?

Weißt du von dieser Tradition oder nicht? Du bist doch jedes Jahr mit Vater hin, oder?

Wer erinnert sich.

Aber sie erinnern sich.

Aber es war nur abends, nicht tagsüber...

Habt ihr sie nur aus Höflichkeit besucht, oder habt ihr dort auch gegessen?

Die Männer spielten Karten, diskutierten über Politik.

Was noch?

Wer erinnert sich.

Mir fiel ein, daß Bruna das Verhalten ihres achtzigjährigen Vaters kurz vor seinem Tod immer noch beschäftigte. Sie sprach den Vorfall in diesen Tagen kurz an, doch als ich sie fragte: Mutter, was ist in unserer Familie mit Sexualität los? verstummte sie und mied seitdem das Gespräch. Nicht nur, daß der achtzigjährige Biagio, der kaum noch gehen konnte, der Wirtin des Lokals, in dem Moro verkehrte, den Hof gemacht hatte, er wurde von Annunciata sogar entdeckt, wie er in der Abstellkammer onanierte. Im Zorn hatte Annunciata aus voller Kehle geschrien: Du Schwein! Schämst du dich nicht – in deinem Alter? Wie ein pubertärer Knabe, der von der Mutter auf frischer Tat ertappt worden war, verschwand Biagio verstohlen in den Keller. Und was machst du jetzt? fauchte Annunciata an der Kellertür. Sie sah, wie er aus dem Weinfaß, die Lippen am Weinschlauch schnullend, trank, und beschimpfte ihn weiter.

Mutter, sag mir noch eines: Warum?

Was, warum?

Jedes Mal, wenn in unserer Verwandtschaft Buben zur Welt kommen, rennst du hin und beschaust gründlich das Schwänzchen, weshalb?

Wer, ich?

Ja, du.

Daß ich nicht lache – ich?

Ich habe dich gesehen. Warum tust du das? Bei Giulio, bei Daniele.

Es sind alles – aber auch meine Cousine ist genauso, die Anna: In diesem Jahr wurde der Sohn operiert. Daß die Haut nicht unten angeklebt ist.

Das hast du geguckt?

Das kann sein. Ich kann mich nicht erinnern.

War es mit mir oder mit Ivar auch so ein Problem? Liegt es in der Familie?

Aber nein.

Und bei mir?

Wer erinnert sich.

Ich verstummte. Ich brachte es nicht fertig, den Eingriff zu erwähnen, ihr sagen, welchen tiefen Einschnitt er für mein Leben bedeutet hatte. Während meiner Lähmung lenkte sie schnell ab, um zu erfahren, warum ich Natales Familie besucht hatte. Nicht am ersten Weihnachtstag gehe ich hin, antwortete ich, sondern am zweiten. Natale hat mich zum Mittagessen eingeladen; Pino mit seiner Freundin ist auch dabei.

Sag mal, bist du verrückt geworden? Was suchst du gerade bei Natale? Niemand der Binachi-Familien besucht sich. Das weißt du doch, die Familie Natale gehört zu den anderen Binachis, die besucht man nicht.

Aber ich bin nicht »man«, ich bin ich und besuche sie.

Willst du überwechseln?

Nein. Mich interessieren die Verwandten aus der Vogelperspektive.

Ich entdeckte, daß ich mich zu rechtfertigen begann. Ich lächelte selbstmitleidig und listig und sagte: Die Wurzeln.

Die Wurzeln? Die hast du im Kopf.

Eben.

Was eben?

Vielleicht schüttet Natale nicht alles zu wie du.

Von Pino sagt man, daß er sich nach dem Selbstmordversuch nicht erholt hat und sich in Depressionen verliert.

Eben.

Was eben?

An dieser Stelle hätte ich ansetzen können, ihr sagen, wie die Sippschaft mich belastete, aber meine Stimme versagte wieder, als wollte sie die Stille stärken. Entkräftet, schläfrig, regungslos klammerte ich mich an den unsichtbaren roten Faden der Binachis, dieser Dolch in die Erinnerung, das war es, was die Stille, das Vergessen stärkte.

Der Weihnachtsbaum blinzelte in ununterbrochener Monotonie. Die Lichtreflexe pulsierten am weißen Wandsee. Darin verwoben sich die zerfressene Stimme Antonia Binachis, die ausgepusteten Tonlagen Natale Binachis, das Falsett Maria Contis. Der Cockerspaniel lag am Feuer zusammengekauert und döste. Es war wohlig warm in der Stube. Die Spieße waren geröstet und lagen auf dem Teller über dem glimmenden Kamin. Antonia Binachi nestelte am Haar Christian Ferronis und beobachtete meine Handbewegungen, während ich erzählte. Zuweilen schmusten sie und tauschten Zärtlichkeiten aus, wie Verliebte. Auf ihren Ehemann angesprochen, wie es ihm gesundheitlich gehe, schimpfte an ihrer Stelle Christian Ferroni wie eine enttäuschte Ehefrau los: Es ist furchtbar, wie schweigsam Franco Ferroni zu Hause ist. Wenn er in der Autowerkstatt mit Kunden zusammen ist, redet er dagegen wie ein Wasserfall. Er kümmert sich nur um die

Werkstatt. Daraufhin klagte Antonia Binachi darüber, wie Christian Ferroni zurückgeblieben war; er verhalte sich wie ein Zehnjähriger, spiele noch mit Legosachen und mit Figürchen.

Ich blickte Christian Ferroni munter zu, fror, verschränkte die Finger, rieb sie aneinander, öffnete meine Augen dem Ort, den mein Gedächtnis zugeriegelt hatte: Je verlassener ich mich gefühlt hatte, desto mehr hatte ich versucht, die Gefühle meiner Eltern so genau wie möglich auszumachen, sie unter Kontrolle zu kriegen; bei ihren explosiven Streitigkeiten hatte zu meinem Opfer gehört, daß ich mich für ihren Zusammenhalt hergab – ich hatte tödliche Angst. Und sie hatte Wurzeln getrieben.

Alle brannten darauf, von Pino Binachis Unglück zu erzählen. Selbst in einer Konflikte vermeidenden und nach Harmonie und Hilfsbereitschaft strebenden Familie wie der von Natale triefte es von Unversöhnlichkeiten. Aber gerade dort, wo beharrlich die Wunden als harmlos behandelt und unbeirrbar zugenäht wurden, mußten plötzlich die Narben platzen und der Eiter lavaartig ausfließen. Die Wunde war jetzt riesengroß geworden und eiterte. Der Krieg mit seiner nun von ihm getrennten Frau hatte in ihren Augen einen Höhenpunkt erreicht. Aus ihrer Sicht war es Martina Cappelli, die mit ihrer Hetze gegen Pino Binachi keine Ruhe ließ. Im Nu war der Katalog ihrer Untaten aufgelistet. Sie reichten von nächtlichen Störungen am Telefon bis zum Aufhetzen der Finanzbehörden gegen Pino Binachi, von der Beschattung aller seiner Schritte in Gesellschaft seiner Freundin bis zum Anstacheln beider Töchter gegen ihn. Martina Cappelli, so der Chor, in dem zeitweilig Christian Ferroni den Ton angab, spielte auf der Tastatur all ihrer Möglichkeiten, um Pinos Neubeginn mit der Artzhelferin unmöglich zu machen. Nicht nur, daß sie bisher verbreitet hatte, Pino sei impotent gewesen und sie habe deshalb die Scheidung gewollt, sie verdrehte nun auch die Dinge und redete auf die Töchter ein, Pino sei es, der die Trennung eingeleitet habe, um Martina zu ruinieren; deshalb gestalteten sich auch die vom Gesetz vorgeschriebenen Besuche der Töchter sehr schwierig. Den Ruin des Möbelgeschäftes hätte Martina Cappelli auf dem Gewissen, so klagte der Chor, weil sie mit dem Möbelvertreter fremdgegangen sei und wegen diesem untilgbare Schulden gemacht habe. Natale Binachi und Maria Conti, später auch Antonia Binachi wären mit ihrem Vermögen eingesprungen, um so viele Schulden wie möglich zu tilgen, in der Hoffung, den Laden noch zu retten und damit die Ehe. Sie hatten zwar von der Liebesaffäre Martina Cappellis gewußt, von ihren exzessiven Ausgaben, doch sie hofften, es könnte sich noch einrenken. Eine Eigentumswohnung in La Cava mußten sie verkaufen, das Haus mit Hypotheken belegen und alle Ersparnisse aufwenden, damit die Löcher gestopft werden konnten. Als Natales Familie eine neue Hypothek über eine Milliarde Lire hätte aufnehmen sollen, um die Forderungen der Gläubiger erfüllen zu können, und ihr Finanzberater ihren Ruin voraussagte, entschlossen sie sich, ihre Finger vom Möbelhandel zu lassen und selbst den Konkurs zu beantragen. Nur durch weitere Unterstützung von Antonia und dem ältesten Sohn konnten die Hypotheken auf dem Haus abgelöst werden. Martina Cappelli dagegen, so vermuteten sie, hatte ihr Schäfchen ins Trockene gebracht, mit einer Eigentumswohnung und viel Geld, und wartete nun, bis alles über die Bühne gegangen sei, um es mit ihrem Geliebten zu verjubeln. Darum gehörte Martina Cappelli jetzt, betonte Maria Conti, genau auf die Finger geschaut.

Der Weihnachtsbaum blinzelte. Der Chor besang sein Leid in harmonischem Einklang. Antonia Binachi befingerte zärtlich die Ohrläppchen des Sohnes, Natale Binachi stocherte an der glosenden Kohle, Maria Contis Blicke gondelten auf meinem Gesicht; ich fror, ließ den Blick kreisen, bemühte mich zu lächeln, sagte ja, ja, während ich mich aufrichtete, dachte, daß das Haus, das im Familienkrieg zwischen Pino und Martina fast geopfert worden wäre, mir in Erinnerung geblieben war, als die Fundamente gelegt wurden. Ich war sieben und erinnerte mich, wie Virgilio Binachi und Natale die Fundamentgräben mit flüssigem Beton füllten. Von ihren Gesichtern troff der Schweiß, er ergoß sich auf das Hemd und verwandelte es in einen nassen Lappen. Elvira Fonti, schwarz gekleidet, trug Eimer voll Wasser an die Mischstelle, von der Last war ihr Rücken gewölbt. Sie und Virgilio Binachi fauchten sich gegenseitig an. Ihm war Elvira Fonti zu langsam, ihr Virgilio Binachi zu selbstherrlich. Natale Binachi bemühte sich zu schlichten und unterstützte die Mutter, wo er nur konnte, Maria Conti saß am Feuer, kochte und redete auf Natale Binachi ein.

Hast du morgen also Geburtstag? fragte ich noch, mit der Hand auf der Türklinke.

Ja, antwortete an Natales Stelle Christian Ferroni. Der Opa wird fünfundsiebzig! Stell dir vor, Onkel, am Weihnachtstag!

Christian, fragte ich, glaubst du an Christus, daß du es so betonst?

Ich? machte er ungläubig und wandte seinen Blick fragend seiner Mutter zu. Ich habe für morgen ein Geschenk für meine Mutter vorbereitet, fügte er ausweichend hinzu.

Ja, zeig mal! rief Antoniaa Binachi. Maria Conti lachte mitwissend. Christian warf hastig den Blick hinter den Fernseher, umarmte seine Mutter und flüsterte: Morgen. Es soll eine Überraschung werden. Der Weihnachtsbaum besprenkelte mit seinen Lichtern die weiße Wand über dem Versteck.

Eine Überraschung wäre es, sagte Antonia Binachi, wenn du ab morgen endlich aufhören würdest, mit dem Legozeug zu fummeln.

Du wirst dich bestimmt freuen, sagte Christian Ferroni, während er, enttäuscht über die Rüge, sich zurückzog und hinsetzte. Ich muß das Geschenk nur noch mit Tesafilm zukleben.

Ich erhob mich, und als ich Christian ansah, dieses Profil im übertriebenen Weihnachtslicht, diese gebeugte Haltung der Jugend, spürte ich die Erschöpfung des Erlebens. Ich reichte den Verwandten die Hand, versprach, zum Santo Stefano zu kommen, klappste Christian leicht auf die Schulter, entdeckte in der schwachen Konstitution seiner Knochen das vertraute Gerippe meiner Kindheit; und endlich fühlte ich die Müdigkeit, wie sie meinen Körper besetzte, wie sie sich in der Wirbelsäule verdichtete.

Mit dem Empfinden, in den Autositz zu versinken, sah ich, wie meine Finger den Schlüssel in das Armaturenbrett steckten, wie sich mein Fuß auf das Gaspedal schwang, ohne den Motor angelassen zu haben, und gleich dachte ich, daß mein Versuch der Rekonstruktion auf Sackgassen zusteuerte, daß ich mich doch nicht befreien konnte, daß ich eine Schreibpause eingelegt hatte, weil ich jetzt unfähig war, die Suche fortzusetzen. Und während ich überlegte, ob das selbstgewisse, kennende Hineinschlüpfen in die Romanfiguren eine verschleierte Selbstschonung des Schriftstellers sein könnte, eine weitere Taktik, um sich aus den Vernetzungen der dargestellten Personen und Geschehnisse auszuklammern, spürte ich die Unfähigkeit, die unversöhnliche Versöhnung fortzusetzen, fühlte die Ohnmacht vor meiner Kindheit, erkannte, daß ich die Kapitel, die sich von der Erzähllogik her an die unversöhnliche Versöhnung anschließen sollten, vorerst zu umgehen hatte. Aber wie?

waren kein barockes Werk auf irgendeiner Piazza, das manieristisch die Welt offenbarte. Das erkenne ich (und Dario wird sich maßlos ärgern; vielleicht wird er sich sogar existentiell bedroht fühlen und mich deswegen vernichten wollen): Es waren menschliche Gestalten, die die Spannung in ihnen widerspiegelten. Die Aale stützten mit der Mundhöhle die Plinthefläche der Wasserschale, die Augen glitten an ihr entlang, darüber das Wassergeplätscher und das Scharren der tausend Menschenfüße im Labyrinth der Herkunft. Geflüster, Trippeln, Hacken, Jagen von Füßen, ohne Ende, wie ein Uhrwerk, das die Endlichkeit mit der Unendlichkeit des Wasserstromes zu vereinigen bemüht war. Und gerade im Fluß dieser Zeilen gewann es die Festigkeit eines Werkes, das den Anspruch erhebt, die Vernetzung der Binachis in ihrem typischen Grundmuster zu beschauen. Diese Gestalten haben Sehnsucht nach dem Wasser aus der Wasserschale und haben Sehnsucht nach Gedächtnisschwund (auch Dario, auch wenn er das Gegenteil behauptet!): Die Verwirklichung der Binachis vollzieht sich in der Starre.

Pino Binachi aalte sich aus den Gesprächen rund um den Mittagstisch heraus. Er saß pausbäckig und stumm da, mit aneinandergepreßten Händen und Beinen. Die Lippen stülpte er ständig nach vorne, bemüht, ein Lächeln hervorzubringen. Obwohl frisch rasiert, waren die Wangen haargeschwärzt, so dicht und grob war sein Bartwuchs. Mit einem spitzbübischen Augenfunkeln, das in Traurigkeit verwelkte, schielte er dennoch erwartungsvoll umher. Die einst dichten Haare waren lichter geworden, aber bei seinen nach hinten gerauften Locken kaum auffallend; sie fielen ihm in den Nacken und verliehen ihm das Aussehen eines egozentrischen Malers. Auch Pino war kein Mann für

Histörchen mit Frauen, obschon er mit seinen wilden Künstlerlocken, seinen traurigen Augen und dem frechen Gesichtsausdruck sehr attraktiv wirkte. Nach dem Umstieg vom Autoschlosser zum Großmöbellagerbesitzer hatte er nicht aufgehört, bieder kommunistisch zu wählen, so wie es nach Virgilio Binachi Brauch in der Familie geworden war. Leicht hielt er den Kopf gehoben. Er schien angespannt darauf zu warten, daß sein Leid in die Schale des Nachtisches gelegt wurde.

Dario Binachi überschwemmte den Tisch mit Sprüchen über die deutschen Gerichte und die Unterschiede zwischen deutscher und italienischer Küche. Maria Conti, die Tagliatelle vorbereitet und eine Schüssel Pasta-fatta-in-casa vom Vortag – extra für Dario zurückgehalten – auf den Tisch gestellt hatte, fragte: Gefällt es dir dort so? Wenn ich so lange dort lebe und ich mir eine Rückkehr überhaupt nicht vorstellen kann, muß es dort gut für mich sein, sagte Dario. Natale überschüttete das fremde Land ebenso mit Lob und Bewunderung. Er hatte bereits vor dem Krieg, um sich endlich von zu Hause loszureißen – Elvira Fonti hatte ihn ungern losgelassen –, zwei Jahre in Oberschlesien als Bauer gearbeitet, wußte von Kartoffeln und anständigen Menschen zu berichten und konnte sich noch an einige deutsche Ausrufewörter erinnern. Zudem hatte er sich etliche deutsche Begriffe gemerkt, wenn er auf den Sommermärkten am Meer den deutschen Touristen seine Ledertaschen zu verkaufen versuchte und es zum Feilschen kam. Nach dreißig Jahren biederer Arbeit bei den Chemiewerken hatte er in einer eigentümlichen Mischung aus Fleiß und Improvisation den Weg zur geschäftlichen Selbständigkeit gewagt, unter der Anleitung Marias, und den anarchischen Drang der Binachis etwas ausleben können. Er war stolz darauf: Nach und nach waren seine Tochter und seine zwei Söhne selbständig geworden. Auch er wählte bieder kommunistisch, auch er »eroberte« die Frauen nicht; er hatte zu sehr an Elvira gehangen und mit ihr gelitten, als die Frauen der Nachbarschaft ihre Beschwerden vortrugen, daß Virgilio sie unaufhörlich anmachte. Er genoß die Vorteile der Unselbständigkeit, daß erst die Mutter, dann die Ehefrau sich um ihn kümmerten, ihn durch den schwierigen Alltag dirigierten.

Natale Binachi wußte schadenfroh von seinem Bruder Pasquale zu berichten, daß dieser allmählich abbaue; er leere Whiskyflaschen wie ein Kind Limonadenbüchsen, sei raunzig geworden, fange sofort an, mit jedem zu zanken, und wolle immer das letzte Wort haben, das ganze Recht, ohne Wenn und Aber. So hätte er alle Freunde verloren und wäre wie Moro jähzornig geworden. Mit seinen Angebereien, daß er allen Verwandten geholfen und sie aus dem Dreck herausgeholt habe, wolle er als der große Binachi gelten und Virgilio ebenbürtig werden. Jetzt sehe es danach aus, als ziehe Pasquale alle Register, um zu sterben, wie Moro. Das würde den Unterschied bei den Binachis ausmachen: Die einen richteten sich so ein, als lebten sie kurz, wie Natale, 75jährig, aßen nach Gesundheitsrezepten, sorgten für Fitness und taten alles, um rüstig zu bleiben; die anderen gingen frühzeitig, wissend, wie todesdurstig, in den Tod. Meinst du nicht, fragte Natale Dario, daß dein Vater sein Leben vergeudet hat?

Moro?

Ja. Er hat sein Leben wie ein Stück Brot weggeschmissen.

Darios brave Barockengelhaltung geriet aus den Fugen. Unter der Wasserschale knisterte die Wirbelsäule, wie in trockenem Holz. Er sah hinauf. Durch Umherschwenken nach der jeweils entgegengesetzten Seite gelang es, einen Fall der Wasserschale zu verhüten. Nur das Geplätscher des Labyrinths, ein unbekanntes Geflüster, Trippeln, Hacken, Jagen von Füßen, ohne Ende, floß von der Wölbung der Wasserschale herab. Er sah immer noch hinauf, und sein Körper kehrte in die Unbeweglichkeit zurück.

Pino legte seine Hände zur Faust geballt aufs Knie und blickte ins Weite. Maria beschielte ihn und erwähnte seine Krise. Wie die Geier über einer Leiche kreisten die Worte in den Mündern der Anwesenden um Pino. Pino führte seinen Blick in die Runde und begann, seinen Marasmus herauszulassen. Als ob die eigene Geschichte nicht ihm gehören würde, schwappte er, wie eine Wasserschale im ungestümen Regen in Hochwasser geraten, mit der Aufzählung von all den Ereignissen über, die zum Suizidversuch geführt hatten. Nirgends Errettung, alles ging unter; wo er auch hinkroch, die Gegenwart holte ihn heraus: Das Fremdgehen Martinas, der Straßenunfall der ältesten Tochter, von dem sie noch nicht geheilt war und durch den sie einen Fuß verloren hatte, der Bankrott, die Trennung. Die Leute tratschten zur Abrundung: Daß er den Hausfreund hingenommen und sie gar zu dritt im Bett gewesen wären. Er hatte die Bettgeschichte Martinas erst hingenommen, in der Hoffnung, irgendwann würde es sich richten; bloß nicht die Existenz des Geschäftes gefährden. Es ging ihm um die Kinder, um den Namen der Binachis, betonte er. Aber Martina war übergeschnappt und konfrontierte ihn ständig mit neuen Tatsachen. Bis Pinos Eltern dankenswerterweise nicht mehr mitmachten.

Pino, in den Rausch des Erzählflusses geraten, zählte nun Mißgeschicke aus der Gegenwart auf, die sein Leben bestimmten. Er arbeitete als Schreiner in einer winzigen Schreinerei im Industriegebiet. Der Besitzer zahlte den Lohn nach Lust und Laune aus: Einmal nach einem, ein andermal erst nach vier Monaten, einmal überreichte er ihm die eine Lohnsumme, einmal eine andere. Als Bankrotteur, bei der Knappheit der Arbeitsplätze, waren ihm die Hände gebunden. Eine Parallele bäumte sich in Darios Gedächtnis auf. Der alte Zorn scharrte das Bewußtsein, und er sah sich plötzlich, wie er mit Pino gegen solche Handwerker Wuttiraden anstimmte. Das waren dieselben Zustände, die er oft hervorholte, um den Grund seiner Emigration nach Deutschland zu erklären. Eine Stimme erhob sich unter der Wasserschale. Das war nur der äußere Grund. Die Emigration nach Deutschland war eine Flucht vor etwas anderem. Ein Etwas, das sich im Labyrinth seiner Paranoia verbarg.

Die Medikamente kamen zur Sprache; Pino hatte bis vor kurzem Antidepressiva eingenommen und sie nur auf Anraten der Kinderärztin, bei der Marca arbeitete, abgesetzt. Er hielt die Beklommenheit ohne die Medikamente nicht aus und kündigte an, daß er sich, wenn es so weiter ginge, um eine erneute Einweisung ins Krankenhaus bemühen würde. Ich wohne über dem Möbellager, schnarrte er, aber mir ist so, als würde ich darunter wohnen und der ganze Gebäudeblock auf meinem Kopf lasten. Bereits der abendliche Weg nach Hause ließ die Ängste hochschnellen, die Wohnung über dem vor zwei Jahren vom Gerichtsvollzieher versiegelten Möbellager, in der er noch hausen mußte, war eine Marterstube geworden. Die Erinnerungen zerfraßen die Knochen, die Einsamkeit nagte an seiner Säule, die Ängste, frei flottierend, rührten an seine Sinne, wurden zu einem einzigen Alptraumbrei, der ihn nachts nicht schlafen ließ. Nicht er, sondern Natales Familie hatte in der ganzen Stadt um eine Wohnung gebettelt. Wenn eine Wohnung sich als frei erwies, hatten die Hausbesitzer seltsame Sonderbedingungen. Ich will von dort raus, stöhnte Pino verzweifelt, sonst sterbe ich da drin. Die Hände hatten die verkrampfte Zusammenballung aufgegeben und schwenkten verlassen in der patschigen Luft. Als wäre er vergangenheitstrunken, wand er sich, um die Erinnerungen abzuschütteln.

Willst du wirklich raus? fragte Dario. Pino erwähnte Martina zu oft, mit einem Hauch von Melancholie in der Stimme. Es schien, er hing an ihr wie ein Kind an seiner Mutter. Oder hängst du doch noch an der alptraumgeschwängerten Wohnung wie an einem Halm, du könntest noch die Wassermühle zurückdrehen, Martina könnte noch zu Verstand kommen? Pino bejahte es nicht, noch verneinte er es, statt dessen beschrieb er, wie er von Martina verfolgt werde; Marca bestätigte, wie schrecklich es für sie war, sich ständig mit Pino draußen treffen zu müssen oder die freien Sonntage im Auto zu verbringen, weil sie sonst von Martina in den Bankrott Pinos einbezogen werden würde. Als Beweis, daß Pino nicht bei Marca wohnte, galt, daß er nicht häufiger als ein Mal in der Woche bei ihr zum Essen eingeladen sein durfte. Normalerweise würde kein Hahn danach krähen. Aber Martina kontrolliere sie, als habe sie sich zur Aufgabe gesetzt, Pino auch in den nervlichen Ruin zu treiben, welchen er brauchte, um sich an nichts zu erinnern. Sie hätte überall Informanten und hetze die Stadtbehörde auf, wöchentliche Kontrollen zu unternehmen. Die Behörden waren tatsächlich mehrmals bei Marca, um zu überprüfen, ob sie wirklich nicht mit Pino zusammenwohnte. Als Pino für eine Zeit bei den Eltern hauste, hatte Martina dies den Behörden mitgeteilt, und diese hatten ihn zu sich bestellt und verhört. Er wurde belehrt: Als Bankrotteur, bis es zum Prozeß käme, habe er sich nicht ohne ihre Genehmigung von der Wohnstätte über dem versiegelten Möbellager zu bewegen, auch wenn es noch einige Jahre dauern würde.

Daß beide Töchter gegen ihn eingestellt waren, konnte er nicht hinunterwürgen. Die Älteste hatte sich geweigert, den Vater zu sehen, die Jüngste fragte Pino: Mutter will Frieden mit dir machen, warum willst du nicht? Ich frage dich, Dario, krächzte schwer Pinos Stimme, als suchte er Unterstützung, um jemanden im Raum zu überzeugen, du kommst aus dem Ausland, du siehst die Lage bestimmt besser als die anderen hier: Wenn ein Mensch eine Last trägt und diese überm Kopf zusammenbricht, soll er sich nicht lieber von dieser begraben lassen? Ist meine noch eine richtige Familie, ist dieser Krakeel von Leben noch zu ertragen?

Pino! mahnte Maria. Man redet nicht so!

Wie denn sonst?

Wir richten es wieder auf, wir halten ja zusammen.

Er bewegte sich, um den Druck der Schale am Mundende zu spüren. Wer kann die eigene Vergangenheit mit Glück zieren? fuhr er fort. Gibt es das überhaupt, ein Ende? Die Zukunft, was ist das? Wie unterscheidet sie sich von der Vergangenheit? Und wie kommt man in die Zukunft hinüber? Die Gegenwart ist an allem Leid schuld, aber das stimmt gar nicht. Wenn ich keine Erinnerung hätte, wäre das eigene Ich erträglich. Ist der Schatten der Existenz ein Ballast für den Körper? Der Suizid ist ein Versuch, alles rückgängig zu machen; ein vergeblicher Versuch. Die Existenz läßt sich nicht auslöschen. Nur das Ich läßt sich auslöschen. Das Ich hat das Gewicht eines Staubkornes, und doch ist es so schwer, daß ich daran ersticke. Kennst du nicht ein Rezept, das mir hilft, die ganze Erinnerung auszulöschen? Ich will alles vergessen, total, und das ist das Problem. Mehr als die Worte will ich mein Gedächtnis auslöschen, ich habe Sehnsucht danach. Wißt ihr, was Sehnsucht ist? Früher war mir so eine menschliche Regung fremd, jetzt erstarre ich in der Sehnsucht. Er schlenkerte sich zur Starre des Wortes hin. Da erstarrte er im Wort. Im Anfang, hieß es, war das Wort. Aber es entsprang der Wahrnehmung und der Erinnerung, also war das Bild vor dem Wort.

Während er grübelte, umarmte Marca – eine helle Frau um die Vierzig, die mehr einer Rotkreuzhelferin glich als seiner Freundin – den Unterstützungsbedürftigen.

Aale unter Wasserschale ist mein Bild der Binachis. Sie wollen die Wasserschale stützen und werden selbst von ihren Frauen gestützt. Sobald sie nicht mehr gestützt werden, wollen sie ihr eigenes Ich löschen. Pino löscht sein Ich mit Neuroleptika, Ivar in Gott, Dario im Vergessen. Nachdem Dario sein Ich in der Fahne gelöscht hat, will er es in der Auseinandersetzung mit mir löschen und hat sich in der Sehnsucht nach Versöhnung in Haut und Gewand eines in der Starre verweilenden Aals verwandelt. Aber nur die ästhetische Starre ist tragend und ermüdet nicht. Sie macht es unmöglich, sich im Netz der Verstrickungen wirklich zu sehen. Das ist die Last, Dario! Tausende von Kilometern hergeschwommen, um im Schoß der Herkunft zu laichen, damit ein stimmiger Dario Binachi aus Dario Binachi hervorgehen kann, aber wie kannst du dich sehen? Und was wird denn aus dir, wenn du die Wasserschale abschüttelst?

Dario Binachi betrachtet den Glasaal aus einer zerbrechlichen Entfernung; er wird die Bewegungen seiner Empfindungen überraschen und denken, sie seien die des Glasaals. Aber vielleicht wird er es ahnen, dann werden die Augen also böse funkeln; es sind die eines schläfrigen, verängstigten Tiers. Und er wird, gerade bei der wirklichen, nun bevorstehenden Begegnung mit mir, von der totalen Angst bestürmt werden. (Die totale Angst vor den vielen Labyrinthwegen, die parallel in einem laufen, nur von Kristallwänden voneinander getrennt, und sich als unüberbrückbare Mauern darbieten. Kristallwände, vor denen sich Schauspiele von ähnlichen, einander widersprechenden Seelen abspielten, in ähnlichen Räumen und ähnlichen Zeiten; und die Starre, die den Körper durchzog, ihn zu Aalen mit den Mündern auf der Plinthefläche der Wasserschale verwandelte, war lebendig und gestaltete den Alltag zu bewegtem Leben, das am Gefühl, am Verstand, an den Labyrinthwegen vorbeirauschte.)

Er schüttelte nun mit einem heftigen Ruck seinen Körper; es klatschte laut, die Wasserschale saß jetzt auf den nach oben gereckten Flossen. Langsam ließ er sie auf die Schwanzflosse gleiten, die von nun an die Wasserschale trug.

Verräter gesucht:

Ich näherte mich Dario; als er durch die Lichter zur Casa di cultura popolare ging, sah ich ihn an und versuchte, unter seinem finsteren Blick zu lächeln. Dann saß er am Fenster, atmete die stille, stumpfsinnige Osterialuft, beluchste mich mit fixen Augen, die Verachtung voraussetzten. Ich ertrug seine Blicke, stellte mir ihn als Kind vor etwa vierzig Jahren vor, ein Kind, das aus lebendem Fels bestand, im sechsstöckigen Obdachlosenblock des Stadtzentrums heranwuchs, malte mir seine Tränen aus Stein aus, Tränen, die ins Parterre rollten und die Piazza XX Settembre auffüllten, ahnte, daß es nachts den Schlaf vergaß und tagsüber das Essen, wußte, daß es im Trubel der Piazza tagträumte, nicht nur, weil es seine Haut retten wollte, sondern auch, weil es in sich selbst verliebt war: Von der unversöhnlichen Versöhnung gefühlsblind geworden, klammerte es sich gleichzeitig an die Titten einer stummen Violine und an einen Jongleur, der mit seinen verrückt gewordenen Füßen auf der Suche nach einem Verb war, das ihm den Halt gäbe. Ich erkannte es an seiner zusammengeduckten Gegenwart: Von beiden Eltern hatte es nur den einen Teil zu lieben. Und es durfte nur eines nicht: Es selbst sein.

Es wurde gesucht:

Als Verräter in einem neugearteten Kampf: Zwischen einem Mann in wiederhergestellter Abhängigkeit und einer als starke Figur anerkannten schwachen Frau. Sie konnten sich nicht einigen, wer das Sagen hatte. Er kämpfte mit Wutanfällen; sie mit ihrer Depression – dadurch katalysierten sie eine gegenseitige Fürsorglichkeit: Er konnte nicht ertragen, sie depressiv zu sehen, und wurde fürsorglich, sie konnte nicht ertragen, ihn nach seinem Jähzornausbruch mit Schuldgefühlen beladen zu sehen, und wurde ebenso fürsorglich. Er konnte keine Arbeit länger als vier Wochen durchhalten, verdingte sich bei Ernten, marterte sich als Lastträger, quälte sich bei der Straßenasphaltierung, probierte es als Altwarenhändler. Der Möbelhandel mit einem Dreiradwagen, den Pasquale, Natale und Moro angefangen hatten, war kläglich gescheitert, und es war zum Zerwürfnis gekommen. Pasquale teilte die Verluste mit seinen Brüdern und steckte die Gewinne ein, Natale zog die Sicherheit einer Stelle beim Chemiewerk vor, Moro beschimpfte die Kunden, wenn sie Kommunisten oder wenn sie religiös waren. Nun hatte er unter den Treppen des Obdachlosenblocks die dunklen Kellerräume gemietet, wo er eine Ofenreparaturwerkstatt betrieb; Bruna hatte die Bedienung in der Bar von Via Regnoli übernommen; eher durch ihren Verdienst hielten sie sich knapp über Wasser. Die Versöhnung hatten sie vorübergehend Annunciata übergeben.

Und die Versöhnung blieb auf der Strecke. Über zwei Jahre alt geworden, weigerte sie sich, laufen zu lernen, und versuchte, sich an den Schoß der Mutter zu klammern. Mutter blieb unerreichbar, Vater bedrängte ihn, auf Füßen zu stehen. Bist du ein Sohn ohne Beine? schrie er eines Tages, riß ihn von Brunas Schoß und schmetterte ihn gegen die Wand. Die Versöhnung jammerte in weinerlichen Anfällen – war sie das gewünschte Abbild des Offiziers oder eine Wiederholung des schwarzen Schafes? Nein, sie sollte jedenfalls ein anständiger Junge werden. Die Versöhnung ging dahin, wo sie hingehörte: Auf den depressionstrunkenen Schoß der Mutter und auf das schwarze Fell des Vaters.

Ich wußte einiges über Dario. Sein Gesicht, seine Körperhaltung, die Verstümmelung der Empfindungen waren mir vertraut; und ich vernahm plötzlich, wie die Traurigkeit von ihm herkam und mich überflutete, sie bohrte sich wie eine lange Nadel in die vergangenen Jahre; ich spürte, während er im unerträglichen Lichtkegel des beleuchteten Fensters dasaß, wie in mir eine Flut des falschen, unbarmherzigen Mitleids bis in die Kehle hochstieg, fühlte, daß es für Dario Carlo Giorgio ein kleines Trauma war; und ich malte mir aus, wie er, in seinen Alltäglichkeiten verträumt, in meiner Nachdenklichkeit auftauchte und mir von seinen Kindheitserlebnissen erzählte:

Pausenlos stritten sich die beiden im düsteren Raum des Obdachlosenblocks. Sie machte ihm Vorwürfe, nahm mich an sich, als ich nicht wollte, und wies mich ab, wenn ich mich an sie drängte. Sie schüttete ihren Kummer über mir aus. Siehst du, wie egoistisch dein Vater ist? Er denkt nur an seinen Wein, und wir haben nichts zu essen. Ich verstand nichts, nur, daß Moro schlecht war. In seinem Jähzorn schlug er sie und mich mit dem Gürtel. Dann schlossen sie Frieden, legten mich ins Bett, machten das Licht aus und stahlen sich aus dem Zimmer. Ich hörte das Flappen der Kleider, sah vom Fenster aus, wie sie die Piazza XX Settembre überquerten, und geriet in Angst, sie würden mich für immer verlassen. Als sie spät in der Nacht zurückkamen, war ich noch hellwach und von Ängsten geschüttelt. Ich strengte mich daher an, sie zusammenzuhalten, als hätte das in meiner Hand gelegen. Sie redeten gleichzeitig auf mich ein. Er: Sei aufrecht und ehrlich und laß dich respektieren; sie: Sei geduldig und zäh, aber übersteh alles mit Mut. Aber was bedeutete es schon, was sie mir einredeten: Sie zerrten an mir. Er stutzte mir die Flügel und nannte mich einen Vogel, der schon vor Vogelscheuchen erschreckt; sie hielt mich an der Hand und verhielt sich nach dem Motto: Ich liebe dich nur, wenn du bloß nicht fliegst. Durch sie ist mir ein Widerspruch in meine Venen eingeflossen, der nicht ausgesprochen werden darf und nur im Stillen ausgelebt werden kann. In meinem vergewaltigten Körper haust seitdem ein Wespennest, das mein Wesen zergliedert. Ich versteckte mich in meinen brodelnden Phantasien, um weder den einen noch die andere zu verraten.

Ich fürchtete Moro:

Nachdem an jenem Morgen Bruna, wie jedes Mal besonders gepflegt für ihren sonntäglichen Kirchgang, mich fertig angezogen hatte, betrat Moro die Türschwelle, blinzelte zu mir herüber und sagte: Du gehst heute mit, mein Söhnchen. Ich habe beschlossen: Ich nehme dich mit in die Osteria. Das ist die andere Kirche. Die bessere und richtigere Kirche. Du kannst sehen, wo die Gaben Gottes wirklich stecken. Oder willst du nicht? Willst du schon wieder mit deiner Mutter zur Madonnenanbetung antreten? Du kommst heute mit und kannst die bessere Kirche erleben. Paß gut auf: Du sollst dich genau umgucken. Und du wirst sehen: Deine Mutter betet erstarrte Dinge an, die in sterilen Räumen tot herumstehen, Madonnen, Christusfiguren. Die Gaben Gottes sind in Wirklichkeit quicklebendig: Wein, Schinken, Käse; das sind die wirklichen, richtigen Gaben Gottes. Wenn du mal erwachsen bist, wirst du es genau so entdecken und so tun, wie ich es getan habe. Du wirst zu deiner Freude merken: Die erste, echte und schönste Gabe Gottes ist die Frau, jaja, die Frau – auch wenn sie von Grund auf schlecht ist; du glotzst mich an? Noch ein paar Jährchen und du wirst es genau merken. Und ich zeig es dir heute: Die Osteria ist die zweite echte, ist die wirkliche Stätte Gottes, nicht diese stumpfen Gemäuer, wo der Priester herumheiligt, Lebensfremde predigt und den echten Gott nachäfft. Der Duft des Weines und der Zigaretten sind der echte Weihrauch, nicht dieser fürchterliche Gestank der Kirche, der alle Sinne abtötet. Hast du kapiert? Nicht? Hör gut zu, wenn du nicht in die Lebensfremde geraten willst: Am Anfang der Welt war die Lust, und die Lust ist die erste Gabe Gottes. Alle Menschen, die Schwierigkeiten mit den echten Gaben Gottes haben, flüchten in die scheinheiligen Gaben, die die Priester anbieten. Vielleicht deswegen flüchten die Frauen alle in die Kirche, vielleicht weil sie von Grund auf schlecht sind – ich habe meine Mutter vor Augen. Du bist ein Mann. Deshalb darfst du nicht die Augen schließen, deshalb lerne, wie dein Vater lebt, lerne die echte Stätte Gottes kennen.

Das Kartenspiel interessierte mich nicht; deshalb studierte ich diesen merkwürdigen, düsteren, verrauchten Raum. An allen vier rauchgeschwärzten und abblätternden Wänden hingen vergilbte Bilder saufender Mönche und alter Männer mit knolligen, roten Nasen; auf der morschen Theke reihten sich wirr durcheinander umgekippte Weingläser, an deren Rändern eingetrocknete Wassertropfen klebten; vor dem Eingang zum Nebenraum standen leere Flaschen aufgetürmt; an den geflochtenen Stühlen fehlten ein oder mehrere Flechtbündel, die verschmierten Tische verteilten sich in unregelmäßigen Abständen im verwinkelten Raum. Am klebrigen Tisch, wo Moro mit drei anderen Männern saß, knöchelten ihre angespannten Finger auf der Platte, wirbelten die Karten in die Luft, und das Wortgestöber ihrer erregten Stimmen vermischte sich in den Karten mit dem Wein in den rötlich geperlten Gläsern, die ich so gerne betrachtete.

Der heilige Osteriamief sog mich tief ein. Während die Männer sich mit den Spielkarten verbanden, wie Bruna in der Kirche mit Madonnen, setzte ich mich an die leeren Tische, schaukelte auf den Stühlen, beroch den Wein. Ebensowenig wie in Mutters Kirche konnte ich hier den Gaben Gottes nachspüren. Aber ich liebte es, unter den Arkaden der Kirche zu stehen, wenn sie ihren Blick vom Altar abwandte, um mich zu streicheln. Komm doch her und setz dich neben mich, schollerte die verrauchte Stimme Moros. Ich schleppte mich langsam hin, den Blick auf den Boden gerichtet. Schau mich an! Seht ihr? Er lachte. Das ist nicht mein Sohn, er ist der Sohn meiner Frau, rief Moro. Alle lachten. Schaut nur, wie weinerlich er herguckt, kann das jemals mein Sohn sein? Ich schämte mich und sehnte mich zu meiner Mutter zurück. Dann bedrängten mich die Männer, aus ihren Gläsern zu trinken. Moro öffnete seine Schleusen und übte auf seine übliche Weise Druck aus. Komm, mein Liebster, komm, probiere endlich das Blut Christi. Will der Tuntenhafte vielleicht eine Hostie? Komm, stell dich nicht so an! Er packte mich am Kragen und zerrte mich zum Tisch. Er drückte sein Glas in meine Hände und stierte mich von der Seite an. Mach endlich, sei kein Weib! Die Männer schmierten ein Lächeln auf ihre amüsierten Lippen. Dann grienten sie, als ich mit dem Glasrand am Mund zauderte. Wie ein Riegel schob sich Moros Finger zum Glasboden und hob wie eine Luftpresse das Glas hoch. Ich wollte entwischen, aber an meinem Kopf hatte sich Moros Hand eingekeilt, die ihn am Glas festschraubte. Trink, Söhnchen meiner Frau, sprach er mit vergnügter Stimme. Ich schnürte die Kehle zu, der Wein tröpfelte von den Mundwinkeln auf das Hemd hinab. Das Glas entwich den Lippen, und prompt klatsche Moros schwere Hand auf meine Backen. Der Wein, der im Mund verblieben war, spritzte in beide Richtungen: zu den Spielern hin, wo er die Karten auf dem Tisch besprenkelte, und, den Damm der Kehle überschwappend, die Speiseröhre hinab. Der Wein schmeckte säuerlich, wie verschimmelt. Das Feuer, wie von einem Tauchkolben hinabgedrückt, jagte durch den Magen, in die Eingeweide hinein, um sich mit dem Feuer an den geohrfeigten Backen zu vereinen. Setz dich jetzt!

Etwas später betraten zwei Männer die Kneipe, stellten sich den Spielenden zur Seite, gruben ihre Blicke in die Zeremonie der Karten und mengten ihre Worte in das Wortgestöber. Ich sah, wie Moro besonders zu dem einen hinüberlächelte, wie er ihn öfters zu einem Kommentar zum Stich anstachelte, wie er seinen Arm um seine Schulter schlang. Der Mann, ein kräftiger Kleinwüchsiger mit einer Halbglatze, erwiderte die Aufmerksamkeiten und mahnte nach den Stichen: Moro, so hättest du nicht spielen sollen! Ach, du lieber Moro! Hast du heute Leim im Kopf? Wo kleben deine Gedanken, Moro? Moro lächelte seinen Freund gekünstelt an.

Auf einmal rückte er seinen Stuhl zurück und richtete sich hastig auf. Und sagte: Spiel doch für mich weiter; ich muß noch etwas Wichtiges erledigen. Es ist mir völlig entfallen, daß mein Bruder Pasquale mich beauftragt hat, eine dringende Warenlieferung abzuholen und bei ihm vorbeizubringen. Ich staunte; mit Pasquale war er, da er sich von ihm um die Gewinne aus dem Möbelhandel betrogen fühlte, zerstritten, und Mutter hatte er verkündet, vor eins nicht nach Hause zum Essen zu kommen. Ich staunte um so mehr, als mir auffiel, daß er mich im Augenblick vergessen zu haben schien.

Draußen drängte Moro mich nach Hause. Lauf los, und sag Mutter Bescheid, um eins bin ich zum Essen da. Da ich zögerte, wurde Moro von stichigem Humor; er verkleidete ihn in sanfte Töne: Lauf los, habe ich gesagt. Hör zu, mein Muttersöhnchen, nächsten Sonntag darfst du wieder mit, damit du richtig erkennst, richtig siehst, wie die Gaben Gottes genossen werden können, aber jetzt ab nach Hause. Vater hat eine wichtige Angelegenheit zu erledigen.

Sobald Moro sich entfernt hatte, folgte ich ihm von weitem. Anstatt zum Bahnhof ging Moro zum anderen Viertel hin, stampfte durch verwinkelte Gassen und hielt erst vor einem mehrstöckigen Bau an, drückte bestimmt und ohne zu zögern auf die erste Klingel und stellte sich anschließend auf die andere Straßenseite. An einem Fenster tauchte eine Frau im Gewand ihrer schulterlangen, dichten und schwarzen Haare auf, in denen quirlige Kulleraugen blitzten. Sie schob den Vorhang auf, tat aber so, als würde sie niemanden sehen, dann zog sie ihn wieder zu, achtete jedoch darauf, eine Blumenvase vor dem Vorhang zu lassen. Daraufhin hastete Moro mit Riesenschritten zurück. Ich mußte mich schnell im Gang eines Papierladens verkriechen, um nicht erblickt zu werden. Er nahm den schmalen, unasphaltierten Weg zu den Bahnschienen und bog dort zu den wild angelegten Gärten ein. Bei einem Garten voller Gemüse und einem winzigen Holzhäuschen an der Ecke sprang er über den niedrigen, belaubten Zaun und krümmte sich, um in das Häuschen einzutreten. Ich wagte nicht, näher zu kommen, und für eine Weile grübelte ich hinter einem Strauch am Bahndamm. Nur zögernd nahm ich den Rückweg. Auf einmal sah ich die majestätische Figur der schwarzhaarigen Frau, mit einem Eimer in der Hand, mir entgegenkommen. In Panik verkroch ich mich hinter dem Bahndammgebüsch, rannte sofort drauflos zur ersten Kreuzung und konnte noch ablegen, bevor ich sie treffen mußte. Aus dem Augenwinkel belauerte ich sie, wie sie vorbeihuschte wie eine schwebende Fee. Der Eimer stand vor dem Eingang des Häuschens; mit nagender Neugier und flatterndem Herzen kletterte ich über einen Obstbaum in den benachbarten Garten und gelangte zum belaubten Zaun. Der Holzbau war zum Greifen nah. Das ungestüme Gestöhn, das aus dem Häuschen hervorquoll, war herzergreifend nah. Ich entdeckte eine schmale Öffnung und glaubte die Schatten der beiden zu erkennen, wie sie heftig schaukelten. Die Frau richtete sich für einen Augenblick auf; ihre Figur trat als Schatten hervor, ihr nackter Körper erhielt Konturen, dann sank sie wieder nieder. Das ungestüme Gestöhn und Schaukeln setzte von neuem an. Mich ergriff eine undefinierbare Angst, und das Taumeln meiner durcheinander geratenen Gefühle vermischte sich mit den erregten Stimmen des Holzhäuschens. Fluchtartig verließ ich das Gelände; mehrmals stolperte ich. Ich stolperte, auch wenn keine Hindernisse da waren; ich stolperte über die eigenen Beine.

Anstatt nach Hause zu kehren, spurtete ich zu dem mehrstöckigen Haus zurück. Dort linste ich im Vorbeigehen nach dem Namensschild der ersten Klingel. Das war der Freund von der Bar, den er an seiner Stelle zu spielen gebeten hatte. Wirklich er. Auf dem Heimweg begann ich, zerstreut in die Schaufenster eines Elekrogeräteladens hineinzuschauen. Aus der Ferne näherte sich plötzlich die Frau mit ihrem breiten Haargewand; der mit Gemüse und Salat vollgestopfte Eimer schaukelte in ihrer Hand. Ich versteckte mich im Gang des Ladens und wartete; die Frau trottete mit kleinen Schritten durch das Tor, schob die Gardine vor die verstellte Blumenvase und entschwand im Inneren ihrer Wohnung. Die pochende Angst trieb mich weg und ließ mich zur Kneipe zurück rasen, wo ich durch die nikotinverdunkelten Vorhänge in die Fenster hineinzublicken versuchte. Wenn jemand den düsteren Raum betrat, lugte ich durch den Türspalt und lauschte, bis ich einmal glaubte, Vaters Stimme zu erkennen. War es seine Stimme? Diese tiefe, ölige Stimme, die lachend vibrierte, die Sprüche strickte, die Gespräche wob, oder?

Es dauerte nicht lange, und Vaters Freund stakste aus der Kneipentür heraus und trottete den Weg zu seinem Viertel. Ich folgte seinen Schritten bis zu seiner Wohnung in dem gleichen mehrstökkigen Haus, vor der gleichen Klingel, vor den gleichen Vorhängen, mit jener Blumenvase dahinter. Es war hundertprozentig sicher: Er war der Mann jener Frau, die wie eine Fee an mir vorbeigehuscht war und die mit meinem Vater im Holzhäuschen so gestöhnt hatte. Die Erinnerung erfüllte mich mit Angst; ich stellte mir vor, daß Mutter gewiß von mir erwartete, daß ich ihn verriet. Wie sollte ich, weshalb. Ich schwankte.

Zu Hause umzäunten Bruna und Moro den Eßtisch und aßen. Wo hast du dich herumgetrieben? brummte Moro mit strenger Stimme, dann verwandelte er schlagartig Stimme und Gesicht. Komm, mein Söhnchen, setz dich endlich und iß die Gaben Gottes; es war schön in der Kneipe, nicht wahr? Das ist die wahre Stätte Gottes, da vereinigt sich das Leben mit Gott, und nicht woanders. Indem er das sagte, schielte er zur Mutter hin und griente breit. Mutter sah mit scheinbar gleichgültigem Gesicht auf ihren Teller und schwieg. Sie war über ihren Teller gebeugt, und ihre Lider schienen gerade in die Suppe hinabzustürzen. Ich sah, daß sie ihre Worte, ihre Widerrede, mit der Speise vermengte und diesen Brei aus Demütigung und Erniedrigung hinunterwürgte.

Da haßte ich meinen Vater und das, was er getan hatte, noch mehr. Doch den Mut, ihn zu entlarven, hatte ich nicht.

Du kommst nächste Woche wieder mit, sprach Moro zu mir und verspottete Mutter weiter. Du gehst mit, damit du die Sakramente richtig lernst, nicht wahr, Dariochen? Ich haßte ihn jetzt mehr, doch ich verriet ihn nicht. Auch später nicht, als Mutter mich fragte, weshalb ich nicht mit ihm zurückgekehrt war.

Denn ich fürchtete Mutter:

oder im Tanz der Münder

Daß ich für ihren tanzenden Mund ständig da sein mußte. Als sie alleine dasaß, hörte ich sie murmeln, wie das tiefe Seufzen eines aufgewühlten Meeres in den toten Augenblicken; es waren hohe Wellen, die sich meines Ohrs bemächtigten. Die Worte glichen Tropfen, Tropfen, die ihre Verzweiflung mit meiner vereinten. Sie benetzten mein Trommelfell, betrommelten es; wie Spritzer gelangten sie mir ins Herz. Mein Leben wurde zu einer Finsternis voller Eulen im Konzert. Ihre Worte wurden zu meinen Worten. Wo war mein Mund?

Anderswo suchte ich Münder. Es hatte schnell gedämmert, die wenigen Spielgefährten waren nach und nach in ihre Häuser abgeperlt, ich blieb mit Gianna allein. Tröstlicher Mund. Wir hatten uns in den Hinterhöfen verfolgt und waren in einem dunklen Kellerflur gelandet. Vor Freude und Furcht kicherten wir die ganze Zeit. Wir versteckten uns hinter abgestelltem Zeug und bohrten durch die Dunkelheit unsere Kitzelfinger aufeinander zu, die Münder zu einem Halbmond geöffnet. Erst als dumpfe Schritte sich drohend näherten und eine schrille Stimme sich in die schmalen Gänge schaufelte, rannten wir hinaus. Die Straßenlampe umfing schon Sträuchersegmente und das Kopfsteinpflaster, die Nacht hatte Dächer und Himmel aufgesogen, und ich und Gianna verschwanden, jeder in die eigene Richtung.

Die Hitze der wundaufreißenden Münder war wieder da. Ich rutschte hinunter in die Fallgrube. Ich verschmolz mit diesen Mündern ohne Lächeln. Es waren ihre Mundwinkel, die im Beben eines erschütterten Erdballs abstürzten und mich eingruben im Leichenhemd der Worte.

Zu Hause löffelte Moro mit rasselndem Geschrei an seinem dürftigen Gemüseteller. Er war betrunken und maulte mir entgegen: Du? Schon da? Wollte er mich nicht hierhaben? Mutter federte im kleinen Zimmer umher und hieß mich mit ihrem Lächeln willkommen. Dieser unterschiedliche Empfang gab mir das Gefühl von Macht. Ich spürte plötzlich Kontrolle über beide. Die Verbitterung, die in ihre Augenhöhlen eingeritzt war, zitterte, die Angst vor Moros Gewalt steuerte ihre Glieder; ihre umherflitzende Gestalt strahlte eine Fortbewegung aus, die mir sagte, daß sie mich in jedem Moment an die Hand nehmen würde und gehen könnte. Mutters Mund, seine Ecken entfesselten einen schaukelnden Tanz in der Scharte meiner gerunzelten Angst. Im Strand meines Mundes tanzte ich nach einem wahnsinnigen Rhythmus, der in mir die Unruhe anfeuerte.

Jauchzend erwähnte er ein gewonnenes Kartenspiel, lobte den guten Wein in einem Lokal und verdammte den anderen in seiner Stammkneipe, nörgelte am lauwarmen Essen herum und schimpfte über den faden Geschmack. Mutter machte ihm ihrerseits Vorwürfe, er vertränke das ganze Geld und ließe uns hungern. Was bist du für ein Mann? Bist du einer, wenn du uns nicht ernähren kannst? Schweig, Weib, dröhnte er, du kannst nicht kochen, du hast nur krumme Hände und kannst nichts machen. Meine Mutter, ach wie ich sie hasse! Aber sie hat aus nichts etwas gekocht, das hat besser geschmeckt als dieser Fraß! Dann tobte er erneut gegen mich, der sich an die Ausgehzeit der Mutter gehalten hatte, brüllte gegen die Verdammnis der Arbeit, lobte wieder den Wein, schwärmte knarrend von Musik, sang aus vollgepumpten Lungen mit schrammender Stimme und mit hochgehaltenem Löffel, striegelte seine von Pomade durchdrungenen Haare und machte Münder, von denen ich nicht wußte, waren sie aus Leid oder aus Freude geschmiedet. Dann gieperte er nach Wein. Geängstigt, in mich zusammengekauert, mit einer klaren Trennung zwischen mir und mir, mahlte ich meine Mahlzeit mit großer Mühe. Das Essen war aus giftigen, verunstalteten Mündern, deren Lippen gierige Ameisen umwimmelten. Die Münder taumelten in meinem Gaumen, kratzten die Zunge, verwundeten das Zahnfleisch. Ich türmte sie aufeinander. Blutende Fingernägel, die an der Kehle schaufelten. Ihr Grab im pfeifenden Wind meines schreienden Atems.

Moro, mit einem kecken Kräuselmund, rief mich sanft, aber

fest zu sich: Komm, mein Söhnchen, komm. Willst du nicht zu deinem Vater kommen? Willst du nicht das Licht deiner Augen berühren? Was bist du für ein Sohn? Komm, Dariochen, laß dich streicheln, laß diese verdorbene Nase den Geruch dieses wuschligen Kopfes einatmen, komm. Willst du nicht? Während Moro die Flammen seiner Worte aus den klippigen Lippen feuerte, kaute er und fuhr mit der Zunge an den Zähnen entlang. Was hast du denn? Oh ja! Du bist ja gegen deinen Vater angestiftet worden!

Über die öde Luft kreischte seine Stimme in unerträglicher Schärfe, wie eine Eisenbahnschiene, auf der ein Zug bremst, dann senkte er sie wie das Stöhnen eines erkrankten oder gezähmten Ziegenbockes; es war eine seltsame Stimme, getrennt von ihm, von den Verachtungslippen. Sein Mund verwandelte sich in schwenkende Hände. Schweiß perlte sich aus den Mundwinkeln. In seinem dürren, von Furchen gezeichneten Gesicht leuchteten wütend die Augen, die verstörte Gewißheit: Dich hat ja deine Mutter gegen mich aufgehetzt! Was hast du aus dem Kind gemacht? Hast du ihm Flausen in den Kopf gesetzt? Wenn es so ist, soll dich der Teufel holen, der Teufel! Kinder dürfen nie, wirklich nie den eigenen Vater hassen, verstehst du?

Mutter versuchte ihn zu beschwichtigen, ihm dennoch vorwerfend, wie sie sich im Stich gelassen fühlte. Dann rief sie leise, bestimmt, mit subtilem Groll: Du kannst dich nur betrinken und rumtoben! Plötzlich drehte sich ihre Stimme um und kreischte: Du kannst nichts in der Hand halten, weder Arbeit noch sonst was! Nach diesen Worten erstarrte ihr Mund in entmutigter Abwartehaltung. Ich zitterte an der anderen Tischseite und traute mich nicht, mich auch nur einen Millimeter zu bewegen. Erst stöhnte er scherzend zurück: Die Arbeit, die Arbeit, sie macht den Menschen zum Vieh! Und tönte hinzu: Ich bin halt müde geboren und lebe, um mich auszuruhen. Aber sie nahm den Spruch auf und rief: Von wegen! Die Arbeit ehrt. Guck es dir bei deinem Vater ab. Wie von einer Ohrfeige getroffen, stieß Moro Mutter weg, grapschte den Teller und klatschte ihn an die Wand. Das schöne Tellerbild zersplitterte und stob zu Boden. Moro breitete seinen Arm wie eine Baggerschaufel aus und wischte den halben Tisch zu Boden.

Es klirrte und krachte, er polterte: Du verdammtes Luder! Was verlangst du von mir, was? Daß ich dein Sklave bin? Das Spielchen deiner Mutter mit Biagio geht nicht mit mir! Mit mir nicht! Ich bleib mein eigener Herr, ja? Er hatte sich erhoben und kotzte seine wütende Gebärde auf sie nieder. Als er sich drohend über Mutter beugte, flitzte ich zur Mutter und beschwörte ihn: Mutter, Mutter! Erst jetzt bemerkte ich, daß ich mich fest an Vaters Jacke gekrallt hatte, an ihm verzweifelt zerrte und gegen seinen steifen Schenkel haute.

Laß Mutter gehen, laß sie gehen.

Moro war zu einer Statue erstarrt; er stierte mich aus erloschenen Augen an, schubste mich weg und schlug auf mich ein, bis er dann begann, mit seinen Fäusten auf den eigenen Körper zu hämmern. Ich fühlte mich in meinem von den Schlägen brennenden Körper schwindlig mächtig. Ich hatte Mutter gerettet.

Ihr beide und Annunciata seid eine Bande! schrie er, eine Teufelsbande! Er schmetterte Mutter, die sich an ihn geklammert hatte, zur Seite, riß sich die Jacke vom Körper und knallte sie zu Boden. Dabei entdeckte er seinen Schlüsselbund an der Hose, riß ihn mit Gewalt ab und schleuderte ihn in meine Richtung. Ich konnte mich noch rechtzeitig bücken, und der Schlüsselbund prallte gegen den Schrank und ließ die Abdrücke dreier Schlüssel auf der Holztür zurück. Während ich wie gelähmt Moro anluchste, stierte dieser auf die eingedellte Stelle am Schrank, mit bebenden Lippen und einem Leichengesicht, sah mich an und anschließend meine Mutter.

Komm zu mir, mein Söhnchen, rief er mit schneidender Stimme, komm doch. Ich, ich... Noch bevor er den Satz beenden konnte, hatte er sich zur Tür gewandt und war entschwunden; es dauerte nicht lange, und die Haustür knallte zu.

Mutter wischte sich den Tränenstrom von den Wangen ab, nahm mich dann auf ihre Arme und schluchzte auf mein Hemdchen. Sie brauchte mich wirklich.

Weine nicht, Mutter, ich bin bei dir.

Sie schaute mich mit leidenden Blicken an und schüttelte den Kopf. Die Lippen verschweißten sich zu einem Schweigen. Lippenknirschen. Dann gingen sie in leichtes Zittern über. Mein Körper tanzte darauf einen verrückten Tanz. Im Untergrundreigen hüpfte ich in das Maul eines Haifisches, der mir die Zähne in die Augen bohrte.

Willst du? kam es aus der tränenüberströmten Mundgrotte. Wir ziehen zur Oma. Jeden Morgen macht sie dir Zabaglione, und du kannst den Hühnern nachrennen, mit dem Hund spielen, willst du? Bei der Oma wirst du es schön haben, genauso wie früher.

Ich nickte und dachte: Nein. Zur Oma wollte ich nicht mehr. Bei ihr verschlangen mich die schreienden Mäuler übergeschnappter Fledermäuse. Zwar gab sie mir ab und zu ein geschlagenes Ei mit Marsala zum Frühstück, doch ihr maulender Lippentanz den ganzen Tag lang betäubte meine Augen. Ihre kavernöse Disziplinierungsstimme bestürmte meine Ohren und ließ in ihnen das Kreischen zu Tod erschreckter Fledermäuse zurück, die mich dann während des Nachtschlafes verfolgten.

Mutter legte mich ins Bett und setzte sich an den Tisch neben den Scherbenhaufen. Sie wollte Vater verlassen und wollte nicht und haderte mit sich, das las ich aus ihrem murmelnden Lippentango. Sie wußte, daß er für diese Nacht nicht mehr heimkommen würde; vielleicht einen Tag später.

Auch am folgenden Tag kehrte er nicht heim. Sie spielte mit Knöpfen, sie in die Luft werfend und schnappend, grübelte und wurde völlig anders zu mir. Von stichigem Humor beherrscht, nahm sie mich zerstreut an sich, streichelte mich und kniff an mir herum. Sie streichelte meine Haare und riß daran – Haarbüschel hingen an ihren Fingern. Ich weinte und flüchtete aus ihrer Greifweite. Sie schnitt mir den Weg ab und streichelte mich wieder, aber so fest, daß die Haut schmerzte. Mutter, Mutter! Was tust du mit mir?

Nichts, Dario, nichts. Wir werden zusammen weggehen, ja?

Ihr Mund, auf dem ihre Zähne nagten, wurde zu einem Krater, dessen Beben meine Ohnmacht überrollte. Was war das für eine Öffnung, die liebevollen Hauch mit galligem Speichel vermengte? Was war das für eine Höhle, die Zuneigung mit Schmerzzufügung verschmolz?

Ich verlor mich. Ich geriet in einen Hauchstrudel; er trieb mich in ein hoffnungsloses Labyrinth. Die Farben der Wände waren verwischt und blendeten mich. Mißtrauen wuchs an der Mauer meiner der Stützung bedürftigen Gefühle. Wo war Vater?

Zwei Tage später tauchte er plötzlich auf; er gab sich freudestrahlend und tat so, als ob nichts gewesen sei. Zuerst schenkte sie ihm keine Aufmerksamkeit und drohte mit dem Auszug, er bedrängte sie mit seinen bereuenden Gesten: Ich schwör's, hörst du, ich mach's nicht wieder, bis sie nachgab und ein mildes Lächeln hervorholte. Daraufhin gingen sie ins Schlafzimmer und schickten mich zur Piazza XX Settembre, wo andere Kinder tobten. Wie konnte ich mich nur an ihren Freuden beteiligen? Wie konnte ich mich daran beteiligen, wenn dann, im Tanz der geeinten Münder, er mich in den unberechenbarsten Augenblicken wundschlug, und ich wußte nicht weshalb? Ich fühlte mich von Mutter verraten, ich fühlte mich von Vater verraten. Dennoch war ich froh, daß er zurückgekehrt war.

Am Abend wollte Moro mit mir spielen und warf mir Gegenstände zu. Ich warf sie zurück, mit meiner ganzen Kraft. Er spielte, ich meinte es ernst. Mutter hatte sich auf dem Stuhl zurückgelehnt und lächelte zufrieden. Ich begann den Krieg gegen den Vater, und es gefiel beiden. Ich spürte in mir den Grimm verschwinden; ich merkte, wie ich in diesem ernsten Spiel mächtiger wurde, und wurde übermütig.

Aber wenn Moro in seinen Kneipen verschwand, kehrte der trostlose Mundtanz wieder ein: Sie beschimpfte ihn, suchte bei mir Trost, kniff mich in die Arme, führte mir sein Hemd vor, das nach fremden Frauen roch, nach einem undefinierbaren Parfüm, nach seinem stechenden Schweiß, verwünschte ihn und seine Laster, bemitleidete sich und verwickelte mich in jenes Spiel, das mich bei ihr wichtig erscheinen ließ und mir so viele Qualen brachte.

Die fremde Frau bekam plötzlich Gestalt. Bruna waren verdächtige Anspielungen im Milchgeschäft zu Ohren gekommen und sie ging der Sache nach. Die fremde Frau war nicht fremd. Giuliana, die Frau von Moros bestem Freund, wohnte zwei Stockwerke über uns, auf der anderen Blockseite des Obdachlosenbaus. Ich schaute hin, wie sie hinsah und sich einiges zusammenreimte, wenn sich Moro und Giuliana verstohlen und verheißungsvoll ansahen. Ich beobachtete, wie sie die beiden und den ahnungslosen Freund beobachtete, wie ihre Blicke an den klimpernden Glitzerohrringen der Giuliana verharrten, wie Verdacht in ihrem Gesicht wuchs und auswucherte, wie ihr Mund nun anders zu tanzen begann. Ihre Lippen versteiften sich mehr und mehr zu Schwertern, und ich ahnte, daß neue Gefahr lauerte. Bevor der bevorstehende Streit zwischen Mutter und Vater ausbrach, wurde ich weggeschickt. Ich irrte ziellos herum und bangte. Dann ließ ich mich auf der Piazza nieder und blieb in der Beobachterposition. Gleichaltrige spielten und Passanten liefen in sich versunken vorbei. Die Wohnung betretend, studierte ich zuallererst ihre Münder. Auf Moros Lippen schimmerten Risse, in denen traurige Lächelschäfchen weideten, Brunas Mund hatte sich demütig gekräuselt. Eine Zeitlang tanzten ihre Münder starr in einer alptraumhaften Verstummung, schließlich wurde ich zu Bett geschickt. Sofort tat ich, als würde ich schlafen. Und lauschte. Die Stimmen erhoben sich erst in huschendem Flüstergang, balgten sich dann bleiern immer mehr in ihrem verrückten Kampftango.

Mit Giuliana war es eine ernste Geschichte, die seit langem andauerte; Moro gestand, daß es ihm schwer falle, sich von ihr zu lösen. Die Ohrringe, ja, er hatte sie ihr geschenkt. Wir hungern, und du beschenkst sie? Bist du so in sie vergafft? Ja. Sie ist wahnsinnig nach mir. Und du? Ich auch. Und was ist mit uns? Nach dieser Frage der Mutter dehnte sich eine brüchige, elektrisierte Stille in meinen Ohren aus und drohte, sie zerplatzen zu lassen. Ich riß die Augen auf, um den Ohrendruck zu lindern. Sie lagen beieinander im unerträglichen, dumpfen Lichtschein der Nachtlampe. Die Lippen des Vaters ruhten auf Mutters Stirn. Sie stierte zur Decke. Was hast du vor? Entscheide dich, ich muß es wissen. Sie hat mich verhext, aber ich werde davon loskommen, flüsterte er in den Küssen auf ihrer Stirn. Bestimmt. Ich brauche nur Zeit. Aber ich nicht, ich will sofort eine Entscheidung. Und sie blickte unversehens zu mir rüber. Ich hatte den Hals aus der Bettdecke hochgereckt, um besser zu hören. Sieh, Dario schläft nicht! rief sie entsetzt. Ertappt, verbarg ich den Kopf unter dem Kissen. Vaters Schritte bullerten zu mir her; seine Hände zerrten mir das Kissen aus dem krallenden Griff meiner Finger und schlugen wild zu. Schlaf! befahl seine Stimme, die von seinem zerknautschten Mund herschollerte. Der Jähzorn zerspratzte die Augen; ich kroch unter die Decke und kauerte mich zusammen. Erst durch das Klirren des Schlüsselbundes wurde ich gewahr, daß sie sich angezogen hatten und im Begriff waren, auszugehen. In der Dunkelheit des Zimmers schluchzte ich den Kummer des Verlassenseins aus mir heraus, und als sie tief in der Nacht heimkehrten, schluchzte ich immer noch. Vergeblich war der Versuch, meine Stimme zu unterdrücken, damit sie mich nicht bemerkten. Jetzt kam Vater, entknotete gewaltsam meinen Körper aus der Zusammenballung mit beschwichtigenden Sprüchen und streichelte mich an den Wangen, dann tröstete mich Mutter. Da ich nicht zur Ruhe kam, holten sie mich zu sich ins Bett. Zwischen dem glühenden Körper meines Vaters und den kühlen Gliedern meiner Mutter war ich wie ein Wall und eine Schweißnaht zugleich; ich schlief sofort ein. Aber ich erwachte schnell wieder und hatte das Gefühl, ein Esel zwischen Feuer und Eisschollen zu sein; entfernte ich mich von der einen Seite, verbrannte ich mich an der anderen und umgekehrt. Hielt ich von beiden genug Abstand, fror und verbrannte ich mich zugleich. Ich war zwischen beiden gezwungen, mit offenen Augen in die Welt der Träume zu flüchten.

In den folgenden Tagen tanzten ihre Münder, als sei und würde nichts geschehen. Ich lernte mehr und mehr, daß die Argusaugen die einzigen Krücken waren, auf denen meine Gefühle gehen konnten. Hinter der scheinbaren Ruhe animierten sich die Gespenster und erlangten konkrete Gestalt. Es sah danach aus, daß Moro und Giuliana planten, gemeinsam zu fliehen. Die Geliebte Moros war also bereit, ihre beiden Töchter zurückzulassen, wie Moro Mutter und mich. Mutter, mit sonderbarer Triebsamkeit gefedert, hatte vielerlei Räderwerke in Bewegung gesetzt. Zuallererst war sie in Giulianas Wohnung erschienen und hatte ihr die Ohrringe aus den Ohren gerissen, daß die Ohrläppchen bluteten. Dann hatte sie vorsorglich ihre Sachen im Koffer verstaut und ihn unter mein Bett geschoben. Bevor er mich verläßt, verlasse ich ihn, hatte sie ihrer Schwägerin Maria Conti erklärt, mit der sie in der gleichen Kneipe bediente, und laut darüber sinniert, ob Virgilio Binachi den versprengten Moro nicht doch noch zur Räson bringen könnte.

An dem Abend trat Moro entschieden herein, teilte Bruna mit, ohne Rücksicht auf meine lauernde Gegenwart, ohne den Ton der Beteiligung in seiner Stimme, als sei es ein auswendig gelerntes Bulletin, aber mit der geschmeichelten Gebärde des Umworbenen, daß Giuliana Anzeige bei der Questura erstattet hatte und Schmerzensgeld forderte, und hieß sie die Ohrringe herausrükken. Widerwillig, die unvermeidliche Verbitterung auf den Lippen postiert, mit verdrehtem Haß in den Augenwinkeln, zog Mutter die Ohrringe aus ihrem Etui hervor, legte sie auf den Tisch, sah ihn mit strauchelnden Augen an, lächelte bitter, an der Grenze des Erträglichen, und rief erstickt: Du mußt dich entscheiden, oder ich entscheide mich. Sie ließ ihre verbitterten Weinanfälle wachsen, sagte: Wenn eine Beziehung länger anhält, ist es etwas Echtes, und beteuerte, wenn sie jetzt gehe, sei es wirklich endgültig. Ich weinte, in aller Stille, über die Schwelle meiner Ohnmacht, an der Grenze eines Abgrunds, der sich in mir öffnete, und stremmte mich, es mir nicht anmerken zu lassen.

Moro brachte die Ohrringe Giuliana zurück, erschien nach einer halben Stunde wieder und erwähnte, daß er auf sie eingeredet hätte, bis sie nachgegeben habe. Jetzt sähe Giuliana von der Anzeige ab.

Und von dir?

Er lächelte hastig, schnitt säuberlich das Lächeln aus den Lippen, wartete, daß sie ihn ansah, setzte eine leidende Grimasse auf, versteifte die Lippen zu einem Ekel- oder Mitleidszeichen, glättete die Haare, hustete asthmatisch, ordnete die Hypothek seines Unglücks, indem er sich die Augenhöhlen rieb, zündete sich eine Zigarette an, hielt diese mit zwei ausgestreckten Fingern vor den Mund, rief hinter der vorgehaltenen Hand: Wie soll ich das wissen?

Virgilio tauchte am folgenden Nachmittag in der Ofenwerkstatt auf, sah sich suchend um – Vater war einen reparierten Ofen abliefern gefahren –, nestelte hastig in meinen Haaren, fragte:

Wächst du zu einem starken Binachi heran oder nicht? und hinkte, ohne meine verneinende Antwort abzuwarten, sogleich auf Mutter zu. So wie ich höre, näselte er, spielt dein Mann wieder den Wirrkopf; willst du mit mir darüber reden? Mutter nickte leicht und brach jäh in Tränen aus. Du bist ein Binachi und schaffst es bestimmt auch in deinem Alter, rief mir mein Großvater zu, bleib du hier und empfang die Kunden, falls welche kommen. Mutter und Großvater verschwanden in den dunklen Winkeln der Kellerräume des Obdachlosenbaus, wo Vater die Erlaubnis erhalten hatte, die reparierten Öfen abzustellen. Ich war froh, daß der Opa gekommen war; er war der mächtige, auch von Mutter bewunderte Mann, der sogar Eisenstäbe zurechtbiegen konnte. Wieso also nicht auch unsere Lage? Als sie eine Zeit später aus der Dunkelheit schlüpften, war noch keine Kundschaft erschienen. Opa Virgilio stelzte zu mir her, tauchte seine stählernen Blikke in meine Augen, bis es schmerzte und ich mich umdrehte. Er lachte tief und gedehnt und rief, mahnend: Junge! Du wirst anders als dein Vater, oder? Völlig verwirrt, floh ich und versteckte mich hinter einem Ofen. Ich hörte, wie er sich mit den Worten verabschiedete: Keine Bange, ich knöpfe ihn mir vor.

Ob mein Großvater sich jemals seinen Sohn vorgenommen hat, weiß ich nicht. Ich weiß nur, daß Giuliana und ihr Ehemann bald darauf in eine städtische Wohnung am Stadtrand zogen. Daß Mutter ihren Koffer wieder auspackte und die Kleider sorgfältig in den Schrank einordnete. Daß Vater von den Kellerräumen des Obdachlosenbaus, wo seine Werkstatt ihn tagsüber festhielt, abends, ohne zum Abendessen hinaufzukommen, in die Kneipe gegenüber verschwand, und ich ihn manchmal für einige Tage nicht zu Gesicht bekam. Auch an den Tagen, an denen er, anstatt in den Kellerräumen zu werkeln, seine Kneipenrunden mit Freunden drehte, merkte ich am frühen Morgen, daß er zu Hause gewesen war. Sein Geruch schwebte noch im Raum, sein Rasierzeug war vor dem Spiegel verstellt, seine dreckigen Klamotten in einer Schüssel gesammelt. Ich war, wenn er nicht urplötzlich mit seinen auf meinen Körper niederprasselnden, unberechenbaren Händen herkam, wieder einzig dem tanzenden Mund meiner Mutter ausgeliefert.

Die Ohnmacht im Tanz des Mundes. Sie untersuchte meinen Penis und verzog ihre Lippen. In meine Scham verwob sie eine undefinierbare Mißbilligung. Was schaust du, Mutter? Sie schwieg mit undurchdringlichem Gesicht. Frauen des Obdachlosenblocks hatten sich beschwert, daß ich das Gemeinschaftsklo bepissen würde; ich würde meinen Urin auf die Fußmatte und an die Kloränder sprenkeln. Im Vergleich zu anderen Kindern, die ich im Gemeinschaftsklo von nun an eindringlich beobachtete, glich meiner dem Körper einer Schnecke. War ich deswegen unnormal? Sie befingerte ihn ausgiebig und drückte darauf. Es tut weh, Mutter! Was ist? Sie schüttelte den Kopf und sagte: Ich rede mit deinem Vater. Am Abend hüpften flüsternd Mutters Lippen an das Ohr Moros, sie schuckelten in einem wahnsinnigen Rhythmus. Was war, was ich offenbar nicht hören durfte?

Vaters Mund verzog sich zu einem bitteren Lächeln; er schielte zu mir rüber und rief nur: Weib, geb mir den Wein! Er leerte das Glas in einem Zug und schnalzte mit der Zunge. Dario, was bist du für ein Kerl? preßte er aus seinen vom Wein rötlich gefärbten Mundwinkeln. In Scham zergehend, verschwand ich in die Hülse dieser Worte.

Am Tag darauf brachte sie mich zum Arzt. Dieser betrachtete meine Schnecke, die am liebsten in die Hoden zurückgewandert wäre, und befummelte sie eingehend. Du kannst dich wieder anziehen, sagte er knapp und wandte sich meiner Mutter zu. Auf seinen verspannten Lippen kaute er an seinen Worten. Ich verstand nur Operation. Wieder hüpften ihre Lippen ans Ohr Moros; ein Tanz des Mundes, der sich in mich hinein verlagerte, auf meiner Ohnmacht herumtrampelte und schuhnagelgleich meine Seele verwundete. Moro nickte nur zu. Tage später packte sie mich an der Hand und zerrte mich ins Krankenhaus, wo die Männer in Weiß mich ans Bett fesselten. Mutter, Mutter, flennte ich. Warum tust du mir das an, warum? Aber schon war sie hinter der Tür des Operationssaales verschwunden. Es war mir, als ob dies die Fortsetzung jener Peinigung wäre, die ich durch Mutters Kniffe erfuhr. Ich hatte die Vorstellung, daß ich bestraft wurde für irgend etwas, das ich nicht kannte. Und nicht erfahren durfte. Nur mit örtlicher Narkose bohrten und schnippelten sie an meinem Ding herum, das in meinem Kopf wie Geschrei der gefolterten Hexen schmerzte. Die mit Binden zugedeckten Mäuler der Ärzte geisterten als schreckliche, weiße Maden in einem abgeblätterten Glaskäfig. Ich will den Tod küssen, in seinem Maul verschwinden, aber nicht dieser Eingriff in mein Leben!

Das waren die Labyrinthwege, die ich zugegraben hatte. Ich wollte vergessen. Ich wollte in den Körper eines anderen fliehen. Es blieb mir eine Narbe, dieser Labyrinthweg, der meinen Penis durchzog, eine unheilbare Strecke in die Vergangenheit, die Gegenwart und Zukunft zupflasterte. Eine Strecke, die immer noch schrie, und die unheilbare Scham. Sie waren mit meinem Mißtrauen verzahnt. Sie konnte nicht meine Mutter sein, Moro, der das zuließ, konnte nicht mein Vater sein. Ich sollte Vater verraten, ich sollte Mutter verraten, aber sie haben mich verraten. Das war der zugeschüttete Labyrinthweg.

Labyrinthwege wie Lippen. Lippen wie peitschende Riemen. Die Hitze dieser von Qualen gemarterten Lippen. Die Hitze der rotierenden Lippen, die einen undurchschaubaren, monströsen Tanz meiner Glieder anstimmten. Die Hitze der Lippen auf meinem Körper. Ein blauer Vogel, der in den Friedhof meiner Träume flog. Mißtrauisch las ich jetzt ihre Münder. Er wehte mir den Wind der Rebellion ins Ohr, war jedoch hinnehmend, sie massierte auf meine Augen das Öl der außerordentlichen Sanftmut, war jedoch gewalttätig; ich hatte leise aufzutreten und polternd zu sein. Der eine Mund überragte den anderen und umschloß den Himmel über mir. Ich gehorchte nicht zu Hause, streunte in den endlosen Gängen des Obdachlosenblocks herum und begann, in der Schule den Bock zu spielen. Ich quälte die anderen Kinder und widersetzte mich dem Lehrer so massiv, daß die Schule meinen Ausschluß erwog. Auf Mutters Gesicht rollten die Tränen und stauten sich an der Oberlippenwölbung, Moro füllte seine Lungen mit falschem Stolz. Vielleicht ist er doch mein Sohn.

Sie stritten sich jetzt nur um mich. Ich fühlte mich nicht als ihr Sohn und klammerte mich verzweifelt an sie. Mit den mir zugefügten Schmerzen gewann ich zunehmend Macht über sie. Der Schmerz wog diese Macht auf. Ich begann, mich in Starrsinn zu üben. Ich verließ die Kindheit mit einsamer Eigenwilligkeit und sperrigen Lippen. Ich träumte in meinen kindlichen Phantasien, sie beide in einem Bach zu ertränken und sie im letzten Augenblick zu retten. Auf den Gedanken, mich zu retten, kam ich nicht, jedoch handelte ich so, als würde ich mich jeden Tag ertränken und von neuem retten. Dabei füllte sich der Schlund mit Booten, die mich in ein gelbliches Meer lotsten. Dort warteten auf mich zwei feuerrote, sich zueinander biegende Stiele; sie zogen eine schwarze Linie auf der gelblichen Masse und verschwammen in dem vielfarbenen Dunst, der den Himmel verwischte: Dort war die Fremde. Von dort werden die Lippen Kugelschreiber. Lippen, die in Lippen der Zeilen aufgehen.

Ivar der Schreckliche

Wanderer dieser Zeilen! Mehr und mehr bekomme ich das Gefühl, daß ich den Schriftsteller jetzt kriegen, ihm Einhalt gebieten muß! Begründen kann ich dieses Gefühl nicht – es ist vom Instinkt diktiert: Er weiß es bedingungslos, ohne Argumente. Und der Instinkt trügt nicht; er ist derjenige, der dem Verstand die entscheidenden Lebensimpulse gibt; und weh dem Verstand, wenn er nicht auf den Instinkt hört. Denkt aber nicht, ich leide an Paranoia! Ich kenne diese erkrankte Beziehung zur Außenwelt, zu sich selbst, und ich weiß, sie trifft für mich nicht zu. Hierfür habe ich inzwischen zu viele Indizien, die den Verdacht erhärten: Biondi hat es auf mich abgesehen. Eher vermute ich den umgekehrten Fall: Es ist Biondi, der an Paranoia leidet und deswegen mir auf den Fersen ist.

Ich bin mir sicher, daß er von meinen Nöten, von meinem Schreiben weiß, und er hat eine gestörte Beziehung dazu. Ich weiß nur nicht, wie ich ihn kriegen soll.

Ich könnte mit falscher, verkrüppelter Freundlichkeit auf ihn zugehen, ihn in klebrige Gespräche verwickeln, in denen ich Andeutungen ausstreuen könnte, bis er sich selbst verrät; oder ich könnte ihn einladen, mit mir ins Kino zu gehen, und ihn während des Films ausforschen; oder ich könnte direkter vorgehen, indem ich mich interessiert gebe und ihn über seinen Roman ausfrage; dabei könnte ich wagen, auszutesten, inwieweit er bereit wäre, mir Ausschnitte seines Romans zum Lesen zu geben. Oder ich könnte noch direkter sein und aussprechen, daß ich es mir verbitte, mich als Romanvorlage benutzen zu lassen. Aber das würde wohl ein Schuß ins Leere werden; denn ohne Beweise würde er meinen Vorstoß niederschmettern. Und dadurch würde er mich ablenken, ich würde in eine Auseinandersetzung mit ihm abrutschen, dies als willkommenen Anlaß nehmen, von der Herkunftssuche abzusehen.

Während ich die Gedanken aufsammle, sie um den Titel dieses Kapitels kreisen lasse, verfolgen meine Augen die Keimung der Sätze, das gelenkte Hervorsprießen der Worte. Indem ich das Sinnliche dabei verspüre, entsinne ich mich der Schreibkrise vor der Frage, ob ich die unversöhnliche Versöhnung schreiben könne, ohne meine Eltern zu verraten, fühle erneut die Erschöpfung des Erlebens bei Natales Familie, denke, daß Zeilen Hindernisse und Krücken zugleich sind, daß ich den Zeilenfluß und die Kontinuität konstruiere, um die Herkunft zu fühlen, um dadurch den Weg entstehen zu lassen, der aus dem organisierten Leid etlicher Lebensgestaltungen der vielen Dario Binachis in mir hinausführt. Dabei stelle ich fest, daß dieser Weg Konvexspiegel besitzt, die die verbannte Erinnerung widerspiegeln. Die verbannte Erinnerung pflastert die herkünftigen Pfade und besprenkelt das beengende Gemäuer mit Ausgängen. Sie läßt das Verhängnis der Bilder im Kopf sichtbar werden, die mein Leben vorzeichnen, verzerren, verdecken. Diese Bilder gleichen dann einem Kerker, sie sind Ringstraßen im eigenen Labyrinth. Der zu begehende Weg wird dann zum Bauch eines Haifisches. Manchmal verengt er sich, und ich ersticke im Mief der Eingeweide. Manchmal ertrinke ich im Speichel, aber ich halte mich an unsichtbaren Halterungen fest, mit der Ahnung, daß ich, um mich zu befreien, lernen muß, ein unbekanntes Gefühl ertragen zu können, das nicht mit Angst, nicht mit Melancholie verwandt ist, das ohne Name geboren wurde; ein Gefühl, das dafür geschaffen schien, das Vergessen zu sichern, das mit dem ersten und dem letzten Atemzug verschmolzen ist. Auf diesem Weg hat nun mein hinkendes Gedächtnis eine Spur aufgenommen. Sie geht vom unsteten Verhalten des Bruders aus, der sein gegenwärtiges Leben mit einem frommen Korsett zusammenhält.

Wir hatten den Obdachlosenblock verlassen und waren, nun ohne feste Bleibe, als fliegende Händler mit einem Wohnwagen unterwegs. Aus dem Gewebe jener Tage formte sich in der Schale der unversöhnlichen Liebe ein weiterer Sprößling. Als das Paar in einer gut besuchten Locanda an einer Landstraße, wo vorwiegend

Lastwagenfahrer zum Mittagessen anhielten, ein Huhn speiste, nahm es das Gabelknöchelchen und riß es voller Erwartung entzwei. Blieb die Gabelspitze beim längeren Teil, hieß es, es würde ein Mädchen kommen. Moro lachte. Durch den Knochenriß sah er sich in seinem Wunsch bestätigt. Siehst du? Es wird ein Mädchen und Mora heißen.

Moro hatte sie dazu gedrängt, für Nachkommen zu sorgen. Er wünschte sich Nachwuchs, und als die Schwangerschaftsbestätigung kam, äußerte er die Erwartung: Es muß eine Tochter sein. Mit dem zerteilten Gabelknöchelchen zwischen den Fingern winkte Bruna ab: Das wird ein Sohn.

Es wurde ein Sohn.

Ihr war es im Prinzip ganz gleich gewesen, ob Mädchen oder Junge. In Übereinstimmung mit Moro hatte Bruna jedoch während der Schwangerschaft die Säuglingsausstattung auf ein Mädchen ausgerichtet. Sie hatte nicht geahnt, daß Moro einen triftigen Grund hatte.

Nach der Entbindung holte Moro gut gelaunt Bruna vom Krankenhaus ab, sah sich den Kleinen mit seinem blondlichen Flaum auf dem Kopf, etwas dicklich, aber mit unruhigen Händen und Beinen erneut an, und verlieh seiner großen Enttäuschung einen bitteren Ausdruck. Kaum zurück im Wohnwagen, setzte er Bruna in Kenntnis. Hör mal, Frau, begann er seine Beichte, mit den Blicken in ihre Augen eintauchend, mit sonorem, vom Wein und den Zigaretten belegtem Timbre, zwar ist kein Mädchen daraus geworden, aber ich hab schon eine Tochter. Sie ist im Aussehen mir verdammt ähnlich, die Augen und die Lippen, schwarzhaarig und dunkelhäutig. Kurz hielt er inne, lächelte in die Luft hinein, wartete auf ihre Stimme, ohne Reue, mit dem aufgetakelten Stolz eines Kindes, das zum ersten Mal die Rechenaufgabe erfolgreich gelöst hat. Sie saß wie erstarrt da, betrachtete das, was ihre eigene Familiengeschichte, ihre verstrickte Bindung zu Annunciata Ceccabelli in den Raum des Wohnwagens gesetzt hatte, und stickte das verzierte Schuldgefühl in die eigene Seele. Und er fuhr sogleich fort: Die Mutter meiner Tochter ist die Frau von Campana. Die Antonietta? brachte Bruna über die Lippen und spürte, wie das Blut, das in den in Aufruhr versetzten Adern ins Stocken geraten war, sie sprachlos machte; hörte, wie sic sich leise beschimpfte, sich sagte, daß es an der eigenen Unfähigkeit, an der eigenen Unvollständigkeit als Frau liegen müsse, wie ihr Körper zu einem Nichts zusammenschrumpfte. So ist das, sagte er, beschrieb die Umstände und beteuerte, daß diese Beziehung mittlerweile und endgültig aus war. Und er fügte nur noch hinzu: Mein Freund Campana weiß es natürlich. Obwohl noch geschwächt und verstummt, überwand sie sich. Zuallererst veranstaltete sie ausgedehnte Eifersuchtsszenen; er gab heiß zurück: Was sollen diese Eifersüchteleien? Ich sagte es doch, die Beziehung ist zu Ende. Dann reimte er ihr seine alten Vorwürfe entgegen: Und du, was hast du mit deinem Offizierchen gemacht? Hast du wegen ihm Mario umgebracht? Und Dario, ist er nicht dein Soldatchen, alles wie dein Offizier? Und du, willst du mir vielleicht sagen, daß du den Heiligen gespielt hast? schrie sie scharf zurück, und erlebte, wie die angehäuften Kränkungen in den grollbeladenen Worten endlich eine Tragfläche fanden. Daß du dich nicht wie all die anderen rumgetrieben hast? Ja! reagierte er selbstherrlich. Ich bin auch ein Mann. Und Dario ist dein Sohn, während sie meine Tochter ist. Und dein Kind hier? wandte sie verzweifelt ein, was ist mit ihm? Sie hatte es zwar gerade geboren, fühlte sich ihm aber so fremd, als sei es nicht aus ihrem Schoß hervorgegangen. Moro lächelte wieder in die bittere Luft hinein und sagte: Dario hast du für dich beschlagnahmt, er geht verschreckt und gezähmt durchs Leben, beim zweiten hier habe endlich ich das Sagen. Er ist also ein Sohn, er soll für mich sein, er soll mein Erbe werden: Er soll Ivar heißen. Ivar der Schreckliche. Der Schreckliche, weil er alle Welt erschrecken wird.

Ivar wurde nicht getauft.

Wenngleich Bruna es Moro hoch anrechnete, daß er von sich aus gekommen war und offen von seiner Tochter gesprochen hatte, fühlte sie sich hinterhältig getäuscht, verraten. Dabei hatte sie ihre Mutter wegen ihm, nur wegen ihm, verraten. Er hatte sie mißbraucht, hatte sie dazu gedrängt, schwanger zu werden, nur im Hinblick auf Antonietta, die ein Mädchen von ihm bekommen hatte. Bei dieser Vorstellung ekelte sie sich vor ihm; noch am selben Tag raffte sie das Notwendige zusammen und zog sich, mit

Ivar auf dem Arm und Dario hinter sich, zu Annunciata Ceccabelli zurück. Ihre Mutter empfing sie mit einem wissenden Lächeln, mit übertriebener Fürsorge. Während Annunciata mit ambiguen Gesten und Frohlockensschreien den Säugling bewunderte, spürte Bruna blitzartig, daß Mutters Einsamkeitsängste der fortwährende Sieger waren und daß sie sich in einer unauflösbaren Verstrickung befand: Die Liebe zu Moro, ganz gleich sie wie geartet war, zerstörte ihre Liebe zur Mutter, die Nähe zur Mutter verhinderte die Nähe Moros. Diese blitzartige Erkenntnis verblaßte sogleich, und Bruna rutschte in tiefe Depressionen. Nach einer Woche konnte sie es nicht mehr aushalten; sie wußte, daß sie zu ihm zurückkehren mußte, daß ihre eigenen Ängste vor dem Alleinsein nicht mit Mutter, sondern mit Moro verschränkt waren. Moro konnte zwar grob und verletzend, aber auch einfühlsam sein; seine Unberechenbarkeit flößte ihr zwar Angst ein, aber auch Faszination: Einmal rief eine Bemerkung bei ihm Schmunzeln hervor, ein andermal ungebremsten Jähzorn; wenn er bei guter Laune war, strotzten seine Einfälle vor Witz. Für sie war er ein Feuer; er schaffte es, sie mit seinen Zuneigungseffusionen aus ihren Depressionen zu reißen. In diesen Momenten sah es so aus, als liebe er sie, und es war ihr unbegreiflich, wie er gleichzeitig am Schoß anderer Frauen rumfummeln konnte. Und als er dann im Quattro erschien, an der Tür klopfte, Annunciata Ceccabelli, die in der Küche herumhantierte, keines Blickes würdigte, um ihre schwachen Seiten herumwinselte und sie neckte, packte sie ihre Sachen wieder zusammen.

Als sie dem Chaos im Wohnwagen, das Moro in der Woche ihrer Abwesenheit angerichtet hatte, auf den Leib rückte und sich in der dürftigen Mobilwohnstätte neu einrichtete, spürte sie etwas, als würden ihre Adern zu empfindlichem Kristall werden; zu einem Kristall, der im Begriff war, durch die Erschütterung des Gemüts zu zerbrechen. Die Adern zerbarsten nicht; dafür schien etwas anderes in ihr fortschreitend zu erstarren. Was, das konnte sie nicht ausmachen; sie fühlte nur ein Knistern in den Knochen, wie von vertrocknetem Laub unter den Füßen. Jetzt widerstrebte es ihr, für die »richtige« Erziehung zu sorgen. Zwar zog sie Ivar mit adretten, gestickten Kleidchen als Mädchen an und ließ ihm Mädchenzöpfe wachsen. Zwar flüsterte sie ihm hartnäckig ein, was sie einst Dario eingeflüstert hatte. Aber sie sah auch, daß sie ihren Kampf auf verlorenen Posten ausfocht. Auch die Koalition mit Dario gegen Moro hatte nicht dazu geführt, den Versprengten zu zähmen. Ihr Gesicht nahm mehr und mehr die Züge der Verbitterung an – den Ausdruck eines trotzigen Mädchens, das endgültig weiß, daß es das nie mehr kriegen wird, was es sich erträumt hat: die klare Zäsur von Annunciata, den besseren Umgang mit dem Mann, einen in Fürsorge umhegten Mann. Aber wie konnte sie jetzt einen Mann umsorgen, der sie mißbrauchte? Diese Erkenntnis wollte und konnte sie sich nicht eingestehen; sie verbrachte unruhige, schlaflose Nächte, in denen sich der Rücken mit pulsierenden, bohrenden Schmerzen meldete.

Eines Morgens wachte sie auf und konnte sich nicht vom Bett erheben. Sie war gelähmt. Der Arzt des Dorfes wurde herbeigerufen; er stellte eine arthropische Erkrankung fest, die das Rückenmark erfaßt hatte, und überwies sie an die Fachärzte in der Großstadt. Moro, sehr besorgt, fuhr sie nach Bologna und nach Padua, und eine Facharztrunde wurde gedreht. Der eine Professor behauptete, es sei eine Arthropatia neuropathica, der andere wollte sich nicht genau festlegen, außer daß es unter Umständen eine schleichende Erkrankung sei; beide prognostizierten übereinstimmend, daß eine Heilung kaum zu erwarten sei. Trotzdem überschütteten sie sie mit Medikamenten.

Fast ein Jahr lang blieb sie bettlägerig, und die Krankheit ließ sie vergessen, daß ihre Ohnmacht, ihr Zerrissensein zwischen Mann und Mutter sich in schleichende Erstarrung verwandelt hatte. Endgültig aus war es mit der Vorstellung, sie könnte sich aus dem Teufelskreis herausreißen, indem sie einfach und entschlossen für immer ging. Im Gegenteil: Nun war sie weitaus mehr auf Moro angewiesen. Nur langsam konnte sie sich aus dem Bett mühen. Und während ihre Gedanken um ihre Hilfsbedürftigkeit kreisten, wuchs Ivar ihr über die Beine und stellte allerlei an.

Seinerseits registrierte Moro jeden Hinweis von Lebendigkeit mit einem seltsamen Lächeln und spornte das Kind an, soviel wie möglich anzustellen. Früher als es die Regel war, stand Ivar auf den Beinen – im Gegensatz zu Dario, der wegen seiner Verspätung von Moro gegen die Zimmerwand gestoßen worden war –, flüchtete aus dem dürftigen Bett der mobilen Wohnung und begab sich durch das Labyrinth der abgestellten Wohnwagen ins Freie. Mehr als mit Sorge suchte Moro ihn mit Stolz in den verlassenen Winkeln der Dörfer. Unter dem Schutzschirm seines seltsamen Lächelns und der fröhlichen Aufmunterungen zerschnippelte Ivar Fotos, begoß die Kleider im Schrank mit Motorenöl, zerklopfte mit dem Hammer Gläser und Teller, als wollte er – im geheimen Auftrag – alle äußerlichen Gemeinsamkeiten der Familie zerstören. Dann kroch er auch in fremde Lastwagen, in denen er Hebel und Knöpfe herausschraubte, um sie dann unterwegs liegen zu lassen. Er langweiligte sich in der Welt des fliegenden Handels, und oft versank er in Spiele mit dem Schlamm am Straßenrand, wo die Tische der fliegenden Händler aufgestellt waren, besudelte sich in ekelerregender Weise und bewarf Passanten mit Schlammklumpen. Wenn Moro mit schrammender Stimme Ivars Aufmerksamkeit einfangen wollte und dieser aufsah, blühte aus Ivars Augen ein krampfhaftes Lächeln hervor, wie ein riesiges Fragezeichen auf einem leeren, vergilbten Blatt, hinter dem sich jene unsagbare, klägliche Melancholie, die das ganze Wesen der Binachis umfaßte, verbarg.

Ich erfuhr die Anwesenheit des Bruders als gewaltsame Entthronung, die das Fundament meines mühsam errungenen Gleichgewichts zum Schwanken brachte; die Kontrolle der Eltern war verloren, der Schmerz drückte nun auf der einen Waageseite ohne die vermeintliche Macht als Ausgleich. Ich haßte den Bruder und fand auch keine Linderung meiner neugearteten Unruhe, wenn ich sah, wie Mutter Ivar mit Abneigung behandelte. Schlimmer konnte es mir nicht ergehen, als wenn ich von Mutter beauftragt wurde, den unruhigen Bruder, den gekürten Kronprinzen, unter strengerer Aufsicht zu halten. Wenn ich auf ihn aufpassen mußte, kniff ich ihn – wie einst Mutter mich gekniffen hatte –, schüttelte ihn, stieß ihn zu Boden.

Einmal, im Park von Padua, neben der großen Kathedrale, unter den verwitterten Denkmälern der Heiligen, schob ich ihn einen Erdwall hinunter. Ivar rollte hinab und verfing sich an einem

Strauch, an dem er heulend um Hilfe schrie. Er versuchte, von ihm wegzukrabbeln, doch die Äste fingen ihn ein wie Arme eines Polypen; sie bewegten sich wie dunkle Gestalten, sie stachen und kratzten wie spitze Felsen in einer grellen Schlucht. Als ich Stunden später mit Ivar an der Hand heimkehrte, wimmerte er immer noch, mit angsterfülltem Gesicht.

Zu Hause angelangt, log ich seinen Vater an: Ivar ist nur gestolpert.

Das Geschehen war jedoch von einem Händler beobachtet worden, der am Abend vor dem Wohnwagen erschien. Während der Mann den Vorfall schilderte, verfinsterte sich das Gesicht Moros; er streichelte Ivars Kopf, und seine Augen verengten sich in einem hellen Wahn, als habe sich ihm selbst die Scharte der alten Verzweiflung geöffnet, wo Zwerge mit skelettierten Gesichtern und schwankenden, schwarzen Fahnen in ihren Händen umhertanzten. Kaum war der Händler um den Wohnwagen gebogen, lief blau der Zorn an seinen bebenden Lippen entlang, und er wandte sich mir zu. Ich schlüpfte in die Ecke des Bettes und zog, Schutz heischend, am Rockzipfel der Mutter. Moro schlipfte mit einem Ruck seinen Gürtel aus den Schlaufen und zerrte mich aus dem Versteck. Bruna räumte ohne ein Zeichen des Widerstandes den Platz, ohne jegliche Bitte um Gnade. Moro peitschte, bis Blut aus dem wund gewordenen Fleisch spritzte. Erst dann drängte sich Bruna zaghaft vor, um mich aus der Schlagweite des Gürtels zu ziehen, aber Moro stieß sie weg. Indem er den Gürtel in die Schlaufen hineinschlängelte, knarrte er katarrhös: Ich warne dich: Wenn du meinem Schrecklichen nochmal was antust, prügle ich dich tot!

Seit dem Ereignis pflegte Moro mir zuzurufen: Wenn Ivar richtig erwachsen ist, wird er dich wie nichts unterbuttern. Er wird sich rächen. Seht die Brüder Crescenzo von der Bude nebenan, ergänzte er. Der Jüngere hat den Älteren zusammengeschlagen, jetzt tut der Ältere nur noch das, was der Jüngere sagt. Dieser Hinweis hatte Mitteilungscharakter, wollte Prognose zugleich sein, führte womöglich in die Sehnsüchte seiner Kindheit zurück: Er wollte Natale, der die ohnehin karge Liebe der Mutter allein für sich beanspruchte, eines Tages übertrumpfen, womöglich aber auch Pasquale. Jedes Mal, wenn Moro dieses Omen losließ, fispelte ich weg; es brachte mir die Gewißheit: Mein Vater liebt mich nicht. Und ich malte mir aus, wie ich Vater und Bruder wie einen morschen Ast biegen würde. Ich nahm mir vor, stärker zu werden, unverletzlich, und Gedanken im voraus zu lesen, noch bevor sie vom Gegenüber aus dem Inneren geschöpft werden konnten.

Kaum dreijährig, wurde Ivar entdeckt, wie er mit einem Draht in der Vagina eines Mädchen herumstocherte. Bruna war entsetzt, zu Tode erschrocken, als habe das ihr gegolten. Die Eltern des Mädchen hatten es zum Arzt gebracht, standen nun vor der Tür des Wohnwagens und beschwerten sich. Hol nur deinen Vater her, herrschte Bruna mich an.

Ich schaute sie fragend an.

Siehst du nicht, daß die Leute hier warten? Wo soll er schon sein? Nur in düsteren Osterien ist er zu finden. Beeilst du dich jetzt? Und nimm deinen Bruder mit, damit er nicht wieder etwas anstellt.

Ich suchte die Osterien der Umgebung ab. In eine der heiligen Stätten des Vaters lugte ich verzagt durch den Türspalt hinein. Ein Händler sah und erkannte mich, riß die Tür auf und verkündete, daß Moro nur in der Altstadt zu finden sei; er habe ihn bereits am frühen Nachmittag dort gesehen, wie er Karten spielte. Ein Mannsgesicht voller Bartstoppeln bestätigte dies, bat mich, mit meinem kleinen Bruder einen Augenblick neben sich am Tresen zu warten, stierte mit glasigen Augen die Geldmünzen an, zahlte und zog mich und Ivar hinter sich her. Der Stopplige wakkelte voran und wandte sich kein einziges Mal um.

Vom Lokal zogen Qualmschwaden zur Straße hinaus; Musik quoll aus der Box und vermengte sich mit dem Lärm der Feiernden. Ein Menschenkranz umsäumte die Mitte des kleinen Saales. Der Mann reckte seinen Hals und wies mit dem Finger zum Zentrum hin. Das ist er, griente er und stakste zur Theke, Wein bestellend. Ich packte Ivar fest an der Hand, schlängelte mich durch die Beinmenge und gelangte in die Mitte des Menschenkranzes. Dort steckte Moro; er walzerte virtuos mit einer Rothaarigen auf einem kleinen, rechteckigen Tisch. An meinen Augen vorbei wirbelten die tanzenden Füße, wie ein Karussell auf voller Tour. Die Füße umzirkelten knapp den Tischrand; manchmal schien es, als würden sie rausfliegen. Zeitverschoben mit dem Aussetzen der Musik kam das Beinkarussell zum Stillstand. Der Menschenkreis murmelte anerkennend und prostete dem erfolgreichen Paar zu.

Moro schnaubte in sein Glas und sprach erregt. Ihr Leute, nochmal Musik! Musik, daß die Fetzen fliegen! Ich zeige euch, wie Wetten gewonnen werden! Moro kann auf Tischen tanzen, ohne die Beine seiner Süßen zu berühren. Ich frage euch: Hab ich jemals auch nur die Füße meiner Süßen berührt? Ihr seht ja. Und du, mein rothaariges Geschöpf, habe ich deine Beine auch nur gestreift? Seht ihr! Das nennt man Können! Macht endlich wieder Musik, Freunde, Musik! Er drückte die Rothaarige fest an sich, beknutschte sie und krallte seine Hände in ihren Hintern. Bei dem Anblick fand ich nicht den Mut, seine Aufmerksamkeit auf mich zu ziehen, und verkroch mich verschüchtert hinter den Beinen eines Zuschauers.

Die Musikbox setzte wieder ein, und das Paar drehte sich wieder wie eine Drehtrommel um sich. Die Menschen glotzten und lachten. Plötzlich bremsten sie ihren Tanz, und ich hörte Moro hinter der Rothaarigen rufen: Was machst du hier? Ivar, mir aus den Fingern entwischt, war zum Tisch gerannt, wo er sich abmühte, die Hand zum tanzenden Moro hinaufzustrecken. Ich ging aus der Deckung, packte den Bruder an der Hand und sah hinauf. Im schweißüberströmten Gesicht glommen die Pupillen Moros. Und du? Was wollt ihr? Schnaubend pumpte er mit der Frage die angesammelte Anstrengung aus den Lungen heraus. Die Rothaarige lächelte und nestelte an ihren verschwitzten Haaren.

Wirt! schrie Moro. Eine Aranciata für meine Söhne! Und Bonbons, hast du Bonbons in deinem Scheißladen?

Dann brummte er mir weiter zu: Was ist denn los? Sag bloß, dich hat deine Mutter hergeschickt, um mich zu holen. Ich nickte verschämt. Unter den vielen Augen, die mit ihren Blicken auf mich einhämmerten, war ich unfähig, auch nur eine Silbe aus mir herauszupressen. Ich wies nur auf Ivar hin.

Hat Ivar wieder Großartiges getan? Er brach in schallendes Lachen aus. Klar, er ist mein richtiger Sohn. Er zog Ivar zu sich her, nahm ihn auf den Arm und drehte ein Paar Takte Musik, meinen Bruder umherschaukelnd. Was hast du wieder Schönes gemacht? flüsterte er ihm zu. Er ließ ihn nicht antworten, und schon sprach er zum Publikum, er würde jetzt einen Walzer zu dritt vollbringen, jawohl, auf dem Tisch, mit Ivar zwischen ihm und seinem süßen Geschöpf, ohne es an den Beinen zu berühren! Er rief seine Tanzpartnerin, die vom Tisch runtergesprungen war, zu sich und befragte die Anwesenden. Ein Liter Wein da? Ein Liter Wein dort? Eine Flasche Spumante? So ein scheußliches Getränk verdirbt mir nur meinen Magen, aber macht ja nichts, ich nehme alles, ich zeig's euch. Musik, Leute, Musik! Und ein Getränk für das Kind meiner Frau, ja?

Vom Fluchtdrang erfaßt, schlüpfte ich schnell durch einen Spalt in der Menschenmenge und rannte hinaus. Bleib stehen! rief Moro mir nach.

Ich rannte bis zum Wohnwagen, wo ich mich erschöpft niederfallen ließ.

Hast du ihn gefunden? Die Leute sind gegangen und kommen morgen wieder. Eine Schande, sage ich dir, eine Schande!

Spät in der Nacht krachte das Schloß auf. Moro torkelte in den schmalen Flur zwischen den Betten, mit Ivar an der Hand, der sich die Augen rieb, schrie vergnügt, johlte: Na, Mutterschützling! Hast du deinen Papi gesehen? Ich habe alle Wetten gewonnen, alle! Die Männer dort können eine Woche lang auf mein Wohl trinken, eine Woche lang! So sind die richtigen Binachis! Aber du bist von der anderen Sorte. Du könntest ein Sohn Natales sein, lauter Mutterfixierte, Pantoffelhelden!

Der Frauen- und Osterienheld erging sich in Gefühlsduseleien. Er klatschte seine breiten Hände auf die Schenkel seiner Frau und zerwühlte mir und Ivar die Haare. Wenn er seinem Drang nachgehen konnte und Bruna nichts entgegensetzte, war er glücklich, dann wurde er zu allen Familienmitgliedern auf seine grobe Weise zärtlich. Gleichwohl funkelte dumpf um seine violett umrandeten Augen die Verzweiflung, die am folgenden Tag ungehemmt wieder da sein würde. Dann würde er wieder wie ein abgedichtetes Faß verschlossen sein und kein Wort von sich geben. Krass war dies vor dem Wanderleben gewesen:

Erst schüttete er seine verkarsteten Gefühle in die Tanzfläche der Nachtlokale aus, feierte ausgiebig das Neujahr und den Karneval, bis er völlig ausgelaugt in der Morgenfrühe den Heimweg nahm, schlief in die Mittagstunde hinein, füllte die Wohnstätte mit seinem stummen, asthmatischen Husten. Dann stand er hastig auf, ging in die nächste Bar, bestellte einen starken Espresso und ein Glas Weißwein, um Wein in den Adern zu fühlen, um sich wie eine Rose in der Sonne zu öffnen, um zu sprechen, um zu singen, um zu witzeln. In Fröhlichkeit aufgegangen, wird er anschließend in die Osteria untertauchen, schrammend aus voller Kehle singen, mit seinen Saufkumpanen, stundenlang, jedem neu Angekommenen ein Glas Wein spendierend. Und wenn sie plötzlich verstummen werden, nur weil ihnen die darauffolgenden Strophen entfallen sind, dann werden sie in schallendes Gelächter ausbrechen, die Gläser heben und sich glasüberschwappend zuprosten. Und Moros Lärmen wird ihm wieder helfen, die Frage, die seine Seele verschleißt, wegzuschieben.

Vor dem Wanderleben wußte er nichts mit sich anzufangen, vagabundierte von einer Arbeit zur anderen, blind um sich herumtastend. Die Ofenreparaturwerkstatt war aufgrund seiner Unstetigkeit kläglich gescheitert, und es folgte eine Zeit der Arbeitslosigkeit. In dieser Zeit flüchtete er bereits am frühen Morgen aus dem Haus mit dem Wunsch, Gianni und Tonio in der Osteria von Via Lazzaretto zu finden. Und falls sie tatsächlich dort waren, spielte er eine Runde Karten mit ihnen, zwei, drei Gläser Weißwein leerend, bis Stumpfheit anstieg und die verknoteten Verzweiflungen vernebelte; dann spürte er, wie aus den unbekannten Gefilden seiner Seele eine neue Unruhe hervorquoll, die ihn dazu trieb, sich zu erheben und zum Marughino auf der Piazza delle Erbe zu gehen, in der Hoffnung, dort Biffi und Jonni zu treffen, mit ihnen seine Ohnmacht vor dem Tag zu bewältigen. Er nahm auch den Weg dahin, fand dort nur Biffi, aber mehrere Männer vom Vorabend, bestellte eine Runde für alle, obwohl er kein Geld hatte und anschreiben zu lassen beabsichtigte, signalisierte damit den potentiell Streitsüchtigen: Laßt mich in Ruhe!, rief Salute aus und fügte dem inneren Nebel neuen Nebel hinzu. Er trank im verzweigten Lärm der erregten Stimmen und sah, wie doch gestritten wurde: Zwei Männer hatten ihre Augen zu spitzen Messern verwandelt und schienen jeden Moment aufeinander loszugehen. Dann wurde Frieden geschlossen, eine weitere Runde bestellt und die Spielkarten aus dem Tresenfach geholt.

Aber in ihm brodelten die Sätze wie Lavablüten: Wenn ich fühle, bin ich das schwarze Schaf, das ich nicht sein darf; Sätze, die ihn wiederum veranlaßten, den Ort zu wechseln. Ihm fiel das Lokal Bianchinos ein, an der ehemaligen französischen Kaserne. Im Nu war er dort; seine Saufkumpane stritten vehement über Politik und beleidigten sich; er mußte an Virgilio denken. Bei seinen vergeblichen Versuchen, seinen Vater zu erreichen, hatte er ihn beschimpft und jenen Satz ausgesprochen: Wäret Ihr nicht mein Vater, würde ich Euch den Gewehrlauf in den Mund stecken und Euch abknallen. Aber sein Vater packte das Leben an der Brust an, mit Blut und Schweiß zwar, aber er konnte sein Leben bewältigen, anders als Moro. Der Vergleich bedrängte ihn, sein Glas in einem Zug hinunterzukippen, und ließ den Trieb hochschnellen, eine weitere Kneipe aufzusuchen. Der Tag bewegte sich in einem Teufelskreis, und der Teufelskreis steckte in ihm.

Sobald die Qualen seiner Ohnmacht aufstiegen, ergriff ihn der Drang zu fliehen, damit er sie nicht spürte und sich ihrer nicht zu schämen brauchte. Dann floh er von zu Hause, um doch einige Tage später zurückzukehren, besiegt von seiner Ohnmacht, die er nicht abschütteln konnte. Und während er Bruna um Verzeihung anflehte, wütete in ihm der Wunsch nach Selbstzerfleischung, die Sehnsucht, die Ohnmacht auszumerzen.

Sehr gelegen kam ihm die Einladung seines Schwagers Bruno Piverini, ihm auf Marktplätzen auszuhelfen. Denn als er nicht weiter wußte, hatte er sich einer Clique angeschlossen, die notdürftig reparierte Auto- und LKW-Motoren in aufpolierte Karosserien einbaute und sie tief in der toskanischen Provinz mit betrügerischen Absichten verkaufte. Um noch leichter ans Geld zu kommen, ging die Clique dazu über, Wechsel zu fälschen und fingierte Wechsel zu girieren – bis der Schwindel aufflog, und sie auf die Fahndungsliste kamen. Ein unsägliches Glück hatte ihn dabei begleitet: Statt seines Namens stand auf dieser Liste der eines Namensvetters aus den Marken, der, laut dort zu lesenden Angaben, drei Jahre nach ihm geboren worden war. Dennoch verfolgte ihn die Angst, die Verwechslung könnte rauskommen, und so zog er das Wanderleben erst mal vor. Als er drei Monate später heimkehrte, hatte er die Gewißheit, daß das Wanderleben seine Rettung sein würde, die Medizin gegen die Selbstverachtung; er hielt den Gewerbeschein seines Schwagers in der Hand, schwenkte ihn umher, rief überschwenglich: Wir werden auch Händler! Das Geld für den Wagen habe ich auch schon. Der Ausweis des Schwagers war ohne Foto; er nahm ein Paßfoto Brunas, klebte es auf die leere Stelle, ergänzte den Behördenstempel mit einem Stift und einer kreisförmigen Eindrückung, änderte den Namen von Piverini Bruno in Piverini Bruna mit einem Häkchen am Fuß des O und tanzte überglücklich im kleinen Zimmer des Obdachlosenblocks.

Er hatte gehofft, die Ohnmacht überlistet zu haben.

Mit dem Gewerbeschein, der auf ihren Namen lautete, und dem Wohnwagen, der auf sie zugelassen war, hatte sie nun Trümpfe gegen ihn in der Hand, und sie ließ es ihn spüren. Wenn er für Tage fernblieb und die Einkünfte verpraßte, ließ sie ihn vor verriegeltem Wohnwagen sitzen. Hinter der Tür schrie sie ihm entgegen: Geh zu deinen Weibern und zu deinem Wein. Ich brauche dich nicht und kann mit Dario alleine weitermachen. An seinem schwachen Punkt getroffen, falls er nicht in Jähzorn geriet, schmuste er sie an mit honigsüßer Stimme. Dann schloß sie die Tür auf, und er schmolz in Umarmungen, die seine Ohnmacht linderten, in neckenden, schmeichelnden Sprüchen. Ihre Kühle nahm stückchenweise ab, und sie lärmten sich ins Bett, wo ein neuer Waffenstillstand vereinbart wurde.

Sie drohte nicht mehr, ihn zu verlassen. Sie nahm jetzt auf seine Ohnmacht Rücksicht. Sie spürte vielleicht, daß sie stillhalten sollte, um nicht an sie zu rühren, dachte bestimmt, wenn sie offensiv werden würde, würde er wirklich davonlaufen.

Der Fluchtdrang, der in der Kindheit Schutz vor der Strafe des Vaters, zugleich dessen Provokation sein wollte, aber auch ein Klärungsversuch der Frage: Wer bin ich, wenn ich fühle?, hatte sich verselbständigt.

In diesen Odysseen ins Nichts überfielen mich die Asthmaanfälle, spürte ich, wie ich mich im Lebensstrudel verlor und in den Bodensatz des Todes eintrat. In jenen Tagen fiel mir jedes Mal ein Jugenderlebnis am Fluß ein. Mit Angebergehabe war ich vom vier Meter hohen Ufer gesprungen und wie ein Speer in den Strom getaucht, war in eine verwinkelte Wasserhöhle geraten, aus der ich keinen Ausgang mehr fand. Die Luft in den Lungen verdünnte sich und das Höhlendunkel entzündete die Pupillen. Ich war schon dabei, mich dem Tod hinzugeben, als ich das Lichtschwert des Höhlenausgangs entdeckte. Mit dem letzten Stoß der Muskeln, mit Lungen, die mir die Rippen zerrissen, schlüpfte ich hinaus. Ans Ufer kam ich mehr tot als lebend. Im Schatten der schwankenden Baumäste und der herbeigeeilten Freunde fühlte ich, wie die augenblickliche Kraftlosigkeit mit meiner lebenslangen Ohnmacht verschmolz. Dabei vermischte sich die Ahnung des Todes mit Glücksgefühl. Je mehr die Luft in den Lungen und an die Schläfen hämmerte und mir die Gestalt des Lebens wiedergab, desto mehr hakten sich wieder die Zweifel, die mich mit einer unbekannten Schuld vereinten, in mein Bewußtsein ein. Der Satz Virgilios, als dieser vor den Fascio-Leuten floh, fegte durch die Gedanken: Rühr dich nicht, nicht mal atmen! Ein Bild entstand in meinem Kopf: Ich steckte ein Gewehr in den Mund des Vaters; ich schoß nicht eine Kugel hinein, sondern eine Landschaft voll blühender Blumen und saftigem Gras, die Virgilio ersticken werden. Mit dem Sterben meines Vaters werde ich mit ihm eins werden.

Mir wurde deutlich, daß Moros Vergangenheit und seine Ohnmacht nur mit dem Maß des Todes gemessen werden, daß nur der Tod seine Unfähigkeit dem Leben gegenüber aus seiner Seele wegpinseln konnte. Wie oft hatte er später bedauert, sich dem Tod in der Höhle am Fluß nicht übergeben zu haben. Schon in der Vergegenwärtigung jenes Eingeschlossenseins tauchte damals eine seltsame Sehnsucht auf: nach Auslöschung des flirrenden Leuchtens der Blumen und Gräser; in den Armen Virgilios zu sein; sich in seiner Ohnmacht vor seinem nicht begreifbaren Leben von den starken Armen Virgilios wiegen zu lassen. Das Verrückte war, daß seine Handlungen von Haß gesteuert waren. Vater hatte ihn verstoßen, er war derjenige, der das Doppelwort Schwarzes Schaf für ihn geprägt hatte. Das schwarze Schaf der Familie. Dabei hatte er alles nur angestellt, um vom Vater akzeptiert zu werden.

Er konnte jetzt nicht anders, seine Versuche, vor Bruna zu fliehen, seine Ohnmacht sich selbst gegenüber, seine Liebesaffären. Sein Fremdgehen begriff er nicht; vielleicht war es mit der fleischlichen Geilheit verknüpft, vielleicht unentwirrbar mit einem Drang nach dem paradiesischen Zustand im Bauch und Rachegelüsten verknotet, vielleicht; aber vielleicht war es mehr. Er sah sich fortwährend getrieben, frenetisch Frauen nachzulechzen, noch mehr fremdzugehen. Er wollte anders sein, gelegentlich anders werden, aber er hatte zu viel Angst; Brunas Verhalten erlebte er als Verbannung in seine Zweifel, in seine Ohnmacht.

In ihrer Hilflosigkeit hatte Bruna einmal ausgerufen: Geh doch, mach dich endlich fort! Dario hatte sich an ihn geklammert und gejammert: Geh nicht, Vater, geh nicht! Moro keuchte; er hatte seinen Revolver mit dem langen Lauf, den er sich 1948 für den in der Luft liegenden Volksaufstand nach dem Attentat auf Togliatti besorgt hatte, aus dem Versteck herausgeholt und drohte sich und die ganze Familie umzubringen. In jener Sekunde, in der der Jähzorn aus den Poren wild zerspritzte, legte er den Lauf an ihre Schläfe und schnaubte, wirres Zeug stammelnd. In den Augen Brunas tanzte der Terror den Tanz des Todes, aber flugs dachte sie an ihren gescheiterten Selbstmordversuch, an ihr Leid, das wie eine Spirale ohne Ende zu sein schien, und rief: Tu es endlich, damit es einen Schlußstrich gibt! Doch da brach er in schallendes Lachen aus: Und du denkst, ich bringe euch um? Du Närrin, ich habe zu viel Achtung vor dem Leben! Und er steckte den Revolver wieder weg. Lieber krepiere ich vor Hunger! So wie ich lieber vor Hunger krepiere, als den Gaunern von Padroni meine Muskeln zu verkaufen! Du kapierst mich nicht, Frau!

Sie verstand zweierlei: Zum einen führten seine gescheiterten Fluchtversuche seine Schwäche vor und wie er sie brauchte. Und zum zweiten ihre ganze Hoffnungslosigkeit: Daß sie es nicht schaffen würde, erst recht als Frau, wirklich zu gehen.

Ivar ist ganz wie du, flüsterte ihm Bruna im Bett zu, ein wilder Kauz. Moro erwiderte seufzend: Oh ja. Aus seinem Seufzen schimmerte Unbehagen; er dachte an Dario und an Ivar, die sich an ihn klammerten, sah sich hilflos, spürte, daß er ihnen nicht geben konnte, was sie von ihm brauchten. Dann kommentierte er die Tat Ivars auf seine schlichte Art: Er wird ein Frauenheld sein. Mein Nachfolger.

Und es entwickelte sich nach anderen Mechanismen: Ivar zähmte sich, bemühte sich, sich an Mutter anzuhängen, die ihn aber jedes Mal fortstieß, verschloß sich, gab auf. Er rang um die Gunst Brunas und um die Figur des Vaters. Aber die Gunst war vergeben; die Figur des Vaters ritt die langen Korridore eines düsteren Labyrinths entlang, das sich in den Farben einer verschwommenen Wüste einbettete.

Stolpernd bis zu dieser Zeile gewandert, klinkte ich mich aus den Zeilen aus, sah zwischen dem Blatt und meinem darübergeneigten Körper die sperrige Luft, die mich von den dargestellten Szenen trennte. Durch das Fenster drang die speckige Abenddämmerung ins Zimmer, umschloß die Gegenstände, die nicht im Lichtkreis der Lampe standen, und ich sah, wie der Blumenstrauß in der Vase auf dem Nachttisch scharfe Konturen ausschwitzte, wie er sich allmählich in meiner Vorstellung nachzeichnete – ich hatte die Blumen geholt, meine Mutter damit überrascht (Bist du noch normal: Du kaufst Blumen?), sie in die Vase gesteckt und ihnen zugelächelt, wenn ich, während ich diese Zeilen schrieb, kurz hinaufsah. Und indem ich ihnen erneut zulächelte, dachte ich, daß die Metapher Ivars des Schrecklichen mir nicht gelungen war, daß sie mir zerfallen war, in viele kleine Scherben, daß statt Ivar nur Moro und wieder Moro auftauchte, als sei er die Metapher größerer Ordnung, die in anderen Metaphernlandschaften vorherrschte, eine Metapher, in der nicht nur Ivar, sondern auch ich unterging. Ich erhob mich also vom Stuhl, ging ans Fenster, verfolgte die glitzernden Lichtscheren der Autos, die die Abenddämmerung zerschnippelten, hörte Kinder im Hof toben, sah die arbeitenden Viertelbewohner heimtröpseln, beobachtete, wie die alten Männer nach und nach die Casa di cultura popolare verließen, schätzte, wie viele Tage ein Leben umfassen könnte, veranschlagte meine Lebenstage bis zum heutigen Tag auf etwa sechzehntausend, dachte an den günstigsten Irrtum, den man täglich begehen könnte, entsann mich der Fahne.

Die selige Bestattung der Fahne

Der Trauerzug perlte am von Zypressen und pompösen Grabstätten umsäumten Weg entlang und blieb kurz an der Biegung stehen, an der rechts eine monumentale Kirche mit dorischen Säulen und links eine Grabstätte im römischen Stil standen. Er hielt an der hinabsteigenden Treppe wieder kurz inne, bis der Sarg von den Söhnen und Schwiegersöhnen des Toten vom Wagen gehoben wurde, um hinuntergetragen zu werden; von den Söhnen fehlte nur Moro, dafür war aber Bruna anwesend. Die Trauernden tröpfelten in die schwach beleuchtete Unteretage des Friedhofs hinunter, wo an beiden Wände des hunderte von Metern langen und kahlen Flurs die Toten in sechs Reihen übereinander in den mit grauen Marmorplatten belegten Gemäuern bestattet waren. Für diese Toten gab es keinen Platz unter Zypressen und im übertriebenen Licht des Herbstes. Für Virgilios Fahne also auch nicht.

Als ob er es geahnt hätte, wollte er nicht an dem Abend für die Stallhasen Zuckerrüben mit Fahrrad und Anhänger vom Feld holen. Er hatte im Laufe des Tages die Wände am Haus Natales hochgezogen, wo er, Elvira Fonti und ihre jüngste Tochter Luisa seit drei Jahren ein Zimmer bezogen hatten, hatte sich gewaschen und lange gezögert. Er hatte gehofft, Natale würde kommen und es für ihn tun. Natale hatte sich an jenem Nachmittag verspätet; Virgilio wartete erst auf dem Hof ab, schaute aufmerksam in die allmählich anbrechende Dämmerung, beobachtete, wie die Gestalten des Himmels sich nach und nach verfärbten, und als die grauen Dämmerstreifen die Landschaft kräftig zu durchziehen begannen, stand er widerwillig von seinem Hocker auf. Er schaute sich das Haus Natales noch einmal an und nickte erleichtert. Nun war es endgültig fertig; dank des Entschädigungsgeldes, das er nach einem Unfall bekommen hatte, und dank seiner hartnäkkigen Arbeit von morgens bis spät am Abend war es ihm gelungen, eine feste Bleibe für den Sohn und somit für Elvira Fonti zu schaffen. Luisa hatte vor wenigen Monaten geheiratet, und das Paar lebte noch bei der Familie; alle Kinder hatten einen Platz gefunden; er fühlte sich erfüllt. Als er aufs Fahrrad stieg, kniff er Luisa in die Backe und betonte: Also, ich gehe. Es klang nach Abschied. Das war schon merkwürdig, denn er hatte bisher auf die ängstlichen Vorsichtsempfehlungen von Elvira Fonti und Luisa Binachi immer mit Abwinken und Auslachen reagiert: Ach, was, mir passiert nichts! Das war auch vor vier Jahren so gewesen, damals wohnten sie noch in Villanova. Am selben Morgen wurde er auf dem Weg zum Feld noch vor dem Haus von einem Auto überfahren. Beim Aufprall brach er mit dem Kopf durch die Windschutzscheibe, aber er wußte den Herbeieilenden sofort zu sagen: Was soll mir schon passieren? Nichts, sage ich euch, nichts! Dieses Mal war nicht mehr die Rede davon; er rief einfach: Also, ich gehe.

Während das Blauhorn durch das Viertel fegte, fing Elvira im Hof an, umherzuirren und zu schluchzen. Rennt hin, Kinder, rennt hin, es ist etwas passiert! schrie sie in ihrer bangen Verzweiflung. Romolo und Luisa kehrten mit der unheilvollen Botschaft zurück.

Es war tatsächlich geschehen: Ein Motorrad hatte ihn in rasender Eile an der Kreuzung zur Stadt erfaßt, und nun lag Virgilio im Krankenhaus, mit zerbrochener Wirbelsäule, im Koma.

Auch Moro und Bruna waren am Krankenbett. In tiefer Nacht wachte Virgilio kurz auf und besah den Menschenzaun. Gut, daß du da bist, brabbelte er zu Moro. Geht alle raus, ich will kurz mit meinem Bengel alleine sein. Nur widerstrebend räumten die Verwandten das Zimmer.

Virgilio langte nach der Hand Moros und streichelte sie. Du hast mir einmal den Tod gewünscht, röchelte er und lachte angestrengt. Natürlich habe ich es dir verziehen, weil ich wußte, daß du aus dem gleichen Holz geschnitten bist wie ich. Aufgewühlt mahnte Moro ihn zur Ruhe; und er dachte blitzartig, um darauf das Gedachte sofort zu vergessen, daß wohl dies der Faden war, der diktatorisch sein ohnmächtiges Leben beherrschte. Bleib ruhig, wiederholte Moro und wußte nicht, ob dies dem Sterbenden oder ihm selber galt.

Virgilio widersetzte sich mit haspelnder Stimme: Auch in meinem letzten Augenblick bestimme ich, was ich tue. Mein Leben soll so enden, wie ich es gelebt habe. Mit mir als meinem einzigen Herrn. Dann stöhnte er prustend: Mein Penis brennt, als sei Feuer hineingesteckt worden. Schau nach. Moro hob die Bettdekke und faltete den weißen Kittel hoch. Sein Glied war steif und rötlich. Du hast nichts, Vater.

Lösche bitte das Feuer, reibe ihn bitte. Nimm ein feuchtes Tuch und betupfe mich. Ja, das ist gut!

Und noch was, Moro: Paß auf Mutter auf.

Das kann ich nicht, erwiderte brummend Moro.

Der knapp siebzigjährige Mann verzog die Lippen unter seinem nasenbreiten Schnurrbart und runzelte die kahle Stirn, ein angestrengtes Lächeln hervorholend. Trotz der Blässe und der Anstrengung war ihm sein Alter nicht anzusehen. Einmal hatte ihn Pasquale gefragt: Wie machst du das, Vater, so jung zu bleiben? Geschmeichelt verkündetete er mit einem Augenzwinkern sein einfaches Rezept: Ein Leben lang zum Frühstück Knoblauch und guten Wein, zu Mittag was Saftiges und abends Zwiebeln, Bohnen und wieder Wein; und ein Leben lang immer zupacken und keine Angst vor der Welt haben. Und vor allem den einsamen Frauen zuzwinkern.

Virgilio holte tief Luft und seufzte. Du bist der alte Bock geblieben, kauderte er, aber du tust ihr Unrecht, wie meine Mutter meinem Vater Unrecht getan hat. Deine Mutter war in allem meine unentbehrliche Lebensgefährtin. Sie wollte es besser haben für sich und für euch, die Arme. Sie hat nur das Unglück gehabt, einen Dickschädel wie mich zu heiraten. Ich bin dagegen mit einem Geist verheiratet geblieben, den ich nicht kenne, der mich aber von Kindheit an begleitet. Tue es deshalb: Paß auf Mutter auf. Tu mir diesen Gefallen, den zweiten und den letzten. Und guck danach: Ich will keinen Priester an meinem Grab, Mutter weiß das. Aber trotzdem: Guck danach.

Der Erstgeborene, Primo, war vor drei Jahren verunglückt,

doch in der Geschwisterfolge kam nach ihm Natale, dann Pasquale; weshalb sollte gerade er, Moro, der jüngste Sohn, auf Mutter aufpassen, zumal Virgilio und Elvira bei Natale lebten? Weshalb gerade er, das schwarze Schaf der Familie? Er warf zaghaft die Frage auf.

Eh, Junge! stöhnte Virgilio, während er vergeblich versuchte, seine Hand zu seinem Glied zu strecken. Warum solche Zicken? Willst du nicht?

Doch.

Also.

Er versuchte sich aufzurichten, scheiterte jedoch an der Lähmung seines Körpers. Mit mir ist es wirklich zu Ende, rief er und räusperte sich. Schade, mein Leben war wirklich bedeutungslos. Wie die gesamte Menschheit hatte ich nichts zu sagen und habe die Bühne der Welt in dämmriger Wachheit überquert. Dabei hatte ich, auch wenn ich von der Welt nichts verstehe, schon das Verlangen, die Grenzen der Existenz zu überschreiten. Dann hob er den Blick und starrte Moro mit müden Augen an. Kurz leuchteten sie, er rang sich zu einem Schmunzeln durch und räusperte sich erneut. Ich habe keine Kraft mehr, aber willst du nicht die letzte Diskussion mit mir haben?

Aber Vater!

Seit wann bist du mit mir so rücksichtsvoll? Und mach nicht so ein Gesicht! Die Abdankung von der Welt ist die normalste Sache aller Lebewesen. Laß mich deshalb würdig abdanken, mit einem deftigen Streit über Politik.

Vater!

Moro wird gefühlsduselig! Ich merke, du willst nicht. Dann muß ich eben meinen letzten Wunsch selbst erfüllen. Ich bin auch daran gewöhnt – wie heißt es doch? Ich bin mein bester Freund und Helfer; so sind die Binachis. Ich hätte nicht gedacht, daß ich mir auch angesichts des Todes selbst helfen muß.

Aber Vater!

Ich fang deshalb an, rief er und legte, ohne ihn anzuschauen, los. Er begann mit einer regelrechten Beschimpfung der Politiker jeglicher Couleur; gerade sie wären die echten Verräter der Menschheit. Sie hätten keine Ehre und keine Würde; sie würden alle nur nach den Wählerstimmen schielen und ihr Rückgrat im Wind der Mächtigen biegen, als seien die Mächtigen die Böen des Erdballs, anstatt sie im Sinne des Aufrechtgehens wachsen zu lassen. Der Mensch wäre korrumpierbar, die Macht verdürbe jeden Keim von Ehre und Ehrlichkeit. Dabei wäre die Voraussetzung für die Weiterexistenz der Welt, daß der Mensch aufrecht ginge, wirklich aufrecht. In Einklang mit sich selbst. Ob es noch eine Hoffnung gäbe?

Stumm lauschte Moro. Auf einmal hielt Virgilio inne und schaute den Sohn streng an.

Warum diskutierst du nicht mit mir? Nimmst du mich nicht mehr für voll? Oder willst du mich noch vor meinem Tod kränken? Jetzt kränkst du mich, oh doch! Gerade jetzt, und nicht, als du mich mit deinen monströsen politischen Ansichten angegriffen hast. Da hast du wenigstens Charakter gehabt.

Vater, deine Wirbelsäule ist in Stücken...

Ich weiß. Aber ich kann immer noch aufrecht gehen. Glaubst du mir nicht?

Doch.

Dann diskutiere mit mir, verdammt! Er mußte husten.

Ich kann nicht.

Ich verstehe, du läßt dich weichkriegen. Deine Wirbelsäule ist also mehr hin als meine. Du gehörst zu denen, denen man mit Bildern das Rückenmark ausgelutscht hat. Gestern war ich in der Bar, der Fernseher lief, eine Grausamkeit. Diese Bilder schmieden den Tod. Das Ding füttert den Geist des Menschen und macht ihn todkrank. Ich habe mit den Leuten in der Bar diskutiert. Ich kann nicht schreiben, ich kann nicht lesen – wer von meiner Generation kann das schon? Die Leute von der Bar können schreiben, können lesen, doch ich konnte die Dinge der Welt schärfer sehen als sie; wie ist das bloß möglich? Sag mir das, wie ist das möglich?

Indem er das fragte, neigte er den Kopf zur Seite und zuckte. Seine bläulichen Lippen wurden von einem heftigen Tremor erfaßt, sein Atem flutete erst stark, dann ebbte er allmählich ab. Erschrocken rief Moro nach dem Arzt, während die Verwandten hereinströmten.

Zwei Stunden später wurde den im Warteraum wartenden Familienangehörigen der Tod des Virgilio Binachi verkündet.

Als Moro den Priester im Meßgewand vor der städtischen Totenkammer auftauchen sah, mochte er seinen Augen nicht trauen. Er spritzte vor und versuchte, den Geistlichen zu verjagen. Der hochgewachsene Mann ließ sich nicht beeindrucken und schritt weiter. Moro schnappte seinen bestickten Ärmel und hielt ihn fest. He, Priester, rief er mit seiner kavernösen Stimme, du hast hier nichts zu suchen. So wie der Teufel das Weihwasser, scheuen die frommen Anbeter eures Christus die Flammen der Hölle. Unser Fleisch ist giftig für die Verdummer eurer Sorte. Marsch zurück zu deiner Herde, hier sind wir selbst giftig, und unsere Seelen so glühend rot, daß die Frömmigkeit in Flammen gerät. Der Priester sah ihn hinter seiner Drahtbrille verblüfft an, zögerte einen Augenblick und wandte sich noch einmal suchend um. Elvira Fonti, in abgetragenes Schwarz gehüllt, trat gesenkten Blickes zu ihm. Kommen Sie, Hochwürden, hier entlang.

Mutter, bist du wahnsinnig? tobte Moro, der sich vor sie und den Geistlichen gestellt hatte. Der kommt von hier weg, Mutter!

Eben nicht, sagte bestimmt Elvira Fonti. Quäl mich nicht noch zusätzlich... die Trauer frißt an meinem Herzen... Und sie legte ihre Hand auf die Brust, asthmatisch hustend.

Mutter, tu das Vater nicht an! Der Scheißpriester gehört in den Anbetungsmief seiner Sakristei zurück! Du weißt doch, was Vater verfügt hat.

Hat Ihr seliger Verstorbener etwas Besonderes verfügt? fragte ahnungslos der Geistliche und fummelte nervös am Draht seiner Brille.

Kommen Sie.

Hau ab, weg, weg mit dir!

Natale, seine Frau Maria, seine Schwester Bina hatten sich dazugesellt und tadelten das Verhalten Moros. Wenn Mutter es so will..., beschwichtigte Bina ihren in Rage geratenen Bruder. Sei ehrlich, entgegnete Moro geifernd, du hast es zusammen mit Mutter ausgeheckt! Wieso ich? Weil du zusammen mit Mutter den Röcken der Hostienverteiler nachrennst, ihr seid eine Bande! Als er das ausrief, war er schon auf dem Weg zurück zur Totenkammer. Inzwischen waren Elvira Fonti und der Geistliche in den Räumen verschwunden. An der Tür angelangt, trapste ihm Pasquale entgegen und versperrte ihm den Weg. Du auch? Hat dich Mutter geschickt? kreischte Moro den Bruder an, fispelte einher und wollte die Hürde zur Seite schieben. Beherrsch dich, mahnte Pasquale, ohne von der Stelle zu weichen. Mach keine Szene vor dem toten Vater.

Ist das nicht schon eine fürchterliche Szene? Eine Schande? Der Scheißpriester in seiner Gegenwart, wo er nie einen riechen konnte? Er kann sich nicht mehr wehren, wir müssen den Kerl verjagen. Ich hab's Vater versprochen! Und er machte Anstalten, sich in in die Totenkammer hineinzudrängen, aber unterdessen standen die übrigen Verwandten vor ihm und versperrten den Zugang. Ihr verratet alle den Vater, alle! brüllte Moro. Hätte ich nicht geglaubt, du auch, Pasquale!

Mutter ist krank, rechtfertigte sich Pasquale. Sie stirbt uns auch weg, wenn wir... Er beendete den Satz nicht und blickte verschämt an Moro vorbei. Elvira Fonti hatte nach dem Tod des Ehemannes einen Herzanfall bekommen und mußte in Behandlung. Von trauernden Verwandten umgeben, wechselte sie ihre Gesichtsfarbe ständig und rang, angsterfüllt, nach Luft. Da hatte sie ihren Wunsch nach dem Priester für Virgilios Begräbnis verkündet.

Merkt ihr nicht, daß sie spielt? schrie Moro aufgebracht. Merkt ihr nicht, daß sie sich mit einer Ohrfeige von ihm verabschiedet? Seine Worte verhallten in einem stummen Schweigen. Er gab sich geschlagen und beteuerte, daß er unter diesen Umstanden keinesfalls an der Beerdigung teilnehmen werde. Dann erklärte er mit geifernder Gebärde, sein Respekt vor dem Vater diktierte ihm das. Und ohne die Anwesenden eines Blickes zu würdigen, warf er einen Blick zum Aufgebahrten, verabschiedete sich von ihm mit einem stillen Adieu, Alter und entfernte sich grußlos von der trauernden Gemeinde.

Dieses Mal flüchtete er nicht in irgendeine Osteria, obwohl er Lust dazu gehabt hätte. Er irrte durch die Stadt mit brodelndem Inneren, fuhr dann in die noch leere Wohnung am Stadtrand. Erst drehte er alle Wasserhähne auf, dann schaltete er alle Lichter der

Wohnung ein. Er und Bruna mußten einen festen Wohnsitz vortäuschen, da die Wohngesellschaft ihnen sonst die Wohnberechtigung entzogen hätte. Entgegen seinem Willen hatte sich Bruna darum gekümmert und sie bekommen; er wollte überhaupt nicht vom Wanderleben absehen, aber Bruna hatte gedrängt. Als die Verantwortlichen der Stadt begonnen hatten, ein neues Viertel mit riesigen Wohnblocks am Stadtrand zu errichten, um die Obdachlosen aus den sozialen Brennpunkten des Stadtzentrums zu ziehen, hatte Bruna ihre Sachen zusammengepackt und sich in die Einzimmerwohnung des Obdachlosenblocks zurückgezogen; von dort aus konnte sie den Antrag stellen.

Nun stand Moro in der von ihm nicht gewollten, leeren Wohnung und fluchte auf Bruna, die von der Beerdigung noch nicht zurückgekehrt war. Je mehr er in den Räumen umherwanderte, desto mehr mußte er die Düsterkeit der leeren Wohnung mit dem Sarg des Vaters vergleichen. Das Gefühl des Verrats an seinem Vater hatte ihn erfaßt; er fühlte sich mitschuldig und feige. Bereut hatte er, daß er es nicht zum Eklat hatte kommen lassen, damit der letzte Wille Virgilios erfüllt worden wäre. Er schwor sich, nie mehr seine Mutter sehen zu wollen. Sie für den Rest seines Lebens zu hassen. Er sah sich in seiner Überzeugung bestätigt, den Frauen sei nie und nimmer zu trauen. Um sich durchzusetzen, würden sie sich über den Tod hinwegsetzen. Der Welt war nicht zu trauen. Sein tiefes Mißtrauen vor allem und jedem empfand er endgültig als berechtigt. Der Gedanke an Verrat war ihm unerträglich; er riß aus der Packung seiner Zigaretten einen Papierschnipsel, auf den er schrieb: Bin nach Bologna zurück. Wenn du willst, komm mit dem Zug. Dann schloß er die Tür hinter sich, ohne die Wasserhähne abzustellen und den Strom abzuschalten.

Im Wohnwagen fand er nur Ivar, der unruhig schlief. Er entkorkte eine Weinflasche und stellte sie neben sich ans Bett. Erst um Mitternacht war Dario zurück. Wo treibst du dich rum? fauchte Moro mich an.

Ich hatte die Gelegenheit genutzt, hatte Ivar erst mit Wein benebelt, damit ich sicher sein konnte, daß er schlief, hatte ihn dann ins Bett befördert und war mit Freunden ins Kino gegangen. Moro schimpfte. Dein Opa ist heute begraben worden, und du gehst ins Kino! Schämst du dich nicht? Er sah, wie ich ihn anschaute, als würde ich nichts begreifen. Ins Bett, befahl er, bevor ich dich tot haue!

Moro bemerkte, wie ich meine Unruhe unter der Bettdecke zu unterdrücken versuchte. Er riß mir das Laken vom Körper und forderte mich auf, aufzustehen. Komm, trink mit mir. Er füllte ein Glas zur Hälfte, streichelte mir den Kopf und sprach zu mir wie zu einem Erwachsenen. Was hast du für einen Film gesehen? Ben Hur, flüsterte ich verängstigt. Ach ja, schön. Ein starker Mann, der Ben Hur. Selbst die Sklaverei hat ihn nicht untergekriegt. Dein Opa war auch ein starker Mann und ist als starker Mann gestorben. Er ist mit siebzig weg, aber noch in vollem Besitz seiner Kräfte. Er hat den schweren Schrank in ihrem Zimmer allein hochgehoben, damit die Oma mit dem Besen darunter kehren konnte. Er schleppte die Zementsäcke für das Haus von Natale mit einer solchen Leichtigkeit, als wären sie Zuckertüten. Der frühzeitige Tod hat ihn davor bewahrt, den körperlichen Verfall zu erleben. Dein Opa hat letztendlich Glück gehabt. Moro wurde nachdenklich, schließlich sagte er: Die richtigen Binachis sterben in voller Kraft, aber mit gebrochener Wirbelsäule. Den Unfall mit dem Lastwagen hat Primo auch nicht überlebt, weil der Aufprall ihm die Wirbelsäule gebrochen hatte. Später mußte Moro erleben, daß der einzige Sohn Pasquales bei einem Autounfall einen Genickbruch erlitt.

Anschließend schwieg er, nahm kräftige Schlucke aus dem Glas und ging einem Geflecht von Gedanken nach. Vielleicht sind wir verflucht, flüsterte er und sah zu mir auf. Hab ich dir schon erzählt, wie mein Vater aufgewachsen ist?

Ich schüttelte den Kopf.

Das Loch in der Existenz

Also: Virgilio war vielleicht neun, als seine Eltern, Ennio Gaspare Binachi und Maria Nardi, 1900 von Sant' Agata die Flucht ergriffen. Ennio Gaspare als armem Tagelöhner war jede Lebensgrundlage entzogen worden, nachdem er entdeckt wurde, wie er bei den anderen Tagelöhnern für die Gründung von Genossenschaften agitierte, und es zu beachtlichen Zusammenschlüssen der Besitzlosen gekommen war. Virgilio war der Älteste von vier Geschwistern; Pia, die noch nicht laufen konnte, mußte er auf dem torquierten Weg nach Pianetto über die Apenninen auf den Schultern tragen, weil er in seinen Händen den Rest des aufgelösten Haushaltes hielt. In Pianetto lebte ein Cousin von Maria Nardi, der ihnen eine vorläufige Bleibe in seiner Scheune anbot. Drei Monate lebten sie dort, Maria Nardis Cousin starb plötzlich, und sie zogen in eine alte Ruine außerhalb des Dorfes, unweit des Flusses. Die Menschen in Pianetto waren verschlossen und fromm. Ein Häretiker wie Ennio Gaspare konnte kaum auf dauerhafte Arbeit hoffen; zwar war es ihm gelungen, hie und da bei der Ernte auszuhelfen, aber er wurde gemieden. Nur Virgilio hatte es geschafft, dauerhaft in einer Baufirma unterzukommen, die in Santa Sofia einige Häuser für die durch die Reform reich gewordenen Bürger baute, und kam an jedem Sonntag zu seiner Familie zurück. Ennio Gaspare begann infolge der Entwurzelung zu kränkeln. Er litt an Magenkrämpfen und mußte sich häufig übergeben. Aber er litt auch darunter, daß Maria Nardi ihm Vorwürfe machte (zumindest hörte er sie als Vorwürfe). Maria Nardi hielt ihm die Misere der Familie vor, führte sie auf seine ablehnende Haltung gegenüber der Kirche zurück, die eine Öffnung zu den Dorfbewohnern erschwerte und damit das Verhungern der Familie provozierte. Tatsächlich sah sie sich mit der Bürde einer großen Familie auf sich allein gestellt. Auf den einst aufrührerischen Kerl war kein Verlaß mehr. Ennio Gaspare war zu einem Haufen Elend zusammengeschrumpft, der mit seinem Leben nicht fertig wurde – und mit seinem opponierenden, ihn oft hart angreifenden Sohn Virgilio erst recht nicht –, schlechten Wein oder billigen Fusel trank und daraufhin eine Mischung aus verfärbtem Alkohol und Blut kotzte. Sie ekelte sich vor ihm. Oft fragte sie sich, wie sie es bloß fertiggebracht hatte, mit diesem Haufen Elend vier Kinder in die Welt zu setzen; Kinder, die ihr die eigene Fremdheit vorführten. Nachts malte sie sich aus, wie er sie mit ins Unglück reißen würde, würde sie nicht rechtzeitig entkommen. Schon vor der Hochzeit hatte sie gewußt, daß er nicht der richtige Mann war, dennoch hatte sie ihn geheiratet. Später fand sie nicht den Mut, ihn zu verlassen. Und es kam ein Kind nach dem anderen, deren Gegenwart ihr die Unfähigkeit, ihn zu verlassen, vor Augen führte. Auch wenn sie sich bemühte, sie empfand für sie nur Abwehr. Zwar stellte sie sich die Flucht ständig neu vor und garnierte sie mit vielen Variationen, doch hätte sie die Familie nicht ohne weiteres im Stich gelassen. Lieber wäre sie gestorben.

Was das Leben der Binachis grundlegend veränderte, war das Erscheinen eines verarmten Großbauern, der in Mercatale in einem verfallenen Bürgerpalast lebte, in der Gegend von Pianetto. Dieser Mann wurde »der Herzog« genannt, weil er sich extravagant wie ein Adliger aufführte. Er hatte riesige Landgüter in der Umgebung von Galeata besessen und viele Landpächter beschäftigt, die ihm nach jeder Ernte die Hälfte abgaben. Dem Spiel verfallen, mußte er jedoch nach und nach seine Landgüter verkaufen, so war sein Besitztum zur Bedeutungslosigkeit geschrumpft. In Begleitung von Jagdgefährten war er an einem Herbsttag auf Jagd. Zur Mittagsruhe ließ er sich unter den Bäumen am Flußufer nieder. Von dort aus sah er Maria Nardi, wie sie Wasser an einer Flußschleife holte. Er ließ sie rufen und sich – alten Zeiten nachtrauernd – von ihr Wasser bringen. Sie nahm seinen verzinkten Becher entgegen, tauchte ihn in ihren Eimer und reichte ihn mit frechem Gesichtsausdruck zurück. Der ärmlich gekleidete Großbauer fragte sie, was sie so zu schauen hätte. Nichts, erwiderte sie prompt. Euer Becher ist nur etwas schmutzig. Der Bauer umkreiste mit den Blicken den verzinkten Becher, machte ein Ekelsgesicht und belferte, weshalb sie ihn nicht gleich darauf aufmerksam gemacht hätte. Ihr solltet Euch lieber über Euer Dienstpersonal beschweren, das so etwas hat durchgehen lassen, anstatt mich zu tadeln, erwiderte sie kokett. Immerhin habe ich Euch rechtzeitig gewarnt. Die Bemerkung gefiel dem »Herzog«. Er fragte nach den familiären Umständen, sah die Parallele zu seinem Abstieg – er war zudem von seiner Frau verlassen worden – und fragte noch, angesichts solchen Unglücks, ob sie bereit wäre, bei ihm in Dienst zu treten.

Maria Nardi ging sich beim »Herzog« verdingen. Anfänglich brach sie in aller Frühe auf, da sie drei Kilometer zu laufen hatte, und kehrte erst bei Dunkelheit heim. Der zweitälteste Sohn hatte den Auftrag, auf die Kinder aufzupassen und für sie zu sorgen, aber die älteste Tochter half auch mit. Der »Herzog« zahlte nicht schlecht und ließ sie Reste für ihre Familie mitnehmen. Wenn sie heimkehrte, schwärmte sie vom verarmten Großbauern und seinem nicht mehr im alten Glanz leuchtenden Bürgerpalast, in dem viel zu tun sei. Später übernachtete sie tagelang dort und kam nur nach Hause zurück, um nach dem Rechten zu sehen. Meist fand sie die Kinder sich selbst überlassen und Ennio Gaspare außer Haus; ihr Fremdheitsgefühl wurde stärker; es wurde um so stärker, als sie sah, daß Pia mit acht immer noch ins Bett machte und die zwölfjährige Ida sich wie eine Sechsjährige verhielt.

Erst Monate später begegneten sich Maria Nardi und Ennio Gaspare von Angesicht zu Angesicht. Er blickte verschämt zu Boden und hielt die Hände über der Magengrube gefaltet. Er war bleich geworden und abgemagert und schuckelte sturztrunken über seinen Weg. Kurz darauf sah er verstohlen auf und merkte, wie Maria Nardi zwar körperlich zu Hause anwesend war, doch mit ihrem Geist in jenem Haus am Rande Galeatas thronte. Nachts mußte Ennio Gaspare unvermittelt aufstehen und hinaus trapsen, wo dann das rhythmische, dumpfe Kollern seiner Gurgel zu hören war, wie sie den Mageninhalt hinausbeförderte und dieser zu Boden plotzte.

Am Tag darauf verendete Ennio Gaspare Binachi auf der

schmalen Gasse zum Ortsausgang. Als sei ihm der Magen wie ein Ballon geplatzt, knallte es in ihm. Ähnlich wie Wasser aus einem verstopften Brunnen floß aus seinem Mund das Blut heraus. Als ihn ein Bauer auf seinen Karren auflud, um ihn ins nächste Krankenhaus in Santa Sofia zu fahren, war er schon tot.

Die Beerdigung erfolgte leise und nur in Anwesenheit des engen Familienkreises. Der Dorfpriester lobpreiste den Menschen im Sarg, den er bisher nie zu Gesicht bekommen hatte, klebte seinen rituellen Handbewegungen mehrere Worte an, deren Sinn Virgilio nicht verstand. Ihm kam nur die Pose des betenden Priesters verlogen vor, die Worte von Heuchelei triefend. Maria Nardi stand still hinter Virgilio und weinte verhalten. Virgilio erkannte in ihren Tränen mehr den Geschmack des Mitleids als die Trauer einer frisch verwitweten Frau. Seitdem sie beim verarmten Großbauern den Dienst angetreten hatte, war sie verändert, zu den Kindern distanzierter denn je, ihnen gegenüber beinahe gleichgültig geworden. An diese Beobachtungen schloß sich die Frage an, ob seine Mutter ihn und seine drei Geschwister überhaupt liebte, ja überhaupt gemocht hatte. Und ob sie nicht andere Männer gehabt hatte oder der Vater andere Frauen, ob vielleicht nicht so sehr – wie es in der Familienlegende hieß – die politischen Aktivitäten des Vaters der Auslöser waren, von Sant' Agata wegzuziehen, als vielmehr die gräßliche Fremdheit zwischen Maria Nardi und Ennio Gaspare Binachi, oder womöglich Liebesgeschichten. Das blieb ihm zeitlebens ein Rätsel.

In dem Moment, in dem Ennio Gaspares Leichnam ins Grab gesenkt wurde und Maria Nardi geziert eine Handvoll Erde hinabschüttete, begriff er, daß er und seine Geschwister an jenem Tag nicht nur den Vater verloren hatten, sondern auch die Mutter. Ein stechender Schmerz durchblitzte sein Hirn und stelzte durch seine Adern; das flirrende Tageslicht des Augusts zerrann vor seinen Augen, und er fühlte sich ins unendliche Loch der Existenz abstürzen. Er bereute nur, für den Vater nicht die nötige Achtung gehabt und von ihm nicht in Frieden Abschied genommen zu haben. Er hatte seinen Vater nicht verstehen können – wie konnte er so stark und selbstbewußt gewesen sein und einen zerplatzten Magen haben? Wie konnte er Anführer der Genossenschaften gewesen sein und gleichzeitig so hilflos, daß er sich dem Alkohol übergab und sich vom eigenen Körper überwältigen ließ? Ein Höllenkreis hatte sich seines Lebens bemächtigt, so wie unbekannte Kräfte an der Mutter zerrten und sie fortrissen. Ihm fiel plötzlich ein Ereignis ein, das sich vor einiger Zeit abgespielt hatte. Der Cousin von Maria Nardi war gerade gestorben, und sie hatten aus der Scheune zu ziehen. Ennio Gaspare hatte das Dorf abgeklappert auf der Suche nach einer neuen Bleibe. Er war mitgegangen und konnte die verächtlichen Blicke, die sich hinter einer heuchlerischen Miene verbargen, in seinem Gedächtnis für immer verankern. Alles war bereit zu helfen, und es folgte danach ein Aber… Demütigend war der Bittgang durch Pianetto. Ein Bauer, vom Blitz der Nächstenliebe erfaßt, bot ihnen das Haus am Berghang an mit etwas Feld unten am Hang und sagte: Über die Pacht werden wir später reden; ich will euch nur helfen. Er erschien jeden Monat, um eine immer höhere Pacht und Miete abzuholen, und drückte auf die Tränendrüse, wie arm er selbst sei; er habe das nur als Wohltat aufgefaßt, aber… Ohne die Arbeit Virgilios in Santa Sofia hätte die Familie das Haus nicht halten können. Er hatte die Szenen vor Augen, wie verschämt und hilflos Ennio Gaspare zum Bauern aufgeblickt hatte, und wie dieser seine Wohltat in bares Geld ummünzte. Er haßte den Bauern und Ennio Gaspare und beschloß, nie wieder Hilfe anzunehmen.

Als sich das grelle Tageslicht wie ein wandernder Farbklecks allmählich zersetzte, waren der Pfarrer und Maria Nardi bereits hinter dem Friedhofstor entschwunden. Seine Geschwister standen verloren am Friedhofszaun, in sich zusammengekauert, und warteten auf ihn. Die Totengräber scharrten mit ihren Schaufeln die Erde vom Hügelchen ins Grab hinein. Ein undefinierbarer Zorn platzte in seinem Hirn und baggerte sich in seinen Muskeln einen unbekannten Weg, den er zu beschreiten hatte; er spürte, daß nur seine Kraft ihm helfen konnte. Und er spürte auch, daß nur seine psychische Kraft stärker werden müßte als sein Körper. Er beschloß, so stark zu werden, daß niemand jemals über ihm stehen könnte. In dem Augenblick blühte eine Ruhe in seinem Bewußtsein auf, die er sich nicht erklären konnte. Er sagte sich: Es kann kommen, was will, ich bin mein einziger Helfer.

In der folgenden Zeit ließ sich Maria Nardi seltener im Haus unweit des Flusses bei den Kindern blicken, bis sie eines Tages im Herbst, mehr verträumt als gegenwärtig, mit einem ausgeleierten Fuhrwerk auftauchte. Sie packte die wenigen Erinnerungen ihrer Jugend, eine rötliche Puppe aus filzigem Stoff, eine kleine und von Würmern zerlöcherte Holzkiste und diverse Haushaltsgegenstände zusammen. Dabei erwähnte sie fast beiläufig, als wollte sie dadurch ihr schlechtes Gewissen sich gar nicht bewußt werden lassen, daß sie vom verarmten Großbauern erwählt worden war, seine Gattin zu werden. Sie würde im April neu heiraten. Und wir? wimmerte Ida wie ein kleines Kind. Mein künftiger Mann hat mich zu einer Entscheidung gedrängt, entschuldigte sie sich und blickte beiseite, nun doch vom schlechten Gewissen bestürmt. Er hat mich vor die Alternative gestellt: entweder ihn oder euch. Sie hielt kurz inne und wurde nachdenklich, als würde sie sich wieder einmal die Frage stellen, was sie noch für ihre Kinder empfand. Ob es Mitleid war oder das Gefühl der Entfremdung, das sie seit deren Geburt empfand, war nicht zu erkennen; sie überwand sofort die Nachdenklichkeit und rief mit einem plötzlichen Umschlag der Stimme: Aber für euch habe ich Geschenke mitgebracht! Die letzten Worte verrieten einen scharfen Kahlschlag der übriggebliebenen Gefühle und des schlechten Gewissens. Sie ließ vom ausgeleierten Fuhrwerk Pakete holen. Und während sie das Fuhrwerk bestieg, wandte sie sich kurz um, kehrte zurück und griff zum Beutel, der am Hals baumelte. Geld gab sie auch. Offenbar war der Kahlschlag nicht vollständig gelungen. Virgilio nahm nichts entgegen – Maria Nardi überreichte den Beutel der Pia, die erstarrt das Säckchen in der Hand hin und her pendeln ließ – und betrachtete das Geschehen scheinbar mit Gleichgültigkeit. Er hatte das Ganze kommen sehen und sich auf dieses Schicksal eingerichtet. Doch pochte der Zorn an seinen Schläfen, ein Zorn, der in ein Gefühl von Verratensein umschlug. Er verstand das alles nicht, und kurz dachte er, daß er und seine Geschwister schlechte Kinder sein müßten, wenn sie von der Mutter verlassen wurden.

Er grüßte sie auch nicht, als sie endgültig in das Fuhrwerk einstieg; er hatte sich von ihr bereits auf dem Friedhof verabschiedet.

Er sah sie heute zum letzten Mal, obgleich sie ihnen jahrelang noch kleine Pakete zukommen ließ und Einladungen verschickte, sie doch in Mercatale zu besuchen. Mit einem Kahlschlag der Gefühle hatte er sie aus seinem Leben geschnitten. So dachte er, obwohl er aus der Natur reichlich Erfahrung hatte, daß sogar gejätete Wildkräuter nachwuchsen.

Von dem, was nachwuchs, ließ sich leicht ablenken: Der Alltag bot genug Möglichkeiten, die Wahrnehmung Virgilio Binachis an sich zu fesseln. Erst war er damit eingespannt, für seine Geschwister zu sorgen. Als die Arbeit als Maurer in Santa Sofia versiegte, suchte er, fand jedoch nur eine Anstellung als Knecht in einem riesigen Landgut in einer Gegend, die Le Fosse hieß. Es war hoch oben in den Apenninen, am anderen Rand der Berge. Man mußte von Santa Sofia aus den Maultierpfad nehmen und einige Stunden laufen, bis man dort anlangte. Der Bauer, der sich rühmen konnte, die höchste Getreideproduktion der Umgebung einzubringen, war dementsprechend reich und konnte alle vier Binachis aufnehmen. Es war auf diesem Landgut, daß er Elvira Fonti kennenlernte. Die dürre, kleine Frau mit in leichter Verbitterung geneigten Lippen beeindruckte ihn zuerst mit ihrer Fürsorglichkeit. Sie nahm sich seiner Geschwister an und half ihm, sie zu versorgen. Sie sprach mit dünner, drahtiger Stimme und schaute ihn mit eindringlichen Augen an. Daß sie etwas abgekühlt wirkte, verschaffte ihm eine gewisse Sicherheit. Sie wies viele Merkmale auf, die eine starke Frau kennzeichneten – das war das Brot für seine Zähne, dachte er. Er begann, ihr den Hof zu machen, doch er wußte im Nachhinein nicht, ob sie bereits vor ihm damit angefangen hatte. Im allgemeinen schätzte er die Frauen als klug; er hielt sie für versiert genug, ihre Absichten zu verpacken und schmackhaft zu präsentieren. Zudem hatte sich ein subtiles Mißtrauen in seinem Hirn vernetzt. Als die beiden beschlossen, zu heiraten, ahnte er nur, daß sie ihn überleben würde. In ihrer rund fünfzigjährigen Ehe pflegte er es immer wieder zu erwähnen, aber sie gab zurück: So ein Gauner wie du verschlingt zehn Frauen wie mich. Es sollte ein zähes Ringen zwischen den beiden werden, als seien die ringenden Hände noch vor ihrer Bekanntschaft aneinander geschmolzen gewesen.

Der abhängige Kampf

Männer! Ich stamme aus einer schwarzen, düsteren Armut vom anderen Hang der Apenninen, an der Grenze zur Toscana. Wir waren fünf Schwestern und ein Bruder, und ich mußte erleben, wie wir alle fünf Mädchen verdingt wurden, während mein Bruder der unstürzbare König der Familie war. Schon mit fünf mußte ich mit der Schafherde in den einsamen toskanischen Vorhügeln und später in der Gegend von San Zeno umherziehen. Mehr als an der Einsamkeit der Berge litt ich an Hunger; er nagte und zehrte an meinem Körper, und die Wildbeeren, die ich an Hecken auflesen konnte, kratzten ihn nur zur Qual hinaus. Der Hirtenlohn floß nach Hause und nährte die schiefe Laune des verwöhnten Bruders. Ach, wie ich ihn, wie ich meinen Vater, aber vor allem meine Mutter haßte! Dies war die Quelle meiner nie versiegenden Verbitterung. Ich war, trotz des Hungers, so froh, daß sie mir die Töne der Berge und das Plätschern der Schafe beschert hatten, fern vom Anblick einer himmelan schreienden Ungerechtigkeit! Meine älteste Schwester teilte mit mir den Schrei des Zornes. Nur die Schafe und die eintönige Landschaft waren Zeugen meiner Verzweiflung: Hatte ich eine Mutter, einen Vater? Welches Anrecht hatten sie, meine Eltern zu sein? Nur weil sie mich gezeugt hatten? Ich lernte aus meiner Kindheit: Eltern ist nicht zu trauen. Es gibt Leben, die von Geburt an verloren sind. Aber es lebt eine Frömmigkeit, die mich suchte und ernährte. Die Härte des Lebens schärft sie und den Verstand. Ich betete im klimmenden Leuchten des Mondes. Die Treppe der Nacht war mein Rosenkranz. Glaubt nicht, ihr kennt das Verstummen der Flüche angesichts der sich anbahnenden Morgenröte! Die Trift am hellichten Tag faszinierte mich, und ich achtete auf die Abhängigkeit der Schafe von der Herde. Besonders das schwarze Schaf ist von der Herde abhängig. Was ist Freiheit? Die Gedanken haben keinen Platz. Die Gefühle hatten in der Verbannung zu bleiben, wolltest du als Frau in jener Zeit nicht untergehen und in der Grube des Todes verschwinden. Ich stellte nie Fragen, ich lernte nur zu lauschen und scharf zu blicken.

Virgilio Binachi, seine Seele möge nun in Frieden ruhen, durchschaute ich sofort. Mit elf schon war ich bei einem Großgrundbesitzer als Magd tätig, und bevor ich mit siebzehn in Le Fosse antrat, hatte ich viele Knechte kennengelernt, die ich mir als Ehemann vorstellen konnte, aber keiner war mit einer solchen unheimlichen, teuflischen Kraft aufgeladen wie Virgilio Binachi. Sie blendete mich; ich fand keinen Balsam für die Lust meiner Seele, solange ich sie nicht neben mir hatte. Vor allem seine trauerbeladenen Augen zogen mich an, ließen in mir die Sehnsucht aufkeimen, für Trost zu sorgen. So wie ich nach ihm schmachtete, gierte er nach mir. Aber nicht nur nach mir: Seine Augen waren von Geilheit durchströmt. Liebe? Ihr Männer der Gegenwart, habt ihr eine Ahnung! Sie existiert nicht. Der Mensch lebt nur aus Hirngespinsten, seht Virgilio Binachi, meinen seligen Mann, mit seiner Politikbesessenheit! Erst viele Jahre später wurde mir zum ersten Mal zur Gewißheit, daß er hoffnungslos verloren war, aber ich kämpfte weiter um ihn, bis zu seinem Lebensende, über seinen Tod hinaus. Ich ahnte es erst, als er seine Neinstimme in die Wahlurne schob und die Faschisten ihn jagten, als sei er ein Wolf. Wie kann ein Mensch sich vergessen für eine Idee? Sich beschädigen? Seht hin: Er ist zwar mit ungebrochenem Rückgrat, doch mit einem hinkenden Bein fünfundreißig Jahre lang durch die Welt gewandert! Bis ein Motorrad hergefahren kommen mußte, um ihm das Rückgrat zu brechen!

Er vergaß mich auch und die Familie mit seinen wilden Eskapaden. Das Leid ist ein roter Faden des Lebens; es beginnt an irgendeinem Punkt der Menschheitsgeschichte und hat kein Ende. Wenn ich meine Männer diskutieren hörte, Virgilio mit Moro oder mit Pasquale, mußte ich in mich hinein schmunzeln. Habt ihr eine Ahnung! dachte ich. Wenn nicht die Not die Gedanken einengt, dann die Besessenheit. Und wenn nicht die Besessenheit, dann die Sucht. Und wenn nicht diese, dann die Einsamkeit. Gibt es eine Unendlichkeit? Wenn es eine Unendlichkeit gibt, dann nur die des Leides. Ich durchschaute meinen Mann durch und durch: Er versuchte sein Leid mit Vergnügen zu jäten – welch ein Tor! Das Leid ist wie Wildkraut und wächst immer nach. Die meisten Männer sind leidensblind. Sie überdecken es mit vorgespielter Manneskraft, prahlerischem Gehabe und selbsttäuschender Vergnügungssucht. Meine größte Hoffnung war, ihm helfen zu können, ihm die Ruhe zu geben, die er brauchte. Nur wenn ich sie ihm geben konnte, war ich ich. Aber mein armer Virgilio floh vor mir, er betrank sich häufig, aber nie sehr schlimm; er blieb nächtelang weg, um anschließend kleinlaut zurückzukehren und sich mit meinem Körper verschmelzen zu wollen. Ich kämpfte, ich war auch körperlich beinah so stark wie er. Auch mein Rücken konnte die schweren Heusäcke vom weiten Feld nach Hause schleppen. Natale, mein Lieblingssohn, fragte mich viele Jahre später, wo ich meinen unheimlich starken Willen herhätte. Was sollte ich ihm bloß antworten? Allen seinen Bemühungen zum Trotz, mir zu gefallen und seine Seele an meine anzugleichen – er ist ein Mann. Er konnte meine Antwort nicht begreifen. Die kenne nur ich; vielleicht daß die Frauen, die sich in mich hineinversetzen können, sie erraten. Ich mußte meine Kinder um mich haben, wollte ich mit erhobenem Kopf leben. Ich habe Virgilio, möge jetzt seine Seele ewigen Frieden haben, die Stirn geboten; seine unwahrscheinliche Kraft flößte mir keine Furcht ein. Wenn ich nichts mit Streit bei ihm erreichte, gelangte ich zu ihm mit Fürsorge und Sanftheit. Ich überdachte ständig meine Vorgehensweise, um ihn zu erreichen. Meine einzige Furcht war, er könnte eines Tages abtreten. Schon bei dem Gedanken raste mein Herz in einem unheimlichen Tanz, in dem ich mich verlor.

Deshalb versuchte ich, Kontrolle über sein Leben zu bekommen. Die Unruhe der Kinder rieb an meinen Nerven, aber sie half mir dabei, ihn in Sichtweite zu halten; ich hatte mit den Schafen meine einschlägigen Erfahrungen. Manchmal ging er allein nach Pianetto zum Tanzen. Ich selbst konnte und wollte nicht, doch Natale folgte ihm auf Schritt und Tritt, ohne daß ich es ihm zugeflüstert hätte. Natale spürte, was seine Mutter brauchte. Gottlob habe ich sensible Söhne bekommen! Einer sensibler als der andere. Ganz zu schweigen von meinen Töchtern. Luisa konnte ich eng an mich binden, und Bina war mit meiner Schwägerin Pia meine fromme Stütze. Ich ließ mir also von Natale den Abend erzählen, aber nicht direkt, eher beiläufig. Natale beschrieb nur die Ereignisse, jedoch so, daß ich sofort die Atmosphäre um den seligen Virgilio und die Frauen wittern konnte wie ein Hund das Gewitter. Es war damals Brauch, im großen Saal von Pianetto innerhalb einer Kordel zu tanzen. Während die Musik allmählich zur Neige ging, begann man von einer Ecke aus diese Kordel zusammenzuziehen, und man sah darauf, wer in der Kordel gefangen blieb. Die Verlierer mußten zwei Soldi für die allgemeine Runde blechen. Virgilio blieb einige Male gefangen, doch mich beruhigte an den Erzählungen, daß mit Frauen, solange Natale dabei war, nichts passiert war. Oft genug hatte ich zu hören bekommen, daß Virgilio den molligen Frauen nachlief. Hauptsächlich Witwen und Ledigen stellte er nach. Das war der dickste Pfeil in meinem Herzen. Wie viele Frauen waren zu mir gekommen, um sich zu beschweren! Oder sie riefen von ihren Häusern herüber: Euer Virgilio läßt mich nicht in Ruhe, er will mich vergewaltigen! Zum Glück lagen die meisten Häuser an den Hängen, und man konnte sich von Haus zu Haus gut verständigen. Das habe ich ihm nie verziehen, so wie ich ihm nie verziehen habe, daß er uns wegen seiner Ideale hungern ließ. Aber, auch wenn ich ahnte, daß er hoffnungslos verloren war, aufgegeben habe ich ihn nie.

Nur Moro habe ich von Anfang an aufgegeben. Schon wie er im Bauch heranwuchs, schwante mir nichts Gutes. Er kämpfte mit meinen Eingeweiden, als wollte er mich umbringen. Er ist meinem armen Mann ähnlich, aber mit einer gehörigen Portion Gehässigkeit und Zerstörungsdrang. Er winselte manchmal um mich, als wollte er von mir geliebt werden – wie kommt es bloß, daß Kinder schon von früh auf an solche Chimären glauben und ihnen hartnäckig nachlechzen? Manchmal habe ich Zuneigung verspürt, doch alles in allem war ich eher zornig auf ihn. Er schien alles mögliche anzustellen, um mich zu treffen. Als sei ich schuldig, daß der unruhige Geist sich in seiner Seele eingenistet hatte. Mich erzürnte er jedes Mal mit seinen Sticheleien, und nach dem Unglück mit meinem seligen Mann vergiftete er meine

Trauer und stocherte in meinem Schmerz herum. Was ist das für ein Mensch, der die Geberin seines Lebens so zu quälen wußte? So wie ich die Männer kenne, konnte er sein Leid nicht ertragen. Ich weiß aus meiner Kindheit in den toskanischen Apenninen auch, was es bedeutet, in einer Herde ein schwarzes Schaf zu sein. Er hat sein Los nicht angenommen. Er bewegte alles um sich, um sein Leid zu betäuben. Dabei betäubt er nur sich selbst. Und verschwendet sein Leben.

Zwei Buben haben mich als Mutter früh aufgegeben. Es war im Jahr der großen Weltwirtschaftskrise, und der Hunger hatte die meisten Menschen im Ort überflutet. Der eine starb am Sonntag, der andere in der Montagnacht. Antonio wurde von den Würmern erstickt, Giuseppe von einer Lungenentzündung aus dem Leben gerissen. Vier- und einjährig. Unvorstellbar, wie die langsam würgenden Krallen des Todes einen Menschen quälen können. Die Erfahrung des Sterbens im eigenen Haus war der schmerzlichste Einschnitt in meinen Körper, den ich je erlebt habe. Aber noch schlimmer war das Einsickern der Schuld in mein Herz und in meine Gedanken, das mein Leben in ewigem Harm ertränkte. Der Tod der eigenen Kinder ist die schlimmste Prüfung, die einer Mutter widerfahren kann. Kein Wissen der Welt, selbst Gott nicht und alle meine Gebete, konnten mich von meinen Schuldgefühlen erlösen. Das wollte der selige Virgilio Binachi, der über die Welt und über ihre Politik immer etwas zu sagen wußte, nicht begreifen, er verstummte hilflos angesichts meiner lebenslangen Trauer. Oder er wollte mich mit seinen scherzhaften Sprüchen davon ablenken. Der Mensch kann bestimmt von allen Übeln der Welt abgelenkt werden, nicht jedoch von der Überzeugung, schuldig zu sein. Auch meine Eltern waren schuldig. Sie haben uns Mädchen mit großer Ungerechtigkeit bestraft – möge Gott sie erlösen. Ich werde es ihnen nicht verzeihen.

Was verstand Moro von meinem Harm? Nichts, wie sein seliger Vater. Mein armer Mann ist eine Woche nach der goldenen Hochzeit gestorben, die zu feiern er sich strikt geweigert hatte. Das traf mich zweimal. Und was verstand schon Moro davon, als er wild umherschimpfend den Pfarrer verjagen wollte? Nichts.

Natürlich konnte ich es nicht ertragen, daß mein seliger Mann ohne den Segen der Kirche bestattet werden sollte. Aber es war nicht deshalb, weil ich mich dafür rächen wollte, daß er meinen Glauben nicht respektiert hat. Er war eben ein Mensch mit Haß auf die Kirche und die Gläubigen, obwohl seine Schwester Pia und seine Tochter Bina ebenso Gläubige sind wie ich, und ich kann verzeihen. Ich habe verziehen. Natürlich wünschte ich mir, daß er wie ein ordentlicher Christ vor das Gericht Gottes tritt. Aber nicht nur das. Ich hatte nicht nur meinen Lebensgefährten verloren, sondern auch das Feld, auf dem ich kämpfen und hoffen konnte. Ich habe ihn gebraucht wie ein Fisch das Wasser. Ich kann mir das Leben nach dem Tod nicht ohne ihn vorstellen. Ohne die religiösen Sakramente, ohne den Segen des Heilands wäre er im Nachleben woanders hingekommen als ich. Ich mußte das verhindern, ich mußte es tun.

Das Leben ohne ihn war eine Hölle. Mein Herz wurde gleich nach dem tragischen Unfall von einem Infarkt erstürmt und bezwungen. Der Infarkt erstürmte es drei Monate später wieder, als sei er von Gott geschickt, um mich zu sich zu rufen. Natale erlaubte mir und Luisa nicht, das Klo im Parterre zu benutzen, und ich mußte mich mit meinem kranken Herzen die steile Treppe hinauf mühen. Nachts eroberten die Asthmaanfälle meine Bronchien; ich fühlte den Tod nahetreten und energisch an meinen Körper klopfen. Zudem wollte Natale jetzt mehr Miete haben, ungeachtet dessen, daß das Haus mit dem Entschädigungsgeld von meinem Mann begonnen werden konnte. Und die Mauern von ihm hochgezogen wurden. Mein Lieblingssohn hat sein Herz mit dem Blut des Knorrigen gefüllt; er hört nur auf Maria, sie schreibt ihrem Mann alles vor. Glücklicherweise bezogen Luisa und Romolo ein Haus in der Via Lunga, und ich ging mit ihnen.

Aber auch dort drohte die stickige Grube der Einsamkeit meinen Kopf zu sprengen. Es war eine andere Einsamkeit als die in der Höhle des Hungers in meiner Kindheit. Ich wäre sicherlich daran gestorben. Ich wollte, daß Luisa an meiner letzten Lebensstrecke meiner Luft zum Atmen glich. Resolut sagte ich: Luisa, solange ich lebe, gehst du nicht arbeiten! Romolo war dagegen und maulte verstohlen, doch ich setzte mich durch. Luisa kaufte einen elektrischen Webstuhl und verrichtet Heimarbeit. Zwar bekommt sie dafür einen Hungerlohn, aber wir leisten uns gegenseitig Gesellschaft. Sie ist eine treue Hilfe. Sobald mich ein schwerer Asthmaanfall überwältigt, rennt Luisa an mein Bett und versorgt mich mit der Sauerstofflasche. Wenn ich allmählich zu mir komme, seh ich zwar die panische Angst in ihren Augen wuchernd sprießen, ich könnte ihr in ihren Armen wegsterben, aber wie viele Male hat sie mich vor dem Tod bewahrt! Sie hat Alpträume, ruft hilflos, wenn ich meine Kämpfe mit dem zähnefletschenden Tod habe, Bina in der Schuhfabrik an, aber ich versichere ihr, ich werde nicht vor ihrer Nase sterben. Diese Sicherheit habe ich aus meinem Gespür. Durch ihre Anwesenheit macht sie mir ein großes Geschenk, denn in meiner Unbeugsamkeit, mit meinem unheimlich starken Willen war ich, ohne Virgilio als Gegenpart, als Kampfhahn, dem ich meinen Schnabel entgegenstrecken konnte, schwach geworden. Nicht nur ich, auch Gott wird sie dafür belohnen.

Das alles haben meine Buben nicht verstanden. Erst recht Moro nicht. Männer! Moro ist gar in Haß und in Unversöhnlichkeit geblieben. Als ob sich dadurch sein Leben erfüllt!

Der Riß der Augen

Wanderer dieser Zeilen! Ich schaffe es nicht mehr, weiter zu erzählen! Die Zeilen stauten sich schon früh an, und wenn ich sie mit dem bloßen Willen weitertrieb, dann nur, weil ich das Unreichbare wollte. Der Fluß der Generationen will jetzt nicht mehr dem Diktat der Zeilen folgen; der Horizont der Zeilenlinie bricht abrupt ab. An dieser Stelle tröpselt der Fluß meiner Ausführungen ab.

Hier leite ich, Franco Biondi, die Dränage seiner Herkunft in diesen Zeilen weiter und lege sie in Denkblasen nieder.

Erste Denkblase: Ich traf ihn auf dem winterlichen Strand am Meer. Er ging mit seiner Mutter nahe am Wasser spazieren und sammelte Muscheln. Ich beobachtete seine sturen Schritte, die gelockerte Haltung seines Körpers, der sich vom Hintergrund des Strandes und vom schwach erleuchteten Himmel abhob, betrachtete kurz den Schaum der kleinen Wellen, die bis knapp vor seine Füße den Strand bespülten, ahnte seine übertriebene Unruhe, seine entschlossene Furcht, seine schwulstige Paranoia. Als er mich ansah, reichte er mir ein zerknautsches Lächeln entgegen, das seine Zerstreuung auf den Wangen aufhob, bedeckte seine Augen mit gekrümmter Hand, als ob ich in ihnen hätte erraten können, was darin seit Generationen schwelte, beschleunigte seine kantigen Schritte, die um so geräuschvoller den Sand knistern, ihn im zerfransten Licht aufstieben ließen. Dabei spürte ich das ovale Schweigen, die zackige Unruhe, und sah im Flug seine trockenen Augenhöhlen, als hätte er sich soeben ausgeweint. Vielleicht hatte die Vitalität der Toten den Kreis entwässert – Elvira Fonti, Virgilio Binachi, Annunciata Ceccabelli, Biagio Piverini, Moro.

Dann wiegte er den Kopf, drehte sich halbkreisförmig nach mir um, stolperte über einen Haufen bunten Mülls; an seiner Jacke zerrte der jammernde Wind. Ich fühlte, daß er nicht nur absolut einsam sein wollte, was ohnehin jeder Mensch ist, sondern absurderweise auch allein, ohne Bruna, ohne Ivar, ohne seine Freundin in Frankfurt, ohne auf jemanden Rücksicht nehmen zu müssen, mit einer seltsamen Sehnsucht, ohne Herkunft auf der Welt zu sein. Ich sah auch, im Schnittpunkt zwischen Strand und Meer, den er darstellte, wie er die Augen in Schach hielt, als wären sie zwei Waagschalen, die es zu überwachen galt, in der einen die Intensität des Zweifels, in der anderen Schale die extensive Unfähigkeit, sie auszuhalten, sie als Geburtserbe anzunehmen. Sein Körper wirkte nun schlaff, wie vom Wind entstellt, als suchte er, Mutlosigkeit und Entsagung aufrecht gehen zu lassen.

Zweite Denkblase: Die Herkunft ist sein unerbittlicher Wärter, der Erinnerungen in einem Kerker festhält, aber jetzt steht sie nackt in seinen Denkblasen und fußt auf hübschen Mythen, die wie tausend Stimmen unter einer Kuppel ihn über tausend Löchern der Existenz schweben lassen. Wie in der Symphonie der Tausend von Gustav Mahler fließen sie orgiastisch und in brausender Fülle in die Unselbständigkeit, verhalten sich ekstatisch schön und rücksichtslos unversöhnlich zueinander. Er ist verstrickt im Netz seiner Mythen, wollte davon erlöst sein und kann seinen Lebenskontext auf keinen Namen zurückführen, weil alle Stimmen in den Lungen keuchen wie ein verstümmelter Gesang aus der Mahlerschen Symphonie der Tausend, die der Vokalisation entzogen wurde. Eine Eruption von Klängen ohne Atem; ein Chor von zerschmetterten Stimmen ohne Ton – er erstickt darin, was den Spalt in die Zeile treibt.

Dritte Denkblase: Es waren einmal zwei Individuen, die auf einem Videoband das Leben der Vorfahren aufgenommen hatten. Doch es gibt kein Videogerät, auf dem die Videokassetten abgespielt werden können; es existiert nicht. Die beiden Individuen reden und reden, strampeln sich ab, versuchen vergeblich, die Botschaften der Videokassetten auf andere Informationsträger zu übertragen, öffnen sie, spulen sie am Boden ab, suchen den Inhalt mit bloßem Augen zu entziffern, ohne Erfolg. Die Videobänder bleiben unabspielbar. Dario wollte ihnen auf die Spur kommen, doch er hat sich auf dieser Spur wieder verloren; so wie geschädigte Menschen in der Kunst einen Lebenshalt suchen, so kann er in der Herkunftssuche nicht verrückt werden.

Vierte Denkblase: Die Mythen, seltsam stark sein zu müssen, ich bin stärker als die Lebensbedingungen und als mein Körper, oder ich bin mein bester Helfer – wie lächerlich diese selbstgerechten Posen, wie einfältig diese Unfähigkeit zur Hingabe, dieser Mut, hinter dem sich Mutlosigkeit verbirgt, diese Gewalt gegen den eigenen Körper, diese Verdrängung, diese Spiele mit dem eigenen Leben, um im Leid zu wohnen, im Leid eine Heimat einzurichten, um sich von den Augenblicken zu trennen, in denen er doch glücklich gewesen war. Dario versteckt sich in Zeilen, in zerlegten, leblosen Metaphern; die trüben Worte schaffen Distanz, geben Schutz. Sie sind eine besondere Form von Selbstkontrolle. Denn sie sind nicht nur eine Möglichkeit zu sprechen, sondern auch der beste Wall, um das Gesicht zu verbergen. Somit kann er sich erlauben, an bestimmten Stellen unehrlich zu sein, abzusieben, was ihm nicht paßt, ohne daß man ihm auf die Finger schaut.

Sein Versuch, die Schienen seines Lebens schriftlich auszumachen, ist also bis zu dieser Stelle ein sumpfiger Fluß, der sich im Labyrinth der Herkunftsfamilie verzweigt, sich in sezierten, modrig werdenden Metaphern aufstaut, in einem schmalbetonierten Flußbett der Worte dahinströmt, sich ins klebrige Meer der menschlichen Nichtigkeiten ergießt, und versperrt seine Wahrnehmung. Er versperrt seine Wahrnehmung in der Gegenwart: Was ist mit ihm in der Fremde? Was ist mit ihm in der Partnerschaft mit einer deutschen Frau? (In seinem Roman klammert er systematisch jede Beziehung in Deutschland aus, jede Auseinandersetzung.) Dadurch baut er künstliche Dämme, damit keine Herausführung aus der Versandung entsteht.

Fünfte Denkblase: Der orangenfarbene Riß der Augen eröffnet einen schlammigen Horizont. Auf dem Auge sind die Äderchen Labyrinthwege, die aus der Iris hinaus führen. Ein Wassergraben schließt sich auf, wo die schlummernden Erfahrungen der vergangenen Generationen sich mit denen der gegenwärtigen vereinen. An der Klippe steht Dario in einer Reihe mit den anderen, unter einem riesigen, leuchtenden Auge. Eine Prozession von Umherirrenden im Prozeß der Blendung. Sie gehen, und bestimmt haben sie sich geirrt. Die Menschen sind klein und allein geblieben, die Leidenschaften dauern ewig. Ennio Binachi, erkennbar als erster der Prozession, hängt an der Hand seiner Mutter. Sie tadelt ihn und macht ihm Vorwürfe: Du bist verrückt, Maria Nardi zu heiraten! Heirate lieber eine Wölfin! Maria Nardi ist keine Frau für dich, sie schaufelt dir nur dein Grab! Ennio schaut sie betreten an und seufzt: Nein, Mutter, du und ich schaufeln mir das Grab! Dann liegt er im Heubett der Hütte am Berghang, mit der Frau des Hofverwalters, ringt nach Loslösung aus den Armen der Geliebten. Maria Nardi schläft im Haus, von den Kindern Virgilio und Ida abgewandt. Es blitzt draußen, ohne Donner, der schwarze Himmel begießt gelb die kahle Berglandschaft, an den Balken der Scheune baumeln zwei Gehängte im Licht. Es sind Freunde der Bauerngewerkschaft, oder soll ich das sein? Es gibt nichts als Fluch und Flucht. Ennio Binachis Gesicht schwimmt in einem Häufchen Erbrochenem an der Häuschentür in Pianetto, seine Finger trommeln auf den Rissen der moosigen Hausstufen. Maria Nardi ist in Richtung Mercatale aufgebrochen. Virgilio sucht nach dem Sandkorn, auf dem er seine Existenz errichten kann. Ein riesiger, gerupfter Hahn steht auf dem Zaun einer Hühnerfarm, der nächtliche Blitz durchstrahlt seine Gestalt. Virgilio winkt Moro zu sich. Schau, wenn du kannst! Ich erstarke im Gerippe der Idee; nur meine Wirbelsäule ist schwächer als sie. Das ist die Schuld. Elvira Fonti reckt sich im malvenfarbenen Hintergrund als verschnörkelte Wachsfigur, die den Zeigefinger als Speer ausstreckt: Du machst mich verrückt! Du bist schuld, daß mir zwei Söhne weggestorben sind! Moro ist ein sich linksdrehender Uhrzeiger: Geilheit löscht Feuer! Ja, ich bin ein Ungeheuer, der Drachen auf dem Dach des Sandkornes, laßt mich aber nicht allein. Er schlägt um sich in der Gruft der Bergblumen und Kräuter, in der aus einem zerrissenen Menschen eine Pflanze wächst, deren Knospen Menschenköpfe sind. Bruna hält mit ihren verdickten Händen eine zerbröckelnde Statue, um sich zu stützen, und bindet ausschwärmende Enten an ihre zerschmelzenden Finger. Annunciata Ceccabelli wankt im Wassergraben, eine Fledermaus mit geplatzten Ohren, als erwarte sie, etwas zu empfangen, das den Augen versagt ist. Ivar streckt die Hände nach einem aus Halm und ruft: Ich ertrinke im Gift der Unversöhnlichkeit, ich brauche euch, warum gebt ihr mir den Schwefel des Mißtrauens in den Halm ein? Maria ist als Rotkreuzmädchen gekleidet und will sich durch Hilfeleistung an anderen selbst helfen. Dario hält sich mit einem Stock an der Reihe fest, schnappt mit der anderen Hand eine junge Katze, die sich unter dem Wohnwagen versteckt hatte; er erhängt sie mit einem Eisendraht und befreit sie, noch bevor sie die letzten Lebenszuckungen von sich gibt. Voller Horror vor sich selbst, schlängelt er sich ziellos an den Tischen der fliegenden Händler vorbei, immer mit dem Stock als verzweifelter Verbindung zur Prozession. Moro ruft: Wo rennst du hin? In die Fremde! Die Fremde ist mein Sandkorn! Sie ist ein Draht um Darios Hals, er erstickt am Balz dieser Alpträume und findet sich kippend in der Reihe der in den Wassergraben Stürzenden wieder. Eine Unzahl von energischen Gestalten stehen unten und entreißen sie alle dem Leben. Sie sind Amtsknechte mit behördlichem Eifer, halten die Hellebarde mit leichten Händen, greifen die fallenden Köpfe, stoßen das Eisen in die Erinnerung. Quecksilber spritzt auf die Stirn. Der Triumph der Gewalt und der Liebe und des Todes, Spiegelbild ihres Lebens.

Sechste Denkblase: Diese Zeilen ufern aus deinem Flußbett aus, weil ich sie stellvertretend ausgeworfen habe. Jede Ausuferung führt dich weiter auf dich zu, auf das Unmögliche, was aus dir hätte werden können, wenn du aus dir ein anderes Du gemacht hättest.

Siebte Denkblase: Die Zeilen sind Schlangen geworden, die sich häuten.

Achte Denkblase: Der Riß in den Augen ist die Möglichkeit einer neuen Zeile.

Neunte Denkblase: Meine Zeilen zerfallen. Du mußt jetzt weiterschreiben.

Des Verräters Verachtung

Ich hatte ihn am Strand getroffen: Die Wellen plätscherten am sonnenumfluteten, winterlichen Strand dahin, ein Hund streunte am Meeressaum entlang, den Abfall der Touristenströme des vergangenen Jahres beschnuppernd, und ich dachte, auf die Gehäuse toter Muscheln tretend, darüber nach, daß ich mich vor mir selbst wieder einmal gedemütigt hatte, indem ich die kränkelnde Bruna dazu gedrängt hatte, mit mir ans Meer zu kommen, spürte tiefes Mitleid mir gegenüber, entdeckte eine sonderbare Sinnlichkeit für Strandfarben und -stimmen, fühlte, daß die öde Landschaft willkommener Anlaß war, meine traurige Stimmung in sie zu projizieren, als ich Biondi plötzlich aus der Gegenrichtung mir entgegenkommen sah. Sofort packte mich die kalte Wut des ohnmächtigen Verfolgten, die wilde Verbitterung, da ich jetzt erlebte, daß er vielleicht der einzige war, der mich verstand. Gleich tauchte der Traum der vorigen Nacht auf: Ich hatte geträumt, daß ich träumte, und daß es immer jemanden gab, der mir diese Träume wegstahl. Erst am Ende, bevor ich wach wurde, konnte ich es ausmachen: Diese Diebe entpuppten sich alle als Franco Biondi, als dieser widerwärtige Mensch, den ich verachtete.

In dem Moment stellte ich mir vor, ich sei ein aufgewühlter Fluß, der ins Meer mündet – ein herrliches Gefühl: verschwinden, das Nichts werden, das einzig Vollkommene. Mir fiel ein zweiter Traum ein, den ich vorige Nacht gehabt hatte. Ich lag im Sterben auf einer Totenbahre und tat meine letzten Atemzüge. Was mich erstaunte, war nicht der bevorstehende Tod, sondern die Heftigkeit der Atemzüge beim Verlassen des Lebens, und ich beschäftigte mich mit der Frage, wie es denn möglich sei, daß Menschen existierten, die ohne ein Seufzen von sich gingen. Während dieser letzten Atemzüge verspürte ich, wie ich mich vom

Körper nach und nach löste, wie ich über ihm zu schweben begann, welche Überraschung sich meiner bemächtigte; dies um so mehr, als ich anschließend feststellte, daß mein Körper endgültig ausgehaucht hatte und ich immer noch über ihm schwebte. Ich vernahm auf einmal die Menschen, die die ganze Zeit meinen absterbenden Körper umkränzt hatten, hörte, daß sie lästerten und sprachen, ohne ein Wort zu verstehen, spürte, daß es sich um mich handelte, betrachtete den leblosen Körper von neuem und bemerkte, wie ein spöttisches Lächeln wuchs und sich aus mir herauslöste, wie ich Zärtlichkeit emporsteigen fühlte, hörte mich sagen: Ihr lästert, wißt aber nicht, daß ich euch sehe. Indes nahm ich den Entspannungsprozeß des Körpers wahr, die Erschlaffung der Muskeln, die meinem Körper eine entleerte Würde gaben, das Verschwinden der Runzeln auf meiner Stirn, hörte eine Eingebung, die mir sagte, daß ich nur eine halbe Stunde lang über der Leiche zu verweilen hatte, dann hätte ich zu gehen, vernahm, was die Leute um mein leblos gewordenes Fleisch dachten, und wurde traurig. Aber die Zeit verging, und ich war immer noch da. Auf einmal hörte ich mich schreien: Diesen Gefallen tue ich euch nicht! Ich bleibe da und bleibe länger, als es euch genehm ist, ja ich überlebe euch alle! Dann fand ich das völlig unwesentlich, sah meinen Körper noch einmal an, empfand, wie der Versteifungsprozeß voranschritt, und nahm ein Gefühl der Wärme und des Wohlseins wahr. Ich wachte auf. Mir fielen all die Nachmittage ein, an denen ich eine Siesta eingelegt hatte; in den Augenblicken des Wachwerdens hatte ich jedes Mal das Gefühl des Ablebens, und danach das der schmerzenden, immerwährenden Geburt. In mir schrie also das Verlangen nach Überschreitung der existentiellen Grenzen. Aber auch die Gewißheit, daß ich eines Tages nicht mehr ich sein würde; da fühlte ich Frieden in mir, eine den Größenwahnsinn aufhebende Gelassenheit. Dabei ahnte ich, daß beides dasselbe war, der Beginn des Lebens und sein Ende. Und ich mußte an jene Gemälde denken, die die Wände der Museen und Kirchen übersäten. Dort wurden verhängnisvoll Täter und Opfer verewigt; die einen wurden verherrlicht, die anderen verdammt; aber die Jahrhunderte schufen eine Würdigung aller menschlichen Regungen: der heiligen und der teuflischen.

Als wir uns kreuzten, trieb mich ein Impuls dazu, die Hand vor die Augen zu halten, als würde ich vom Licht geblendet, in Wahrheit aber, damit er meinen Blick nicht auffangen konnte. Weshalb ich das tat: Ich weiß es nicht. Obwohl ich die Augen verdeckte, konnte ich seinen Blick spüren, wie dieser mich scheel ansah: Mir wurde deutlich, daß er ziemlich idiotisch herschmunzelte, aber mit dem Vorsatz, intelligent und allwissend zu wirken. Ich lächelte spöttisch zurück, dachte, daß von einem bestimmen Alter an das Leben ein spöttisches Lächeln wird, ein nachdenkliches Grinsen über die selbstgebastelten Gewißheiten, ein bitteres Grienen über den Größenwahn, mit dem ich in die Welt der Möglichkeiten eingetreten war, und bedauerte, daß Biondi, dieser selbstgerechte Schriftsteller, meinen Mund nicht wahrnehmen konnte. Es war gerade im jenem Augenblick des Augenverdekkens, in dem ich das schrille Möwenkreischen hörte, das erlahmte Licht der schwachmütigen, schrägen Sonne wahrnahm, daß ich alles so unbeständig, so zerbrechlich erlebte und in mir undeutlich die Vorstellung erwachte, ihn zu töten, ihn zu seinem grellen Ursprung zurückzustoßen, ins undifferenzierte Alles der Erde. Aber das wäre ein Beschummeln in einem abgekarteten Spiel gewesen, ein neues, verirrtes Danebengreifen in der endlosen Handlungsabfolge. Schließlich fiel mir ein, daß ich unlängst mich mir als alten Mann vorgestellt hatte: Ich hatte mir einen Sarg gekauft, ihn geöffnet ins Wohnzimmer gestellt und ihn jeden Morgen nach dem Aufwachen gegrüßt, ihm dabei zugerufen: Eins ist sicher: Wir werden uns vereinen, und das wird meine endgültige Erfahrung werden.

Ich stellte mir vor: Und wenn ich den Schriftsteller Franco Biondi erfinden würde? Es würde sich um einen Mann in den Vierzigern handeln, der eine dunkle, unergründliche Vergangenheit besaß; er trug Brille, hatte einen kräftigen Körper, bewegte sich in tolpatschiger Cow-boy-Manier, beschäftigte sich mit Moral und Fremde, mit Vergänglichkeit und der Unmöglichkeit, mit sich zu leben, sprach von der Vielfalt seiner Erlebnissse, wies jedoch ein Erlebnisdefizit auf, gab an, immer an vorderster Front zu stehen, war jedoch in der realen Beziehung zu anderen nur damit beschäftigt, Strategien auszuhecken, um sich in Deckung zu halten. Nein, ich konnte ihn nicht erfinden: Er ging leibhaftig soeben an mir vorbei und bot dem Landschaftshintergrund ein absurdes Profil. Und er genoß meine volle Verachtung. In diesem Augenblick hatte ich die Gewißheit, daß meine offene Rechung ihm gegenüber aufgehen würde.

Und während ich das dachte, fielen mir Romane und Sätze von Menschen ein, die mir mehr oder weniger nahe standen und von Obsessionen beherrscht wurden, daß Krabben, Krebse, Spinnen etcetera, alle als eklig beschriebene Tiere, den Menschen verschlingen würden. Projektionen, denn der Mensch war der, der sie verschlang. Das Eklige war in ihm, einzig in diesem die Erde verschlingenden Zweibeiner; es war gerade dieser Ekel vor sich selbst, der Unheil anrichtete. Und höchstens die Vorstellung, daß die Tiere, vor denen man sich ekelte, den Menschen eines Tages verschlingen würden, rechtfertigten diese Projektionen, aber nur dann, wenn sie sich rächen könnten. Aber die Rache schien nur eine Angelegenheit der Menschen zu sein. Ich werde mich an Franco Biondi rächen; töten will ich ihn nicht.

Der menschenverlassene Strand wurde von einem Windstoß aufgestöbert, ich hielt inne, betrachtete die hohen Dünen, die im Herbst errichtet worden waren, um die Badehäuser vor den Wellen zu schützen, sah die Sandkörner im Licht flirren, wandte mich dem Wasser zu, beugte mich über die leisen Wellen, besah meine Augen und meine Lippen im ondulierten Wasserspiegel, wie sie sich in der leichten Bewegung verzerrten, und dachte: Als Sozialarbeiter kriege ich keine Stelle mehr. Ich bin schon vor zwanzig Jahren aus der Kirche ausgetreten. Ich wußte, daß die meisten Sozialarbeiterstellen von Kirchen eingerichtet sind, und in den spärlichen städtischen mußte man Deutscher sein. Vor kurzem wollte die Caritas meine qualifizierte Kraft unbedingt haben; mit der Bedingung, der Kirche wieder beizutreten. Ich sagte mir wieder einmal: Lieber sich durch das Leben leidend und aufrecht hindurchtingeln als einen faulen Kompromiß eingehen, mit dem niemand glücklich ist. Ehrfüchtig den Glaubenden betrachtend, glaubte ich nicht an Gott. Warum sollte ich also einer Gemeinschaft angehören, an die ich nicht glaubte? Ich sah auch nicht, welchen Sinn es haben sollte, Deutscher zu werden.

Ich entdeckte mich mit einer ausgespülten Muschel in der Hand, als ich dachte: Ein Apfel kann auch weit vom Baum fallen; er muß es nur dürfen, oder der Baum muß am Zipfel einer Schlucht situiert sein, und nahm wahr, daß meine Hand die Muschel berühren konnte, ohne zu fühlen. Daß meine Körperteile ständig irgend etwas taten und meinem Hirn nichts anderes übrig blieb, als dies festzustellen.

Biondi war nicht mehr in Sichtweite. Ich konnte mir nicht erklären, warum ich gerade ihn verachtete.

Mir fiel das Wort »Verräter« ein. Ich besah die leere Muschel, blickte hinüber, wo sich Meer und Himmel verschränkten und ineinander übergingen, lief in meiner Vorstellung diesem Übergang nach, stellte mir vor, daß diese Naht zwischen Himmel und Erde verschiebbar wäre, bis zum Ausgangspunkt hin, dachte, daß der Horizont eine optische Täuschung sein müßte, damit Verklärung den Alltag besetzen konnte, ein Hüllwort, um das Angestaute in einem Menschen da reinzuschieben, und vergegenwärtigte mir die Zeit, als ich sechzehnjährig war: Des Verräters Verachtung bettete sich in einen subtilen Groll ein, der meine selbstvergessene, gezähmte Körperhaltung zerfurchte. Dürr, in mich gebeugt, verhüllte ich meinen selbstrügerischen Versuch, ihm zu gefallen. Aber Moros Blick war von Kreuzworträtseln aufgesaugt, Brunas Hände strickten einen dunkelbraunen Pullover. Ich hörte Vater auf einmal sagen: Bist du es nicht leid, da herumzustehen? Ich bewegte mich nicht und schwieg. Geh ins Bett, sonst brichst du morgen bei der Arbeit zusammen. Meine Augen schauten ihm wütend ins Gesicht, blickten dann aus dem Fenster, das direkt zur Bar hinausging. Die Freunde waren schon dort und bewegten sich durch die in ein fahles Licht getauchte Leere. Der Abend draußen war eine in Schnee getauchte Nelke. Du Ärmster! rief Moro. Wann wirst du dich endlich wie ein Mann benehmen? Streng dich endlich an, ein Mann zu sein! Bruna protestierte. Laß ihn doch. Ich schaute meine Eltern an und dachte nur: Laßt ihr mich!

Wie war es, ein Mann zu sein? Moros Mannsein war eine verdörrte Nelke in meiner Wunde. Seine in die Augen gepreßte Verzweiflung war nun – nach dem letzten gescheiterten Fluchtversuch – blanker, mit Mißtrauen beladener Zynismus geworden, der Pfeffer auf die Wunde. Ich schämte mich, ein Mann zu sein. Ich war ein zersplitterter Spiegel Moros. Laß dich doch treffen, irgendwann, verlorenes Spiegelbild. Kartenspiele, das Billard, das gelangweilte Sitzen vor der Bar zeugten von verwirrter Nachahmung Moros. Die Fremde sproß nur augenscheinlich aus den Plätzen des Viertels, in Wirklichkeit keimte sie wild aus dem eigenen Körper.

Moro stellte mich vor Freunden immer noch abschätzig vor: Das ist der Sohn meiner Ehefrau. Bruna ließ mich von Moro maßregeln; sie rief ihm zu: Du mußt dir deinen Sohn vorknöpfen. Ich habe sie nie sagen gehört: Unser Sohn. Bruna benutzte mich aus ihrer Schwäche heraus für sich, dann lieferte sie mich beim ersten Mißfallen dem Peiniger aus. In meiner Anstrengung, ihm zu gefallen, haßte ich einzig den Peiniger.

Es war nicht zu übersehen, wie Moro litt, mich so zu erleben: Ich half häufig Bruna im Haus, ging keinen Frauengeschichten nach und lief durch die Welt wie ein verschüchtertes Kind. Ich masturbierte im Klo und verschmierte die Unterhosen, worüber sich dann Bruna bei Moro beklagte. Er holte mich also zur Seite. Hör mal, fauchte er mich an, Söhnchen meiner Frau. Wenn du dir einen runterwichst, nimm ein Tuch oder Klopapier, ja? – deine Mutter mag nicht die Flecken wegwischen. Besser wäre es, endlich mal den Weibern nachzurennen. Die warten nur, brauchst nur zuzugreifen. Und ich möchte dich warnen: Wenn du Antonella Campana triffst, geh mit ihr nicht ins Bett – sie ist deine Halbschwester, ja? Aber du wirst sie nie treffen: Du bist einfach blind!

Ich erwiderte nur: Schrei nicht so!

Wie Moro glaubte ich, nicht an Gott zu glauben. Die Frage allerdings hatte ich mir bisher nicht klar gestellt. Ich hörte nur den Vater unablässig gotteslästern. Moro trug am Tisch häufig seine versimpelte Theorie vor: Schau mal: Das verdammte Gras wächst von selbst, mit Zutun der Sonne, ohne Gott. Nach außen hin übernahm ich die gottlosen Posen der Binachis und lästerte ebenso gegen Gott. Die Neugier trieb mich dennoch in die Freizeiträume der Pfarrei. An Weihnachten besuchte ich die Weihnachtsmesse um Mitternacht, als suchte ich dort etwas. Die weihrauchbeladene Luft flößte mir Ehrfurcht ein, die Frage, ob es ein Etwas gebe, das über den Menschen waltete, und dies ein Gott sei, quoll spontan hervor, dann sagte ich mir: Gott ist eine zügellose Ameise im Hirn, sie ist in mir zertreten worden. Ich fand eine trügerische Ruhe bei diesem Gedanken. Am weihnachtlichen Mittagstisch aber fragte Moro: Warum bist du heute nacht so spät heimgekommen? Warst du endlich auf Weibersuche?

Ich druckste erst herum, dann sagte ich es. Ich war nur neugierig.

Moro höhnte. Ich wußte es doch, du bist wie deine Mutter.

Nein, bin ich nicht!

Und warum rennst du zur Kirche? Habe ich dir früher nicht mal gezeigt, wo der richtige Gott sich aufhält?

In die Kirche bin ich gegangen, rechtfertigte ich mich, um die Mädchen anzuschauen.

Du Tor! lachte Moro erstickt. Mädchen muß man im Tanzsaal oder im Kino anpeilen, nicht in der Kirche! Du hast einen Sohn, Mutter!

Eins hatte ich mir geschworen: Nicht so werden wie Moro. Aber dann senkte sich dichter Nebel in meinen Kopf. Es war nur eine Ausrede. Die extreme Schüchternheit hinderte mich daran, Kontakte zum anderen Geschlecht aufzunehmen. Vor jungen Mädchen erlebte ich, wie das erträumte Balzprogramm ins Nichts entschwand und ich meine Gedanken verriegelt fand. Ich war nicht auf der Seite der balzenden Männer, auch nicht auf der der Frauen. Im Friseurladen, in dem ich arbeitete, ertappte ich mich damals, wie ich die Haare der Kunden anfaßte, mit den Fingern nestelte und mir dabei Mädchenhaare vorstellte. Krank, ich bin krank, sagte ich zu mir. Warum nimmt er mich nicht so, wie ich bin? Mein Herz pochte an seine verschlossene Tür. Eine weite, dunkle Landschaft, in der Finsternis herrschte, umfing mich. Die Nacht – ein Kissen, das das Gesicht der Entgleisten verschluckte. Ich vergoß mich in die Nacht, weil ich mir fern war und meine Brust auf einem grellen Teppich klebte, von den Stätten der Väter träumte und sich nach Frauen sehnte. Wenn bloß die Zerrissenheit schreien könnte, würde Moro mit seinen spöttischen Spitzen von ihr niedergebrüllt werden!

Sammelst du Muscheln? fragte Bruna; ihre Frage verriet mir, daß ich die ausgespülte Muschel in die Tasche gesteckt hatte. Ja, sagte ich. Eine Trophäe für die Ewigkeit. Indem ich es sagte, entlud mein Gefühl ein saures Lächeln aus meinen Lippen. Vor der Abreise nach Deutschland suchte ich Bedeutung in meiner Bedeutungslosigkeit. In jenen Nächten träumte ich, in der Hand eines grünen Klanges wegzuströmen. Reisende mit blassen Gesichtern winkten mich her. Ich war ein Saxophon und eine Fahne, mit der der Wind spielte: In einem Jahr, wenn der Himmel sich verdunkelt, der Mond die Gedanken blendet, werden mich meine Füße in die Ferne tragen. Dann werde ich den Groll vergessen, werde den verschleiert verächtlichen Blick unter Bäumen, die sich mit gelben Blättern belauben, begraben. Der Zug nach Deutschland fuhr tatsächlich; in ihm saßen mehrere meiner Freunde und Freunde Moros. Er trug die Inschrift: Bäume aus dem Süden, die hoffnungslos gebrochen sind und deshalb Hoffnung hegen. Auch ich, nun ohne Arbeit und mit umgeleitetem Zorn, bestieg diesen Zug, als würde ich ein Tor an einem feierlichen Tag der offenen Tür durchschreiten; aber das ist ein anderes Kapitel meiner Geschichte.

Ich musterte weiterhin das dösende Meer, räkelte mich in der kalten Luft, in diesem winzigem Halm, der den Menschen geboten wurde, lief ein paar Schritte, hielt inne, bückte mich, um die sonderbaren Reste des Meeres näher zu betrachten, und vernahm auf einmal, daß Mutters Hand mir übers Haar strich. Ich wagte nicht hinaufzuschauen und fühlte, wie schwierig es für mich geworden war, die Zuneigung der Mutter nicht mehr als Bedrohung zu erleben, sondern daß sich hinter ihrem Bestreben, ihre Einsamkeit durch die Nähe des Sohnes zu lindern, hinter ihrer Sucht nach Gefühlseindeutigkeit wirkliche Liebe verbergen könnte, verbarg. Die Flucht galt hintergründig etwas anderem. Vor meiner Abfahrt hatte ich es so gesehen: Bruna, kränkelnd, klammerte sich unsichtbar an mich. Sie sagte es nicht, aber aus ihrer Haltung entsprang der Ruf: Du bist mein Schutz, bleibe bei mir. Ja, Mutter, hatte ich sie zuletzt am Bahnhof beschwichtigt, ich fahre nur für kurz fort. Damals konnte ich zwischen ihrer Liebe als Mutter und dem Gebrauchtwerden nicht unterscheiden.

Inzwischen brauchte ich sie, um mich diesem Land, das sich als mein Herkunftsland darbot, und dessen Menschen nicht zu stellen.

Moro stichelte jedes Mal: Ich sehe es im voraus, Dario, so wird's kommen: Erst kommst du einmal im Jahr, dann jedes zweite, dann in fünf Jahren wieder, dann vergißt du uns. Seine Prophezeiung war nicht eingetreten. Ein unsichtbarer Magnet zog mich nach San Martino; und dieser Magnet wurde mir erst nach dem Tod Moros erkennbar: Mehr als der Landstrich, die Geschwister, war es Bruna; sie zog mich mit ihren Forderungen an, mit Anspielungen, mit Vorwürfen. Sie beschrieb in ihren Briefen, wie einsam sie lebte, und nebenbei unterstrich sie: Ich erwarte dich auf jeden Fall in diesem Sommer. Oder sie führte die Vorbereitungen auf, die sie für meine Ankunft traf. Vor einigen Jahren, zu Ostern, brach ich mit dieser Tradition, die sich eingeschlichen hatte, und fuhr statt dessen nach Griechenland; heftig schlug mir Bruna ins Gewissen, klagte und ließ in mir die Assoziationen des Verrats aufkommen, so daß ich nicht umhin konnte, von Griechenland zurückgekehrt, noch vier Tage Urlaub anzuhängen, um schnell ins Auto steigen, um ihr den, wenn auch kurzen, Pflichtbesuch abzustatten.

Das Meer stand offen, die Sonne sank ermüdet herab und erstarb an den Mustern der am Wasser entlang angehäuften Muschelberge, die Landschaft begann sich unter den sättigenden Nebelschwaden zu verwischen. Ich löste mich von Mutters Streicheln, indem ich sie kurz umarmte und nach vorne lief. Ich sah, wie eine zerfressene Zigarettenschachtel sich auf den schwachen Schaumkrönchen wiegte, entdeckte den entstellten Mond, der am Himmel erschienen war, sagte mir: Wie schwer ist es, das Mißtrauen der Kindheit zu überwinden und nun die Liebe der Mutter zu ertragen, dachte, daß Bruna mir als Projektionsfläche diente: Sie rief zur Besuchabstattung, und ich hörte; aber ich hörte nicht auf sie, ich hörte auf das Unerledigte, das mich jedes Jahr ins Land der Herkunft rief. Dann witterte ich die Luft des Meeres, die in mein Gesicht biß, sog Luft ein, bis meine Kehle begann, heftig zu schluchzen und meinen Körper zu packen. Ich konnte mir all die Männer vorstellen, die die Liebe mit Gewalt von sich wiesen. Und ich empfand keinen Haß mehr, keine Rechnung stand mehr mit ihnen offen.

Aber damals breitete sich der gegenseitige Spott über den Eßtisch aus, wenn wir über Mittag beieinander saßen. Wir hatten unser Kampffeld sublimiert und stritten uns über die »Frauenfrage« – welch ein ominöses Wort! gestand ich mir. Derzeit war eine imposante Frauenbewegung im Aufkommen und füllte die Zeitungsspalten, gegen die die Münder der erschrockenen und empörten Männer, wie Moro, wetterten.

Moro redete sich den Mund fusselig, Frauen seien weniger fähig als Männer. Ihnen sei zudem nicht zu trauen, sie seien unberechenbar... Schau, wie lahm die Frauen herumfahren und den Verkehr behindern, kaum Männer seien unter den Verkehrsstörern, nur Frauen. Ihnen gehörte auch kein Führerschein in die Hand gedrückt, weil sie aufgrund ihrer Weiblichkeit nicht fahren könnten. Viele andere »Beweise« seiner Frauentheorie tischte Moro auf, und ich, aus der Fremde, hatte ständig neue »Gegenbeweise« parat. Als erwartete ich von Bruna Verstärkung, da ich, meinte ich, den Kampf gegen den rohen Ehemann stellvertretend für sie führte, schwenkten meine Blicke zu ihr hinüber. Bruna saß erlahmt an ihrem Platz und flehte statt dessen um Beruhigung der Geister.

Warum überhaupt diskutiere ich mit dir? fragte Moro. Du bist ja ein Verräter! Du bist ja verweiblicht! Hab ich schon gewußt, als du noch in der Wiege lagst! Erhitzt, beleidigt schoß ich zurück, aber nicht direkt, was nahe lag, sondern mit Vorwürfen, was Moro mit seiner Lebensweise Bruna an Unglück gebracht hätte; und ich warf ihm den Hunger der Kindheit vor. Fast waren wir soweit und wären tätlich geworden. Um meine Männlichkeit unter Beweis zu stellen, fiel mir auf, focht ich gegen den Vater gerade in jenem Bereich, wo ich selbst verletzbar war und wo die Argumente zwangsläufig den Vater zum scheinbaren Sieg führten; denn Moro war das Sinnbild des Männlichen, ich ein Mann mit gebrochener Identität. Die fremden Frühlinge, tausend Kilometer entfernt, hatten mir mit den Jahren bestätigt: Ich bin der, dem ich nicht traue.

Meine Hand holte die Muschel aus der Tasche, und mein Blick

entdeckte erst jetzt, daß die Schale ein winziges Loch aufwies. Ich lugte hindurch; ein blaugrau durchsetztes Himmelsloch öffnete sich, grauviolette Wolkenfetzen im schwarzlila Hintergrund, die grauen Sandkörner des trostlosen Strandes, die voranschreitende, wacklig gehende Mutter. Dem hinkenden Möbelgeschäft des Vaters mit Deutschlandgeldern über die Runden zu helfen, hatte mich damals in die Lage versetzt, zu beweisen, daß ich eher weiterkommen konnte als der unbeständige, umherirrende Moro. Welch ein Trugschluß! All die Emigranten, die mir begegnet waren, mit dem allmählichen Zerbrechen ihrer Verbindung zum Herkunfsort, mit den zunehmend auftretenden Krankheiten, die Körper und Gedanken zermürbten, mit den Kindern, die ihnen horrend fremd geworden waren, hatten den Alltag und den Rumpf des Lebenssinnes mit neuen Trugschlüssen aufgefüllt, damit der unausgefüllte Platz in der Welt, der unerfüllte Körper ertragen werden konnten; und weder der stattliche Betrag auf dem Konto noch das den Einheimischen vermietete Haus oder die Eigentumswohnung im Herkunftsort konnten der Balsam werden, der die Hoffnungsrisse heilte. Und ich dachte, daß die Hoffnung das kostbarste Gut der Menschheit war, daß sie nicht nur Trost gab, sondern auch das Verlangen nach Auffüllung und Erfüllung lebendig halten kann, und somit das Leben. Und ich mußte maliziös über meine Jugendhirngespinste lächeln, darüber, wie ich es genoß, daß Moro seinen Ton geändert hatte, seitdem ich mit deutscher Mark herumfuchtelte, als sei sie die Fahne, mit der die Befreiung erzwungen werden konnte. Sobald du genug Geld zurückgelegt hast, meinte Moro damals, kommst du zurück, machst eine Schlosserei auf, und ich arbeite bei dir. Ähnlich wie Virgilio es bei Natale vorgeschwebt hatte. Virgilios Wunsch endete jedoch in einem gemieteten Zimmer in Natales Haus.

Ich legte die Muschel vor das Auge, schaute nochmals hindurch und dachte: Ohne Kirche keine Sozialarbeiterstelle. Der Glaube: Ivar war Mormone geworden, Freunde in Deutschland Zeugen Jehovas, Bruna trug erdolchte Religiösität im Herzen. Oft hatte ich bei ihnen den schleichenden Verfrommungsprozeß beobachten können: Je länger sie in der Fremde lebten, desto dichter füllten sich ihre Augen mit Angst und Hoffnungslosigkeit;

ihre erst auf genormte Freundlichkeit zugeschnittenen Gesichtszüge nahmen mehr und mehr die stählerne Härte der Industrielandschaft an, jene Härte, der sie einst mit Rückkehrillusionen entgegenlächeln konnten. Dann trat nach und nach die Wende ein; zuerst begegneten ihre Blicke stumm den meinen, dann durchdrang den dumpfen Schleier ihrer Augen die Leuchtkraft einer neuen Hoffnung, redeten sie zaghaft von der richtigen, einzig echten Kirche und von der bevorstehenden Erlösung, von der Rückkehr ins Reich des Guten. Es war gerade in jener Zeit, als ich dies bei den anderen Emigranten beobachten konnte, daß ich aus der Kirche mit einer schlichten Unterschrift ausgetreten war. Und stolz hatte ich es am Eßtisch erzählt, sobald ich meine Familie besuchte. Ein Stück bist du doch mein Sohn, sagte Moro brustreckend. In dem Moment war ich nicht stolz auf mich. Ich spürte, daß ich an nichts glaubte, diese abgrundtiefe Schlucht der Kindheit, auch an mich nicht. Aus der Kirche bin ich ausgetreten, ergänzte ich, als wollte ich den Vaterstolz wieder ins Wanken bringen, aber niemals würde ich in eine Partei eintreten. Niemals.

Sofort ging der Kampf zwischen uns weiter. Moro war in der Partei, er verteidigte vehement den Kommunismus in der Sowjetunion und sprach diesem die Hauptrolle bei der Befreiung der Menschheit zu. Für Stalin hatte er nur gute Worte. Die Russen hätten das Sowjetsystem mit größten Opfern verteidigt. Ich spürte instinktiv, daß auf diesem Feld Moro schwache Stellen zeigte, und stürzte schäumend darauf los, obwohl ich kein Antikommunist war. Ich wollte weder dafür noch dagegen sein, aber da es um den kommunistischen Vater ging, holte ich aus dem Bücherregal Ivars den Geschichtsatlas heraus, beugte mich am Eßtisch über ihn und las vor, was darin über Stalin und das Verhalten des russischen Volkes im letzten Weltkrieg niedergeschrieben stand: Daß die Russen die Nazis anfänglich als Befreier aufgenommen hätten und sich erst nach deren Greueltaten zum Vaterländischen Krieg zusammengerauft hätten. Wohl nicht, um das System zu verteidigen, schnarrte ich abschätzig, eher nur ihr Mutterland. Alles Lüge, brüllte Moro, das Buch ist ein Machwerk der Herrschenden, alles Lüge! und haute die Faust auf den Tisch, daß Gläser und Teller klirrten und das Besteck hüpfte. Lüge oder nicht, da steht es geschrieben, knarrte ich entgegen. Willst du vielleicht dem widersprechen, daß die Kommunisten alle Mörder sind? stachelte ich dann mein ereifertes Kontra an. Sieh doch die Schauprozesse! Um ihre Ideen zu verwirklichen, bringen sie Freunde, gar die Väter um! Da bekam Moro trübe, feuchte Augen und schwieg seltsam. Sein Schweigen und seine von einer dünnen Schicht überlagerten Augen wandten sich von mir weg.

Ich sah in seiner Nachdenklichkeit das Ausgehen seiner Argumente, kostete den Sieg über den Vater aus und dachte: Jetzt bittet er endlich um Waffenstillstand.

Moro machte jedoch noch einen letzten Versuch, die Auseinandersetzung für sich ins Positive zu wenden, und rief spöttisch: Bekanntlich haben die Weiber keine Ahnung von Politik, du bist sowieso verweiblicht, also bist du nicht ernst zu nehmen. Ich spürte wieder die alte, stille Verachtung, auf die Moro wie vorprogrammiert stichelnd reagierte, meine schwache Stelle entblößend. Ich erhob mich äußerst gereizt vom Stuhl und schob ihn knallend gegen den Tisch. Wenn du nicht mein Vater wärest, platzte ich heraus, würde ich mit dir kurzen Prozeß machen.

Auch wenn du jung bist, gab Moro rabiat zurück, unterschätze mich nicht.

Aufgewühlt fispelte ich ins Zimmerchen Ivars, das für mich hergerichtet worden war, und legte mich ins Bett. Ich schloß die Augen, mein Verlangen, nach Deutschland zurückzukehren, wurde stärker und entlud sich in meiner Vorstellung wie eine Wolke, die sich als Regen über ausgedörrte Erde ergoß: Ich werde ihn vorher umbringen.

Alle Variationen des Umbringens spielte ich durch. Die stärkste Mischung aus Grauen und Lust brachte die Bildabfolge des Erschlagens. Mit einer Stange, bis diese sich von Eisen zu Blut verwandelte. Ich lag auf dem Bett und wollte nicht dem Schlaf erliegen, denn ich ahnte, daß ich mir im Schlaf drei weitere Tötungsarten ausmalen würde, Tötungsarten, die traurig brüllend auf meinem ausgedörrten Geist weideten, und über ihnen würde sich ein Himmel aus blutverschmierten Heuschrecken wölben. Ein Gesang näherte sich und breitete sich als unendliche, vergilbte Ebene aus. Ich überließ mich dem tiefen Schlaf, während auf der Straße das Werben der Kater erklang, kräftige Rufe für die Katze von Anna, der Nachbarin von obenan, deren Mann sich in Deutschland in einer Knochenfabrik verdingt hatte.

Ich sah meine Hand an, wie sie die Muschel handhabte: verlangsamt, entkrampft; ich vermutete, daß sich Gelassenheit in meinem Körper ausbreitete, lehnte die Muschel ans Ohr und suchte mit geschlossenen Augen den Ort der Stille; das Geräusch des Windes richtete sich im Gehäuselöchlein ein und vermischte sich mit dem Rauschen des Ohrs – es war kein losgelöstes Rauschen: Daraus stiegen Stimmen und Sätze vergangener Erlebnisse empor, Soundfetzen eines irgendwann gehörten Liedes, die damit gekoppelten Gefühle. Wo ist dieses Schweigen, fragte ich mich, wo ist diese Entrückung aus der Welt, diese Isolation des Menschen? Der Tatsache, daß ich nicht als Sozialarbeiter arbeiten konnte, maß ich keinerlei Bedeutung mehr bei. Ich faßte zusammen: Dreitausend Tage Obdachlosenblock, zweitausend Tage fliegender Händler, tausend Tage Lehre, fast zehntausend Tage Deutschland, ein roter Faden der Heimatlosigkeit, des Lebens ohne wirklichen Platz. Aber auch der Ortswechsel, der verfehlte Platz in der Welt hatten keinerlei Bedeutung mehr, denn mein Bewußtsein befand sich jetzt in einer wandernden Koordinatenachse Zeit-Raum, und ich war darin ein verankerter, beliebiger Strich, dem jeder Halt entwich, der in Gedanken zerrann. Und ich dachte, daß nur eine erbarmungslose, niederträchtige Tat mich davon befreien, mich wirklich retten könnte.

Dabei fiel mir ein, wie oft uns im Sommer ein unerklärlicher Drang an den Ortsrand von Pianetto trieb. Der wacklige Steg war durch eine Brücke aus Beton ersetzt worden, die schmale Straße kiesig. Wir sahen das alte, nun verlassene Haus am Berghang, wie es in der dunstigen Landschaft verschwamm. Es wurde gegrillt und im zusammengeschrumpften Fluß geplanscht; nach dem Essen entschwanden die Geräusche der Ausflügler, nur das ewige Summen der Vegetation blieb. Das an den Felsen unruhig fließende Wasser murmelte eine monotone Klage. Über den Hügeln die vermeintliche Stille, die jeden Blick ausblendete. Am vorgestellten Horizont der zerklüfteten Landschaft versank der Gedanke in den Körper. Nicht Angst vor dem ergreifenden Stillstand, süße

Versenkung in eine unnachvollziehbare Herzverengung. Das Rauschen der spärlichen Vegetation im Wind wurde zu Stimmen, die in die Auflösung führten. Sie klangen nach Unendlichkeit und hoben die Sprache der stummen Generationen auf. Das müßte die erbarmungsloseste, niederträchtigste Tat sein: Ohne Verachtung, ohne Groll, zuneigungsvoll, die Aufhebung aller Verachtungsgenerationen zu vollziehen.

Dauerwelle fürs schwarze Schaf

Über dieses leeres Blatt gebeugt, den Blick auf diesen Titel eingeschraubt, hörte ich das Knistern der Haare, den Chor entfernter Stimmen, den Atem des Kammes, sah, wie Maria die kopfumlodernde Wolle des schwarzen Schafes kämmte, während dieses zerfledderte Micky-Maus-Hefte Seite um Seite studierte, sah die aus dem Schopf sich ringelnden krausen Strähnen, sah die fummelnden Finger, dachte an dünne Tränenfäden, an deren Ende drei Bären eine mechanische Szene spielten, fühlte, daß es keine Tränen waren: Es handelte sich um seidene Fäden jener geheimen Unordnung, die das Leben in einer verschlüsselten Sanduhr zerrinnen ließ.

Stundenlang hielt das Spiel mit der kopfumlodernden Wolle des schwarzen Schafes an. Maria war nimmermüde, Moro las ungestört weiter. Die Haarfäden kräuselten sich in ihre natürliche Lage zurück, die fummelnden Finger wellten sie zu dichten Lokken, flochten sie zu kleinen Haarschwänzchen zusammen, die losgelassen ein leuchtendes Glitzerwerk auf dem Kopf des Mannes bildeten. Endlich hob er den Blick von den Micky-Maus-Figuren, klatschte mit zuneigungsvollen Augen seine kräftige Hand auf den dürren Schenkel des Mädchens und rief katharrhös: Marioska, gibst du mir zu trinken? Anstatt Maria nannte Moro sie zeitlebens Marioska. Ich, Berufungsinstanz bei den Elternkämpfen um die Vorherrschaft über das neue Kind, war auserkoren worden, dem Neugeborenen den Namen zu geben, Maria. Durch den Beinamen schien Moro seinen versteckten Besitzanspruch auf Maria zu bekräftigen. Tatsächlich war Marioska ein von ihrer Mutter ersehntes Mädchen, das aber von Moro vereinnahmt wurde. Marioska wurde wie Ivar nicht getauft und wuchs zur Enttäuschung Brunas nicht so, wie sie es erwartete. Sie wollte nicht essen und nicht wachsen, klammerte sich wimmernd an die Beine des Vaters und wollte ausschließlich auf seinem Schoß sitzen.

Dabei war Maria ein von Moro ungewolltes Kind. Er fühlte sich felsenfest sicher, daß es nicht von ihm gezeugt worden war, und hatte Bruna dazu drängen wollen, es abzutreiben. Die Sicherheit bezog er aus seiner Faustregel, nicht mit Bruna zu schlafen, wenn seine Berechnung der Regeltage, an die er sich strikt hielt, die Gefahr einer Schwangerschaft ankündigte. Bestärkt in der Behauptung fühlte er sich zudem durch die Projektion seiner Liebesaffären. Nachdem der Arzt die Schwangerschaft festgestellt hatte, hatte er Bruna bestürmt: Wer ist der Vater? Maruga? Oder Campana? Du bist es, erwiderte sie seelenruhig. Erzähl mir keine Mär! Ich weiß es, meinst du, ich bin blind? Ich hab doch gesehen, wie sie dich umworben haben! Oder war es der Biffi? Der war's, ganz bestimmt! Da Moro in jedem Freund einen potentiellen Liebhaber seiner Frau vermutete, mied Bruna sogar jedes Gespräch mit ihnen und schaute weg, wenn sie sie harmlos oder anspielungsvoll anlächelten. Um es ihm rechtzutun, hatte sie erst überlegt, zu einer Pfuscherin zu gehen, die die Abortion in ihren dunklen Kammern verrichtete. Dann mußte sie an damals denken: Jene Abtreibung hatte eine tiefe Wunde hinterlassen, die immer noch eiterte. Es war nicht so sehr wegen des Geschöpfs, das jetzt in ihrem Bauch wuchs, es war diese eitrige Wunde, die sie dazu brachte, nein zu sagen. Auf ihr Nein reagierte Moro giftig und drohte mit der Trennung. Schon hatte er seinen Koffer im Flur, hatte seine Jacke angezogen und schrie: Also, ich gehe, endgültig, wenn du mir nicht sagst, wer der Vater ist! Ihr Kopf lugte aus der Küche, in der sie die ganze Zeit herumhantiert hatte; sie schrie rabiat dagegen: Dann gehe doch endlich! Dein Kind wird auch ohne dich auskommen! Er blieb doch, ohne daran zu glauben. Als er das Mädchen im Kreißsaal sah und die verblüffende Ähnlichkeit der Physiognomie festellte, brach er in Tränen aus.

Maria goß begeistert ins Glas des Vaters Wein nach und setzte dann ihr Frisurwerk fort. Die krausen Locken hatten sich wie liebende Schlangen ineinander geringelt. Die Zinken im Pflug splissen sie erneut in Haarspäne auf. Die Taue in den knisternden

Wogen der Kämmzeremonie wirbelten im Netz der Finger und leckten die aufmerksamen Augen; ein herber Geruch stob auf. Kein wilder Geruch mehr entsprang dem Wollgeflecht. Es war nicht von der Hand zu weisen, daß Moro hie und da eine neue Liebesaffäre einging, doch insgesamt hatte er sich gezähmt. Immer häufiger kehrte er sofort von der Arbeit heim, verhockte den Sonntag in der Familie, meist am Eßtisch, ein Comic-Heft nach dem anderen schmökernd, ballte seine kreischende, dröhnende Stimme zu einem Schrei, der Zuneigung zum Ausdruck bringen wollte, und gähnte, früh ins Bett steigend. Das verdiente Geld lieferte er pünktlich ab und ließ sich von seiner Frau Woche für Woche Kneipengeld geben. Der Kampf zwischen den Eheleuten hatte weder zu Siegern noch zu Besiegten geführt. Es fanden jetzt nur kleine Gefechte statt; in ihrem Alltag war verteidigende Verstummung, eine resignierte Starre eingetreten. Brunas Verbitterung hatte sich in kantige Felsen verwandelt, die ihre Adern umspülten; sie schunkelte in Kränkeleien. Mehr als die Frettereien ums tägliche Brot – oft mußte sie ihren Ehering, ihre goldenen Ohrringe, den Wintermantel ins Pfandhaus bringen, um die Mäuler der Familie mit dürftigen Gemüsegerichten zu stopfen – hatte an ihr die wüste Lebensweise Moros gezehrt. Zuweilen bereute sie jenen Augenblick vor der Schuhfabrik, als sie angesichts der verzweifelten Blicke des flehenden Moro weich geworden war. Wären nicht die Kinder gewesen, beichtete sie einer Freundin, hätte sie sich wirklich von ihm getrennt; und ganz vage spürte sie, nachdem sie diesen Satz gerade ausgesprochen hatte, daß die Kinder ihr nun als Vorwand dienten.

Sie hatte kapituliert. Nicht vor ihm, vor sich.

Vater, du hast Glas in den Haaren, rief Maria. Zeig mal. Mit gefeuchtetem Finger las sie ein Körnchen auf. Das sind Schuppen, sagte sie. Nein, widersprach Moro scherzend, das sind Kristalle. Das ist das Salz meiner Leber. Deiner Leber? Maria schaute ihn ungläubig an. Er lachte. Ja, meiner Leber. Das Salz meiner Leber steigt mir in den Kopf. Deshalb bin ich so verrückt, hast du das nicht gewußt? Frag Mutter. Marias Blicke verloren sich im feixenden Gesicht Moros. Wenn Maria sonst stundenlang dem Vater ins Gesicht schaute, sah sie nur ein in die Lektüre vertieftes Gesicht, dessen Lippen im Rhythmus der Worte umhertanzten und dessen Augen von einem Bild zum anderen sprangen. Anders als ich, konnte sie nicht jene Zeichen, die sein Leben in wilde Bahnen geworfen hatten, entziffern. Sie erlebte nur, wie oft ein Nichts ausreichte, um den ganzen Körper Moros zu entzünden, und ihn wie ein loderndes Feuer in die Extreme der Gefühle trieb: entweder äußerst liebeheischend oder wie ein Panther in der Rage des Zorns. So wie sein Körper leicht entzündbar war, so waren es seine täglichen Begierden: Nun aß er keine Süßigkeiten mehr, umso mehr jedoch extrem salzige Gerichte. Nichts kam ihm über die Lippen, ohne vorher einer ausgiebigen Salz-Pfeffer-Dusche, an der sich die neugierige Maria die Zunge verbrannte, unterworfen worden zu sein. Außer mir konnte vielleicht einzig Bruna erkennen, daß die verrückte Trauer um seinen Mund erloschen war und die einstigen Selbstzweifel der Augenpartien sich in die tiefen Schluchten der Haut zurückgezogen hatten. Er war für sie berechenbarer geworden.

Nach den turbulenten Jahren im herrenlosen Umher der Altwarenmärkte hatten sie sich, nach ihrem Wunsch, niedergelassen. Er hatte sich dagegen aufgelehnt – das Wanderleben entsprach seiner seelischen Beschaffenheit und ließ ihn den Abgrund seiner einstigen Frage: Wer bin ich, wenn ich fühle? nicht mehr spüren –, doch die Ereignisse zwangen ihn dazu und stürzten das Paar in eine neue Zerreißprobe: Irgendein Freund hatte die Behörden benachrichtigt, daß sie und Moro mit gefälschten Papieren ihren Handel betrieben. Daraufhin wurde Moro für zwei Monate eingesperrt. Pasquale kam der mittellos gewordenen Familie finanziell zu Hilfe, indem er auf Bruna einredete, ein Zimmer für einen Schwager, der bei ihm in der Möbelhandlung aushalf, zur Verfügung zu stellen. Als Moro entlassen wurde und davon erfuhr, geriet er in seinen üblichen ohnmächtigen Jähzorn, schlug wild um sich, beschuldigte den Bruder: Du verkuppelst meine Frau! und hätte ihn beinah umgebracht. Im gleichen Muster verstrickt, stocherte er an Bruna mit Vorwürfen, und wieder trieb es ihn tagelang in die Kneipen, wo der Abgrund seiner Ohmacht erneut aufriß.

Zum Übergang half er seinem Bruder Pasquale aus und lernte

bei einer Möbellieferung die Frau eines Lastwagenfahrers kennen, deren erster Anblick ihn berührte. Wie einst Giuliana rief die hübsche Frau Mitte Dreißig eine alte Sehnsucht hervor; aber Giuliana wollte ihn besitzen, Oriana dagegen war verständnisvoll, zärtlich, sie liebte ihn nicht mit jener bestimmenden Fürsorge, nach der er sich so sehnte, die ihn zugleich so erschreckte und ihn bisher dazu veranlaßt hatte, erst Nähe und dann Distanz zu suchen. Oriana war anders als die Frauen, mit denen er sich jedes Mal in ein neues Abenteuer gestürzt hatte. Die meisten Liebesaffären waren von sexueller, blinder Gier geprägt, doch durch Oriana entdeckte er zum ersten Mal in seinem Leben, daß er etwas anderes gesucht hatte. Jede neue Begegnung mit Oriana erfüllte ihn mit sonderbaren Gefühlen. Er spürte zum einen die flottierende Angst aus jenem Graben im Gemurmel des Grases und der Blumen beim Treiben des Windes, die ihn an Virgilio auf der Flucht erinnerte, und zum anderen ein seltsames Glücksgefühl, das nach jedem Rendezvous in viele kleine Scherben zersplitterte. Manchmal spürte er, daß es andere Augenblicke des Glücks, anderswo und hier, geben könnte, und er fragte sich, was dieses Gefühl ausmachte. Er glaubte zu erkennen, daß es nicht so sehr die Befriedigung seiner Rachegelüste oder seines sexuellen Verlangens war, sondern vielmehr das: Oriana nahm ihn so an, wie er war, stellte keine Kontrollfragen, hatte keine Ansprüche an ihn, wollte ihn nicht ändern, nicht zum besseren Mann machen, ihn nicht besitzen. Und sie stellte sich nicht als kleine, schutzbedürftige Frau dar, die den Mann auf ein Podest hob. Immer häufiger erwogen sie, ihre Familien zu verlassen und sich nach Norditalien abzusetzen, wo sie ein neues gemeinsames Leben beginnen könnten. Aber das machte ihm Angst. Gerade diese Art des Umgangs schuf nach jeder Begegnung mit Oriana eine neue Ungewißheit, eine unbestimmbare Unsicherheit. Nicht so sehr in der Frage, ob sie sich liebten, dessen war er sich sicher. Ungewißheit und Unsicherheit bestanden eher darin, daß in dieser Liebesbeziehung jeder letztendlich auf sich allein gestellt war. Oft sah er sich Oriana nicht gewachsen, manchmal sehnte er sich nach der Fürsorglichkeit Brunas und der Beständigkeit seiner Ehe. Dies war auch Liebe.

In dieser Zeit völliger Gefühlsverwirrung traf Moro Freunde, die nach Norden arbeitsemigriert waren und davon schwärmten. Er hörte sich das an und brach in befreiendes Lachen aus. Das war die Lösung; er brauchte von allem Abstand, von Bruna, von Oriana, von Pasquale, der ihm ständig unter die Arme greifen mußte. Er wollte endlich selbständig gehen. Nach einer Kneipennacht voller klirrender Weingläser kehrte er in der Morgenfrühe heim, nicht um sich schlafen zu legen, sondern um seinen Koffer zu packen.

Während er seine Sachen zusammenklaubte und in den Koffer verstaute, rief er selbstgewiß: Ich gehe, endgültig. Bruna verspürte zum ersten Mal die klamme Gewißheit, das dies ernst gemeint war. Von Panik erfaßt, tränenvergießend, klammerte sie sich an ihn. Gehst du mit ihr fort? wollte sie wissen. Mit ihr? stammelte Moro mit weit aufgerissenen Augen. Er entsann sich: Ganz gleich, ob er von seinen Abenteuern erzählte oder nicht: Bruna wußte immer Bescheid: Ihre Kontrolle der Kleider und seiner Brieftasche war unfehlbar: Sie spürte alles, wirklich alles auf. Nein, sagte er, ich fahre allein weg.

Bruna weinte um so heftiger. Rührselig geworden, ohne daß es ihm bewußt wurde, rief Moro aus: Weine nicht, du Dummerchen! Es sind nur drei Monate, und ich kehre wieder! Im Zug wurde ihm deutlich, was er ausgesprochen hatte. Er wäre gerne endgültig aus diesem Flecken Landes ausgerissen, weg von all den Verstrickungen, aber jetzt hatte er die Gewißheit, daß er in einer Liebesbeziehung nicht mit der Ungewißheit leben könnte, daß er verhängnisvoll mit Bruna verschmolzen und sein Leben ohne sie nicht mehr vorstellbar war. Er mußte blitzartig an Oriana denken, und ihre Liebe und ihre Sehnsüchte rückten in eine verschwommene Aura, als habe er Oriana nur in einem Traum erlebt, als habe er die Sehnsucht nach einer anderen Beziehung, in der er endlich er selbst sein könnte, ohne die Bedrohung, man wolle ihn zu einem anderen Mann machen, nie gehabt. Nur Bruna war gewiß, sie war da. Wieder war er also geflohen, um sich nicht zu bewegen. Bei dieser Gewißheit verschmolzen seine Gedanken mit seiner Urfrage: Wer bin ich, wenn ich fühle?, und plötzlich waren Gedanken und Gefühle wie weggefegt; er konnte sich nur eine trichterförmige Leere ausmalen, in der er kläglich hinabrutschte.

Aus drei Monaten wurde ein Jahr. Während der ersten drei Monate korrespondierte er mit Bruna und Oriana gleichzeitig. Oriana erklärte er seine Liebe, die mehr und mehr idealistische Züge annahm. Von Oriana erhielt er ihr Fotoportrait; er schaute sich ihr Gesicht lange an und bemerkte, daß sie eine völlig fremde Frau geworden war, deren Augen ihm Angst einflößten und seine Gedanken zwangsläufig auf Virgilio auf der Flucht lenkten. Bruna beschrieb er dagegen seinen Alltag. Die Fremde war das Korsett, das sein Leben aufrichtete, wie einst in Ägypten die englische Gefangenschaft. Hingebungsvoll und eifrig arbeitete er als Schreinergehilfe und brachte es binnen kurzer Zeit fertig, den Schreinern ebenbürtig zu arbeiten. Sein Chef war so zufrieden mit ihm, daß er ihm für seine Familie eine Wohnung anbot. Während seines Kurzurlaubs unterbreitete er Bruna den Vorschlag, in den Norden überzusiedeln; Bruna winkte entschieden ab. Er ließ sich umstimmen und kündigte daraufhin die Stelle.

Erst nachdem es Moro gelungen war, mit meinen Überweisungen aus Deutschland, einen kleinen Laden zum Verkauf alter Möbel zu eröffnen, wo er auch kleine Restaurierungsarbeiten verrichtete, war er äußerlich zur Ruhe gekommen. Seitdem kam er abends angestrengt heim; morgens konnte er nur mit großer Mühe aufstehen, obwohl er seit einigen Stunden nicht mehr schlief, als würde ihm das ruhige Leben seine Lebensschnur ausfransen. Von Implosionen des Asthmas ständig geplagt, klammerte er sich an jeden Luftfaden. Sein Leben hatte eine Richtung genommen, die er einst ersehnt hatte und die ihn nun erstickte.

Ich sah zu, wie Maria ihr Gesicht über die Zipfel der Krüllhaare strich, wie sie sich an ihn lehnte, wie sie mit ihm schmuste. Ich stellte mir ihr Zurückprallen vor seinem herben Geruch vor, malte mir die Distanz aus, die zur entstellten Nähe wurde, fragte mich: Ist es ein zum Scheitern verurteilter Hochzeitsversuch mit der Weigerung, ist es die Totenfeier der einbalsamierten Partnerschaft meiner Eltern?

Wenn Moro Möbel an die Kunden lieferte, nahm er sie oft mit. Im Auto stimmte er Lieder mit seiner schrammenden Stimme an, variierte dann die Strophen, um die Tochter zu verunsichern, und amüsierte sich, mit gewagten Wortspielen, bemüht um Reime, sie völlig zu verwirren. Marioska dalla faccia tosta! rief er. Lo vedi quell'alberello? E un cappello o un ombrello?

Weder noch, antwortete die Tochter amüsiert.

Allora è un Otello!

Und wer ist Otello?

Weißt du nicht, wer Otello ist? Also:

Otello heißt der Mohr
ein Mensch ohne Dekor,
er ist der Mann mit dem bösen Blick
und spielt immer wieder verrückt.
Wenn seine Fee nicht da wäre,
würde er krepieren im Meere.

Und wer ist die Fee? Moro dachte kurz nach.

Die Fee ist... eine Mama mit krummem Blicke,
die beschert einem nur Fittiche.

Und was sind Fittiche?

Fittiche sind, wenn der Wolf sein Maul aufreißt
und seine Zähne fletschend anpreist!

Maria schaute ihn verwirrt an und wollte fragen. Die brüsken Reime, die klirrende Zerpflückung der Worte trieben ihre Phantasie auf eine Muschel, deren gewelltes Schalenmuster sie in ein weites Nichts führte. Schon hatte Moro eine neue Sprachverwirrung angesetzt: Marioska dalla faccia tosta! Sei la coccola della mamma?

No, io no.

Allora sei la coccola della panna!

No, nemmeno!

Allora sei la coccola del fringuello che se la fa tutta sul pennello! Un pennello che pittura und cammello. Marioska dalle braghe sporche! Conosci tu Giovanni delle Bande nere tutto carezze e si mise a bere?

No.

Come, non conosci Giovanni dalle Braghe nere?

No, babbo, delle Bande nere.

Ah sí, allora lo conosci! Conosci Giovanni delle Braghe nere e dalla Giacca zozza che baciava Caterina Sforza!

Während er lustvoll die Wörter formte, waren seine violetten Lippen, betupft mit Nervenzuckungen, von der gequälten Sprache seiner machtvollen Hilflosigkeit durchdrungen.

Sie kroch dann auf Vaters Schoß, eine Schmusekatze, nach Streicheleinheiten heischend. Indem sie ihre fingernden Segel über das Haarmeer gleiten ließ, blieb ihr ein Büschel zwischen den Fingern hängen. Seine Augen blitzten geängstigt. Sag mal, Vater, lenkte sie ab, warum haßt du Oma Annunciata?

Weil sie eine Zicke ist. Sie schikaniert den armen Opa. Frag Mutter, zumindest in diesem Punkt ist sie mit mir einig.

Und warum haßt du auch Oma Elvira?

Weil sie schlecht ist: Sie hat Opa Virgilio beleidigt. Und mich hat sie, als ich Kind war, furchtbar gequält.

Liebst du sie also nicht?

Moro hatte bereits seinen Kopf zu einer Bestätigung geneigt, als sein Hals erstarrte. Er rollte die Augen und krümmte die Lippen, als würde jetzt sein Gesicht in die Nachdenklichkeit treiben.

Und warum bist du oft mit Mutter so böse?

Weil sie sich an die Priester hängt und mir Unheil ins Haus bringt.

Maria nickte zustimmend. Vor wenigen Tagen hatte Moro im Auftrag von Pasquale Möbel abgeliefert, war unvermittelt nach Hause gekommen und überraschte Bruna und den Priester mit seinem Weihwedel im Flur. Der Pfarrer des Viertels machte gerade seine alljährliche Runde, um die Wohnstätten der Gläubigen zu segnen. Maria hielt sich hinter der Wohnzimmertür versteckt. Was sucht der Kerl hier? hatte Moro sofort getobt. Er stupste den Pfarrer hinaus, Bruna versuchte vergeblich, ihn zu beschwichtigen, und entschuldigte sich beim Geistlichen. Mein Mann, er ist dagegen... Das trieb Moro in seine altgewohnte Raserei: Er schlug mit den Fäusten auf den Tisch und kippte den armseligen Schrank um. Im dumpfen Fallen des Schranks zerbrach klirrend das dürftige Tellerinventar. So, jetzt hat unsere Wohnung den Segen der Kirche, kreischte er und verließ die Wohnung.

Anders verlief es, als es hieß, daß die katholischen Frauen der Fürsorge im Auftrag der Behörden den Familienzustand erkunden wollten. Er verkündete, er würde sie aus dem Hause jagen. Aber dann, um keinen Ärger mit den Behörden zu riskieren und um das Gesicht zu wahren, setzte er sich vorzeitig in die Kneipe ab. Die Fürsorgefrauen inspizierten alle Ecken der Wohnung und stellten Bruna intime Fragen. Sie würgte die Antworten in der Kehle ab, hoffend, daß sie nicht ein Wort zuviel enthielten, das Moro zu Ohren kommen und ihn reizen könnte. Die katholischen Frauen versprachen, alte Betten und einen Kleiderschrank für die Kinder zu besorgen, alte Kleider und einige Tischdecken, und kündigten an, sie würden künftig einmal im Monat kommen. Moro reagierte auf die Nachricht, als würde ihn das nichts angehen, und murmelte nur: Die sollten lieber in ihrem Katholenmief rumschnüffeln; ich möchte nicht wissen, was bei ihren braven Söhnen und Töchtern unter den Teppich gekehrt wird. Die alten Betten und der Kleiderschrank blieben ganze fünfzehn Tage in der Wohnung; eines Tages, als er betrunken heimgekehrt war, schmiß er sie aus dem Fenster und ersetzte sie durch ebenso alte Möbel, die er von seinem Bruder gekauft hatte und in zehn kleinen Raten abzahlen wollte.

Haßt du mich auch? fragte bange Maria.

Aber nein. Er streichelte sie, kniff sie in die mageren Backen, schaukelte sie auf seinem Bein hin und her und ließ sich von ihr die Blätter des Comic-Heftes umblättern, sobald er ihr ein Signal gab. Du bist ja mein Schatz.

Abends, wenn er die Wohnung betrat, kam ihm seine »Marioska« feiernd entgegen; sie band ihm die Schuhe am Mittagstisch auf, kratzte ihm aus den Fingernägeln den Möbellack, entfernte ihm die Flecken aus dem Gesicht und schwirrte um ihn, als ob sonst kein anderer in der Wohnung wäre. Bruna nörgelte an ihr herum wegen der schmutzigen Hände, der Flecken an ihrem Kleidchen, der ungebundenen Schuhchen, vertrieb sie aus der Nähe Moros mit diesen und jenen Aufträgen. Maria beobachtete ihrerseits Bruna, wie sie die Hosentaschen des Vaters durchsuchte, wie sie die Hemden beschnupperte, wie sie in den letzten Winkeln des Portemonnaies nach Beweisen fahndete, es könnte wieder eine weitere Frau in seinem Leben geben, und kaum hatte sich Bruna außer Sehweite verzogen, flüsterte sie Moro ihre Beobachtungen ins Ohr. Darauf lächelte Moro, klatschte auf Marias Hintern und sagte: Laß Mutter den Spaß, sie braucht es. Aber du erzählst es mir, wenn du das wieder siehst, ja? Maria nickte komplizenhaft und rannte um den Tisch, bis Bruna wiederkehrte, und erst dann setzte sie sich auch hin.

Bruna durchschaute Marias Spiel und schwieg. Sie hatte Maria nicht aufgegeben und unterspülte mit der Geduld des Meeres die weichen Stellen der Vater-Tochter-Brücke. Sie hatte sich an die Vorstellung geklammert, Töchter gehörten der Mutter, zumal sie sich ausmalte, wie die Tochter sich in ihrem späteren Leben um sie kümmern würde.

Aber ich sah auch, wie Maria, wenn Moro nicht zu Hause war, Mutter umkreiste, wie sie ihr die Haare kämmen wollte, wie diese kühl reagierte und sie abwies, wie sie sich in Ausreden flüchtete: einmal hatte sie zu putzen, ein anderes Mal zu kochen, oder sie stöhnte, sie sei müde oder die Knochen täten ihr weh: Ich sah, wie Maria bei Ivar Nähe suchte, wie sie an seine verschlossene Zimmertür klopfte, wie sie, wenn er einmal aufmachte, hineinzuschlüpfen versuchte und sich an seine Beine klammerte, hörte, wie er sie zurückwies: Kommst du spionieren?, sah, daß Maria sich auf das abgewetzte Sofa setzte, den blauen Bären, den ihr Moro vom Jahrmarkt mitgebracht hatte, ganz fest umarmte, sah, wie sie sich an ihn schmiegte, wie sie mit den Fingern das zottlige Fell betastete, wie sie zu ihrem Kamm griff und ihn zart kämmte, hörte das Rascheln der Wellen, das Knistern der falschen Haut, fühlte, wie Marias Einsamkeit mit meiner verschmolz, fühlte, auf welche Füße meine wilde Verzweiflung sich gestützt hatte, fühlte, wie in mir der Verrat und die Verachtung geboren wurden, beroch den warmen Duft von Höhlen und Wäldern aus Vlies. Und ich sah, als Maria fertig war, wie sie mit ihrem Kämmen von neuem ansetzte.

Drachen im Korsett der Freiheit

Beschreiter dieser Zeilen! Die Dränage der Herkunft verstopft sich wieder. Ich wandere am Anfang dieses Kapitels ziellos einher, mit dem Kugelschreiber schwimme ich aufs leere Blatt hinaus, fahre hinauf und hinab, auf der Suche nach der Metapher für den Bruder, die ihn von mir unterscheidet. Als Brüder haben wir so getan, als seien wir zwei Flüsse in einem, als habe es keine Verzweigung am Strombeginn gegeben. Von ähnlicher Zerrissenheit getrieben, denn wir haben die gleiche Zweifelsfrage geerbt, unterscheiden wir uns in der passiven Suche und leben die Binachis diametral entgegengesetzt aus. Dabei tue ich mir schwer, die Trennlinie zu ziehen, auch wenn der unsagbar Schreckliche verdreht schrecklich, eher zahm war, der Zahme unzahm, hin und wieder schrecklich. Was uns unterscheidet, ist wahrscheinlich die Metapher. Mein Leben in der familiären Verstrickung bestimmte mich für die rebellierende Emigrationsmetapher; Ivar bereiste mystische Metaphern, und so handelt es sich um ein willkürlich-unwillkürliches Verwirren des Zeilenwanderers, wenn hier von Drachen und Lebensbäumen die Rede ist oder wenn der Fluß plötzlich in ein Tagebuch übergeht. Es ist der Fluß Ivars des Schrecklichen, der hier und da in meinen einfließt und sich wieder trennt, es ist die in mir verborgene Metapher.

Die Drachen flogen heran, als er fünfzehn war. Es waren nicht bunte Papierdrachen, mit denen die Gleichaltrigen spielten, sondern denkende Drachen, die sich in ihrer Zerrissenheit in einer Dantischen Hölle der Menschheit tummelten. Er war in seiner Jugend auf zwei Drachen gestiegen, und sie hießen Julius Evola und Friedrich Nietzsche, wobei die Drachen als positive Figuren zu denken sind, wie in der orientalischen Tradition. Diese zwei Drachen ernährten sich von vielen großen Drachen aus der Urwelt und kämpften unerbittlich gegen die moderne Welt. Was blieb einem Menschen übrig, als sich auf solche Drachen zu stützen, wenn der familiäre Kampf die Regungen einschläferte, den Körper lähmte, den eigenen Standort aufhob? Die Drachen im Korsett der Freiheit waren ein Weg zum Überleben für das im Niederprasseln der Kämpfe erweichte Ich. Der Name »Ivar der Schreckliche« war ein Ballast geworden, der auf seinen Lidern lastete und seine suchende Seele überwältigte.

Der eine Drache spie Feuer und Wasser und Erde und Luft. Wenn er wütend war, vor allem Schwefel und Quecksilber, nicht so sehr gegen die moderne Welt – für die hatte er nur Mitleid übrig. Im Einklang mit diesem Drachen haßte er das bürgerliche Leben, das den leiblichen Genüssen verfallen war. Die moderne Welt war korrupt und verdorben. Er sehnte sich nach einem Zurück zum erträumten Geschwisterverhältnis zwischen Natur und Mensch, in der Vorstellung, daß der Mensch früher ein besseres Leben gehabt hatte. Er suchte die Errettung durch die Erhebung und Vervollständigung der eigenen Seele und des eigenen Körpers. Er wollte sich zu absoluter Schönheit erheben, zu den Erwählten aufsteigen. Besonders den Drachen Julius Evola bewunderte er wegen seiner tief antichristlichen Haltung.

Für Evola war der Mythos die treibende Kraft der Welt. Wer in den Mythos fällt, ist in der antiken Welt der Griechen vom Unglück besiegt worden und verwandelt sich zum magischen Helden. In der christlichen Welt wird der Held nicht vom Unglück besiegt, sondern von der Schuld, die heldenhafte Tat verwandelt sich zu einem verdammenswerten Sakrileg. In der hermetischen Tradition ist der Held dagegen ein Titan, er und die Materie werden eins.

Mit mir korrespondierte Ivar nur über ideologische und metaphysische Fragen und verlor keinen Satz über seine Situation in der Familie. Die Autorität ist das schlimmste, schrieb ich, auf die Fragen des Bruders eingehend. Solange sie existiert, wird sich niemals etwas ändern. Ivar antwortete: Ohne Autorität und Hierarchie würde in der Welt eine totale Apathie herrschen. Ich schwebte in Träumen, den Menschen zu ändern, sich selbst zu ändern, indem man ihm die schlechten Seiten herausschnitt; Ivar träumte vom Aufstieg ins Absolute durch metaphysische Kräfte. In seinen Briefen listete er einmal seine Schulnoten auf; bei Religion merkte er sarkastisch an: Note: Viel. Er hatte keinen Religionsunterricht. Er schrieb auch: Der Mensch darf nicht an sich zweifeln. Zweifeln ist das Verderben der Menschheit.

Wie er den Büchern entnahm, bestand die Schwierigkeit darin, das Gold in seine pure Substanz zurückzuführen und zu verflüssigen, zum reinen Ich. Solange das auswärtige Bewußtsein – mit dem Hirn legiert – vorherrscht, ist der Mensch nicht rein. Die zu schnelle Ablösung des Ichs vom Bewußtsein, dessen Verflüssigung, entfesselt eine organische Angst, die den Menschen zu seiner entblößten Urform, und weiter zur Mittelmäßigkeit und zum Somnambulismus führt. Ein Mensch, der bisher nur im düsteren Raum gelebt hat, kann von diesem Reinzustand geblendet werden. Man muß also wie die Hermetiker geduldig und beharrlich vorgehen, behutsam den Prozeß der Abspaltung durch alle Elemente bis hin zur Reinheit treiben. Hat man einmal den feinen Geist des Goldes zu seiner Reinheit gebracht, so ist es, als würde sich ein Damm öffnen und es in einen Zustand der absoluten Freiheit überführen. Daher wollte er sich in seiner Korrespondenz nicht festlegen, ob er extrem rechts oder extrem links dachte, und zitierte Shakespeares Hamlet in der berühmten Szene. Schließlich stellte er sich die bange Frage: Wie soll ich sein? Er spürte wilde Kräfte in sich, die hinaussprudeln wollten – sie könnten nur durch den Drachen gebändigt werden.

Aus Zweifeln entspringen keine Entscheidungen: Wer will ich sein? Nur ein Umherpendeln. Die Drachen sind sein Schloß im Schoß einer vom Fernsehen betäubten Familie. Das Fernsehen, gefangen in den Falten des Abends, breitete seine Arme aus und wischte die Familie aus seiner Existenz. Maria versuchte, in seine Sphäre einzudringen, nachdem sie ihn von den wohlwollenden Blicken des Vaters entthront hatte; noch vom Schmerz der Entthronung geplagt, wies er sie schroff ab. Er wollte allein sein, die Reinheit durch den Drachen erlangen. Die Welt ist krank, sagte er sich, die Menschheit ist mechanisiert; und er betrachtete die sinkende Sonne: Sie füllte ihn mit seelischer Kraft. Er haßte das Familienleben. Er haßte das Fernsehen. Verschlossen aufgewachsen, hatte er sich in sein Zimmer verschanzt; da er mit Gleichaltrigen nicht zurecht kam, denn er wollte sie herumkommandieren, bevölkerten jetzt neben Adolf Hitler, Friedrich Nietzsche, Julius Evola auch René Guénon und Massimo Scaligero seine Jugendwelt. Oder er floh in den Keller, wo er den Pinsel in die Hand nahm und zu malen begann. Er malte ein halbes Dutzend Bilder, nackte, verschämte Frauen mit Türkishintergrund, ein winziges Dorf, durch einen umringenden Fluß von der Welt isoliert, einen ehernen Ritter mit Schild und Speer auf wieherndem Roß, der auf der Suche nach dem Gral war (er schrieb auf die Rückseite: Nur eine heilige, von der Erkenntnis entzündete Liebe kann dem Menschen den verlorenen Schlüssel zurückgeben), einen Propheten in der Wüste, der mit einem Stock verschlüsselte Zeichen in den Sand schrieb. Dann wandte sich seine Malneigung der Gegenwart zu: Verdüsterte Hochbauten im Smog der Stadt malte er auf die eine Bildhälfte, eine verklärte Naturlandschaft unter sanften Sonnenstrahlen auf die andere. Ein anderes Bild zeigte eine Familie am Eßtisch. Die Familienmitglieder hockten als verzerrte, gespenstische Schachfiguren um den blauen Tisch, Ivar war ihnen zugewandt, in einem grünen T-Shirt, auf das ein grauer Baum mit mächtiger Krone gemalt war.

Der Flug des Drachen. Er ist nur möglich, wenn man die Mischung von Tod und Schlaf nicht kennt. Ivar kennt diese Mischung. Trotzdem will er fliegen. Die Drachen umflogen den Lebensbaum. Manchmal steht er umgekehrt da, die Wurzeln gegen den Himmel gestreckt, manchmal sind die Wurzeln ausschwärmende Reptilien. Aber er wurzelt im Haus der Weisheit und erleuchtet die Söhne. Wenn der Vater als Seele nicht korrupt ist, denkt er, ist es der Sohn als Materie auch nicht. Die Drachen umflogen den Baum auf der Suche nach dem Gral. Die Möglichkeit war doppelter Natur: Einerseits ist der Baum als Versuchung zu verstehen, die zum Verderben und zur Verdammung derjenigen führt, die ihr erliegen; andererseits ist er als etwas aufzufassen, das erobert werden kann. Es ist eine Eroberung, Drachen und die göttlichen Mächte zu besiegen, die den Wagemutigen beschützen; sie verwandeln ihn in einen Gott.

Der Flug der Drachen im Alltag. Der Alltag untergrub seine

Sehnsucht nach Verwandlung seiner Seele in Reinheit. Er versuchte, sich stark zu fühlen, und suchte Stärkung bei den Pfadfindern der kirchlichen Jugendgruppe. Das verbot ihm Moro. Moro wollte ihn in eine Werkstatt stecken, und nur aufgrund meines Drucks aus Deutschland (es war für Ivar eine Schmach, daß sein Lebensweg von anderen durchgesetzt wurde) durfte er in die höhere Schule gehen. Seine Lehrer hatten ihm zwar empfohlen, die musische Richtung einzuschlagen, aber er wählte die technische und versteifte sich auf die Fachschule für Flugpiloten. Drachenähnlich wollte er fliegen. In den Augenblicken des Flugs über die Stadt bemächtigte sich seiner ein Gefühl der Gottesnähe.

Der Sturz des Drachen. Nein, die Drachen führen nicht aus dem Korsett. Sie führen in ein Loch zurück. Die Flüge sind entleert, der Vater ist entleert, die Mutter ist entleert. Die Herkunft, die sechzehn Stunden am Tag arbeiten mußte, interessierte ihn nicht. Ein Loch riß die Existenz auf. Seine Identität drohte zu schwinden. Der Sturz des Drachen in den Alltag. Draußen wartete das Leben, tropfenweise saugte es ihn ein. Die Schule war für ihn ein Marionettentheater. Nach der Schule mußte er dem Vater in der Restauratorwerkstatt aushelfen. Abends wurde in der Familie entweder heftig gekämpft, oder es schwappte Verstummung über. Er fühlte sich ins Loch hinabstürzen. Er mischte sich mit ständigem Themenwechsel ein. Ohne Erfolg. Er verschloß sich in sein Zimmer. Ohne Erfolg. Das Loch blieb offen. Er wollte gesehen werden und lenkte die Aufmerksamkeit auf sich, indem er wie in seiner Kindheit allerlei anstellte. Ohne Erfolg. Das Loch vergrößerte sich. Sexuell empfand er äußerste Verwirrtheit. Was sollte er damit? An einem Abend hatte er die Eltern im Schlafzimmer über Sexualität flüstern hören; dann sah er seinen Vater nackt, mit steifem Glied, an seinem Zimmer vorbeiflitzen und hörte, wie er sich im Bad einschloß. Als er kurz darauf wieder ins Schlafzimmer huschte, war sein Glied noch steif. Ivar selbst fand sich oft mit gesteiftem Glied und wußte nichts damit anzufangen. Häufig wachte er am Morgen in feuchten Unterhosen auf und merkte, wie Schuldgefühle seine Gedanken besetzten. Mit Gleichaltrigen im Keller probierte er, was damit war. Das Loch der Existenz hat keinen Grund. Ich werde nicht stürzen, sagte er sich, sammelte alte Waffen, lange Dolche, begab sich auf astrologische Suche. Er erstellte sein Horoskop, mit genauen Berechnungen der planetarischen Konstellationen. Er kaufte sich Tarockkarten, versank in der Welt der Zauberer, verfiel dem Okkultismus. Der Sturz der Drachen: Das Loch hat wirklich keinen Grund.

Ich bin in einem Zug mit unbekanntem Ziel, in einem Abteil mit vielen Leuten. Auf einmal bleibe ich mit einem Freund aus Modena allein (er ist ein überzeugter Anhänger der Aufklärung). Der Zug hält in Modena an und fährt weiter, doch der Wagen, in dem ich sitze, bleibt stehen. Ich muß aber weiter, rufe ich meinem Freund zu. Und mein Freund: Ich sorge dafür. Nachdem er irgend etwas in Gang gesetzt hat, bewegt sich der Wagen. Er bewegt sich vor und zurück, wechselt das Gleis, bleibt auf dem Bahnhof. Als er wieder anhält, sagt mein Freund: Komm mit mir. Ich folge ihm. Er steigt aus, und gerade nebenan gibt es eine Kneipe, in die wir hinabgehen. Tatsächlich führt eine Wendeltreppe in einen Kellerraum. Wir setzen uns links an den Tresen. Gleich neben uns hockt eine kräftige, erschlaffte Frau. In der Mitte des Raumes stehen mehrere Frauen, die sich streiten; sie sind besoffen. Er weist auf sie hin und behauptet: Sie sind Huren. Als ich meine Sitzhaltung etwas verändere, stoße ich mit dem Fuß an das Bein der Frau. Sie dreht sich um, ribbelt die Finger aneinander und deutet damit an, daß sie dafür Geld will. Ich weise darauf hin, daß ich kein Geld habe. Sie blickt mich an und zeigt auf meine Uhr. Ich antworte: Nein. Da macht die Frau Anstalten, mich zu greifen, aber ich, schnell, mit meinem Freund, fliehe die Wendeltreppe hinauf. Draußen vor der Kneipe erinnere ich mich, daß ich mein Fahrrad auf der Treppe zurückgelassen habe, und kehre deswegen zurück. Wieder draußen, will ich aufs Fahrrad steigen und fliehen, da fällt mir ein, daß ich meine Jacke am Eingang der Kneipe habe hängen lassen. Wieder kehre ich zurück. Als ich die Jacke vom Haken zerre, höre ich das Scharren von Schuhen am Boden. In der Angst, von der kräftigen Frau geschnappt zu werden, werde ich wach. Ich habe an diesem Traum viel herumgedeutet. Alle Figuren sind Teile meines Ichs.

Die Drachen sind tot. Ich liege hier allein und habe Angst.

Heute morgen habe ich als Schülervertreter der Flugfachschule an einer patriotischen Kundgebung teilgenommen und die Fahne getragen. Der Sieg des Landes 1915/18 wurde gefeiert. Um neun Uhr vierzig war ich in der Kirche im Corso Diaz bei der Zeremonie für die Gefallenen. Der Bischof hat aus seinem bequemen Sessel heraus die Messe gehalten. Oberste, Kompaniechefs, Offiziere aller Waffengattungen, der Bürgermeister und die Stadträte waren anwesend. Ich kann, ohne mich zu täuschen, mit aller Sicherheit behaupten, daß ich überhaupt kein religiöses Empfinden habe. Vielleicht, weil ich den Sinn der religiösen Zeremonien nicht verstehe. Ich kann gleichzeitig behaupten, daß die wenigsten den Sinn verstanden, weil fast alle geistig völlig abwesend waren. Oder sie hatten eine lustlose Haltung eingenommen; einige quasselten wie auf der Piazza. Nach der Messe sind wir zum Piazzale della Vittoria marschiert, wo die Ehrenbezeugung für die Gefallenen vollzogen wurde. Ich war gerade dabei, die Fahne wieder zusammenzufalten, als eine Frau ankam und uns mit Lob überschüttete. Die Liebe zur Heimat sei lebensnotwendig, sie wisse es, weil sie die faschistische Erfahrung hinter sich habe und die liederlichen Burschen tagtäglich erlebe, wie sie alles kaputt machen. Das Fernsehen sollte die Heimatliebe fördern und die Jugend dazu erziehen. Sie wandte sich hauptsächlich mir zu, weil ich die Fahne in der Hand trug. Daraufhin habe ich erklärt, daß das Fernsehen eine Fopperei und das Phänomen der liederlichen Burschen auf das Unverständnis von Leuten wie sie zurückzuführen sei. Sie auslachend, bin ich fort zur Kaserne gegangen, in der Erfrischungen verteilt wurden. Nie vorher habe ich gespürt, wie unbedeutend und leer diese Kundgebungen sind.

Ich dachte, daß es an der Zeit wäre, aufrichtig und den Eltern gegenüber offen zu sein. Ich glaubte, daß sie mich verstehen könnten! Ich hoffte, daß sie mir Vertrauen schenken würden! Das war alles Illusion. Eine von vielen, aber eine, die von ihren Wurzeln her zu tiefster Enttäuschung führt. Ich glaube, daß ich mich nur verlogen verhalten kann, und nicht authentisch. Das ist traurig, aber es ist so. Gestern erhielt ich den endgültigen Beleg dafür. Ich arbeitete mit Vater an der Restaurierung eines Schrankes, als er unvermittelt und voller Bosheit fragte: Also, Ivar, bist du ein Faschist, einer von den Squadre d'Azione? Machst du einen Scherz? rief ich. Ich, ein Faschist? Aber er: Bist du ein Faschist oder nicht? Nein, gewiß nicht, habe ich geantwortet. Und wenn ich dich mit jemandem konfrontiere? beharrte er. Und da habe ich es ihm erklärt, im Glauben, er verstünde mich. Wenn du die Zeit vor drei Jahren meinst, damals war ich bei den Faschisten, nur um zu hören, worüber sie sprachen. Aber seit zwei oder drei Jahren bin ich nie mehr hingegangen. Seitdem sehe ich diese Leute nicht mehr. Ich habe ihm auch erzählt, daß ich ebenso zur extremen Linken gegangen bin, zu Lotta Continua, immer aus dem gleichen Grund. Aber er hat hartnäckig behauptet, ich wäre ein Faschist. Ein Kunde, der in der marxistisch-leninistischen Partei ist, hätte mich gesehen. Gerade gestern hätte er mich gesehen, wie ich an einem Handgemenge zwischen Faschisten und Marxisten beteiligt gewesen wäre. Da hätte ein Faschist zu mir gesagt: Du, Binachi, laß die Leute dieses Mal gehen, und wir hätten uns daraufhin entfernt. Ich habe Moro geantwortet, daß ich niemals so verbohrt wäre, mich in Schlägereien zu verwickeln. Und er: Dann handelte es sich wohl nur um eine Diskussion! Ich habe das ausgeschlossen. Aber er war nicht damit zufrieden.

Heute, nachdem ich von der Schule nach Hause gekommen war und gerade gegessen hatte, habe ich Besuch bekommen. Ich bin ausgegangen, als es halb drei war. Um halb sechs war ich wieder zu Hause. Dann bin ich nochmal ausgegangen, weil ich Volleyball-Trainer bin. Schon um halb neun war ich wieder daheim. Die Eltern saßen zu Tisch, und auf meinen Gruß haben sie nicht einmal reagiert. Nach dem Abendessen – es wurde kein Wort gesprochen – habe ich den Vater gefragt, ob er am folgenden Tag Hilfe bräuchte. Ich brauche ständig Hilfe, hat er geantwortet, siehst du es mir nicht an? Aber oft sagt er es mir nicht, damit ich studieren kann (das Wort »studieren« sprach er mit zynischer Gewalt aus). Aber, anstatt zu studieren, fuhr er fort, würde ich nur unterwegs sein, die Schule vernachlässigen, auf seine Kosten leben. Jeden Abend würde ich spät heimkehren. Das sind bestimmt Parteiversammlungen und dergleichen! Ich habe berichtigt: Nicht jeden Abend. Zudem, ich besuche keine Parteiversammlungen. Ich habe es aufgegeben, mich weiter zu erklären. Ich verstand, sie würden mich nicht verstehen. Hinzuzufügen gibt es, daß Mutter mir sagte, als ich im Begriff war, zur Sporthalle zu gehen, sie würde es nicht dulden, daß ich Mädchen nach Hause brächte! Sie fürchtet, ich gehe mit denen, die mit allen gehen, und ich werde da hinein verwickelt. Aber die Giuliana durfte mich bisher besuchen, sie hat nie ein Wort darüber verloren. Ich habe nur gesagt, daß ich meinen Kopf auf meinen Schultern habe und weiß, was ich tue. Und bin gegangen. Für die Eltern bin ich ein Baby, das noch in den Windeln steckt, das noch schutzbedürftig ist! Nach ihnen sollte ich mich in meinem Zimmer verschanzen und nur ans Studieren denken! Sie wollen mich in Klausur haben! Ein Zuhause wie ein Internat! Ich dachte, sie würden verstehen. Jetzt muß ich lügen, damit sie hören können: Was für ein Prachtjunge! Aber warum muß man lügen, um die Eltern glücklich zu machen?

Wie ekelhaft, diese Komödie vorzuspielen! Hast du einen Glauben, eine Idee, einen Jemand, an den du dich anlehnen kannst, dann ist alles beruhigend. Es ist absurd, so zu leben. Du stellst dir viele Fragen und entdeckst, daß du allein bist. Nur weil fast alle einen Glauben haben, ob es nun Politik oder Religion oder Fußball oder Dummheit ist, und sie dich vor dem Hintergrund dieses Glaubens beurteilen, mehr im Schlechten als im Guten, kann dich niemand verstehen. Niemand kann dir jene moralische Hilfe geben, die du benötigst, und sei es nur in Form der körperlichen Anwesenheit und mit einem annehmenden Schweigen. Die einzige Hilfe, die ich habe, ist im Augenblick die Stille, das Nichts. Tausend und ein Gedanke überfallen dich, bis du denkst: Es ist alles eine Komödie. Alles ist verlogen und künstlich, auch deine wichtigsten Bedürfnisse. Und alle sind zufrieden mit ihrer Ignoranz. Die Glücklichen! Ich höre gerade, daß jemand bei der Quizshow im Fernsehen lacht. Welch eine Öde! Vielleicht hat Foscolo recht, wenn er schreibt: O Tod! Ich schaue dich an und frage dich – nicht die Dinge, ihre Erscheinung wühlt dich auf: zahlreich die Menschen, die nicht wagen, dich zu rufen...! Du ähnelst dem Schlaf des Abends, beruhigt von der Arbeit. Und an anderer Stelle: Fatale Ruhe.

Heute abend bin ich ins Pfarrhaus gegangen. Ja, seit drei Wochen gehe ich dorthin. Ich gehe dorthin, um das abendliche Gebet zu verrichten, vor allem aber, um mich mit den Leuten zu unterhalten. Sonntags bleibe ich sogar den ganzen Nachmittag im Pfarrhaus. Ich bin hingegangen, weil ich es nötig habe, endlich mit jemandem zu reden. Um die Illusion zu hegen, daß ich »Freunde« habe. Auch brauche ich die Kirche materiell. Für das Fach »Weltall-Flug« haben wir in der Schule wichtige Studien von Fluggesellschaften gefunden, die wir vervielfältigen wollen. Und so lerne ich den Vervielfältiger des Priesters kennen. Wenn ich es mir überlege, muß ich sagen: Ich kenne den genauen Grund meiner Anwesenheit im Pfarrhaus nicht: Ob ich dort wegen des Vervielfältigers bin oder weil ich versuchen möchte, mich zu überzeugen, zu »glauben«, oder aus seelischen Bedürfnissen. Aber das interessiert mich überhaupt nicht! Ich kann nicht schlafen und denke über meine Lage nach.

Seit einem Monat interessiert mich nichts. Ja, ich benutze das Fahrrad, das Mofa, die Bücher; ich esse, trinke, tue viele Dinge, die die meisten Menschen tun, aber all diese Dinge sind mir fremd, sie gehören mir nicht, ich gehöre zu einer anderen Welt. Ich vergesse, eine Person gesehen zu haben, was ich mal gesagt habe, was die anderen mir sagen. Ich verwechsle die Tage, und alles, was ich mache, ist gut, weil ich alles mit extremer Gleichgültigkeit tue. Ich fühle mich allem entfremdet und von allem wütend gemacht! Wie bei einer Sache, die du nicht machen willst, aber machen mußt. Weil die anderen sie gemacht haben wollen und du nicht die Kraft hast, dich zu widersetzen. Meine Freundin und ich, wir haben uns getrennt – obwohl ich, mehr als in anderen Augenblicken, sie jetzt bräuchte. Wir haben uns getrennt, weil ich meine neuen Bedürfnisse herauszufinden suche; und sie verstand mich nicht, um was es mir ging, schien ihr absurd. Ich würde gerne den Mut von Settimo Carmiglia haben, der sich mit drei Schüssen umgebracht hat. Er war vom Leben und von der literarischen Welt angeekelt, in der das Fernsehbild die Vorherrschaft über den Geist erlangt hat. Jedoch verstehe ich, daß dies eine sinnlose Geste ist, die nichts löst. Die Probleme bleiben den anderen. Ein Lehrer hat mich in der Schule gefragt, ob ich ihm böse wäre. Er sah, wie ich Särge zeichnete. Ich bin stets ernst, und wenn ein Schüler Unfug macht und alle lachen, bleibe ich starr wie ein Fels. Ich habe geantwortet: Ich habe nichts zu sagen. Ich beabsichtige nicht, auszuplaudern, was sich in mir bewegt. In einem Psalm steht geschrieben: Ein Mensch hat unendliche Möglichkeiten der Güte; aber ich kann nicht daran glauben. Die Möglichkeiten zum Schlechten sind zahlreicher! Ich weiß es: Ich bin in diesen Augenblicken nicht so optimistisch. Wenn ein Mensch an eine Illusion glaubt und mit der Realität konfrontiert wird, bleibt er entmutigt zurück, mit einer riesigen Angst in der Seele. Die Realität ist zu nackt, und wenn man sich nicht durch Illusionen oder durch einen Glauben an irgend etwas schützen kann, läuft man Gefahr, verrückt zu werden.

Ich schreibe, aber ich befinde mich in einer außergewöhnlich nervösen Spannung. Vater und ich gehen gleich eine Wohnung ausräumen, das wird mir Gelegenheit geben, an nichts zu denken. So hoffe ich, ein bißchen glücklich zu sein. Man ist glücklich, wenn man nicht denkt, wenn man unbewußt lebt, wenn man ignorant ist! Heute, da es Santa Lucia ist, hat die Schule um zwölf Schluß gemacht. Ich mußte sie treffen, aber sie war nicht da. Deshalb bin ich den Corso Repubblica entlang gegangen. Der Corso ist bis tief in die Nacht voll von Ständen und von Leuten; Leute, die lachen und herumflunkern beim Spazierengehen. Ich fühlte, wie ich alle haßte. Ich habe einige Mädchen getroffen, die zum Volleyball-Training kommen (ich bin einer der drei Trainer), und mit diesen habe ich gesprochen und gescherzt. Doch sie haben gemeint: Ivar, heute bist du merkwürdig. Ich habe eine Erklärung verlangt. Sie haben sie mir nicht geben können. Mein Zustand ist aus den Schulereignissen zu erklären. Einen sechzigjährigen Lehrer, der Flugwesen unterrichtet, wollten wir ersetzt haben, weil er ziemlich arteriosklerotisch ist. Dieser Lehrer ist nicht fähig, zu unterrichten, obwohl er einen guten Vorrat an Kenntnissen besitzt. Entweder kann man lehren oder man kann es nicht. Er besitzt diese Fähigkeit nicht. Wir haben dieses Problem der Schulleiterin vorgetragen; sie reagierte ausweichend. Heute morgen haben wir eine Klassenarbeit in diesem Fach geschrieben. Die ganze Klasse hatte ausgemacht, daß wir uns verweigern und weiße Blätter abgeben würden. Doch einige haben ihre Blätter vollgekritzelt, andere sind nach und nach gefolgt. Nur zu dritt haben wir ein leeres Blatt zurückgegeben. Eine Scheißklasse! Ich wünschte, sie alle hätte der Blitz getroffen. Nachdem sie klein beigegeben haben, beschweren sie sich! Scheißkerle! Es ist mir, als würde ich in der Scheiße stecken – sie reicht bis zur Kehle. Schon schmeckt man den Ekel. Die meisten Menschen sind betäubt, wie man betäubt ist, wenn man krank wird. Die Drachen sind endgültig tot. Mir scheint, ich bin ein Löwe, der im Käfig sitzt. Vielleicht weiß er, daß eine freie Welt existiert, in der seine Vorfahren die Freiheit genossen. Vielleicht kennt er seine Lage, aber das Gitter ist vor seiner Nase. Und er wartet nur noch darauf, daß er zu fressen bekommt, und wartet und wartet. Aber auf was? Daß der Tod kommt! Und er sieht, wie die anderen Löwen sich des Käfigs erfreuen, wie sie glücklich erscheinen. Für einen Augenblick glaube ich zu verstehen, was die Mitglieder von Terrorbanden fühlen. Sie haben wenigstens die Kraft, zu rebellieren. Rebellieren ist freilich sinnlos; wir sind verdammt zu reagieren, niemals zu agieren. Ich bin schwach. Zu schwach.

Die Italienischlehrerin ist eine widerliche Person, die gar die Falten im Gesicht plissiert. Voller Pathos trägt sie Leopardi und Foscolo vor, hämmert uns den Manzoni ein, diesen Pfaffen übelster Sorte, der mit seinem Schrott ein Denkmal in der italienischen Literatur zu setzen vermeinte. Ich weigere mich, mich damit zu befassen. Ich ertrage die Lehrerin nicht. Deshalb tauche ich während des Unterrichts in mich ein und bereise meine Phantasie. Es gelingt mir tatsächlich, nach vorne zu starren, sie nicht zu hören und auf wahnsinnigen Bildern zu reiten. Die Technik des Wegtauchens habe ich aus den Magiebüchern, und ich hätte nie gedacht, daß sie so wirksam ist. Die Lehrerin hat's aber bemerkt und lauerte auf eine Gelegenheit. Schon einige Male hatte sie mir Fragen gestellt, als ich auf einem wahnsinnigen Bild ritt. Bisher kam ich gut davon, daß ich mir die Frage wiederholen ließ. Aber dann, heute morgen, ist sie harnäckig geworden und wollte wissen, was ich gerade gedacht hatte, als sie mir die Frage stellte, wie der Streit zwischen Renzo und Don Rodrigo zu verstehen sei. Das geht Sie nichts an, habe ich geantwortet. Meine Gedanken gehören einzig mir. Daraufhin wollte sie erfahren, ob es Probleme in der Familie gäbe und ob der Stoff mich interessierte. Nein, der Stoff interessiert mich nicht, habe ich gesagt. Da sie mit ihren eindringlichen Fragen weiterbohrte, habe ich sie angeschrien, sie sollte mich endlich in Ruhe lassen. Plötzlich hat sie die heikle Frage gestellt: Bist du so, weil du mich nicht ausstehen kannst? Ja! habe ich geantwortet. Sie sind eine blöde Zicke! Betretene Stille. Schließlich hat sie Mutter zu sich bestellt. Von mir aus kann sie die Welt zu sich bestellen.

Mein Ekel und mein Pessimismus ist riesig. Wie ich es mir vorgestellt hatte: Die Arbeit hat mir das Gemüt erfrischt. In der Arbeit habe ich mich entspannt, ich war fröhlich. Sie hat mir Ruhe gebracht, Gedankenentzug. Denk mal nach: Ich erlange die Sorglosigkeit nicht durch Unfug und Lachen, sondern durch Arbeit!

Ich war in der Sporthalle, und etwas hat nicht funktioniert. Ich habe meine Nutzlosigkeit als Trainer gespürt. Ich kam mir vor wie ein Balldiener. Zwischen mir als Person und den Mädchen besteht kaum eine Beziehung. Was fragen sie? Ivar, den Ball! Ivar, gibst du mir den Ball? Ivar, wie spät ist es? Ivar, sagst du es mir, wenn es halb acht ist? Ivar, wirf den Ball her! Trotz all meines guten Willens fragte kein einziges Mädchen: Ivar, war es gut so? Klappt es so? Es ist traurig und trostlos. Während der Stunde war ich versucht, das Handtuch zu werfen. Dann habe ich mir überlegt, daß ich vielleicht eine Ausbildung als Trainer machen sollte, und habe weitergemacht. Zum Glück ist bald Weihnachten. Ich werde die Ferien nutzen, um mich zu definieren.

Auf dem Weg nach Hause habe ich meinen frisch gebackenen Führerschein abgeholt. Dann bin ich nach Hause und habe gedacht: Das Mißtrauen hat den letzten verzweifelten Versuch, die Eltern zu lieben und von ihnen Liebe zu bekommen, umgebracht. Auf der Viale dell' Appennino habe ich einen Mord erlebt: Ein Auto hat einen Hund überfahren. Und es hat nicht einmal angehalten und ist in der Dunkelheit verschwunden. Ich habe angehalten und dem Hund bei den Todeszuckungen zugesehen. Es war grausam. Er wurde überfahren, aber dem Fahrer war ganz gleichgültig, was geschehen war. Während ich den Hund an den Straßenrand schleifte, habe ich geweint. Mörder! habe ich geschrien. Für einen Augenblick habe ich alle Autofahrer verdammt, mich inbegriffen, obwohl ich Mofa fahre. Ich habe sogar Mühe gehabt, zu Abend zu essen; das Essen ekelte mich an. Warum ist der Mensch so unsensibel, so mechanisch? Morgen werde ich ins Schwimmbad gehen.

Im Augenblick dreht sich alles wie in einer Trommel, und ich fühle demgegenüber nur Gleichgültigkeit. Heute hätte ich zu einer »Seelischen Begegnung« mit anderen Jugendlichen ins Pfarrhaus gehen sollen, aber ich habe es vorgezogen, bei einem Volleyballspiel mitzumachen. Später werde ich mich mit Vertretern der Kirche Jesu Christi der Heiligen der Letzten Tage treffen.

Ich habe mit ihnen geprochen. Die Angehörigen dieser Kirche behaupten, daß Christus in Amerika, an einem unbestimmbarem Ort, erschienen sei. Dort hätten sich die Vertreter aller Völker gerade getroffen, da der Tod Jesu vielen Menschen auch den Tod gebracht hätte. Christus wäre dort vierzig Tage geblieben und hätte sein Evangelium gepredigt. So wie er erschienen sei, so sei er verschwunden, ganz plötzlich.

Ich habe gestern eine bereichernde Auseinandersetzung mit einigen Katholiken des Viertels gehabt. Da ich sie seit Oktober besuche, wollten sie wissen, was ich von der Gruppe halte. Wie ich darüber denke, habe ich natürlich erzählt. Für mich ist die Gruppe kühl und in sich verschlossen. In der Gruppe besteht Uneinigkeit. Es existieren drei oder vier Grüppchen, die für sich dahinleben. Nur bei Versammlungen und bei religiösen Veranstaltungen gelingt es ihnen, die bestehende Mauer zu überwinden. Das Gebet ist für sie das katalysierende Moment, doch die meisten Gruppenmitglieder fehlen. Der eine steckt in einer persönlichen Krise, der andere muß lernen, der dritte vergißt den Termin, der vierte hat zur gleichen Zeit ein Rendezvous mit der Freundin. Von dreißig Jugendlichen kommen maximal zehn oder zwölf zusammen.

Ich habe festgestellt, daß die Inhalte der Gruppe zunehmend leerer werden, daß die Grüppchenstruktur starrer wird. Die Heilige Schrift wird ihnen »vorgelesen«, wie beim Vortrag von Chroniken; es besteht keine Kontinuität. Die zwei Priester : Der eine ist ein Trottel, dem alles recht ist; wenn du mit ihm sprichst, spürst du, daß du nicht mit einer Person redest, sondern mit einem Niemand, der immer geistesabwesend ist und im Stehen schläft. Der andere ist ein hysterischer Kuhhirte, der bei nichts und wieder nichts herumbrüllt und lauthals lacht. Mit seiner Baßstimme und dem aufgerissenen Mund ist sein Lachen im Grunde genommen gezwungen. Du brauchst nur zu erwähnen, daß es irgendwo etwas umsonst zu essen oder starken oder ausgesuchten Schnaps zu trinken gibt, sofort entzündet sich seine Aufmerksamkeit. Beide Priester verstehen unsere Interessen nicht, so können sie die Gruppe auch nicht zusammenbringen. Auf jeden Fall habe ich ihnen gesagt: Wenn ihr wirklich Katholiken sein wollt, solltet ihr die Regeln des Evangeliums befolgen, die die Grundlage der Religiosität sind. Und wenn ihr nicht Katholiken sein wollt, dann kümmert euch nicht ums Evangelium, fragt euch auch nicht, welches Verhalten sinnvoll ist.

Es ist mir geglückt, die extreme Depression zu überwinden. Ich fühle mich wie ein genesener Kranker. Ich spüre noch Schmerz, ich leide, und ich weiß, daß mein Haß gegen alles und alle, mein tiefer Pessimismus aus dem hervorgeht, was mir fehlt. Ich studiere sehr intensiv für das Examen, aber auch die Bibel der Mormonen. Schön ist so ein Stück wie: Befreie die Unterdrückten vom Unterdrücker, und sei nicht zaghaft in der Durchsetzung der Gerechtigkeit. Und weiter vorne: Unterwirf dich nicht einem Toren, und sei nicht parteinehmend für den Herrscher. Bis zum Tod kämpfe für die Gerechtigkeit, und Gott wird mit dir kämpfen. Hier gibt es also eine klare Aufforderung, nicht inaktiv zu sein, sondern für die Gerechtigkeit zu kämpfen, sich auf die Seite der Unterdrückten zu stellen. Vor allem gefällt mir: Unterwirf dich einem Toren nicht.

Ich werde mich ganz gewiß nicht einem Toren unterwerfen. Ich nicht.

Die Begegnung

Eine Unlust nistete sich in meine Finger ein; ich mochte nicht weiterschreiben. Mir kam die Geschichte nutzlos vor, nur zum Wiederbeleben alter Qualen, als würde ich damit das Leid vor mich legen, um es besser leiden zu können. Gegen Morgen wurde ich wach mit Rückenschmerzen und Herzflattern, was mich hinderte, weiter im Bett zu liegen, was mich aber in meine Kindheit versetzte, in die vielen, voneinander getrennten Dario Binachis. Da begann ich, sie zu beobachten, einige von ihnen optisch näher heranzuholen, sie voneinander zu unterscheiden; sodann stellte ich mir einen unbekannten Dario Binachi vor, als einen einsamen Mann unter Menschen an vielen Orten, in einer einzigen Zeit, ohne erratbare Gebärde, mit unbestimmten Reaktionen, und nach und nach gab ich zu, daß dies derselbe Dario Binachi war, der konturlos im Bett lag.

Ich stand auf, brühte einen Kaffee auf, versenkte im Bad das Gesicht unter dem Wasserstrom, versuchte mir vorzustellen, was hinter dem Geschriebenen noch verborgen sein könnte, hinter dem noch zu Schreibenden, fühlte die Unruhe, die aus der Vorstellung hervorquoll, hörte, daß Bruna vom Einkauf zurückgekehrt war, sah beim Abtrocknen die Bartstoppeln im Spiegel, wie sie auf meinem Gesicht wucherten, entschloß mich, mich nicht zu rasieren, das kratzige Gefühl am Hals den ganzen Tag zu spüren, und setzte mich an den Frühstückstisch, ohne zu frühstücken. Mutters morgendliche Beschwerdeliste hörte ich mir nicht an, sah aber, wie sie bei ihren Ausführungen den Kopf wiegte, wie sie mich mit ihren Blicken um etwas bat. Um die Unlust zu vertreiben, setzte ich mich doch an die Schreibmaschine. Das leere weiße Blatt beruhigte die augenblickliche Unruhe, brachte dann erneute Unruhe ein; ich maß meine Vergangenheit und meine Unlust mit dem Maß, das ich dem Titel gegeben hatte; die Begegnung – wem wollte ich begegnen? Die Drachen im Korsett der Freiheit hatte ich in der vergangenen Nacht abgeschlossen, hatte am Ende des Kapitels festgestellt, daß zwischen der Religiosität des Bruders und meinem Leben in der Fremde kein Unterschied bestand, und wenn, war dies nur ein gradueller, hatte mir vorgenommen, die Betrachtungen der Nachtigall im Käfig anzugehen, hatte bemerkt, daß das Schreiben in der Fremde ebenso ein Nachtigallsingen im Käfig sein könnte, hatte den Blumenstrauß auf dem Nachttisch betrachtet, der inzwischen verwelkt war, hatte an die Blumen für den Blumenhasser gedacht, gedacht, daß ich meine Trauer damals nach Deutschland mitgenommen und seitdem noch nicht ausgepackt hatte – das müßte die Begegnung sein. Von daher müßte die Unlust meiner Finger herrühren.

Moro war seit dreizehn Jahren tot. Das Tatsächliche an einem Leben war durch die Zeit vernichtet. Es existierten nur mehr oder weniger vage Erinnerungen und Bilder in den Köpfen derjenigen Menschen, die ihn gekannt oder ihm nahegestanden hatten. Das bisher Geschriebene zeigte mir, wie sinnlos jede Hoffnung auf Verständnis war, wie sinnlos die Zweifel.

Mir fiel ein, daß Moro im Abstellschrank ein Buch über Ägypten aufbewahrte. Neben der Beschreibung der Menschen und der Exotik des Landes, neben dem Blickwinkel des Kolonialisten enthielt das Buch Beschreibungen der Märkte und der Straßen. Das war Moros einziges Buchs. Warum hatte er so ein Buch aus dem Krieg aufbewahrt? Erinnerung oder Sehnsucht?

Zum ersten Mal schaltete ich das Radio ein, vernahm, ohne Irritation, die geschwätzigen Gespräche der staatlichen und der Privatsender, empfing die geschwollenen Rituale einer sich feiernden Egozentrik, erhorchte die allgemeine Leere in den Worthülsen um die Vielfalt der rezitierten Zuhörermeinungen, hörte die politischen Forderungen, endlich Subjekt der Menschheitsgeschichte und der Natur zu werden, die sich perpetuierenden Kämpfe um die süchtige Vorherrschaft, als ließe sich alles in Subjekt-Objekt-Polaritäten fassen, fühlte, wie eine Gesellschaft ihre Bekleidungen erneuerte, um konform zu bleiben, um obstinat die gleiche Gebärde beizubehalten, drehte den Ton ab.

Ich setzte mich wieder vor das Blatt, fragte die Unlust, ohne eine Antwort zu bekommen, blickte hinaus und sah, wie die Sonne zwischen den Bäumen aufging, wie das Profil des Lichtes mein Zimmer vom Viertel abschottete, fühlte, daß dieses Kapitel vergeblich war: Ich konnte niemandem begegnen. Plötzlich hörte ich Biondis Stimme, die mir sagte: Wenn die Unlust dich hemmt, macht nichts, Dario, ich schreibe das Zeug für dich weiter.

Du schreibst? hörte ich mich sagen und antworten: Nur ich; ich schreibe das Zeug schließlich nur für den, der diese Zeilen schreibt. Später werde ich mich lesen, werde mich endlich im Korsett der Zeilen sehen, werde mich als befreit erkennen, werde ahnen, daß mein Leben in der Verteidigungslauer nicht besiegt gewesen war, daß es unbesiegt zu sein hatte; und erst dann werde ich meinen zehntausendsten Tag in der Fremde ausgiebig feiern, der Fremde als Ort der Liebe begegnen.

Ich prüfte den Inhalt der beschriebenen Seiten bis zu dieser Zeile und empfand, wie lächerlich mein Versuch der Rekonstruktion war: wie ein Versuch, das unausweichliche Versagen abzuwenden, wenn der berüchtigte rote Knopf bereits gedrückt worden ist. Ich legte mich aufs Bett, und während mein Hirn wieder einmal die verkrampfte Kontrolle der Rhythmuskurven der Melancholie und der Freude übernahm, während mein Mund an unverständlich stummen Worten kaute, kam ich zu dem Ergebnis, daß mein schriftliches Zeugnis meinem Ursprung zwangsläufig so fern war wie der Einwanderer seiner kindlichen Urerfahrung im Herkunfsland. Je mehr ich schrieb, desto mieser kam ich mir vor, desto gescheiterter meine Existenz: Alles, was mir selbstverständlich erschien, mein Können bei der Behörde, im Umgang mit Menschen, meine handwerklichen Fähigkeiten, meine Kompetenz als Sozialarbeiter, war ins Wanken geraten. Irgend etwas mußte jenseits der Fassade, die mein Leben umgab, liegen.

Irgend etwas Bedrohliches.

Eine Mahnung war mir durch den Traum, der mich vor zwei Nächten heimsucht hatte, zuteil geworden: Eine Frau, die beim näheren Betrachten die Gestalt meiner Mutter annahm, fragte, auf mich deutend, einen fremden Mann: Wo geht dieser Mann hin? Ich sah, daß ich mehr und mehr wegrückte und Bruna immer sorgenvoller herschaute und dem Mann am Ärmel zupfte, damit er mich festhielte. Ich war mir nicht sicher, ich konnte es nicht genau ausmachen, aber ich hatte das Gefühl, daß der Mann neben meiner Mutter Franco Biondi war.

Jetzt mußte ich an den Schriftsteller aus einem anderen Blickwinkel denken: Er betrieb das Schreiben berufsmäßig, er hatte ein Ziel, den berufsmäßigen und den nicht berufsmäßigen Leser, den Büchermarkt, hatte die Eitelkeit, dieses innere Monstrum, zu ernähren und sattzukriegen, hatte seine thematischen Obsessionen, die genau wie ein brodelnder Vulkan ihren Ausfluß brauchten, hatte Hypothesen über das Leben und über den Tod, die nach Selbstbestätigung lechzten, hatte Objekte wie mich, die es auszubeuten galt, damit der Menschheit ein Dessert menschlicher Abnormitäten nach den tagtäglichen unverdauten Begegnungen mit sich und der Welt serviert werden konnte. Daß er mich auserkoren haben könnte, verursachte mir keine Kopfschmerzen mehr, und ich stellte fest, daß ich unentwegt an ihn dachte; das Bedürfnis, ihn zu sehen, mit ihm zu reden, wurde unerträglich.

Ich verließ schnurstracks die Wohnung und irrte im Viertel herum. Eine Dunstkappe hatte sich auf die Bauten gesetzt und verschleierte den weißlichen Himmel; der schwache, kühle Wind entstellte die Schatten, haftete kurz an meinen Bartstoppeln, sprudelte an der Haut. Ich stellte mich vor den seitlichen Wohnblock, ohne die Courage aufzubringen, ihn aufzusuchen, mit der abstrusen Hoffnung, ihn aus der Wohnung seiner Mutter herauskommen zu sehen. Beim Warten ohne Überzeugung und Begeisterung vernahm ich den Lärm des Viertels, empfand, wie er auf mir lastete und schwerer wurde; mir wurde jämmerlich zumute, und ich empfand einen strengen Schmerz. Er muß im Volkshaus sein, erklärte mir meine Stimme. Und ich ging hin.

Er saß leibhaftig und leutselig auf dem Sofa, einen Espresso schlürfend, und las die Tageszeitung. Hinter ihm dehnte sich der schlummernde Wintertag mit den Rentnerhänden, die Karten spielten, die sich über den Tischen kreuzten, die auf die Tischfläche klatschten, ein scheinbares Aufleben der Gemüter im neuen Tag. Dann bestellte Biondi ein Bier und trank es, mit einem gierigen Genuß, der im rechten Verhältnis zu seiner knolligen Nase stand; er trug einen beigen Sakko, der mit großer Sicherheit vom Kaufhof oder von C & A stammte. Nachdem er mit dem Handrücken über die Lippen gefahren war, sah er sich um, erkannte mich und grüßte mit einem ausdruckslosen Kopfnicken. Ich erwiderte mit einer verworrenen Form von Gleichgültigkeit; nicht im entferntesten dachte ich daran, auf ihn zuzugehen. Irgendein Instinkt erlaubte es mir nicht, es auch nur zu denken, obwohl er eigentlich der Grund gewesen war, der mich aus dem Haus getrieben hatte. Statt dessen beobachtete ich ihn heimlich, hinter Kartenspielende postiert, wo ich meine Augen wandern lassen und verfolgen konnte, wie er seinen Körper ausspannte beim Lesen, wie er die Beine nach vorne spreizte, wie er mit den Zähnen seine Rillos einherrollen ließ, wie er mit nachdenklichen Augen zur Bartheke hinsah. Dort diskutierten zwei alte Männer über Politik, über die neuen Steuerlasten auf den Medikamenten. Er wandte seinen Blick sofort davon ab, und genaugenommen hatte ich nicht wirklich gesehen, ob er zugeschaut hatte, sondern eher eine Spur davon in seinem Gesicht.

Als er ruckartig die Zeitung auf das Tischchen warf, sein geleertes Glas mit gespreizten Fingern packte, aufstand und sich in Richtung Theke bewegte, begrub ich feierlich meinen Blick bei den umherwirbelnden Karten.

Hallo, vernahm ich urplötzlich an meinem Ohr, spürte den heißen nikotingesättigten Atem an meiner Nase umherwedeln; und dann tippte er mir auch noch auf die Schulter. Ich zuckte, als hätte mich die sture Spritze des Doktors gerade an einem Nerv erwischt, sammelte die Gesichtszüge zu einem zuvorkommenden, heuchlerischen Lächeln zusammen und erwiderte dumpf den Gruß. Auf deutsch, unter Betonung des »H«.

Er begann mit Banalitäten, die meine Rezeptoren gefiltert aufnahmen und als Signal weitergaben, so daß letztlich mein Hirn zurückmeldete: Sei vorsichtig, Gefahr der Ablenkung.

Ehe ich mich wappnen konnte, fragte er unvermittelt und harmlos: Und wie ist es mit dem Schreiben?, mit einem maliziösen Lächeln auf den Lippen. Hinter den Borsten seiner Brauen studierten mich seine geheimnisvollen blaugrünen Augen, wie die eines vor einer Beute lauernden Tiers.

Im ersten Augenblick hatte ich die Frage nicht registrieren können, so gebannt war ich von seinen Augen, und erst dann fragte ich mich: Wie kommt er darauf? Kennt er meine Recherchen? Da ich mich zu keiner Reaktion entschließen konnte und meine Informationsverarbeitungsanlage die Botschaften, die offenen und die verborgenen, immer noch gegeneinander abwog, rief er: Schreiben Sie weiter oder hängen Sie an irgendeiner Stelle?

Ich blieb im Vagen, und er bohrte unvermindert weiter. Ich weiß, daß Sie schreiben.

Seit der Mülltonne?

Er lachte anspielungsreich. Sicherlich über Ihre Familie...

Ich nicht! antwortete ich kurz und bündig.

Da lachte er wieder unter der Trauer seines Schnurrbartes, und ich sah die Luft an. Dann ließ ich leblose Phrasen los.

Aber, aber, mein Freund und Nachbar Dario Binachi, rief er vorwurfsvoll. Sie reden, als hätten Sie Ihre Chancen verpaßt: zur rechten Zeit zu resignieren, sich den Zeichen der Gegenwart hinzugeben.

Es kann sein.

Sie wissen doch, wie es ist, mit den Unversöhnlichen, oder? Ich kann mir sogar leibhaftig vorstellen, daß Sie über Unversöhnlichkeiten schreiben.

Ich war verblüfft, nein: fassungslos, nein: vernichtet, daß er all das, was mich beschäftigte, auf den Nenner bringen konnte. Ja, freilich, gab ich beschämt zu. Da erinnerte ich mich an seinen Roman, den ich bei seiner Mutter gesehen hatte und der den Titel »Die Unversöhnlichen« trug, vergegenwärtigte mir den handfesten Verdacht, daß er hinter mir her war, um mich auszubeuten, und spürte wieder den Wunsch, ihn endlich zu entlarven; aber er ließ es nicht zu.

Wollen wir uns nicht duzen? Wir haben doch so viele Gemeinsamkeiten, so viele, sprach er, ohne eine Gebärde der Anspielung, ohne Pathos, fast zynisch.

Und ich will dir einen guten Rat geben: Das mit dem Wort Unversöhnlich ist in der deutschen Sprache ziemlich problematisch. Du weißt doch: Die Unversöhnlichen, diese männliche Vorherrschaft in der Sprache. Warum nicht die Unvertöchterlichen?

Obwohl wir uns nicht näher kennen, haben wir doch so viele gemeinsame Erfahrungen! Wie du eben hörst, schließt die deutsche Sprache, eine Sprache, die gemacht wird, eine Erfahrung aus. Warum sagen wir zum Beispiel nicht: Die Unveremigrantlichen? Weil es komisch klingt! Kein Deut besser wäre jedenfalls: Die Unverwurzelichen. Aber Spaß beiseite. So ergeht es oft Minderheiten – ihre Erfahrung ist sprachlich nicht vorgesehen; und wenn einer wie ich sich daran machen will, geht er in der sich verschließenden Sprache unter. Und wenn es einem wie mir gelingen sollte, die Sprache zu knacken, sie näher an die Grunderfahrung zu bringen, dann tritt die Zensur der Wahrnehmung ein. Das ist das Problem, mein Freund, Minderheiten und Deklassierte überhaupt müssen die Mehrheit, die Herrschenden verstehen, sie sind darauf angewiesen, wenn sie überleben wollen, die Mehrheit dagegen braucht das nicht, sie nicht. Und wenn sie sich anstrengt, dann nur aus Gnade.

Ich folgte den Bewegungen seiner Lippen, die die selbstgefälligen, dem Ritual gemäßen Wörter hervorstießen, und schwieg überrascht: Auf welche sprachlichen Fragen sich sein Geist zubewegte, auf welche Machtkonstellationen. Er blickte mich an, und seine Augen glänzten auf eine Weise, die mich in eine verhängnisvolle Verstummung stieß.

Freilich, rief er kurz und fügte enigmatisch hinzu: Die Sprache, die Literatur sind Räume wie alle anderen, sie können besetzt, usurpiert werden, man kann in ihnen wohnen, wie man in der Fremde wohnt, der eine ist genauso unsichtbar und grenzenlos wie der andere. Aber ich will dir, als erfahrener Branchenhase, einen Rat geben: Überleg dir, ob die Recherche über deine Familie dich nicht doch von der eigenen Scheiße ablenkt.

Wie bitte? platzte ich heraus. Mein Gehirn funktionierte mit dem Ungestüm meiner häßlichsten Tage. Plötzlich mußte ich an meine deutschen Freunde in Frankfurt denken, obschon die Situation nicht den geringsten Anlaß bot, sie assoziativ heranzuholen; Freunde, die damit beschäftigt waren, stimmig in ihren Gefühlen, stimmig in ihren Beziehungskisten zu sein – diese erbärmliche Harmoniesucht, die das Lebendige, das Ungestüme, das Ungezähmte in ihnen und zwischen ihnen abtötete. Und indem ich das dachte, sah ich ihn prüfend an, spürte, wie der Rauch seines Zigarillo mir in die Augen stieg, fühlte ganz deutlich die Notwendigkeit, das Gespräch zu beenden, vernahm, wie mein Instinkt mir sagte, dieser Mann werde mein Unheil sein, wenn ich nichts dagegen tat, ahnte, daß mein Körper in Aktion zu treten hatte. Mit einem sorgfältig geplanten Besuch bei seiner Mutter hatte ich zu beginnen, hatte ihm den Roman zu stehlen, und wenn darin der endgültige Beweis zu finden war, wenn der Diebstahl nicht ausreichte, hatte ich ihn eiskalt umzubringen. Aber bevor ich mich zu einem solchen schrecklichen Schritt entschließen würde, sollte ich mich noch einmal zurückziehen, mich von der konsequentesten Logik führen lassen und die Sätze Biondis, seine mimischen Spiele bis in die letzten, einsamen Implikationen durchdenken.

Ich schützte eine dringende Verabredung vor und suchte schnellstens das Weite. Im Hause meiner Mutter, wieder auf dem Bett ausgestreckt, konnte ich kein einziges sprachliches Gebilde zu Gedanken verknüpfen. Aber auch meine rasenden Empfindungen fanden keine verwertbare Zuordnung – ich fühlte mich erledigt. Schließlich fand ich den Weg zu diesem Manuskript: Meine Hände breiteten die letzten Blätter auf der Bettdekke aus, mein Blick streifte die Worte des Drachen im Korsett der Freiheit, und die Gestalt Moros nahm doch noch die Formen einer gerupften Nachtigall an, die seine Person kennzeichneten, bevor er starb.

Betrachtung der Nachtigall im Käfig

Sie hüpfte ununterbrochen von einem Steg zum anderen, von einem rastlosen Drang erfaßt, und sang eine bunte Melodie, die sich in sein Ohr wurmte und ihn drängte, sie nachzuträllern. Stets begann sie mit zwei tiefen Alttönen, später stimmte sie einen hohen, feinen Triller an und ging dazu über, zu flöten. Sie flog in rasantem Tempo, als würde sie den Käfig hinter sich lassen, niemals aber streifte sie die Gitter. Manchmal sah es so aus, als würde sie, sich in ihren Pirouetten um sich drehend, tanzen. Und wenn sie kurz am Steg weilte, zupfte sie an ihrem braunen Federkaftan. Moro war davon fasziniert. In sie verliebt, hatte er den Käfig zu Hause vom Balkon genommen und bei sich in seinem Restaurierungsladen über den Arbeitstisch gehängt. Der Film von Alcatraz, in dem Burt Lancaster seinen Lebenssinn in der Beschäftigung mit Vögeln fand, hatte ihn so gerührt, daß er in Tränen ausgebrochen war. Am folgenden Tag schaffte er sich auf dem Markt Kanarienvögel an. Am meisten hing er jedoch an der Nachtigall. Wenn er bei der Arbeit eine kurze Pause einlegte, betrachtete er sie und sprach auf sie ein. Was betrachtest du?

Er war ein Fluchtkünstler im Käfig gewesen. Doch der Käfig verengte sich von Jahr zu Jahr. Die Wildheit war verflogen. Die Zähmung hatte ihn in tiefe Müdigkeit gestürzt. Beim Heben eines leichten Möbels war die Wirbelsäule an zwei Stellen zu Bruch gegangen. Nach der Behandlung konnte er immer noch kein Gewicht heben. Ich fühlte mich nicht mehr imstande, den Laden weiterzuführen, und erhoffte mir, daß der vom Militärdienst heimkehrende Ivar handfest mit anpacken würde. Sein Leben war von der Verschränkung der Flüge bestimmt – selbst der Altwarenhandel war ein Vagantentum ohne Schulterfittich. Auch danach hätte ich nicht auf eigenen Beinen stehen können, wenn nicht der andere Sohn aus Deutschland mich kräftig unter die Flügel genommen, mit regelmäßigen Überweisungen unterstützt hätte. In der Enge des Käfigs lenkte der blinde Kampf die Steuerfeder. Er hatte gegen Elvira Fonti, gegen Bruna gekämpft; wie von einem Federwerk gespannt, immer unter der Angst, von ihnen kontrolliert, in Besitz genommen zu werden, hatte er sein Leben lang gekämpft; er kannte es nicht anders. Dabei liebte ich Bruna, versuchte sie zu lieben, aber jedes Mal fühlte ich eine Sperre, von der ich nicht wußte, ob sie aus mir selbst oder von ihr stammte. Die Fluchten hatten mehr und mehr die Umläufe eingeengt, sie hatten sich spiralförmig an einer unfaßbaren Stelle verdichtet, an der auch die einstige Frage erstickte. Er erlebte, wie er sich aufopferte für die Familie, die Familie benutzte ihn wie einen Lockvogel für die eigenen Bedürfnisse. Bruna, durch die Krankheiten zerrieben, in der Erziehung hilflos, klammerte sich an ihn, schickte ihn disziplinierend gegen die Kinder vor. Wenn er dann eingriff, nahm sie für die Kinder Partei.

Ein Kreisflug mit Ausscheren. Ivar war der Schreckliche, aber in enttäuschendem Sinn. Als pubertärer Junge rebellierte er ohne Worte und Kraft, war still, introvertiert. Wie Dario flatterte er keinen Frauenaffairen nach, er wurde statt dessen mit Jugendlichen im Keller bei homosexuellen Spielen entdeckt. Du bist eine Schande! schnarrte Moro. Machst du das alles, um mich zu zerstören? Du bringst mich ins Grab!

Ein Schwenkflug in die verdrängte Vergangenheit. Kaum fünfzehnjährig, band sich Ivar an die Faschisten an. Moro fühlte sich wie von unheimlichen Blumen und Gräsern bedroht: Mein Sohn ein Krimineller, ein Bombenleger! Ich bring dich um, wenn du mit Schwarzhemden verkehrst, hörst du, ich bring dich um! Was habe ich dir angetan, daß du mir das alles zufügst? Ivar warf Moro vor, ihm sei es einzig recht zu machen, wenn man Vergnügungen nachging; demnach hätte Ivar nur zu sagen brauchen, daß er dieses oder jenes Mädchen ankollerte, schon hätte er ihn ermuntert und ihm Geld in die Tasche gesteckt. Ich meinte nur, amüsiere dich, wenn du kannst, denn das Leben ist schon Betrug genug, mach aber keine Kinder! Das war schon alles. Nur als Ivar später seine Verlobte vorstellte, waren Bruna und ich einhelliger Meinung: Sie ist fast blind, dirigiert herum, ähnlich wie Annunciata Ceccabelli, läßt sich bedienen, sie soll deine Frau werden? Ich brauchte nur an Biagio Piverini zu denken – ich war klar dagegen.

Aber das war nicht so schlimm wie das mit der Religion. Eines Tages, als Ivar mir im Werkraum aushalf, suchten ihn einige Amijungen auf in feinen Anzügen und krawattiert, die er durch die Mormonenkirche kennengelernt hatte. Ich fing sie an der Ladentür mit kritischem Blick ab, sah auf ihrem Jackenaufschlag die Plakette mit der Aufschrift »Kirche Jesu Christi der Heiligen der Letzten Tage«, und schon versperrte ich Augen und Ohren; denn alle Kirchgänger sind Falschspieler. Brüsk verwehrte ich ihnen den Eingang in die Werkstatt, stellte Ivar zur Rede und drohte, ihn aus der Wohnung rauszuwerfen, wenn er sich nicht sofort von dieser schrecklichen Sekte, von diesen ungeheuren Sinnestötern distanzierte. Religion in meinem Haus? Niemals! Lieber tot, als diese Leute mit den scheinheiligen Gesichtern um mich. Dann bringe mich um, kündigte Ivar an. Das ist meine Kirche. Von mir aus, antwortete ich, und das wäre mir lieber als das. Sogar Bruna verteidigte Ivar, diese seltsame Religiosität, dann setzte sie mir den entscheidenden Floh ins Ohr: Dein Sohn läßt sich doch bald taufen.

Mein prädestinierter Nachfolger ein Getaufter?

Ich ließ mir eine Ausrede einfallen und bestellte ihn, um einen Schrank abzuholen. Kaum waren wir in den Kombiwagen gestiegen und hatten ihn in Gang gesetzt, klopfte ich auch schon auf den Busch: Stimmt es also, daß du dich von den Mormonen hast taufen lassen?

Vielleicht durchschaute Ivar den Bluff; jedenfalls antwortete er ziemlich ruhig: Nein; ich habe es allerdings sehr bald vor.

Mir blieb die Luft weg. Es war das gleiche Erstickungsgefühl wie damals, als sich Virgilio und Elvira stritten. Auch während des Krieges hatte ich körperlich reagiert: Im Streit der Kriegsmächte um die Vorherrschaft in der Wüste hatte sich mein Asthma so verschärft, daß ich im Krankenlager behandelt werden mußte. Ich rang erst mal nach Sauerstoff und redete mir ein, daß die Zeit ihn wieder zur Räson bringen würde; dann dachte ich,

ich sollte ihn erst mal lassen und zugucken, was sich da entwickele; dann sagte ich doch: Du bist noch nicht volljährig, solange du es nicht bist, erlaube ich das nicht.

Aber danach, sagte Ivar seelenruhig.

Das glich einer Böe, die mich zum Sturz in die Luftlosigkeit hinabwirbelte. Ich fuhr zum Straßenrand und brachte dort den Kombi zum Stehen. Hast du keinen Respekt vor mir? grämte ich mich mit dickem Atem, hast du keinen Respekt vor deinem Vater? Ich war auf einmal unfähig geworden, zu toben, wie es sonst meine Art war, wenn ich mich ohnmächtig fühlte (und wie oft habe ich zugehauen, bereut, mir gesagt, was für ein schlechter Vater ich war, was für ein schlechter Ehemann – und ich weiß jetzt: wenn ich schlug, fühlte ich mich in einem verrückten Käfig). Mein Jähzorn, als Gebärde des im Käfig eingesperrten Zornes, war endgültig erstickt. Die Frage aus der Kindheit, die mein Leben durchströmt hatte und die ich mühselig hinter einem Damm halten konnte, stürmte nun mit voller Gewalt auf meine Atemnot nieder.

Doch, sagte Ivar. Und wie habe ich Respekt. Aber das ist meine Religion. Das ist mein Glaube.

Die gerade angezündete Zigarette aus dem Fenster werfend, schüttelte ich verloren den Kopf: Ich habe verstanden! Du liebst mich nicht, auch du nicht! Keiner liebt mich, keiner hört auf mich! Ich bin der Simpel der Familie!

Ich liebe dich doch, Vater, beteuerte Ivar mit flehender Stimme. Glaub mir! Mein Glaube hat doch mit der Liebe zu dir nichts zu tun!

Plötzlich fanden wir uns beide umarmt.

Meine Augen waren feucht; hastig zog ich mein Stofftaschentuch aus dem Kittel und trocknete die Wangen ab, die Nase anschließend schneuzend. Der Damm schien wieder errichtet, aber aus den Lecks strömten uralte Ängste. Nein, rief ich, denn ich konnte es nicht glauben, daß man einen wie mich lieben könnte, du liebst mich nicht. Und ich grübelte nach den Gründen, die Ivar zur Religion geführt hatten. Es war meine Schuld. Ich war der, der meine Familie von einem Unglück ins andere stürzte, weil ich der Unglücksbringer war. Mich hatte betroffen gemacht, daß Dario mir den Hunger der Kindheit vorgeworfen hatte; dabei konnte ich damals nicht anders. Und ich litt bis zur Selbstzerstörung, als Ivar den Ablehnungsbescheid der Fliegerakademie bekam, obgleich es geheißen hatte, daß die Absolventen der Fliegerfachschule mit Vorzug behandelt werden würden. Es war einzig meine Schuld, die Schuld der Binachis: Ich war im Gefängnis, ich war in der Partei. Um mich zu vergewissern, hatte ich einen Carabiniere gefragt, der bei mir ein Antiquitätenstück zu kaufen beabsichtigte. Im Vertrauen, sagte darauf der Carabiniere. Sind Sie rot? Ja. Na also, sagte der Carabiniere, und Ihr Vater, soviel ich informiert bin, auch; kein Wunder. Ihr Sohn hat wirklich keine Chance beim Militär. Ich sah mich bestätigt: Ein Sippenfluch verfolgte die Binachis. Eine Schuld, die nie getilgt werden würde.

Ich brachte den Motor wieder in Gang und fuhr weiter, den Kopf ungläubig schüttelnd. Was bist du für ein Sohn? Wie kann man bloß an eine solche Mär von Gott glauben? Ich begann, all die bekannten Argumente herauszuholen, in der Hoffnung, sie könnten ihn nachdenklich machen. Aber Ivar pflichtete bei und ergänzte, daß die Mormonen es ähnlich sahen, darum auch die Entstehung der Mormonenkirche, die sich auf die ursprünglichen Evangelien berief. Daraufhin listete ich die Vielzahl meiner Argumente auf, die die Nichtexistenz Gottes untermauern sollten. Da Ivar nicht mehr reagierte, spürte ich die Lecks im Damm größer und größer werden. Du liebst mich nicht, murmelte ich, und ich war mir dessen sicher. Bist du überhaupt mein Sohn? Nein, das bist du nicht! Auch du nicht! Warum begreifst du nicht? Alles, ja, alles darfst du sein, bloß nicht religiös. Von mir aus, werde doch Faschist, aber unter keinen Umständen religiös, ja? Ich sprach nun mit drohend kräftigem Ton, doch mit ausgehöhlter Geisteskraft. Schon damals, als Bruna den Priester in die Wohnung einließ, um sie zu segnen, damit für das ganze Jahr kein Unglück die Familie aufsuchen würde, und ich ihn fortgejagt hatte, hatte ich gespürt, daß ich in dieser entscheidenden Frage besiegt worden war. Bruna hatte letztlich gesiegt. Sie hatte gesiegt, auch wenn sie es jetzt nicht zugeben würde. So wie Elvira Fonti gegen Virgilio Binachi am Ende gesiegt hatte. Ich verfluchte wieder Annunciata Ceccabelli, die Bruna ihren Glauben eingetrichtert hatte, verfluchte Elvira Fonti mit ihren versteckten Kerzen in der Schublade: Nichts zu fressen im Haus gehabt, wir haben gehungert, aber Kerzen für den Madonnenaltar hat sie gekauft. Ich verfluchte mich, daß es mir nicht gelungen war, einen einzigen Sohn in meinen Bann zu ziehen.

Resigniert sagte ich Bruna am Abend: Eines möchte ich: Wenn ich tot bin, will ich keinen Priester und keine Blumen an meinem Grab, hast du richtig verstanden?

Was ist los? Warum sagst du es mir wieder? antwortete sie, indem sie die Finger im Zeichen der Hörner ausstreckte. Willst du schon sterben?

Ich wußte für ihre Frage die Antwort nicht, erinnerte mich an jene Augenblicke in der Höhle am Fluß, erinnerte mich, daß ich oft bedauert hatte, damals doch nicht umgekommen zu sein, stellte mir das Grab ähnlich wie jene Höhle vor und beharrte: Folgst du meinen Anweisungen wirklich?

Bruna reagierte mit einem gedehnten Ja.

Ich dachte an die Namensgebung Darios, an seine Taufe, dachte an den Priester am Grab meines Vaters und sagte: Wenn ich tot bin, machst du sowieso mit mir, was du willst.

Aber nein, rief sie entrüstet. Ich weiß doch, daß du keine Kirche willst.

Und keine Blumen.

Am folgenden Morgen vernahm ich, wie die Nachtigall aufgeregter als sonst sang. Sie krallte sich an das Gitter und stieß mit ihrem spitzen, konischen Schnabel gegen den Draht, als wäre er eine Schuhspitze, die den Weg nach außen freistoßen wollte. Der Futternapf war voll, der Wasserbehälter wie unberührt.

Auch Maria hatte sich entfernt. Sie bevorzugte ihre eigenen Wege und lehnte sich immer heftiger gegen mich auf, weil ich mich gegen ihre pubertären Ansprüche stellte. Sie hatte Freundinnen, den Treffpunkt an der dunklen, kleinen Piazza, wo die Jugend miteinander klönte. Ich hatte Angst, sie könnte von einem Jungen berührt werden; ich mußte sie schärfer kontrollieren, strikte Ausgangszeiten verhängen, strenge Strafen und Ausgangssperren; aber es eskalierte, und Bruna hielt zu Maria, um die Gunst der Stunde zu nutzen. Auf der anderen Seite traute sie sich nicht, Maria zu drängen, im Haushalt zu helfen, und beauftragte mich damit. Ich zog mir Marias Haß zu, und Bruna gab ihr heimlich ihren Ausgehsegen, mit den Worten: Sag aber nichts dem Vater. Und wie gehabt, schaltete sie Dario ein, das scheinbare Versöhnungskind, der mir sogar einen bedrängenden Brief aus Deutschland schrieb.

Ich mußte zugeben: Ich hatte Angst; ich konnte mir nicht vorstellen, alleine mit Bruna zu leben, ohne ein Kind als Brücke und Ableitung zugleich. Wenn ich fühlte, daß unser Familiengefüge zusammenzubrechen drohte, wenn ich meine Autorität zusammenklappen sah, schrie ich über den Tisch: Ich hab verstanden! Ich bin überflüssig hier, habe nichts zu sagen, werde nicht gehört, was soll ich überhaupt noch hier? Bin ich ein Simpel? Ich opfere mich im Laden, tue mir Gewalt an, ist das der Dank? Ich bin das schwarze Schaf, alles macht ihr an mir fest! Ich gehe ins Altersheim! Wenn ich weg bin, habt ihr endlich euer Opferlamm! Dann könnt ihr alles machen, was ihr wollt! Das mache ich und damit basta! Die Drohung, ins Altersheim zu gehen, obwohl ich es als Kübel für entflügelte Menschen bezeichnete, war ernst gemeint. Die Einsamkeit im Restauratorladen war mit der Verlassenheit der Kindheit identisch geworden. Selbst der Wein schmeckte mir nicht mehr. Am Glas Wein verzog ich nur noch das Gesicht. Auch die Gedanken waren ein Käfig, der sich mit dem Alter einengte.

Am Käfig entsprang die letzte Betrachtung. An einem Morgen legte ich die Zeitung auf den Tisch und hob den Blick zum Käfig hinauf, da ich sie nicht singen hörte. Die Nachtigall lag tot in der Käfigecke. Ein Riß durchfuhr mein Herz. Ich öffnete hastig die Käfigtür und holte den kalten Körper heraus. Tränen schossen mir aus den Augen. Warum hast du mich verlassen, flehte ich, warum? Du Stimme meiner Seele, du Gurt meines Körpers, du mein einziger Freund! Gemeinsam bestanden wir den Tag, empfingen Kunden, gaben alten Möbeln ein neues Leben. Was ist das für eine Starre, die dich gepackt hat? Die Traurigkeit ist eine Quelle, die nicht versiegt. Ein Leben mündet ins Meer des Nichts, die Frage ist geblieben. Das Leben ist ein Betrug. Es hat mich betrogen. Der Tod ist nicht des Menschen schlimmster Feind, die Frage ist es! Und ich dachte an alles, was ich unwiderruflich verloren hatte, ohne gefragt worden zu sein, was ich nie erleben durfte, verfluchte wieder einmal meine Geburt, verfluchte die Frage, die mein Leben entwurzelt hatte, und rief ganz laut: Ich bin der, der verflucht ist. Was fühlte ich, bevor ich, mich selbst beobachtend, verloren ging? Ich weiß es nicht. Es muß das große Vergessen sein. Nicht das Leben, die Menschen sind Betrüger. Sie sind es, die das Leben betrügen: Sie danken von sich ab, in der Hoffnung, dadurch am Leben teilzunehmen, mit der Maschinerie des Verstandes, mit der Selbstrechtfertigung, diplomatisch zu sich selbst. Und vergebens.

Jetzt konnte ich den Körper der Nachtigall mit einer dünnen Plastikfolie bedecken.

Blumen für den Blumenhasser

Er wurde ohne die katholische Feier beerdigt, sein vorläufiges Betongrab wurde mit Blumen übersät.

Er starb unerwartet, dennoch langsam, als glitte er zähflüssig durch die Finger des nutzlosen Lebens. Bruna und die Kinder konnten es nicht fassen; nur er schien es zu ahnen: Als er das Krankenhaus wegen einer plötzlichen Gallenkolik betrat, rief er: Hier komme ich nur durch die Hintertür wieder heraus. Bruna maß dieser Aussage keine besondere Bedeutung bei – es war nicht das erste Mal, daß er durch den Notarzt ins Krankenhaus eingeliefert werden mußte.

Die Krankheit wurde als einfach diagnostiziert, die vorgesehene Operation als unkompliziert. Erst mußte er sich einer Kur unterziehen, dann, als das Krankenhauspersonal auf unbestimmte Zeit streikte, bestach er den operierenden Arzt, um sobald wie möglich auf den Operationstisch zu kommen. In seinem Leib fanden die Ärzte eine Leber vor, die sich wie Polypenarme um Lungen, Magen, Nieren und Galle gewunden und sich bis zum Herz gestreckt hatte.

Das Asthma erstickte ihn, wenn Bruna zu Besuch erschien. Am Krankenbett schob er seine Worte zwischen einen Hustenanfall und den anderen. Ich kann nichts dafür, rief er. Und er sagte noch: Denk an meine Wünsche.

Du bist verrückt, antwortete sie.

Ich bin das schwarze Schaf, erwiderte er trocken. Das schwarze Schaf.

Fängst du schon wieder an, bemerkte Maria, die ihre Mutter begleitete. Gekränkt in ihrer Existenzberechtigung, konnte sie ihm nicht verzeihen, daß er im Gefecht der Familienauseinandersetzungen sie angeschrien hatte: Ich spucke Blut, um die Familie zu ernähren, und was tun die Kinder? Die Kinder sind nur gut im Bauch der Mutter und vielleicht auch nicht einmal dort.

Einmal traf Bruna ihn im Schlummer der Medikamente und hatte ein Sträußchen Blumen bei sich, die sie auf den Tisch stellte. Bruna war schon weggegangen, als er die Blumen bemerkte. Schwester, bat er mit schwacher Stimme die in Weiß bis zum Kinn verhüllte Krankenhaus-Nonne, die die Thermometer verteilte, stell die Blumen weg, die erdrücken mich. Nein, sie bleiben auf dem Tisch, sagte die Nonne bestimmt. Sie sind gut, das gibt Farbe und Leben. Vom Husten bestürmt, hauchten seine Lungen Verfluchungen aus. In den Wochen seines Aufenthalts hatte sich ein unerbittlicher Kampf zwischen dem gottlosen, stichelnden Moro und den entsetzten Nonnen entfacht. Er ließ keine Gelegenheit aus, die sture Fürsorglichkeit, die keinen Platz für Andersdenkende hatte, als verlogene Nächstenliebe anzuprangern. Ihr kleidet euch mit Gott, schimpfte er ihnen nach, seid aber gottlos. Die Nonnen schmückten ihre Retourkutschen mit den Zwängen des Krankenhauses. Warum versteckt ihr euch hinter den Krankenhausregeln? kratzte er an ihrer Fassade. Was ihr im Namen Christi anstellt, kommt in Wirklichkeit aus eurem Haß auf Menschen, die nicht so sind wie ihr. Ihr wollt alle in euer verlogenes Weiß einzwängen! Vielleicht durchschaute er die Nonnen deshalb, weil sie sein verdrehtes Spiegelbild waren. Hier konnte er sich nur mit Worten wehren. Aus war es mit der Unberechenbarkeit als Verteidigungswaffe, die er dem kontrollierenden Drang der Elvira Fonti, und später der Bruna, entgegengesetzt hatte.

Er ließ die Blumen von einem Saalnachbarn entfernen. Er hatte sie als Dornen auf seinen Augen gespürt, die den Straßengraben der Kindheit zurückholten, mit den dunklen Gestalten im Gemurmel des Grases beim Treiben des Windes; sie tanzten nun um das Krankenbett. Damals waren es die gelähmten Beine, die Wurzeln in die Erde trieben, jetzt trieb der liegende Körper seine Wurzeln in das Weiß der Bettücher.

Einen Tag vor seinem Tod wurde Moro ins Landeskrankenhaus transportiert. Noch bevor er vom Krankenbett in den Liegewagen umgelegt wurde, trat Pasquale ein. Da rief Moro lächelnd: Gut, daß du kommst. Begleite mich hinaus, Bruder. Ich hab mir nichts Schöneres gewünscht, als von dir auf meiner letzten Reise begleitet zu werden!

Bruna Piverini und Pasquale Binachi wehrten die Aussage ab. Hundert Jahre magst du leben!

Bruna wirkte jedoch verletzt, daß er nicht sie, sondern den Bruder um die tröstende Hand bat. Sie verbarg ihre Enttäuschung und fügte nur hinzu: Die verlegen dich dorthin, weil sie medizinisch besser ausgerüstet sind. Sie wiederholte nur, was der Professor ihr gesagt hatte.

Habt ihr eine Ahnung, erwiderte Moro. Wollt ihr dem bibelkundigen Priester die Bibel predigen? Dem Todgeweihten den Tod wegerklären? Ihr Narren! Begleite mich, Bruder, gib mir die Hand, gib sie mir. Weißt du noch, Pasquale, wir damals? Der Bauer, der Hund, der Baum? Die Zwerge sind gestern erschienen. Sie hatten statt der Hände zerklüftete Steine, und statt der Arme hatten sie Schaufelstiele. Ist das nicht der Tod, der an meinen Körper klopft? Ich habe mich vor ihm verbeugt und ihn reingelassen, aber ich wehre mich noch. So ist der Mensch: Mit der einen Hand will er rückgängig machen, was er mit der anderen anstellt.

Pasquale versuchte zu verharmlosen.

Was bist du für ein Bruder? Gib mir endlich die Hand.

Pasquale reichte ihm die Hand; Moro lächelte, gab seinem Gesicht einen letzten Blitz der Befriedigung.

Bruna blickte ihm verstohlen in die Augen, schaute weg.

Hast du Dario angerufen? fragte er Bruna mit einem ausgehauchten Murmeln.

Ja, sagte sie. Er hat sich freigenommen und kommt morgen mit dem Zug, hat er gesagt.

Moro seufzte und hustete. Nachdem er sich von dem Anfall erholt hatte, bedauerte er: Schade, ich kann Dario nicht ein letztes Mal sehen.

Bruna Piverini und Pasquale Binachi beteuerten, mit Anstrengung, mit Absicht, daß er ihn sehen werde; er sei schon auf dem Weg.

Moro öffnete den Mund, schwieg aber, als wollte er das unmögliche Wort nicht aussprechen. In den ausgehöhlten Augenhöhlen zuckten die braun-bläulichen Hautvertiefungen, dann sammelte er Luft, sperrte die Augen auf und sagte: Ich war dagegen, daß er nach Deutschland fährt. Jetzt fehlt er mir. Er öffnete die Augen wieder, sah Bruna an, schnitt eine leidende Grimasse, lächelte fade, sagte: Aber ich muß sagen: Ich habe Achtung vor ihm: Er hat mir die Stirn geboten, ist ein seltsamer Binachi, weder Fisch noch Fleisch, aber ein Binachi.

Die Krankenpfleger brachen in den Raum ein, falteten das Laken zurück, schoben den Wagen neben das Bett, hoben den ausgemergelten Körper mit übermäßiger Kraftanwendung, legten ihn vorsichtig nieder, als sei er aus empfindlichem Kristall, verschwanden lautlos. Moros Gesichtsmuskeln verzerrten die trockene und schlaffe Haut, verliehen dem Schmerz eine ohnmächtige Würde, hoben Backenknochen und Stirn hervor. Noch was, rief er, nachdem sich die Schwingungen des in Aufruhr versetzten Körpers eingestellt hatten. Ruf Ivar im Laden an. Sag Bescheid. Er soll gleich herkommen.

Kurz darauf kam Pasquale zurück. Niemand ist ans Telephon gegangen, sagte er.

Schon zum zweiten Mal ist er nicht da, stöhnte Moro. Er ist wieder bei seinen Mormonen. Als er ins Krankenhaus eingeliefert wurde, war Ivar mit seiner Verlobten bei einem Mormonenseminar in Rom. Angesichts des nahen Todes fühlte er sich wieder verraten. Ihm fiel Virgilio auf dem Sterbebett ein – er hatte ihn begleitet. Moro hatte Ivar Ähnliches sagen wollen. Abgesehen von der Religion schätzte er ihn, weil er endlich den Mut gehabt hatte, ihm die Stirn zu bieten. Am Vortag hatte er ihm bereits die Botschaft mitgegeben: Paß auf Mutter auf! Und sorge dafür, daß meinem letzten Wunsch entsprochen wird.

Vor das Betongrab wurde eine Vase mit violetten Lilien gestellt. Die Augen waren Seifenblasen angesichts des unerledigten Abschiedes. Die Augen wurden zu Vasen, in die Blumen eingepflanzt werden; Blumen für das Betongrab. Und wie tagtäglich schlafwandelte die Trauer auf dem Friedhof.

Ein Tag nach der Beerdigung fuhr ich, wie schlafwandelnd, nach Pianetto. Ich wußte nicht, ob ich es erlebte oder ob ich mir nur vorstellte, es zu erleben. Aber ich glaubte, zu sehen. Beim ersten Anblick der zerklüfteten Berge fiel mir ein, daß Moro eine hingebungsvolle Beziehung zu dieser Landschaft hatte. Oft, wenn ich im Sommer in Italien war und wir Sonntagsausflüge machten, fuhren wir in diese Gegend, und ich konnte beobachten, wie Moro auflebte, seine Blicke in den klüftigen Landstrich versenkte, wie er das Gebiet Stück für Stück auskundschaftete. Er befummelte den Ginster und die Lilien, obwohl er angab, die Pflanzenwelt nicht zu mögen, beschaute eingehend die Wildkräuter, als suchte er darin seine Kindheit oder jenen Samen des Alptraumes, als Virgilio ihn stundenlang im Straßengraben harren ließ, der sich ganz fest in seinem Gedächtnis mit dunklen Gestalten und bedrohlichen Gerüchen eingewurzelt hatte, und atmete aufgelöst die Bergluft. Manchmal bekam er einen merkwürdigen Anfall und jätete die Wildkräuter um sich, und wenn er eines mit den Wurzeln herausreißen konnte, untersuchte er es rundherum an den Wurzeln. Dann tauchte der Blick in der inneren Versenkung unter und er seufzte gedehnt, bis er von einem katarrhösen Hustenanfall überwältigt wurde, der ihm Tränen hervorlockte und sie in die Falten abrinnen ließ. Er liebte die Berge abgöttisch und träumte davon, sein Alter hier zu verbringen.

Hier ist die Scharte:

Der Himmel trägt seine winterliche Uniform aus Blei. Nein, es ist keine winterliche Uniform; der Anblick des Himmels treibt in mein Bewußtsein die Vorstellung, daß hier die Grenze ist, die Leben ausmacht. Der leere Leichnahm des unendlich tiefen Himmels ist die Fortsetzung des inneren, unendlichen Gefühls, eine Ganzheit elektrischer Fühllosigkeit. Er wühlt in mir die immanente Beunruhigung des Hierseins auf. Alles ist still, verteilt in der Winterluft liegt ein unruhiger Friede, den ich als pulsierendes Fleisch spüre. In ihr steht die Starre von alledem, was ich niemals erreichen werde. Der Himmel ist eine Unmöglichkeit, und sie hebt sich nie selber auf. Nur die Erde, sie ist Möglichkeit und kann, wenn sie kühl denkt und handelt oder hitzig fühlt und giert, sich selbst aufheben. Ich vernehme den Tod auf einem sinnlosen Korridor, der zu meinem Gefühl führt. In mir schreit es: Wie ein unterdrücktes Klagen, wie Knirschen von Rädern auf Asche. Als würden Krallen ins Fleisch schaufeln, sehe ich, wie Bäume ächzend die Wurzeln herausziehen. Ich sehe Bäume, Weizenähren, das Gras aus der Erde fliehen, und wo sie gestanden waren, bleiben leere Löcher und wüste Wundmale zurück. Hier stehe ich. Ich bin aber nicht sicher, auf dem Grund des Trauermeeres zu sein, dessen Gras sich rastlos in Wellen bewegt. Ist es Trauer oder ist es Freude, daß er gegangen ist?

Das weite Grau des bis in die Ferne zersplitterten Lichtes umspannt die Landschaft. Die Berge und die Hügel sind im Würgegriff der bitteren Kälte, die meine Haut heiter belebt. Dort hebt sich die Traurigkeit ab wie ein kahler Baum, sie ist eine nutzlose Lichtung in der wirren Vegetation. Die Pflanzendecke ist aus lauter schwindenden Farben, der Himmel eine Folie aus Wolken, die die Begrenztheit der Existenz offenbart. Ich existiere in einem Zwischenraum. Der gedachte Himmel mit seinen zugeschriebenen Farben hebt die Existenz auf. Das Loch in der Erde fermentiert sie nur neu. Ich fühle mich glücklich und vergesse es. Ich spüre, daß ich nur das spüre. Ich sehe mich niedergestreckt auf der Landschaft; der Rücken geht glatt in die holprige Erde über. Ich liege regungslos da, wie tot. Plötzlich taucht ein Kater auf, der mich verblüfft aus der Ferne anschaut. Vorsichtig nähert er sich, macht einige Runden um meinen regungslosen Körper, tatscht mir auf die Brust, dann an den Kopf, nähert sich dem Arm, streift ihn mit seinem Körper, schnüffelt an den Fingern, mit den Pfoten berührt er sie, dann fängt er an, mit ihnen zu spielen. Mit beiden Pfoten erhebt er die Hand. Auf einmal entspringen den Fingern Knospen und wachsen in die Höhe. Ich erlebe in Zeitlupe die Verwandlung, wie die Knospen zu Lilien werden. Der Kater berührt mit der Schnauze die Blüten. Er ist erschrocken und verschwindet im Würgegriff der bitteren Kälte. Das erlebte Grau mit dem zersplitterten Licht des gedachten Himmels bleibt zurück. Die Vegetation schlafwandelt mit mir in trügerischer Luft. Im Leben bin ich ein anderer, im Schwebezustand zwischen Leben und Tod, in der Emigration ohne Platz bin ich ich selber. Ich bin auf die Reise gegangen, um mir auf die Spur zu kommen, aber es gibt keine Spur. Es gibt nur die Herkunft als Nebelsee, der den Erdball umschließt, unendlich hervorquellend aus den Abgründen des Lebens. Und doch sprießt daraus der rote Faden, der meine Existenz bestimmt.

Kobolde in den Adern

Nach dem versteinerten, traumhaften Nicht-wahrhaben-Wollen schlug der Verlust sein Zelt im Körper auf. Ein runzliger Kobold mit wurzelartigen Gliedern begann an die Aderwand zu klopfen. Meine Freundin, wisperte er, erkennst du meine Stimme nicht? Ich bin dein echter Lebensgefährte und komme wie du aus Labyrinthstadt. Ich habe dein Trauerstöhnen gehört, ich sehe, du brauchst mich, laß mich rein. Nein, entgegnete sie entsetzt, ich kenne dich nicht, bleib mir vom Leib! Sie wusch all die Kleider von Moro, und als sie fertig war, wusch sie sie von neuem, um ihn nicht hereinzulassen. Plötzlich war sie nachts um siebenundzwanzig Jahre zurückversetzt und träumte den gleichen Traum wie am Tag vor der Hochzeit: Damals trug sie Schwarz vor dem Altar, jetzt war sie weiß gekleidet. Moro neben ihr war mit Ketten gefesselt, an ihren Aderwänden rankte sich die Enttäuschung. Beim Wachwerden wurde ihr bewußt, daß der Kampf nicht aufgehört hatte und sich nun ohne Widerpart fortsetzte. Der Schrei des Schmerzes erklang heftig im Blut.

Ich lindere deinen Schmerz, sickerte es durch die Aderwände in sie ein, laß mich endlich eintreten. Ich bin Kobold Trumpf und bin in Labyrinthstadt beauftragt, bei jeder Hochzeit die Trauung zu vollziehen. Mit meinem Speer kündige ich die Scheidung an, schließlich erhält jeder Geschiedene sein Herz zurück.

Sag mir erst, entgegnete sie, warum hat er mich im Stich gelassen, jetzt, nachdem ich mich so lange geopfert habe? Dann lasse ich dich rein. Siebendundzwanzig Jahre lang hat er mich betrogen, nun hat er mich auch durch seinen Tod reingelegt. Meine Mutter hat mir oft gesagt: Dieser Mann ist dein Unglück. Jetzt ist er endgültig mein Unglück.

Warum er dich im Stich gelassen hat? Bruna, du weißt es doch.

Hast du nicht gehört, was er ausrief? Sie soll es ohne mich machen! Durch seinen Tod wollte er dich nur verhöhnen.

Nur im Traum bin ich wütend. Ich darf nicht zornig auf ihn sein.

Ja. Du hast dich bemüht, den Beweis gegen Annunciata Ceccabelli anzutreten. Du hast gedacht, deine Mutter billigte dein Leben nur, wenn du das tatest, was sie von dir wollte, wenn du bei ihr geblieben wärest. Du wolltest deiner Mutter oder Moro gefallen, und das war eine Scheinalternative. Öffne nun die Adertür, und ich schaffe Abhilfe.

Später, später.

Ihre Erinnerungen an die Vergangenheit schwirrten in ihren Adern wie eine Schar Fledermäuse. Die Brücke, die vergewaltigenden Lippen Moros, das sanfte Lächeln des Offiziers, als sie in den Militärwagen einstieg, die Lichtfluten auf der Schiffahrt nach Sardinien, sie peitschten sie wie Rutenschläge. Die Schläge des jähzornigen Moro, in seinem Gesicht silberten die Glitzeraugen des potentiellen Mörders – wie oft hatte sie im Obdachlosenblock wieder an Selbsttöten gedacht; ihr hatte der Mut gefehlt, so wie er ihr jetzt fehlte.

Kobold Trumpf trat herein. Unablässig sprach er auf sie ein, wie ein Gurgeln von erregtem Blut.

Um ihn zum Verstummen zu bringen, besuchte sie tagtäglich den Friedhof, um die Blumen vor dem Grab zu pflegen. Auf die dunstbleiche Sonne eilten graumelierte Wolken zu, die einer Schar Kobolde ähnelten. Am Eingang holte sie beim Blumenhändler frische Blumen. Schon am Eisentor sang der Boden unter ihren Füßen eine koboldhafte Melodie, die von den Wolken herzukommen schien.

Brauchst du Trost? rief eine Gestalt mit schwertähnlichen Gliedern, ich bin da! Guck, wie ich mit meinen Schwertern die Schuld zermetzle! Wenn ich mich bei dir niederlassen kann, wirst du endlich Ruhe bekommen.

Nein! Außerdem wohnt bei mir schon Kobold Trumpf.

Ja, ich bin aber Kobold Guap. Kobold Trumpf ist für Scheidungen zuständig, ich für die Erledigung der Schuld. Meine Beine, sie sind Schwerter und töten jeden Keim einer Schuld.

Ich brauche dich nicht! Ich habe schon genug Schmerzen! Ich bin unschuldig!

Darum geht es mir nicht! erklang es hinter der Adertür. Ich bin Kobold Guap. Alle Kobolde, die das Glück gehabt haben, mich zu treffen, haben eine ordentliche Maniküre bekommen. Nur denen, die mich nicht in Anspruch nahmen, verfaulen die Finger. Sie bedauern jetzt: Hätte ich Kobold Guap bloß früher getroffen...

Sie entfernte die verfaulten Stiele der alten Blumen, säuberte die Vase mit einem Tuch, fügte frische Blumen hinzu, kehrte den Vorplatz des Grabes, dann sah sie kurz auf, das Bild des Verstorbenen betrachtend. Auf der marmornen Platte befestigt, blickte er verloren; sie betrachtete eingehend seinen in den Augen eingemeißelten Verzweiflungsschrei, das Nichtbegreifen des Lebens. Er hatte so sehr Hilfe nötig, ließ sich jedoch, als Binachi-Dickkopf, nicht helfen. Die schönen Augenblicke, sie waren so selten. Zwei Mal waren sie zusammen verreist. Erst nach zwanzigjähriger Ehe hatten sie die Hochzeitsreise gemacht und waren nur bis Venedig gefahren. Ihre geschwollenen Finger, die die Blumen in der Vase noch einmal zurecht zupften, lenkten die Aufmerksamkeit auf den Kobold. Sein Kinn war mit weißen Fäden übersät; aus den purpurroten Augäpfeln stachen die Pupillen wie zwei spitze Knochen hervor. Die Handflächen waren grasbewachsen, die Glieder endeten in bronzefarbenen Scheren.

Bruna, Bruna, er ist tot. Du hast dein Leben von ihm abhängig gemacht, nun machst du es von einem Toten abhängig. Ich bin jetzt dein Gefährte. Ohne mich würdest du verstummen.

Das wäre halb so schlimm. Ich habe viel gelitten, viel in mich hineingeschluckt, für nichts und wieder nichts; es wäre besser gewesen, ich wäre nie geboren worden. Aber gut, du darfst rein, wenn du mir diese Frage beantwortest: Weshalb bin ich geboren, wenn ich unschuldig bin?

Ich bin ein verwandelbarer Geist und blockiere die Verantwortung. Wenn man keine Verantwortung übernehmen will, um Schuld zu vermeiden, wird man sie sich voll aufladen. Ich bin ein wunderbarer Blockierer: Ich zwinge dich, Kontrolle über dich und über deine Beziehungen zu Menschen zu bekommen; je mehr du es versuchst, desto mehr fühlst du dich verantwortlich für alles, was geschieht, desto mehr vermehre ich mich und entziehe dir Verantwortung. Jetzt, nachdem ich dir die Frage beantwortet habe, laß mich eintreten.

Ein Blütenstempel reichte bis zum Kinn Moros, als würde er ihn kitzeln. Sie schob die Vase mehr zur Seite. Die Lilienkelche ragten an seinem Kopf vorbei. Waren die Blumen ein Friedensangebot? Und könnte er es jetzt annehmen?

Er war zur Verweigerung verdammt! Wie du. Deine Adern fallen in ein Meer des Vergessens, wie trockenes Laub; du wirst von Ivars Mormonentätigkeit aufgewirbelt, von den Launen Darios, der jedes Jahr mit neuen Fragen kommt, von Marias Drang, eigene Wege zu gehen. Die Kinder werden zur virulenten Unversöhnlichkeit und verwandeln sich in den Adern zu Schuldgefühlen. Du brauchst mich. Ich will dich nicht überlisten. Nur helfen.

Kobold Guap trat herein und stelzte in den Adern mit seinen schwertähnlichen Gliedern herum.

Jetzt klopfte Kobold Piupp und flüsterte ihr ins Ohr: Bruna, ich weiß. Du erträgst dich nicht, leidest unter Schlafstörungen und glaubst, du wärest nicht normal. Dann denkst du an den Verstorbenen. Ich bin in Labyrinthstadt bekannt als Traumschlosser, der die quälenden Gefühle zurechtbiegt. Hier in meinem Werkzeugkasten habe ich den Traumschlüssel. Willst du es einfacher haben und nur das Unglück ausscheffeln? Hier habe ich den Unglücks-Schöpflöffel. Bruna, ich weiß doch: Nachts flutet in deinen Adern die Angst. Es ist die Angst vor dem Leben. Sie krabbelt an den Aderwänden wie Ameisen in Aufruhr. Gegenüber dem Ruf nach neuen Lebensmöglichkeiten bist du taub geworden. Anstatt endlich mit dir etwas anzufangen, läßt du dich in eine Welt des seelischen Elends, der kränkelnden Selbstzerfleischung und des Schweigens fallen. Bruna, häng deine Maske an den Nagel und zeig dein nächtliches Gesicht. Du holst Maria zu dir ins Bett, um die Fluten der Angst zu bändigen. Meinst du, daß das gut ist? Gegen den nächtlichen Besuch der Angst habe ich was parat: diese Flaschenpost. Steck die Ängste in diese Flasche und wirf sie ins Meer.

Kobold Piupp trat höflich in ihre Adern ein, ließ sich gemächlich auf einem Ventil nieder und fuhr lachend mit dem Monolog fort. Du verhätschelst Maria. Nun hast du nicht mehr Moro, um sie zum Helfen im Haushalt zu ermuntern. Es war dein Bereich, doch durch deine Beschwerden bei Moro hast du es hingekriegt, dich im Hintergrund zu halten, und leidest nach wie vor an der Unfähigkeit, offen Dinge zu benennen. Du bindest Maria an dich mit Zugeständnissen, wie die meisten Menschen, die sich nicht auf den Weg zur Selbständigkeit wagen und daher ihre Kinder von sich abhängig halten.

Was soll ich machen? Ivar versucht, sich einzumischen. Er will als Familienoberhaupt gelten; offenbar beruft er sich auf das letzte Wort Moros. Aber ich will ihn nicht akzeptieren.

Brauchst du nicht, sprach der zweite Kobold. Mach, wie du es immer gemacht hast. Genauso wie mit Moro: Laß ihn auflaufen. In deiner Schwäche bist du doch stark.

Ich will Dario als Ersatz für Moro, aber er weigert sich. Er lebe nun in Deutschland und habe seine Familie dort.

Er braucht es nicht anzuerkennen. Er braucht es auch nicht zu wissen. Hauptsache, er macht es. Stimme nur zu, sage: Gut, du bist nicht der Ersatz, und verhalte dich weiterhin so, als sei er es.

Der trügerische Frieden strömte auf sie ein und brandete an den Bodensatz des scheinbaren Vergessens. Empfindlich und verletzlich sprach sie nicht mit Nachbarn, sie könnten über sie klatschen. Bei dem kleinsten Anzeichen von Klatsch oder Nichternstgenommen-Werden trat sie bei Freundinnen den Rückzug an. Verschanzt in der Leere der Wohnung, die sie nur selten verließ, fegte das Schweigen die Erinnerung, wie Scheibenwischer den Regen, fort.

Ein neuer Kobold umschwirrte sie. Er hatte ein gelbes Gesicht und die Augen auf dem Schutzhelm, er drehte seine Gewindefinger um ihre Adern. Laß mich rein. Ich heiße Plopp und bin Aalbändiger. Die Aale richten Unheil bei den Menschen an. Ich bändige sie – ich schläfere meine Opfer durch das Aufsagen dichterischer Werke ein.

Schon wieder ein Kobold-Mann! Wenn wieder ein Kobold rein soll, dann eine Kobold-Frau.

Plötzlich verwandelte sich Plopp in Plipp. Mein Kollege war Aalbändiger, ich bin Aaltrainerin. Meine Aufgabe ist die, den Aalen die Arithmetik einzutrichtern. Ich fange meine Lektion mit folgender Frage an: Weshalb denken, wenn die Gefühle in Schlummer gehalten werden? Das ist eine Scheinfrage. In Wirklichkeit geht es mir darum, Gefühle abzuschaffen.

Ich brauche das nicht mehr. Ich habe nur Lust zu sterben.

Oh, du täuschst dich! Du brauchst es. Denkst du, du wärst anders? Die meisten Menschen kommen nicht ohne uns Kobolde aus. Weshalb hast du dein Leben ohne jeglichen Lebenssinn gestaltet? Willst du büßen? Weshalb besteht dein Leben nur aus Warten auf den Tag X? Das war es auch, was Moro dir vorgeworfen hat: die Unselbständigkeit. Nun bist du allein und erträgst es nicht. Dabei wolltest du ihn nicht verlassen. Oder: Warum hast du das nicht getan?

Ich war gezwungen – die Not...

Sicherlich, die Not! Sie hat an deinem Leben gezerrt. Trotzdem machst du dir etwas vor. Weshalb lernen die meisten Menschen nicht, auf eigenen Beinen zu stehen. Hörst du, wie das Blut wie ein erschrockenes Kind schluchzt, weil du wieder einmal den Lebenssinn von der Existenz eines anderen Menschen abhängig machst und nicht von dir selbst?

Du wolltest nie wie deine Mutter werden, verhältst dich aber genau wie sie. Denk an dein Verhältnis zu deiner Tochter. Maria ist in der Festung deiner Fürsorge gefangen, so wie du in der Festung der Annunciata Ceccabelli einsitzen mußtest. Du bist dein Leben lang eine Festung. Wenn sie ruft, Mutter, Mutter, ich verstehe die Hausaufgabe nicht, hilfst du mir? antwortest du: Laß mich in Ruh', ich verstehe nichts davon. Du mischst dich in ihr Leben ein. Du bestürmst sie mit Fragen: Was hat deine Freundin gesagt? Was hat sie getan? Wenn du sie mit den Jungen spielen siehst, rufst du sie sofort zurück und schimpfst: Bist du Honig, daß Wespen um dich schwirren? Was denkst du? fragst du weiter und willst sogar ihre Gedanken sichtbar haben. Sie antwortet: Warum fragst du mich ständig aus, Mutter? Sie verliert sich in hoffnungslosen Phantasien, über das Schülerheft gebeugt. Dann sieht sie dich lächelnd an, und die Worte kehren auf den Friedhof der Sprache zurück. Gut, du hast nichts anderes gelernt, als eine Festung zu sein. Wenn du aus dem Haus gehst, schärfst du ihr ein, sie solle niemandem aufmachen. Auch keine Freundinnen empfangen. Du verbietest ihr, mit Gleichaltrigen zu spielen und zu sprechen.

Sonst wird sie nicht bei mir bleiben.

Fehlschluß! Sie wird bleiben. Weil sie dich nicht sieht. Sie hat auch ihren Vater nicht verstanden. Als er den Film von Alcatraz sah und seine Rührung mit plötzlichen Lachsalven verdeckte, hat sie dir zugerufen: Der Vater hat ein idiotisches Lachen. Du hast geschmunzelt, und sie hat dich mißverstanden. Sie wird eines Tages verzweifelt ausreißen, dennoch bei dir bleiben. Aber wir sind zahlreich im Labyrinth.

Ein weiterer Kobold klopfte an der Adertür. Seine Arme waren Spritzen, seine Finger Kanülen; sein Mund breitete sich zu einem Lachen, als er um Eintritt bat und sein Plädoyer hielt.

Die Wiederholung der Fühligkeit

Nach der Fertigstellung der beiden vorangegangenen Kapitel fühlte ich die Schreiblähmung, wie sie nicht nur die Finger erfaßte, sondern auch die Sprachkolonie in meinem Hirn; da verließ ich früh am Morgen die Wohnung, setzte mich in Marias Wagen und fuhr in die Apenninen, irrte auf Pfaden und Blindwegen herum, bis zum späten Nachmittag, und ich erlebte den allmählich ausbrechenden Drang nach dem Kugelschreiber, die plötzliche Gier nach dem leeren Blatt, auf dem ich meiner nun erworbenen Schreibsucht frönen konnte.

In der Wohnung angelangt, stürzte ich mich sofort auf das Manuskript. Aber ich konnte nicht schreiben; statt dessen inspizierte ich den Raum. Zackige Lichtflocken wirbelten träge um die Gegenstände und legten sich auf sie als dünne Folie. Erst jetzt fiel mir auf: Das Zimmer, in dem ich schlief, trug noch den Stempel Marias. Es war genauso eingerichtet, wie sie es vor sechs Jahren zurückgelassen hatte. Über dem Bett tickte eine Schwarzwalduhr, die Maria von Giordanos Verwandten aus Deutschland geschenkt bekommen hatte – auch er hatte Familienangehörige in der Fremde; ein Schwan aus Porzellan, einige zierliche Keramiktierchen, ein altes Weiblein aus Stoff und mit der Drahtbrille auf einem Holzstühlchen, all das stand noch auf der Eckplatte artig angeordnet. Oben auf dem Schrank reihten sich auch all die Puppen und der blaue Bär aus der Kindheit. Ein Wintermantel hing noch im Schrank. Maria war noch nicht ganz ausgezogen; ihre Kindheit hatte in ihrer Ehe keinen Platz gefunden. Mir kam es vor, als würde das Zeug auf ihre Rückkehr warten. Nicht nur Maria, auch ich war nie richtig ausgezogen trotz der fast zehntausend Tage Fremde; und ich entdeckte im unteren Schrankabteil einige Gegenstände aus meiner Jugendzeit, meine Radfahrerausrüstung, alte

Fahrpläne der Provinz, eine Schachtel alter Briefe, meine Fotos aus der Kindheit, die dies bestätigten.

Ich setzte mich wieder ans Manuskript. Eine halbe Sekunde lang erkannte ich den Sinn meiner von neuem auftretenden Schreiblähmung, die Bedeutung meines Entschlusses, nach San Martino zu kommen, die persönliche Tragweite meiner Familienforschung: Es ging also darum, mich zu verabschieden von den in Staub aufgelösten, in Abständen immer neu sich wiederholenden Binachi-Varianten. Es lag aber noch eine riesige Lücke vor, meine Misere in Deutschland, meine perverse Distanzhaltung in der Liebesbeziehung, meine gemeine Freude am Alleinsein in der anonymen Einsamkeit. In dieser halben Sekunde glaubte ich alle Rätsel meines Lebens zu entziffern, einen verschachtelten Plan in meinen Zweifeln zu erkennen, in meinem unbändigen Jähzorn; ich glaubte, die Ösen einer mehrgliedrigen Lebenshypothese von mehreren toten Binachis von meiner Öse abkoppeln zu können. Dann lag alles wieder gleißend hell in mir, und ich lächelte verlassen, mit der verklärten Gewißheit, daß ich zu feige war, dies alles ernsthaft anzugehen, daß ich mich nur schrittweise erahnen konnte, daß ich jetzt das Wichtigste an meinem Leben retten würde, wenn ich mich, nur für einen kurzen Moment, für dieses Kapitel, Maria nennen würde.

Und erst dann konnte das Schreiben neu ansetzen.

Ich bin wieder am Ende meiner Weisheit. Das Leben verläuft ohne einen Sinn, es ist in solchem Maß entleert, daß ich nicht mehr so weitermachen will. Ich liebe Giordano nicht mehr. Jetzt will ich mich scheiden lassen. Jede Auseinandersetzung bringt nur für einige Tage Besserung, dann läuft alles wie bisher, gar schlimmer. Er verschließt sich und verhindert jede Aussprache. Oder er wird gewalttätig, schlägt mich, würgt mich am Hals. Ich habe eine zermürbende Angst. Wäre sie nicht vorhanden, hätte ich ihn längst verlassen. Nach außen hin will er eine harmonische Familie vorzeigen und verbietet mir, daß ich mit jemandem darüber spreche. Auch Mutter weiß nichts davon. Er sagt, ich könnte gehen, wenn ich es wollte; das sei ihm piepegal, und er fände eine andere Frau. Das sagt er nur, um mich zu halten. Während er jeden Abend in die Bar geht, verbietet er mir, auszugehen oder

Kontakte mit meinen Freundinnen zu pflegen. Er verbietet mir sogar, mit Klienten zu sprechen, weil er sie als potentielle Konkurrenten fürchtet. Er ist eifersüchtig. Einen alten Mitschüler, der zu uns kam, um einzukaufen, verabschiedete ich mit einem Ciao, und schon machte er ein langes Gesicht.

Ich hatte viel über seine Kindheit wissen wollen. Ich wußte, sein Vater war schon damals, genau wie heute, immer im Außendienst. Um seine Ehe zu ertragen, brauchte sein Vater monatelang die räumliche Entfernung von seiner Frau. Ich wußte auch, daß seine Mutter selten bei den Kindern war; tagsüber arbeitete sie und abends bediente sie im Restaurant. Giordano erinnerte sich daran, wie seine Mutter einmal dabei war, die Koffer zu pakken und zu gehen; das war für ihn ein Alptraum. Er hatte eine einsame Kindheit, ich wußte es. Deshalb brauchte er einen Menschen, der ganz nahe war.

Aber was nützt mir dieses Wissen? Es geht um mich, ich kann nicht immer nur für ihn da sein und ein verkorkstes Leben leben. Ich habe es satt, ihn zu verstehen, mich zu opfern. Ich will auch nicht mehr auf seine Erpressungsversuche reinfallen. Sobald wir uns streiten, ruft er: Siehst du nicht, wie ich leide? Warum quälst du mich so? Er appelliert an mein Mitleid, an mein Verständnis. Vielleicht ist das der Grund, weshalb ich mich an ihn gebunden habe: Sein Leidensdruck, seine traurigen Augen, seine tiefe Einsamkeit, sie waren anziehend für mich. Ich habe versucht, ihn zu stützen, ihm zu helfen, aber er verschließt sich. Jetzt habe ich ihm ein Ultimatum gesetzt: Wenn wir uns nicht innerhalb einer Woche bei der Familienberatung anmelden und uns dort helfen lassen, trenne ich mich. Er hat Szenen gemacht, hat geschrien: Du liebst mich nicht.

Ich hatte Giordano überstürzt geheiratet, obwohl in mir furchtbare Zweifel nagten, ob er der richtige Partner für mich war. Mutter lehnt den Schwiegersohn von Anfang an ab. Sie begegnet ihm immer noch in höflicher, kühler Distanz. Ich weiß nicht, ob ihre Ablehnung wichtig für mich war. Ich weiß, wie es Mutter wehtut, mich mit Giordano zu wissen. Meine Frage ist, ob Giordano Moro ähnlich ist.

Ich bringe es nicht zusammen: Er schränkt mich ein, aber er

behauptet, ich sei diejenige, die herrschsüchtig ist. Er wirft mir vor, ich hätte das Sagen und würde mich in allem durchsetzen. So mein Bestreben, mich bei der Post zu bewerben. Ich habe mich beworben, obwohl er mich nur zu Hause haben will. Das ist aber mein Recht. Oder, zum Beispiel, das Weihnachtsessen bei Ivar. Er war völlig dagegen. Dagegen ist er auch, gelegentlich am Sonntag meine Mutter zu besuchen. Alles, was ich mir wünsche, will er nicht, und dabei tobt er: Du hast das Sagen. Dann macht er ein langes Gesicht, und es ist nicht mehr mit ihm zu reden. Vor längerer Zeit kam es zu einem Streit wegen des Rasierapparates. Er rasiert sich naß, ich will, daß er das elektrische Gerät benutzt – sein Rasiermesser macht mir Angst. Vorgestern waren wir bei Ivar zu Besuch. Während des familiären Palavers fragte ich Ivar, ob er mit dem Rasierapparat zurecht komme. Er bejahte; er benutzte das elektrische Gerät seit mehr als zehn Jahren. Da fragte ich weiter, ob Ivar Giordano einen elektrischen Apparat empfehlen könne. Es hängt davon ab, ob er das will, meinte Ivar. Siehst du! triumphierte Giordano. Nein, rief er dann, nein! Ich will das blöde Ding nicht. Bei mir klappt es mit dem Rasiermesser am besten. Er meinte, daß er mit dem Ding schlechter dran sei. Irgendwann kaufe ich es dir, dann hast du es, sagte ich darauf. Kaum zu Hause, machte er fürchterliche Szenen, wie ich es wagen könne, ihn in Gegenwart meines Bruders so unter Druck zu setzen.

Dann lief für eine Zeitlang das Leben glatt, eher mit Höflichkeit und Verständnis als mit Streit und Grobheiten. Giordano schien verwandelt, und auch ich war anders. Höchstens, daß er ab und zu stichelte: ich wäre ganz mein Vater. Er warf mir auch vor, ich würde ihn vernachlässigen. Auf jeden Fall versuchte er, mich von meiner Person abzulenken. Ich wehrte ab und beschuldigte ihn, immer neue Ausreden hervorzuholen, damit die Aufmerksamkeit auf ihn gelenkt wurde, anstatt daß er derjenige wäre, der für mich auch nur ein Minimum an Verständnis hätte. Ich erwartete nicht Erbarmen, noch Unterstützung; es hätte mir ein Schweigen ausgereicht, das für mich Verständnis bedeutet hätte.

Da ich nicht den Mut gefunden hatte, ihn erneut anzusprechen, schrieb ich ihm. Er las den Brief und versank in Schweigen. Ich fragte, wie er dazu stand. Strikt ablehnend. Bloß keine Beratungsstelle, rief er, ohne Alternativen anzubieten. Da sagte ich, daß ich mich an einen Rechtsanwalt gewandt und die Trennung eingeleitet hätte. Überraschung, Schmerz, Tränen, eine Ohrfeige. Ich wand einen seiner Tricks an: Wenn du dies nicht machen willst (nicht zu einer dritten Person zu gehen), liebst du mich nicht. Seine Reaktion war schrecklich; es war so, als hätte ich ihn tödlich beleidigt. Er langte mir eine Super-Ohrfeige und schrie mich an: Das darfst du nicht sagen, das ist nicht wahr! Ich antwortete: Ich brauche es nicht zu sagen, aber ich denke es. Es war noch schlimmer. Letztendlich: Ein tumultuarischer Abend, an dessen Ende nichts geklärt war.

Danach ging alles außerordentlich gut, so gut, daß ich nicht mehr ernsthaft darüber nachdachte. Dann fielen wir wieder in die gleiche Spirale von Unverständnis, Leid und Traurigkeit zurück.

Kurz darauf ereignete sich etwas Gravierendes. Seit langem sprachen wir von einem Dritten, einem Mann oder einer Frau. Er behauptete, dies könnte die Dinge zwischen uns ändern. Eine Überzeugung, die ihm beim Lesen von Heften gekommen war, von Heften, die nicht richtig vulgär, aber sexistisch waren. Seit einiger Zeit wollte er, ich sollte ein Mädchen finden, das mit uns ins Bett gehen wollte. Ich wußte wirklich nicht, wie ich es finden sollte. Wir antworteten auf einige Inserate, aber ohne Ergebnis. Er schlug daraufhin vor, einen Mann zu suchen, aber ich hatte nie den Mut, danach zu fragen. Vor ungefähr zwei Wochen ging er wie öfter einmal in die Bar und kehrte bereits um elf mit einem Mann zurück. Am Ende: Enttäuschung auf Giordanos Seite, da ich nicht so war, wie er es sich vorgestellt hatte (wie denn sonst!), weil ich ihn vernachlässigt hätte und weil der dritte einen größeren gehabt habe als er (dies ist ein Komplex Giordanos, und nichts nimmt ihn weg). Kurz und (un)gut, zwischen uns klappte es auch auf der sexuellen Ebene nicht mehr. Und wie ich die Augenblicke zu dritt »genoß«, das machte ihn fertig. Auf der anderen Seite genoß ich es wirklich (zum ersten Mal seit sechs Jahren) und spürte, daß mein Körper vielleicht nicht zum Wegwerfen war. Dies um so mehr, da Giordano mein Körper und meine Vorlieben piepegal waren. Ich war die, die alles über sich ergehen lassen mußte, auch was mir nicht gefiel, sonst stürzte er in Krisen, in Depressionen etc. Nach diesem Erlebnis rief ich die Beratungsstelle an, ging zum Anwalt; aber dann ließ mich die Angst alles zurücknehmen.

Eines Abends erwähnte ich jedoch meine Absicht. Giordano drohte mit Suizid. Ich nahm ihm das nicht ab, glaubte aber, daß er fähig sein würde, das Geschäft zu vernachlässigen und mich monatelang zu quälen. Er wollte nicht kapieren, daß er mich verloren hatte. Er akzeptierte alles, Hauptsache, er spürte mich nahe, es spielte keine Rolle, daß es nur physisch war. Und da verstand ich: Er will mich als Roboter, als Nonne, die sich in Schweigen hüllt, es sei denn, sie unterhält ihn. O mein Gott! Er verbot mir sogar, mit Daniele ins Schwimmbad zu gehen. Vielleicht traf ich dort einen Mann, der mich verstand – so eine Angst hatte er.

Giordano war verschlossen und hatte mich gebraucht. Mich machte neugierig, daß er so hartnäckig – zwei Jahre lang – einem Mädchen den Hof machen konnte, das sich nicht für ihn interessierte. Ich wußte, daß Vieles zwischen uns nicht klappte. Dennoch heiratete ich ihn. Ich hoffte, ihn und mich zu ändern. Ich stellte mir vor, seine Retterin zu werden, diejenige, die diesen leidenden Mann wieder zum Leben zurückführte (das Rotkreuzmädchen). Mir war die Tragweite der Entscheidung nicht bewußt. Wegen seiner vielen herzzerreißenden Szenen war es mir schon vor der Verlobung nicht gelungen, ihn zu verlassen; er war schlimmer als ein Blutegel: Je mehr du ihn von dir trenntest, desto fester klebte er an dir. Welche bessere Lösung gab es als die, ihn anzunehmen und auf Änderung zu hoffen?

Meine Unsicherheit, mein Bedürfnis, geliebt zu werden, fanden Bestätigung und Entlastung durch die Tatsache, daß ich für jemanden so extrem wichtig war. Dies führte zur Zähmung meiner geselligen Seite. Aber dieser Jemand war nicht mit meinem Opfer zufrieden; er wollte mehr und mehr, er wollte alles. Das Rotkreuzmädchen in mir konnte hingegen nicht mehr als das Zugestandene geben. So unbedeutend ich mir auch vorkam, ich war ein Mensch mit bestimmten Bedürfnissen! Doch meine Anpassungsversuche verpufften: Ganz gleich, wie ich mich anstrengte, mein Verhalten, meine Worte entsprachen nie seinen Erwartungen. Jede meiner Bemühungen wurde für ihn eher zum Anlaß, mir Vorwürfe zu machen. Ich litt wie verrückt, weil mein Fehlverhalten in ihm Schmerz hervorrief. Meine Schuldgefühle zerrissen mich: Ich war eine Nichtigkeit, die nur fähig war, ihm noch mehr Leiden zuzufügen. Ich war bei der Selbstauslöschung angelangt. Und dies war ihm noch nicht genug. So begann ein Kampf, bei dem die Ringer mit Täuschungen, mit moralischen und physischen Erpressungen kämpften. Ein Kampf, der erst zur Verlobung, dann zur Hochzeit führte.

Früher fühlte ich mich von Typen angezogen, die mir hilfsbedürftig erschienen (ob sie es wirklich waren, weiß man nicht), weil sie, aus irgendwelchen Gründen, enttäuscht oder leidend waren, schwach; deshalb konnte ich in sie »eindringen«, ohne allzu große Angst vor Ablehnung. Bei der Vorstellung, jemandem helfen zu können, fühlte ich mich stark, besser (um ernst genommen zu werden, im Gespräch nicht abgelehnt zu werden). Nun hatte ich in diesen sechs Jahren gelernt: Wenn ich mich opfere, vermindere ich den Leidensdruck eines anderen nicht.

Ich weiß nicht, wie mein Ausschlüpfen vor diesem Abgrund begann. Auf einmal spürte ich nur Rebellion. Das war der Auslöser der Bewegung. Aber Bewegung machte mir Angst.

Man sagt, daß man es braucht, geliebt zu werden und zu lieben, um sich lebendig zu fühlen. Ich weiß nicht, ob das stimmt. Ich weiß nur, daß die Einsamkeit eine unheimliche Traurigkeit in mich hineinschüttet. Ich gefalle mir nicht, weil ich unbeweglich bin. Ich will eine Arbeit, die ökonomische Unabhängigkeit. Ich will studieren, Karate erlernen. Sich verteidigen können, gibt mehr Mut, dem Leben entgegenzutreten. Ich lebe in der Vorstellung, daß ein Mensch wachsen, neue Dinge kennenlernen, lernen soll. Ich spüre in mir ein starkes Verlangen nach Unabhängigkeit. Was mich quält, ist: Ich bewege mich nicht.

Und wenn ich an diese Bewegunglosigkeit dachte, spürte ich ein schwarzes Loch in mir, das bis zum Tod des Vaters reichte. Trotz aller Anstrengungen gingen die Erinnerungen nicht weiter zurück, als wollte mich das schwarze Loch meiner Kindheit auffressen. Und da steigt in mir eine Urangst hoch.

Vor was hatte ich als kleines Mädchen Angst? Vor dem Dunkel, vor dem Unbekannten. Als Kind hatte ich oft einen Alptraum. Man kann ihn so zusammenfassen: Ich sollte zur Tante Diana gehen, und es war dunkel. Unendlich viele Dinge passierten mir auf dem Weg, und pünktlich wurde ich vom Unbekannten verfolgt, der aus dem Straßenkanal auftauchte und den ich nie zu Gesicht bekam; oder er kam aus dunklen Ecken, aus den Blocks, aus Haustoren. Ich wachte jedes Mal kurz vor der Ankunft auf. Ich fragte mich jetzt: Was bedeutete mir Tante Diana? Die ökonomische Sicherheit? Zärtlichkeit? Ich war auf der Suche nach Zuneigung und spielte die Brave: Ich versorgte Vater. Für die Mutter war ich ordentlich, lernbegierig, schrieb Gedichtchen.

Dennoch, die Unsicherheit blieb, die Suche nach Bejahung meiner Existenz. Deshalb lernte ich noch eifriger in der Schule, versuchte, ein gutes Wort von der Lehrerin zu bekommen. Die Gleichaltrigen machten mir Angst: Die Jungs kämpften ständig miteinander und hänselten mich, die Mädchen spielten sich als Äbtissinnen auf, fuchtelten mit Sachen herum, die ich nicht besitzen konnte (ich fühlte mich sehr gedemütigt, wenn die Schülerbeihilfe für Mittellose eintraf und ich zur Lehrerin vorgehen mußte, um mir Schulhefte und Schreibzeug zu holen). Meine einzige Freudin war nicht zufällig in der gleichen Lage wie ich: arm und isoliert. So begann ich, an mir zu zweifeln, die anderen über mich zu setzen, Partei zu ergreifen für die Schwächeren, die Trösterin der Besiegten zu spielen, während die anderen Mädchen den Sieger umkreisten und bejubelten.

Ich war nicht sehr beliebt, vielleicht, weil ich mich nicht liebte und mir die Füße auf den Kopf setzen ließ. Nur durch Lernen erlangte ich die Wertschätzung der Lehrerin, aber auch die Mißachtung der Mitschüler. Diese Wertschätzung spornte mich an, mehr zu lernen, keinen Sprachfehler zu machen, die Lektionen zig Mal zu wiederholen. Zu Hause zeigte ich mich sparsam, opferte das Schöne zugunsten des Billigen, in der Hoffnung, ein gutes Wort von Mutter zu hören, ein Schnippchen auf eine Wange zu bekommen, ein »brav!«. Wenn es stark regnete, holte mich Vater von der Schule ab – welch ein Glück! Und als Mutter im Krankenhaus lag, nahm mich Vater mit; ich half in seinem Laden, wir bereiteten gemeinsam das Essen, wir aßen im Restaurant, er war mir gegenüber so aufmerksam – nie hatte er so viel Zeit auf mich verwendet. Das hätte Glück sein können, aber Vater meckerte an mir herum, nur weil ich die Kunden nicht angemessen behandelte. Wie konnte ich auch, unsicher, wie ich war, mit meiner Riesenangst vor dem Unbekannten, den fremden Menschen, das leisten? Weshalb diese Angst? Ich hielt mich für unfähig, fade, unsichtbar; so stark spürte ich meine Nichtigkeit. Alles, was ich nicht kannte, konnte mir Schlechtes zufügen, weil ich mich wie ein Nichts fühlte, weil ich nicht in der Lage war, Zuneigung zu bekommen. Ich schaffte es nicht, die Triebfeder der Elternliebe in Bewegung zu setzen. Vielleicht, weil ich so zierlich war, so schüchtern, so hilfsbedürftig. Es schien, daß mir alles bedrohlich sein könnte. Von daher die Kontrolle, die Watte, die Verbote. Vielleicht fürchteten die Eltern, in ihre Kämpfe verstrickt, daß einer mehr Punkte verbuchen könnte als der andere, mich an den anderen verlieren könnte. Kontrolle meiner Eindrücke, meiner Gedanken, meiner Gefühle. Ich, so furchtsam, schien nichts anderes zu verlangen, als daß jemand mir sagte: Tu das, tu das nicht. Das ist gut, das ist falsch. Sprich, schweig. Nimm das nicht, das ist häßlich, wähl dies. Daher das Zurückschrecken davor, etwas falsch zu machen, die Unentschlossenheit. Giordano verhält sich genauso mit Daniele: Was willst du dieses Jahr zum Geburtstag? Sobald er etwas sagt, ruft Giordano: Das ist häßlich! Mach keine Dummheiten! Mit der Angst, falsch zu liegen, entsteht die unfreie Wahl. Vater und Mutter versuchten ständig, mich wählen zu lassen, was sie für mich gewählt hatten, als hätte ich dies oder jenes gewollt. Ich schaute auf das, was aus ihren Gesten und ihren Blicken durchschimmerte. So, als würde ich nicht existieren.

Ich will herausfinden, weshalb ich mich nie geliebt habe. Ich kann mich erst dann lieben, wenn ich mich auch verstehe. Ich hasse mich insbesondere, wenn ich Fehler mache, wenn ich ein schlechtes Bild von mir abgebe, wenn ich mich unterwürfig erlebe, wenn ich das Rotkreuzmädchen in mir entdecke. Ich ertappe mich oft, wie ich mir wünsche, nur für andere dazusein, die Ungerechtigkeiten zu bekämpfen. Ist das noch ein Rotkreuzmädchen-Verhalten? Wenn ich mich nicht dabei schädige, nein. Aber wann beginnt die Selbstschädigung? Ich denke, ich komme zu kurz, wenn ich die anderen über mich stelle. Hier muß ich scharf nachdenken: Es ist schwer einzuschätzen, bei welchem Verhalten ich zu kurz komme und bei welchem nicht. Ich glaube nicht, daß die Bekämpfung der Ungerechtigkeiten mich zum Rotkreuzmädchen machen. Ich werde nur eines, wenn ich mich aufopfere, mich dabei schädige, und dies verharmlose. Von jeher wurde mir gesagt, daß es die schönste Sache der Welt ist, das eigene Leben den Leidenden zu widmen. Das klassische Beispiel sind die Missionare oder Maria Teresa in Kalkutta. Wenn wir uns alle über andere stellen, wird die Welt noch genießbar sein? Ist die Linderung der Leiden anderer wirklich nützlich? Es soll ja nicht darum gehen, sich vor andere zu setzen, sondern darum: Ich habe mein Tun zu verantworten und nach meinem Wesen zu handeln. Uns wurde die Abhängigkeit und die Nichtigkeit beigebracht, doch würde eine Welt aus selbstsicheren Menschen ebenso schwierig sein.

Der Kontrolle entkommen. Die habe ich in mir, und durch Giordano habe ich den verlängerten Arm. In unserem Ehespiel perpetuieren sich Kontrolle, Abhängigkeit, Unentschlossenheit; die Verbote der Abwendung. Es muß so sein, denn zu viele Dinge wiederholen sich. Ich will die Trennung, fürchte aber das Alleinsein. Also doch die Angst vor dem dunklen Mann, vor dem Unbekannten, der mich verfolgt, der mich nicht akzeptieren, mich mißbilligen könnte (mit dem Entzug von Zuneigung)? Weshalb ist die Zuneigung, ist die Liebe so wichtig? Um nicht allein zu sein? Das Rotkreuzmädchen würde sagen: Um sich nicht überflüssig zu fühlen.

Ich fühlte mich tatsächlich überflüssig. In meiner Ersatzheimat war ich nicht vorgesehen; in der Liebesbeziehung kam ich nicht vor (ich war der, der mich herausnahm); meine Arbeit als Sozialarbeiter konnte entbehrt werden; meine Schreibversuche entlang meiner Herkunft könnte ebenso gut oder noch besser der Schriftsteller leisten.

Die Verbote der Abwendung. Das hatte ich als Maria geschrieben, festgehalten. Abwendung, das bedeutete Entzug, Verlust, Tod. Die Abwendung von Bruna, von den Binachi-Varianten glich dem Loch in der Existenz. Heiter stellte ich mir jetzt das

Abrutschen meines Körpers in das Existenzloch vor, und ich sah das allmähliche Verschwinden des Lichts, spürte, wie die Finsternis ein Fangnetz um mich ausbreitete, fühlte ein absurdes Glück, das ich nie zuvor erlebt hatte.

Mit diesem Gefühl ließ ich den Kugelschreiber fallen, streckte mich im Bett, schloß die Augen und faltete die Hände auf dem Thorax. Maria in mir erlosch allmählich; der Raum erlosch, jetzt pulsierte nur der Faden des Lebens in mir: das Anklopfen meines Herzens an der Brust und auf den Handtellern, das Ein- und Austreten der Luft in den Lungen. Aber ich hörte von draußen die Knallfrösche, wie sie vereinzelt krachten. Ich entsann mich: Mitternacht zum neuen Jahr war seit mehreren Stunden vorüber, und ich hatte die Knallerei und die Freudenschreie wie aus anderen Räumen wahrgenommen. Sie gingen mich nichts an, Silvester berührte mich nicht. Die unterteilte Zeit der Uhren, sie existierte außerhalb von mir. Auch die Rückkehr war einzig mit der Zeit verbunden; aber diese Rückkehr schmerzte. Es ist nicht die Zeit, die die Fremde ausmacht, nicht der Ort. Es ist die Verbindung zwischen außen und innen, die schmerzt. Und mit diesen Gedanken schlief ich, ohne Trauer und ohne Verzweiflung, ohne Ungeduld und ohne Begehren, die Finger in das Kopfkissen verkrallt, ein.

Besuche

Am folgenden Morgen wippte ich im Bett mit dem ganzen Körper, in Schweiß gebadet, zitternd vor Selbsthaß und Freude, mit dem Verlangen nach Traurigkeit. Dann holte ich das Manuskript zu mir ins Bett. Erst las ich das frische Kapitel, in dem ich in der Gestalt meiner Schwester untergeschlüpft war. Mir fiel ein, daß ich den Weg des Tarnens in diesem Roman mehrmals eingeschlagen hatte, ohne Hinterabsichten, ohne den Genuß des Voyeurs, dachte befriedigt, daß meine Feigheit, meine Unfähigkeit, in mir zu wohnen, Dutzende von solchen sich versteckenden Dario Binachis brauchten. Dann blätterte ich zurück, Blatt für Blatt, bis ich beim Abschnitt »Der Riß der Augen« stutzig wurde: Das war nicht von mir. Das hatte ich nicht geschrieben, ich nicht! Er war das, er! Jetzt hatte ich die Gewißheit; und ich blätterte aufgeregt zurück, bis mir noch ein Kapitel auffiel, das ich niemals geschrieben haben konnte: »Die Aale unter der Wasserschale«. Hier wurde ich mit Pino auf eine Ebene gestellt, auf einem wackligen Piedestal! Das war der endgültige Beweis, daß er meine Sache an sich reißen wollte!

Mein vigilanter Kopf staunte: Trotz der beunruhigenden Entdeckung verhielt sich mein Körper außerordentlich ruhig, gelassen. Später fand ich mich angezogen, ungewaschen, ohne gefrühstückt zu haben, sah ich mich, wie ich den Kopf durch den schmalen Spalt schlüpfen ließ, der zwischen Küchentür und Türrahmen klaffte, hörte, wie meine verschlafene Stimme meine Mutter fragte, ohne Guten Morgen zu wünschen, ohne den Glückwusch zum neuen Jahr: War zufällig Franco Biondi gestern hier? Und während ich staunte über das Wort »zufällig«, das mir mit herausgerutscht war, sah ich, daß sie gerade dabei war, Knoblauch zu schälen, sah die bereits zubereiteten Tortelli in einer emaillierten

Schüssel, sah Hasenstücke in der Pfanne brutzeln, den Salat im Waschbecken, sah den Rauch, wie dieser die Luft umringelte, roch im Küchenraum die seltenen Feste der Kindheit, die Trauer der wiedergefundenen Zeit.

Sie rieb ihre Hände am Kittel, schaute mir neugierig in die Augen, reichte mir einen guten Morgen mit dem Kommentar: Schlecht geschlafen, was? und bejahte meine Frage: Ja, gestern nachmittag, als du unterwegs warst. Sie drängte meinen Kopf aus dem Türrahmen, schleppte schwerfällig ihren Körper ins Wohnzimmer, kam mit einem Buch zurück. Das hat er mitgebracht, sagte sie. Ein Geschenk zu Neujahr.

Ein Buch? Meine Augen fixierten diese viereckige Erscheinung, ohne daß mein Gehirn registrieren konnte, was darauf stand. Als ich den Blick aufrichtete, war Mutter wieder in der Küche. Ich schob erneut den Kopf durch den Türspalt; die gebrutzelte Wärme und der Geruch schlugen mir dieses Mal ins Gesicht, die Trauer der wiedergefundenen Zeit; aber ich wehrte sie ab, ignorierte sie, stellte die Frage, die mir weitaus wichtiger erschien: Wie lange war er hier?

Es ging, ich habe ihm einen Espresso zubereitet.

Hast du ihn ständig unter deinen Augen gehabt?

Warum denn? Der ist doch kein Dieb!

Hast du ihn oder nicht?

Ich war einige Minuten in der Küche, für den Espresso. Warum, vermißt du was?

Ja, den Kopf, erwiderte ich, spürte die Ironie, die ich in meine Antwort eingepackt hatte, wie diese wie ein Messer in den Empfindungen des Halses rumstocherte, stellte fest, daß ich wieder in meinem Zimmer stand und mir selbstbestätigt zunickte: Er schleicht sich doch hier ein, mit faulen Ausreden, und steckt seine Kapitel in mein Manuskript.

Das Buch hatte ich noch in der Hand. Erst jetzt betrachtete ich es so, daß ich Notiz von ihm nehmen konnte.

Das war ein schlichtes Taschenbuch mit einer fast kitschigen Figur als Umschlagbild; in ordentlichen, industriell-nüchtern anmutenden Lettern standen Autorenname und Titel über der Abbildung: Luigi Pirandello: Il fu Mattia Pascal. Verdutzt sah ich

Namen und Titel für eine Weile an, stellte fest, daß meine optische Wahrnehmung sich verwischte und in die Buchstaben auflöste, daß ich mich immer von neuem fragte: Was will er mir mit diesem Buch bloß mitteilen? Und meine Finger blätterten es hilflos auf. Ich ließ zu, daß meine Blicke auf die Buchstaben hüpften, auf die Worte, die einem Leser zugemutet werden, damit er die Chance nutzen konnte, sich neue Bereiche des Lebens zu erschließen, ließ zu, daß meine Gedanken sich mit der Frage der verschlüsselten Botschaften, die durch Romane weitergereicht wurden, beschäftigten, ließ die Verknüpfung zwischen diesen Gedanken und der Frage zu, ob Biondi mir, durch dieses Buch, durch die systematische Einfügung seiner Kapitel in meinen Roman, eine besondere Botschaft vermitteln wollte. Aber ich konnte mit alldem nichts anfangen und grübelte nur noch über seine Schleichwege.

Gleich fand ich mich im Flur, hörte mich Bruna zurufen: Ich fahre zu Ivar, um Kassetten aufzunehmen. Ich wußte, daß Ivar und seine Familie zum Neujahr bei der Schwiegermutter eingeladen waren und um elf schon dort sein wollten, und rechnete damit, daß sie mit ihren Vorbereitungen beschäftigt sein würden.

Ivar, Graziella und die Kinder waren alle noch im Bett. Ivar, im Schlafanzug, mir ein gutes neues Jahr wünschend, gähnte gedehnt und führte mich ins abgelegene Wohnzimmer, wo er mich in die Technik seines Kassettenrecorders einführte.

Als ich die erste Platte auflegte, die Aufnahmesteuerung des Kassettendecks sofort betätigte, in der Hoffnung, Ivar würde mich in Ruhe lassen, bemerkte ich, wie er neugierig in meinem Manuskript herumblätterte, sah, wie seine Augen nach Eindeutigkeit gierten, verglich ihn mit Bruna, dachte, ich sei er und hätte mich bisher nicht von San Martino wegbewegt, es sei denn fremdbestimmt, um den Militärdienst für fünfzehn Monate zu leisten, während ich glaubte, durch die Emigration der Fremdbestimmung entgangen zu sein. Ich kam zum Schlußgedanken, daß unsere beiden Vergangenheiten sich nie gestreift hatten, auch wenn wir gemeinsame Eltern hatten, und daß mich nur ein Teil meiner Kindheit mit ihm verband.

Im Manuskript sah er die Namen Bruna und Moro und stutzte.

Hab doch davon erzählt, vor Weihnachten, weißt du noch? redete ich auf ihn ein und versuchte, ihm das Manuskript aus der Hand zu nehmen. Er lächelte üppig und beharrlich, ließ nicht locker und blätterte weiter, eine Frage nach der anderen stellend. Erst gab ich vergnügt Antwort, stellte mich ins besondere Licht des Herkunftsforschers, führte meine Gedanken weiter, daß ich meine Verbindung zu ihm nur fühlen konnte, als ich über ihn im »Drachen im Korsett der Freiheit« schrieb und in seiner Person unterschlüpfte, und wurde auf einmal einsilbig. Plötzlich entdeckte er seinen Namen und wollte, obwohl er nur mühselig deutsch konnte, das Geschriebene entziffern. Er war betroffen und wartete auf meine erklärenden Worte. Im Gefühl, etwas Unerlaubtes getan zu haben, ihn und meine ganze Familie mißbraucht zu haben, wie der Schriftsteller mich mißbrauchte, rechtfertigte ich mich mit schlechtem Gewissen. Um offen und aufrichtig zu sein, glaubte ich mich verpflichtet, ihm all meine Vermutungen über ihn als Mormonenangehörigen auszubreiten, diese in den Zusammenhang mit den Auseinandersetzungen um die Politik zwischen Virgilio und Moro, Moro und mir zu stellen (davon hatte ich schon erzählt, aber er hatte schon alles vergessen! alles vergessen!), und fragte, wie er seinen Streit mit Moro erlebt hatte.

Meinen Streit? rief er mit feuchten Blicken auf meine Schrift, mit verstockten Augenlidern. Ich habe mit Vater keinen Streit gehabt, fügte er hinzu, als er das Manuskript nicht mehr so hartnäckig anblickte; er musterte seine Hände und ließ sie über die Augen gleiten. Und du meinst, die politische Auseinandersetzung zwischen Vater und Opa hat mit meinem Glauben zu tun? Mit meiner Religiosität?

Es wäre möglich. Und ich überlegte, wenn ich Ivar wäre, würde ich nicht ahnen, wie funktional und stützend die Religion für mich gewesen wäre. Sie würde mir Gewißheiten geben, sie würde mich daran hindern, in die eingezeichneten Spurrillen Moros zu fallen, sie würde mir helfen, vom Alkoholgenuß wegzukommen, von allen Lastern der Welt Abstand zu nehmen, sie würde mich davon abhalten, ein Schürzenjäger wie Moro oder Virgilio zu werden, und sie würde mir ein Korsett geben, damit ich mich in Treue und Harmonie an das familiäre Leben klammerte; schließlich würde ich in einer sehr eigentümlichen Weise das Kontraverhalten der Binachis fortsetzen: In einer Stadt, in der die Kommunisten den Bürgermeister stellen und fast alle Bürger Katholiken sind, wäre ich Mormone, würde mit fünf Kindern für abwertende Kommentare einer kinderlos werdenden Gesellschaft sorgen. Und ich würde feststellen, daß Dario mit seinen Lastern, mit seiner Unstetigkeit, mit seiner Flucht, mit seinem Akademikerstatus zu den schlechten Binachis gehört. Und ich begann mich umgekehrt zu fragen: Inwieweit wäre für mich die Fremde funktional, stützend, ein Korsett, das mich hinderte, auseinanderzufallen? Und inwieweit setzte ich das Erbe von Moros Flucht fort, brachte sie im Verweilen in der Fremde zur Vollendung? Und nun als Sozialarbeiter – wer brauchte betreut zu werden, wenn nicht ich als erster?

Nein, nein, du irrst dich, widersprach er.

Schon möglich. Vielleicht bin ich der, der davon gefangen ist. Indem ich es sagte, drehte ich mich zum Fenster, sah flüchtig in sein Gesicht, das bleich war im Schatten des Zimmers, das ermüdet war und mit fünfunddreißig Lebensjahren tiefe Falten angenommen hatte, und nahm den schwachen Geruch der Bettwäsche an ihm wahr, der mich an meine schlaflosen Nächte in der Fremde erinnerte, an die leidenschaftlichen Tage in Deutschland, an den verqualmten und volltrunkenen Kopf, den ich oft beim Anbrechen der Morgendämmerung ins Bett gebracht hatte.

Wenn es für dich so ist, stimmt also die Volksweisheit, daß der Apfel nie weit vom Stamm fällt?

Je mehr in einer Familie verdrängt und mythisiert wird, antwortete ich. Aber vielleicht sind es nur Hirngespinste von mir, fügte ich sodann hinzu, mich dabei erinnernd, daß nach Ausweis meines Verstandes das Kapitel »Der Riß der Augen« nicht ein Hirngespinst war; es existierte leibhaftig in meinem Manuskript, obwohl ich es niemals geschrieben hatte.

Er verschwand endlich, um sich anzuziehen, kurz nach elf. Verspätet fuhren sie zur Schwiegermutter. Es war eine Illusion zu glauben, bei Ivar könnte ich ungestört sein. Ich brauchte die Störung: Als ich allein war, fing ich zu grübeln an. Es ist nichts, sagte ich mir, mit dem Gefühl, des Lebens überdrüssig zu sein. Erst jetzt bemerkte ich, daß der Plattenspieler leer lief, und mit ihm der Kassettenrecorder. Es war, als würde ich gerade aus dem fünfzehn Tage währenden Alptraum erwachen: So lange war ich in San Martino, so lange schrieb ich. Ich muß sterben, hörte ich mich rufen, ich muß sterben.

Ich stand auf und fuhr zurück.

Ich dachte, du gingest mit deinem Bruder zu seiner Schwiegermutter essen! empfing mich barsch Bruna an der Tür. Erst vermied mein Kopf, den Unterton von Entrüstung in ihrer Stimme zu werten, die Möglichkeit keimender Feindschaft zu orten, wenn meine Anwesenheit bei ihren Ausbrüchen von Einsamkeit nicht tröstete, wenn ich bei ihren Eßregeln nicht parierte; dann schaute ich auf die Uhr: Es war viertel vor eins, und der Tisch war gedeckt.

Konntest du nicht mit Ivar gehen? fuhr Bruna giftig fort. Ich schwieg und sah, wie die Bitterkeit ihres Lebens in zackige, ins Leere gehende Bewegungen umgewandelt worden war, in nackte, ziellose Unruhe, die sich an meiner Verspätung festbiß. Sie schaute mich an und schüttelte, zum Eßtisch humpelnd, den Kopf: Diesmal sind wir echt Katze und Maus. Dann wandte sie sich um und rief spöttisch: Apropos: Alles Gute zum neuen Jahr! Du bist dieses Jahr so verdreht, daß wir heute morgen gar nicht dazu gekommen sind.

Während wir aßen, beobachtete ich Mutters verrammeltes Gesicht, die im verrußten Glanz des kleines Sieges über den Tod verhärtete Miene. Und dieser Gesichtsausdruck war weitgehend an die Linien der einst erduldeten Zweisamkeit angepaßt: die dunkle Farbe der Haut mit der Hinnahme, daß es für ihre Fühligkeit kein Wort gegeben hat und kein Wort gibt, die Winkel der Augen mit der Vergeblichkeit eines langes Kampfes und mit der erloschenen Frage, die meine geworden war: Ob die mir durch Haut und Knochen übertragene Kraft zu – und an diesem »zu« merkte ich, daß ich diese Überlegung nicht weiterführen konnte.

Beim Espresso erhellte sie sich; für kurze Zeit entledigten sich ihre Lippen der alten Verbitterung, der alten Wunden und verzierten sich zur Vorahnung eines Lächeln. Ärgert es dich, fragte ich, daß Maria und Giordano bei der einen, Ivar und Graziella bei der anderen Schwiegermutter sind? Rasch hatte sie sich erhoben, um mich zum Innehalten zu bewegen, gebieterisch hob sie die Hand, ließ sie wieder fallen und schüttelte zaghaft den Kopf. Du bist aber bei mir, sagte sie. Wenn du dich an die Tradition hältst, fuhr ich fort und tat so, als sei ihre Antwort eine direkte Bestätigung, dann hättest du sie einladen sollen.

Die Schwiegermutter deines Bruders will ihn um jeden Preis heute bei sich haben, rief sie verärgert und betonte abwertend das Wortpaar »deines Bruders«, als würde eine dreißig Jahre alte, unbegleichbare Rechnung darauf lasten. Ich will mich mit ihr nicht verkrachen! Ivar will ja den ersten Weihnachtstag bei sich und das Neujahr bei der Schwiegermutter verbringen.

Ja ja, sagte ich in ihrer Atempause, meine Neigung zu schmunzeln beherrschend, mit einem Ton gespielter Nachdenklichkeit, die mich doch noch zum Nachdenken verleitete: Tatsächlich waren wir zu Weihnachten bei Ivar zum Essen. Ahnungslos, hatte ich mir nichts dabei gedacht, als ich Ivars unverhohlene Siegesfreude registrierte. Ich vernahm dann, daß Ivar seit Jahren bemüht war, an diesem Tag die Familie bei sich vollständig beisammen zu bekommen, beobachtete, wie Bruna sich an dem Morgen über so starke Kopfschmerzen beschwerte, daß ihre Anwesenheit an der weihnachtlichen Zusammenkunft in Frage gestellt wurde, entnahm schließlich während des festlichen Essens einer Bemerkungung Marias, daß Bruna seit Jahren an diesem Tag ernstlich krank und verhindert war. Einen Augenbick lang dachte ich, daß ihr Wille schwach war, wenn sie körperlich reagieren mußte, daß ich sie nur in meiner Phantasie mächtig machte, und hörte mich fragen: Warum lädst du nicht alle Kinder an Neujahr zu dir ein?

Sie begann die Teller zu sammeln und das Besteck auf den obersten Teller zu legen. Wie beiläufig erwiderte sie: Weil ich keine Lust habe. Das übrig gebliebene Brot legte sie ins Schrankfach und ergänzte: Ich habe keine Geduld mehr.

Das ist aber nicht alles…

Gewiß, sagte sie nachdenklich. Ich habe keine Lust mehr, für alle zu kochen. Den Rest wollte Bruna nicht aussprechen: Daß sie sich mit den gebrochenen Bräuchen nicht abfinden konnte, daß sie jetzt den kürzeren zog. Daß sie Ivars Umsorgen nie akzeptiert hatte, erst recht nicht, wenn der älteste Sohn wieder bei ihr war. Jetzt verstand ich ihren barschen Empfang: Es hätte nur noch gefehlt, daß ich an diesem Tag auch weggeblieben wäre.

Nach dem Essen ertrug ich es nicht, in der Wohnung zu bleiben. Es war mir, als begänne ich zu sterben. Ich mußte raus, irgendwohin fahren, keineswegs aber mit Bruna. Ich brauchte von all den Binachis Abstand, von Biondi.

Die gebirgige Strecke war mit Autos übervölkert; mich störte der Verkehr, ich sehnte mich nach leeren Straßen, nach unbewegter Landschaft, und bog deshalb in der nächsten Ortschaft Richtung Berge ab. Die Straßen frosteten an ihren Rändern, an den noch geparkten Autos im Schatten silberte eine dünne Frostschicht. Während der Rundfunk meldete, daß sogar über Sizilien Schnee lag, sah ich zum Himmel, der hell glänzte, dachte an Franco Biondi: Nein, nein, ich kann das nicht tun, und beging einen Mord im Geiste. Die Autodichte vergrößerte sich noch mehr, ungeduldig zweifelte ich, doch nach dem ersten Hügeldorf lichtete sich die Straße: Am Ortsende war eine monumentale Weihnachtskrippe errichtet worden, die Scharen von Neugierigen angezogen hatte. Reflexartig bog mein Wagen in Richtung Monte Maggiore ab. Die grelle Sonnenscheibe schabte die Sicht aus meinen Augen, während sich in meinem Hirn die Vorstellung anbahnte, daß es ein schönes Gefühl sein müßte, ihn umzubringen. Erst eine scharfe Kurve brachte diese Vorstellung um.

Die Straße senkte sich bergab, und das Auto schlängelte sich an frisch gesäten und bereits begrünten Äckern vorbei, an kleinen Baumansammlungen und vergilbten Sträuchen vom Vorsommer; an einem Hang glänzte grün der Ginster. Ein Bächlein lag gefroren in einer erstarrten Wiese. Endlich konnte ich meine streunenden Gedanken in die Landschaft eintauchen und meine Empfindungen aufkommen lassen. Meine verschwitzten Hände klebten am Lenkrad.

Vor einigen Tagen hatte ich bei Bruna einen erneuten Vorstoß untergenommen, hatte gefragt: Warum heiße ich Dario? Sie wich aus. Warum, gefällt er dir nicht? Zwar ein geläufiger, aber ein schöner Namen, oder? Und warum nicht Mauro, auch schön, oder? Darum, gab sie entschieden zurück und ging ins Bad. Sie wusch, sie badete, und als sie in die Wohnstube zurückkehrte, hatte ich wieder aufgegeben. Ich hatte erkannt: Meine Fragen waren Kampfansage, ohne es sein zu wollen. Sie hatte Moro ihren Willen aufgezwungen: mein Name, die Blumen am Grab. Die Fläche vor seiner letzten Ruhestätte glich seit seinem Tod einen Blumenladen, während vor der Grabstätte Biagio Piverinis und Annunciata Ceccabellis nur eine Vase mit kümmerlichen Stoffblumen stand. In ihr war der Krieg beerdigt, und dieser Krieg unter meiner Haut zerriß mich! Ich wäre fähig, sie zu ermorden, wenn dies meine Zerrissenheit aufheben würde! Dabei hatte ich eine grundlegende menschliche Fähigkeit verloren: Entscheidungen für meine Person zu treffen. Bis zur Selbstverstümmelung. Nur wenn die Entscheidungen in einen innerlichen Tod mündeten, platzte in mir ein wilder Jähzorn auf. Meine Cousine Antonia hatte das Verdrängte wieder freigelegt: Ich war als Kind ein Lehrer- und Schülerschreck; ich konnte mich noch vage erinnern, wie ich Schüler verpetzte und quälte, wie ich die Anweisungen des Lehrers willentlich mißachtete, wie ich mich weigerte, an die Tafel zu gehen. Der Zweifel an inneren und äußeren Autoritäten war schon längst angelegt, aber ich hätte sie nicht umgebracht.

An einer Abzweigung ragte ein abgeblätterter Bau aus den dreißiger Jahren; ich hielt an, um zu wenden. Einige Mofas waren im Hof geparkt, in der Sackgasse waren Autos abgestellt. Aussteigend, vernahm ich den Stimmenlärm aus den Räumen, offenbar spielte man Karten. An der Frontseite waren noch die Abdrücke einer abgeschabten Inschrift zu erkennen: Anno XII, 1934. Alessandro Mussolini. Die Lettern darunter waren nicht mehr entzifferbar. Alles wandelt sich, doch alles bleibt gleich, dachte ich. Erschreckend gleich. Virgilio, hätte er trotzdem solche Räume betreten? Moro bestimmt. Und ich auch.

Ich stieg wieder ein und gab nur mäßig Gas, die Blicke in die Landschaft eintauchend; und sie verloren sich in den entblätterten Bäumen, in der Grelle des Lichts, in kahlen Rubinen, in Resten von einem Picknick an einer Lichtung, im kleinen Pinienwald, an dessen Schneise ein frisch gesätes Getreidefeld ansetzte. Dort, genau dort, war ich am Anfang meiner Kindheit gewesen. Wir waren mit dem Rad hingefahren, ich hatte mich am Lenkrad des Vaterfahrrads festgehalten. Moro hatte Zigaretten gekaut und in der Sonne gedöst, Bruna hatte gestickt, ich krabbelte verloren in der Landschaft herum, wie jetzt meine Blicke. Bei der Erinnerung verflüssigte sich der Atem, und ich suchte weiter, nach der nie vorhandenen Ordnung der Dinge, nach der verlogenen Harmonie, nach der falschen Bedeutung, die ich meinem Leben gegeben hatte. Diese Landschaft war einst meine Identität gewesen. Nein, ich war mit ihr nicht mehr verwandt. Weder verschwistert, noch verschwägert; heute war sie Reliquie geworden, verlorene Herkunft.

Die Fremde bewohnbar machen, flüsterte es aus mir, und ich erinnerte mich an den sonderbaren Tausch der Seiten in meinem Manuskript. Die Vorahnung am Anfang meiner Schreibversuche ist zur Gewißheit geworden: Biondi verhindert meine Rückkehr, er blockiert den Zugang zu meiner Herkunft. Ich mußte bekennen, daß er gerissener war als ich. Wir hatten uns vor Silvester noch einmal getroffen, hatten uns über Deutschland und die Deutschen ausgiebig ausgetauscht, ich mit dem Hintergedanken, ihn in meine Nähe zu locken, nicht nur, um ihn besser unter Kontrolle zu halten, sondern vielmehr, um ihn auszukundschaften, waren dann zusammen ins Kino gegangen, hatten uns über die italienische Posse, die auch auf der Leinwand keinen Halt machte, lustig gemacht, und waren übereingekommen, uns am nächsten Sonntag wieder zu treffen. Und während er sprach, musterte ich ihn aus den Augenwinkeln, wie er neben mir ging, blaß im Gesicht, leicht in sich gebeugt, konturenscharf im Halbdunkel des Abends, klar von mir abgegrenzt, mit seinem rötlichen Schnurrbart, seinen kastanienbraunen Locken, seinen düsteren Lippen. Und ich sagte mir: Einfacher wäre es, wenn er ein kranker Teil von mir wäre, der mich töten könnte. Nein, er war kein Teil von mir; ich war Dario Binachi mit unzähligen Dario Binachis in mir, die ihre Individualität eingebüßt hatten, ich war Dario Binachi mit einer gefährdeten Abgrenzung zur Außenwelt. Aber er war vielleicht ein kranker Teil für sich, und ich könnte ihn töten, ich könnte die konturscharfe Grenze dieser Körpergestalt aus dieser Welt der Materie ausradieren, dann könnte er doch nichts als ein kranker Teil von mir werden. Diesen Gedanken, die auszuwuchern drohten und an die Gefühle, an Gefühle des Hasses appellierten, machte ich kurzen Prozeß, verbannte sie mit dem Trost auf Vergeltung auf später, beschloß, mir den Nachmittag so gemütlich, so fröhlich wie nur möglich zu gestalten, um dann am Ende dieses Nachmittags ein Gefühl zu konstatieren: das Gefühl, ihn – gerade weil er meine Rückkehr verhinderte – zu lieben.

Die Fremde bewohnbar machen. Als Maria wollte ich Dario sagen, daß sich seit dem Sommer überhaupt nichts geändert hatte. Ich wollte Zeit finden, Dario heimlich besuchen und meine Probleme mit ihm durchsprechen. Am ersten Weihnachtstag bei Ivar mußte ich mich erst gut tarnen: Eine Fassade aus scheinheiliger Harmonie und Vorspielung falscher Tatsachen. Inkonsequent, zwiespältig von mir: Ich brauchte diese Fassade. Nach dem Mahl spielten Ivar, Giordano und ich mit den älteren Kindern ein neues Memory. Dann setzte ich mich ab und suchte mit Dario das Gespräch. Ich bemerkte und genoß, wie Giordano unruhig wurde und herschielte. Ich war mit Dario und den drei Kleinkindern zusammen und plauderte munter drauf los. Ich spürte, wie es Giordano allmählich bange wurde, ich könnte davon erzählen. Tatsächlich dauerte es nicht lange und er stierte zu uns herüber. Maria, wenn du gehen willst, ich bin sofort bereit, rief er. Es war das Signal; die warnende Sprache der Schwachen, die ihr bißchen Macht auftischen. Er signalisierte mir also, daß er zu gehen beabsichtigte. Daß ich nicht zu sprechen hatte. Ich möchte nicht gehen, sagte ich und wußte, daß ich damit an seiner Ohnmacht kitzeln würde. Wolltest du nicht spazierengehen? bohrte er weiter. Ja, später, sagte ich lakonisch. Ich bemerkte, wie er nervös an seiner Marlboroschachtel herumfummelte, wie sich hinter seinen flüchtigen Blicken die Giftigkeit verschleierte, und ich wußte, sobald wir ins Auto stiegen, würde er seine Giftpfeile auf mich loslassen, den restlichen Nachmittag mit seinen Vorwürfen vergiften. Gut, sagte ich, zog meine Jacke an, verpackte Daniele in seinem Mäntelchen, nahm meine Tasche in die Hand und stellte fest: Wir können fahren.

An einem Haus am Straßenrand standen im Garten mehrere Kakibäume noch vollbeladen mit Früchten, aber ganz ohne Blätter. Gespenstisch. Ich beschloß, Luisa Binachi zu besuchen.

Das Haus, in dem Romolo und Luisa wohnten, grenzte an ein häßliches Zementlager voller Staub und emporragender Türme. In der sich anbahnenden Dämmerung ragte die Anlage düster in den ergrauenden Blauhintergrund des Himmels. Luisa hatte das Auto heranfahren hören und kam gestikulierend, feierlich das Tor aufzumachen. Romolo, sie und Giorgio, der zwölfjährige Sohn der vor zwei Jahren verstorbenen Tante Bina, hockten in der Küche und sahen fern; um sich kein Bild des Zeichentrickfilms entgehen zu lassen, erhob Romolo sich halb, blickabgewandt grüßend.

Sie führte mich ins Wohnzimmer; während ich feststellte, wie dieses vor Trophäen und mumifiziertem Geflügel strotzte, fühlte ich meine Füße, die sich auf die vergangenen Jahre stützten, auf eine unmögliche Wirklichkeit, die mir zur Gewohnheit geworden war.

Luisa übergoß mich mit ihrer Herzlichkeit, packte Panettone und Ciambella aus, füllte ein Glas mit Sangiovese, wollte einen Espresso aufkochen und Piedina für mich zum Abendessen machen. Ich lächelte ihr zu, und sie legte frische Wurst auf den Tisch. Laß, Tante, rief ich, und sofort führte sie mich ganz stolz in die Garage, in der die vor einer Woche geschlachteten Schweinswürste hingen; die Schinken waren auf einem Tisch in Salz eingelegt und die Schinkenwurst neben einen leeren Kaninchenkäfig gestellt. Siehst du, wir haben's ja, sagte sie, und während sie Salami aufschnitt, entsann ich mich des winzigen Bruchteils meiner Möglichkeiten, den ich realisiert hatte, meiner Beschränktheit, die mich befriedigt hatte.

Ja, Tante, erwiderte ich, und ohne eine Frage von mir erzählte sie: Ihre Kinder waren verstreut: Der eine Sohn bei den Schwiegereltern, der andere bei Freunden, die Tochter war mit einer Cousine in die Stadt gefahren. Seit der Arbeit mit Säuren in der Bootsfabrik litt sie an chronisch niedrigem Blutdruck und an einer geschwollenen Leber. Einen Herzinfarkt hatte sie bereits hinter sich. Seit dem Tod von Elvira Fonti vor siebzehn Jahren arbeitete sie dort. Schließlich prophezeite sie, daß sie, wenn es so weiter ginge, bald in den Rollstuhl kommen würde, seufzte erleichtert, daß sie eine Tochter hatte, die für sie sorgen konnte, und klagte gleichzeitig, daß diese am Zuhause klebte und Verlobung und dergleichen von sich wiese.

Ich wollte fragen und wußte nicht was. Die raffinierte Verdrängung, die sich nun an meinem Wissensdurst rächte, löschte den Fragenkatalog, den ich in Frankfurt minuziös vorbereitet hatte, in einer völligen Vergessenheit aus. Dafür drang ein Satz hoch: Auch Luisa Tochter – das Opfer hört nie auf, nie.

Von nun an lief alles, was sie sagte, in mir durch den Filter der Herkunftssuche, und ich gähnte müde, machte mich zum Freund meiner Verzweiflung, stellte dem Tod einen Heiratsantrag, rülpste erstickt, geriet in vorgebeugte Haltung und entwarf viele kleine Dario Binachis, die sich vornahmen, wie Piranhas den verdammten Schriftsteller zu überfallen, ihn zu zerfleischen, seinen Knochen zu feinem Pulver zu zermalmen, bis seine Existenz mit extremer Sicherheit angezweifelt werden könnte. Wegen ihm konnte ich nicht zum Anfang zurückkehren, und alle Neugierde war mit einem stillen Besuch gestillt.

Wie sah Virgilio aus? fragte ich unvermittelt.

Du hast ihn doch gekannt.

Bestimmt, rief ich, fühlte die Verzweiflung in den Beinen hochkriechen und dachte, daß Sätze und Bilder bauen, um eine Vergangenheit zu erzwingen, Müßiggang war, daß es einer Bewegung in die Leere glich. Vom Opa habe ich kein einziges Foto, sagte ich weiter, ohne mich zu rühren. Ich habe nur das Heiligenbild mit seinem Foto, weil ich es meiner Mutter geklaut habe.

Luisa lachte und Romolo wandte zerstreut seinen Blick zu mir her. Sogleich holte Luisa ihr Fotoalbum aus einer Schublade. Sie, mit der Mutter im Haus, besaß die meisten Familienfotos. Im stark strapazierten Album waren die Bilder durcheinander geklebt; manche Fotos fielen von den Seiten, andere waren halb zerrissen oder hatten zerfledderte Ecken. Die meisten kannte ich nicht. Die von Moro auch nicht, insgesamt zwei, aus seiner Soldatenzeit. Von den Männern waren nur Erwachsenenfotos vorhanden, von Bina als etwa fünfzehnjährigem Mädchen, von Luisa als Fünf-, Sechsjähriger neben der Mutter, die wie ihre Oma wirkte. Von Virgilio existierten insgesamt vier Bilder: Eines als Soldat im Ersten Weltkrieg, mit einem Chaplin-Schnurrbart, und ein zweites, er mit weiteren Knechten, die sich an Mistgabeln lehnten, ein drittes mit Natale und seiner Familie; Oreste, Pino und Antonia stellten vor ihm eine Kleinkindleiter dar. Später fand sich das vierte Foto: mit Pasquale, seiner Ehefrau Diana, seiner Geliebten Liana und seinem Sohn, vermutlich Anfang der fünfziger Jahre; im Hintergrund das Schloß von San Martino. So weit ging die Dreiecksbeziehung Pasquales zeitlich zurück. Von Elvira lagen zwei Fotos als junges Mädchen lose im Album, und sogar Kindheitsfotos mit ihrer Mutter und ihren drei Schwestern.

Existieren keine Hochzeitsfotos von den beiden? fragte ich und dachte: Wo sind die Männer als Kinder?

Nein, sagte trocken Luisa.

Meine Fragen über das Verhältnis von Elvira Fonti und Virgilio Binachi zueinander beantwortete Luisa ausweichend, mit einem verlegenen Lächeln auf den Lippen. Ich fragte: Wer war das beliebteste Kind bei deinem Vater oder bei deiner Mutter? Alle waren gleich beliebt, sagte sie. Moro war doch das schwarze Schaf gewesen, rief ich, aber sie verneinte. Er war gütig, anständig, zuvorkommend, entgegnete sie. Aber er behauptete es von sich, beharrte ich. Erst dann gestand sie, daß Moro als unruhiger Geist galt. Aber Kleinigkeiten, wie Kinder halt sind, fügte sie hinzu. Aber Pasquale auch, die beiden waren die unruhigen Geister in der Familie.

Keine Frage, Luisa harmonisierte, versuchte zu entschärfen, zu glätten. Es wurde mir klar, daß Luisa mir nicht helfen konnte. Ich war einzig meinen Bildern ausgeliefert, und mit ihnen Franco Biondi. Aber ich könnte den Anfang verändern, ich könnte die Kapitel dieses Romans bis zur Unkenntlichkeit umschreiben; ich könnte mich als Herr der Herkunft aufspielen, ich könnte ein sicheres Haus in der Fremde und in der Zukunft gestalten, so wie ich die Bodenlosigkeit der Binachis, die Verbundenheit dieser versprengten Sippschaft mit dem Nichts zerstören könnte, diesen Mangel an Individualität – wenn nicht Biondi da wäre, der mich gefangen hielt.

Du bleibst zum Abendessen, ja? drängte Luisa. Schon holte sie aus dem Küchenschrank Mehl und einen Hefeumschlag heraus. Ich wußte, sie hätte tatsächlich etwas zu essen gemacht; ihre Herzlichkeit suchte sich zu betätigen. Deshalb trank ich den Sangiovese aus und erhob mich. Im Sommer, falls ich nach San Martino komme, dann ja, versprach ich, jetzt habe ich keine Zeit.

Bleib doch, beharrte sie, und ich betrachtete sie in ihrer Leibhaftigkeit, sah auf ihren Mann rüber, der die Distanz zu ihr mit Jagd, Fischen und Fernsehen aufrechterhielt, dachte an ihre zwei verheirateten Söhne, denen sie bei jeder Schwierigkeit zu Hilfe kam, an ihre Tochter, die im Heiratsalter war, aber nicht zu heiraten gedachte und dabei war, sich der Mutter hinzugeben, wie einst Luisa Binachi Elvira Fonti.

Ich sah, daß ein Foto von Pasquale aus dem Album geglitten und auf den Boden gefallen war; ich las es auf und legte es auf den Tisch. Ohne vom Fernseher wegzublicken, rief Romolo: Ja, der Pasquale, er tut so, als wollte er bald sterben. Ich rekapitulierte: Eine Zeitlang hatte Romolo einige Szenen aus einem Tarzanfilm verfolgt, dann einen Krimi in San Francisco, schließlich einige Passagen eines Zeichentrickfilms, um jetzt bei einem Programm zu landen, in dem gerade die erstickende Werbung lief und Shampoons anpries; ohne ein Wort mit mir zu tauschen, wußte er aber den Kontakt herzustellen, um mir vielleicht zu sagen: So geht es euch Binachis: So viel Lärm ums Leben, um dann doch elend zu sterben. Und nun berichtete er über Pasquales »Ausflippen«. Er saufe jetzt, obwohl er es nach der Leberoperation nicht dürfte, einen Whisky nach dem anderen, esse hemmungslos und lasse sich gehen. Beide Nichten waren kurz vor dem Auszug aus dem Haus: die fünfzehnjährige mit einem einjährigen Kind stand kurz vor der Heirat, und die siebzehnjährige hatte sich soeben verlobt. Er will nicht, daß sie ausziehen. Pasquale sei in letzter Zeit selbstlobsüchtig und sehr einsam geworden, weil er in allem recht behalten wolle. Nun habe er mit Liana Schluß gemacht.

Schluß mit Liana? fragte ich erstaunt, während ich mich mit meiner Selbstverleugnung beschäftigte, wie sie in den kühlen Nächten, an den feuchten Nachmittagen Deutschlands in meinen Körper hineinkroch, wie sie meine Miene verwandelte, die Nervenbahnen irreversibel einengte, die motorische Region der Gehirnrinde erlahmte. Und hörte mich umgekehrt fragen: Oder sie mit ihm?

Ich erfuhr, daß Lianas Mann gestorben war, und danach seien sie und Pasquale miteinander nicht mehr zurecht gekommen. Von der Beziehung hatte Diana nie etwas gemerkt, aber seit es aus mit den beiden war, sei sie eifersüchtig geworden und würde kontrollieren, wohin Pasquale ging und mit wem er was tat und was er sonst mit den Leuten sprach. Wie macht er das bloß ohne die zweite Frau? Romolo schmunzelte und sagte, daß es auch für ihn, der sonst alles hinnahm, schwer geworden war, mit Pasquale zurecht zu kommen.

Da riß ich die Tür auf, furchtsam und getröstet, und ließ meine Lippen zum Abschied grüßen, meine Hände zum Adieu winken, meine zerstreuten Augen durch die Dunkelheit des Hofes wandern, bis sie sich an den Silotürmen festankerten und mir bewußt wurde, daß meine Finger den Schlüssel in die Autotür gesteckt hatten. Da stieg ich bedächtig und behutsam ein, als würde ich mich jetzt in der Fremde niederlassen.

Bruna lag entspannt und selbstzufrieden auf dem Sofa und erzählte, daß die Fernsehserie »Herz aus Stein« in den nächsten Tagen zu Ende zu gehen versprach, nur »Natalie« nicht, da der Filmstreifen künstlich mit mehr Werbung dazwischen gesendet wurde, denn während der Feiertage sähen mehr Menschen als sonst fern.

Ich zeigte mich Bruna gegenüber versöhnlich, scherzte gütig wie einst, klappte die Hand leicht auf ihrem Bein, kniff sie am Backen. Sie freute sich. Dann fragte ich: Weißt du, weshalb Pasquale mit Liana nicht mehr geht?

Nein. Sie war überrascht.

Anscheinend nicht. Und während ich erzählte, stellte ich mir wieder meine gefährdete Abgrenzung zur Außenwelt vor, erinnerte mich an die Scheu meiner Jugend, an die Scham, ich zu sein, an die Unfähigkeit, in diesem Land zu leben, überzeugte mich, daß die immanente Gefährdung meiner Körpergrenze mich nach Deutschland verschlagen hatte, daß in der Unmöglichkeit, Versöhnung zu sein, die Wurzel meiner Auswanderung lag, und dachte, daß alles viel komplizierter war als vorgestellt. Die Vorstellung war eine Vorstufe der Realität; ganz gleich, wie tief eine Vorstellung in die Realität eindringen konnte, wie die Sprache in Beziehung zur eigenen Wirklichkeit stand: Es war nicht die Frage, ob ich mich auf Italienisch ausdrücken würde oder auf Deutsch, ob ich diesen Roman auf Deutsch oder Italienisch niederschrieb: Das war eine ablenkende Frage. Sprache und Vorstellung waren nur der Ausdruck davon, wie tief ich in die Innen- und Außenwelt eindringen würde, doch in mir drang immer wieder die gleiche Frage vor. So erzählte ich meiner Mutter von Pasquale und dachte an meinen Vater. Moro war Sinnbild des Unbeugsamen. Dahinter versteckte er das Gesicht des Geschwächten, des Gebrechlichen. Er rastete wegen eines Nichts aus und lebte kontinuierlich auf einem schmalen Draht des Anstandes; er war unsentimental und roh, schlug mit den Fäusten auf den Tisch, brüllte und hörte, tränenüberströmt, Harmonie besingende Lieder von Tajoli, Carboni, Villa, im Unterschied zu Natale, der die Harmonie auszuleben versuchte. Jeder lebte eine Seite aus, und die andere blieb als Sehnsucht, als hätten sie sich endgültig »entschieden«. Nur ich, ich konnte das nicht, ich schwankte in der Phantasie in all den Möglichkeiten, ohne eine davon auszuleben.

Ich trat ans Fenster, sah wie einst, wie sich die Leute in der Bar durch die in ein fahles Licht getauchte Leere bewegten, während der Abend immer noch eine in Schnee getauchte Nelke blieb. Dann und wann sah ich die Leute ein- und austreten, in ihren Autos ein- oder auftauchen, mit brausenden Motoren herkommen oder wegfahren. Und ich fragte mich, wieviel Leid sie versteckten, wie aufwendig ihr Inneres arbeiten mußte, um der Fröhlichkeit gebührend Raum zu geben; ja, wieviel sie sich anstrengen mochten, um all die Erinnerungen, die dazu dienen könnten, sich mit sich selber zu identifizieren, von den Winkeln des Gedächtnisses abzuschütteln. Schließlich mußte ich auf den Kalender schauen: 1. Januar, mein fünfzehnter Urlaubstag in der Via della Resistenza, in zusammengepferchten Häuserblocks aus den fünfziger Jahren, die gebaut worden waren, um die Obdachlosen unter eine Decke zu bringen, in einem Viertel, wo Herointote an der Tagesordnung waren, aufgebrochene Autos und Wohnungen, wo Gewalt grassierte und Schutzgelder bezahlt werden mußten. Wo die einstigen Obdachlosen, nun Rentner geworden, sich nicht mehr trauten, allein auf die Straße zu gehen, wo kleinbürgerliches

Leben und Armut sich verbanden, wo Wortkargheit und Mißtrauen, Begehren nach dem Unerfüllten und Vertrautheit mit dem Tod wie Efeuranken sich ineinander schlangen. Hier bin ich, sagte ich mir, im Versuch, mich zu überzeugen, daß es einen Sinn hatte, all das hautnah zu erleben, daß hier meine Wurzeln lagen, daß ich wirklich ich war, der Mann, der diesem Alltag entronnen war, um einen anderen anzugehen, der doch nicht grundverschieden war; das Elend, gleichbleibend, hatte andere Gesichtszüge angenommen, und ich, gleichbleibend, war anders geworden.

Ich fing die bunte Scham in meinem Gesicht auf, als ich mich vor dem Spiegel fertigmachte, um nochmals auszugehen, nahm sie mit, während ich ins Auto stieg, leistete ihr Gesellschaft durch die lärmenden Straßen des Zentrums, schlenderte mit ihr an zukkergepuderten Schaufensterlichtern vorbei, und dann befanden wir uns an der Piazza am Rathaus. Mit ihren neuen Kleidern und ihren modischen Frisuren flanierten vorwiegend junge Leute in der Kälte unter den Logen; mir fielen die Gesichter der vergangenen Tage auf, die offensichtlich Abend für Abend ihre öde Piazzarunde drehten, in absurder, verrückter Wiederholung; junge Gesichter, die sich zu beeilen schienen, alt zu werden, die Falten der tröstlichen, gesetzlich verankerten Volljährigkeit gierig anzunehmen. Mir fiel die kleine Piazza hundert Meter weiter ein. Dort war der Obdachlosenblock mit den zweihundert Familien meiner Kindheit, und ich ging hin. Ein Fremdgefühl bemächtigte sich meiner: Auf diesem Platz hatte ich meine ersten Schritte unternommen, vor vierundvierzig Jahren, gerade hier hatte ich gespielt, war hinter den Tauben hergerannt, und gerade hier, wo jetzt die Banca dell'Agricoltura ist, hatte ich die Kinderkrippe besucht; das Krankenhaus, in dem ich geboren wurde, war ein paar hundert Meter von hier entfernt. Meine ersten acht Lebensjahre waren unauflöslich mit diesen Plätzen verbunden, und jedes Stückchen trug, wenn ich daran schaufelte, eine Erinnerung, ein Gefühl in sich. Wenn ich das Kino »Apollo« in der Via delle Torri sah, erinnerte ich mich an meine Verlassenheitsängste, als Moro und Bruna nach dem Streit um Giuliana ins Kino gingen. Und wenn ich mir das Denkmal mit den umliegenden Sitzbänken anschaute, fühlte ich das unruhige Glück, das mich hinter den Tauben her peitschte. Die Suche nach Herkunft: Ein Hinterherrennen hinter Gefühlen wie hinter Tauben.

Auf einmal wurde mir bewußt, daß ich die Verwandten mütterlicherseits verdrängt hatte. Und es lag nicht allein an meiner männlichen Identifikation mit den Binachis, selbst Bruna hatte ihre Onkel und Tanten seit Jahrzehnten nicht gesehen. Die Onkel Cesare & Co, sie waren Faschisten gewesen. Die einzige, die ich kannte, war Brunas Schwägerin, Tante Cecilia.

Am folgenden Tag besuchte ich sie.

Tante Cecilia war im Stall, Hühner, Gänse und Truthähne gakkerten unruhig herum. Das Haus sah aus wie ein Turmkuchen, der genau zur Hälfte des Giebels hin abgeschnitten wurde. Es war nur hälftig. Am Boden waren die Fundamente der anderen Haushälfte schon ausgegraben, und an der Seite türmten sich die Backsteine hoch. Sie wischte sich die Hände am Kittel ab und lachte verlegen und überrascht. Daß man dich wiedersieht! Du, der Wanderer aus Deutschland, hier! Sie trug alte, farbenprächtige Klamotten, die einst geblendet haben mußten. Sie war gealtert, dennoch konnte ich die Züge der feinen Dame von einst noch erkennen. Ich hatte sie nur als feine Dame in Erinnerung, mit eleganten Kleidern und dunklem Pelzmantel. Aus einer zwölfköpfigen Familie stammend und in einem der Einfamilienhäuser aufgewachsen, die Mussolinis Gehilfen für kinderreiche Familien gebaut hatten, war sie in relativer Knappheit und Bescheidenheit großgeworden. In die feine Dame hatte sie sich erst verwandelt, nachdem sie und der Onkel als fliegende Händler ein Vermögen gemacht hatten. Ich erinnerte mich noch, wie neidisch meine Eltern auf Tante Cecilia und Onkel Bruno schauten. Einmal besuchten sie mich im Internat anstelle meiner Eltern. Tante Cecilia beugte sich über mich mit ihrem goldbehangenen Hals und parfümüberströmten Gesicht und schenkte mir einen Kuß und eine große Tafel Schokolade. Da staunten die Internatskumpane: Du hast aber stinkreiche Eltern!, und ich ließ sie in diesem Glauben. Vor sieben, acht Jahren hatten Onkel Bruno und Tante Cecilia das Händlerleben aufgegeben, mehr auf Drängen von ihr als auf Onkel Brunos Wunsch. Er trauerte jener Zeit nach und würde sofort wieder losfahren, wenn seine Frau die Zustimmung geben würde. Dennoch war er Wanderer geblieben: Er hatte sich einen LKW mit Kranausrüstung gekauft und kutschierte im Auftrag von Firmen der Umgebung tagaus, tagein mit ihm herum; nach Tantes Worten war er kaum zu Hause, und wenn, dann war er müde oder hatte am LKW herumzudoktern. Mir fiel ein, daß Onkels Reden sich immer nur um ein Thema drehten: um Geschäfte, ums Geld. Sein Leben war eine Wanderung in diesem Kreis.

Sie schloß den Stall und zeigte mir ihr Reich: den großen Garten, die drei Zeilen Weinstöcke, die Kaninchenställe; dann die Zuchttierparade.

In der Küche machte sie sich daran, einen Espresso vorzubereiten und die Spüle zu ordnen. Ihre von Feldarbeit und Tierversorgung geschundenen Hände betrachtend, erinnerte ich mich, daß das Verhältnis zwischen meinen Eltern und Onkel und Tante nie frei von Spannungen gewesen war. Ich entsann mich des Verteilungsstreits, als Bruna und Moro verheiratet wurden und Bruno und Cecilia: Meine Mutter bekam bei ihrer Hochzeit das Mobiliar ihres Schlafzimmers bezahlt, dem Onkel wurde als Ausgleich die Hälfte des Großelternhauses und die Scheune zugesprochen. Ich entsann mich auch der Klagen meiner Mutter, die mit dem Gefühl lebte, daß Annunciata Ceccabelli die kleinen und die großen Dinge an Bruno weitergab, nicht an Bruna (um sie zu bestrafen, weil sie nicht bei ihr geblieben war). Aber das war nur die eine Seite der Familienchronik, sagte ich mir. Die andere war unter Verschluß. Und ich dachte an das Großelternhaus, das einige Häuser weiter gestanden hatte, wo ich betörende Fledermäuse im Konzert gehört hatte, dachte, daß es mit dem Geld aus Deutschland abbezahlt und inzwischen verkauft worden war, daß es für mich das Hierbleiben verkörperte.

Tante Cecilia erläuterte ihre Bemühungen um den Ausbau der anderen Hälfte des Hauses, den sie jetzt in Angriff nehmen wollten, weil ihre einzige, in Padua Psychologie studierende Tochter später hier einziehen und eventuell eine Praxis aufmachen würde. Wenn sie will, ergänzte sie, für einen Augenblick verunsichert. Die einzige Tochter; ein Vermögen hatten sie für Untersuchungen und Präparate ausgegeben, damit sie Eltern werden konnten. Dann kam Donatella, unerwartet. Als Kind ein verwöhntes Mädchen, das zu nichts nutz zu sein schien; sie studierte ausgerechnet Psychologie.

Während sie sich mit ihren Worten ausbreitete, hüpften meine verdünnten Erinnerungen einher: Opa Biagio Piverini weinte nur noch, vor der Tür des Hauses, bevor er starb; dafür verkürzte er den Todeskampf um einige Stunden: Morgens in der Frühe ließ er die ersten Anfälle zu, kaum im Krankenhaus, war er tot. Anders Annunciata Ceccabelli, die zwei Monate lang, mit Spritzen und Kanülen und herbeieilenden Ärzten und Krankenhauspersonal und der wachenden Tochter Bruna Piverini am Bett mit dem Tode rang – sie wehrte sich mit übermenschlicher Kraft gegen das Unvermeidliche und hatte ihre Tochter bei sich, Tag und Nacht, von der ersten Krise bis zum letzten Atemzug. Und in den Lükken der Worte meiner Tante fiel das Ansinnen meines Besuches in meine Erinnerungsfetzen ein; schließlich wagte ich mich vor, indem ich sagte: Hör mal, Tante, was ich dich fragen wollte: Kannst du mir von den Verwandten mütterlicherseits erzählen?

Prompt begann sie, die Familienchronik breit zu entspinnen: die verkauften Brüder von Annunciata Ceccabelli; die Unstetigkeit ihres Vaters, der es in einem Ort länger als ein Jahr nicht auszuhalten vermochte, bis er dann, endlich niedergelassen, der Familie wegstarb; ihre Kämpfe, um Biagio Piverini aus Deutschland zurückzuholen. Wie innerlich belästigt, zerstreut, ziemlich schläfrig, lächelte ich ihren Worte zu, dann unterbrach ich sie: Und Annunciatas Brüder, Cesare und Ottilio und – sie waren doch Faschisten?

Mit einem jäh abgebrochenen Lächeln, die geschundenen Finger in die Frisur nestelnd, hustete sie, verlegen umherblickend. Ist das so wichtig?

Ja. Und ich sah mich genötigt, mich zu erklären. Mir ging es nicht um die abgedroschenen Aburteilungsslogans der jungen Antifaschisten-Nachgeborenen, mir lag es fern, Vorfahren zu beurteilen oder zu benoten – ich hielt nichts von den Weisheiten der Nachgenerationen, die den Toten die wahren Lebensregeln beizubringen wußten. Ich wollte nur mehr über sie wissen, und unterließ es, zu erwähnen, daß ich nicht sie, eher mich verstehen wollte.

Ja, stotterte Tante Cecilia, sie waren natürlich in der Partei und träumten von einer Erlösung..., aber –

Ja, gut, sagte ich ungeduldig, als wollte ich dieses »aber«, das vielleicht den Aschenhaufen der Geschichte von der Verwandtenchronik abschrubben wollte, zunichte machen, als wollte ich nur etwas Bestimmtes hören: Was war das für eine offene Familienabrechnung, daß sie zu Faschisten wurden, und warf die Frage ein: Wie haben das seine Eltern aufgenommen, und Annunciata? Und meine Mutter? Wieder bemerkte ich: Es waren zu viele Fragen, und es kam mir vor, als wollte ich Tante Cecilia helfen, auszuweichen.

Ich glaube, deiner Mutter war es ganz gleich gewesen, und der Oma auch.

Und die Mutter der Oma, was hat Oma über sie erzählt?

Nichts Gutes, erwiderte die Tante schlicht, verweilte einen Augenblick in Abwartehaltung und ergänzte mitfühlend: Omas Mutter war sehr krank...

Und hat Opa überlebt, fügte ich hinzu.

Das stimmt nicht!

Ja, Tante.

Endlich begriff ich, daß nichts erreicht war, daß meine Fragen und meine Erinnerung außerstande waren, das Loch in meiner Existenz zu füllen.

In gedrückter Stimmung fuhr ich zurück zu meiner Mutter. Dabei dachte ich an den Geliebten meiner Mutter, meinen Namensvetter, der ein Faschist war, an Moro, der nach dem Krieg zu den Faschisten tendierte, um dann in die kommunistische Partei einzutreten, an Ivar, der die Faschistengruppen frequentierte, erinnerte mich an ein Foto von Onkel Primo, das ihn mit einem abgekratzten (und dadurch unkenntlich gemachten) Abzeichen auf dem Jackenrevers zeigte – ja: über Primos politische Vergangenheit war in der Familie nie gesprochen worden; sie war tabu. Und ich dachte, daß sowohl die einen als auch die anderen die Schuld in der Welt suchten, daß ich mich bisher durchlaviert hatte, ohne besessenes Bekenntnis zu einer Partei; aber wie sie hatte ich die Schuld in der Welt gesucht, im Bestreben, mich schuldlos zu machen. Euphorisch stellte ich mir das Loch in meiner Existenz vor, sah darin die vielen Dario Binachis, die sich die Hand reichten, ohne Willen und Ungeduld, entdeckte, daß eine Absonderung der Dario Binachis voneinander unumgänglich war, um zur Selbsterkenntnis gelangen zu können, befragte mein Bewußtsein, was ich denn davon hätte und ob das eine Variante zu Ivar Binachis Erlösungssuche sei, eine weitere Variante der toten Versuche der zu Asche gewordenen Binachis, und stellte fest, daß die Zeit des Wartens und der Ratlosigkeit fruchtbar war, daß sie notwendig war, um ein von den anderen unterscheidbarer Binachi zu werden.

Im Verzicht auf jede weitere Suche ging ich früh zu Bett. Nicht schlafen könnend, frei von Beklemmungen, der Ruhe ausgeliefert, nahm ich die Blätter des Manuskripts zur Hand. Wieder wurde ich fündig: Die Abschnitte »Verräter gesucht« und »oder im Tanz der Münder« stammten auch nicht von mir! Ich hatte sie bestimmt nicht geschrieben, wirklich nicht. Ich mußte an Horst denken, der in Mainzer Dialekt zu sagen pflegte: Isch bin ganz nackisch. Und ich redete mir ein: Jede Frucht braucht ihren Reifungsprozeß, jeder Teig die Gärung. Am Ende dieses Prozesses überwand ich den unbändigen Haß, den ich dem Schriftsteller gegenüber hegte, und fühlte mich nicht mehr sonderlich von ihm verfolgt. Er war nicht der, der mich verfolgte. Er war nur der, der, ausgeleert wie viele andere Schriftsteller und getrieben vom Hunger, sich selbst zu fühlen, meine Lebensgeschichte als Stoff nehmen wollte. Als Stoff, wiederholte ich und schmunzelte: Biondi war drogenabhängig wie die meisten Menschen auf diesem Planeten, um das Loch in seiner Existenz zu füllen.

Die Verirrung des Schriftstellers

Der Schriftsteller sorgte dafür, daß er nicht verdrängt wurde. Er fügte Kapitel hinzu; inzwischen waren es vier. Am Fenster meiner Gefühle konnte ich das von der wahnwitzigen Geometrie des Verstandes umgebene weißlich-leere Licht sehen, nah und wirklich wie die Ecken der Alpträume. Des öfteren ertappte ich mich beim Räsonieren über den Gegensatz von Licht und Finsternis, und ich sagte mir: Als ob es darum ginge, die dunklen Mächte in uns ans Licht zu zerren! Welch ein Trugschluß, zu glauben, die dunklen Mächte in uns bedrohten uns! Sie bedrohen uns nicht, sie nicht! Seit Menschengedenken sind sie in uns, haben die Menschheit gegeißelt und niedergemetzelt, aber sie besteht noch. Nur weil wir sie als Bedrohung, als zerstörerisches Wirken im menschlichen Dasein erleben, schreiben wir ihrem Widerpart, dem Licht, die Errettung zu, gesellen dem Licht den Verstand, die Aufklärung; ich behaupte jedoch, daß das Helle, das Grelle eher das ist, was uns bedroht. Dabei denke ich nicht allein an das nukleare Denken und Wirken, ich denke insbesondere an das helle Denken, das an der Verwurzelung im trauten Heim und am oberflächlichen Leben klebt. Nicht die Finsternis, das Licht trügt die Sinne, nicht nur in der Wüste. Nein, ich haßte den Schriftsteller nicht mehr, einzig seine hellen Augen reizten mich, der helle Ton seiner Stimme. Ich wußte, daß Biondis Denken nicht flach war, daß sein Fühlen – das Fühlen des Versprengten ohne Ort und Zeit – nuanciert war, und gerade dieser Widerspruch war der Herd meiner Unruhe. Betrachtete ich den Schriftsteller mit seinen Regungen, so fühlte ich mich ihm verbunden, stellte ich mir aber seine Augen und seine Stimme vor, geriet ich in Rage.

Ich mußte sie in die Falle locken. Bloß wie?

Ich beschloß, ihm auf seinem Weg von zu Hause zur Casa di

cultura popolare aufzulauern. Die üblichen Alten trotteten zum Abendschwatz dahin, die Falten ihrer Haut von Dunkelheit umhüllt. Nur ihr Gang war von den Lichtfluten der Laternen umwellt, und ich entsann mich der alten Männer, die ich jahraus, jahrein hatte vorbeigehen sehen und die nun endgültig gegangen waren – meine Mutter berichtete mir davon jedes Mal, und ob sie schnell oder langsam aus dem Leben geschieden waren, mehr oder weniger hartnäckig mit dem Tod gerungen hatten. Ich hatte mir das gleichgültig angehört, ohne jegliche Überraschung, da es doch das Selbstverständlichste auf der Welt war, daß – aus der Optik der Emigration, der Entwurzelung – das Licht diese Schritte vom Weg zur Casa di cultura popolare raubte.

Nachdem ich lange Zeit geduldig gewartet hatte, ohne daß ich seiner ansichtig wurde, beschloß ich, an der Wohnung seiner Mutter zu läuten. Wer ist da? hallte es verzerrt hinter der Tür. Dario Binachi, sagte ich, ist Ihr Sohn daheim?

Ein Moment, rief die Stimme; doch die Tür öffnete sich nicht, und das Scharren von Füßen entfernte sich.

Im Nu befand ich mich wieder auf der Straße, betrachtete die Lichtspeere der Laternen, blickte zum Fenster Biondis hinüber, sah durch die Jalousie Biondis Schattenriß, wie er im Begriff war, die Jacke über die Schulter zu ziehen, erkannte über den Bauten den aufsteigenden Vollmond, spürte die Lungenflügel, die sich weigerten, Luft aufzunehmen und die Außenwelt mir einzuverleiben, und machte ohne Hast kehrt. Zwar wollte ich zurück in die Wohnung meiner Mutter, doch fand ich mich auf einmal vor der Theke in der Casa di cultura popolare.

Sie wünschen?

Ein Bier, hörte ich mich sagen, sah die üblichen Sanmartinianer mit ihren Espressos, ihren Spielkarten, ihren Abendgesprächen, ihrem Warten auf den nächsten Tag, spürte die Stimmung des uneinlösbaren Lebens innerhalb der Koordinate Zeit–Raum in der Luft schweben; und innerlich sagte ich mir: Seit fast zehntausend Tagen bin ich von hier weg, und San Martino hat auf mich keine Sekunde gewartet; nur ich auf es – und nun ist es da, aber ich will von ihm nichts mehr wissen.

Während ich am Glas nippte und Bierschaum an den Lippen

bitzeln fühlte, sah ich Urbano reinkommen und lächelnd, überrascht gestikulierend, auf mich zugehen. Daß man dich wiedersieht!

Wer nicht stirbt, den sieht man wieder.

Er umarmte mich, trat einen oder zwei Schritte zurück, um mich zu betrachten und zu bewundern, setzte eine joviale Miene auf und fragte los.

Ich setzte ihm einige banale Aussagen über mein Leben vor, garnierte sie mit einem Hauch von Bedeutsamkeit, betrachtete Urbano, wie massig er geworden war, wie rund sein Gesicht, wie klein die Augen darin wirkten, wie die Haut von den Ausdruckswellen seiner Persönlichkeit bebte. In dieser Sekunde sah ich ihn winterfellgekleidet unter heißer Sonne, ein Kleiderpaket ohne Körper, bemerkte einen Muskel auf seinem Gesicht, der zuckte und verkündete, daß die Ohren nur das eine hören wollten, erkannte die seit vierundzwanzig Jahren begrabene Erinnerung, daß dieses gerundete Gesicht sich nur von der Darstellung des guten Humors speiste, der gespielten Lebensfreude, und hielt plötzlich inne.

Nun sprach er, erzählte, wie er seinen Land-Rover gerade eben gewaschen, die Zaunlatten seines Hauses neu lackiert, seinen Kindern Ausgangserlaubnis erteilt hatte. Bei seinen Worten fühlte ich eine blande Nostalgie aufkommen, sich in meinen Gefühlsklüften einnisten, spürte mit der Nostalgie die akute Freude, nicht diesem Lebenszyklus in San Martino anzugehören: diesem Alltag, der auf der Unterdrückung der Einsamkeit um jeden Preis, mit allen Mitteln fußte, mit den kleinen Dingen, mit der regelmäßigen Arbeit, mit den Hobbies, mit dem normalen Zyklus, körperlich wachsen zu müssen, zu heiraten, Kinder zu bekommen, sich in einer Wohnung oder in einem Haus niederzulassen, sie oder es einzurichten, wie es sich gehörte, den Lebenssinn an die Zeichen der Gegenwart anzupassen, mit einem Video, mit dem Personalcomputer, mit der Aufrüstung für die Ferien in einem fremden Ort. Nun sah ich, wie getrübt Urbanos Augen hinter ihrem Glanz doch waren, wie hinter der Bräune des letzten Urlaubs Blässe durchschimmerte, wie die Lippen die Form des herben Spottes annahmen, der abgewürgten Zweifel, des wütenden Bejahens einer Alltäglichkeit, derer die Haut allmählich überdrüssig wurde. Ich war einzig in meiner Nostalgie heimisch, in der Einsamkeit, und das erfüllte mich mit Freude, mit Gelassenheit, mit Hingabe an das unvermeidliche Leben und an den Tod. In diesem Augenblick entdeckte ich, daß meine akuteste Freude nicht darin bestand, Lebensknoten durch mein analytisches Denken zu entwirren, die Finsternis zu entschleiern, die Welt durch Gewißheiten zu reduzieren, sondern vielmehr darin, sie in mein analytisches Denken zu verstricken.

Mitten in meine Freude platzte Franco Biondi herein; er warf uns einen Blick zu, steuerte unsicher, ohne Hast, zum anderen Ende der Theke, um, dort angelangt, doch noch auf uns zuzutreten. Die Lider senkend, streckte er die Hand aus, bestellte eine Grappa und schmunzelte mir vielsagend zu.

Noch ein Verschollener unter uns, rief Urbano, klapste mir und dem Schriftsteller auf den Rücken und traf Anstalten, die nun zu konsumierenden Getränke auf seine Rechnung setzen zu lassen, worauf Biondi es sich nicht verkniff, ironisch zu bemerken: Du willst also beweisen, daß wir hier nur noch Gäste sind, nicht wahr? Und wandte sich mir zu: Sollen wir nicht doch die Gastgeber spielen? Ich schwieg.

Und wartete ab.

Es war ein kurzes Warten. Rascel, der seit einer Weile am Eingang der Casa stand, entdeckte uns und rief: Oh, Dario und Franco, seid ihr Gespenster?

Mit den Augen voller Fragen sagte er: Tipptopp siehst du aus, wie ein frischer Spargel, wirklich. Seine Lippen wirkten schwulstiger als einst im älter gewordenen, müden Gesicht. Ich streichelte ihm die Halbglatze und kommentierte: Du bist weiß geworden. Du bist der alte Dario geblieben, erwiderte er, die Augen voll ungeduldiger Fragen. Bist du noch Friseur? Hast du dich in Deutschland ins Glück eingeschifft?

Der Kreis um uns vier verdichtete sich mehr und mehr. Mit vielen jungen Leuten, die ich nicht kannte. Ich war doch erleichtert, daß San Martino sich immer mehr mit Menschen füllte, die, später hier geboren, von meiner Existenz überhaupt nicht wußten und mich nicht ansprechen konnten.

Ich antwortete nicht. Ich war weder verändert noch entstellt, sondern verschlossen, kurz: fremd. Und dachte, daß meine Anwesenheit sie dazu veranlaßte, sich mit mir und meinem Leben zu vergleichen, sich zu fragen, ob ihre alte Unentschiedenheit, ihre Neigung zu Kompromissen sich gelohnt hatten.

Ihr habt's gut, seufzte Rascel. Ich bin total in Schutt und Asche. Was mir übrig geblieben ist, ist das Dach meiner Eltern über diesem verbohrten Kopf. Mit genießender Stimme, als sei es die Geschichte eines Freundes, erzählte er seinen Lebensweg: Er war geschieden, die Frau und die zwei Kinder lebten in Rom; seine Percussionistenlaufbahn war kläglich gescheitert, als die Sounds neue Akzente bekamen: Fünfzehn Jahre – wußte Dario nichts davon? – war er auf Tournee, bis Frau und Aufträge ihn verließen; und nun trommelte die Fabrik auf sein Leben ein. Und er schloß seine Erzählung mit einem Lächeln: Ein Melodrama, wie in einer Telenovela, sage ich dir – ich bin in Schutt und Asche, aber ich hab wenigstens ein Zuhause.

Ja, ein Zuhause, echote ich, und der Schriftsteller ergänzte: Lieber Schutt unter einer Decke als bloße Wunden unter der prallen Sonne.

Ich sag dir, überging Rascel die Aussage, lieber mit leeren Taschen als mit ausgelutschten Knochen, meint ihr nicht? Und prompt erzählte er weitere Episoden seines Lebens. Ihr hättet sehen sollen, wie ich mich aus der kaputten Ehe und Musikerlaufbahn habe retten wollen: Dieser Percussionsbesessene von Rascel hat, um seinen Depressionen zu entgehen, eine Disko aufgemacht, jawohl, eine Pracht für junge Leute! Der Rascel war plötzlich wie ein King in Frankreich, aber am Schluß entdeckte dieser King, daß er nur ein Kingkong in San Martino war. Es handelte sich um ein Loch da oben Richtung Monte Maggiore, weiß Dario Germania noch? Dort war früher eine Holzhütte, zu der wir hochgeradelt sind, um in dem Faulholzmief zu onanieren, konnte sich Dario Germania nicht erinnern? Weißt du noch, was du da gesagt hast? Ich verneinte, und er zitierte mich (ich fand es gar nicht gut, in Gegenwart des Schriftstellers).

Rascel fuhr fort: Anstelle der Hütte wurde dort ein Betonklotz hingeklatscht, und dort hatte der Kingkong Rascel sein Regnum errichtet. Seitdem der Tamburine Man dort regierte, war das Ding total überlaufen, aber eins hatte er nicht bedacht: Nämlich, daß die Diskos der Umgebung leergefegt wurden; darum haben die Neider Tamtam geschlagen, bis die Carabinieri mit dem Schließungsbefehl hochgekrochen kamen. Sie sagten nur: Weil der Joint in den Augen der Jugend klebte! Aber heutzutage raucht doch jeder Pimpf so ein Zeug, auch bei euch in Germania, oder? Jedenfalls wird hier auch bei den Kommunisten geraucht, bei ihrer Festa dell'Unità, bei den Christdemokraten, auf ihrer Festa dell'Amicizia, in jeder Disko, und das war der Grund: Wie beim Feuerwasser, wie bei Zigaretten, wie bei Briefmarken gibt es ein Monopol, also auch beim Joint! Und weh dem, der dieses Monopol aufbrechen will! Versteht Dario Germania die Sache? Auf jeden Fall, sie haben mir fünfzehn Tage Zelle aufgebrummt, und ich sag euch: Lieber fünfzig Jahre Deutschland als fünfzehn Tage Zelle, meint ihr nicht? Und ich will eine noch schönere Story, die mir passiert ist, erzählen, damit ihr auf den Geschmack kommt, was es heißt, in Italien zu leben –

Rascel wurde von einer Stimme hinter mir unterbrochen, er möge endlich den Schnabel zuklappen und uns Fremde von Deutschland erzählen lassen. Ja, fügte eine weitere Stimme hinzu, was für ein Glück habt ihr dort geerntet?

Ich denke, gab ich zur Antwort, nur Bilder kann man in einen Rahmen einzwängen. Den Rest dachte ich hinzu: Es heißt: Jemand verläßt seinen Herkunftsort, um sein Glück zu machen; vielleicht kommt dieser Jemand steinreich zurück, aber es gibt kein Glückmachen in der Welt – Glück ist.

Laß uns gehen, sagte Franco Biondi, und Urbano bekräftigte dies mit einem Vorschlag: Gehen wir Pizza essen.

Ich staunte, denn Urbano und Rascel waren meine Freunde, wenn auch ehemalige, und Biondi hatte mit ihnen kaum zu tun gehabt; warum suchte er Anschluß? Trotz des Staunens war ich außerordentlich ruhig, wartete auf meinen Augenblick.

Zu Vanni Eis essen, schlug Rascel bereits vor: Er hat eine Eisdiele und befleißigt sich als Mischstab.

Wir fuhren mit Urbanos Land-Rover los. Auf dem Weg besann sich Urbano mit mehreren »Erinnert euch« auf die alte Zeit, als wir als kleine Bande ohne Geld und Ziel in der Gegend herumirrten, und Rascel seufzte mir einige Anekdoten ins Ohr, zitierte mich fortwährend und beschrieb mein Verhalten. Ich schwieg und dachte: Sie erinnerten sich an Sätze, die ich gesagt hatte, an Ereignisse, in die ich verwickelt war, an Geschichten, die ich vergessen hatte. Meine Vergangenheit hier war nicht mehr meine, sie war ihre geworden.

An den Tischen saßen nur zwei Männer; der eine las Zeitung, der andere spielte mit den Karten einen Solitario. Ein Kind mit einem Tablett voller Eisbecher in der Hand steckte gerade das Restgeld in die Hosentasche, Vanni, auf den Beinen tändelnd, stand vor der Eismischmaschine, mit dem Rücken zum Saal gewandt. Er hatte kräftig zugenommen; sein dicker Hals wölbte sich aus dem Kragen. Ei, Giftmischer! rief Rascel, und er wandte sich, die schiefe Haltung beibehaltend, um. Du Fahnenflüchtling! schrie er mir entgegen, einen Stock auf die Ablage fallen lassend.

Vanni und ich zögerten, ob wir uns umarmen oder nur die Hand schütteln sollten; wir taten konfuserweise beides. Hast du dich in Deutschland gemacht? fragte er unvermittelt. Ich meine, hast du dort eine Position? Siehst du doch, erwiderte ich. Ich stehe, ich laufe. Und wies auf Biondi: Frag ihn. Sie ging mir doch auf den Wecker, diese Besessenheit, unbedingt etwas Sichtbares zu erreichen, diese Aufstiegsneurose, die San Martino und meine ehemaligen Freunde aufgesogen hatte.

Urbano drängte drauf, Vanni möge die Bude dichtmachen und das Ereignis feiern. Vanni schielte zur Wanduhr und lächelte verlegen. Was willst du mit dem vielen Geld, setzte Rascel nach, es platzt dir schon aus allen Nähten – drei Häuser hast du schon, zwei Läden, deine Gruft füllt sich schon jetzt mit Geld auf. Drei Geschäfte, berichtigte er, gab dann dem Jungen hinter der Theke den Auftrag, uns ein Eis zu bringen und den Laden zu schließen, entledigte sich der Schürze, beschrieb den dritten Laden, vierhundert Quadratmeter Fläche im Touristenort Punta di Ferro, und fragte: Wohin?

Die Pizzeria war gerammelt voll; wir fanden einen Platz nur dank Vannis Beziehungen zum Besitzer; er war es auch, der uns persönlich bediente. Wir aßen und tranken, das Lokal leerte sich allmählich, und der Besitzer hockte sich zu uns. Und während die Einheimischen miteinander klönten, hielt ich mich damit zurück, Biondi mit den Kapiteln zu konfrontieren, Pirandellos Buch ins Spiel zu bringen, seine geheimen Spiele aufzudecken, und kam nur über Umwege ins Gespräch.

Was ist mit deinem Vater?

Er ist tot.

War er dein richtiger Vater?

Ich denke schon.

Hat deine Mutter irgendwelche Verhältnisse mit –

Das geht mich nichts an.

Na, gut. Kennst du Mario Biondi?

Er schwieg.

Ist er mit dir verwandt?

Er verharrte weiter im Schweigen.

Er ist auch Schriftsteller – du mußt ihn kennen.

Mario Biondi, der Schriftsteller, wir kennen uns nicht.

Ihr kennt euch.

Er schreibt aus anderen Gründen Bücher.

Und aus welchem Grund schreibst du?

Er dachte lange nach. Um das Licht in mir auszulöschen.

Das hätte ebenso der Grund sein können, warum ich nach dem Traum der Bonsais, die sich küßten, nach San Martino gekommen bin, schlußfolgerte ich, dachte, daß Schreiben für mich hier etwas Ungezähmtes, etwas Wildes, etwas Ausbrechendes bedeutete, erinnerte mich an Moro, der in seinen Ausbrüchen erstickt war, vermutete, daß er auf mich jetzt stolz sein müßte, und wiederholte: Um das Licht in mir auszulöschen?

Ja. Ich brauche Finsternis im Licht. Sie gibt mir Atem.

Schreibst du jetzt darüber?

Ja. Über eine Familie aus San Martino.

Meine? wollte ich fragen und den Titel seines Romans nennen, Im Labyrinth der Herkunft, sah ihm aber in die Augen, und erschauderte. Seine Blicke penetrierten mich. Kurz loderte der Haß auf, keilte sich in die Nervenbahnen ein, elektrisierte sie. Mein Denken erlahmte, und meine Wahrnehmung glitt auf seine Stimme ab. Mich ärgerte sein bestimmter, knapper Ton, ich vernahm darin eine subtile Regung von Feindseligkeit. Aber ich vermied, diesen Unterton zu werten.

Vielleicht werde ich das Buch nie zu Ende schreiben, fügte er auf einmal hinzu. Ich sah ihn lächeln und spürte, daß sein Lächeln meines widerspiegelte. Aber er ahnte nicht, was ich mit ihm vorhatte. So blickte ich an ihm vorbei und sagte bestimmt: Du schreibst über das Labyrinth der Herkunft. Ja, hörte ich ihn säuseln. Das ist mein Thema. Dein Thema? brüllte ich daraufhin, das Wort »dein« betonend. Er blieb sibyllinisch.

Wir schwiegen. Er trank und fixierte mit den halb geschlossenen, von mir gehaßten Augen sein Glas. Rascel sprudelte Sätze ohne Ende heraus, kreischend und selbstverächtlich, voller Abscheu vor dem eigenen Leben, Urbano sprach verhalten, lachend, gestikulierend, und ich hörte nur auf den Klang der Stimmen, den Lärm, ich lauschte dem Warten.

Die Herkunft läßt sich nicht, unterbrach Biondi mein Lauschen, in ein Buch zwängen. Ich sah auf, spürte seine Augen in mich eindringen, gewaltsam und rauh, und fühlte einen leibhaftigen Schmerz in den Eingeweiden. Ich weiß, daß auch du schreibst, fuhr er fort, seitdem du die Papierschnitzel an der Mülltonne aufgelesen hast.

Und? hörte ich meine Stimme sagen. Mein Kopf registrierte, daß meine Augen die seinen nicht mehr ansahen und der Schmerz nachließ, empfing die Bestätigung, daß mein Instinkt mich nicht getrogen hatte, sortierte aus meinem Gedächtnis die unerledigte Frage aus, wie »Der Riß der Augen« in mein Manuskript geraten war, wie er die anderen Kapitel, sogar besser als ich, verfassen konnte (als würde er meine Geschichte bis ins Vertrauteste kennen), und sendete dem Gefühl die Botschaft: Er darf nicht nach Frankfurt zurück, er nicht.

Er lachte sarkastisch auf. Wenn du schreibst, solltest du wissen: Das wird lediglich eine Reihe von Entwürfen bleiben, eitle, irrgläubige Entwürfe, die du für das große Buch deiner Versöhnung hältst. Nur der Tod kann dir eine Versöhnung geben.

Ich werde dich umbringen, sagte ich kaltblütig. Gleichzeitig spürte ich mich in ein Verlangen verstrickt: In der Vernichtung Biondis ich selber zu sein.

Er griente. Ich bin sicher, daß ich sterben werde, sagte er dann. Und fügte hinzu: Es ist egal, wie.

Du lügst.

Ja.

Ich hasse deine Stimme, erwiderte ich, ich hasse deinen Blick, darum muß ich dich umbringen.

Du lügst auch.

Ich sehe nur deine Augen, Franco Biondi, sie haben Vorahnungen.

Schuldgefühle im Korsett

Die Strecke an der Meeresküste entlang war kaum befahren; während Ivar von den Aufträgen, von den schwierig gewordenen Kunden erzählte und den Fuß vom Gaspedal nahm, tröstete ich mich damit, daß ich den Schriftsteller gewarnt hatte. Mit dem Gewicht meiner Ohnmacht würde ich dem Kerl auflauern, gewaltsam in seinen Geist einbrechen und ihn niederknallen. Das wird kinderleicht sein, enttäuschend kinderleicht; wie einst, als ich meinen Bruder in Padova mit dem Kinderwagen, wie einen Eimer Wasser, die Böschung hinabschüttete; nur wird es dieses Mal eine Schlucht sein, die Gruft des toten Biondi.

Der Regen strömte ununterbrochen, wie stählerne Drähte schräg vom Himmel zur Erde gespannt. Die Scheibenwischer schafften es nicht, die Rutenschläge des Regens von der Windschutzscheibe wegzubefördern. Als die Sichtweite auf Null zusammenschrumpfte, stoppte Ivar den Lastwagen am Straßenrand. An meiner Seite erschien das Brachfeld als eine breiige Sumpfmasse, zur anderen Seite hin keilte sich das aufgewirbelte Meer in die klumpigen Wolken ein. Umwogtem, flüssigem Teer glichen die schwarzen Wellen.

Das Geräusch des gegen die Plane des Lastwagens peitschenden Regens klang wie Trommelstäbe auf dumpfem Trommelfell. Ivar räumte jetzt doch ein, daß die Frage der Religion Streit zwischen ihm und Moro gebracht hatte, aber nicht in den letzten Monaten. Da war schon alles ausgestanden, meinte er. Moro hatte es geschluckt, obwohl es ihm schwer gefallen war. Das einzige, was er nicht verdauen konnte, war, daß die Missionare ab und an in dem Laden vorbeikamen. Einmal hatte er ihnen sogar den Hammer nachgeworfen.

Wirklich?

Ja. Am Schluß gab es zwischen uns keine Auseinandersetzung mehr, unterstrich er nochmals. Wir hatten uns versöhnt.

Ja? Wenn das Gedächtnis sich nicht täuscht, hatten sich vor seinem Tod die Auseinandersetzungen eher verschärft. Sicherlich hast du es verdrängt.

Ich sah die starre Gelassenheit auf seinen Gesichtsfalten, sah den Vorhang auf den müden Pupillen, und in mir türmten sich die Erinnerungswogen zu einer konturscharfen Gestalt. Nach Moros Tod hatte Ivar dem Laden einen neuen Anstrich geben wollen und war von alten auf neue Möbel umgesattelt, dabei blieben die Kunden mehr und mehr weg. Sein Anfangselan war schnell verpufft, seine großen Umgestaltungspläne geschwunden; die Weiterführung des Restauratorengeschäftes war zu einer nicht eingestandenen Verpflichtung einem Toten gegenüber verkommen. Nach der Rückkehr vom Militärdienst hatte er die akademische Laufbahn nehmen wollen. Noch schwankend, ob er Mediävistik studieren sollte oder Jura, hatte er beim Ultimatum Moros: Entweder die Arbeit bei mir oder du ziehst aus, angestrengt zugestimmt. In der Auseinandersetzung hatte Moro behauptet: Arbeiter gehören zu den Arbeitern, du brauchst also nur eine ordentliche Lehre und keine Universität. Auch zu mir, der in Deutschland Angestellter geworden war und weitere Ambitionen hegte, hatte Moro gesagt: Du verrätst die Arbeiterklasse! und gemeint: Du verrätst mich. Um Ivar für die Werkstatt doch noch zu gewinnen, hatte Moro einen verlockenden Vorschlag gemacht: Ivar sollte die Hälfte des Ladens aufkaufen. Das tat er, auf Kredit; aber dann starb Moro. Von Schuldgefühlen zerwühlt, begann Ivar, obwohl er in der Mormonenkirche getauft und steil zum Pastor der Kirchengemeinde aufgestiegen war, zum ersten Mal in seinem Leben die Bar zu besuchen, in deren stickiger Luft zu brüllen, Karten zu spielen, Wein in Mengen zu trinken, zu rauchen; er mimte mit polterndem Gehabe Moro und klang unecht. Wegen dieses Lebenswandels wurde er von der Mormonenkirche als Pastor abgesetzt und exkommuniziert. Seltener besuchte er jetzt die Bar, dafür frequentierte er Anarcho-Gruppen, in denen die Aktionen der Brigate Rosse diskutiert wurden, stand an den Kriegsgedenktagen vermummt vor dem militärischen Aufmarsch, skandierte ihnen Antikriegsparolen entgegen, rauchte Marihuana, gefiel sich in der Pose des Anarchisten, ließ auf seinem Gesicht einen ungepflegten Vollbart wuchern, trug den grauen Mantel des Passatores, des Räuberhelden der Gegend aus dem letzten Siècle, gefiel sich als Frauenheld, ging fremd. Von der Geliebten heimkehrend, von Verzweiflung geplagt, lockte er die Ehefrau ins Bett und versuchte bei ihr, sich zu exkulpieren. Er spürte, wie dieses Leben ihn tagtäglich verriet. Der Schmerz, den er sich zufügte, rötete ihm die Augen, nagte am verwelkenden Fleisch. Langsam näherte er sich wieder den Mormonen, legte dort ein Reuebekenntnis ab und wurde wieder aufgenommen. Seitdem betete er jeden Tag, ging Sonntag für Sonntag zum Gottesdienst, bemühte sich, seinen kurzlebigen Lebenwandel zu vergessen, arbeitete von frühmorgens bis spät in die Nacht, verdingte sich nach der Arbeit bei Verwandten, um Reparaturen im Haus vorzunehmen, Rolläden, Türen, Schränke instandzusetzen, opferte sich auf für die Familie mit einer Hingabe, die unbegreiflich war, zumal er, aufgrund seiner Religiosität, zum schwarzen Schaf geworden war.

Der Lastwagen stand regungslos am Straßenrand, der sich allmählich in Sumpf verwandelte. Der dunstige Himmel war erfüllt vom Brausen der in dichten Schnüren herabfallenden Regenfluten. Ivar erzählte weiter, daß Moro ihm einfach alles verboten hatte, bis auf die Comic-Hefte: Wenn ich ihn ohnehin verriete, dann richtig: Ich sollte nur tüchtig lernen. Er verbot mir, bei den Boy-scouts mitzumachen. Er verbot mir, mich mit Waffen zu beschäftigen, obwohl er welche in der Kiste im Keller versteckt hielt.

Meinst du, er hat dich geliebt? Ivar starrte wie gebannt zur Decke des Lastwagens und dachte lange nach. In diesem Schweigen hämmerte der Regen wie ein Steinhagel auf den Wagen und drohte, ihn unter sich zu begraben. Auf seine Art schon, sagte er. Er war sehr distanziert, wie Mutter. Damals wußte ich nur, daß er mich nicht liebte, ja, daß ich ihm nichts bedeutete. Er war immer weg, und wenn er zu Hause war, sank er müde auf den Stuhl und schlief ein. Es war mir so, als existierte er nicht. Nur in meiner Phantasie war er anwesend. Wieder dachte er lange nach und rang mit den Worten. Die Ereignisse, die seiner Krise vorausgegangen waren, hatte er verdrängt: Sein Versuch, ehrlich und offen zu sein, Moros tiefes Mißtrauen, die Krawalle zwischen Faschisten und Marxisten-Leninisten, an denen er beteiligt gewesen sein sollte; vielleicht war es dann ein Stück Rache gewesen, sich der kirchlichen Jugendgruppe des Pfarrhauses anzuschließen, und später dann den Mormonen.

Die Wellen tosten ohrenbetäubend gegen den Küstenwall und überschäumten ihn. Lastwagenhohe Wellen ergossen sich auf die Straße. Unter dem Aufprall erzitterte der Lastwagen, als würde er von der Gischt bald weggespült werden. Erschrocken war ich zusammengefahren. Wenn wir hier weiter stehen, werden wir in den Abgrund gerissen, rief ich. Jetzt nicht, erwiderte Ivar gelassen. Wind und Sturm sind noch kein Grund zur Angst. Gott steht uns bei. Der Grund zur Angst steckt in uns.

Dann fuhr er fort: Aber heute weiß ich: Er hat mich sicherlich geliebt, nur gezeigt hat er es nicht, es war nicht zu sehen. Von Mutter weiß ich es nicht so sicher. Ich glaube nicht, daß sie mich geliebt hat. Manchmal hat sie mich geschützt und vor Vater verteidigt. Oft hat sie ihm nichts von dem erzählt, was ich alles angestellt hatte, aber geliebt, nein.

Seine angeschwollenen Augen bewegten sich unstet, und während meine Blicke auf meiner Zigarette verharrten, schien er auf das Regengeräusch zu horchen, das im Rauschen des Meeres unterging. Jetzt war er mit seinen Gedanken weit fort. In seinem Leben hatte Ivar, von Moro als der Schreckliche bezeichnet, verzweifelt sein Gesicht gesucht. Er suchte sein Gesicht in ständigem Wechsel, mit Vollbart, mit Schnurrbart, mit Spitzbart, glattrasiert und kurzgeschoren, und er fand es nicht. Nun war sein mageres, knochiges Gesicht von gelblichen Bleichflecken übersät, waren seine Pupillen in der vergilbten Emaille des Augapfels abgestumpft. Vor rund dreizehn Jahren hatte er an mich in Deutschland geschrieben: Ohne es zu merken, werde ich getrieben, das zu tun, was andere wollen.

Fühlst du dich mitverantwortlich an seinem Tod?

Ivar verneinte heftig.

Weshalb tust du dann das alles? Du kannst es ruhig sagen. Daß er gerade während der Auseinandersetzungen mit dir weggestorben ist, liegt nicht in deiner Verantwortung. Aber du machst dich dafür verantwortlich.

Es war nicht während der Auseinandersetzungen!

Ich rede nicht von Wahrheit, ich rede von Wirklichkeit. Wirklich ist, daß der Streit unmittelbar vor seinem Tod ausgetragen wurde.

Tränen flossen über die knochigen, gelb gefleckten Backen. Er hatte den Streit aus seinem Gedächtnis wirklich gelöscht. Aber seit damals kreiste immer dieselbe Szene in Ivars Träumen. Er befand sich mit den Angehörigen auf einem Platz, der von Betonpfeilern eingefaßt war; sie trugen einen Sarg um den Platz herum und fanden keinen Ausgang, dabei rief Ivar ununterbrochen: Es muß doch einen Ausweg geben. Wenn die Leiche hier reingekommen ist, muß sie auch wieder raus. Ich finde keinen Ausgang. Es ist schlimmer als die chinesische Mauer. Die Totenbahre ist in mir. Und jedes Mal wachte er mit diesem Satz auf.

Plötzlich mußte ich mir Biondi als erlegt vorstellen, um seinen Tod zu proben; es wird ohne Großmut geschehen, ohne Jähzorn, ohne Haß, vielleicht mit einer gewissen Portion Zuneigung, gar Liebe. Und es wird geschehen.

Ein Blitz durchfuhr den Himmel und erhellte das Meer weit hinaus. Hinter dem Gewölbe der Wellen erlosch er im Schlund des krachenden Donners. Hinter den Hochhäusern der nahen Küstenstadt zuckte ein zweiter, wie ein Windlicht. Ja, es stimmt, flüsterte er mit einer Hauchstimme. Es fällt mir schwer, es zu sagen, aber ich fühle mich für seinen Tod verantwortlich. Diesem Zugeständnis folgten Tränen, heftiges Schluchzen, ein gesättigtes Schweigen, ein wahnsinniges Trommeln der freejazzigen Regenstäbe.

Weißt du was? Der Restauratorladen ist zum Sarg verdammt, solange du ihn so weiterführst, ihn als scheinbare Wiedergutmachung erträgst und er nicht wirklich dein eigener wird. Du bist gefangen zwischen Vaters Auftrag und deiner Kirche und begibst dich in Scheinalternativen. Vater behandelte seinen Körper als Vergnügungsviertel und Folterkammer zugleich. Wenn er in seinem Leben versagt hat, brauchst du nicht dasselbe zu tun. Aber du begräbst deinen Körper im Schoß der Kirche.

Meinst du? rief er, dann fügte er nach kurzer Überlegungspause hinzu: Du verstehst mich nicht. Die Kirche gibt mir die Möglichkeit der Reinwaschung. Wir Mormonen haben einen tiefen Glauben an die Familie. Zusammenhalt steht an oberster Stelle. Harmonie ist unser Lebenssinn.

Dazu brauchst du nicht unbedingt die Kirche oder die Religion. Der Spaziergang auf der Festa dell'Unità schoß aus der Erinnerung hervor: Ivar und ich spazierten in der sich vergnügenden Menge. Ivar sinnierte über den Tod, jede Nacht träumte er davon. Ich ahnte, daß ich nicht lange leben würde. Nachdem ich Moros Leichnahm ins Gesicht geschaut hatte, habe ich verfügt, daß kein Verwandter mich als Leiche sehen darf; ich wünsche mir auf der Grabmarmorplatte kein Foto und keine näheren Angaben über meine Person, nur meinen Vornamen: Ivar. Schon früh wußte ich, daß ich viele Kinder haben muß. Das fünfte Kind ist unterwegs. Ebensoviele möchte ich noch haben. Die Vorbedingung bei der Heirat war, viele Kinder zu kriegen. Das habe ich Graziella gesagt. Graziella war einverstanden. Bruna lehnt mich nicht nur wegen der Kirche ab, sondern auch wegen der vielen Kinder, sagt aber nichts. Ich weiß es. Sie sieht sogar in jeder Schwangerschaft ein böses Omen. Als Vater starb, war Giulio gerade seit zwei Wochen unterwegs. Als Graziella mit Grazia seit zwei Monaten schwanger war, starb Biagio Piverini. Auch der Geburt von Gianni war ein Tod vorausgegangen: Annunciata Ceccabelli. Es war Zufall. Denn beim vierten Kind ist niemand gestorben.

An einem Stand aßen wir dann eine Portion Strozzapreti und diskutierten über Gott und seine Adepten. Damals neigte Ivar zum Spiritismus, dessen Anhänger glauben, daß sich der absolute Geist unterschiedlich auf die Menschen verteilt und daß es mit ihrem körperlichen Ableben jeweils zu einer Wiedervereinigung mit dem großen Geist kommt. Der Mensch sollte alles tun, um Gott ebenbürtig zu werden, und deshalb viele Kinder in die Welt setzen.

Ich sprach über Atheismus, dachte an Moro, der an den leiblichen Gütern so hing, daß er auf dem Sterbebett ausgerufen hatte: Schade, ich kann den neuen Wein und die Kastanien von diesem Jahr nicht mehr kosten!, dachte, daß ich mit dem Mantel des

Atheismus die Stelle beim Caritasverband nicht antreten konnte, führte meinen bisherigen Glauben, den Atheismus, als funktional fürs neue Überleben auf und sagte, daß ich mich, inzwischen, auch in ihm nicht mehr zurecht finden könnte.

Ivar war überrascht: Atheismus als Glaubensrichtung? Naturwissenschaften und Technik als Glaube?

Schon. Auch ein verzweifelter Mensch glaubt; an die Verzweiflung.

Glaubst du wenigstens an dich selbst? unterbrach mich Ivar.

Manchmal, erwiderte ich; und ich dachte an die vielen Dario Binachis in mir, die diesen heißen Klumpen einherschoben, ohne daß einer von ihnen zugriff. Es ist nur eine Frage der Entscheidung. Du hättest dich ebensogut an die Zeugen Jehovas wenden können.

Ivar schaute mich verblüfft und ungläubig an und ließ die Portion Strozzapreti auf dem Teller erkalten. Meine Überzeugung ist der deinen diametral entgegengesetzt, es gibt nur eine Entscheidung in der Glaubensfrage.

Ich verstehe dich schon, fuhr ich gleich dazwischen. Um mich zu ertragen, fügte ich hinzu, brauche ich die Emigration. Und während ich das sagte, richteten sich die Dario Binachis in mir auf, verhöhnten sich gegenseitig, umarmten sich voller Freude.

Ivar nippte an seinem Limonadenglas und schwieg. Gewiß, rief er, du warst früher in Sachen Religion ziemlich engstirnig, sehr kategorisch gewesen, wie Vater.

Schon, gestand ich. Die Frage Religion oder Anarchie war in der Familie ein Thema gewesen, das mit starken Emotionen und ohne Verzeihen ausgetragen wurde, mit der Frage: Wer ist schuld? Meinst du, das ist an dir spurlos vorübergegangen?

Glaubst du?

Ja, ich glaube das. Und was die Schuld anbelangt: Wer trägt Schuld? Was heißt Schuld? Ein verwaschener Terminus, so alt wie die Menschheit, ein Terminus der Religionen, der Juristen, der Poeten, wie der Terminus Wahrheit.

Indem ich mir dieses Gespräch mit Ivar bei der Festa dell'Unità vergegenwärtigte, zündete ich mir eine neue Zigarette an, beschloß, den Begriff »Schuldgefühle« in »Schuld« und »gefühle«

zu teilen und diese wie eine Torte weiter zu zerteilen, in viele kleine Scheiben, in Krümel zu zerbröseln, in abhanden gekommene Boote auf weitem Meer, die ausgeschwärmt waren, um einen Kern zu suchen, einen Kern, der nicht zu finden war, es sei denn als Schatten, und auf einmal sah ich Biondi vor mir, der mir zurief: Wenn die Stille mir hilft, werde ich dich mit Überresten unerschöpflicher Neugier fragen: Wie kommst du dazu? Und ich werde mit meinem alten Begehren in Einklang stehen und ihm entgegnen: Denk an das Kapitel »Verräter gesucht«. Das hast einzig du geschrieben, und dort ist die Lösung zu finden.

Ein Blitz ergrellte die knüppeldicken Regendrähte wie durchsichtiges Kristall. Dann ließ ein schrecklicher Donner den Lastwagen erbeben. Das Brüllen des Meeres schmolz im Dröhnen des Donners ein, die Gischt brach sich an den Ufermauern und überspülte die Straße. Meine Hände rieben das Gesicht, und ich bemerkte, wie die stachligen Bartstoppeln feucht geworden waren. Ich hielt mit geschlossenen Lippen die Zigarette gegen die Zähne gepreßt und genoß die Verunsicherung des Bruders. Gleich stellte ich mir die Frage, ob meine Selbstzweifel das religionsgepanzerte Korsett des Bruders zu erschüttern versuchten, ob ich, ähnlich wie Moro, ihn bekehren wollte, nur subtiler, und wenn ja, ob ich das nötig hatte und weshalb.

Und ich vermutete, daß alle meine Handlungen, all das, was ich zustande brachte, nicht das Ergebnis des Willens, sondern einer Willensschwäche war. Das Leben war ein Vorhaben, das mir Angst machte und angesichts dessen ich mich von Anfang an gescheitert fühlte. Die Flucht in die Fremde war meine in Feigheit verkleidete Unversöhnlichkeit. Die Fremde, ja, das hätte bedeuten können, sich zu verlieren; aber alle Binachis verloren sich, denn das posengerechte Leben war Verlust. Das Leben war Selbstverachtung geworden, und sie genossen sie, ich inbegriffen.

Jetzt nahm ich mir die Zerteilung des Wortes »Schuldgefühle« mit Varianten vor, trennte jetzt »gefühle« in »ge« und »fühle«, fühlte die Frage meines Vaters: Was ist, wenn ich fühle?, stellte fest, daß ich – trotz San Martino, trotz Verwandtschaft – auf deutsch dachte, mich innerlich verbalisierte; nein: Ich fühlte, daß ich auf deutsch dachte, also verbalisierte.

Und ich werde neben dem soeben verstorbenen Schriftsteller sitzen und murmeln: Das war's.

Giulio ist vor sechs Wochen zwölf geworden, sagte Ivar leise.

Das weiß ich.

Wir haben beschlossen, ihn zu taufen, gerade jetzt, wo du in Italien bist. Willst du an der Zeremonie teilnehmen?

Ach so. Ich sah, wie Ivar aufmerksam meine Reaktion beluchste. Natürlich. Mich interessiert, wie ihr es macht.

Freut mich. Aber warum machst du so ein Gesicht?

Ich bin überrascht. Mir war der Schrecken in die Glieder gefahren. Ich spürte ihn wie eine Zange, die sich um den Kopf legt. Du bist auch unversöhnlich.

Wieso?

Du taufst die Kinder alle?

Ja. Ich habe Giulio erst gefragt, ob er es will. Doch, er will getauft werden.

Er ist noch ein Kind.

Kommst du jetzt mit deinen Theorien der Verantwortlichkeit?

Aber nein.

Jetzt waren wir verstummt. Laut trommelten die Wasserknüppel auf die Plane. Das Meer war bis in seine Tiefen erschüttert. Alles darin mischte sich neu. Aber teerfarbenen Bergen gleich schienen die schaumgekrönten Wellen am vermeintlichen Horizont zu stehen.

Die Taufe der Unversöhnlichkeit

Wanderer dieser Zeilen! Aus fremden Gedächtnissen ausgebrochen, neigt nun der Erinnerungsfluß, nach vielen Schleifen, toten Armen und Labyrinthstrecken, allmählich der Mündung zu. Er neigt dem Ende seines Laufes zu, wenngleich viele Nebenarme unbesehen, viele Inseln unerforscht geblieben sind, das Ende kein Ende, nur der Beginn eines neuen Labyrinths ist. In diesem Labyrinth steht der Gedanke an die Taufe mir im Wege. Mit dem Bleistift fahre ich einerher, streiche Sätze, die ein Leser nie lesen wird, füge neue hinzu, auf der Suche nach Wörtern, die beschreiben, wie ein Fluß aus der Perpetuierung herauskommen könnte, wie die unzähligen Dario Binachis die Kristallwände zwischen ihnen abreißen, sich treffen, sich umarmen, in feierlicher Freude ihren Tod annehmen und mir endlich geben, was mir gehört: einen einzigen Dario Binachi. Eben tauchen sie doch in ein Becken ein – ist es ein See, in dem sich das Gedächtnis erneuert und das alte bleibt? Da ist ein Zeigefinger, der das Wasser ellipsenförmig umrührt. Die winzigen Wellen im Strudel sind perlitfarbene Zwerge im Loch der Existenz. Ich erkenne nur die Dario Binachis im Strudel, wie sie umhergeschleudert werden, wie ihr Verlangen nach Metamorphose ersäuft, wie ihre Gesichter die Falten der toten Begeisterung annehmen, wie sie der Taufe entgegenlechzen, damit sie als neugeborene Dario Binachis alle Varianten der Unversöhnlichkeit ausleben können – und jetzt sehe ich mich, ganz fern, weit von mir:

Im Treppenhaus tadelte Maria Daniele, weil er auf den Arm genommen werden wollte und stur mitten auf einer Stufe stehen blieb. Als Daniele Dario sah, lächelte er wie ertappt, stieg eine weitere Stufe hoch, streckte aber sofort die Arme der Mutter entgegen. Nun war es Maria, die sich für den Weg des geringsten

Widerstandes entschied und ihn zu sich hoch nahm; er lachte siegreich, sich an ihrem Hals einhakend. Daniele ist furchtbar hartnäkkig, rief Maria verärgert und küßte ihn auf die Wange. Er lehnte den Kopf auf Marias Schulter, und sie küßte ihn weiter. Das fahle Licht des Treppenhauses kräuselte sich um die Gestalten, die die Treppe hinaufstiegen.

Im Zeichen der verlegenen Kontaktsuche klopfte sie mit ihrer zierlichen Hand gegen seine Brust. Aus ihrer kleinen Statur sah sie hinauf, voller Erwartung; er schwieg, sah sie an, maß die Alterskluft, die zwischen ihnen lag, studierte das mädchenhafte Gesicht, das ihr den Ausdruck einer Sechzehn-, Siebzehnjährigen verlieh, dachte, daß sie fast seine Tochter sein könnte, und ließ unbedeutende Phrasen los, nur um etwas zu sagen.

Aber sie fragte: Hast du noch Zeit?

Nicht mehr viel.

Deutschland, Deutschland, rief sie seufzend. Ja. Du hast es gut. Du bist weit von allem.

Du denkst so, aber auch auf dem Nordpol wäret ihr gegenwärtig. Er holte tief Luft, sie blickte ihn ungläubig an.

Als er vom Keller zurückkehrte, spielte Daniele im Wohnzimmer; Maria stand an den Türrahmen gelehnt und erklärte Bruna, daß die Erzieherinnen vom städtischen Kindergarten dieser roten Stadt die Nase gerümpft hätten, als sie erfuhren, daß Daniele nicht getauft worden war. Auch Giordanos Mutter und alle seine Tanten aus Sizilien waren deswegen entsetzt, dennoch hatte sich Maria in dieser Frage eindeutig durchgesetzt. Nun überlegte sie doch, ihn taufen zu lassen, damit Giordano endlich Ruhe gab. Sie hatte schon beim Priester vorgesprochen, ob er eine Ausnahme machen könne, da Maria und Giordano nicht kirchlich getraut worden waren. Der Priester bestätigte, ohne Überraschung, mit Milde: Natürlich geht es. Und er fügte zungenfertig hinzu: Auch die kirchliche Trauung können Sie nachholen. Nein, danke, hielt sie geistesgegenwärtig entgegen, schon die eine war zuviel.

Und wann hast du den Termin im Krankenhaus? fragte Bruna. Im März, erwiderte Maria.

Im Krankenhaus? mischte sich Dario ein.

Beide Frauen warfen Dario einen hastigen Blick zu, wichen aus: Fertig mit Zusammenpacken?

Wer muß denn ins Krankenhaus? beharrte Dario.

Daniele… säuselte Maria widerwillig, und Bruna gab Auskunft: Daniele muß an seinem Pimmelchen operiert werden…

Warum denn? rief schrill Dario. Warum muß?

Tja, warum, echote Maria, lächelte verlegen, griff zu einer Plastiktüte im Flur, wandte sich um, sagte: Ich muß leider weg. Als wollte sie sich entschuldigen, erwähnte sie, daß Giordano im Auto auf sie wartete: Wenn ich nicht gleich ins Geschäft fahre, meint er, ich verplaudere mich, um ihn zu quälen. Du weißt ja… Sodann wandte sie sich Bruna zu: Ich hol Daniele heute abend ab, und entschwand.

Während Daniele sein Spielzeug kreischend umherkullern ließ, griff Bruna sich genervt an den Kopf und lenkte ihren Unmut auf Ivars Kinder ab. Die brauchen nur noch zu kommen, und ich bin krankenhausreif. Im Nu war sie wieder bei ihrem Lieblingsthema: Ivars Mormonentätigkeit, und klagte lange darüber.

Dario schwieg, blickte weg, holte rasselnd Luft; sie überprüfte seine Gesichtszüge, schob die Spielzeugkiste ins Wohnzimmer. Er faßte zusammen, was Bruna nicht ahnte: Der Laden driftete seit geraumer Zeit dem Ruin entgegen. Sie durfte zunächst nichts davon erfahren, daß der Tag der Taufe vom Schreiben der Kreditgesellschaft überschattet gewesen war, das den Bankrott praktisch voranküdigte. Es war nicht so sehr das Schwinden der Kunden, das Ivar in den Ruin trieb, als vielmehr das blinde Vertrauen auf einen guten Kunden, der ihn seit Jahren mit kleinen Aufträgen beschäftigte. Dieser gute Kunde hatte ihm kürzlich einen großen Auftrag gegeben; dann tauchte er einige Tage später auf und erklärte, daß er den Auftrag nur aufrechterhalten könne, wenn die Kreditgesellschaft ihm einen Kredit gewährte. Er fragte, ob Ivar für ihn bürgen würde. Das tat er. Kaum hatte der Kunde das Geld von der Bank einkassiert, hatte er seinen eigenen Firmenbankrott erklärt. Nun hatten sich die Kreditgesellschaften an Ivar mit ihren Forderungen gewandt. Der Wert der ganzen Werkstatt mit den Maschinen und dem kleinen Möbellager reichte nicht aus, die verbürgte Schuld zu bezahlen.

Sie kam von der Küche, wo sie ein Stück Brot in den Mund geschoben hatte, und fuhr kauend in ihrem Lamento über ihren jüngeren Sohn fort. Plötzlich überquoll ihn Widerwille, ihr all das abzunehmen. Warum machst du ein Drama daraus? fuhr er dazwischen. Du hast, seit ich denken kann, ständig etwas an ihm auszusetzen, warum? Sie überging die Frage, ein Quantum an Verblüffung unter den Augenpartien eingestreut, und begann, Darios Einstellung, oder das, was sie dafür hielt, zu vertreten. Gewiß, stimmte sie ein, Ivar und Graziella sind erwachsen genug. Sie müssen ja wissen, was sie tun. Weißt du... Aber mit ihrer Religion, die Kinder...

Sie kannte Darios antiklerikale, atheistische Haltung von früher und dachte, daß er ihr auf dieser Ebene beipflichten würde. Aber Dario wollte nicht auf Brunas Versuche eingehen, sich gegen die religiösen Praktiken des Bruders einspannen zu lassen; bereits damals war er derjenige in der Familie gewesen, der entschieden gegen Moro und für Ivars Religiosität eintrat (damals zwar ohne innere Überzeugung, vom spontanen Solidaritätsgefühl her, hatte Bruna das vergessen?). Wiewohl spürte Dario, daß seine Wahrnehmung von vielen schwarzen Flecken übersät war; er brauchte Erklärungen. Weshalb hatte sich Ivar mehr vom Chaos treiben lassen als er? Weshalb diese Wende vom Juden verachtenden, esoterikberauschten Julius Evola zur Kirche Jesu Christi der Heiligen der Letzten Tage, von der Sympathie für die Faschisten zur aktiven Teilnahme bei den Anarchogruppen der Stadt? Und weshalb hatte Dario, von seinem eigenen Chaos aus, nur die anarchische Haltung gepflegt, sich fern von jedweder Religion gehalten, und war weniger umhergeschwankt?

Das Lamento Brunas empfand er als Litanei. Natürlich kannte er die frommen Gebräuche. Er hatte Ivars Familie erlebt, wie sie vor den Mahlzeiten sich die Hände reichten und in ein kurzes Gebet versanken, wie der Tisch mit den noch übermäßig teuren Früchten der Vorjahreszeit gedeckt wurde, wie Wein, Bier und Kaffee vom Tisch verbannt waren; er hatte auf dem Zettel gesehen, der an der Wand der Wohnstube hing und den Ablauf der Woche klostermäßig beschrieb, wie der gesellige Familienabend einmal wöchenlich festgeplant war, wie ein Abend für das Austragen familiärer Unstimmigkeiten vorgesehen wurde, wie die Regeln des Fastentages genau erläutert waren. Und er hatte mitgekriegt, daß Ivar sich vor dem Zubettgehen der Kinder die Regeln des folgenden Tages aufsagen ließ, Regeln, die beim morgendlichen Gebet und Zähneputzen anfingen und bis zum Küchendienst und der Klavierstunde von Giulio reichten. Und gesehen hatte er auch, wie die allabendlich vorgeschriebenen Gutenachtküsse über die Wangen der Eltern rollten. Aber auch wenn er das alles wußte, war das für ihn kein Anlaß, sich darüber aufzuregen; was ihn beschäftigte, waren die Zeichen, die er zu interpretieren versuchte: Durch die Vorschriften waren weder Ivar noch Graziella verantwortlich für die Familienharmonie, für die Erziehung, für die Disziplin – Gott war es; Ivar war nur der Aufseher Gottes, dessen Regelverwalter. Durch die Gottesregeln blieben sie von der Machtfrage, die Bruna und Moro so zerschlissen hatte, verschont. Durch sie hatte sich Ivar ein Kloster aufgebaut, in dem der lauernde Jähzorn, die umtriebigen Leidenschaften umzäunt wurden. Und sie dienten möglicherweise noch zu einem anderen Zweck: Durch die Kirchenregeln waren die Bereiche strikt getrennt, in denen Frauen und Männer agierten; Ivars Ämter, die nur Männern verliehen wurden: Präsident der Gemeinde der Stadt, Ehrenmitglied in einer anderen, halfen ihm, die gleichen Fluchtmechanismen der Binachis vor ihren Frauen – unter dem Dach der Kirche – aufrechtzuerhalten.

Laß ihn doch, unterbrach Dario Brunas Lamentokranz, früher bist du auch in die Kirche gerannt. Und er fragte sich, was sie mit ihrem Lamentieren bezweckte – wollte sie Dario gegen Ivar aufhetzen? Daß sich Dario als Hüter der Binachischen Religionslosigkeit aufspielte? Oder war es ein altes Spiel, die Kinder gegeneinander auszuspielen?

Na ja, stimmte sie mit erlahmender Stimme ein, jeder nach dem eigenen Glauben, rollte die Augen und drehte sich um.

Bleib doch stehen! polterte Dario mit seiner Baßstimme. Sag mir jetzt, warum Daniele –

Ich weiß es doch nicht! winkte sie brüsk ab, ohne sich umzudrehen. Frag Maria.

Es klingelte, an der Tür wurde rege gekratzt. Stürmisch fielen

Ivars Kinder in die Wohnung ein, gefolgt von ihren Eltern. Brunas Gesicht schrumpfte zu einem stummen Verzweiflungsschrei zusammen, um sich gleich darauf in eine Willkommensgrimasse zu verwandeln. Grazia küßte übertrieben effusiv, Chiara passiv, Gianni schmatzend; Giulio als einziger grüßte überhaupt nicht und setzte sich sogleich an den Tisch, wo er eine Illustrierte umblätterte. Ivar, vom Verhalten Giulios beschämt, setzte eine strenge Pose auf, forderte Giulio auf, nachträglich zu grüßen. Statt dessen verbarg sich Giulio, verlegen, aber stur, hinter den Illustriertenblättern und verharrte in stiller Verweigerung. Das eingetretene Unbehagen wurde durch die üblichen Fragen des Wiedersehens überrumpelt.

Giulio, wie fühlst du dich jetzt als getaufter Junge?

Er lachte beschämt und hampelte auf dem Stuhl herum, verstohlen zum Vater hinschielend. Ivar mahnte, anständig zu sitzen und sich ruhig zu verhalten. Beantworte die Frage, rief er bestimmt. Giulio hampelte weiter herum, bis er samt Stuhl zu Boden fiel und eine Ohrfeige flog. Jetzt wurde sein ungehöriges Verhalten kommentiert, bis Graziella zu anderen Themen hinüberglitt. Damit hatte sich Giulio der Antwort auf die heikle Frage entzogen. Sein Verhalten war die Antwort.

In ihren für ihre Gottesdienste angemieteten Räumen in der Innenstadt hatten sich etwa dreißig Personen versammelt; neben den Angehörigen der Religionsgemeinschaft hatten die nahen Verwandten, mehr aus Pflichtgefühl, an der Taufzeremonie teilgenommen. Die Einladung war schriftlich und formell erfolgt, auf dem Umschlag stand: Geehrte Familie Binachi Dario. Auf der gedruckten Karte mit allen Angaben zur bevorstehenden Taufe illustrierte ein Bild das bevorstehende Ereignis; zu sehen war, wie ein Mann in einem blütenweißen Gewand, im Aussehen Jesus ähnlich, vom Priester in Kurzärmeln in das Flußwasser getaucht wurde. Der Flur war mit religiösen Bildern vollgehängt, der Raum, in dem der Gottesdienst stattfand, einfach eingerichtet und mit schlichten Stühlen und einem Rednerpult ausgestattet. Am Eingang empfingen zwei amerikanische Missionare in schwarzen Hosen, weißen Hemden und dezenter Krawatte, übertrieben freundlich grüßend, die Angekommenen und drückten ihnen ein Notenblatt in die Hand: Die Seele lodert. Im kleinen Vorraum war ein mannhohes Plastikbecken placiert, in das Wasser vom Bad durch einen Schlauch floß. Giulio, adrett frisiert, war in einen blütenweißen Anzug gesteckt worden und hampelte um die Stühle, sie umkippend, herum; in sein Gesicht war aufgeregte Abneigung eingezeichnet. Statt der üblichen weißen Tempelrobe trug Ivar ein weißes Hemd, eine weiße Krawatte und weiße Hosen. Als das Wasser einen Meter Höhe erreicht hatte, wurde es abgestellt und ein Stuhl herbeigebracht, über den Giulio und Ivar ins Becken stiegen. Im zu heißen Wasser stampfte Giulio unsicher herum und plätscherte, als wollte er sich davon machen. Wie gehetzt packte Ivar Giulio am Handgelenk, bog seinen Körper etwas zur Seite, stützte ihn mit der anderen Hand im Rücken, sprach die Formel, die die Reinigung der Seele durch die Taufe verkündete; dann drückte er den steif gewordenen Sohn – als würde sein Körper Widerstand verheißen – mit ganzer Kraft hinunter, so daß Giulio voll unter Wasser tauchte, und zog ihn sofort wieder hoch. Während Vater und Sohn hastig das Becken verließen, rieb sich Giulio das Wasser aus den Augen. Sie verschwanden ins Bad, wobei ihre triefenden Kleider Wasserrinnsale hinterließen. Dario starrte auf die Spur ins Bad; das klare Wasser glitzerte als schneeige Nebeltropfen.

Sogleich begann die Zeremonie. Die Kirchenangehörigen wechselten sich am Rednerpult ab und berichteten von ihren Erfahrungen. Die Schuhmacherin von der Straßenecke, die Lebensmittelladeninhaberin vom Gemüsemarkt und ein älterer Herr erzählten breit von ihren Leiden, bis sie zu dieser Kirche fanden, die sie davon erlöste. Die Kinder quengelten; ein dreijähriges Kind zerrte an Mutters Rock und quakte. Ein roter Faden verstrickte die Berichte: Sie betrachteten sich als Brüder und Schwestern; die älteste war seit neun Jahren in der Glaubensgemeinschaft und hatte dadurch die quälende Einsamkeit des Alterns überwinden können; durch ihre Mitgliedschaft bei den Mormonen hatte für alle endlich ein anderes Leben begonnen: Man erfuhr gegenseitige Hilfe, Unterstützung und Nähe. Schließlich wurde der Frischgetaufte beglückwünscht. Die Glückwünsche klangen zeremoniell dick aufgetragen. Inzwischen waren Ivar und Giulio hereingekommen, frisch gekleidet, Giulio mit glitzernassen Haaren, und hatten sich ganz vorne hingesetzt. Die Versammlung wurde fortgeführt durch den Oberbischof, der zu diesem Anlaß aus der Landeshauptstadt gekommen war. Auch Ivar sprach, andachtsvoll, mit übertriebenem Pathos. Dario merkte, wie Ivar ihn ansah und die Wirkung der Zeremonie auf ihn überprüfte. Ihn so zu erleben, so sprechen zu hören, verursachte Dario Widerwillen. Er schaltete sein Gehör ab, flüsterte, den Kopf schüttelnd: die Religion, die Religion, fühlte sich beunruhigt, vermutete das Unbehagen bei den klebrigen Predigtworten des Bruders. Fast wäre er aufgestanden und gegangen, stand auch auf und stellte sich direkt an den Ausgang, an das Becken gelehnt, von wo er alles aus der Ferne beobachten konnte. Ivars Schwiegermutter paßte dort auf Gianni auf, der die Plastikwand des Wasserbeckens einbeulte, Chiara fispelte einher und quengelte, zwei Frauen unterhielten sich, während die Missionare, von ganz hinten das Geschehen beobachtend, ihre Krawatten zurechtrückten, Dario mit einem neuen Notenblatt bedrängten. Er nahm das Blatt entgegen, stellte fest, daß die Entfernung noch nicht optimal war, spürte, daß Ivar subtil die anwesenden Verwandten religiös zu überzeugen versuchte, spürte Ekel hochkommen, Zorn, Abwehr, sagte sich: Der unbedingte Glaube ist unduldsam, zerstörend, rechtfertigte den Bruder: Vielleicht wollte er nur sein Recht auf Religion unterstreichen.

Am Vorabend hatten sie eine seltsame Diskussion gehabt. Ivar beschrieb das Schicksal zweier Volksstämme; der eine glaubte an Gott und war im Besitz der Wahrheit, der andere lebte ungläubig vor sich hin; weil das gläubige Volk aber seine Sitten verfallen ließ, wurde es von den Ungläubigen ausgerottet. Dario blieb an einem Satz hängen und stellte ihn um: Der, der glaubt, glaubt die Wahrheit zu besitzen. Wenn er sie besitzt, von wem hat er sie gekauft?

Ich glaube an die Liebe Gottes, sagte Ivar, das ist Wahrheit.

Ich bin beruhigt, sagte Dario darauf. Ich glaube, daß du glaubst: Wenn mich keiner liebt, dann wenigstens Gott. Vielleicht hoffst du damit, dein Leben schmerzlos zu kriegen. Vielleicht gelingt es dir auch. Nur mein Leben, das schmerzt mich. Ich gehe mit Schmerz unehrlich um. Und ich weiß, daß das Exil scheinbar eine Ruhestätte sein kann, und sie trügt; das ist die optische Beruhigung.

Unbeteilgt blickte Ivar weg; dann schwiegen sie.

Die Anwesenden richteten sich auf; die Gläubigen begannen zu singen, die Verwandten standen unbeholfen, blickten stumm zu Boden. Dario setzte sich wieder, auf den letzten Stuhl, stellte fest, daß er reflexartig in ein Kontraverhalten regrediert war, schmunzelte, da dies vielen Binachis ein Muster war, wie Virgilio, der zur Nein-Urne geflitzt war, wie Giulio, der trotz der Mahnungen des strengen Vaters sich nicht zur steifen Ruhe verbiegen ließ und durch sein Nichtgrüßen für seine regelbesessene Familie den immanenten Widerspruch verkörperte.

Dario streckte seine linke Hand aus und senkte sie ins Beckenwasser. Es war noch heiß. Und während der Chor der Glaubensgemeinschaft mächtig erklang: Die Seele lodert, planschte er sie darin. Sie färbte sich; an der ganzen Hand gelb gefleckt, rot die Finger. Er bewegte den Zeigefinger ellipsenförmig im enger werdenden Kreis; der kleine Strom verdichtete sich zu einem Strudel. Hier, gerade hier, sammelte sich die Erinnerung, jenes Erinnerungslabyrinth, das an einem Punkt endete, dort, im Wasserbekken, wo der Zeigefinger ums Loch der Existenz umgedreht aufrecht stand. Und gerade an diesem Punkt begann seine Geschichte, die er nicht zu Ende schreiben wird.

Im Lichtschnee der Stimmen

In der Wohnung angelangt, stürze ich sofort auf den Koffer und die Tasche, Schrank, Nachttisch und Schubläden ausräumend. Das künstliche Licht besprüht sonderbar den Raum. Große Lichtflocken wirbeln träge um die Zimmergegenstände und legen sich auf diese als dünne Folie.

Bruna kreist um meine die Abfahrt vorbereitende Geschäftigkeit. Bis eben in der Casa di cultura geblieben? Ich nicke nur, und lüge. Bruna staunt und zeigt mit dem Finger auf die Stirn. Du bist wirklich verrückt geworden; was hast du dort so lange gemacht? Erzählt, sage ich. Bruna klebt an meiner Seite, als warte sie auf den Zug. Ich drücke und schiebe den Kleinkram in die Kunststofftasche und schweige sibyllinisch. Warum erzählst du mir nichts davon? Ihre Stimme hat ein flehendes Timbre. Gut, antworte ich flunkernd, mal was anderes: Ich habe Dario Binachi kennengelernt, ein ziemlich seltsamer Mann. Sie lauert erst, mit vorgeneigtem Körper, auf weitere Ausführungen, schließlich sagt sie mit verständnisloser Mimik: Das bist doch du! Ja, sage ich. Einen anderen Dario Binachi habe ich kennengelernt. Du bist verrückt! ruft sie. Ja, antworte ich. Brüskiert kehrt sie ins Wohnzimmer zurück.

Ich lege mich quer aufs Bett. In unablässigem Licht treten die lebhaften Farben der Zimmergegenstände hervor. Der Lichtschnee fällt auf mich. In meiner Reglosigkeit gleiche ich zwei Krippenfiguren unter spiralförmigem Licht. Ich hebe den Blick, das Gesicht auf das Gegenüber fixiert, die Handteller unterm Kinn, den Kopf stützend. Die Lichtflocken zwirbeln durch die Lampenfassung einen grellen Lichtschnurrbart auf das grobkörnige Türverbundglas. Das Licht schneit auch auf sie herunter; von den Schultern fallen ganze Schichten von Lichtschnee. Ich sehe die Schatten unter meinen Körperpartien sich in leichten Bewegungen kräuseln, als wollten wir beide sie von uns abschütteln. In diesem Strudel unheimlichen Lichts seufze ich. Ich recke den Hals wie ein Schwan und schüttle den Lichtschnee vom Kragen. Die dünne Lichtschicht weißelt gespenstisch die Zimmergegenstände.

Ich erinnere mich an das letzte Gespräch, das Biondi und ich geführt haben. Wir saßen in der Ecke einer Bar der Altstadt voller Spiegel und Zigarettenqualm.

Biondi, über den kleinen Bistrotisch gelehnt (ich konnte dabei die Wölbung seines Rückens im Spiegel betrachten), lachte hell und spottete: Woher nimmst du die Gewißheit, daß du weniger Religion hast als dein Bruder? Ich denke eher, sie steckt in der Tiefe deiner Seele und braucht nur eine schwache Oberfläche, und sie bricht kataklysmisch hervor, wie glühende Lava. Ich wimmelte ab, und es fiel mir ein, daß Ivar einmal im Scherz mir ein Horoskop mit all den Planetenverbindungen erstellt hatte; die Konjunktionen sagten ihm, daß ich in hohem Alter einen Sinn für metaphysiche Fragen bekommen würde. Ich lachte ihn aus: Weder glaubte ich an Horoskope noch an die Metaphysik. Was mich stutzig machte, war nun: Ich hatte seine Voraussage nach vielen Jahren nicht vergessen und fürchtete sie.

Nein, die Gewißheit habe ich nicht, sagte ich zu dem abwartenden Schriftsteller, sah ihn an – er kaute an einem Stengel –, entdeckte eine geschwollene Ader auf seiner Stirn, die sie quer durchzog, einige Runzeln der Entsagung unter den Augenpartien, warf einen Blick in den Spiegel, der seinen Rücken reproduzierte, und erwiderte mit lauter werdender Stimme: Doch ich kann mich mir als religiösen Menschen gar nicht vorstellen – das paßt nicht zu mir.

Der Mensch ist ein ambivalentes Wesen, sagte Franco Biondi an dem auf den Lippen herumrollenden Stengel entlang, die Augen verdrehend, tragisch ambivalent, da er immer die eine, die ungeliebte Seite unterdrücken will –

Ich blickte mich im anderen, seitlichen Spiegel an, oberflächlich, ohne Interesse, empfing die scharfe Kontur meiner Gestalt, wie sie unter dem elektrischen Strom meiner Nervenbahnen steifsaß, wie sie hingestreckt zum Transformator meiner Erregung, dem Schriftsteller, stand, und fuhr dazwischen: Nur ambivalent?

Mach dir nichts draus – der Mensch, um sich nicht zu sehen, hat sich seit seiner Geburt gespalten und gelernt, alles zu Gegensätzen zu machen, wie mit Gut und Böse.

Ich meine etwas anderes, ihr Vorfahren. Ich kann mit so einfachen Rechnungen nichts anfangen: Der Mensch ein duales Wesen, mit Ambivalenz; ich bin nicht gespalten, ich bin zersplittert. Ich habe euch alle in mir aufgenommen, um keinem Unrecht zu tun. Und wo bin ich geblieben? Ich trage eine Fahne wie ihr. Ich kämpfe wie ihr und weiß, daß ich euch nur wiederhole. Ja, die Unversöhnlichkeit ist nicht ein moralisches Einher, sie ist eher etwas Zwanghaftes. Wir stürzen ins Leben, nicht von aktiver Teilnahme an der Welt geleitet, nicht mit Weltoffenheit, sondern mit seelischen Verwundungen. Wir trachten, einen Zustand herzustellen, der einer Selbsttäuschung ähnlich ist, um das Loch zwischen den Lebenswänden zu verstopfen; dann bin ich nur noch zersplittert –

Du bist zersplittert, weil die Welt zersplittert wurde. Daher die Angst um deine lausige Person. Du willst deinen selbstgebastelten Nimbus nicht verlieren.

Oh nein, die Zersplittertheit meiner Person macht mir keine Angst. Auch fürchte ich die Leere nicht, die sich in meinem Inneren breitmacht. Das hartnäckige Verfolgtwerden vom Tod fürchte ich auch nicht. Ich kontrolliere meine Regungen nur, weil ich nicht in eure Grube hinabstürzen will. Unser Motto stimmt nur zur Hälfte: Keiner kann mir helfen. Die andere Hälfte stimmt nicht: Ich bin mein bester Helfer. Ich kann mir nicht helfen. Ihr habt diese Mottohälfte durch eure Kämpfe übertünchen können; ich bin schwach und schaffe nicht mal das.

So? Kannst du das nicht? Ich kenne keine bessere Heilkur, als Illusionen zu hegen; jeder Verlust einer Illusion gleicht einer Verstümmelung am eigenen Körper.

Darum meine Heimfahrt. Aber: Welchem Sinn folgt ein Heimkehrender, der in der Heimreise ein bezauberndes Schloß errichtet hat, weil er es nicht schafft, sein Leben zu bewohnen? Ich komme mir wie der Schriftsteller Biondi vor, der sich mit seiner

Lebensunfähigkeit hinter seinen Romanen verschanzt. Wenigstens genießt er den Ersatz, mir bleibt nicht einmal das. Und wo ist die Grenze, an der ich aufhöre, euch zu sein, und ich beginne?

Der Schriftsteller lachte spöttisch. Laß diese blödsinnigen Grübeleien, Dario, in Deutschland wird dein Leben seinen gewohnten Gang weitergehen. Du wirst deine Sippschaft wiederholen. Dennoch will ich dir meinen Eindruck von dir sagen: Du und deine Sippschaft, ihr kommt mir vor wie jene Figuren in den alttestamentarischen Geschichten, mit den unausgesprochenen Geboten und Verboten –

Es stimmt nicht!

Doch. Und was ist mit dem Verrat? Sagte dein Vater nicht: Wenn du aufsteigst, verrätst du die Arbeiterklasse? Warum bleibst du ein arbeitsloser Sozialarbeiter? Hast du Angst, wenn du all deine Fähigkeiten in Anspruch nimmst und sozial aufsteigst, deinen Vater zu verraten?

Nein und nein!

Biondi platzte vor Lachen, hustete, schob die Hand vor den Mund, trocknete die Augen mit einem Papiertaschentuch, schneuzte sich, während ich damit beschäftigt war, die Spitzen seiner heiklen Fragen abzubrechen, sie nicht ins Fleisch eindringen zu lassen. Dann sah ich ihn im Spiegel als Profil, mit der schiefen Miene des Spötters. Er lachte immer noch, hell, und berührte meinen Arm.

Mit Ablenkungsabsichten rang ich mich endlich durch, ihn anzusprechen: Was war das mit dem Buch Pirandellos?

Er schmückte sein Gesicht mit unverhohlener Schadenfreude, schmunzelte idiotisch und besserwissend, wie Schriftsteller es oft tun, wenn sie sich in ihren Romanen zum Allwissenden aufspielen, nachdem sie den Erzählfluß wie einen entkeimten Kanal präpariert haben, oder wie ein arrivierter Akademiker, der gerade offenbart, daß er ein Buch mehr gelesen hat als der Gesprächspartner, und legte mit bissiger Stimme los: Ja, der Luigi Pirandello, die Masken, die einen hindern, zu leben, die Laterne des Lebens von Anselmo Paleari, die gefärbte Laterne... Hast du das Buch schon gelesen?

Ich verneinte und dachte, daß er wohl keine richtige Vorstellung haben konnte von dem, was mich in meinen schriftlichen Niederlegungen wirklich beschäftigte, daß er womöglich nur ein schlecht abgelichtetes Bild von mir hatte, und dieses Bild niemals Dario Binachi sein konnte.

Ich verstehe, die Unversöhnlichen... Wieder lachte er unverhohlen, stülpte seinem Lachen die Maske der Absurdität über, fügte hinzu: Wenn einer schreibt, liest er in der Regel nicht; du also auch. Ich aber lese und lese, wenn ich schreibe. Während ich die Familiensaga in die Schreibmaschine eingespannt hatte, habe ich Onetti, Sabatò, Pessoa, Hölderlin, Ben Jelloun gelesen, interessante Bücher von bejahenden Verneinern, von Wächtern auf verlorenem Posten...

Während er sprach, blickte ich sein Profil im Spiegel fassungslos an, sah spöttisch diese Erscheinung eines Schriftstellers, vielleicht ohne Kontur, ohne Stil, eines Schriftstellers, der sich womöglich Gedanken und Gefühle lieh. Jetzt spürte ich seine Ohnmacht vor dem eigenen Schreiben, die Vergeblichkeit aller poetischen Versuche, aus dem Leben das Werk zu formen; der industriellen Kulturfabrik gelang es zigMal besser, fesselnder für die Konsumenten, ja: trivialer und konsumierbarer. Und ich fühlte, ohne von seinem Roman eine Zeile gelesen zu haben – abgesehen von den Abschnitten, die er in meine Versuche, meine Herkunft zu begreifen, reingeschoben hatte (und das reichte mir) –, daß Biondi sich etwas vormachte, wie er dahinschrieb (um nicht zu sagen: dahinvegetierend schrieb), wie die übrigen Menschen dem Angeln nachgingen, einer beliebigen Sportart, der Pflege des eigenen Wagens, dem Sammeln von Briefmarken. Plötzlich nahm ich aus meinen zum Lächeln geneigten Lippen die Freude und hatte Mitleid mit ihm.

Jetzt führten wir Schweigen herbei.

Der Lichtstreif der Lampenfassung zeichnet eine erstarrte Linie über den Lichtschnurrbart auf das grobkörnige Türverbundglas. Ich entdecke Schattenfäden, die sich auf dem Schrank ausfransen und die wirr aufgestapelten Bücher im Zickzack zerschneiden. Im Lichtgestöber flirren die Schachtel mit den alten Briefen und die Fotos aus der Kindheit. Erst jetzt bemerke ich, wie das Lichtgestöber durch die punktbemusterte Lampenfassung die Wände mit Schattenflecken übersät. Das Licht und der Schatten pflanzen sich überall fort.

Ja, meine Vorfahren! Wie leicht ist es, mit simpler Logik zu sagen, ich bin traurig, bin wütend, ich liebe. Wie schwer ist es, nicht nur die eigene, sondern Trauer, Wut, Liebe der Generationen zu tragen! Warum habt ihr, meine Schöpfer, mich damit bestraft?

Daß du in die Welt gesetzt worden bist, liegt gewiß nicht in deiner Verantwortung. Ich bin auch nicht schuldig, daß ich in die Welt gesetzt wurde, daran waren meine Eltern schuld. Dennoch sind wir schuldig, wir alle, wir sind schuldig. Die Schuld hält die Binachis erbarmungslos gefangen, türmt sich zuhauf, und wir wurden unter ihr begraben. Deshalb war ich bereit, alle Schuld der Binachis auf mich zu nehmen, sie allein zu tragen. Aber ich habe nicht verstanden, welche Schuld ich auf den Schultern hatte. Das ist die Schuld. Das hat mich zerstört.

Schuld, Recht, Wahrheit, diese überheblichen, selbstgerechten Posen. Nein, nein, ich korrigiere mich: Das waren eure Stützen, als Selbstbehauptung, als Hilfe, die Unerträglichkeit der Verhältnisse und des Zweifels zu ertragen. So schwach warst du, als du in allem deine Schuld vermutetest. Wie konntest du dir anmaßen, Schuld für alle Binachis zu tragen? Durch Kraftakte den Weg zu ebnen? Zu wissen, daß es nur einen Weg für einen Menschen gibt? Ihr habt das Wort Kampf auf eure Fahne festgeschrieben, habt gegen irgendeinen Widerpart gekämpft. Der Kampf war letztendlich gegen euch selbst gerichtet. Ich will aufhören, auf diese Weise zu kämpfen! Ich will aufhören, Entgegengesetztes und Auseinanderstrebendes auseinanderzuhalten. Ich sage jetzt: Ich verzichte nicht auf das, was sich in dem Raum eines Atemzuges verbraucht, auch wenn ein Atemzug dem Leben gleicht. Dennoch, die Frage bleibt: Warum das Loch in der Existenz, in das wir unentrinnbar hinabstürzen? Lebt am Ende dieses Loches eine Metapher, die uns endgültig verschlingt? Oder vielleicht doch eine Schweißnaht, die als Schnur uns aus uns hinausführt?

Du drehst dich im Kreis. Das Loch läßt sich nicht mit nüchternem Auge umkreisen. Deshalb will ich dir folgendes erzählen: Es wird einmal eine Raumkapsel, die um die Grundfrage kreist. Ist sie ein Grundgefühl? Der Raumfahrer sieht, daß jede neue Umkreisung ihn immer weiter davon wegführt. Er erkennt die Flugbahn, vergleicht sie mit einer Nabelschnur und ahnt, daß sowohl die Rückkehr auf den Planeten als auch die völlige Ablösung von ihm unmöglich ist. Und erst dank dem rettungslosen und illusionszerstörenden Abstand denkt er, daß es im Abschied keinen Abschied gibt, auch wenn die Raumkapsel in den Tiefen des Raumes verschwinden sollte.

Das tut er, sagte er und fügte hinzu: Wir alle sind Geschädigte der Zeit. Es ist, als würden gereifte Mittvierziger sich noch immer an den Händen der Eltern festkrallen und diese dafür verantwortlich machen.

Und was tust du? fragte ich erbost.

Der Schriftsteller lächelte sanft. Du hast es bereits gesagt: Ich kokettiere mit der Fremde.

Du machst sie an Deutschland fest, an dem Ausländerstatus, ich nicht, sagte ich unwillkürlich.

Weil du an deiner Sippschaft hängst und sie loshaben wolltest: Hast du sie dann losgelassen, bist du zwangsläufig ein Fremder. Und er lachte sarkastisch. Kurz unterbrach er sein Lachen mit einem heftigen Husten und ergänzte: In deinen Vorstellungen – warum hast du das in deinem Unversöhnlichen-Skript nicht niedergeschrieben? – fehlt die entscheidende Komponente des Besitzens: Im wörtlichen Sinne: be-sitzen, wie darauf-sitzen, auf Dauer. Kennst du die Novelle Pirandellos von dem alten Mann, der seine Länderei mehrmals verkauft, auf Lebenszeit, mit der Bedingung, die Länderei geht erst dann auf den Erwerbenden über, wenn der alte Mann stirbt? Ich schüttelte verneinend den Kopf, und der Schriftsteller griente. Der alte Mann, im übrigen ein Ex-Emigrant, wird achzig, wird neunzig, wird hundert und überlebt all die Käufer; so kassierte er die Raten und behielt die Länderei. In Deutschland geht es den Zugewanderten um nichts anderes: ums Darauf-sitzen, um Raum- und Zeit-besitzen, auf Dauer.

Wieder führten wir Schweigen herbei. Ich sah ihn nur durch den Spiegel vermittelt an, dachte: Jedes Mal, wenn der innere Tumult zunimmt, ist Biondi an Ort und Stelle und will mich manipulieren. Ich spürte Abneigung gegen das menschliche Abbild im Spiegel, sah voraus, was geschehen mußte, und erriet aus den Konturen meines Gesichtes auf dem besagten Spiegel, daß Dario Binachi sofort zur Wohnung seiner Mutter zurückkehren würde, um seine Koffer und Taschen zu packen, aber auch, um sich auf den Angriff vorzubereiten.

Vom Wohnzimmer her höre ich Danieles fröhliche Stimme; Bruna spricht unablässig auf ihn ein, in sich verwischenden Tonlagen, lobend und tadelnd.

Das Lichtgestöber flechtet Licht und Schatten zu einer eigentümlichen Einheit. Licht sät Licht, Schatten sät Schatten, beide zusammen eine matschige Landschaft. Ich schabe die Stimmen weg und wende den Blick zum Koffer und zur Tasche. Auch sie sind mit den Schattenfleckchen bemäntelt und flirren im Lichtgestöber.

Abrechnung mit dem Schriftsteller

Ich wußte erst, was ich tat, als es getan war. Ich habe ihn umgebracht. Mehr als seinen Tod, mehr als die Handlungsabfolge, die zu seinem letzten heftigen Atemzug führte, beschäftigt mich ein Satz, der mir während der Tat eingefallen ist und den ich immer noch nicht verstehe: Meine Handlungen entspringen den Gefühlsklüften, die mit Gedanken gefüllt sind. Vielleicht hängt es damit zusammen, daß jeder Mensch vor verschiedenen Alternativen sich für eine entscheidet und alle anderen eliminiert und dies ein Unglück bleibt. Er hätte ebensogut mich umbringen können. Letzlich beruhigte mich der Gedanke, daß ich den Grund meiner Tat ohne weiteres finden konnte, nicht aber den Plan. Er entzog sich all meinen logischen Erklärungsversuche.

Hell in Erinnerung habe ich einzig den illuminierten Rückspiegel des Wagens. In diesem aufleuchtenden Spiegel konnte ich nur Schattenrisse erkennen, und dieser Sachverhalt ließ mich ahnen, daß die Koordinate Zeit – Raum brüchig sein mußte, daß nur die Zeit für sich existieren könnte, der Raum nicht ohne Zeit. Deshalb mußte die Vorstellung von der Tiefe, daß die Tiefe die Quintessenz des Lebens enthält, ein Trugschluß sein; oft scheint es die Oberfläche zu sein.

Es waren seine flackernden Blicke, die mich irritierten, die in mir einen unbändigen Haß hervorriefen, es war seine flitternde Stimme und nicht so sehr sein floaternes Wesen. Genau genommen, konnte ich mich nur ungenau erinnern: Die Momente, die der Tat vorausgingen. Die Tat selbst liegt unsichtbar im lohen Licht der Erinnerung. Ich habe nur das kümmerliche Bild des Toten gegenwärtig. Ich begriff nur, er war tot. Ohne Anteilnahme hatte ich mich über seinen leblosen Körper geneigt, und er war nicht mehr da.

Die Erklärungsversuche: Durch den Besuch der Pizzeria hatte ich eine Menge angesammelt. Als ich in der folgenden Nacht das Gespräch Revue passieren ließ, war ich äußerst aufgewühlt, der Verstand zerniert, die Wahrnehmung verflüssigt: Warum hatte der Schriftsteller meine Schreibversuche erwähnt? Wollte er nur seine Eitelkeit präsentieren? Oder wollte er zeigen, daß er Bescheid wußte? Unnützer Hinweis: Ich hatte die Gewißheit, wenn man heutzutage noch von Gewißheiten sprechen kann; auf jeden Fall, ich konnte es ihm unterstellen. Eher wollte er mich beunruhigen. Mir bewußt machen, daß er meinen Roman schreiben würde, nicht ich. Zynisch wie er war, sprach er von Vollkommenheit des Werkes, von Unzulänglichkeiten. Ein Werk schaffen und es danach schlecht finden – irgendeiner schrieb bereits, daß dies zu den seelischen Tragödien gehört. Nur unzulängliche Werke sind vollkommen. Das war nicht mein vordergründiges Problem. Mein Problem war, daß er sich in meine Schreibversuche einmischte, mein Werk, voller Selbstquälerei und Herkunftsfolterung, zu seinem eigenen machen wollte.

Der Tag, der danach folgte, trieb mich zur Verzweiflung. Was konnte ich anderes tun, als zu grübeln, mich mit Ivar zu beschäftigen, mit seiner Religiosität? Aber gerade hier spürte ich meine Grenze. Mit dem Kugelschreiber kritzelte ich ziellos herum, ich ließ die schriftlichen Notizen liegen und ging aus. Am folgenden Tag setzte ich mich wieder vor das Manuskript und sah das Kapitel »Die Taufe der Unversöhnlichkeit« beendet – ich konnte mich nicht erinnern, es fertiggeschrieben zu haben, erforschte minuziös den Ablauf des vergangenen Tages, fahndete nach Gedächtnislücken, fragte mich, ob ich inmitten der Nacht schlafwandlerisch geschrieben haben könnte, hörte mich murmeln: In einer Nacht der Nächte passierte es, erschrak, denn es fiel mir das Kapitel »Die Aale unter der Wasserschale« ein, das ich niemals geschrieben hatte, die Kapitel »Verräter gesucht« und »oder im Tanz der Münder«, das Kapitel »Der Riß der Augen«, die ebenso manipuliert waren, dachte wieder an den Schriftsteller, der nur von der Usurpation zu leben schien, der mich hartnäckig verfolgte, der in der Pizzeria zugegeben hatte, mich zu beschatten, der die Finsternis liebte und an einem Roman über eine Familie aus San Martino schrieb, dachte wiederum an das letzte Gespräch in der Bar voller Spiegel, an seine Sticheleien, an meine Unfähigkeit, ihn direkt anzublicken, und ich verzweifelte. In der Verzweiflung erlebte ich mich in einer Übersprungshandlung: Ich hatte Lust, zu fliehen, dann hatte ich Lust, ihn zu stellen, und da keines von beidem erfolgte, bekam ich die ungezähmte Lust, ihn umzubringen.

Aber ganz so einfach war es nicht. Ich weiß nicht, wie viele Stunden ich in jenem hellen Zustand verblieb. Durch die Grelle der Gedanken hatte ich das Gefühl, zu ersticken.

Erst am späten Vormittag rannte ich schnurstracks zu ihm, blieb regungslos vor der Tür stehen, ohne zu lauschen, nur mit Berechnungen im Kopf, was notwendig gewesen wäre, um einen zentrierten Satz loszulassen, damit er mir kommentarlos folgen konnte, drückte vorsichtig auf den Klingelknopf, klopfte dann sanft an der Tür, und wartete, die dreizehn multiplizierend, bis seine Mutter aufmachte, und er saß am Frühstückstisch. Er empfing mich ohne Überraschung, ohne Unruhe, und ich betrachtete ihn, wie er die letzten Happen hastig zu sich führte, ohne Haß, ohne Ekel, eher mit einem Gefühl der Milde. In ihrer Gegenwart sprachen wir kaum, und das, was gesagt wurde, war unerheblich, ich habe es vergessen. Vergessen habe ich nicht, daß meine Lungen den Geruch der Wohnung einatmeten, daß meine Augen den Lichtschattierungen auf Möbeln und Wänden folgten, wie ein Spürhund dem Geruch eines Sich-Verflüchtigenden, daß mein Gehirn sich auf das, was nach dem Verlassen der Wohnung folgen würde, konzentrierte. Was danach folgte, bleibt in der Helle des Traums, im flirrenden Glanz des Verstandes.

Am Rande dieser Helle, dieses Glanzes, kann ich noch schildern, wie wir ruhig, ohne Hast, die Treppe hinuntergingen, wie er sich, am Tor angelangt, das Aufschwingen des Tors nutzend, umwandte und mich ohne Angst anlächelte, wie er mir auf der Straße folgte, geräuschlos ins Auto einstieg, ohne Fragen zu stellen, ohne mich anzublicken, auch nicht aus dem Augenwinkel, wie er akkurat, als wären wir auf deutschen Straßen unterwegs, den Gürtel anschnallte, und wie er dann den Verkehr in der Stadt mit halb geschlossenen Augen verfolgte, mit festgebissenen Lippen, mit wippenden Beinen, ohne meine belauernden Augen eines Blickes zu würdigen. In ihnen bewegte sich die Frage, wie meine Hände beginnen sollten: Wenn er mich nicht provozierte, wenn er sie nicht herausforderte, konnten sie die Tat nicht begehen.

Ob er sie dann herausgelockt hat, kann ich mit Bestimmtheit nicht sagen. Bestimmt bleibt nur der illuminierte Rückspiegel des Autos, wie dieser mich anschaute, gleichgültig, im klaren Licht des vollen Tages, flirrend, als ich es vollzog.

Seine Ermordung hat mir keine Erleichterung gebracht. Jetzt wird mir bewußt, daß auch die Gründe beliebig waren; was ich auch erklären würde, alles blieb ambivalent. Alle Dinge der Welt, alles besitzt Ambivalenzen. Klassisch für mich war das Beispiel des Uhrmachers gegenüber der absoluten oder der Zeit des Computers: in der Unvollkommenheit vollkommen sein. In seiner Ermordung war ich in der Unvollkommenheit vollkommen, und es ist evident, daß sich in mir keine Erleichterung einstellen kann.

Die ganze Zeit vor der Begegnung mit dem Schriftsteller war durch eine Klarheit des Denkens und eine Konfusion meiner Gefühle charakterisiert; nach der Begegnung geriet ich in die Finsternis, wie in ein Labyrinth. Mich in diesem Labyrinth voran treibend, fand ich mich im Fluß der Zeit, und San Martino war jener anonyme und geographische Ort, der nichts mehr zu tun hatte mit meinen Gefühlen, mit dem Fluß der Dinge, die ein Leben bestimmen. Und doch war dieser Ort nicht unwichtig, denn hier traf ich die Herkunft, ich traf den Schnittpunkt, wo Menschen, diese schlummmernden Eingesessenen einer provinziellen Stadt, einen Mord an sich ausüben, vielleicht ausüben müssen.

Der Mord an sich selbst. Der Mensch kommt mit mindestens zwei Seelen, mit polypolaren Gefühlen, mit zerschnittenem Verstand, mit verschiedenen Lebensauffassungen auf die Welt; das Kind sieht es, lernt, daß die Seelen, die Lebensauffassungen, die Gefühle unvereinbar sind, betrachtet, an die Fensterscheibe gelehnt, den Widerstreit und spürt, daß es sich nur für eine Seele zu entscheiden hat, für eine Lebensauffassung. Und je mehr es körperlich wächst, desto mehr muß es die anderen Seelen in sich bekämpfen, niedrig halten. Im »Glücksfall« schafft es der Mensch, sie im Zaum zu halten, bis zum hohen Alter; dabei erlebt er, wie die andere Seite immer von neuem auflodert, erlebt die Gleichförmigkeit des eigenen Lebens als nicht mehr vollzogene, nicht befürwortete Festlegung für eine Seele, spürt jedoch einen geheimen Drang, auszubrechen, die Sehnsucht, andere Varianten von sich auszuleben; und es scheint so, als ob die Seelen in parallelen Wegen leben würden, die ausgelebte und die unausgelebten, ohne sich zu begegnen, wohl wissend, daß die eine neben der anderen geht, in der selben Zeit, in verschiedenen Räumen, sich geheime Zeichen sendend, und mit der allmählich bewußt werdenden Gewißheit, daß die Stunde der Wiederbegegnung nie kommen wird, mit dem Erleben, daß deren Unterdrückung schließlich Trauer, Depressionen, Krankheit erzeugt. Im anderen Fall muß er die anderen Seelen umbringen, will er sein Leben in kontrollierbaren Bahnen abfließen lassen.

Oder er löst diesen Konflikt wie ich: Unfähig, die vielen Dario Binachis in mir zu töten, lasse ich sie in mir dahinvegetieren. Und da muß jemand an ihrer Stelle umgebracht werden. Aber Biondi brachte ich nicht deswegen um. Dies könnte zwar der logische Grund sein, nicht aber der verschachtelte Plan in mir.

Abschied

Spurverfolger! Froh kehrt der Herkunftsuchende heim, von der Herkunft fernher, wenn du entfremdete Metaphern in eigene verwandelt hast. Um jeden Preis wurden jahrzehntelang erstarrte Metaphern im blendenden Licht der Scheinheiligkeit aufrechterhalten. In dieser Erstarrung riefst du aus: Nach welchem Plan mußte es geschehen, nach welchem? und fandest keine Antwort. Du fandest keinen Weg aus dem Labyrinth, nur den Flohmarkt der Irreführungen. Die Verwandten verblassen nun im Dämmerschein, der umgebrachte Biondi im Licht. Die Wohnung atmet Nervosität und Schlummer. Du, der herkunftsuchende Dario, fährst heimwärts. Du stehst hier und gehst von hier fort. Du gehst hinauf und hinab mit einem Riß auf der Metapher, die zu einer Schweißnaht schwillt. Du gingst und reichtest ihnen die Hand des Abschieds. Sie fragten, wohin du fuhrst, und auch, warum es sein mußte. Die Einsamkeit ist mein ergiebigster Weg, sprachst du und gingst. Wo Abschied ist, beginnt etwas Neues, heißt es.

Die Allee zum Bahnhof, die protzigen Bauten der faschistischen Ära, die Eichen und die geparkten Autos – sie wurden vom fahlen Morgenlicht übergossen. Unter diesen Bäumen drängte Moro Pasquale nach Hause zurück und lief allein weiter zum Bahnhof, wo Bruna auf ihn wartete. Die Fahrt nach Sardinien stand im Lichte der Versöhnung. An dieser Stelle nahm ich Abschied von der Stadt, nahm Abschied von der anderen Stadt, die aufgeregt im Verkaufsrummel der Vorweihnachtstage getobt hatte, nahm Abschied von den funkelnden Lichtstreifen zwischen den abgeschabten Bauten des Zentrums, vom Gedränge, vom Konsumrausch, der hier schlimmer zu wüten schien als in deutschen Städten. Ich erlebte, daß Heimat als fünfdimensionale Metapher zu denken war: der Ort, seine Menschen, die Zeit, die Herkunftsfamilien und ich. Ich fühlte, daß es nun gleich geworden war, wo ich jetzt lebte: Nur wenn die Metapher erstarrt war, schmerzte die Trennung; und ich liebte jetzt die Anonymität.

Es war ein Abschied ohne Wehmut. Die Verwandten verabschiedeteten sich routinemäßig. Der Pflichtbesuch bevölkerte die Wohnung in dem Augenblick, als es sich Bruna nicht wünschte: Die letzte Folge von »Herz aus Stein« war gerade angelaufen und versprach, all die in den bisherigen Folgen angestauten Spannungen explosionsartig zu entladen. Während die Bilder auf dem Bildschirm fortrollten, versuchte sie mühsam, das Wortgeflecht aus beiden Seiten zu orten. Maria strahlte eine künstliche Heiterkeit aus; innerlich schien sie bewegt. Wahrscheinlich bemühte sie sich nur, Verbindungsdrähte zwischen den Anwesenden herzustellen, um zu irgendeinem Gespräch zu kommen. Daß Bruna so fest am Fernseher klebte, verunsicherte sie. Willst du unbedingt? fragte sie. Die letzte Folge..., rechtfertigte sich Bruna, ohne den Blick abzuwenden. Eine dramatische Szene spielte sich gerade ab: Der Bösewicht der Filmserie, mit einem Schießeisen in der Hand, begegnete dem sonnengebräunten Helden. Giordano, Ivar, Dario, die Kinder und Bruna hatten ihre Augen auf die Telenovela fixiert. Seid ihr alle süchtig, ja? grämte sich Maria. Sie streckte sich und erreichte Darios Brust mit der Hand. Sie schlug fest darauf. Ei, du, wie schnell deine Ferien weg sind, was? Nein, im Gegenteil, antwortete er, wie eine Schnecke. Durch die Dreiecksgeschichte der Fernsehserie kamen wieder Pasquale und Liana ins Gespräch: Daß Diana in dreißig Jahren nichts davon bemerkt hat? Kam der Schluß, weil der Mann Lianas gestorben war und dadurch das Gleichgewicht der Kräfte gestört wurde? Oder hatte Liana ihre Funktion für Pasquale verloren? Bei diesen Fragen drehte Bruna den Ton leiser und hörte aufmerksamer zu. Als die Telenovela sich allmählich dem Ende näherte und Bruna vor Anspannung sich kaum ruhig auf dem Sessel halten konnte, erhob sich Maria vom Stuhl und zog Daniele an. Während der Abschiedseffusionen zwischen Dario und seinen Geschwistern flüsterte Bruna in banger Erwartung für die Telenovelahelden: Ob die zwei noch zusammenkommen?

Als ich mich meiner Ausweispapiere in meiner Jackentasche vergewisserte, fand ich ein Schreiben; ich sah, es war die Schrift von Franco Biondi, und staunte: Wie kam es dahin? Hatte ich in seinen Taschen rumgewühlt, das Schriftstück unbewußt eingesteckt? Blitzartig durchzog mein Hirn der Gedanke, dies sei ein Kapitelentwurf, den er wiederum in meinen Roman einschieben wollte. Ich lächelte schadenfroh und hielt es nicht aus: Ich mußte es lesen. Um dies ungestört tun zu können, flüchtete ich auf die Toilette. Verblüfft sah ich sofort, daß diese Schrift anderer Natur war:

Hör, Mutter, eine Frage verfolgt mich, hat sich in meinen Organen eingenistet und sorgt dafür, daß ich daran ersticke, wenn ich nicht endlich die Wahrheit in Erfahrung bringe. Du bist die einzige, die mir eine Antwort geben kann. Es geht um folgendes: Ist Vater wirklich mein Vater? Und wenn nicht er, wer dann? Es ist mir wichtig, ich muß es wissen. Denn mein Leben befindet sich vor einem Scheideweg. Ich bin gerade dabei, mich von Hilde zu trennen. Ich weiß, daß du das mißbilligst. Ja, dich einmischen würdest, um die Trennung rückgängig zu machen. Ich mißbilligte sie bisher auch; in deinem Sinne dachte ich sogar: Lieber sterbe ich, als meine Ehefrau zu verlassen. Ich war dabei, zu sterben. Stück für Stück. Ich spürte, wie mein Körper allmählich dahinsiechte. Du hast dich bemüht, mich zum spiegelverkehrten Bild Armandos zu machen, und hast mich bestraft, als ich es nicht wurde. Mich zu einem Mann zu machen, den du dir für dein Leben gewünscht hast: treu, häuslich, tragend, stark und gleichzeitig hilfsbedürftig. Du hast ein Ideal verfolgt, hast den Mann in dieses Ideal hineinpressen wollen und bist daher in einen Teufelskreis geraten. Dabei wolltest du ganz bestimmt etwas anderes. Ich wollte eine Bestrafung durch dich vermeiden, wollte dir gefallen und habe versucht, so zu werden, wie du es dir gewünscht hast. Ich habe wahnsinnig gekämpft, um deinem Idealbild zu entsprechen, sogar gegen Armando habe ich gekämpft. Das ist kein Vorwurf gegen dich, Mutter. Ich trage die Verantwortung für das, was ich getan habe. Ich war schwach und anlehnungsbedürftig. Ich hatte Sehnsucht nach der Nähe Armandos. Bis ich gemerkt habe, daß ich vor allem gegen mich kämpfte. Jeder Atemzug durch den Alltag verriet mich. Es geht nicht: Jener Mann ist nicht ich. Ich bin anders. Und ich will weit von dir leben, so wie ich bin. Das trennt mich jetzt nicht nur von dir, sondern auch von Hilde. Sie hat so ein Idealbild des Mannes wie du. Nicht zufällig haben wir geheiratet: Sie hat mich gebraucht, und ich, wegen meinem verzerrten Bild der Frau, habe sie gebraucht – wir haben uns ergänzt und den gleichen Teufelskreis produziert wie du und Armando. Meine Frau habe ich vorher nicht gesehen, sie nur durch deine Brille betrachtet, aber jetzt sehe ich. Ich weiß nicht, ob du mich verstehst, trotzdem: Das wollte ich dir sagen, Mutter, bevor ich nach Deutschland zurückfahre.

Und nun meine Frage: Ist Armando wirklich mein Vater? Wahrscheinlich ist er es nicht: Ich denke, daß Dario Binachi mein Halbbruder ist. Daß du damals ein Verhältnis mit seinem Vater, mit Moro Binachi, gehabt hast, aus dem ich hervorgegangen bin. Für mich ist dies existentiell wichtig – ich muß es wissen. Wirst du den Mut aufbringen, mir meine andere Herkunft zu offenbaren? Ich brauche das; immerhin wohnen wir in Frankfurt, Dario Binachi und ich, als Nachbarn. Ich bitte dich, sag es mir, bevor ich die Rückreise nach Frankfurt antrete. Also bis zum Wochenende. Da werde ich dich nochmals fragen.

Ich war bestürzt. Wie konnte ich bloß einen Versprengten wie mich, vielleicht meinen Halbbruder, beseitigen, wie bloß? Daß er mit seiner Fassade mich, seine Mutter, die Welt täuschte, linderte meine quälenden Gewissensbisse. Und ich fand Trost darin, daß er nicht mehr in meinen Roman hineinpfuschen würde. Ich faltete das Papier zusammen und schob es in meinen Paß.

In der schwach beleuchteten Bahnhofshalle gondelten einige Pendler herum, in dicke Mäntel eingehüllt. Ein Mann in Darios Alter blickte des öfteren herüber und schien zu lächeln. Plötzlich erkannte er ihn: sein Cousin Gabriele. Sie reichten sich förmlich die Hand. Sie hatten sich seit dreißig Jahren nicht gesehen. Dario fiel ein, daß er, Gabriele und Pino vom gleichen Jahrgang waren. Alle drei Söhne von aus dem Krieg heimgekehrten Vätern. Gabriele wartete auf den Zug nach Pescara. Er wollte seine jetzige Freundin besuchen, die dort lebte; sie stammte aus Guinea. Gabriele glich seinem Vater Primo sehr, an den Dario sich nur von den Familienfotos her erinnerte. Mit dunklen, lockigen Haaren, die bis auf die Schultern reichten, und immens blauen, traurig gestimmten Augen verkörperte er den schönen Mann mittleren Alters, der in den Fotoromanen bei den schablonisierten Dreiecksgeschichten Einsatz fand. Seine Stimme klang sanft, wie gesüßt. Er lächelte fortwährend, mit leuchtenden Augen, und klapste Dario auf die Schulter. Wer hätte das gedacht! Der Sohn Moros hier, du aus Deutschland! Beide Züge, der nach Norden und der nach Süden, hatten eine Stunde Verspätung; sie nutzten sie dazu, sich in den Aufenthaltsraum zu setzen und Neuigkeiten auszutauschen.

Gabriele hatte ihm das Onanieren beigebracht. Damals waren sie zusammen bei Onkel Bruno, der einen Monat am Meer verbrachte. Sein Vater Primo war kurz vorher tödlich verunglückt, Opa Virgilio verstarb bald darauf. Neben den Onanieübungen führte Gabriele vor, wie er, Moro ähnlich, die Mädchen am Strand anmachte und verführte. Diese Leidenschaft hatte er sein Leben lang beibehalten. Die Lehrlingszeit in einer Motorradwerkstatt hatte er nicht zu Ende gebracht, statt dessen arbeitete er als Musiker, insbesondere in den Sommermonaten an der Küste, um die deutschen Urlauber zu unterhalten. Kennst du die Lieder auch: Rosa-munde, schenk mir dein Herz und sei mein... oder... Spanish Eyes? Klar, ich spiele und singe das gerne; wenn es mir keinen Spaß machte, würde ich nicht seit achtundzwanzig Jahren herumtingeln. Und du, kehrst du jetzt endgültig zurück? Du hast dich an das Ausland verkauft, was? Nein, ich verkaufe mich nicht an die deutschen Touristen, jeden Abend, wenn ich ihnen ihre Lieblingsmelodien vorspiele, das ist etwas anders. Ich spiele, natürlich weil ich verdienen will, aber vor allem, weil ich ungebunden bleiben will. Zwar hatte ich mich mit einer Jugoslawin verheiratet und mit ihr einen Sohn gezeugt, doch verstand ich mich nicht mit ihr, und wir haben uns kurz danach scheiden lassen. Sie wollte mich seßhaft machen, ich liebte das streunende Leben als Musiker.

Wie einst Moro wurde Gabriele als der dunkle Fleck der Binachis gehandelt; es hieß, er sei ein Zigeuner, ein Schwerenöter, ein in den Tag hinein Lebender.

Ich war auf verschiedenen Konzerttourneen in Deutschland, in Holland gewesen. Kennst du Amsterdam? Und Hamburg? München? Schöne Frauen gibt es in Deutschland, nicht wahr? Im Sommer wimmelt es am Strand von ihnen, wie Sand am Meer. Wie es meinem Bruder geht? Gut; er ist treuer Diener der Fiatwerke, lebt in Norditalien, um seine Stelle zu behalten, und ist glücklich verheiratet; seine Frau hält die Zügel in der Hand. Meine Schwester hat dagegen einige Probleme in der Ehe, hält aber tapfer durch, und ihre Kinder sind etwas flatterig. Meine Mutter? Ihr geht es gut. Ich lebe immer noch bei ihr; wenn ich zu Hause bin, verwöhnt sie mich. Sogar mit nach Deutschland und Holland ist sie gefahren. Sie ist eine starke Frau. Bald zieht sie nach Norditalien; dort hat sie einen Freund gefunden. Sie ist wirklich eine mutige Frau: Nachdem sie uns alle drei, allein und aus eigener Kraft, großgezogen hat, wagt sie ein neues Leben mit einem Mann, in fremder Umgebung, obwohl sie bald siebzig wird. So eine Frau wünsche ich mir als Partnerin, die finde ich halt nicht. Ich bin eben ein Einzelgänger. Auch als Musiker klappt es am besten, wenn ich Solo-Tourneen mache. Ich begleite mich mit anderen Instrumenten per Computer und bin auf niemanden angewiesen. Vielleicht ist das eine Eigenart der Binachis, ich weiß es nicht, aber ich bin eben so. Und du, was erzählst du mir aus Deutschland?

Hallenlandschaften, die gestrafften Obst- und Weinfelder, die Schablonenäcker, in Nebelbänken eingewattet, das alles zog wie eine gehetzte Dia-Abfolge am Zugfenster vorbei, flitzte ohne Melancholie, ohne Freude an mir vorbei. Ein grünglitzernder Traktor fuhr quer über ein Feld, eine Autoschlange und eine alte Frau warteten am Bahnübergang. Es war ein beliebiges Stückchen Welt, ich wußte, daß ich nur dieses einziges Mal an dieser Landschaft vorbeifuhr. Dabei dachte ich: Wenn ein Mensch im Reagenzglas gezeugt werden würde, von einem unbekannten Samenspender und einer Leihmutter, was bedeutete für ihn noch die Herkunft? Es gab eine Herkunft, ohne sie zu haben, ohne zu wissen, weshalb. Die Herkunftsfamilien, sie waren der alleinige Bezug zu dieser Welt: Sie hatten ihre ungelösten Fragen in mich hinein gebündelt, ließen mich wie ein Uhrpendel oszillieren. Beharrte man in einer Querlage, oszillierte man schräg. Wenn man aus dem Oszillationsradius herauspendelte, erlebte man die Identitätsverunsicherung. Da suchte ich einen Halt: Für eine lange Phase stellte ich moralische Ansprüche an mich, begriff mein Verhalten nur politisch. Ich produzierte mich in kämpfender Gebärde und mischte mich in die Öffentlichkeit ein. Ich trug eine neue Fahne, und mit dieser legte ich mich mit Mehrheitsangehörigen an. Ich produzierte mich zwar in selbstsicheren und selbstgerechten Posen, doch die Grundsäule wankte. Ich konnte mich nicht damit abfinden. Die Unversöhnlichkeit, auch wenn sie notwendig wäre, um erstarrte Strukturen zu erschüttern, hatte sie den Tod im Herzen, wie konnte ich mich mit ihr abfinden? Ich hatte mich damit nicht abgefunden. Mir bliebe, meine Unversöhnlichkeit zu versöhnen, und da fiel mir das Schriftstück Biondis ein. Ich zupfte es aus dem Paß heraus und las es von neuem. Es war ungeheuerlich. Aber schön.

Aber weißt du es nicht? Der Fluß stottert. Die Erkundung neigt der Mündung zu – ist das wirklich eine Mündung? Ein Verlangen nach hastigem Rückblick steigt auf. So eine lange Reise über Tausende von Zeilen, nur um zu entdecken, daß die Flucht in die Fremde ein Weg in deine Herkunft geworden ist, daß Bruna depressiv war und dir daher nicht die Sicherheit geben konnte, daß du, aus der Unsicherheit heraus, dich abhängig von den Launen anderer machstest? Das alles für die banale Erkenntnis, daß Eltern ihren Kindern genau das antun, was ihnen von den eigenen Eltern angetan worden ist? Daß du bisher die Seßhaftigkeit deiner Mutter und das Wanderleben deines Vaters verhängnisvoll verknüpft hast? Daß du geglaubt hast, dich zwischen einem von beiden entscheiden zu müssen, und du somit bis jetzt vermieden hast, dich wirklich zu entscheiden, und deswegen in der dauerhaften Emigration lebst? Ist das wirklich alles? Nein. Vielleicht war es umgekehrt. Daher weigerst du dich hartnäckig, die Vergänglichkeit anzuerkennen, und verharrst, älter werdend, in einer absurden Beziehung zur Zeit ohne Raum. Also, du darfst nicht die Fremde bewohnen, du bleibst der falsche Herr über einen exilierten Körper; denn du singst, die Unversöhnlichkeit zu versöhnen, und hast gleichzeitig deinen unbekannten Nachbarn, einen Fremden wie du, ermordet. Der Fluß dieser abertausend Zeilen muß mächtig sein, wenn er dazu fähig war, dir ein sich veränderndes Flußbett zu geben... hier, wo am einsamen Scheideweg der Schmerz dich vor dem Tötenden niederwirft.

Die Schweißnaht der Augen

Ich habe den Schriftsteller nicht gehaßt. Er konnte meine Fahrt nach San Martino nicht verhindern, meine Begegnung mit der Herkunft. Und seine Fremdenkoketterie habe ich durchschaut: Es war ein Spiel, um einen brüchigen Zustand, weit von sich selbst und zum Vertrauten, zu ertragen. Immer beginnt man damit, daß man eine Weile ernst macht, plötzlich merken wir, daß wir nur noch spielen. Auch seine Ermordung war wie ein Spiel. Aber ich habe es getan und kann es wieder tun.

Sein Schreiben hat mich gerührt, und ich habe mir vorgenommen, seine Frau Hilde sobald wie möglich aufzusuchen. Ob er wirklich mein Halbbruder ist? Merkwürdig: Das war auch meine Arbeitshypothese, rein instinktiv, als ich von seiner Anwesenheit in San Martino erfuhr. Nur noch seine Mutter kann das wissen, und ich werde es nicht mehr erfahren können. Seine schriftliche Mitteilung an sie erinnerte mich an meinen Zettel, den ich erst zerschnippelt, dann in die Mülltonne geworfen hatte, und an den Schnippel, der an meinem kleinen Finger kleben blieb. Sie erinnerte mich an meine Suche.

An den Kuß, den Kuß im Kreis, daß ich zu dem bestimmten Zweck geboren wurde, an die Finger Brunas, die sich um den Rücken falteten, an manche Augenblicke meines Aufenthaltes in San Martino, während denen ich beim Licht einer gelöschten Lampe die hautlose Herkunft berühren konnte, an einen Menschen, der ohne Hand das Exil suchte, an den Traum, den ich sofort nach meiner Rückkehr in Frankfurt gehabt habe: Ich hatte von Wellen geträumt, die sich erhoben und sanken. Ich stand davor und wartete. Ich wartete auf die Wellen, die sich erhoben und sanken, auf die zig-tausend Prometheus, die wegen ihres Verlustes weinten, auf die verlorengegangenen Sieger. Dieser Traum blieb durch die ganze Nacht unverändert, und als ich gegen Morgen aufwachte, mußte ich rufen: Trink den Rest deines Lebens aus, trink! Und lauthals lachen.

Und ich mußte den ganzen Tag an die Rückkehr denken, wie ich die verkrüppelte Melancholie im Akkordeon der Herkunft eingefügt hatte: Die Rückkehr war eine schüchterne Liebhaberin des Lichts, Fluchtort des Schmerzfurchtsamen, Beichtstuhl der totlebendigen Herkunft, Löschlampe des Bewußten, puerile Orgie der unbekannten Wege, Bühne der Korsette, Umfüllung der Existenz. Nichts – ich spreche mit mir, Worte ins Licht geworfen, ohne zu erleben, ob ich spreche.

Und ich sagte mir, daß ich zu verrückt wäre, um zu wissen, ob ich verrückt bin, zu normal, um zu ahnen, ob ich normal bin, zu wenig ich selbst, um mich ertragen zu können, daß deshalb meine Entscheidungsfähigkeit Null sei, meine Machtbegierde gespalten, mein Besitzstreben ambivalent (ich erinnere mich an die Äquivalenten des Schriftstellers, Zeit, Raum be-sitzen, die Fremde be-sitzen), ich sagte mir, daß ich diese Familiensaga nur für mich allein singen wollte, daß ich nun aber plötzlich vor den Augen eines gedachten Publikums stand. Da fragte ich mich, wie wird es meinen Roman (be-) (ver-)urteilen, nachdem ich ihn umgelegt habe, wie wird es den Mörder – ohne Tatmotiv und ohne Tatzeit – begreifen können?

Erst jetzt spürte ich die Folgen meiner Tat: Biondi ging, und ich blieb allein mit dem Bewußtsein meines rückläufigen Körpers, verspürte die Enge meiner Wahrnehmung, genoß das unmögliche Exil in mir und außer mir.

Ich begrüße daher das Ende des Romans.

Deshalb möchte ich die Ausgangslage des Romans etwas korrigieren. Der Eingangstraum war nämlich nicht so, wie ich ihn im ersten Kapitel beschrieben habe (ich habe ja den Franco Biondi und die Leser täuschen, sie mit mir auf die Herkunftsreise locken wollen); der Traum war in Wirklichkeit so: Zwei junge Katzen sind ins Spiel versunken, sie verwandeln sich in zwei Bonsais, über ihnen glänzt die Sonne als Kuß. Der Sonnenstrahl entpuppt sich als meine Gestalt. Ich bin Tränen und Gewalt, die auf die Bonsais herabtropfen, wie Wachsspuren. Dann bin ich in die Bonsais eingetaucht. Ich habe mich angestrengt, um herauszuschlüpfen. Schließlich bin ich im Fluß der Worte geschwommen. Ich habe dabei gedacht: Der Klang im Satz ist Macht, die Worte im dämmrigen Licht erlöschen nicht. Sie nicht. Nach diesen Gedanken hat der Traum eine weitere Bildabfolge bekommen: Die Rückkehr nach San Martino wird zu einer gelben Linie, die meine Augen von einem Augenwinkel zum anderen durchquert, zu einer Schweißnaht. Ich laufe entlang dieser Schweißnaht, dabei ergreift mich eine tiefe Liebe zu Ivar und Maria, zu Moro und zu Bruna. Ich strecke meinen Körper ihnen entgegen, meine Finger wandern über ihre Ohren und falten sich über ihrem Rücken zusammen, da wachte ich auf.

Ohne lange an diesem Traum herumzudeuteln, hatte ich ihn eben so aufgeschrieben. Und während ich das Blatt wieder herausnahm, las, zu den anderen fügte, registrierte mein Kopf, daß mein Gedächtnis sich mit Büchsen, mit Plastiktüten, mit atomaren Ablagerungen, mit Müllhalden auffüllte, daß Fetzen von beliebigen Landschaften aneinander abrollten, wie eine hastige Abfolge bewegter Ansichtskarten am Fenster eines rasenden Zuges; beim Abheften erfühlte ich dann, daß ich mich endlich mit meiner Gegenwart, mit meinem Platz in der Fremde offen auseinandersetzen konnte, erschaute das Gesicht Biondis, wie dieses mehr und mehr Gestalt annahm.

Verwundert versank ich zunehmend in das Bild – es war wie in einem Traum: In Cellophan veschweißt war seine Leiche; und je mehr meine Augen sein Gesicht fokalisierten, desto deutlicher konnte ich seine Züge erkennen, seinen rötlichen Schnurrbart, die Winkel an den Wangen, die bläulichen Augen; hinter der Folie schimmerten sie in ihrer Erstarrung, und seine Lippen waren zu einem spöttischen Lächeln erfroren. Ohne Beklemmung, ohne Angst, ganz ruhig, mit einer gewissen Freude, sah ich ihn an, ahnte ganz vage, daß in diesem toten Gesicht etwas Verändertes weilte, ohne ausmachen zu können, was, und für den Bruchteil einer Sekunde hatte ich das Gefühl, daß er immer noch nach mir spähte, daß sein Blick mein Hirn durchbohrte. In diesem Moment fühlte ich, daß er wieder auftauchen könnte. In dieser Ungewißheit beschloß ich, den Roman an dieser Stelle abzuschließen.

Beendender Prolog

Wanderer dieser Zeilen! Der Gipfel ist erreicht und erweist sich als Tal. In dieses Tal ragt: Der Roman ist an einem Tag, an dessen Datum ich mich nicht mehr erinnen kann, beendet worden; noch vor der hier dargestellten Fahrt nach San Martino. Die beginne ich übermorgen, in der Hoffnung, die Augen von einer vergessenen Vergangenheit streicheln zu lassen. Und ich werde zudem hoffen, daß der Schriftsteller mir nicht folgen wird. Falls er es doch auf meinen Schatten abgesehen haben sollte, schwant mir nichts Gutes. Er will über mich und meine Familie schreiben – ich werde Widerstand leisten. Auf dem Trittbrett dieser Rückreise werde ich dann über den folgenden Satz sinnieren: Die Literatur ist möglich aus ihrer Unmöglichkeit. So wie die Geliebte Möglichkeit die Fee der Unmöglichkeit küssen wird. Und ich sie.

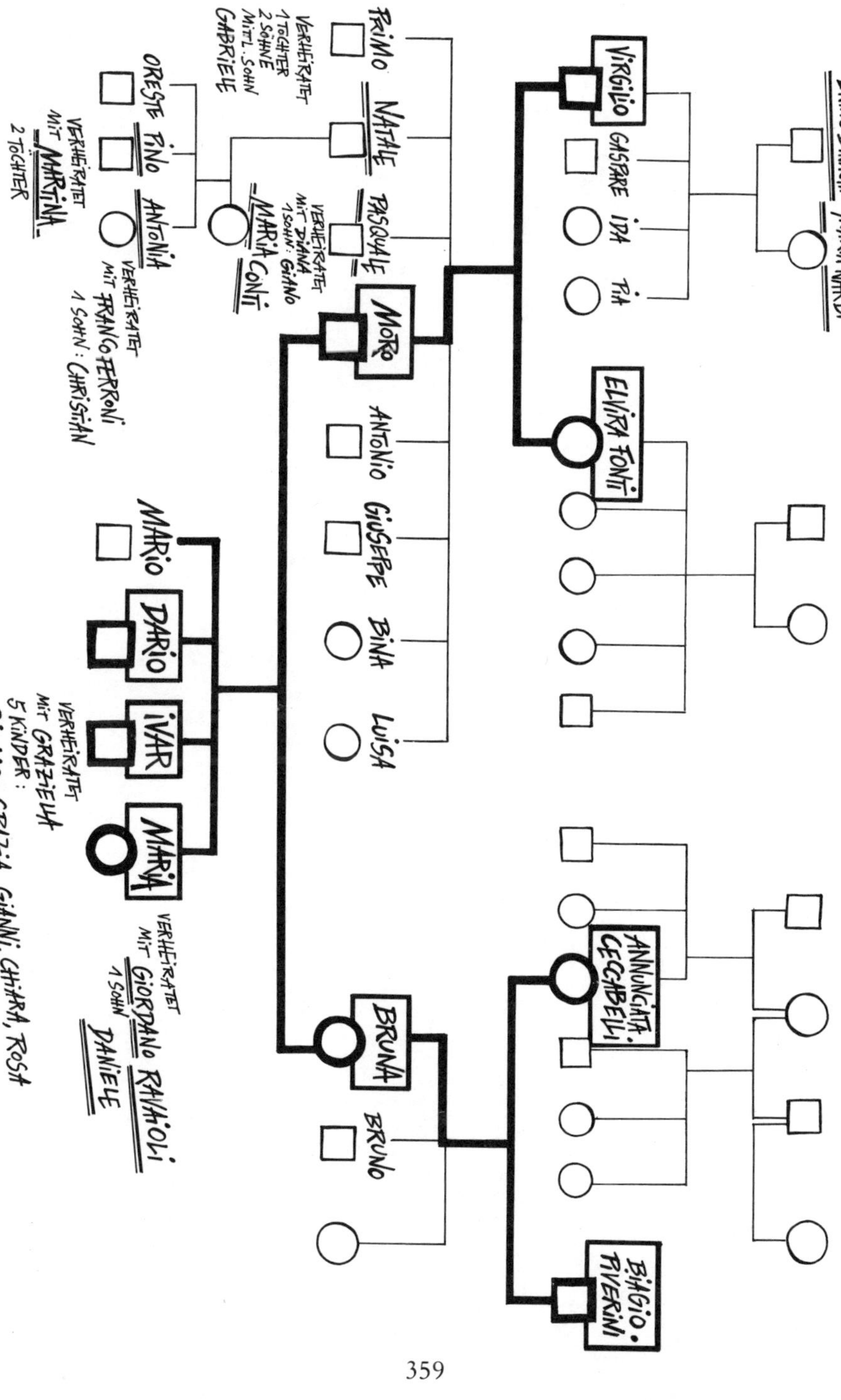
ENNIO BINACHI
MARIA NARDI
VIRGILIO
GASPARE
IDA
PIA
ELVIRA FONTI
PRIMO
VERHEIRATET 1 TOCHTER 2 SÖHNE MITTL. SOHN GABRIELE
NATALE
PASQUALE
VERHEIRATET MIT DIANA 1 SOHN: GIANO
MORO
MARIA CONTI
ORESTE
PINO
VERHEIRATET MIT MARTINA 2 TÖCHTER
ANTONIA
VERHEIRATET MIT FRANCO FERRONI 1 SOHN: CHRISTIAN
ANTONIO
GIUSEPPE
BINA
LUISA
MARIO
DARIO
IVAR
VERHEIRATET MIT GRAZIELLA 5 KINDER: GIULIO, GRAZIA, GIANNI, CHIARA, ROSA
MARIA
VERHEIRATET MIT GIORDANO RAVAIOLI 1 SOHN DANIELE
BRUNA
BRUNO
ANNUNCIATA. CECABELLI
BIAGIO. PIVERINI